Sacer Sanguis Genetics

Giftgrüne Gentechnik

HINWEIS: Sacer Sanguis Genetics ist Teil einer Buchreihe, kann aber unabhängig davon gelesen werden.

Besucht mich im Internet:
www.albert-knorr.com

Impressum:

1. Auflage
Taschenbuchausgabe

A-1230 Wien, www.albert-knorr.com

Begleitleser: Marlen Raab, Barbara Würschmidt, Bernhard Schnederle, DI Michael Birth, Anja Kowalik, Hermine Desouky, Mag. Ulrike Stöger
Lektorat: Dipl.-Dol. Stefanie S. Roth, Dr. Thorsten Michel, Mag. Ursula Mayer, Mag. Christina Stauber, Mag. Bettina Weinhäupl

Beratung bei Fachfragen (aus Sicherheitsgründen geschwärzt):
[redacted]

Titelzeichnung: www.ravenshadow-art.de
Umschlag und Fotos: Mag. Albert Knorr
Unterstützung beim Klappentext: Mark Feierabend, Beate Kloberdanz, Claus Mühr
ISBN 978-3-950-26818-8
Taschenbuch WG: 2121

Sacer Sanguis Genetics
Giftgrüne Gentechnik
Genre: Ökothriller
Autor: Albert Knorr
1. Auflage: Okt. 2011

Vorbemerkung des Autors:
Dies ist eine frei erfundene und rein fiktive Geschichte. Das gilt auch für Charaktere und Unternehmen. Berührungspunkte mit der Realität finden sich immer dann, wenn ich auf das Fachwissen von Spezialisten oder eigene Erlebnisse zurückgegriffen habe. Dort, wo mir das nicht möglich war, hat meine Fantasie nachgeholfen. Dabei stand aber immer die theoretische Machbarkeit der Dinge im Vordergrund. Sollte ich dennoch Unsinn verzapft haben, geht der allein auf mein Konto.

Danksagung:
Mein Dank gilt den Mitarbeiterinnen und Mitarbeiter des Botanischen Gartens der Universität Wien. Weiters bedanke ich mich bei den üblichen Verdächtigen, wenngleich diesmal nur pauschal, weil ich den Platz anderweitig brauche (siehe unten). Daher nur ein kurzes, aber umso herzlicheres Danke an alle, die mitgeholfen haben, dass es dieses Buch gibt. Vor allem an jene, deren Namen aus Sicherheitsgründen nicht ins Impressum dürfen.

Ganz besonders danke ich den Lobbyisten, die meinen Beratern nahegelegt haben, nicht an diesem Buch mitzuwirken, wodurch sich meine Recherchen entsprechend mühsam gestaltet haben. Danke jenen bedingungslosen Befürwortern der grünen Gentechnik, die mir zu verstehen gegeben haben, dass es besser wäre, wenn ich mir ein anderes Thema suche. Eure Beharrlichkeit hat mich darin bestärkt, dass dieses Buch geschrieben werden muss. Gentechnik ist nichts Schlechtes, darf aber niemals zum Selbstzweck von Konzernen werden, wie das bei der grünen Gentechnik leider oft der Fall ist.

Definition: ***Grüne Gentechnik*** *nutzt Verfahren, um fremde Gene in das Erbgut von Nutzpflanzen einzuschleusen. Derart gentechnisch veränderte Pflanzen bezeichnet man als transgen.*

Ein kleines Dorf im Süden Afrikas, in der zweiten Junihälfte: Agu schob den Strohvorhang seiner Lehmhütte beiseite und blickte erwartungsvoll zum Himmel. Das Stahlblau stand in hartem Kontrast zur tiefschwarzen Haut des jungen Afrikaners. „Heute wird ein guter Tag!"
Die Wintersonnenwende auf der Südhalbkugel lag erst wenige Tage zurück. Dennoch merkten Agu und die anderen in seinem Dorf, wie die Nächte langsam wieder kürzer wurden. Mehr Sonnenstunden bedeuteten bessere Erträge und die konnte sein Stamm nach zwei aufeinanderfolgenden Missernten dringend brauchen.
Alle 33 Bewohner des Dorfes gehörten zu Agus Stamm und waren auf die eine oder andere Art mit ihm verwandt. Das lange Leiden seines Vaters hatte Agu hinreichend Gelegenheit gegeben, in die Rolle des Stammesführers hineinzuwachsen. Als der Tod den Alten dann endlich erlöst hatte, waren die Abläufe und Rituale für Agu längst zur Routine geworden.
Wie jeden Morgen begrüßte er zunächst die Frauen, die im Kreis auf einer Bastmatte saßen und mit Stöcken auf Getreideähren einschlugen. Trotz kleinerer technischer Fortschritte wendeten die Familien immer noch den Großteil ihrer Zeit für die Nahrungsbeschaffung auf. Daran hatten auch die Amerikaner nichts geändert, die vor einigen Jahren mit ihrem Hubschrauber aufgetaucht waren.
Sie hatten den Dorfbewohnern neues Saatgut mitgebracht und überragende Ernteerträge versprochen. Für Agus Stamm waren diese Fremden schon fast so etwas wie Halbgötter gewesen, die vom Himmel herabstiegen, um ihr Gold selbstlos mit den Menschen zu teilen. Säckeweise hatten sie Weizen und Soja, aber auch blaue Kanister aus dem Bauch des Hubschraubers ausgeladen und die Familien im Anbau des neuen Saatguts unterrichtet.

In unregelmäßigen Abständen kamen sie wieder, um weiteres Saatgut und Kanister mitzubringen. Zumeist nahmen sie dabei Boden- und Pflanzenproben aus dem Dorf mit in ihre Welt - wo immer diese sein mochte.
Der Schlüssel zu den versprochenen Rekordernten lag in einem speziellen Mittel, das in die blauen Kanister abgefüllt war. Wurden sie geöffnet, verbreiteten sie einen stechenden Geruch. „Schädlinge und Unkraut mögen das nicht", hatten die Fremden großmundig erklärt. „Ihr braucht das Mittel nur ein einziges Mal auf eure Felder zu sprühen und habt dann bis zur Ernte Ruhe."
Das hatte sich für die einfachen Bauern mehr als gut angehört, die keine Ahnung von *transgenem* Saatgut hatten und erst recht nichts von der Existenz streng geheimer Versuchsfelder auf Pazifikinseln wussten, die als illegale Freilandlabore dienten. Bauern, die nicht ahnen konnten, dass diese Samen das Werk eines Bodenbakteriums waren, das die Pflanzen zwang, Tumorzellen zu bilden, um Lebensraum für weitere Bakterien zu schaffen.
Die Dorfbewohner wussten auch nicht, dass die vermeintlichen Halbgötter genau dieses Bakterium benutzten, um fremdes Erbgut in ihre Pflanzen einzuschleusen. Konsequenterweise hatte man den Familien auch das Antibiotikum verschwiegen, das man bei der Gewinnung dieses einzigartigen Saatguts großflächig über den Versuchsfeldern im Pazifik verteilt hatte. Das Antibiotikum hatte all jene Pflanzen vernichtet, die keine Resistenz dagegen ausgebildet hatten. Dadurch wurde es - im wirtschaftlich sinnvollen Maßstab - überhaupt erst möglich, auf den Versuchsfeldern jene Handvoll Pflanzen auszufiltern, die tatsächlich fremde Gene in sich aufgenommen hatten: Sojapflanzen, die eine solch konzentrierte Antibiotikadusche überleben konnten, mussten die Fremdgene erfolgreich in ihre DNA integriert haben und wurden fortan als transgene

Organismen ausgewiesen. Die Samen ihrer Nachkommen fanden sich in den Saatgutsäcken der hilfsbereiten Weißen wieder.
Die restlichen Versuchspflanzen, die es den Bakterien nicht erlaubt hatten, artfremde DNA einzuschleusen und somit auch keine Antibiotikaresistenz entwickeln konnten, starben ab.
Nur Saatgut, das den strengen Ausleseprozess auf den Pazifikinseln überstanden hatte, gelangte in der Folge nach Afrika, um hier die nächste Teststufe zu durchlaufen: den Anbau auf echten Feldern durch echte Bauern.
Nichts davon hatten die Fremden erzählt, als sie Agu und seinem Stamm ihre Geschenke gebracht hatten.
Bei den ersten Ernten mit dem neuen Saatgut war auch alles genau so gelaufen, wie die Fremden es vorhergesagt hatten. Selbst vor den sonst so gefürchteten Heuschreckenschwärmen waren die neuen Pflanzen auf wundersame Weise nahezu verschont geblieben.
Dann allerdings hatten Agu und sein Bruder feststellen müssen, dass immer mehr von dem Mittel in den blauen Kanistern notwendig war, um die Ertragsmengen halten zu können. Bereitwillig hatten die Fremden von Ernte zu Ernte mehr davon geliefert und bis heute machten sich weder Agu noch seine Leute Sorgen über diese Abhängigkeit.
Was ihnen allerdings zu denken gab, waren die jüngst aufgetretenen Haut-, Magen- und Darmerkrankungen unter den Dorfbewohnern. Alles hatte mit einem Einfall der Wanderheuschrecken begonnen, die im Vergleich zu früheren Heimsuchungen erstaunlich wenig Schaden auf den Feldern hinterlassen hatten.
Wie immer sahen Agu und seine Leute in der geflügelten Plage auch ein Geschenk des Himmels. Die Tiere waren reich an Protein und boten auf dem Speiseplan eine willkommene

Abwechslung zu den wenigen Rindern, die hinter einem Gatter aus verkrüppelten Akazienästen gehalten wurden.
„Spielst du mit mir, Papa?“ Agus zweitjüngster Sohn hielt einen Lastwagen aus Zivilisationsmüll in Händen. Agu hatte das Spielzeug mit viel Geschick aus einem Kanister, mehreren Blechdosen und etwas Draht gefertigt. Von den Seitenwänden des LKW grinste ein Firmenlogo in Form eines übergroßen Maiskorns.
Agu war sehr geschickt im Bau von derartigem Spielzeug. Selbst Details wie die Auspuffrohre hinter der Fahrerkabine vergaß er nicht. Nur zu gern hätte er seine Arbeit an Besucher aus fernen Ländern verkauft, doch Touristen ließen sich in diesem entlegenen Winkel Afrikas nie blicken.
Als einzige Vorlage für seine Modelle diente Agu das Cover einer alten CD, die er gegen eine halbe Ziege eingetauscht hatte und seitdem wie einen Schatz hütete. Dass es sich dabei um ein veraltetes Computerspiel handelte, hatte für ihn keinerlei Bedeutung. Für ihn war es eine funkelnde Silberscheibe mit dem Bild von Autos und einem Lastwagen, wie er ihn selbst gern eines Tages fahren würde.
„Papa?“
Agu wirkte abgelenkt. „Nicht jetzt, vielleicht später“, vertröstete er seinen Sprössling. Eine Staubwolke am Horizont forderte seine ganze Aufmerksamkeit. *Ein Auto!* Es war nahezu ausgeschlossen, dass es sich dabei um den staatlichen Versorgungswagen handelte, der bestenfalls ein bis zwei Mal jährlich seinen Weg in das Dorf fand.
„Besuch!“, rief Agus Bruder vom Rindergatter herüber. Auch ihm war der aufgewirbelte Staub entlang der Wüstenpiste aufgefallen. „Ich hoffe, sie bringen uns wieder Kanister mit. Die Vorräte sind fast aufgebraucht.“
Agu nickte stumm.

Rasch zeichnete sich die Silhouette eines Lastwagens in der flimmernden Wüstenluft ab. Auf seiner offenen Ladefläche saß ein halbes Dutzend Männer in gefleckten Uniformen, die sie wie Wildhüter aussehen ließen - doch das waren sie mit Sicherheit nicht. Wildhüter verirrten sich nicht hierher und sie trugen erst recht nicht solche Gewehre. Am Heck des Fahrzeugs war eine merkwürdige Vorrichtung montiert, deren Zweck sich Agu nicht erschloss.
Trotzdem begriff auch er sofort, dass die Besucher zu den Halbgöttern gehören mussten und wies seine Leute umgehend an, die Gäste mit aller gebotenen Gastfreundschaft zu empfangen.
Gleich darauf kam der Wagen auf dem gestampften Boden in der Dorfmitte zu stehen. Agu erkannte einen der Männer in der Fahrerkabine und winkte ihm zu. „Hallo, Joshua!"
„Abladen!", befahl Joshua seinen Leuten auf der Ladefläche, bevor er den Gruß erwiderte. „Hallo, Agu." Die verhaltene Freude über das Wiedersehen war nicht zu überhören.
Agu sah, wie die Männer der Reihe nach vom LKW sprangen und in Windeseile damit begannen, ihre Kanister abzuladen, die diesmal graugrün waren und beim Aneinanderschlagen schepperten.
„Es ist schön, dich zu sehen, Joshua."
„Verdammt, was dauert denn da so lang?" Er ignorierte Agu und trieb die Männer mit peitschender Stimme über dessen Kopf hinweg an. „Schafft endlich das Zeug vom Wagen!"
„Joshua?", fragte Agu vorsichtig.
„Kümmre dich gar nicht um uns! Wir haben alles unter Kontrolle", beruhigte Joshua und schob Agu zur Seite. „Es gibt nur ein kleines Problem mit einer Charge von..." Er sah das Unverständnis in Agus Gesicht. „Ach, egal! Das kapierst du sowieso nicht." An seine Leute gerichtet schrie er: „Worauf wartet ihr noch? Fangt an!"

Einer der Männer hob sein Gewehr und schoss mehrere Salven in die Luft. Sofort brach Panik aus und von überall liefen die Dorfbewohner zusammen. Nur Joshua zeigte sich von dem Lärm völlig unbeeindruckt und zählte durch: „Sieben, acht, neun..."
„Was ist hier los?" Agus Stimme überschlug sich vor Sorge.
„13, 14, 15...", zählte Joshua ungerührt weiter.
„Sag deinen Leuten, dass sie damit aufhören sollen!", verlangte Agu.
„22, 23, das kann ich leider nicht, 24, 25..."
„Stopp!", brüllte Agu, doch keiner nahm von ihm Notiz.
„31, 32, 33. Das müssten alle sein. Sind das alle?", richtete er seine Frage an Agu.
„Was?"
„Ich habe 33 von euch gezählt. Das sind doch alle?"
Agu schaute ihn verunsichert an.
„33?", hakte Joshua scharf nach.
„Ja", stammelte Agu.
„Alle da!", rief Joshua. „Es geht los!"
Im nächsten Augenblick richteten seine Männer die Waffen auf das Gatter mit den Rindern und eröffneten das Feuer.
„NEIN!"
„Es muss sein!" Joshua packte Agu am Arm und hielt ihn zurück, um ihn vor einer folgenschweren Dummheit zu bewahren. Agu wollte sich losreißen, doch stattdessen hatte er das Gefühl, als würde ihm der Boden unter den Füßen weggezogen.
Die Magazine von sechs Gewehren entluden sich in die Rinder und schossen sie regelrecht in Stücke. Das Kreischen und Schreien der Dorfbewohner ging, ebenso wie das Brüllen der Tiere, in dem Trommelfeuer unter.
Zu Agus Entsetzen hatten die schießwütigen Männer offenbar auch noch Spaß daran, die Lebensgrundlage seines Dorfs

niederzumetzeln. Das grausame Schauspiel war ebenso heftig wie kurz und hinterließ eine bedrückende Stille.
Warum? Agus Stimme versagte. *WARUM?*
„Habt ihr noch Saatgut von unserer letzten Lieferung über?", wollte Joshua wissen.
Agus Arm wurde schwer wie Blei, als er ihn hob und damit auf eine der Lehmhütten zeigte, die sein Stamm als Lagerraum benutzte. Sie stand auf kniehohen Stelzen, um Mäuse und anderes Ungeziefer von den Vorräten fernzuhalten. „Dort", stammelte er.
Auf ein Zeichen von Joshua liefen drei seiner Leute zur Hütte und brachten mehrere Saatgutsäcke heraus, die sie über das Gatter zu den toten Rindern warfen. Völlig verängstigt drängten sich die Dorfbewohner aneinander und verfolgten das Geschehen.
„Wir sind eure Freunde", bemerkte Joshua mit einem merkwürdigen Grinsen in Richtung der Ansammlung. „Nicht vergessen!"
Einer seiner Leute kam mit einem Sack über der Schulter aus der Lagerhütte und nickte Joshua zu. „Das ist der letzte."
„Kanister!", befahl Joshua und sofort setzten sich zwei seiner Leute in Bewegung, um die mitgebrachten Kanister heranzuschleppen. Beim Gatter übernahmen die anderen Männer die Kanister, öffneten sie und schütteten das darin enthaltene Benzin über Rinder und Saatgut. Es ging alles so schnell, dass kaum einer der Dorfbewohner richtig begreifen konnte, was passierte.
Agus Bruder schrie noch etwas, doch da war es schon zu spät. Binnen Sekunden stand der Berg aus Fleisch und Samen in Flammen. Agus Magen krampfte sich zusammen, als er zusehen musste, wie nach dem Abschlachten ihrer Tiere nun auch noch deren Fleisch verbrannt wurde.

„Papa! Papa!“ Das verstörte Rufen ging im Lärm unter. Schutzsuchend klammerten sich die kleinen Finger an Agus Bein.
Hinter den Rücken der Dorfbewohner kippten zwei Männer den Inhalt weiterer Kanister in einen Tank, der mit der merkwürdigen Vorrichtung am Heck des Fahrzeugs verbunden war. Auf einen Zuruf hin startete der Fahrer den Wagen, wendete und fuhr geradewegs auf das nächstgelegene Sojafeld zu. Einer der Männer auf der Ladefläche öffnete ein Ventil und Benzin ergoss sich aus vielen kleinen Düsen über die Sojapflanzen. Die Leute aus dem Dorf waren noch immer geschockt von dem Gemetzel und bemerkten nicht, was auf dem Feld geschah.
Agus ausgestreckte Hand streichelte mechanisch über den Kopf seines Jungen, der sein Gesicht gegen den väterlichen Oberschenkel presste. Zunächst hörte Agu nicht einmal, dass Joshua zu ihm sprach. Stattdessen stand er einfach nur da und starrte auf das Feuer vor ihm. Die meisten der gelben Saatgutsäcke brannten oder waren zumindest schon aufgeplatzt. Nur ein Sack lag ein Stück abseits und trotzte der Hitze noch. Zwei schwere Herzschläge später hatte das Feuer auch ihn erreicht. Agu beobachtete das aufgedruckte Maiskorn, dem sein Grinsen selbst dann nicht vergehen wollte, als die Hitze es von der darunterliegenden Folie schälte.
„Agu!“, holte Joshuas Stimme den Afrikaner ins Hier und Jetzt zurück. „Agu, mein Freund!“
Freund? Agus leerer Blick unterstrich, dass dieses Wort seine Bedeutung verloren hatte.
„Ich weiß, wie schlimm das für dich und deinen Stamm auf den ersten Blick aussehen mag, aber glaub mir, es ist nur zu eurem Besten. Wir - meine Männer und ich - haben das nur getan, um euch zu helfen. Es tut uns allen sehr leid, dass es überhaupt so weit gekommen ist - mir ganz besonders.“ Er legte seinen Arm

um Agus Schultern. „Es war wichtig, dass wir das alles ganz schnell erledigen, bevor euch Schaden entsteht. Ich will dich nicht mit Details langweilen, aber du sollst wissen, dass wir immer nur das Wohl deines Stamms im Sinn haben. Das weißt du doch?“

Agu schwieg.

„Lass den Kopf nicht hängen, mein Freund. Wir werden euch für all das hier entschädigen.“ Joshuas Hand verschwand in der Seitentasche seiner Uniform und holte ein fettes Bündel Geldscheine hervor. „Hier, das ist für dich und deine Leute. Damit könnt ihr neue Kühe und neues Getreide kaufen.“

Ohne jede Emotion ließ Agu sich die Scheine in die Hand legen. Nie zuvor hatte er, hatte sein Stamm, so viel Geld besessen, und trotzdem erschien ihm das Vermögen bedeutungslos.

„Das Feld brennt!“, brüllte Agus Bruder und zeigte auf das Flammenmeer, das sich mit unvorstellbarer Geschwindigkeit durch die nächste Sojaernte fraß.

„Lasst es brennen!“, rief Joshua den Dorfbewohnern zu. „Die Ernte wäre diesmal nicht gut ausgefallen. Unsere Forscher haben die Bodenproben untersucht, die ich bei meinem letzten Besuch genommen habe. Glaubt mir, es ist besser für euch, wenn diese Pflanzen von euren Feldern verschwinden.“

„Aber wovon sollen wir unsere Familien ernähren?“, rief Agus Bruder zornig. „Ihr vernichtet alles, was wir haben!“

Joshua packte Agus Arm und riss ihn hoch, damit alle im Dorf das Geld sehen konnten. „Ihr werdet mit Sicherheit nicht hungern, meine Freunde. Euer Häuptling hält die Zukunft in seinen Händen.“

Eine Stunde später waren alle sichtbaren Spuren des missglückten Freilandexperiments beseitigt. Joshuas Männer hatten ihre Plätze auf der Ladefläche eingenommen und warteten auf sein Signal zur Abfahrt.

Die Stimmung der Dorfbewohner schwankte zwischen Verzweiflung und Unverständnis. Tränen fielen auf die verbrannte Erde.
Nur Joshua wirkte mit dem Verlauf der Säuberungsaktion vollauf zufrieden, wenngleich seine gute Laune auf niemanden traf, den er damit anstecken konnte. Zur Verabschiedung wandte er sich noch einmal an die Dorfbewohner: „Ich bin sicher, dass euer Dorf bei meinem nächsten Besuch ganz anders aussehen wird. Mehr Geld bedeutet mehr Kinder, mehr Häuser und mehr Wohlstand - für alle von euch!“
Joshua war überzeugt, dass ihn die Dorfbewohner nie mehr mit offenen Armen empfangen würden. Erst recht, wenn den einfältigen Bauern klar werden würde, welch dauerhafte Schäden das Mittel aus den blauen Kanistern in ihren Böden hinterlassen hatte. All das konnte Joshua aber egal sein, da er um nichts auf der Welt vorhatte, diesen gottverlassenen Ort jemals wieder zu besuchen. Afrika war schließlich riesengroß und es gab genug andere Stämme, die der Hunger zu gefügigen Probanden des nächsten Experiments machen würde.
Joshua nahm auf dem Beifahrersitz Platz, streckte die Hand aus dem Fenster und klopfte zwei Mal gegen die Außenseite der Tür. „Abfahrt!“

***

Sieben Seemeilen östlich von *Isle 113*, Pazifik, selber Tag:
Ein mit vier Personen besetztes Schnellboot hielt auf das nordwestliche Ende der Inselkette im Pazifik zu. An Bord befanden sich ein Tierarzt mit dicker Brille, ein Botaniker Mitte dreißig und Severin ‚Rocky‘ Rockwell, ein Gorilla im Maßanzug. Gesteuert wurde das Boot von einem dunkelhäutigen Insulaner, der den Anschein erweckte, keinerlei Interesse an den Gesprächen seiner Passagiere zu haben. Nur

einmal, als der Veterinär sich abfällig über die Kopfbedeckung seines Kollegen geäußert hatte, war ein Schmunzeln über die wettergegerbten Lippen gehuscht.
Der Botaniker hob seinen Tropenhut ein Stück an und wischte mit einem Tuch über die feuchte Stirn. „Wann erfahren wir denn nun endlich mehr über diese dringende Analyse, die wir für Ihren Boss durchführen sollen, Rocky?“
„Noch etwas Geduld!“, verlangte Rocky, der diesen Spitznamen neben seiner Statur vor allem seiner plattgeschlagenen Nase zu verdanken hatte. „Der Auftraggeber hat darauf bestanden, dass Sie sich Ihr eigenes Bild von der Situation vor Ort machen. Ich wurde angewiesen, Ihnen meine laienhaften Erklärungsversuche zu ersparen.“
„Ihr Boss ist ein verdammter Geheimniskrämer!“
Rocky zeigte sich ungerührt: „Wie Sie wissen, haben wir uns Ihre vertrauensvolle Mitarbeit mit einer entsprechenden Menge an Dollar erkauft.“
Rocky, Sie wiederholen sich, dachte der Tierarzt, der allerdings nur zu gern an die zusätzlichen Nullen auf seinem Bankkonto erinnert wurde. Er und der ihm bisher noch nicht näher bekannte Botaniker hatten kaum genug Zeit gehabt, das Notwendigste einzupacken.
„Das da drüben ist sie.“ Rocky visierte das Ziel mit dem ausgestreckten Arm an. Er war der Einzige an Bord, der schon einmal einen Fuß auf das Eiland gesetzt hatte.
„Isle 113“, murmelte der Botaniker mit geheuchelter Ehrfurcht.
„Hat diese bescheuerte Insel keinen richtigen Namen?“ Dr. Selling, der Veterinär, schob die Brille auf der Nase hin und her. Er experimentierte gern mit dem besten Platz, um seiner altersbedingten Fehlsichtigkeit eine neue Brille zu ersparen.
„Doch“, erwiderte Rocky.
„Und?“, hakte Dr. Selling zwei sehr geduldige Sekunden später nach. „Verraten Sie ihn uns auch?“

„Makaio!“, gab Rocky die Frage an den Mann am Steuer weiter. „Unser Gast will wissen, wie du die Insel nennst, die wir anlaufen.“

Der gutgelaunte Makaio gab ein paar unverständliche Laute von sich, bei denen der Veterinär bestenfalls raten konnte, ob sie alle auch Teil des Namens waren.

„Kann er das wiederholen?“, fragte Dr. Selling. „Etwas langsamer und dafür vielleicht deutlicher?“

Makaio ließ zunächst nur ein glucksendes Kichern vernehmen, wiederholte dann aber sein Kauderwelsch.

„Danke! Jetzt hab ich's gleich viel besser verstanden“, knurrte Selling zynisch.

„Ist doch völlig egal, wie die Insel bei den Eingeborenen heißt.“ Der Botaniker, zweifellos der Jüngste an Bord, unterstrich seine Aussage mit einem Schulterzucken. „Viel wichtiger ist, dass wir endlich ankommen. Wenn ich nicht bald wieder festen Boden unter den Füßen habe, kann ich für nichts garantieren.“

„Seekrank? Schließen Sie die Augen!“, sprach der Tierarzt seine Empfehlung aus.

„Und das soll mir helfen?“

„Wenn nicht, dann gehen Sie zum Heck, beugen sich über die Reling und füttern die Makrelen.“

Der Botaniker quälte sich zu einem müden Lächeln. „Ich hätte auf den Hubschrauber bestehen sollen. Der wäre nicht nur schneller gewesen, sondern auch magenschonender.“

Rocky räusperte sich. „Wie ich Ihnen vorhin schon gesagt habe, soll das Wetter bald umschlagen. Ein Flug mit dem Helikopter, noch dazu bei Nacht, wäre unter solchen Bedingungen glatter Selbstmord. Außerdem war er so kurzfristig nicht verfügbar.“

Selling blickte demonstrativ zum Horizont. „Also für mich sieht das nach Traumwetter aus.“

„Lassen Sie sich davon nicht täuschen“, widersprach Rocky. „In diesen Breiten ändert sich das Wetter schneller, als Sie...“
Ein martialisches Brüllen fegte wie eine Schockwelle über das Meer und ließ das Gespräch augenblicklich verstummen.
Selling und der Botaniker zuckten zusammen und schauten reflexartig zur Insel, die mit einem Mal sehr viel näher wirkte.
„Das kommt von der Insel!“ Der bebende Tonfall von Makaio unterstrich, welche Bedeutung er dieser Erkenntnis beimaß.
„Und wenn schon.“ Rocky schien der Einzige zu sein, den das Gebrüll kaltließ. „Hier draußen hört das keiner außer uns. Es gibt also keinerlei Grund, sich Sorgen zu machen.“ Einen Augenblick später fügte er hinzu: „Sehen Sie, es hat schon wieder aufgehört.“
„Was...?“ Der Botaniker schnappte nach Luft. „Was zum Teufel war das?“ Seine Stimmkraft ließ vermuten, dass er auch mit einer beschönigenden Antwort sehr gut leben konnte.
„Das...“, sagte Rocky mit gedehnter Stimme und zeigte auf Selling, „war seine Arbeit!“
Der Blick, den Selling im selben Moment vom Botaniker erntete, sprach Bände.
„Sehen Sie mich bloß nicht so vorwurfsvoll an!“ Selling riss protestierend die Hände hoch. „Ich habe keine Ahnung, wovon er redet.“
„Noch nicht.“ Rocky zwang seine grobschlächtige Visage zu einem Lächeln. „Entschuldigen Sie, wenn ich mich unklar ausgedrückt habe. Korrekterweise hätte ich sagen müssen, dass das Brüllen, das Sie gerade gehört haben, von den bemitleidenswerten Kreaturen stammt, um die Dr. Selling sich in Kürze kümmern wird.“
Die Worte trafen den Veterinär wie ein Blitz. Sofort ging er in Abwehrhaltung. „Das können Sie vergessen! Keinen Fuß setze ich auf diese Insel, solange ich nicht weiß, was mich dort erwartet. Ich bin Tierarzt und kein Monsterjäger!“

„Ich weiß", bestätigte Rocky. „Das ist genau der Grund, warum man Sie mit diesem Auftrag betraut hat."
„Aber ich..."
Erneut entlud sich das grauenvolle Brüllen in die schwüle Abendluft - diesmal um einiges lauter und mehrstimmig.
„Botaniker!", tönte es unter dem Tropenhut hervor. „Ich bin Botaniker - Fachbereich Gentechnik! Aus jahrelanger Erfahrung kann ich Ihnen sagen, dass es keine Pflanzen gibt, die solche Geräusche machen. Ich bin Ihnen bei Ihrem Vorhaben also bestimmt keine Hilfe. Wenn Sie mich jetzt bitte wieder zurück zum Flughafen bringen, solange ich noch im Besitz aller Gliedmaßen bin..."
„Vergessen Sie den Flieger!" Rocky klopfte ihm aufmunternd auf die Schulter. „Sie sind unser Mann."
„Ich? Ihr Mann? Wofür? Soll ich Ihnen vielleicht Baumfarne nachzüchten, die es vor 300 Millionen Jahren gegeben hat? Glauben Sie mir, das geht im Labor viel besser, auch wenn es dort vielleicht nicht ganz so aufregend ist wie auf Ihrer Dinoinsel."
„Dinoinsel?", fragte Selling erstaunt.
Der Botaniker setzte seine ansteigende Erregung in Lautstärke um: „Pazifik - abgeschiedene Privatinsel - geheimes Forschungsprojekt - großzügige Entlohnung - Katastrophe - brüllende Monster - tote Wissenschafter - klingelt es da bei Ihnen, Herr Kollege?"
„Sollte es?"
„Jurassic Park!", rief der Botaniker. „Erzählen Sie mir nicht, dass dieser Meilenstein der Filmgeschichte unbemerkt an Ihnen vorbeigeflimmert ist." Er schüttelte verständnislos den Kopf und wandte sich Rocky zu. „Ich habe Recht, nicht wahr? Sie haben diese Insel gekauft, um dort genetische Experimente mit DNA von ausgestorbenen Tieren durchzuführen. Das sind Urzeitmonster, die wir da gehört haben." Er redete so schnell,

dass er kaum Zeit fand, um Luft zu holen. „Sie haben die Filme doch gesehen, Rocky? Sie wissen bestimmt noch, wie sie ausgegangen sind? Ich kann..."
Schmerzerfülltes Gebrüll drang von der Insel herüber und ließ den Botaniker erschaudern.
Rocky nutzte die Gelegenheit, um seinen Standpunkt zu verdeutlichen: „Wir sind nicht hier, um Hollywood zu kopieren - wir sind hier, um Geschichte zu schreiben! Und Sie beide werden uns freundlicherweise dabei helfen, einen kleinen Tippfehler zu korrigieren."
Das Boot war den Klippen aus Vulkangestein bereits bedrohlich nahe gekommen, und Makaio verlangsamte abrupt die Fahrt. Er steuerte auf einen Holzsteg zu, der hinter einer schmalen Felseinfahrt in Sicht kam.

***

Wien, zur selben Zeit:
Ich brauche unbedingt einen neuen Wecker, dachte Prof. Dr. Gerhard Ginko und jagte auf seinem marineblauen Elektroroller über die Simmeringer Hauptstraße in Richtung Innenstadt. Es war zwar erst früher Morgen, aber trotzdem schon fast zu spät für den drahtigen Mittfünfziger.
Die Verkehrsschilder und Ampeln flogen nur so an ihm vorbei. *Keine zwei Wochen alt, und schon lässt mich das blöde Ding im Stich... Nein... Nein, ich bin doch selbst schuld... Was verlass ich mich auch auf den Krempel, den mir ihre Mutter schenkt... Wer aus Fehlern nicht lernt, hat die Vorzüge der Evolution auch nicht verdient.* Ein böses Grinsen huschte über seine Lippen. *Aber meine liebe Schwiegermutter hat ja selbst bald Geburtstag.*
Hinter seinem Rücken ging gerade die Sonne auf und ließ die östlichste Grabsteinreihe des Zentralfriedhofs erste Schatten

werfen. Trotz der frühen Stunde schwitzte Prof. Ginko unter dem Sturzhelm, als wäre es bereits Zeit für seine Mittagspause. Die seit Beginn der Woche anhaltende Rekordhitze hatte die österreichische Metropole in einen Backofen aus glühenden Häuserreihen verwandelt. Selbst in Prof. Ginkos Schrebergartenhaus am Stadtrand fielen die Temperaturen bei Nacht nicht mehr unter 25 Grad. Ideale Voraussetzungen also, um die knapp sieben Kilometer menschenleerer Straße zu seinem Arbeitsplatz in Bermudashorts und Polohemd zurückzulegen.

Ich bin viel zu spät dran! Ausgerechnet heute, wo ich auch noch die Abschlussprüfungen vorbereiten muss, bevor ER mich heimsuchen kommt. Der bloße Gedanke an seinen Besucher ließ die Temperatur im Helm um gefühlte zehn Grad ansteigen und trieb ihm den Schweiß in Sturzbächen die Stirn hinab.

Die Ampel unmittelbar vor ihm begann grün zu blinken.

Ich schaffe es noch... Ja! Es geht sich noch aus... bevor es Rot wird. Der Professor jagte mehr Strom in den Elektromotor und ließ ihn ordentlich hochdrehen. *Es geht sich noch auuuus...!* Er war viel zu sehr auf die Ampel konzentriert, um den Polizisten auf der gegenüberliegenden Straßenseite noch rechtzeitig zu sehen, der das Beschleunigungsrennen mit Argusaugen verfolgte. Als der Polizist schließlich auf die Straße sprang und sich bemerkbar machte, befand sich der marineblaue Flitzer schon mitten in der Kreuzung.

Vermutlich hätte selbst ein Linienpilot mit Bremsklappen und Umkehrschub bei dem Tempo seine liebe Not gehabt, noch vor der blauen Uniform anzuhalten. Umso beeindruckter war der Professor von den Bremsen seines Gefährts, als er gut zehn Meter hinter jener Stelle zum Stehen kam, von der aus die Uniform nur einen Herzschlag zuvor auf den Gehsteig zurückgehechtet war.

Das gibt Ärger. Prof. Ginko atmete tief durch und blickte vorsichtig über die Schulter zurück.
Der Polizist klopfte zunächst den Staub von seiner Hose, ehe er mit beiden Händen den breiten Ledergürtel packte und wieder in Position rückte.
Der Professor schluckte und klappte mit zitternder Hand sein Visier hoch. *Mächtig Ärger.* Er stieg ab.
Offenbar hatte der Polizist es nicht annähernd so eilig wie der Professor - im Gegenteil, seine Bewegungen ließen vielmehr vermuten, dass er sich für die bevorstehende Amtshandlung viel Zeit nehmen würde - sehr viel Zeit.
Als Universitätsprofessor war Gerhard Ginko daran gewöhnt, ständig die abenteuerlichsten Entschuldigungen seiner Studenten zu hören, wenn diese wieder einmal zu spät zu Prüfungen oder Lehrveranstaltungen auftauchten. Umso zynischer erschien dem Professor sein Schicksal, weil ihm ausgerechnet jetzt keine Ausrede einfallen wollte, die er dem Gesetzeshüter auftischen konnte, um das Eis zu brechen.
Mit schweren Schritten kam der Vollstrecker näher.
„Guten Morgen, Herr Inspektor“, piepste es unter dem Sturzhelm hervor.
„Guten Morgen!“, erwiderte der Beamte und musterte sein Opfer. „Nehmen Sie bitte den Helm ab!“
„Ja... Ja, natürlich!“ Prof. Ginko kam der Aufforderung so übereifrig nach, dass er vor Aufregung sogar vergaß, den Kinnriemen des Helms zu öffnen.
„Immer schön langsam“, mahnte der Polizist. „Wir wollen ja nicht, dass Sie sich strangulieren.“ Er stemmte die Hände in die Hüften. „Oder haben Sie es so eilig, dass Sie bereit sind, über Leichen zu gehen?“
„Aber nein!“ Prof. Ginko hatte den Riemen geöffnet und zwängte sich aus dem Sturzhelm. Sein strubbeliges, graues

Haar war durch Hitze und Feuchtigkeit in Helmform gepresst worden, wodurch seine Frisur noch origineller aussah als sonst.
„Sie wissen, warum ich Sie anhalte?"
„War es etwa schon Gelb?", fragte der Professor und blickte zurück zur Ampel.
Der Polizist räusperte sich lautstark. „War es *noch* Gelb?"
„Verstehe." Der Professor senkte schuldbewusst den Kopf.
„Führerschein und Zulassungsschein, bitte!"
„Moment!" Prof. Ginko öffnete die schwarze Kunststoffbox hinter dem Sitz und kramte die Dokumente hervor. „Hier, bitte."
Mit einem undefinierbaren Brummen nahm der Beamte die Papiere entgegen und widmete sich deren Studium.
„Es tut mir sehr leid, dass ich bei Gelb über die Ampel gefahren bin. Das ist sonst nicht meine Art, müssen Sie wissen. Ich bin Universitätsprofessor und gehe meinen Studenten immer mit gutem Beispiel voran."
„Was Sie nicht sagen. Dann nehme ich an, Sie nutzen die frühe Stunde, weil Ihre Studenten alle noch schlafen?", murmelte der Polizist vertieft.
Unter günstigeren Umständen hätte der Professor dem Studentenwitz vielleicht sogar ein Lächeln abgewinnen können, für den Moment fand er es allerdings besser, sich jede Äußerung zu verkneifen.
„Sind Sie auf dem Weg zur Universität, Professor Ginko?"
Der Professor bejahte. „Ich unterrichte am *Fakultätszentrum Biodiversität*."
„Wo?" Der Polizist blickte kurz hoch.
„Das frühere Institut für Botanik am Rennweg, gleich neben dem Botanischen Garten."
„Ach dort... Und warum die Eile?"
Überleg dir gut, was du jetzt sagst! „Ich habe verschlafen, weil der Wecker, den mir meine Schwiegermutter geschenkt hat,

nach nur..." Er starrte nach links oben, um sein angestrengtes Nachdenken zu verdeutlichen. „...zehn Tagen seinen Geist aufgegeben hat."
„Zehn Tage?" Der Polizist nickte anerkennend und seine strengen Züge lockerten sich ein wenig. „Hmmm. Das ist immerhin eine Woche länger als der Mistrasierer, den mir meine..." Er unterbrach sich. „Ich habe Ihre Geschwindigkeit nicht gemessen, Prof. Ginko, aber würden Sie mir zustimmen, wenn ich behaupte, dass Sie keine 50 gefahren sind?"
Der Professor nickte.
„Mehr als 60?"
Er nickte erneut.
„70?"
„70?" Prof. Ginko verzog den Mund, als hätte er in eine Zitrone gebissen.
„Kostet Sie dasselbe und ist immer noch deutlich billiger als eine hellrote Ampel", klärte der Polizist ihn auf
„Die Nadel stand genau auf 70!"
„Na, sehen Sie. Weil Sie mein erster Professor an diesem Morgen sind, lass ich Sie mit 30 Euro davonkommen." Der Polizist gab ihm die Papiere zurück und holte einen Block hervor. „Zahlen Sie bar?"
„Ja!" Der Professor atmete erleichtert auf und war ganz kurz versucht, seinem Gegenüber ein Kompliment für dessen ausgezeichnete Reflexe zu machen. Stattdessen übergab er den geforderten Betrag mit den Worten: „Es tut mir wie gesagt sehr leid, dass ich zu schnell dran war."
„Achten Sie darauf, dass das in Zukunft nicht wieder vorkommt. Beim nächsten Mal könnte es nämlich nicht so glimpflich für Sie ausgehen - oder mich!"
„Ich verspreche Ihnen, dass..."
„Versprechen Sie mir nichts!", unterbrach der Beamte. „Halten Sie sich einfach an die vorgeschriebene Geschwindigkeit und

werfen Sie künftig einen Blick auf die Ampel, bevor Sie in die Kreuzung einfahren." Er schaute auf seine Uhr. „Ich kann mich beim besten Willen nicht erinnern, schon einmal jemanden so früh auf dem Weg zur Universität gesehen zu haben..." Sein Blick malte ein Fragezeichen in die Luft.
„Die Ferien beginnen schon übernächste Woche und deshalb muss ich heute unbedingt noch ein paar Prüfungen zusammenstellen, bevor..."
„Na, dann!", stieß der Polizist hervor. Sein Tonfall brachte all das Verständnis zum Ausdruck, das ein Beamter mit fünf Wochen Jahresurlaub aufbringen konnte, wenn ihm ein weit besser bezahlter Kollege im öffentlichen Dienst sein Leid über den Beginn der dreimonatigen Sommerferien klagte. „Ich wünsche Ihnen einen schönen Tag und gute Fahrt!"
„Auf Wieders... Guten Tag!" Ohne noch ein Wort über seine Arbeit zu verlieren, setzte Prof. Ginko den Helm wieder auf und schwang sich auf seinen Elektroflitzer. *Das war so knapp. Soooooo knapp!* Das Herz schlug ihm vor Aufregung bis zum Hals und vermutlich vergaß er nur deshalb, in den Rückspiegel zu blicken und vor dem Ausscheren den Blinker zu setzen.
„Vorsicht!", brüllte der Polizist noch.
Eine Autohupe röhrte, Bremsen blockierten, und im selben Moment quietschten die Reifen eines nachkommenden Taxis zur Melodie von *Spiel mir das Lied vom Tod*. Der Taxifahrer konnte gerade noch einen Haken schlagen und den Zusammenstoß vermeiden. Mit ratternden Rädern brachte er den Mercedes schräg vor dem Roller zum Stoppen.
Prof. Ginko, für den alles viel zu schnell gegangen war, starrte verdutzt auf den wie aus dem Nichts aufgetauchten Wagen und hörte sein Herz hämmern.
Das Beifahrerfenster des Mercedes wurde heruntergelassen und ein Mittelfinger blitzte vor dem hochroten Kopf des Fahrers auf. „Schau, wost hifoast, du deppert's Oaschloch!"

Einen Augenblick lang herrschte betroffene Stille.
„'tschuldigung", war alles, was dem Professor über die Lippen kam, doch da hatte der Taxifahrer bereits wieder Gas gegeben und verschwand in Richtung Innenstadt.
„Sie sollten sich diesen Rat zu Herzen nehmen!", hörte der Professor eine bekannte Stimme hinter sich. Noch immer überwältigt von den Ereignissen drehte er sich um.
„In der Sache selbst hat der Mann nämlich Recht." Der Polizist gab sich kaum Mühe, das Schmunzeln zu verbergen und ging seines Weges.
Prof. Ginkos zitternde Hände krallten sich am Lenker seines Elektrorollers fest. Zwei Minuten lang atmete er tief durch, ehe er sich in der Lage fühlte, seine Fahrt fortzusetzen - diesmal mit Blinker und Blick in den Rückspiegel.
Als er die Einfahrt zum Botanischen Garten erreichte, war es Viertel nach sechs. Mit schweißnassen Haaren stellte er den Roller ab und blickte hinauf zum Fenster seines Büros, das im vierten Stock des Institutsgebäudes lag. Er seufzte.
Bereits beim Aufstehen war ihm klar gewesen, dass dieser Tag eine der grausamsten Prüfungen für ihn bereithalten würde - unglücklicherweise lag sie aber immer noch vor ihm.

***

Anlegestelle der Isle 113, Pazifik, sehr spät am Nachmittag:
„Ich finde Ihre Erklärung trotzdem nicht überzeugend." Der junge Botaniker warf Rocky einen skeptischen Blick zu und drehte sich zu Selling: „Was sagen Sie als Veterinär dazu?"
„Eine gewisse Ähnlichkeit lässt sich nicht leugnen. Wenn wir dazu noch in Betracht ziehen, wie sehr so eine Felskulisse das Gebrüll verändern und verstärken kann..." Selling verzog das Gesicht. „Sie haben Glück, Rocky, dass ich ein so fantasievoller Mensch bin. Ich bin geneigt, Ihnen die

Geschichte abzukaufen, obwohl ich selbst auf den größten Schlachthöfen nichts gehört habe, das mit diesem grauenhaften Todesgeschrei mithalten kann."

„Sie glauben ihm?", fragte der Botaniker überrascht.

„Ja! Wenn ich die Wahl zwischen Ihrem Dinopark und seinem außer Kontrolle geratenen Freilandversuch habe, dann ist mir seine Erklärung lieber."

„Gut!", ergriff Rocky die Initiative. „Wir haben ohnehin schon zu viel Zeit verloren. Sehen wir zu, dass wir das Boot verlassen und mit dem Aufstieg beginnen. Gleich dort hinten führt eine Schotterstraße zum Kratermassiv." Er wandte sich um und blickte zum Horizont, wo die glutrote Sonne innerhalb der nächsten Stunde im Meer erlöschen würde. „Es ist noch fast ein Kilometer bis zum Ziel. Wir müssen uns beeilen, damit uns vor Anbruch der Dunkelheit genug Zeit für die Arbeit bleibt."

Ein grollendes Gebrüll legte sich wie eine üble Vorahnung über die Felsschlucht.

„Sehr einladend", kommentierte der Botaniker.

„Makaio, du vertäust das Boot sturmsicher und kommst dann nach! Wenn das Wetter auch nur halb so schlimm wird wie angekündigt, können wir die Insel vor morgen Früh sowieso nicht verlassen."

Makaio nickte stumm.

Rocky packte mit jeder Hand eine der mitgebrachten Ausrüstungskisten und forderte die beiden Wissenschafter auf, ihm zu folgen. Nach einigen Schritten rief er über die Schulter zurück: „Am Ende der Straße stößt du auf die Forschungsstation: eine Wellblechhütte und zwei Lagerhallen, irgendwo dort in der Nähe findest du uns!"

Der Botaniker ließ sich ans Ende des Trios zurückfallen und grübelte über die Erklärung nach, die der Mann an der Spitze ihnen aufgetischt hatte. Es war nicht der erste Auftrag dieser Art, den er für den Biotechkonzern erledigte, auch wenn die äußeren Umstände diesmal etwas merkwürdiger waren als sonst. Beruhigend fand er dagegen die Tatsache, dass Rocky einen Maßanzug trug und keine Dschungelkleidung, wie sie bei gefährlichen Expeditionen gemeinhin üblich war.

Auch Selling machte sich so seine Gedanken über das, was vor ihnen lag. Darüber und über die momentane Belastung der Wirbelsäule von Rocky. *Wir haben uns schon schwergetan, diese Kisten zu zweit ins Boot zu heben, und der Kerl trägt eine in jeder Hand. Wer weiß, vielleicht haben sie an seiner DNA auch schon...*

Rocky stoppte unvermittelt und drehte sich um. „Haben Sie etwas gesagt?"

„Habe ich?", fragte ein erstaunter Selling.

Rocky musterte ihn. „Haben Sie nicht?"

„Hat er nicht!" Der Botaniker machte einen festen Schritt nach vorn, als wollte er seinem Kollegen damit auch physisch beistehen. „Können wir jetzt weitergehen? Uns läuft die Zeit davon."

Einen Moment lang wirkte Rocky unentschlossen, was die Antwort auf diese Frage betraf, dann drehte er sich wortlos um und setzte den Marsch fort.

Selling sah den Botaniker fragend an.

„Gehen Sie schon weiter", forderte der und senkte gleich darauf seine Stimme bis auf Flüsterniveau ab. „Sie sollten beim Denken besser den Mund geschlossen lassen. Ich glaube nicht, dass es ratsam ist, Rocky an solchen Gedanken teilhaben zu lassen."

Selling war die Betroffenheit anzusehen. „Hab ich etwa schon wieder...?"

Der Botaniker blieb eine direkte Antwort schuldig, stattdessen übernahm er vorsorglich den Platz hinter Rocky.

Selling blieb für einen langen Moment stehen und starrte den beiden nach. Wieder war das Brüllen zu hören. Der Lärmpegel ließ sie annehmen, dass sie sich der Quelle näherten.
„Na kommen Sie schon, Selling!“, rief der Botaniker. „Sie wollen doch bestimmt nicht allein sein, wenn Sie von den Urzeitmonstern angefallen werden, die es auf dieser Insel eigentlich gar nicht gibt.“
Der leicht ansteigende Pfad war eine Rampe aus Geröll und gehärteter Lava. In einer ausgedehnten Linkskurve wand er sich außen am Fels entlang. Etwa auf halber Höhe zum Kraterrand klaffte eine schluchtartige Öffnung von der Größe einer Wohnhausanlage, die einst ein Vulkanausbruch herausgesprengt hatte. Als sie die Öffnung passierten, wurde ein Großteil der letzten Sonnenstrahlen von den Felswänden verschluckt, wodurch ihr Schwarz noch erdrückender wirkte.
„Warum musste es ausgerechnet diese Insel für Ihren Freilandversuch sein?“ Selling hatte wieder zu den anderen aufgeschlossen.
„Isolation!“, erwiderte der Botaniker, als wäre es das Offensichtlichste auf der Welt. „In dieser abgeschiedenen Lage können Biotechkonzerne fast schon so unbeschwert arbeiten wie unter Laborbedingungen. Weit und breit gibt es keine störenden Biobauern, die sich darüber beschweren, dass ihre Felder von genetisch veränderten Samen kontaminiert werden. Keine Umweltschützer, die ihnen die Felder zertrampeln und ich nehme an, die Kontrollen durch die Behörden fallen hier draußen auch etwas weniger intensiv aus.“
„Sie sind ein ausgezeichneter Beobachter“, lobte Rocky erfreut. „Der große Vorteil ist, dass *wir* auf dieser Insel die Gesetze machen. Sie können sich sicher vorstellen, dass sie deshalb nicht zu unserem Nachteil ausfallen.“
„Stellen Sie Ihr Licht nicht unter den Scheffel“, warf Selling ein. „Die Lobbyisten Ihres Konzerns verstehen es doch

ausgezeichnet, seine Interessen überall auf der Welt durchzusetzen."
„Höre ich da etwa Kritik an Ihrem Auftraggeber, Dr. Selling?", fragte Rocky.
Die Antwort von Selling ging in einer Brüllorgie unter, die diesmal merklich länger dauerte als die letzte.
„Zumindest müssen Sie sich bei diesem Lärm keine Sorgen machen, dass wir bei unserer Arbeit einschlafen", versuchte der Botaniker, die Stimmung zu heben.
„Ich mache mir nie Sorgen." Die Gleichgültigkeit, mit der Rocky das sagte, zwang Selling förmlich dazu, sich selbst welche zu machen.
„Ich gebe aber zu", räumte Rocky ein, „dass das Gebrüll deutlich schlimmer klingt, als es mir am Nachmittag von unseren Mitarbeitern beschrieben wurde."
„Sie meinen", folgerte der Botaniker, „die Lage auf der Insel hat sich zugespitzt?"
„Das halte ich dann doch für deutlich übertrieben. Aber zumindest hört es sich für mich nicht so an, als hätte ich Sie beide umsonst hierher gebracht."
Je näher die drei ihrem Ziel kamen, umso offensichtlicher wurde, dass sie bisher immer nur die Spitzenlaute des Gebrülls gehört hatten. Zwischen diesen Spitzen lag so etwas wie das Grundrauschen der Agonie, das die Unterhaltung zunehmend erschwerte.
Zum ersten Mal seit seiner Ankunft auf der Insel meinte der Botaniker, aus dem kollektiven Todesbrüllen einzelne Stimmen heraushören zu können. „Ich habe noch nie ein Tier so schreien gehört."
„Als Veterinär muss ich Ihnen da widersprechen. Im Moment deckt es sich schon ziemlich mit dem, was ich von manchen Notfällen gewohnt bin, zu denen ich gerufen werde. Was mir allerdings sehr zu denken gibt, sind die extremen Laute, die wir

bis raus aufs Meer gehört haben. Wie groß sagten Sie, ist die Herde doch gleich?"

Rocky konnte sich nicht erinnern, die Herdengröße überhaupt schon angesprochen zu haben, hielt es aber für einen guten Zeitpunkt, seinen Begleitern weitere Informationen über den Auftrag zukommen zu lassen. „Insgesamt 27 Tiere: 16 Kuri und 11 Brahman."

„Kuri und Brahman", wiederholte Selling. „Wegen der Hitzetoleranz nehme ich an?"

„Nicht nur", bestätigte Rocky. „Diese Rassen halten auch sonst eine ganze Menge aus. Wir wollen schließlich nicht wegen genetisch minderwertiger Versuchstiere zu falschen Ergebnissen kommen, was die Verträglichkeit unserer Produkte betrifft."

Wenn ihre Produkte diesen robusten Rassen schon so zusetzen, bleibt der Welt nur die Hoffnung, dass alle anderen niemals damit in Kontakt kommen. Diesmal hatte Selling seine Lippen fest aufeinandergepresst, um ganz sicher niemanden an seinen Gedanken teilhaben zu lassen.

***

Fakultätszentrum Biodiversität, Wien:

Prof. Ginko hatte in seinem Büro nur zwei Blumentöpfe: ein zartes Kaffeepflänzchen und eine verblühte Orchidee. Ersteres war selbstgezogen, Letztere ein Opfer des giftgrünen Daumens von Frau Ginko.

Der Schreibtisch des Professors lag unter einem Bücherberg begraben, der gerade noch genug Platz für Monitor, Tastatur, Maus und eine leere Kaffeetasse ließ. Randvolle Bücherregale an jeder Wand rundeten den schlichten Gesamteindruck des Zimmers ab. Die einschlägigen Buchtitel und ein großes Fenster mit Panoramablick auf den Botanischen Garten ließen

dennoch keine Zweifel daran aufkommen, dass dieses Büro einem der führenden Botaniker der Stadt gehörte.
Prof. Ginko saß vor seinem Monitor und bastelte unter Hochdruck an den Formularen für die bevorstehenden Prüfungen. Ihm blieben nur noch wenige Stunden, bis der angekündigte Besucher bei ihm eintreffen würde und ab dann - das wusste er - würde er nicht mehr zum Arbeiten kommen.
In zwei Wochen sind Ferien, bis dahin wäre sich alles so schön ausgegangen - aber nein! Die müssen ja den Termin vorverlegen und jetzt kann ich zusehen, wie ich alles noch rechtzeitig hinbekomme - bevor er hier antanzt und mir ein Loch in den Bauch fragt. Er seufzte vor Selbstmitleid. *Wozu planen wir das eigentlich seit einem halben Jahr?*
Das Läuten des Telefons riss ihn aus seinen Gedanken. Während er mit sich rang, den Hörer abzuheben, blickte er skeptisch auf die Uhr. *Wer ruft mich um diese Zeit im Büro an? Außer Gaby weiß doch niemand...* Sein Bauch krampfte sich zusammen, als ihm die Erinnerung an sein Zusammentreffen mit dem Polizisten wie Magensäure hochkam. *Bitte nicht!*
„Ginko“, meldete er sich knapp.
„Gerhard?“, fragte die Frau am anderen Ende der Leitung nach, als hätte sie den Namen nicht verstanden.
„Ja?“
„Hier ist Renate vom Botanischen Garten in Kiel.“
Renate? „Renate! Das ist aber eine Überraschung.“ Seine Gesichtszüge entspannten sich. „Woher weißt du...?“
„Deine Frau hat mir gesagt, dass du schon im Büro bist“, kam sie seiner Frage zuvor. „Ich entschuldige mich gleich dafür, dass ich so früh störe, aber es ist wirklich wichtig und ich dachte mir, dass du so früh am Morgen vermutlich eher Zeit hast, als wenn dich nachher die Studenten belagern.“

Wenn es nur die Studenten wären... „Kein Problem“, log er und zeigte sich gespannt und hilfsbereit. „Was kann ich für dich tun?“

„Es geht um eine meiner Assistentinnen.“ Renate war nicht nur eine alte Freundin und Kollegin aus Studienzeiten, sie war auch die Direktorin des Botanischen Gartens in Kiel und in dieser Funktion das Pendant zu Prof. Ginko, der den Botanischen Garten in Wien leitete. Zumindest einmal im Monat mailten die beiden einander oder telefonierten, für gewöhnlich allerdings nur innerhalb der Bürozeiten. „Ihr Name ist Karoline Bogner. Ich glaub, ich hab dir schon von ihr erzählt.“

„Die mit den rosa Haaren?“ fragte er vorsichtig.

„Genau die! Aber bitte lass dich davon nicht täuschen. Sie ist eine ganz Liebe und fachlich eine Wucht. Außerdem ist sie eigentlich blond und hat nur eine pinkfarbene Strähne.“

„Was hat sie angestellt?“, fragte Prof. Ginko, als er merkte, dass das Gespräch abzugleiten drohte.

„Nichts! Sie hat sich vollkommen korrekt verhalten. Unser Institut sollte für die Europäische Kommission einen Umweltbericht erstellen. Ich habe Karoline mit der Leitung dieses Projekts beauftragt. Keine große Sache, die Leute in Brüssel wollten nur eine zweite Meinung, bevor sie eine Entscheidung fällen. Es ging um die Erlaubnis für einen Freilandtest mit drei neuen Sorten von gentechnisch verändertem Raps. Angepeilt war eine Ertragssteigerung im unteren zweistelligen Prozentbereich bei den transgenen Sorten. Wir sollten die besonderen Risiken abschätzen, die mit einem solchen Freilandversuch verbunden sind. Wobei wir, wie gesagt, die zweite Meinung waren, also nur noch zur Absicherung des ersten, überwiegend positiven Berichts herangezogen wurden.“

„Klingt nach einer klaren Sache", bemerkte er. „Aber ihr habt offenbar doch einen Haken gefunden, um die Zulassung zu verhindern."
„Eben nicht!", widersprach sie heftig. „Das ist es ja! Obwohl die Ertragssteigerung vom Saatguthersteller ohnehin schon sehr niedrig angesetzt war, konnten wir nicht einmal diesen geringen Zuwachs bestätigen. Der untersuchte Raps ist alles andere als ein sensationelles Hightechprodukt, für das sich so ein Aufwand lohnen würde. Kein vernünftiger Hersteller würde freiwillig so viel Geld in die Entwicklung derart nutzloser Sorten investieren. Die drei Testkandidaten entsprechen im Wesentlichen nur abgeschwächten Versionen von bereits genehmigten Rapssorten."
„Warum dann überhaupt eine Genehmigung?"
„Genau das hat Karoline sich auch gefragt und die Antwort in einer Gesetzesvorlage gefunden, die im nächsten Jahr zur Abstimmung kommen soll. Wenn sich deren Befürworter durchsetzen, kann der Mindestabstand zu Feldern mit biologischem Landbau künftig deutlich reduziert werden, sofern der Hersteller des Saatguts nachweisen kann, dass es in den letzten drei Jahren zu keiner Kontamination benachbarter Felder mit gentechnisch verändertem Saatgut gekommen ist. Diese Lockerung soll automatisch auch für neue Sorten gelten, deren Risiko geringer eingestuft wurde als das von bereits freigegebenen Sorten. Im Klartext heißt das, dass transgene Sorten künftig noch näher neben normalem Saatgut angepflanzt werden dürfen."
Er gähnte und schielte zur Kaffeemaschine am anderen Ende seines Büros. „Also wäre es möglich, den von euch untersuchten Raps schon im nächsten Jahr auszupflanzen?"
„Wenn sich in Brüssel eine Mehrheit findet, heißt die Antwort für alle drei Sorten: ja! Karoline hat vermutet, dass genau das die Absicht hinter dieser Pseudo-Genehmigung ist: Wir

bestätigen der Kommission die Unbedenklichkeit und damit kann der neue Raps schon im nächsten Jahr neben den Feldern mit konventionellem oder im schlimmsten Fall sogar biologischem Landbau ausgesät werden."

„Und sie so lange mit fremder DNA verunreinigen, bis die Bauern ihre Ernten einstampfen können", sprach er aus, was beide dachten. „Oder die Bauern ziehen die Notbremse: Sie stimmen der lange geforderten Aufhebung der Nulltoleranz zu und dulden künftig einen gewissen Prozentsatz an Verunreinigung ihres Saatguts. Die Abfüller und Silobesitzer würden sich darüber freuen und die Lobbyisten der Gentechnik sowieso."

„Aber für die ökologische Landwirtschaft wäre es der Anfang vom Ende. Der Anteil von transgenem Raps würde sich jedes Jahr weiter erhöhen und die Toleranzgrenze müsste immer weiter nach oben verschoben werden."

„Du glaubst also, dass diese neuen Sorten nur dazu dienen, Felder mit konventionellem und ökologischem Anbau zu verunreinigen?"

„Jetzt tu aber nicht so, als ob das so abwegig wäre. Du weißt doch selbst am besten, wie viele transgene Samen jedes Jahr ganz *zufällig* auf anderen Feldern landen. Sei es, weil sie vom LKW fallen, weil sie jemand beim Spazierengehen verliert oder weil sie falsch etikettiert wurden. Eine großflächige Kontamination wäre da nur der nächste logische Schritt."

„Hast du Beweise?"

„Kommt drauf an, wie du das Wort definierst. Karoline hat den Fehler gemacht und die falschen Leute auf ihren Verdacht angesprochen. Jetzt muss sie sich nach einem neuen Job umsehen."

„Autsch!"

„Du sagst es. Aber es ist nicht ganz so schlimm. Wir haben im Herbst Wahlen und da kommen den Parteien die Schecks von

großen Biotechkonzernen gerade recht. Keiner von den Politikern wird sich bis dahin gegen seine Geldgeber stark machen und für uns in die Bresche springen. In einem halben Jahr sieht die Sache aber schon wieder ganz anders aus."
„Ich ahne schon, worum du mich bitten willst."
„Karoline ist wirklich eine erstklassige Spezialistin, der die Forschung wichtiger ist als irgendwelche Geldgeber. Soll sie für ihren Idealismus bestraft werden? Sie ist doch erst fünfunddreißig, und ihre wissenschaftliche Karriere steht noch am Anfang. Findest du das fair?" Sie gab ihm Zeit, nachzudenken. „Komm schon, Gerhard. Es wäre doch nur für ein paar Monate. Offiziell übernimmst du sie für eine Studie über winterharte Palmen, damit sie in Kiel von der Bildfläche verschwinden kann, bis Gras über die Sache gewachsen ist. Anfang nächsten Jahres erklärst du das Projekt für beendet und ich hol sie mir wieder zurück. Statt eines schwarzen Flecks in Kiel hat sie in Wien Erfahrung für ihren Lebenslauf gesammelt. Was soll daran falsch sein?"
Der Zeitpunkt? Er fühlte sich schmerzhaft an den bevorstehenden Besuch sowie die noch vorzubereitenden Prüfungen erinnert und verdrehte die Augen. „Wie lang habe ich Bedenkzeit?"
„Na ja, ich hatte gehofft, dass du mir gleich eine verbindliche Antwort gibst - eine positive!", fügte sie rasch hinzu. „Je schneller Karoline abtaucht, umso weniger Staub wirbelt die Sache auf."
„Verstehe", murmelte er.
Eine Weile blieb es still in der Leitung.
„Gerhard?"
„Ich denke noch!"
„Sie ist wirklich gut. Die beste Pflanzengenetikerin, die ich habe! Und - aber lass das deine Frau nicht hören - sie sieht auch noch hervorragend aus."

„Tatsächlich?", fragte Prof. Ginko, dessen Blick auf der Schreibtischuhr verharrte. „Für eine gute Genetikerin haben sie drüben im Biologiezentrum sicher jederzeit Verwendung, aber wir hier..."
„Ach komm, lass dich nicht so bitten!"
„Na hör mal, so oft kommt es in meinem Alter auch nicht mehr vor, dass man aus dem Ausland angebettelt wird, einer hervorragend aussehenden Spitzenbiologin politisches Asyl zu gewähren." Mit einem Mal erhellte sich sein Gesicht, und er glaubte, eine geniale Idee zu haben. „Kann sie gut mit Kindern umgehen?"
„Wie meinst du das?"
„Was kann man daran falsch verstehen?", erwiderte er. „Kann sie gut mit Kindern umgehen?"
„Ich denke schon... Alle Frauen können gut mit Kindern, das liegt uns in den Genen."
„Überzeugt, ich nehm sie! Wann kann sie hier sein?"
Ein zögerliches Schlucken war zu hören. „Ihr Flieger geht heute Mittag."
„Wirklich?", fragte er und wirkte - zur großen Verwunderung seiner Gesprächspartnerin - angenehm überrascht.
„Ich weiß, ich hätte dich vorher fragen sollen, aber..."
„Aber nein, alles gar kein Problem", beruhigte er. „Diese Karoline Bogner spricht nicht zufällig auch ein paar Brocken Russisch?"
„Hmmm..." Renate dachte laut nach. „Doch, ich denke, das könnte klappen. Sie ist nämlich in Ostdeutschland aufgewachsen und hat vermutlich noch Russisch in der Schule gehabt. Viel darfst du dir davon nicht erwarten, aber..."
„Sag ihr, sie soll ihr Wörterbuch einpacken und endlich losfahren, die Zeit drängt!" Ein zufriedenes Lächeln legte sich über Prof. Ginkos Gesicht, wobei er siegessicher die Faust

ballte. *Ja!* Von einer Minute auf die andere kam ihm der Tag gar nicht mehr so schrecklich vor.

***

Forschungsstation, Isle 113, Pazifik, kurz vor Sonnenuntergang: Als Rocky und seine beiden wissenschaftlichen Begleiter in Sichtweite der Blechhütte samt angrenzender Lagerhallen kamen, stieg ihnen ein widerlicher Gestank in die Nase: Eine Mischung aus Methan, baldigem Tod und einsetzender Verwesung hing in der Luft.

„Das stinkt ja fürchterlich“, machte der Botaniker seinem Unmut Luft.

Selling ging noch einige Schritte, dann wurde ihm der Weg von einem Rinderkadaver versperrt. „Ich glaube, wir haben die Ursache gefunden.“ Er zeigte auf den aufgerissenen Bauch, dessen Inhalt offenbar schon einigen Vögeln als Abendmahl gedient hatte.

„Oh, mein Gott!“ Der zartbesaitete Botaniker wandte sich angewidert ab. „Was um alles in der Welt hat dieses Tier so zugerichtet?“ Er machte einen großen Bogen durch das dichte Gras, um ausreichend Abstand zu halten, entdeckte zu seinem Unglück dabei aber ein weiteres Opfer. „Hier liegt noch eine Kuh!“ Nach einem Moment der Überwindung fügte er hinzu: „Sieht aus, als wäre sie explodiert.“

„Dieser Vergleich ist nicht ganz unberechtigt“, erklärte Selling mit wissenschaftlicher Nüchternheit. „Wenn das Verdauungssystem der Rinder schlappmacht, bleibt nur wenig Zeit, bevor sie qualvoll verenden und es ihnen den Bauch zerreißt.“ Er bückte sich, um einen genaueren Blick auf die tote Kuh vor sich zu werfen und vorsorglich eine Gewebeprobe zu entnehmen.

Der Botaniker hatte seinen Hemdkragen aufgestellt und versuchte, durch den Stoff zu atmen. „Ich hab zwar gehört, dass so etwas möglich ist, aber bisher ist mir der Anblick zerplatzter Kühe erspart geblieben... und dieser Gestank zum Glück auch“, fügte er nach einer Weile hinzu.
Selling pflichtete ihm bei. „Für gewöhnlich bin ich vor Ort, *bevor* es zu einem solchen Magenstillstand kommt. Im schlimmsten Fall muss ich den Rindern selbst den Bauch aufschneiden und sie ausräumen, damit die Bauern das Fleisch noch verwenden können. Aber hier kommt jede Hilfe für Tier und Fleisch zu spät.“ Er stand auf und blickte sich nach Rocky um.
Der war, seit er die beiden Ausrüstungskisten neben die Blechhütte gestellt hatte, überraschend schweigsam.
„Alles okay mit Ihnen?“, fragte der Veterinär.
„Mir geht es gut, Doktor“, erwiderte Rocky. „Ich hatte nur nicht erwartet, dass es schon solche Ausmaße annimmt.“
„Das glaube ich Ihnen aufs Wort. Anderenfalls hätten Sie wohl kaum mich hergeholt, sondern kräftige Männer mit Schaufeln. Ich schlage vor, dass wir nach Tieren Ausschau halten, für die ich hoffentlich mehr tun kann.“ Sein Blick wanderte vorbei an der Blechhütte, entlang der beiden Lagerhallen, von denen jede etwa 25 Meter lang war, und weiter über eine Naturweide, die mit zahlreichen Büschen durchzogen war. „Wie groß ist das Gebiet, in dem sich die Rinder aufhalten?“
Rocky streckte den Arm aus. „In diese Richtung bis zum Beginn des Urwalds, links von uns bis zur Steilwand und hier drüben kommt nach rund einem halben Kilometer ein elektrischer Zaun. Dahinter beginnt das Anbaugebiet.“
Gerade als Selling seine Brille hin- und herschob, um nach dem Zaun zu suchen, begann irgendwo auf der Weide eine Kuh um ihr Leben zu brüllen. Die Felswände warfen das Geräusch mehrfach zurück, wodurch es fast bis ins Unerträgliche anstieg,

bevor es annähernd so plötzlich wieder endete, wie es begonnen hatte.

„Es kommt von da drüben!“, rief Rocky. „Schnappen Sie sich Ihre Ausrüstung, ich begleite Sie zu Ihrem ersten Patienten!“

„Was ist mit mir?“, fragte der Botaniker.

„Sie kommen ebenfalls mit! Wir brauchen Ihre Expertise über die Weidepflanzen, die in der Nähe der Anbaufläche wachsen. Es könnte sein, dass sich einige der Testsamen doch weiter verteilt haben, als wir es berechnet haben.“

„Berechnet?“, äußerte Selling sich abfällig. „Die Natur lässt sich nicht in Zahlen pressen!“

„Alles lässt sich berechnen“, widersprach Rocky. „Es ist immer nur die Frage, wie viele Stellen nach dem Komma nötig sind, um eine verlässliche Aussage treffen zu können.“

Offensichtlich weit mehr, als Sie für Ihr Experiment eingeplant haben! Selling warf ihm einen vielsagenden Blick zu und begann damit, ein paar Ausrüstungsgegenstände aus einer der Kisten zusammenzusuchen.

„Was genau bauen Sie auf den Feldern da hinten an?“, fragte der Botaniker.

„Wie schon gesagt, testen wir unterschiedlichste Pflanzen auf ihre Tauglichkeit: diverse Getreidesorten, Raps, Soja... das Übliche!“

„Für den Einsatz als Viehnahrung oder für den menschlichen Verzehr?“, wollte der Botaniker wissen.

„Sowohl als auch. Die Pflanzen, die auf dieser Insel erprobt werden, bieten eine Fülle von Möglichkeiten, sind aber noch in einem sehr frühen Versuchsstadium. Wir sind gerade erst dabei auszuloten, welche der gewünschten Eigenschaften wir auf Dauer in der Pflanzen-DNA verankern können. Trotzdem hoffen wir, schon bald eine wirksame Waffe gegen den Hunger auf der Welt in der Hand zu haben. Sei es im Kampf gegen salzige Böden oder Schädlinge.“

Der Botaniker ließ sich nicht anmerken, ob er die Einschätzung von Rocky teilte und nahm wortlos ein paar Probenbehälter aus der Kiste. Danach machten die drei Männer sich auf den Weg in Richtung Weidezaun.
„Wir sollten einen Zahn zulegen, damit wir zumindest noch etwas Tageslicht haben“, drängte Rocky.
Selling beschleunigte seinen Schritt im hohen Gras. „Wissen Sie, was mir auffällt, Rocky?“
„Was denn?“
„Ich weiß natürlich, dass Sie keine Besucher erwarten, aber trotzdem habe ich auf der ganzen verdammten Insel noch nicht ein einziges Mal Ihr Firmenlogo gesehen.“
„Tatsächlich...?“ Rocky zeigte sich überrascht. „Jetzt, wo Sie es ansprechen... Da sehen Sie!“ Er lenkte die Aufmerksamkeit seiner Begleiter auf ein riesiges Rind, das vor ihnen in der Dämmerung auftauchte und sich nur noch mit Mühe auf den Beinen halten konnte. „Wir haben Ihren ersten Patienten gefunden, Dr. Selling!“
Auch der Botaniker stoppte und beobachtete, wie Selling sich in aller gebotenen Eile auf sein Zusammentreffen mit dem gehörnten Fleischberg vorbereitete, der trotz, oder vielleicht gerade wegen seiner Angeschlagenheit erste Anzeichen von Aggressivität erkennen ließ.
Selling hat Recht. Für einen Konzern, der seine Werbung für gentechnisch verändertes Soja selbst auf Schulmilchpackungen drucken lässt, ist eine solche Zurückhaltung höchst ungewöhnlich. Vor allem in den USA war es schwer geworden, sich dem Einflussbereich des zweifarbigen Maiskorns zu entziehen, das dem Biotechkonzern als Logo diente. Sein Design war an eine alte Indianerlegende angelehnt, der zufolge die Götter die Menschheit einst aus einem hellen und einem dunklen Maiskorn erschaffen hatten. Das Logo bestand aus

einem breit grinsenden Maiskorn, das beide Zutaten in sich vereinte: Die linke Hälfte war hell, die rechte Hälfte dunkel.
Nicht einmal an der Blechhütte oder den Lagerhallen war ein Hinweis auf...
„Kann ich Ihnen helfen?“, unterbrach Rockys Stimme die Gedankengänge des Botanikers. „Ich habe den Eindruck, Sie können sich nicht entscheiden, welche der Pflanzen Sie für Ihre Tests einsammeln wollen.“ Seine Hand wanderte im Halbkreis über die unterschiedlichen Sorten Grün, die sie umringten.
„Ja, sieht ganz danach aus. Bei so viel Angebot fällt mir die Wahl schwer.“
Ein Brüllen ließ die Männer zusammenzucken.
„Ganz ruhig.“ Selling näherte sich mit einer Spritze in der Hand dem aufgeregten Rind. „Was immer dich bedrückt, in meiner Tasche wird sich ein Mittel dagegen finden. Aber zuerst musst du mir gestatten, dass ich dich damit ruhigstelle...“
Das Tier stieß erneut ein Brüllen aus und schlug mit dem Kopf wild um sich.
Rocky blickte skeptisch zu Selling. „Sind Sie sicher, dass Sie so nah rangehen wollen? Wir können das Vieh genauso gut mit dem Betäubungsgewehr in die Horizontale...“
Selling machte einen Sprung zur Seite und konnte dem spitzen Horn gerade noch ausweichen, das fast seine Brust durchbohrt hätte. Es folgte ein weiteres Brüllen, diesmal von der besonders heftigen Sorte, wie die Männer es bereits auf dem Boot vernommen hatten.
„Passen Sie besser auf, Dr. Selling!“, mahnte Rocky zur Vorsicht. „Ich habe keine Lust, meinem Boss zu erklären, warum Sie die Rückfahrt in einem Kunststoffsack antreten mussten.“
„So weit wird es nicht kommen“, erwiderte ein sichtlich erschrockener Selling. „Ich habe noch nie ein Rind so grauenhafte Laute von sich geben hören. Noch nie! Es muss

unvorstellbare Schmerzen haben, nur deshalb wollte es mich attackieren... Beim nächsten Mal bin ich darauf vorbereitet."
Der Botaniker hatte, ohne richtig hinzusehen, wahllos zwei Pflanzenproben eingesackt und verfolgte mit erhöhtem Puls, wie sein Kollege sich dem Rind erneut näherte.
„Diese Rasse gilt normalerweise als extrem sanftmütig." Es klang fast so, als wollte Selling sich damit selbst Mut zusprechen. „Ich würde meinen Patienten gern auf dem Boden haben, bevor die Sonne ganz untergegangen..."
Er hatte seinen Satz noch nicht beendet, da startete das Tier die nächste Attacke, die von noch unerträglicherem Gebrüll begleitet wurde.
Diesmal reagierte der Tierarzt schneller, wirkte aber dennoch nicht so, als wäre er Herr der Lage.
„Es reicht!", sprach Rocky ein Machtwort. „Ich bin für Ihre Sicherheit verantwortlich und ich entscheide, dass Sie das Gewehr nehmen."
Sellings Protest hielt sich in Grenzen. Vorsichtig entfernte er sich im Rückwärtsgang von dem Tier.
Der Botaniker hatte unterdessen eine weitere Probe in einem Plastikbeutel verstaut. „Sagen Sie, Rocky, wo sind eigentlich Ihre Leute, die diese Forschungsstation betreuen und die Versuche überwachen?"
Rocky hatte das Gewehr aufgehoben und wollte es gerade Selling reichen. Stattdessen drehte er sich nun um, wodurch der Gewehrlauf geradewegs auf den Botaniker zielte. „Das ist eine sehr interessante Frage."
„Rocky?", erklang die Stimme von Selling hinter seinem Rücken. „Würden Sie mir bitte das Gewehr..."
Ein erneutes Brüllen beendete den Satz vorzeitig.
Rocky streckte das Gewehr zur Seite und wartete darauf, dass der Tierarzt es ergriff. Dann wandte er sich wieder der Frage des Botanikers zu. „Ich vermute", begann er und schaute sich

suchend um, „dass meine Männer irgendwo hier auf der Weide sind und versuchen, den anderen Tieren zu helfen."
„Wie viele Ihrer Leute sind denn auf der Insel?"
Rocky zögerte nur kurz, möglicherweise aber lang genug, dass es seinem Gegenüber auffallen konnte. Im selben Augenblick knallte der Schuss des Betäubungsgewehrs.
„Zwei!", antwortete Rocky.

***

20 Seemeilen entfernt auf einer der Nachbarinseln:
Ein einheimischer Gemüsebauer und seine Frau saßen am Sandstrand vor ihrer Hütte und beobachteten die versinkende Sonne.
Der Bauer war Mitte zwanzig und hatte ein freundliches Gesicht mit schwarzen Knopfaugen. Seine Frau war ein paar Jahre jünger und trug eine selbstgemachte Muschelkette.
Er hatte seinen Arm um ihre Schulter gelegt und küsste sie zärtlich auf die Wange. „Es wird eine Menge Regen geben."
„Regen und Wind. Viel Wind!", bestätigte sie. „Ich hoffe nur, dass er uns nicht wieder das Dach abdeckt."
Nur zu gut konnten die beiden sich noch an den verheerenden Sturm im Vorjahr erinnern, der über 200 Stundenkilometer erreicht hatte. Auf der ganzen Insel waren Bäume und Palmen entwurzelt worden. Einige der damals abgeknickten Baumfarne ragten noch immer wie Mahnmale der Verwüstung in den Himmel. Neben Unmengen an Regen hatte das Unwetter auch Pflanzenteile und alle möglichen Tiere auf der Insel abgeladen. Je nach Intensität sogen die Stürme Insekten oder auch Fledermäuse und Eidechsen wie riesige Staubsauger an, um sie kilometerweit über das Meer zu tragen und anschließend irgendwo abregnen zu lassen. Obwohl die meisten Tiere Reise

und Leben im Meer beendeten, schafften es immer wieder einzelne auf andere Inseln.
Die stärker werdende Brandung ließ vermuten, dass auch in dieser Nacht ein paar größere Exemplare auf dem weißen Sand landen würden. Ihnen blieb dann nur bis Tagesanbruch Zeit, im Dickicht des Dschungels unterzutauchen, bevor Möwen und Krabben die Strandreinigung in Angriff nahmen.
„Siehst du das auch?“ Sie zeigte auf einen hellen Fleck, der in einiger Entfernung vom Ufer zwischen den Wellen aufblitzte.
„Was?“
„Dort drüben!“ Sie lenkte seinen Blick an ihrem ausgestreckten Arm entlang. „Ungefähr dort, wo wir letztens beim Fischen den Rochen gefangen haben.“
Er schüttelte den Kopf. „Ich seh nichts.“
„Jetzt ist es weg“, bestätigte sie und ließ ihren Arm in den Sand sinken.
„War bestimmt irgendein Vogel.“
„Glaub ich nicht.... Da! Da ist es wieder!“
Der Bauer kniff die Augen zusammen, um besser sehen zu können. „Ich glaube, ich weiß, was du meinst.“
„Das ist kein Vogel!“, sagte sie überzeugt.
Er stimmte zu. „Könnte ein verendeter Delphin sein, oder ein Schiff hat wieder seinen Abfall vor unserer Insel entsorgt.“
„Das mit dem Abfall könnte hinkommen.“
In den nächsten Minuten verfolgten die beiden, wie sich der weiße Müllsack immer weiter dem Strand näherte. Manchmal verschwand er zwischen den Wellen, tauchte aber wenig später wieder an einer anderen Stelle auf.
„Meinst du, der Sack erreicht uns, bevor das Unwetter losbricht?“, fragte er.
Sie grinste: „Willst du wetten?“
Es donnerte.

„Wieso nicht? Diesmal ist es wenigstens fair, weil du das Ergebnis nicht beeinflussen kannst.“
„Als ob ich das nötig hätte. Worauf willst du setzen?“
„Warte.“ Er stand auf, um die Entfernung besser einschätzen zu können. Mit wettererprobtem Blick studierte er Wellen- und Wolkenbewegungen.
„Wenn du dir noch lang Zeit lässt, können wir uns das Wetten gleich sparen.“
„Schon gut. Ich sage, der Sack schafft es bis zum Strand, bevor das Unwetter losbricht.“
„Genauer!“
„Er berührt den Sand, bevor die ersten Tropfen fallen.“
„Das ist eine Ansage“, erwiderte sie erfreut. „Ich halte dagegen. Üblicher Einsatz oder willst du verdoppeln?“
„Verdoppeln?“ Er überlegte. In der zurückliegenden Woche hatten seine Wettniederlagen dazu geführt, dass er an sechs von sieben Tagen die handbetriebene Trinkwasserpumpe hatte bedienen müssen, deren elektrische Version einem Kurzschluss zum Opfer gefallen war. Da das nächste Versorgungsschiff noch zwei Wochen auf sich warten ließ, blieb genügend Zeit für weitere Wetten und erhöhte Einsätze. „Wir verdoppeln!“
Die nächsten Minuten auf der Insel unterschieden sich von jenen vor der Wette in einem wesentlichen Punkt: Sie verliefen deutlich spannender.
„Er schafft es.“
Sie lächelte milde. „Ich glaub, ich hab gerade den ersten Tropfen auf meiner Nase gespürt.“ Ein entferntes Donnergrollen schloss sich der Behauptung an.
„Auf keinen Fall. Das war bestenfalls der Angstschweiß, weil du erkennst, dass ich gewinne.“
„Schon wieder einer.“
„Bei mir ist noch alles trocken.“

Sie streckte ihm den Kopf hin und tippte sich mit dem Finger ins Gesicht. „Da, auf meiner Wange. Frisch vom Himmel gefallen.“
Er küsste sie lachend auf die angezeigte Stelle. „Da ist doch gar nichts.“
Sie verharrte ruhig. Er nutzte die Gelegenheit und küsste sie ein zweites und drittes Mal mit viel Leidenschaft. Erst beim Aufblicken bemerkte er den erschrockenen Ausdruck in ihrem Gesicht. „Was ist?“
„Da“, hauchte sie durch fast geschlossene Lippen und starrte auf die Wellen.
Als er sich umdrehte, war der Müllsack in einem Wellental untergetaucht, wurde aber gleich darauf wieder hochgehoben und war besser zu sehen als je zuvor. Das helle Plastikweiß hatte sich in wassergebleichtes Rosa verwandelt und auch die Konturen des Treibguts hatten sich verändert. Dem vermeintlichen Sack waren Arme gewachsen.
„Himmel hilf!“
Die nächste Welle drehte den Körper und warf ihn auf den Rücken. Dabei klatschte der rechte Arm mit einer Geste aufs Wasser, als wollte Poseidon höchstpersönlich seine Einladung an das junge Paar aussprechen.
Keiner der beiden erwiderte etwas. Stattdessen versuchten sie, jeder für sich, den Anblick zu verarbeiten.
Die Augen der Insulanerin füllten sich mit Tränen, die zwischen immer größer werdenden Regentropfen zu verschwinden drohten. *Seine Beine...*
Es war naheliegend, dass die Beine des Toten im Magen eines Haifischs gelandet waren. Vermutlich trieb er schon seit einem oder zwei Tagen auf dem Meer. Genau ließ sich das nicht sagen, denn auch die Sonne hatte ihre Spuren hinterlassen.
Es ist so schrecklich. Sie wandte sich ab.

Der Regen war stärker geworden und hämmerte seine Kreise ins Wasser. Mehrere kleine Blitze entluden sich auf der anderen Seite der Insel und auch das Donnergrollen kam näher. Noch immer hatte das Paar sein betroffenes Schweigen nicht gebrochen. Vor allem der Bauer wirkte von dem morbiden Schauspiel regelrecht gefesselt. Unaufhörlich warfen die Wellen den Leichnam in Richtung Strand, um ihn gleich darauf wieder ein Stück zurückzuziehen. Das Meer schien sich nicht entscheiden zu können, ob es sein Opfer hier abladen wollte.
Ein Blitz zerriss den Himmel und schlug nicht allzu weit entfernt in eine Palme ein. Erschütterung und Lautstärke glichen direktem Beschuss mit schwerer Artillerie.
„Geh in die Hütte!“, befahl er.
Ohne zurückzublicken, setzte sie sich langsam in Bewegung.
„Na los, mach schon!“
„Was ist mit dir?“
„Ich komme gleich.“
Wie in Trance schlich sie durch den nassen Sand. „Bitte, lass mich jetzt nicht allein.“
„Ich komme gleich!“, rief er. „Geh du schon vor!“
Es blitzte und donnerte abermals. Das Unwetter hatte die Insel vollends erreicht und peitschte die Wellen gegen den Strand.

***

Hauptweide, Isle 113, Pazifik:
Die Sonne war untergegangen, und neben der Dunkelheit hatte sich auch eine feuchte Kälte über die Weide gelegt, die den bevorstehenden Wettersturz ankündigte. In der Ferne war anhaltendes Donnergrollen zu hören.
„Ich halte es für klüger, wenn wir zur Forschungsstation zurückkehren“, sagte Selling. „Die Gewebeproben habe ich,

und mehr kann ich für das arme Tier ohnehin nicht mehr tun.“ Er strich dem sterbenden Rind über den Hals.
„Ich bin auch fertig“, bestätigte der Botaniker. „Außerdem ist es mittlerweile so dunkel geworden, dass ich gerade noch ein Gänseblümchen von einer Distel unterscheiden kann.“
„Rocky?“, fragte Selling.
Die Stille wurde nur vom aufkommenden Wind durchbrochen, der durch das Gras strich.
„Rocky, wir sind fertig!“, rief der Botaniker.
Wieder kam keine Antwort.
„Wo ist er denn hin? Gerade eben war er doch noch hinter mir. Rocky?“
„Rocky!“
Der Lichtkegel einer Taschenlampe schnitt durch die Nacht und stoppte direkt in den Augen des Botanikers.
„Halten Sie die Lampe tiefer, Sie blenden mich!“
„Tut mir leid.“ Rocky senkte seinen Arm und erhellte stattdessen die gesammelten Pflanzenproben. „Wir sollten machen, dass wir in die Forschungsstation kommen, bevor das Unwetter losbricht.“
„Das klingt nicht so, als würden wir heute noch zurückfahren“, stellte ein wenig erfreuter Selling fest. „Sie wollen also die Nacht wirklich auf der Insel verbringen?“
„Von Wollen kann gar keine Rede sein“, widersprach Rocky und half dem Botaniker beim Aufheben der Pflanzenproben. „Wir haben keine andere Wahl. In spätestens einer Stunde fällt hier so viel Regen, dass Sie ertrinken, sobald Sie den Mund aufmachen.“
„Na schön“, brummte Selling widerwillig, der bis zuletzt gehofft hatte, die Proben noch in derselben Nacht im eigenen Labor untersuchen zu können.
„Ich bin für das Wetter nicht zuständig“, rechtfertigte Rocky seinen Standpunkt. „Die Rückfahrt dauert mindestens zwei

Stunden. Bis dahin hätte uns das Unwetter längst eingeholt. Sie können mir glauben, dass Sie das in dem kleinen Boot auf hoher See weder erleben wollen noch überleben würden."
„Aber was ist mit den Untersuchungen?", warf Selling ein.
„Sie werden eben mit der Ausrüstung auskommen müssen, die Sie mitgebracht haben. Außerdem können Sie die Geräte der Forschungsstation benutzen."
„Na toll!" Selling verzog das Gesicht beim Gedanken daran, dass er nicht einmal genug Zeit gehabt hatte, eine eigene Taschenlampe einzupacken. „Unter einer umfassenden Laboranalyse hatte ich mir irgendwie mehr vorgestellt als den Blick durch ein tragbares Mikroskop und ein paar Schnelltests aus der Dose."
„Ihre Sicherheit geht vor", bemühte Rocky ein weiteres Mal sein Totschlagargument.
Irgendwo in der Dunkelheit entlud sich ein fürchterliches Brüllen in den auffrischenden Wind.
Verdammt! Der Botaniker fuhr erschrocken zusammen. „Wenn ich nicht genau wüsste, dass das nur ein besonders wehleidiges Rindvieh war..."
„Geht schon wieder Ihre Urzeitfantasie mit Ihnen durch?", fragte Selling mit bissigem Unterton.
„Bringen Sie ihn nicht auf Ideen!" Rocky hatte wieder die Führung übernommen und leuchtete mit der Taschenlampe den Weg durch das kniehohe Gras.
Die beiden Wissenschafter empfanden den Rückweg zur Forschungsstation um einiges kürzer, was auf das hohe Tempo zurückzuführen war, das der Mann an der Spitze vorlegte. Um nicht im Dunkeln zurückzufallen, blieb den beiden nichts anderes übrig, als ihre Geschwindigkeit anzupassen.
Wenige Minuten später tauchten aus dem Schwarz die Umrisse der Lagerhallen und der Blechhütte auf. Der Wind hatte die Luft merklich abgekühlt und erste Tropfen waren zu spüren.

Wären die beiden von Rocky nicht so zur Eile gedrängt worden, hätten sie sich vielleicht jetzt schon die Frage gestellt, warum aus keinem der drei Gebäude ein Lichtstrahl drang.
„Wir werden es uns hier drin gemütlich machen, bis das Schlimmste vorüber ist.“ Rockys Taschenlampe strahlte die verbeulte Schiebetür der Blechhütte an. „Passen Sie auf die beiden Stufen auf! In dem dichten Gras kann man sie leicht übersehen.“ Er legte die Hand auf den Griff der Tür und schob sie mit einem kräftigen Ruck ein Stück weit zur Seite. Ungefähr in der Mitte blieb sie stecken. „Verdammte Luftfeuchtigkeit!“, schimpfte er. „Hier rostet ständig alles fest.“ Ein weiterer Ruck sorgte dafür, dass die Tür unter protestierendem Quietschen den Weg freigab. „Nach Ihnen!“
Im flüchtigen Schein der Taschenlampe konnten die beiden Wissenschafter einen ersten Blick auf den spartanisch eingerichteten Raum werfen: Mit Pin-ups und Landkarten beklebte Blechwände, zwei Tische mit antiquierten Analysegeräten, einige davon in Kühlschrankgröße, und mehrere ausrangierte Wartezimmersessel, die schon aus der Ferne mit Kreuzschmerzen drohten.
Rocky tastete über die Wand und ein Schalterklicken war zu hören. Gleich darauf ein zweites. „Die Batterien müssen leer sein. Ich werde den Dieselgenerator anwerfen, damit sie wieder aufgeladen werden. Sie warten hier! Ich bin gleich wieder da.“
Bevor einer der beiden etwas erwidern konnte, war der Lichtkegel nach draußen verschwunden.
„Egal wie dringend der nächste Einsatz wird“, erklärte Selling, „ich werde mir die Zeit nehmen und eine Taschenlampe einpacken. So etwas passiert mir nicht noch einmal.“
„Haben Sie schon öfter für die gearbeitet?“, fragte der Botaniker.
„Etwa ein halbes Dutzend Mal im letzten Jahr. Und Sie?“

„Bei mir ist es erst der zweite Einsatz. Ich habe aber schon einige Expertisen für den Konzern erstellt. Er dürfte großen Wert auf längerfristige Zusammenarbeit legen."
„Wundert Sie das?", entgegnete Selling. „Bei der Menge an Feinden, die er sich mit seiner kompromisslosen Einstellung zur Gentechnik gemacht hat, muss er den Kreis jener, denen er vertraut, gering halten."
„Sie glauben doch nicht wirklich, dass die uns vertrauen?"
„Und Sie?", retournierte Selling die Frage.
Der Botaniker gab ein abfälliges Grunzen von sich. „Wer so gut bezahlt, lässt keine Fragen zu und das bestimmt aus gutem Grund. Was meinen Sie, was mit den Tieren da draußen passiert ist?"
„Ohne ausführliche Analyse? Schwer zu sagen."
„Versuchen Sie's! Ich habe Sie vorhin genau beobachtet. Was war Ihr erster Gedanke, als Sie festgestellt haben, dass diese schrecklichen Laute tatsächlich von Rindern stammen?"
„Unmöglich!"
„Aber?", hakte der Botaniker nach.
„Nichts aber", gab Selling sich wortkarg. „Sie haben mich nach meinem ersten Eindruck gefragt. Mehr kam mir spontan nicht in den Sinn."
Der Botaniker seufzte. „Hören Sie, ich sitze auf dieser Insel genauso fest wie Sie. Wenn ich Ihnen ein Loch in den Bauch frage, dann nur, weil ich mir ein Bild davon machen will, was uns hier noch bevorstehen könnte."
„Schon gut", erwiderte der Veterinär. „Vermutlich könnte ich Ihrer Neugier mehr abgewinnen, wenn wir endlich wieder Licht hätten."
Das Trommeln der Regentropfen auf dem Blechdach zwang die beiden dazu, die Lautstärke ihrer Unterhaltung anzuheben.
„Kann ich nachvollziehen", sagte der Botaniker. „Was war später? Als die Kuh Sie angegriffen hat?"

„Hmmm... Dieser Vorfall wirft mehr Fragen auf, als er Antworten gibt. Ein Rind, das so brüllt und aggressiv ist, muss unvorstellbare Schmerzen haben. Weit schlimmer als alle Tiere, die ich bisher untersucht habe - und das waren nicht wenige... Alles deutet auf eine extrem verstärkte Schmerzwahrnehmung hin."
„Die Sie aber für unmöglich halten?"
„Mehr oder weniger. Bei der Erträglichkeit von Schmerzen gibt es eine natürliche Obergrenze. Wird sie überschritten, kommt es zu einem Schockzustand, Kreislaufzusammenbruch oder Ohnmacht und in weiterer Folge auch zum Tod. In jedem Fall ist die maximale Wahrnehmung von Schmerzen begrenzt. Die Summe der physiologischen Unterschiede aller Rinder bildet die Bandbreite dessen, was ihre Art ertragen kann. Es gibt Ausreißer nach oben und nach unten, doch sie alle bewegen sich innerhalb dieser bekannten Bandbreite. Davon bin ich zumindest bisher ausgegangen. Aber die Tiere hier müssen eine Schmerzwahrnehmung haben, die weit jenseits dessen liegt, was gemeinhin für möglich gehalten wird."
„Eine besondere Züchtung?"
„Sie vermuten dahinter Absicht?" Selling fand den Gedanken absurd. „Wer sollte Interesse daran haben, das Leid eines Lebewesens zu verstärken?"
Der Botaniker gab keine Antwort. „Sie meinen also, die Rinder müssten längst ohnmächtig oder gar tot sein, wenn sie solche Schmerzen hätten, wie ihr Gebrüll vermuten lässt?"
Der Regen wurde stärker und mit ihm auch das Prasseln auf das Blechdach.
„Das Brüllen ist für mich ein klares Indiz dafür, dass es hier um mehr geht als eine Magenverstimmung bei Wiederkäuern. Die Aggressivität ist ein weiteres Anzeichen und dann gibt es da noch..." Selling verstummte, als plötzlich das Licht in der Blechhütte anging.

Wie ein Geist war Rocky der Dunkelheit entstiegen und stand im Türrahmen, die Hand noch auf dem Lichtschalter. „Entschuldigen Sie bitte, dass es länger gedauert hat. Ich musste erst noch Diesel aus den Kanistern in den Tank leeren.“ Er wischte sich mit der Hand über das regennasse Gesicht. „Da draußen geht gleich die Welt unter.“

„Was ist mit Ihren Leuten hier auf der Insel?“, fragte Selling.

„Die sind drüben in der Lagerhalle“, erwiderte Rocky.

Die überraschten Blicke der Wissenschafter verrieten, dass ihnen diese Erklärung nicht reichen würde.

„Sie waren drüben bei der Felswand“, erklärte Rocky, „und haben dort drei Rinder gefunden, die keine Symptome einer Verdauungsstörung zeigen. Die Tiere waren auch nicht aggressiv gegenüber meinen Männern.“

„Sind die Rinder jetzt in der Lagerhalle? Ich würde sie gern untersuchen.“ Selling machte bereits einen Schritt in Richtung Tür.

„Nein!“ Rocky legte seine Hand um den Türgriff und zog sie so fest hinter sich zu, dass sie laut scheppernd ins Schloss fiel. „Um die Rinder mitzunehmen, blieb keine Zeit mehr. Meine Männer wurden vom Wetter überrascht. Sie sind gerade erst zurückgekehrt und schaffen ihre Ausrüstung ins Trockene.“

„Und Makaio?“, fragte der Botaniker.

„Der ist bei ihnen. Wir werden uns morgen gleich nach Sonnenaufgang gemeinsam auf den Weg zur Felswand machen. Bei dem Mistwetter laufen uns die Rinder nicht davon. Im Gegenteil, sie werden unter den Felsvorsprüngen Schutz suchen.“

„Wollen Sie uns Ihre Leute nicht gleich vorstellen?“, drängte Selling.

„Das hat Zeit bis morgen! Ich möchte Sie bitten, dass Sie sich jetzt um die Auswertung Ihrer Proben kümmern, damit wir meinem Boss möglichst rasch von den Ergebnissen berichten

können. Die erforderlichen Datensätze über den Freilandversuch finden Sie auf diesem Computer." Seine Hand verwies auf einen auf dem Tisch befindlichen Laptop. „Sie haben doch alles, was Sie für Ihre Arbeit brauchen?"
Der Botaniker beäugte zunächst den Laptop und dann das betagte Mikroskop. „Für den Moment vermutlich schon. Aber wie wäre es mit Internet und einem Satellitentelefon, falls wir Rückfragen haben?"
„Darum kümmere ich mich noch", versprach Rocky, ohne konkret zu werden, was den Zeitpunkt betraf. „Ich muss noch einmal hinüber in die Lagerhalle, um für morgen ein paar Dinge vorzubereiten. Außerdem will ich endlich diesen unbequemen Anzug loswerden. Es könnte länger dauern, also warten Sie bitte nicht mit dem Essen auf mich."
Selling wollte etwas einwenden, doch Rocky redete auf dem Weg nach draußen einfach weiter: „Deckswetter! In dem Zimmer nebenan finden Sie eine kleine Kochstelle mit allem, was die Konservenküche zu bieten hat. In Ihrem eigenen Interesse empfehle ich Ihnen, die Eingangstür gut verschlossen zu halten. Sie haben ja selbst gesehen, wie aggressiv die Rinder werden können."

***

Botanischer Garten, Wien, etwa zur selben Zeit:
Prof. Gerhard Ginko stand vor dem geschlossenen Bürofenster und starrte hinunter auf die vielen Besucher, die der Botanische Garten auch an diesem Tag wieder angelockt hatte. Obwohl Ginkos Büro klimatisiert war, beneidete er die Leute in ihren kurzen Hosen und T-Shirts, die sich zwischen Blumenbeeten, Glashäusern und Baumreihen der Mittagshitze stellten. Sein Wunsch, mit ihnen zu tauschen, war so offensichtlich, dass er

zurückwich, als er sein gequältes Spiegelbild im Fensterglas fokussierte.
„Wie lang dauert es denn noch?“, wollte die kleine Nervensäge wissen, die Frau Ginko auf dem Weg zur Schule bei ihrem Mann abgesetzt hatte.
Prof. Ginko seufzte. „Weißt du, warum die Zeit relativ ist?“
„Relativ?“, fragte der gutgelaunte Junge, dessen dreizehnter Geburtstag nur noch wenige Wochen entfernt lag. Sein Deutsch und Englisch hatten einen starken russischen Akzent. In beiden Sprachen war der Umfang des Vokabulars überraschend gut, aber die Aussprache noch ausbaufähig. Auch deshalb hatten ihn seine Eltern über den Sommer nach Wien geschickt, um Sprachferien bei einer Gastfamilie zu machen.
Prof. Ginko und seine Frau, die selbst keine Kinder hatten, waren nach dem Studium einer Broschüre zu dem Schluss gekommen, dass ihr Haus die idealen Voraussetzungen bot, um ein Kind aus weniger betuchten Verhältnissen über die Sommermonate aufzunehmen. Diese, wie Frau Ginko nicht müde wurde zu betonen, gemeinsam getroffene Entscheidung hatte im Moment allerdings sehr einseitige Auswirkungen, wie ihr Ehemann fand. Die Realität hatte den strengen Zeitplan der Ginkos überholt, und das Gastkind war zwei Wochen zu früh angereist. Der Professor fühlte sich umso mehr in seiner Märtyrerrolle bestätigt, als seine Frau an einer Volksschule unterrichtete, womit es ihr, laut eigener Aussage, nicht möglich war, sich während der Schulzeiten um Dmitrij zu kümmern.
„Relativ kann man schwer erklären“, erwiderte Prof. Ginko nach einer Weile.
„Versuchen Sie es“, ermunterte Dmitrij den Professor, ohne aufzublicken. Seine wieselflinken Finger drehten an einem Zauberwürfel herum, den er in einem der Regale zwischen älteren Büchern entdeckt hatte.

Prof. Ginko wandte sich vom Fenster ab, schob einen Stapel Bücher beiseite und setzte sich auf seinen Schreibtisch. „Na schön. Wenn du darauf wartest, dass etwas passiert oder endlich vorbei ist, dann vergeht die Zeit langsamer. Zumindest fühlt es sich so an.“

„So wie beim Zahnarzt.“ Dmitrij lachte, und sein straßenköterbraunes Haar wippte ihm bis über die blaugrauen Augen.

„Genau. Nur, dass wir auf Dr. Bogner warten und nicht auf eine Wurzelbehandlung.“

„Wurzel...?“

„Damit quält der Zahnarzt Leute, die ihre Zähne nicht ordentlich geputzt haben. “

„Ist sie hübsch, diese Dr. Bogner?“ Dmitrij hielt den fertigen Würfel hoch und balancierte ihn zwischen Daumen und Zeigefinger. „Wollen Sie ihn noch einmal verdrehen?“

„Weiß ich nicht.“

„Weiß ich nicht *hübsch* oder weiß ich nicht *verdrehen*?“

„Beides.“ Ginko grübelte, ob das russische Energiebündel den Würfel hinter seinem Rücken blitzschnell zerlegt und neu zusammengesetzt hatte oder tatsächlich in der Lage war, alle Farben wieder richtig zu ordnen. „Wer hat dir beigebracht, wie der Würfel funktioniert?“

„Keiner.“

„Und woher weißt du es dann?“

„Ich habe es einfach ausprobiert.“

„Wann?“

„Na, jetzt“, erklärte Dmitrij ganz selbstverständlich. „Das ist doch nur Spielzeug, das muss mir niemand erklären.“

Ginko dachte zurück an die vielen sinnlosen Stunden, die ihn der Würfel gekostet hatte. Er war sich sicher gewesen, ihn schon vor Jahren aus dem Fenster geworfen zu haben, doch

Dmitrij hatte ihn eines Besseren belehrt. „Du bist offenbar ein schlaues Kerlchen."
„Was ist ein Kerlchen?"
„Nicht so wichtig." Prof. Ginko fragte sich, was ihn an dem kleinen Russen störte - abgesehen von der Tatsache, dass Dmitrij noch ein Kind war und der Professor, solange er denken konnte, immer schon ein sehr angespanntes Verhältnis zu Kindern gehabt hatte. Auslöser könnte jenes Pausenbrot in der Volksschule gewesen sein, das der kleine Gerhard Ginko auf ausdrücklichen Wunsch zweier Klassenkameraden samt dem umgebenden Stanniolpapier hatte verspeisen müssen. Aber letztlich war das nur eine von vielen unvergesslichen Erinnerungen an die Zeit als Klassenprimus. Nicht ohne Grund unterrichtete der Professor heute an einer Universität und nicht in der Schule so wie seine Frau.
„Wollen wir vielleicht rausgehen?", fragte Dmitrij und ließ ein Chorknabenlächeln der Extraklasse aufblitzen.
„Die Antwort lautet noch immer: nein!", stellte der Professor klar. Er hatte den Satz noch nicht beendet, da tat ihm sein schroffer Tonfall bereits leid.
„Okay", sagte Dmitrij und es klang zunächst ebenso unbekümmert, wie bei den letzten zwei Malen, als der Professor seinen Vorschlag abgeschmettert hatte. Doch diesmal wollte der Junge es nicht dabei bewenden lassen und legte - ganz beiläufig - noch eine Frage nach: „Warum?"
Warum? Prof. Ginko kämpfte gegen seinen verdutzten Gesichtsausdruck an. „Weil... Weil ich es sage. Darum!"
„Schade."
„Ja! Schade!" Prof. Ginko blickte hilfesuchend zur Uhr. Ihm war klar, dass sich ein Freigeist wie Dmitrij nicht mehr lang hinhalten lassen würde. Vor allem, weil ihm ein Büro voll mit Botanikbüchern keine kreative Herausforderung bot -

jedenfalls nicht mehr, nachdem der Zauberwürfel so kläglich versagt hatte.
Dmitrij begann, mit dem Sessel zu wippen, wodurch die Fransen seiner abgeschnittenen Jeans im Takt wackelten.
„Nicht schaukeln!“, mahnte der Professor. „Das hält der Sessel nicht aus.“
„Warum?“
„Weil die Lehne locker ist.“ Der Professor hatte sichtlich dazugelernt und war diesmal auf die Nachfrage vorbereitet.
„Prima!“, rief Dmitrij erfreut und ließ die vorderen Stuhlbeine auf den Boden knallen. „Dann kann ich sie reparieren.“
Noch bevor Prof. Ginko etwas erwidern konnte, hatte der Junge irgendwo aus den Tiefen seiner Hosentasche ein Schweizer Taschenmesser geholt und faltete stolz ein gutes Dutzend Werkzeuge auf.
„Dafür haben wir den Haustechniker“, bremste der Professor, um gleich darauf einem ganz anderen Gedanken Ausdruck zu verleihen: „Wo hast du das Messer her?“
„Von meinem Papa.“ Dmitrij probierte die unterschiedlichen Werkzeuge an der Rückseite der Lehne aus.
„Bitte lass das! Das macht der Haustechniker.“
„Wann?“
„Was weiß denn ich. Irgendwann... Morgen!“, log der Professor ebenso spontan wie überzeugend.
„Pah!“, erwiderte Dmitrij selbstbewusst und kniete sich hinter die Lehne. „Den können Sie abbestellen. Ich bin gleich erledigt.“
„Fertig“, korrigierte Prof. Ginko.
Dmitrij hob den Kopf über die Lehne und warf seinem Gegenüber einen verständnislosen Blick zu.
„Du bist gleich fertig“, erklärte der Professor. „Erledigt bist du erst, wenn der Haustechniker dich mit dem Messer an der Einrichtung erwischt.“

Dmitrij verzog das Gesicht, aber wohl mehr, weil er sich beim Festziehen der Schrauben so anstrengte.
„Dmitrij?“, versuchte Prof. Ginko, den Jungen abzulenken.
„Fertig!“ Ein zufriedenes Lächeln erhob sich hinter dem Sessel. Dann folgte das weiß-rote T-Shirt, das ein, wenn nicht sogar *der* Grund dafür war, warum der Professor Angst davor hatte, Dmitrij auf den botanischen Garten loszulassen.
Auf dem ausgewaschenen T-Shirt ragte eine rote Sojus-Rakete vom Bauchnabel bis zum Hals. *CCCP* stand in großen weißen Buchstaben von oben nach unten auf der Rakete geschrieben. Die Spitze zierte ein Sowjetstern.
Doch für Prof. Ginko war CCCP nicht bloß die Abkürzung für die ausgediente *Union der sozialistischen Sowjetrepubliken.* Nein, vielmehr waren die Leuchtbuchstaben eine Warnung, bei deren Anblick ihm sofort wieder die Geschichte mit den Rübenraketen in den Sinn kam, die Dmitrij voller Begeisterung kurz nach seiner Ankunft in Wien erzählt hatte.
Rübenraketen! Schon allein die Vorstellung reichte, um das Botanikerherz in höchste Alarmbereitschaft zu versetzen.
„Sie denken schon wieder an die Rübenraketen, nicht wahr?“, fragte Dmitrij mit einem Lausbubengrinsen.
Prof. Ginkos Mimik erstarrte. „Nein“, erwiderte er. „Nein, daran denke ich bestimmt nicht. Für solchen Unsinn habe ich außerdem gar keine Zeit.“
„Auch nicht, wenn sie relativ ist?“
„Auch dann nicht!“, bekräftigte der Professor. „Solang du hier bei uns bist, wirst du dich anständig benehmen und weder Gemüse noch sonst etwas in die Luft sprengen.“
Dmitrij lachte. „Aber ich habe doch nichts gesprengt. Meine Rübenraketen fliegen wirklich! Sooooo hoch.“ Er riss begeistert seine Hände in die Luft und sprang ihnen hinterher.
„Ich glaube, so genau will ich es gar nicht wissen. Der Botanische Garten ist jedenfalls entmilitarisierte Zone. Das

bedeutet, dass Raketen und andere Waffen verboten sind. Raketen ganz besonders!“
Dmitrij verzog den Mund und schielte auf sein T-Shirt. „Das ist doch keine Waffe! Das ist eine Sojus-Rakete. Die bringt Satelliten in den Weltraum und Menschen.“
„Das weiß ich natürlich!“, verteidigte sich der Professor sogleich. „Trotzdem, solange du hier bist, werden auch keine Satelliten, Besucher oder streunende Haustiere in den Orbit geschossen. Habe ich mich klar ausgedrückt?“ *Besucher und Haustiere? Gerhard, überleg dir, was du sagst! Oder willst du ihn auf neue Ideen bringen?*
Dmitrij nickte halbherzig. „Aber wenn ich groß bin, dann fliege ich damit ins All.“ Er tippte mit dem Zeigefinger auf seine Rakete.
„Mach das!“ Prof. Ginko lächelte versöhnlich.

***

Forschungsstation, Isle 113, Pazifik:
Die Nacht war weit vorangeschritten, und die beiden Wissenschafter hatten sich vollkommen in ihre Arbeit vertieft. Mit den vorhandenen Mitteln die gewünschten Analysen vorzunehmen, war zwar nicht unmöglich, erforderte aber deutlich mehr Zeit.
Ein Blitz erhellte die Insel und damit auch die zwei kleinen Fenster der Hütte. Gleich darauf krachte ein Donnerschlag, der die Blechwände erzittern ließ.
„Kann dieses verdammte Unwetter nicht endlich weiterziehen?“, fluchte Selling, der sich schon zum dritten Mal vor Schreck das Jochbein am Mikroskop gestoßen hatte.
„Sie sollten etwas mehr Abstand zum Okular lassen, so wie ich, dann kann Ihnen das nicht passieren.“

„Sie haben leicht reden. Ich muss schon froh sein, wenn ich bei diesem vorsintflutlichen Ding ohne meine Brille überhaupt etwas erkennen kann.“
„Dann machen Sie doch Pause, ich möchte Ihnen ohnehin etwas zeigen.“
„Sie suchen eine zweite Meinung?“ Selling kam der Einladung gern nach und rückte seinen Stuhl neben den des Botanikers. „Wenn es mir hilft, ein blaues Auge zu vermeiden, sehe ich mir alles an. Was haben Sie gefunden?“
„Ich bin mir nicht sicher.“ Er scrollte durch mehrere Zahlenreihen auf dem Laptop. „Rocky hat uns doch erklärt, dass auf den Feldern neben der Rinderweide diverse Nutzpflanzen angebaut werden, die allesamt genetisch optimiert wurden.“
„Man hat ein fremdes Gen in die Pflanzen eingeschleust, um den Ertrag zu optimieren oder Schädlinge abzuwehren“, konkretisierte Selling.
„Genau. Soweit ich es bisher überblicken kann, wurde sogar eine ganze Reihe unterschiedlichster Gene in diese Nutzpflanzen implantiert. Zum größten Teil stammen die Transgene von anderen Pflanzen, es sind aber auch Tiergene darunter.“ Er tippte mit dem Finger auf eine rot markierte Zeile auf dem Bildschirm. „Eindeutig tierischer Ursprung.“
Selling rückte seine Brille zurecht und stimmte zu.
Der Botaniker fuhr fort. „So eine Vorgehensweise ist unter Kollegen zwar umstritten, überrascht mich aber nicht. Ich nehme an, Sie haben mit unserem Auftraggeber bereits ähnliche Erfahrungen...?“
Sellings verschwiegenes Lächeln durfte als Zustimmung gewertet werden.
„Gut. Ich habe mich bei meiner Analyse bisher auf mögliche Ursachen konzentriert, die das merkwürdige Verhalten der Rinder erklären könnten.“ Er machte eine nachdenkliche Pause.

„Ich muss aber leider zugeben, dass ich in dieser Computerliste von Rocky noch keinen Hinweis darauf gefunden habe - ganz im Gegenteil. Keiner der darin vermerkten Genversuche stellt eine großartige Neuerung dar. Das meiste davon findet sich längst auf Feldern in Entwicklungsländern und vermutlich sogar vor unserer eigenen Haustür."

Selling zuckte zusammen. „Wollen Sie damit etwa sagen, dass sich das bald überall auf der Welt wiederholen...?"

„Nein, natürlich nicht", beruhigte der Botaniker. „Was ich meine, ist, dass es sich bei den hier aufgelisteten Experimenten nicht um das handeln kann, was der Auslöser für das Verhalten der Rinder ist."

„Glauben Sie, die Daten sind manipuliert?"

„Entweder das, oder sie sind nicht komplett. Überlegen Sie doch einmal: Wieso sollte man einen Freilandversuch auf einer abgeschiedenen Insel starten, wenn man dasselbe Experiment für einen Bruchteil der Kosten im Nachbarort durchführen könnte? Es muss schon einen handfesteren Grund geben, warum all diese Pflanzen, von denen augenscheinlich eine Gefahr für die Rinder ausgeht, genau hier angebaut werden."

Selling rückte noch ein Stück näher. „Woran zum Geier denken Sie?"

„Erinnern Sie sich noch an die Worte von Rocky? *Der große Vorteil ist, dass auf dieser Insel wir die Gesetze machen. Sie können sich sicher vorstellen, dass sie deshalb nicht zu unserem Nachteil ausfallen.* Also müssen wir uns die Frage stellen, welches Gesetz ein amerikanischer Biotechkonzern nur zu gern aushebeln würde, weil es ihm das Geschäft vermiest."

Selling überlegte. Es war ein offenes Geheimnis, dass die Lobby der Gentechnikbefürworter so gut wie alles aus dem Weg geräumt hatte, was der Produktion und dem Absatz auf dem Weltmarkt hinderlich gewesen war. Vor allem in Amerika fanden die Konzerne paradiesische Bedingungen vor, durch

welche die Verbraucherrechte stark eingeschränkt waren. Aber auch in Europa war man auf dem Vormarsch. Unter Verweis auf den freien Welthandel gegenüber der Europäischen Union und durch entsprechenden Druck auf die Weltgesundheitsbehörde hatte man sich die höchsten Entscheidungsträger längst als Rudersklaven ins eigene Boot geholt.
„Therapeutische Proteine!“, half der Botaniker mit einem Denkanstoß.
„Niemals!“, distanzierte Selling sich sofort von der aus seiner Sicht absurden Vorstellung. „So weit würden die nicht gehen. Nicht bei einem Freilandversuch mit diesen Ausmaßen. Das Risiko wäre überhaupt nicht kalkulierbar!“
„*Es ist immer nur die Frage, wie viele Stellen nach dem Komma nötig sind, um eine verlässliche Aussage treffen zu können*“, zitierte der Botaniker ein weiteres Mal. „Rocky hat die Vorzüge der abgeschiedenen Insel ohne Zweifel erkannt und sie auch mit keiner Silbe bestritten, als ich ihn vorhin darauf angesprochen habe.“
„Das glaub ich nicht!“, wehrte Selling sich gegen den Gedanken. „Das will ich nicht glauben! Wenn bei einem solchen Experiment etwas schiefgeht, dann reden wir nicht nur von ein paar verärgerten Biobauern, deren Felder mit transgenen Pflanzen verunreinigt wurden. Der Anbau von Nutzpflanzen, die genetisch manipuliert wurden, um Medikamentenwirkstoffe zu produzieren, unterliegt selbst im Labor den strengsten Kontrollen. Für einen Freilandversuch gäbe es niemals eine Genehmigung.“
„Aus gutem Grund!“, stimmte der Botaniker zu. „Stellen Sie sich nur genmanipulierten Mais vor, der einen Wirkstoff gegen Blutgerinnung produziert. Wenn ein einziger solcher Samen auf ein benachbartes Maisfeld gelangt, ist die Katastrophe perfekt. Rein äußerlich wären die Pflanzen nicht voneinander

zu unterscheiden. Aber wehe, Sie bekommen den falschen Mais auf Ihren Teller. Bevor Sie erkennen, wovon Sie gerade eine Überdosis zu sich genommen haben, könnte es schon zu spät sein."

„Ach, hören Sie auf! Das ist doch lächerlich, was Sie hier behaupten. Welchen Grund hätte Rocky denn, uns hierher zu holen und nach einer Ursache für die Vorfälle suchen zu lassen, wenn er sie bereits kennt?"

„Vielleicht hofft er darauf, dass wir eine andere Erklärung finden? Eine, die sich der Öffentlichkeit leichter unterjubeln lässt als die vorsätzliche Missachtung nationaler und internationaler Gesetze."

„Wozu?" Sellings Frage wurde durch einen Blitz mit anschließendem Donnerschlag zusätzliches Gewicht verliehen. „Sie haben doch selbst gesagt, dass wir hier völlig abgeschottet sind. Kein Mensch da draußen würde auch nur ein einziges Wort von dem missglückten Experiment erfahren, solange niemand von der Insel..." Seine Stimme brach weg. „O mein Gott, Sie denken doch nicht etwa...?"

„Ist Ihnen aufgefallen, wie Rocky auf der Weide gezögert hat, als ich ihn gefragt habe, wie viele Männer außer uns auf der Insel sind?"

Selling verneinte.

„Aber wie er Ihre Frage vorhin abgeblockt hat, als wir von der Weide zurückgekommen sind und Sie ihn auf die anderen Männer angesprochen haben, das wissen Sie hoffentlich noch?"

Selling erinnerte sich nur zu gut daran. Er begann, die Erlebnisse in seinem Hinterkopf unter einem völlig neuen Gesichtspunkt zu bewerten. Der Mann neben ihm mochte eine blühende Fantasie haben, was Urzeitmonster und Hollywoodfilme betraf, aber seine jüngsten Schlussfolgerungen ließen sich längst nicht so einfach von der Hand weisen wie die

absurde Idee eines Dinoparks. „Was glauben Sie, was passiert ist?“
„Okay!“ Der Botaniker klappte den Laptop zu, verschränkte die Arme hinter dem Kopf und lehnte sich zurück, so weit es der Stuhl zuließ, ohne umzukippen. „Rocky hat von zwei Leuten gesprochen, dazu kommt noch der Typ, der unser Boot gesteuert hat.“
„Makaio. Er sollte das Boot vertäuen und dann nachkommen.“
„Genau der“, bestätigte der Botaniker. „Obwohl Makaio bei unserer Rückkehr zur Blechhütte längst hätte hier sein müssen, haben wir ihn nicht mehr gesehen. Das macht in Summe bereits drei verschwundene Männer... drei, von denen wir wissen!“, fügte er hinzu.
„Aber Rocky hat gesagt...“
„Was wir hören sollten!“, fiel der Botaniker seinem Kollegen ins Wort. „Je länger ich darüber nachdenke, desto mehr beschleicht mich der Verdacht, dass wir die ganze Zeit über nur Dinge zu hören bekommen haben, die uns davon abhalten sollten, weitere Fragen zu stellen.“ Er kratzte sich nachdenklich am Kinn. „Irgendetwas stimmt hier nicht.“
„Warum konfrontieren wir Rocky nicht einfach mit Ihrem Verdacht?“
„Sind Sie verrückt? Haben Sie sich diesen Gorilla schon einmal genauer angesehen? Falls er versucht, etwas vor uns zu verbergen, dann wäre das garantiert die letzte Frage, die Sie ihm stellen, bevor er Sie in der Mitte abknickt wie ein Streichholz.“
Wieder entlud sich ein Blitz vor dem Fenster und diesmal schien es Selling, als spüre er die freigewordene Spannung am eigenen Leib. „Es ist wahrscheinlich das Beste, wenn wir einfach unsere Arbeit machen und...“

Der Botaniker hörte ihm gar nicht zu, sondern brachte seinen Stuhl mit einem Ruck wieder in die Senkrechte. „Jetzt weiß ich, warum die uns geholt haben!“
Selling schien dem Gedankensprung seines Kollegen nicht folgen zu können.
„Denken Sie doch nach! Diese blöden Computertabellen hätten die Leute, die täglich damit zu tun haben, vermutlich um einiges schneller durchgearbeitet als wir. Und mit den ganzen Analysegeräten hier müssen sie auch vertraut sein. Dass der Job dennoch an uns hängen bleibt, kann nur eines bedeuten...“
„Dass diese Leute gar nicht mehr auf der Insel sind?“, fragte Selling vorsichtig.
„Entweder das, oder sie sind bereits ein Teil davon.“
„Ein Teil davon?“
„Irgendwo verscharrt“, half er Selling auf die Sprünge.
„Das meinen Sie nicht ernst!“
„Ich möchte nur alle Möglichkeiten in Betracht ziehen, bevor ich mich entscheide. Auf jeden Fall habe ich nicht vor, hier zu warten, bis Rocky zurückkommt und es mir bestätigt - falls er zurückkommt... Was ist mit Ihnen?“
„Wie meinen Sie das? Wir haben einen Auftrag übernommen, den es zu erfüllen gilt.“
„Den hatten unsere Vorgänger auch. Dass wir ihn geerbt haben, heißt für mich, dass sie auf die eine oder andere Art daran gescheitert sind.“
Das Prasseln des Regens wurde stärker, was die Nervosität der beiden zusätzlich verstärkte.
„Sie spinnen sich da etwas zusammen, das uns beide den Auftrag kosten kann!“, protestierte Selling.
„Ich verliere lieber meinen Job als mein Leben.“ Der Botaniker stand auf und ging hinüber zu den beiden Ausrüstungskisten. „In welche haben Sie Ihr Gewehr getan?“
Selling zögerte.

„Ihr Gewehr!"
Selling zeigte auf die linke Kiste.
Der Botaniker durchsuchte sie in großer Eile und schüttelte den Kopf.
„Ich bin mir sicher!" Selling stand auf und ging zur Kiste.
Der Botaniker kramte bereits in der anderen. „Nichts! Er muss es mitgenommen haben."
„Aber warum...?"
„Jetzt wachen Sie endlich auf, Selling! Wir sitzen auf dieser gottverdammten Insel fest, die mindestens schon drei Leute verloren hat, und der Typ, der dafür verantwortlich ist, hat Ihnen heimlich das Gewehr abgenommen. Warum wohl?" Er trat wütend mit dem Fuß gegen die Kiste. „Wir haben nicht einmal eine Taschenlampe!"
„Jetzt beruhigen Sie sich doch!" Selling streckte die Hand nach der Schulter des Botanikers aus. „Rocky hat bestimmt für alles eine Erklärung."
„O ja!" Er blockte die Hand ab. „Genau das bereitet mir Sorgen. Sie können gern warten, bis er zurückkommt und Ihnen seine Version der Geschichte auftischt. Ich für meinen Teil werde dann aber längst weg sein."
„Wir sind auf einer Insel! Schon vergessen? Wo wollen Sie bei dem Wetter denn hin?"
„Für den Anfang..." Er ging in die Küche und durchsuchte die Schränke und Schubladen. „...muss ich es nur bis zu den Lagerhallen schaffen. Spätestens dann weiß ich, ob sich die anderen Männer tatsächlich dort aufhalten, wie Rocky es uns erzählt hat." Er nahm eines der Buttermesser aus der Besteckschublade vor sich und hielt es in die Höhe. „Für Sie ist es vermutlich auch ganz normal, dass es in dieser ganzen Küche kein einziges richtiges Messer gibt, das wir als Waffe verwenden könnten?" Verärgert warf er es zu Boden und steckte mehrere Gabeln ein.

Selling beobachtete das Geschehen mit äußerst gemischten Gefühlen.
„Was ist nun mit Ihnen?“, fragte der Botaniker, als er aus der Küche kam. „Zu zweit sind unsere Chancen sicher besser, aus der Sache heil herauszukommen.“
Selling schwankte zwischen Fantasie und Realität.
„Wenn wir durchs Fenster in die Lagerhalle schauen und die anderen gemütlich bei Tisch sitzen, können wir noch immer umdrehen und die Sache für uns behalten.“
Das Argument schien Selling überzeugt zu haben. „Ich komme mit.“
„Gut! Packen Sie unsere Proben in Ihre Jacke! Wir sollten auf jeden Fall einen Beweis in der Tasche haben, falls es hart auf hart kommt.“ Sein Blick fiel auf eine Packung Streichhölzer neben dem Herd.

***

Botanischer Garten Wien, früher Nachmittag:
Die Zeit, die Prof. Ginko und Dmitrij gemeinsam verbrachten, dehnte sich wie Kaugummi. Trotz mehrerer Anläufe in Richtung Buchregal war es dem Professor nicht gelungen, seinen Schützling für das Thema Botanik zu begeistern. Umgekehrt zeigte sich auch Prof. Ginko wenig elektrisiert von Dmitrijs Weltraumgeschichten.
„Haben Sie den Mars schon einmal gesehen?“
„Nein“, gähnte der Professor.
„Ich schon“, erklärte Dmitrij stolz. „Wir waren mit der Schule in einem Planetarium und da gab es ein riesiges Teleskop. Der Mars ist ganz rot.“
„Vermutlich nennt man ihn deshalb den Roten Planeten“, ließ Prof. Ginko seinen Scharfsinn von der Leine.

Dmitrij nickte heftig. „Genau. Die Farbe stammt von Eisenrost.“ Er blickte zur Decke und schloss die Augen, als würde er träumen. Nach einer Weile sagte er: „Mein größter Wunsch ist es, einmal etwas auf dem Mars zu reparieren. Etwas ganz Wichtiges.“
Prof. Ginko, der den Sekundenzeiger seiner Uhr verfolgte wie ein Esel die Karotte, hatte nur mit halbem Ohr hingehört. „Ja, ja“, murmelte er. „Alles gar kein Problem. Du schaffst das.“
„Glauben Sie wirklich?“
Der begeisterte Tonfall ließ den Professor aufschrecken. Um sich keine Blöße zu geben, formulierte er seine Antwort als Gegenfrage: „Glaubst *du* es denn?“
Dmitrij reagierte mit einem strahlenden Gesicht auf das vermeintliche Interesse seines Gesprächspartners. „Ich hoffe es! Wenn eines Tages Menschen zum Mars fliegen, dann gibt es sicher viel zu reparieren. Das könnte ich doch übernehmen.“
„Auf jeden Fall!“, zeigte sich der Professor überzeugt. „Wer eine Stuhllehne mit seinem Taschenmesser fixieren kann, den halten auch rostige Marsstationen nicht auf.“
„Alles gar kein Problem“, antwortete Dmitrij mit einem zufriedenen Grinsen und streckte den Daumen in die Höhe.
Gleich darauf klopfte es an der halb geöffneten Tür, und eine blonde Frau im schwarzen Sommerkleid blinzelte herein. „Prof. Ginko?“, fragte sie schüchtern.
„Genau der!“ Er sprang auf und ging ihr zwei schnelle Schritte entgegen. „Sie müssen Dr. Karoline Bogner sein.“ Die pinkfarbene Strähne im Haar der Botanikerin nahm ihre Antwort vorweg. Ebenso herzlich wie lange schüttelte er ihre Hand und beteuerte im Zuge der gegenseitigen Begrüßung, dass er keine Sekunde gezögert hatte, als Dr. Bogners Chefin ihn um Hilfe ersucht hatte: „Ach, ich bitte Sie, Frau Kollegin. So etwas ist doch ganz selbstverständlich. Ich bin sicher...“
„Ist die hübsch“, hauchte es hinter einem Bücherstapel hervor.

Die beiden Erwachsenen verdrehten gleichzeitig ihre Köpfe nach dem Urheber des Kompliments.
Dmitrij reagierte mit knallroten Wangen und einem verlegenen Lächeln auf das freundliche Gesicht von Dr. Bogner. Die Anwesenheit von Prof. Ginko nahm er gar nicht mehr wahr.
„Sie überraschen mich, Professor", bemerkte Dr. Bogner amüsiert. „Ich wusste ja nicht, dass Ihre Studenten so jung sind."
Dmitrij würgte einen dicken Kloß hinunter, rutschte vom Sessel und streckte roboterhaft seine Hand aus. „Guten Tag, Frau Dr. Bogner." Er gab sich große Mühe, akzentfrei zu sprechen. „Wir haben Sie schon ganz dringend erwartet - vor allem Professor Ginko", fügte er noch rasch hinzu.
„Wirklich?", fragte sie. Ihr ehrliches, liebevolles Lächeln traf Dmitrij mitten ins Herz, und ihre Hand umschloss die seine.
„Mhm" war alles, was die zusammengepressten Lippen noch herausbrachten. *Hör auf, sie anzustarren*, mahnte eine innere Stimme, doch Dmitrijs Muskulatur versagte den Dienst. Die Berührung von Dr. Bogners zarter Haut ließ seine Finger weich werden wie Wachs. *Lass ihre Hand wieder los!*
„Das ist Dmitrij, unser Gastkind", erklärte Prof. Ginko, um dem Nachwuchscasanova in Not zur Hilfe zu kommen. „Er stammt aus Russland und ist bei Fremden immer etwas schüchtern."
„Den Eindruck macht er auf mich aber gar nicht", scherzte Dr. Bogner, ohne ihren Blick von dem russischen Handklammerer abzuwenden. „Sehr erfreut, dich kennenzulernen, Dmitrij. Ich bin, wie du richtig festgestellt hast, Karoline Bogner. Aber du darfst mich *Karo* nennen." Sie zwinkerte ihm zu.
Dmitrijs Herz ließ zwei Schläge aus.
„Dafür hätte ich aber gern meine Hand wieder zurück. Denkst du, dass das möglich ist?"

„Wir werden es möglich machen!“ Prof. Ginko klopfte fordernd auf Dmitrijs Schulter. „Nicht wahr, kleiner Mann?“
Langsam lösten sich Dmitrijs Finger.
„Danke.“ Im nächsten Augenblick verzog Karo krampfartig ihr Gesicht, riss die Hand hoch und nieste zwei Mal unmittelbar hintereinander. „’tschuldigung, Pollenallergie. Aber nur eine leichte“, fügte sie rasch hinzu und lächelte verlegen.
„Gesundheit!“, wünschte Ginko. „Da haben Sie sich ja genau den richtigen Job ausgesucht.“ Dr. Bogners sympathische Ausstrahlung gefiel ihm auf Anhieb. Ihre Wimpern und Augenbrauen waren leicht nachgezogen, doch ansonsten vertraute die Botanikerin auf natürliche Schönheit - völlig zu Recht, wie Prof. Ginko fand. Ein Blick auf ihre Beine rundete seine erste Bestandsaufnahme ab und versprach frischen Wind in den altehrwürdigen Gängen des Instituts.
„Hatschi!“
„Gesundheit!“, riefen Dmitrij und der Professor gleichzeitig.

***

Forschungsstation, Isle 113, Pazifik:
Der Botaniker und Selling hatten die Schiebetür der Blechhütte noch nicht erreicht, da verließ Letzteren auch schon wieder der Mut. „Was machen wir, wenn Rocky uns erwischt?“, fragte er.
Der Botaniker legte seine Hand um den Türgriff. „Keine Sorge. Ich habe den perfekten Plan.“
„Tatsächlich?“ Selling wirkte erstaunt und erleichtert zugleich, zumal er bisher nichts von diesem Plan gewusst hatte.
„Ja! Wir lassen uns einfach nicht erwischen.“ Mit einem Ruck wollte der Botaniker die Tür aufschieben, doch die machte nicht die geringsten Anstalten, sich zu bewegen. „Verdammt, geht die schwer!“ Er unternahm einen zweiten Versuch und stemmte seinen Oberkörper dagegen.

„Rocky hat doch gesagt, dass sie ständig festrostet."
„Zumindest in diesem Punkt scheint er die Wahrheit gesagt zu haben", stieß der Botaniker zwischen zusammengebissenen Zähnen hervor. „Stehen Sie nicht rum! Helfen Sie mir lieber mit der Tür!"
Der Veterinär zögerte. „Vielleicht ist es doch besser, wenn wir hier warten bis..."
„Selling! Jetzt reißen Sie sich zusammen und packen Sie endlich mit an, damit wir hier rauskommen!"
Ohne großen Enthusiasmus folgte Selling der Aufforderung und zog an dem Türgriff. „Die bewegt sich kein Stück."
„Was Sie nicht sagen! Würde mich nicht wundern, wenn Ihr vertrauenswürdiger Rocky uns hier drin eingeschlossen hat." Der Botaniker holte etwas Schwung und schlug mit der Schulter gegen die Tür, um sie loszurütteln.
„Nicht so laut!", fuhr Selling ihn an. „Sie wecken ja noch die ganze Insel auf."
„Ich bezweifle, dass es auf dieser Insel noch jemanden gibt, den wir wecken könnten." Er warf sich ein weiteres Mal gegen die Tür und diesmal bewegte sie sich ein Stück. „Na also, geht doch... Bleiben Sie auf Zug! Ich werde für den nötigen Nachdruck sorgen."
„Aber..."
Die Schulter des Botanikers schlug lautstark gegen das Blech und übertönte den Einwand. „Einmal noch, dann ist der Spalt breit genug für uns." Er setzte seine Ankündigung umgehend in die Tat um.
Der Weg war frei. „Kommen Sie!" Mit Blick auf Selling merkte er an: „Sie werden zwar Ihren Bauch einziehen müssen, aber es geht."
Selling, der zusah, wie sein Kollege durch die schmale Öffnung nach draußen verschwand, kämpfte gegen die eigene Nervosität an. Obwohl die Behauptungen des Botanikers

plausibel klangen, plagten Selling große Zweifel, ob sie in diesem Moment das Richtige taten. „Alles okay bei Ihnen?“
„Dreckswetter!“, war alles, was er von draußen zu hören bekam.
Der Botaniker hielt den Unterarm vor den Mund, um besser atmen zu können. Das Peitschen des Windes schien von allen Seiten gleichzeitig zu kommen und mit ihm auch der dichte Regen. „Na los, kommen Sie schon! Sie brauchen sich keine Sorgen zu machen. Bei diesem Unwetter bleiben wir hier draußen garantiert unter uns.“
„Ja, ja...“ Vorsichtig zwängte Selling sich durch den Türspalt. Binnen weniger Sekunden war sein rechter Hemdsärmel klatschnass und nur unwesentlich später auch der Rest. Der schwache Lichtschein vor dem Fenster erhellte die Dunkelheit nur für ein paar Meter. Sellings Sichtfeld wurde von den dicken Wassertropfen auf seiner Brille zusätzlich eingeschränkt. Seinen Kollegen, der vier oder fünf Schritte neben ihm stand, nahm er nur als sprechende Silhouette wahr.
„Vorsicht, Stufe!“
„Das ist eine gottverdammte Schnapsidee!“, schimpfte Selling in den Regen. Er war drauf und dran, den Ausflug auf der Stelle abzubrechen. „Wir sehen ja nicht einmal, wo wir hintreten.“
„Kommen Sie erst mal hier runter! Dann werden Ihnen ganz schnell die Augen aufgehen.“
Widerwillig tastete Selling mit dem Fuß nach der Stufenkante und stieg hinunter ins matschige Gras. Sofort sank er bis zum Knöchel ein.
„Machen Sie schon!“ Der Botaniker, dem es offensichtlich nicht schnell genug gehen konnte, packte seinen Kollegen beim Arm und zog ihn hinter sich her.

„Ich sehe doch gar nicht, wo ich hintrete", wiederholte Selling seinen Einwand und verschluckte sich dabei, weil ihn der Wind mit einer direkten Ladung Wasser bedacht hatte.
Der Botaniker ließ sich davon nicht beirren und zerrte weiter am Ärmel des Veterinärs. Es waren nur wenige Meter, die die beiden Männer zurückzulegen hatten, doch auf dem morastigen Boden dehnten sie sich für Selling zu einer halben Weltreise. Seine Brille war mit ihren nassen Gläsern nicht zu gebrauchen, und ohne war er blind wie ein Maulwurf. Ob er wollte oder nicht, er musste sich jetzt ganz auf die Hand verlassen, die ihn führte. Je mehr er sich dessen bewusst wurde, desto stärker drängte sich die entscheidende Frage in den Vordergrund: *Warum?*
Schließlich wusste er über diesen Botaniker auch nicht mehr als über Rocky und seinen Konzern. Welchen Grund hatte er also, dem einen mehr zu vertrauen als dem anderen?
Was zum Geier mache ich hier überhaupt? Selling biss sich auf die Lippen, als ihm klar wurde, dass er schon wieder laut nachdachte. Glücklicherweise war der Regen diesmal laut genug, das Gemurmel wegzuspülen. Die Kleidung klebte am Körper und verstärkte jenes bedrückende Gefühl der Schwere, das beim Gehen auf dem weichen Boden zunahm. Bei jedem Schritt sanken die Füße tiefer ein, doch das Ziehen an seiner Hand ließ nicht locker.
Plötzlich, mitten im Nichts, stoppte der Botaniker und zeigte mit dem ausgestreckten Arm nach rechts - das erkannte Selling aufgrund der Umrisse.
„Da sind die Lagerhallen."
„Ich sehe nichts!" In Sellings Stimme schwang Unmut mit.
„Wir stehen genau davor", wandte der Botaniker ein.
Selling war geneigt, dem Mann zu glauben. Genauso gut hätten sie sich aber auch an jedem anderen Punkt der Insel befinden

können, der in Reichweite lag. Der Griff um sein Handgelenk löste sich.

Der Botaniker bückte sich, als wollte er etwas aufheben. Gleich darauf kneteten seine Hände eine Ladung Matsch wie einen Schneeball. „Hören Sie genau hin!“, rief er in den Regen.

Selling wollte noch widersprechen, doch da vernahm er bereits das Scheppern. Die Blechwand der Lagerhalle musste sich unmittelbar vor ihnen befinden - keine fünf Meter entfernt.

„Sind Sie verrückt?“

„Beruhigen Sie sich!“ Der Botaniker reinigte seine Hände unter der himmlischen Wasserleitung. „Da ist weit und breit kein Mensch außer uns.“

„Woher wollen Sie das wissen?“ Selling zwang sich dazu, seine Stimme nicht allzu wütend klingen zu lassen.

„Weil da drin kein Licht brennt.“

Selling stutzte.

„Drehen Sie sich um!“, verlangte der Botaniker. „Selbst von hier können Sie durch den Regen noch die Umrisse der Fenster unserer Blechhütte erkennen. Sie haben übrigens die Tür nicht wieder hinter sich zugemacht, wie Rocky es so dringend verlangt hat. Ich hoffe, Sie locken damit keine wilden Rinder an.“

Selling konnte oder wollte dem Zynismus seines Begleiters nichts entgegenhalten und blickte sich wortlos um. Die drei Lichthöfe um die Fenster und die halb geöffnete Tür leuchteten schwach und nur sehr verschwommen, aber sie waren da.

Der Botaniker starrte indessen auf die Blechwand der zweiten Lagerhalle. „Glauben Sie noch immer, dass Rocky und seine Leute da drinnen sitzen und besprechen, wie das Problem auf der Insel in den Griff zu bekommen ist, während wir seelenruhig unsere Arbeit machen?“

Selling glaubte es nicht - zumindest nicht mehr. „Und jetzt?“

„Jetzt?“, wiederholte der Botaniker gedehnt. „Jetzt gehen wir da rein und finden endlich raus, warum Rocky uns von den Lagerhallen fernhalten wollte. Oder soll ich Sie lieber wieder zurückbringen?“
Obwohl die Frage rein rhetorisch gemeint war, zögerte Selling bei seiner Antwort.
„Sie wollen doch nicht wirklich zurück?“
Unheilvolle Kälte stieg wie Grabnebel an Selling auf und drängte ihn zu einer Entscheidung.

***

Botanischer Garten Wien, Nachmittag:
Im Besprechungszimmer saßen Dr. Karoline Bogner und Prof. Ginko an einem Ende des Tisches und klärten in aller Eile die wichtigsten Formalitäten ab. Dmitrij lümmelte am anderen Tischende und versuchte, so viel wie möglich von dem Gespräch aufzuschnappen. Gleich zu Beginn hatten die beiden über ihn gesprochen, doch dann war das Thema zu berufsbedingten Belanglosigkeiten abgeglitten.
Seit über einer halben Stunde hatte Dmitrij dem Professor keine einzige Frage gestellt und aus Dmitrijs Sicht wäre das - wenn schon kein Grund zur Sorge - dann doch zumindest eine Erwähnung wert gewesen.
„Das Quartier ist kein Problem“, fuhr Dr. Bogner fort. „Die ersten Wochen kann ich bei einer Jugendfreundin bleiben, und in der Zwischenzeit werde ich mir eine kleine Wohnung in Institutsnähe suchen.“
Auf Dmitrijs Zunge lag das Angebot, sein Zimmer gern mit Karo zu teilen, in Lauerstellung.
Als könnte der Professor Gedanken lesen, bedachte er den Jungen mit einem vieldeutigen Blick.
Dmitrij schluckte den Vorschlag hinunter.

„Gut", stellte Prof. Ginko zufrieden fest und wandte sich dem letzten offenen Punkt seiner Liste zu. „Ich hatte leider nur sehr wenig Zeit, mich ausführlich mit Ihrem Lebenslauf zu beschäftigen."
„Ja, ich weiß." Dr. Bogner lächelte entschuldigend. „Meine Versetzung kam auch für mich sehr überraschend." Ganz hinten in ihrer Nase machte sich ein leichter Juckreiz breit.
Der Professor nickte. „Ich möchte Sie natürlich bestmöglich für dieses Institut einsetzen, andererseits vermute ich, dass Sie unerledigte Projekte in Kiel zurücklassen mussten." Er sah sie fragend an.
„Zwei, aber die werden meine Arbeit in Wien nicht beeinträchtigen, weil ich sie auf Eis gelegt habe. Es sind auch keine Projekte im eigentlichen Sinn. Ich sehe sie vielmehr als Steckenpferde, über deren Zusammenspiel ich in den nächsten Jahren ein Buch veröffentlichen will - also ist es eigentlich nur *ein* Projekt."
„Verraten Sie mir mehr darüber?"
„Klar", erwiderte sie locker. „Es geht um den Zusammenhang zwischen Koevolution und der Reaktivierung unterdrückter Gene."
„Interessante Themen! Falls Sie sich hier gut einleben und es mit Ihrer Rückversetzung nicht klappen sollte, kann ich mir durchaus vorstellen, Sie im Rahmen eines Projektauftrags zu unterstützen."
„Bitte malen Sie den Teufel nicht an die Wand!", blockte sie freundlich, aber deutlich, ab. „Ich bin sicher, dass es mir hier sehr gut gefallen wird, aber sobald sich die Lage beruhigt hat, werde ich meine Zelte in Wien abbrechen und zu meinen Freunden und Kollegen zurückkehren." Sie machte eine betroffene Pause und entschuldigte sich. „Ich hoffe, das hat sich jetzt nicht so undankbar angehört, wie es geklungen hat." Verlegene Röte drängte das Lächeln aus ihrem Gesicht

und die Stimme verlor an Entschlossenheit: „Ich habe meine Familie und alle Freunde zurücklassen müssen. Von den meisten konnte ich mich nicht einmal mehr persönlich verabschieden..."
„Ich hab Sie schon richtig verstanden." Prof. Ginko tätschelte ihr verständnisvoll den Arm. „Sie müssen in den letzten Tagen eine Menge durchgemacht haben und ich finde, dafür haben Sie sich bei Ihrem Einstellungsgespräch hervorragend geschlagen."
„Danke", sagte sie vorsichtig. *Hör auf zu jucken!* Sie konnte das nervige Pollenkorn förmlich sehen, wie es an ihrer Nasenscheidewand Klimmzüge machte.
„Dmitrij?", gab der Professor die Frage weiter. „Was meinst du, wollen wir Dr. Bogner hierbehalten, damit sie dir mehr über Blumen beibringt als nur neue Namen für dein Vokabular?"
„Auf jeden Fall!"
„Na dann." Prof. Ginko schmunzelte zufrieden. „Wie schon erwähnt, würden Sie mir einen großen Gefallen tun, wenn Sie bis zum Beginn der Ferien ein Auge auf Dmitrij hätten, während meine Frau in der Schule ist."
„Sehr gern", wiederholte Dr. Bogner ihre Zusage. Sie kämpfte gegen das Kribbeln in ihrer Nase an.
„Wunderbar." Spät, aber doch sah der Professor seine Woche gerettet. „Wenn Sie möchten, können Sie gleich mit einem Rundgang durch den Garten beginnen."
Dmitrij sprang auf. „Ich will!"
Dr. Bogner schob ihren Stuhl zurück an den Tisch. „Dann auf in den... Hatschi!"
„Gesundheit!"
„Danke." Sie verließ mit einem strahlenden Dmitrij das Zimmer in Richtung Aufzug.
„Denk an die entmilitarisierte Zone!", rief der Professor noch über den Gang nach.

„Entmilitarisierte Zone?“, fragte Karo ihren jungen Begleiter.
„Im Botanischen Garten sind keine Waffen erlaubt“, erklärte Dmitrij und drückte auf den Knopf des Aufzugs.
„Waffen?“
„Keine Sorge, Taschenmesser zählen nicht“, flüsterte Dmitrij und ließ sein Schweizermesser kurz aufblitzen. „Hast du schon einmal eine Rübenrakete gebaut, Karo?“
„Sollte ich?“
„Ja!“
Der Aufzug kam, und die Tür öffnete sich.
Karo stieg als Erste ein. „Hast du denn schon einmal eine Rübenrakete gebaut?“
„Ich hab schon ganz viele gebaut und gestartet.“ Dmitrijs merkwürdiges Grinsen ließ befürchten, dass dabei nicht immer alles ohne Zwischenfälle verlaufen war.
„Und die fliegen wirklich?“
„Soll ich dir eine bauen?“
„Ist das nicht gefährlich?“
„Keiner hat darin so viel Erfahrung wie ich“, erklärte Dmitrij voller Stolz.
Karo legte den Kopf zur Seite und sah ihn skeptisch an. „Kann es sein, dass Prof. Ginko den Bau von Rübenraketen in der entmilitarisierten Zone gemeint hat?“
„Hat er?“, reagierte Dmitrij überrascht.
„Hat er?“, gab Karo die Frage mit Nachdruck zurück.
Dmitrij fasste sich ans Kinn und tat so, als würde er angestrengt darüber grübeln. Gleichzeitig neigte er sanft den Kopf zur Seite.
„Er hat!“, schuf Karo Fakten.
Der Lift stoppte im Erdgeschoss und gab den Ausgang zur entmilitarisierten Zone frei. Bevor Dmitrij aussteigen konnte, versperrte Karo ihm mit der ausgestreckten Hand den Weg.

„Keine Rübenraketen in meiner Gegenwart. Können wir uns darauf einigen?“
„Eine ganz kleine vielleicht?“
„Vergiss es!“
„Na schön“, lenkte Dmitrij ein.
„Das gilt natürlich auch, wenn ich gerade nicht hinschaue oder anderweitig abgelenkt bin... gerade dann! Versprochen?“
„Versprochen“, murmelte Dmitrij mit meisterlich gespielter Resignation. „Darf ich jetzt raus?“
„Nach dir, bitte.“ Karo zog ihren Arm zurück und blieb noch einen Moment stehen, während Dmitrij aus dem Lift stieg. *Wir werden noch viel Spaß miteinander haben - jedenfalls mehr, als ich in den letzten Wochen hatte.* Unwillkürlich glitten ihre Gedanken zu den unerledigten Projekten ab, die Prof. Ginko angesprochen hatte. Ihr Blick wurde ernst.
„Du hättest den Professor nicht anlügen dürfen“, meldete sich eine Stimme in Karos Innerem.
Ich habe nicht gelogen!
„Du hast die Wahrheit verschwiegen.“
Und wenn schon. Ich habe ihn schließlich auch nicht damit gelangweilt, welches Auto ich fahre oder welche Eissorten ich mag, rechtfertigte sie sich vor ihrem Gewissen. *Weil es ihm nämlich egal sein kann!*
„Nicht, wenn es deine Arbeit betrifft.“
Gerade deshalb! Er ist mein neuer Boss. Klar, dass ich mich bestmöglich verkaufe und nicht gleich beim ersten Gespräch meine Schwächen aufzähle. Das würde jeder machen, der Interesse an einem solchen Job hat!
„Es ist also okay für dich, ihn in die Sache hineinzuziehen, weil andere das auch so machen würden?“
Nein! Genau das wird gar nicht erst passieren, weil ich sein Angebot, mich bei meinem Projekt zu unterstützen, sofort abgelehnt habe. Er hat also nichts damit zu tun - gar nichts!

„Das ist deine Meinung. Aber was ist, wenn SIE die Dinge anders sehen?“
Karos Pulsschlag beschleunigte sich.
„Die Sache ist nicht vorbei, nur weil du Kiel verlassen hast. Solange deine Arbeit eine Gefahr für SIE darstellt, wirst du keine Ruhe finden, egal wohin du dich versetzen lässt.“
Wien ist aber nicht Kiel. Ich habe alles unter Kontrolle!
„Ach ja? Was lässt dich denn hoffen, dass IHR Dreimaleins ausgerechnet hier nicht gelten soll? Mach dir doch nichts vor! Du und dein Umfeld seid in Gefahr - sogar der Junge.“
Ein imaginärer Schlag traf Karo in der Magengegend.
„Du hättest dem Professor die Wahrheit sagen müssen!“
Als ob ich eine Wahl gehabt hätte...
„Die hat man immer!“

***

Vor dem Tor der zweiten Lagerhalle, Isle 113, Pazifik:
Mit großer Skepsis verfolgte Selling, wie sein Kollege sich am Schloss des Lagerhallentors zu schaffen machte. Nachdem sie daran gescheitert waren, einen Blick in die erste der beiden Hallen zu werfen, hatte der Botaniker angedeutet, sich nötigenfalls auch gewaltsam Zutritt zur zweiten zu verschaffen, sollte diese ebenfalls abgeschlossen sein.
Genau diese Drohung setzte er nun in die Tat um.
Auch wenn Selling durch seine verregneten Augengläser nicht sehr viel erkennen konnte, so dämmerte ihm doch, dass dies beileibe nicht das erste Schloss sein konnte, an dem sein Begleiter sich versuchte.
„Für einen Botaniker sind Sie äußerst vielseitig.“ Selling gab sich größte Mühe, seine Worte wie ein Kompliment klingen zu lassen, um nur ja keinen Argwohn zu wecken.

Wenn Sie wüssten... Die Antwort ließ einen Moment auf sich warten. „Meinen Garderobenspind im Labor muss ich schon seit Jahren mit der Büroklammer öffnen, weil meine Vorgängerin den Schlüssel verloren hat. Ich bin also in Übung."
Irgendwie hatte Selling schon mit einer solchen Erklärung gerechnet: einfach, logisch und beruhigend. Exakt das, was man als unbedarfter Forscher in einer ohnehin schon sehr angespannten Situation hören wollte, um nicht in Panik zu geraten. Dummerweise galt das aber auch für alle Antworten, die Rocky vor seinem plötzlichen Verschwinden gegeben hatte.
„Was glauben Sie, was wir da drin finden werden?", fragte ein hörbar nervöser Selling.
„Auf keinen Fall den Dieselgenerator", spielte der Botaniker auf das monotone Dröhnen an, das ihnen in der Nähe der ersten Halle aufgefallen war. Vor allem deshalb hatte er sich gegen ein Aufbrechen entschieden. Wenn in einer der beiden Lagerhallen tatsächlich transgene Pflanzensamen mit therapeutischen Proteinen für Freilandversuche vorbereitet worden waren, dann mit Sicherheit nicht im Generatorraum.
„Und was sonst?"
„Etwas Geheimes", murrte der Botaniker und werkelte verbissen an der Tür. „Warum sonst hat man sich die Mühe gemacht, ein so bescheuertes Sicherheitsschloss einzubauen... oder die Fenster von innen mit schwarzer Folie abzukleben?", fügte er nach einer Weile hinzu.
Selling hatte sich diese Fragen selbst schon gestellt. Eine versperrte Tür auf dieser einsamen Insel erschien ihm etwa so sinnvoll wie ein Vorhängeschloss an einer Raumstation. Seine Nervosität stieg. „Was ist denn nun? Bekommen Sie es auf?"
„Wenn ich nicht abgelenkt werde..."
Der Veterinär reagierte mit einem Brummlaut. Dass ihn die Kombination aus Sehschwäche und Schlechtwetter zur

Untätigkeit verdammte, war schließlich nicht seine Schuld. Unter anderen Umständen hätte er sich längst auf die Suche nach den vermissten Männern gemacht oder versucht, sich zum Boot durchzuschlagen, mit dem sie auf die Insel gekommen waren. Zumindest wäre er aber nicht einfach nur danebengestanden, während man in die Lagerhalle seines Auftraggebers einbrach. *Nie wieder nehme ich so einen undurchsichtigen Job an - das Geld ist es einfach nicht wert - nichts davon!*
In den folgenden Minuten fiel der Regen so gleichmäßig auf das Geschehen wie Sand auf den Boden einer Sanduhr.
„Ich glaube...", meldete der Botaniker, der gleich darauf wieder verstummte.
„Ja?", fragte Selling vorsichtig, um nicht wieder für seine Geschwätzigkeit getadelt zu werden.
„Geschafft!"
Das Schloss sprang auf. Der linke Flügel des Blechtors klappte zur Seite und gab ungefähr zweihundert Quadratmeter an trockener Dunkelheit frei. Bevor Selling reagieren konnte, war der Botaniker schon wieder den entscheidenden Schritt voraus und meldete sich von drinnen: „Na los! Worauf warten Sie noch?"
Im ersten Moment war die stickige Luft, die den beiden entgegenschlug, eine willkommene Abwechslung. „Sehen Sie etwas?", fragte Selling und kämmte sich mit den Fingern das Wasser aus dem Haar.
„Im Moment nicht mehr als Sie, vermute ich." Die Hand des Botanikers tastete die Blechwand nach einem Schalter ab. „Dieser Geruch..."
„Erinnert mich an den ausgebrannten Keller meines Nachbarn", vervollständigte Selling den Gedanken.
Brandgeruch? „Das auch", räumte der Botaniker gleich darauf ein. Ihm war primär das süßlich stechende Gemisch aus

Kunstdünger und Lösungsmitteln aufgefallen. *Hier muss doch irgendwo ein... Bingo!*

Dem Schalterklicken folgte das Aufflackern von etlichen dutzend Leuchtstoffröhren, die mehrreihig unter dem kahlen Blechdach angebracht waren. Es dauerte einige Sekunden, bis das wilde Lichterzucken zu einem durchgehenden Leuchtteppich wurde.

Der vordere Teil der Lagerhalle wirkte vergleichsweise leer. Abgesehen von einem in die Jahre gekommenen Traktor, mehreren an die Wand gelehnten Gartenwerkzeugen und einzelnen Holzkisten hatte er nicht viel zu bieten. Nach etwa zehn Metern erhob sich eine Wand aus gestapelten Holzkisten, die fast bis unter die Decke reichte. Nur außen, am rechten Rand war ein schmaler Durchgang in den dahinterliegenden Bereich zu erkennen.

Interessant! Der Botaniker entdeckte vor sich auf dem Boden etwas, das seine Aufmerksamkeit weckte. Ohne ein Wort darüber zu verlieren, hob er das kleine Fundstück auf und ließ es in der Hosentasche verschwinden. Zwei Schritte weiter stoppte er bei einer der planlos herumstehenden Holzkisten und beugte sich abermals hinunter. Diesmal strich er mit der flachen Hand über das raue Fichtenholz und schien sich dabei ganz besonders für Deckel und Vorderseite der Kiste zu interessieren. Anschließend roch er an seinen Fingern und nickte, als fühlte er sich durch seine Entdeckung in einem Verdacht bestätigt.

In der Zwischenzeit experimentierte Selling eifrig am korrekten Sitz seiner Brille herum. Dadurch gelang ihm immerhin eine Sichtverbesserung von *extrem unscharf* auf *nicht mehr ganz so schlimm.*

„Rocky?“, fragte der Botaniker gerade laut genug, dass sein Begleiter ihn gut hören konnte.

Selling erschrak. *Wo zum Geier...?*

„Ich hoffe, Sie und Ihre Leute schlafen noch nicht, aber Selling möchte Ihnen unbedingt ein paar Fragen stellen. Rocky? Wo stecken Sie denn?“
„Lassen Sie den Unsinn!“, schimpfte Selling. „Ich erkenne auch so an, dass Sie mit Ihrer Behauptung recht hatten - zumindest bisher.“ Der Tierarzt erlebte ein Wechselbad der Gefühle. Einerseits war er erleichtert, dass sich seine schlimmsten Befürchtungen nicht bestätigt hatten, andererseits stand nun ohne Zweifel fest, dass Rocky ihnen, aus welchen Gründen auch immer, nicht die Wahrheit gesagt hatte. So verschwommen, wie sich die Dinge darstellten, blieb Selling deshalb gar nichts anderes übrig, als sich auch weiterhin Sorgen zu machen.
„Ich sehe hier nichts, das uns weiterhilft“, erklärte der Botaniker. „Lassen Sie uns in den hinteren Teil gehen und hoffen, dass wir dort mehr finden.“
„Da!“ Selling riss seinen Arm so erschrocken hoch, als wollte er mit einer Waffe auf eine riesige Bestie zielen. „Sehen Sie doch! Dort auf der Kiste!“
„Eine Ratte“, stellte der Botaniker weit weniger aufgeregt fest und ging weiter.
„Eine Ratte?“, wiederholte Selling ungläubig und verfluchte die dicken Regentropfen auf seiner Brille. „Ich brauche dringend etwas Trockenes, um meine Gläser abzuwischen.“
„Dann nehmen Sie doch einfach das hier!“ Der Botaniker ging auf die nächstbeste Holzkiste zu und hob einen zusammengeknüllten Fetzen auf, den er weiterreichte. „Hier.“
„Danke.“ Während Selling die Tropfen auf seiner Brille verschmierte, bemerkte auch er den stechenden Geruch von Lösungsmittel, der zuvor schon seinem jüngeren Kollegen aufgefallen war. Instinktiv roch Selling an dem Fetzen und zuckte zurück, weil er zu viel davon in die Nase bekommen hatte. „Der Stoff ist mit irgendeiner Verdünnung getränkt.“

„Das kann gut sein.“ Der Botaniker zuckte ungerührt mit den Schultern. „Auf jeden Fall werden Sie danach nicht schlechter sehen als jetzt.“ Er beobachtete eine weitere Ratte, die zwischen den Kisten verschwand, und hob verschmitzt die Mundwinkel. Gleich darauf wurde er wieder ernst. „Machen Sie endlich! Wir müssen weiter!“
„Ich komm ja schon.“ Von einigen Schlieren abgesehen, gelang es Selling, seine Brille wieder voll funktionsfähig zu bekommen. Als er sie auf seiner Nase in Position gerückt hatte, verschwand der Botaniker gerade hinter der Wand aus gestapelten Holzkisten.
„Warten Sie auf mich!“ Selling musste einen Zahn zulegen, um den Anschluss nicht zu verlieren. Zwei Ratten huschten hinter einer Kiste hervor und liefen ihm so knapp vor die Füße, dass er fast ins Straucheln kam. „Blöde Viecher!“
Als Selling den hinteren Teil der Halle betrat, fand er seinen Kollegen auf dem Boden kniend vor.
„Das hier sollten Sie sich ansehen!“ Der Botaniker zeigte auf einen schwarzen Hügel, der nicht nur frappierende Ähnlichkeit mit den Überresten eines großen Lagerfeuers aufwies, sondern auch die Quelle des Brandgeruchs zu sein schien. „Offensichtlich hat es jemand sehr eilig gehabt, gewisse Dinge dauerhaft zu entsorgen. So eilig, dass er damit nicht einmal warten konnte, bis der Regen aufhört und stattdessen das Risiko eingegangen ist, die ganze Halle in Brand zu stecken. Nicht gerade sehr verantwortungsvoll, wenn Sie mich fragen.“ Er deutete mit dem Kopf in Richtung der Holzkisten. „Da reicht ein Funkenflug, und die ganze Lagerhalle ist ein Fall für die Versicherung... Mit etwas Glück auch gleich der Rest der Forschungsstation.“
„Glück?“
„Glück, Pech, nennen Sie es, wie Sie wollen“, erwiderte der Botaniker emotionslos. „Das ist letztlich nur eine Frage des

Standpunkts. Fakt ist, dass sich dieses Feuer hier auch ganz anders hätte entwickeln können - oder sollen. Es ist noch warm, kann also noch nicht so lang her sein."
„Glauben Sie, dass Rocky...?" Selling blieb der Rest seiner Frage wie ein dicker Kloß im Hals stecken.
„Das überlasse ich Ihrer Fantasie." Der Botaniker holte eine der mitgenommenen Küchengabeln hervor und fing an, in dem verkohlten Haufen herumzustochern - zunächst planlos, dann immer gezielter.
„Zumindest weiß ich jetzt, warum es auf der ganzen Insel kein einziges Logo von unserem Auftraggeber gibt." Er hielt ein angekohltes Stück Plastikfolie hoch, auf der ein zweifarbiges Maiskorn zu sehen war. „Kommt Ihnen das bekannt vor?"
Selling nickte mechanisch. „RaptorGen." Das Logo des Biotechkonzerns war unverkennbar, auch wenn die Hitze das ansonsten so freundliche Lächeln des Maiskorns zu einer hässlichen Fratze zusammengeschmolzen hatte.
„Das stammt von einer Saatgutpackung", erklärte der Botaniker. „Und bei der Größe des Aschehaufens ist sicherlich mehr als nur dieser eine Sack verfeuert worden." Er grub sich mit der Gabel bis zum Hallenboden durch und kitzelte mehrere Samenkörner hervor. „Wie ich befürchtet hatte", murmelte er und ließ unbemerkt ein paar davon in seiner Hosentasche verschwinden.
„Was?" Selling zog seine Hosenbeine ein Stück weit hoch und ging neben seinem Kollegen in die Hocke. „Was?", wiederholte er mit Nachdruck.
„Das waren nicht einfach nur leere Verpackungen, die man beseitigen wollte. Hier hat jemand in aller Eile originalverpacktes Saatgut verbrannt und zwar gleich säckeweise."
„Die Pflanzen, die den Rindern zum Verhängnis wurden", mutmaßte Selling.

„Davon müssen wir ausgehen."
„So kann wenigstens kein weiterer Schaden entstehen."
Der Botaniker schnaubte abfällig. „Ihren Idealismus in Ehren, aber dieses Lagerfeuer diente wohl eher dazu, alle Beweise zu vernichten."
„Mag sein", räumte Selling ein. „Trotzdem ist es kein Nachteil, wenn dieses giftige Zeug die Insel nicht verlässt."
„Möglicherweise hat es das längst."
„Wie meinen Sie das?"
„Denken Sie an unsere Vorgänger. Wenn die zu demselben Schluss gekommen sind, wie wir beide, dann werden sie doch versucht haben, Beweise mitzunehmen. Stellt sich nur die Frage, ob es ihnen letztlich auch gelungen ist, die Insel zu verlassen, bevor Rocky dahintergekommen ist, was sie vorhatten." Der Botaniker holte einen leeren Probenbeutel hervor und ließ einige der angekohlten Pflanzensamen hineinfallen, die er Selling wortlos zur Verwahrung weiterreichte.
„Was Sie sich da zusammenreimen, ergibt doch gar keinen Sinn", widersprach Selling. „Wenn es vor uns schon Leute gegeben hat, die diese Sache untersucht haben, warum wurden wir dann hinzugezogen? Gerade wir! Und das ausgerechnet als klar wurde, dass das Experiment aus dem Ruder läuft und die Sache verschleiert werden soll!"
„Wer sonst?" Der Botaniker war dabei, mit seiner Gabel etwas Längliches freizulegen und wirkte hochkonzentriert.
„Deren eigene Spezialisten zum Beispiel", erklärte Selling überzeugt. „Vergessen Sie bitte nicht, dass wir nur externe Berater sind. Wir sorgen für gute Presse, wenn es um unabhängige Berichterstattung geht, aber für so heikle interne Untersuchungen verfügt RaptorGen über genug eigene Experten, deren Verschwiegenheit garantiert ist."

„Glauben Sie mir, nichts ist Verschwiegenheit zuträglicher als Entbehrlichkeit.“ Der Botaniker schnippte mit der Gabel sein Fundstück aus der Asche und lenkte so auch die Aufmerksamkeit des Veterinärs darauf.
Selling fixierte den angesengten Knochen und war berufsbedingt sofort bemüht, ihn einem Tier zuzuordnen. Als das nicht gelingen wollte, begann auch er zu begreifen.

***

Botanischer Garten Wien, später Nachmittag:
„Hatschi!“
„Gesundheit!“
„Danke.“ Dr. Karoline Bogner hatte ihren neuen Job als Teilzeitkindermädchen akzeptiert und saß mit Dmitrij auf einer der Holzbänke in der Hauptallee. Gemeinsam beobachteten sie die vorbeischlendernden Besucher. Ungefähr die Hälfte von ihnen verriet sich schon allein durch ihre Kleidung, Sprache oder Rucksäcke als Touristen.
„Italienerinnen“, sagte Dmitrij und meinte damit drei stimmkräftige Damen in bunten Sommerkleidern, die alle paar Meter Halt machten, um lästige Kieselsteine aus ihren Flipflops zu kitzeln.
„Klarer Punkt für dich.“ Karo beugte sich ein Stück vor, um einen besseren Blick auf zwei junge Männer werfen zu können, die sich rasch näherten. „Ich tippe auf...“
„Jaaaa?“, drängte Dmitrij, als die beiden krebsroten Männer gleich darauf die Sitzbank passiert hatten.
„Engländer!“
„Ein geschenkter Punkt für Karo.“ Dmitrij schaute den Briten verständnislos hinterher.
„Warum geschenkt?“

„Es waren Mehrfachantworten möglich. Bei der Farbe hätte ich sogar *Indianer* gelten lassen. Kennen die in England keine Sonnencreme?“
„Sieht fast so aus... Ich glaube, wir haben ein solides Unentschieden beim Nationenraten. Wie siehst du das?“ Karo lehnte sich entspannt zurück.
Entferntes Hupen erinnerte daran, dass die grüne Oase nur durch eine Mauer vom einsetzenden Berufsverkehr der Bundeshauptstadt getrennt war.
„Unentschieden ist gut“, bestätigte Dmitrij, der nichts dagegen hatte, das Spiel zu beenden. „Wie spät ist es?“
„Etwas mehr als eine halbe Stunde noch.“ Karo wusste, dass Dmitrijs Frage darauf abzielte, wann Frau Ginko ihn abholen würde.
„War ich brav?“ Er rollte mit seinen blaugrauen Augen.
„Bis jetzt schon. Wenn du noch dreißig Minuten durchhältst, darf ich morgen wieder dein Babysitter sein.“
„Haha.“ Dmitrij zog mit dem Zeigefinger sein rechtes Augenlid herunter. Nach einer Weile flüsterte er: „Dreißig Minuten sind perfekt, um eine Rübenrakete...“
„Nächste Idee!“, erwiderte Karo mit gespielter Ignoranz.
„Spaßhalter!“
„Du meinst vermutlich Spaßbremse“, korrigierte sie ihn.
„Spaßbremse!“, wiederholte Dmitrij grinsend.
„Stimmt, aber das darfst du mir nicht vorwerfen, denn dafür werde ich schließlich bezahlt.“
„Okay, es sollte also etwas Langweiliges sein...“, dachte er laut nach. „Dann erzähl mir doch etwas über deine Arbeit.“
Karo lachte herzlich. „Was willst du darüber wissen?“
Dmitrij rutschte ein Stück vor und richtete den Oberkörper auf, wodurch die Rakete für vorbeigehende Passanten besser zu sehen war. „Was sind zerdrückte Gene?“

„Zerdrückte Gene...? Das wüsste ich auch gern“, antwortete sie schmunzelnd. „Sollte ich die kennen?“
„Wäre besser, denn vorhin im Büro von Prof. Ginko wolltest du ein Buch darüber schreiben.“
„Ach so! Du meinst unterdrückte Gene.“
„Vermutlich.“
„Ich habe mit ihm über Koevolution und die Reaktivierung unterdrückter Gene gesprochen. Das sind zwei sehr komplexe Themen, mit denen ich mich in Kiel beschäftigt habe.“
„Jetzt nicht mehr?“
Dmitrijs aufmerksamer Blick ließ sie zögern. „Vorläufig nicht“, umschiffte sie eine direkte Lüge.
„Warum?“
„Weil ich hier andere Aufgaben übernehmen muss. Um den Rest kann ich mich später auch noch kümmern.“
„Also sind die unterdrückten Gene nicht wichtig?“
Sie seufzte. „Doch, die Arbeit ist sogar sehr wichtig, aber solange ich hier bin, gelten andere Prioritäten.“
„Wieso? Prof. Ginko hat dir sogar seine Hilfe zugesagt, falls du daran weiterarbeiten willst.“
„Das war reine Höflichkeit.“
„Ach so.“ Dmitrij genoss es, wenn Erwachsene sich wie Regenwürmer aus seinen Fragen winden wollten. „Aber ist es dann nicht unhöflich von dir, sein Angebot abzulehnen?“
„Nein. Glaub mir, er versteht es genau so, wie es gemeint ist.“
„Wie ist es denn gemeint?“
Sie warf ihm einen Blick der Marke *Nervensäge* zu. „Soll ich dir jetzt etwas über Koevolution und unterdrückte Gene erzählen oder nicht?“
Dmitrij nickte interessiert. Karo und er waren kurz nach dem Betreten des Botanischen Gartens übereingekommen, dass Worte, die Dmitrij auf Deutsch noch nicht verstand, zunächst ins Englische übersetzt wurden. Wenn das nicht weiterhalf,

setzte Karo auf blumige Umschreibungen und ihre paar Brocken Schulrussisch. Dass Dmitrij seit seinem sechsten Lebensjahr mehrsprachig unterrichtet wurde, erleichterte die Kommunikation zusätzlich.

„Bitte zuerst das Koevolution."

„*Die* Koevolution", korrigierte Karo. „Die Evolutionstheorie von Charles Darwin ist dir ein Begriff, nehme ich an?"

„Ja klar, das war der Forscher mit dem Hundeschiff und den Schildkröten, der mit Adam und Eva nichts am Hut hatte."

„Hundeschiff?"

„Die *Beagle*!" Dmitrij grinste über die Eselsbrücke seines Biologielehrers. „Die Evolutionstheorie beschreibt, wie durch die Gene Eigenschaften von Eltern an Kinder weitergegeben werden. Dabei kommt es immer wieder zu Veränderungen, weil die Organismen sich an neue Umweltbedingungen anpassen müssen."

„So ungefähr könnte man das sagen", stimmte Karo zu und war beeindruckt, wie viel der Russe mit seinen fast dreizehn Jahren schon wusste. Zweifellos war das auf die Schule zurückzuführen, die seine Eltern ausgewählt hatten. „Die Koevolution erklärt uns, wie sich zwei Arten entwickeln, die voneinander abhängig sind. Nehmen wir zum Beispiel eine besondere Blüte, die so geformt ist, dass nur ein ganz bestimmter Schmetterling in der Lage ist, ihren Nektar zu trinken. Der Rüssel vom Schmetterling und die Form der Blüte passen perfekt zueinander - keiner der beiden könnte ohne den anderen überleben: Der Schmetterling müsste verhungern, und die Blüte würde nicht bestäubt werden. Insekt und Blume haben sich also aufeinander spezialisiert und über viele Generationen gemeinsam weiterentwickelt. In der Natur finden sich ganz viele Beispiele für Koevolution."

„Das ist schön. So haben beide Arten einen Vorteil davon, dass sie sich aneinander anpassen."

„Manchmal ja, aber leider ist dieser Vorteil nicht immer so offensichtlich“, schränkte Karo ein. „Auch Parasiten wie Zecken, Läuse oder Wanzen passen sich laufend an ihre Wirte an.“
„Iiiiiiiihhhh!“ Dmitrij verzog das Gesicht.
„Oder denk an die Löwen in der Savanne, die immer schneller sein müssen als die Antilopen, um nicht zu verhungern. Die langsamen Antilopen werden alle gefressen. Nur die schnellen überleben und können sich fortpflanzen. Das ist zwar gut für die Antilopen, aber schlecht für die Löwen der nächsten Generation.“
„Weil die dann Fastfood bekommen.“ Dmitrijs Lachen steckte auch Karo an.
„Als ich noch studiert habe“, setzte sie fort, „mussten wir Maispflanzen belauschen, die mit Wespen telefoniert haben.“
Dmitrijs Augen weiteten sich.
„Gut, vielleicht nicht telefoniert, aber es war eine ähnliche Form der Kommunikation.“
„Erzähl!“
„Wir haben beobachtet, dass jedes Mal, wenn unser Versuchsmais von Raupen befallen worden ist, kurz darauf Wespen aufgetaucht sind, die sich über die Raupen hergemacht haben.“
„Cool.“ Dmitrijs offenstehender Mund unterstrich sein Interesse.
„Interessanterweise war das aber nicht bei allen untersuchten Maissorten so. Vor allem den neueren, gentechnisch veränderten Pflanzen kamen keine Wespen zu Hilfe. Wir haben rasch herausgefunden, dass unser Wildmais Duftstoffe verströmt, sobald die Raupen seine Blätter anknabbern. Dieser Duft lockt die Wespen an, die sich dann um die Raupen kümmern. Man kann also zu recht sagen, dass der Mais die

Wespen zu Hilfe holt. Damit haben wir ein weiteres Beispiel für gelungene Koevolution." Karo war voll in ihrem Element.
Ein flüchtiger Blick zu Dmitrij reichte, um zu wissen, dass er jedes Wort verstanden hatte.
„Unsere nächste Aufgabe war es herauszufinden, warum dieses Raupenwarnsystem zwar beim Wildmais funktioniert hat, aber nicht mehr bei den neuen Sorten. Dabei sind wir auf eine Besonderheit beim..."
„Neue Nachricht" meldete eine Frauenstimme das Eingehen einer SMS. „Moment, bitte." Karo zauberte aus einer als Falte getarnten Tasche ihres Kleids ein Mobiltelefon hervor und klickte sich durch die Kurzmitteilung.
Dmitrij hoffte gespannt auf die Fortsetzung der Geschichte, musste stattdessen aber zusehen, wie die Unbeschwertheit aus Karos Gesicht verschwand. Auch ohne einen Blick auf die Nachricht werfen zu können, die Karo geschickt mit dem Handrücken abschirmte, war Dmitrij klar, dass der Inhalt nichts Gutes verhieß. *Vielleicht hat sie Ärger mit ihrem Freund... Hat sie überhaupt einen Freund?*
Es folgten einige Sekunden der Stille.
„Karo?" Dmitrij stupste sie vorsichtig an.
Karo löste sich von ihrem Gedanken und versuchte, sich nichts anmerken zu lassen. „Wo waren wir stehengeblieben?"
„Alles okay mit dir?"
„Ja." Sie steckte ihr Handy weg und lächelte aufgesetzt. „Ja, alles in bester Ordnung."
Dmitrij entschied sich, vorerst nicht weiterzufragen. „Du hast mir gerade vom Mais und den Wespen erzählt."
„Koevolution", murmelte Karo, als spräche sie plötzlich über etwas Verbotenes. „Weißt du, ich glaube, fürs Erste hast du genug darüber gehört. Wie wäre es, wenn du mir stattdessen etwas von deinen Interessen erzählst?"
„Über Rübenraketen?"

„Ja, warum nicht“, sagte sie mit abwesendem Blick.
Dmitrij zuckte innerlich zusammen. Hier war gar nichts mehr in bester Ordnung.

***

Isle 113, Pazifik:
„Selling!“, rief der Botaniker, so laut er es gerade noch verantworten konnte, in die Nacht. Er duckte sich hinter einen der mächtigen Felsbrocken, die überall entlang der Kraterwand lagen. Sein Puls raste und die Lungen brannten, während er im Gewitterregen nach Luft rang. Trotzdem durfte er sich keine Pausen leisten, wollte er nicht selbst wie eines der schrecklichen Bilder enden, die sich in sein Gedächtnis gebrannt hatten.
Die Zeit wirkte wie eingefroren, seit die beiden Forscher Hals über Kopf aus der Lagerhalle gestürmt waren. Von einer Sekunde zur anderen war die Situation völlig außer Kontrolle geraten und zwang die Wissenschafter seither, um ihr Leben zu rennen. Selbst Selling hatte endlich den Ernst der Lage begriffen, doch sein unbeholfenes Stolpern wurde immer mehr zur Last für ihre Flucht.
„Selling!“ In Gedanken hatte der Botaniker bereits mit seinem Kollegen abgeschlossen, aber noch war das Mitgefühl stärker und weigerte sich, den Veterinär seinem Schicksal zu überlassen. „Selling, verdammt!“ Wut und Verzweiflung ließen ihn eine Faust ballen und gegen den nassen Fels schlagen. Immer wieder mischten sich abgerissene Blätter und Farnfetzen zwischen den Regen, der dem Botaniker die Sicht erschwerte. „Selling! Wo stecken Sie?“ Es fiel ihm schwer einzuschätzen, wie weit der Wind seine Stimme tragen würde, doch er betete, dass Selling sie hören würde. Nur Selling!

Ich hoffe, dass Sie es noch rechtzeitig schaffen. Er gab sich 30 Sekunden, um auf seinen Kollegen zu warten, ehe er sein Glück allein versuchen wollte. Zeit, in der er sich fragte, wie er überhaupt in eine solche ausweglose Lage hatte kommen können. War das etwa der Preis, den letztlich jeder zahlen musste, der versuchte, sich selbst treu zu bleiben?

Warum sollte ausgerechnet er, Bill Fowler, gegen einen Biotechkonzern bestehen, der vom Lokalpolitiker bis zum Präsidentenberater alle auf seiner Gehaltsliste hatte? Ja, hatte er denn allen Ernstes geglaubt, dass er, Bill Fowler - ein kleiner Journalist aus Baton Rouge, Louisiana - einen Dinosaurier wie RaptorGen zu Fall bringen konnte?

Angesichts der jüngsten Entwicklungen verblasste Fowlers Stolz darauf, dass es ihm gelungen war, unter falscher Identität das Netzwerk von RaptorGen zu infiltrieren. Zugegeben, es war ein beachtenswerter Erfolg, überhaupt eingedrungen zu sein, aber selbst die größte Titelstory war am Ende nicht mehr wert als das eigene Leben.

Bill Fowler war nur einer unter tausenden Journalisten, die tagtäglich darum kämpften, eines Tages mit dem Pulitzer-Preis ausgezeichnet zu werden. Doch gerade weil ihm in den letzten Stunden bewusst geworden war, dass seine Story diesmal nicht zu toppen sein würde, fühlte er sich als Verlierer. Genauso gut hätte er ein versteinertes Fossil auf einem der Jupitermonde finden können - solange er und seine Beweise es nicht zurück nach Baton Rouge schafften, war alles andere völlig bedeutungslos.

Ein verästelter Blitz zuckte und schnitt die Umrisse einer Person aus der Nacht.

Obwohl das Blitzlicht sofort wieder erlosch, sah Bill Fowler die Szene noch immer wie ein Foto vor sich: Selling war keine fünfzig Meter mehr entfernt und bahnte sich stolpernd einen Weg durch das herumliegende Lavagestein. Jemandem wie

ihm, der sogar bei Tag und mit Brille schlecht sah, musste dieser nächtliche Spießrutenlauf wie der Marsch durch die Hölle vorkommen.
Fast hätte ein Reflex Fowler dazu verleitet, seinem Kollegen zuzurufen, doch glücklicherweise waren ihm die Schatten im Hintergrund noch rechtzeitig aufgefallen. Sie näherten sich von mehreren Seiten und trieben den Veterinär genau auf Fowlers Position zu.
„Hauen Sie ab!“, brüllte Sellings warnende Stimme aus dem Dunkel. „Hören Sie...“ Husten unterbrach den Satz. „...mich? Verschwinden Sie, solange Sie noch können!“
Fowler zögerte. Er wusste nicht, ob Selling ihn bemerkt hatte, oder einfach nur schrie, weil die Gefahr ebenso offensichtlich wie das Ende unausweichlich war. Falls Selling ihn aber tatsächlich hinter dem Felsen entdeckt hatte, dann konnte das auch auf seine Verfolger zutreffen.
Fowler versuchte sich einzureden, dass sein Gewissen es nicht zuließ, einfach loszulaufen und Selling im Stich zu lassen. Doch in Wahrheit hatte er nur höllische Angst davor, ohne Deckung zu sein, wenn der nächste Blitz die Nacht zum Tag machen würde.
„Retten Sie... sich!“ Sellings abgehackte Stimme kam näher, wirkte aber zunehmend undeutlicher. „Sie hatten Recht... Ich hätte... hören sollen...“ Er klang, als drohte er, im dichten Regen zu ertrinken.
Selling! Fowlers stummer Schrei war ein Abschied für immer. In diesem Moment wollte er nichts anderes, als das Grauen endgültig hinter sich zu lassen, und rannte in die Nacht. Für Reue blieb keine Zeit, doch hätte der Teufel die Welt angehalten und ihm einen Deal angeboten, Fowler hätte nicht gezögert, alles zu versprechen, um die Dinge ungeschehen zu machen.

Auf erschreckende Art war er gerade Zeuge des *Dreimaleins* von RaptorGen geworden, dem in der Vorwoche vermutlich auch einer seiner Informanten zum Opfer gefallen war: *einkaufen, einschüchtern* und - falls nötig - *einschläfern.*
Tom, sein Informant, hatte ihn im Vorfeld mit zahlreichen Unterlagen und Berichten aus dem RaptorGen-Konzern versorgt und damit die Story überhaupt erst ins Rollen gebracht. In seinem journalistischen Eifer hatte Fowler gar nicht anders gekonnt, als sich selbst die Rolle des heldenhaften Aufdeckers zuzuschreiben.
Dass Tom immer wieder betont hatte, wie sehr Medien, Politik und selbst Justiz in das Konzerngeflecht verstrickt waren, hatte Bill Fowler in seinem Entschluss nur noch bestärkt.
Welcher investigative Journalist sah sich schließlich nicht gern als weißer Ritter im Kampf gegen Korruption und Missbrauch der Rechtstaatlichkeit? Erst recht, wenn die kompromisslose Suche nach Wahrheit zum Familiencredo geworden war: Ein Journalist mit dem richtigen Riecher, so hatte sein Onkel bei der Washington Post immer gesagt, kann selbst den mächtigsten Mann straucheln lassen.
Fowlers Lauf über den nassen Untergrund und der prasselnde Dauerregen verhinderten, dass Sellings letzte Laute ihn einholen konnten. Letztlich konnte Fowler dem Wetter also sogar noch dankbar sein, weil es ihm die schrecklichen Details ersparte. Andererseits hatte das Wasser den Weg zur Anlegestelle in eine rutschige Rampe verwandelt, die Fowlers ganzes läuferisches Geschick forderte. Wieder einmal fühlte er sich darin bestätigt, wie nützlich sein Marathontraining auch abseits der Rennstrecke sein konnte.
Sein Tempo gab ihm die Sicherheit, dass keiner den Weg zum Boot schneller als er zurücklegen konnte, doch eine Frage ließ ihm keine Ruhe: *Was macht der Erste, der am Ende einer Sackgasse ankommt?* Die Flucht wäre zu Ende, sollte sich das

Boot nicht mehr an der Anlegestelle befinden. Zwar hatte er gehört, wie der Fahrer den ausdrücklichen Befehl bekommen hatte, das Boot am Steg zu vertäuen, doch die Glaubwürdigkeit von Rocky war überstrapaziert. Am Ende hatte sich nahezu jedes seiner Worte als Lüge herausgestellt - warum sollte er also ausgerechnet in diesem Punkt die Wahrheit gesagt haben?
Fowler zwang sich, den Gedanken zu verwerfen und seine Hoffnung aufrecht zu halten. Das Boot loszubinden und irgendwie kurzzuschließen, traute er sich im Adrenalinrausch ebenso zu wie die Überfahrt zur Hauptinsel.
Auf dem letzten Stück des Weges atmete er um einiges schwerer, als seine Kondition es verlangte. Er führte das auf den stärker werdenden Regen zurück, den der Wind ihm vom Meer her entgegenschleuderte. Trotzdem behielt er sein hohes Tempo bei und hoffte, den Vorsprung auf die Verfolger vielleicht sogar noch ausbauen zu können.
Es ist noch da! Sein Herz spendierte einen Extraschlag, als in einiger Entfernung der helle Rumpf des Schnellbootes zwischen den Wellen auftauchte. Das wilde Schaukeln gab einen ersten Eindruck davon, wie riskant sich die Flucht über das offene Meer gestalten würde.
Soweit Fowler sehen konnte, war das Boot nicht am Steg festgemacht, sondern ankerte in einiger Entfernung davon im Wasser, was angesichts der unruhigen See nicht nur durchaus sinnvoll, sondern auch sicherer war.
Sicher! Zum ersten Mal wurde ihm bewusst, dass er nicht der Einzige auf der Insel war, der sich um die Sicherheit des Boots sorgte. Es war geradezu naiv anzunehmen, dass Rocky keinen seiner Leute dafür abgestellt hatte, um die Anlegestelle bewachen zu lassen.
Er könnte überall sein. Fowler zwang sich, seine Schritte zu verlangsamen, obwohl die Todesangst im Nacken ihn vor sich

hertrieb. *Könnte! Vor mir könnte jemand sein und auf mich warten... Aber hinter mir sind sie ganz sicher!*
Es dauerte nur kurz, die beiden Gefahrensituationen gegeneinander abzuwägen und sich für eine Strategie zu entscheiden. Im Schutz der aufragenden Klippen näherte er sich dem Wasser, bis er ungefähr noch zwanzig Meter von dem Steg entfernt war. Aus der Tatsache, dass er bisher niemanden gesehen hatte, schloss er, dass es sich umgekehrt genauso verhielt.
Der Steg war leer, die Klippen verlassen und auf dem Boot brannte kein Licht. Falls tatsächlich noch jemand auf den letzten Metern lauerte, dann entweder im Hinterhalt gegenüber der Anlegestelle oder direkt auf dem Boot. Zumindest die erste Möglichkeit wollte und konnte Bill Fowler ausschließen. Mit einem Kopfsprung in die Fluten verabschiedete er sich vorzeitig von der Insel und kraulte um sein Leben in Richtung Boot.

***

Abends in einer Wiener Wohnung:
„Karo!“ Die drängende Stimme gehörte Sabrina, Karos Jugendfreundin, die bereits vor über einem Jahrzehnt nach Wien gezogen war. „Wirf mal einen Blick auf die Uhr über dem Spiegel, bevor du dein hübsches Gesicht komplett zuspachtelst!“
„Ich schmink mich doch gar nicht!“, rief Karo aus dem Bad zurück und fügte deutlich leiser hinzu: „Das ist nur eine Feuchtigkeitscreme.“ Mit beiden Händen rieb sie sich die Creme ins Gesicht. *Was mach ich hier überhaupt? Mir ist überhaupt nicht nach Feiern und Party zumute.*
„Egal, was du da drin anstellst, die Typen werden sowieso wieder alle nur dir nachsehen“, seufzte Sabrina und überlegte

vor dem Spiegelschrank ihres Schlafzimmers, den knielangen Rock noch rasch gegen etwas Schärferes einzutauschen.
„Keine Typen!“, wiederholte Karo das Credo des Abends.
„Na klar, Süße!“ *Spaßbremse!* Sabrina schlüpfte aus dem Rock und warf ihn aufs Bett. „Als ob die Jungs sich an deinen Plan halten würden“, murmelte sie und griff zur Geheimwaffe ihrer Garderobe: einem hellblauen Ledermini.
„Du kannst noch absagen“, erklärte Karo ihrem Spiegelbild. „Es ist dein erster Abend in der Stadt. Sabrina hätte Verständnis, wenn du erst mal in aller Ruhe ankommen willst.“
Ihr Abbild warf einen skeptischen Blick zurück.
„Okay, wahrscheinlich wäre sie nicht begeistert, aber sie würde es verstehen... vermutlich.“
„Karo! Hör auf, meine Zahnbürste vollzuquatschen und komm endlich raus! Das Wiener Nachtleben wartet auf uns.“
Die Badezimmertür öffnete sich und Karo sah, wie Sabrina vor dem Schlafzimmerschrank die Luft anhielt, um ihren Minirock doch noch irgendwie zuzubekommen. „Hattest du vorher nicht einen braunen...?“
„Frag nicht, hilf mir lieber, sonst kommen wir hier gar nicht mehr weg.“
„Das würde mich gar nicht stören“, flüsterte Karo lauter als gewollt.
„Du willst kneifen?“ Sabrina drehte sich blitzartig zu ihrer Freundin um. „Tu mir das nicht an! Nicht, nachdem ich mich schon fast in diesen Kinderrock gezwängt habe.“ Sie stieß einen Fluch aus, als ihre Finger abrutschten und die frisch lackierten Nägel über den Reißverschluss kratzten.
„Hast du dir weh...?“
„Halb so wild“, blockte Sabrina ab. „So ein Arsch gehört eben in den Stall und nicht in einen 200-Euro-Mini... Ich schwör dir, als ich ihn das letzte Mal angehabt habe, hat er mir wie eine zweite Haut gepasst.“

Bevor Karo die auf der Hand liegende Frage stellen konnte, kam Sabrina ihr mit der Antwort zuvor: „Eine Weile!“ Sabrina sah Karo vorwurfsvoll an. „Du hast wohl gar nichts gegessen, seit wir uns das letzte Mal gesehen haben?“ Sie wartete auf das Lächeln in Karos Gesicht, doch es kam nicht. „Alles okay mit dir?“

Karo ließ sich rücklings aufs Bett fallen und seufzte. „In den vergangenen Tagen ist ziemlich viel bei mir passiert. Ich fürchte, meine Batterien müssen sich erst wieder aufladen, um mit deinem Tempo mithalten zu können.“

Sabrina gab den Kampf gegen ihren Minirock endgültig verloren. „Aus deinem Mund klingt das wie eine Doppelfolge *Desperate Housewives* im Pyjama auf der Couch und dazu Pizza vom Lieferservice.“

„Das hört sich nach einem wunderbar gemütlichen Abend an“, schwärmte Karo.

„Zumindest wird er bequemer als der hier.“ Sie schleuderte ihren Rock genervt zurück in den Schrank.

„Bist du jetzt sauer auf mich?“, fragte Karo bestürzt.

„Aber nein, Süße. Es ist schließlich *dein* erster Abend. Sauer werd ich erst, wenn du mir nicht endlich erzählst, was dich bedrückt. Los, geh dich umziehen! Ich ruf schon mal den Pizzaboten an... Und wehe, dein Pyjama sieht schärfer aus als meiner!“

Eine halbe Stunde später saßen die beiden auf der Couch und aßen ihre fetttriefenden Pizzen direkt aus dem Karton.

„Tut mir leid, aber ich versteh dein Problem offenbar immer noch nicht“, schmatzte Sabrina. „Du hast praktisch über Nacht einen neuen Job in der schönsten Stadt der Welt bekommen, wohnst bei deiner besten Freundin und hältst dir die Option offen, nach Deutschland zurückzukehren. Ich meine, wie viel besser kann es jemand erwischen, der Pech hat?“

„Mit Pech hat das nichts zu tun." Karo kaute auf einem Stück Pizza herum. „Ich hab mich mit den falschen Leuten angelegt und war mir dessen bewusst. Allerdings war mir nicht klar, *wie* mächtig sie tatsächlich sind."
„Na offensichtlich reicht ihr Einfluss nicht bis nach Wien, denn sonst wärst du nicht hier."
Karo war knapp davor, ihrer Freundin von der SMS zu erzählen, die sie am Nachmittag erhalten hatte, beschloss dann aber, noch abzuwarten, wie sich das Gespräch entwickeln würde. „Glaub mir, wenn sie wollten, könnten sie mir auch den Job in Wien vermiesen."
Sabrina wirkte irritiert. „Wie meinst du das? Das klingt ja fast so, als würden diese Leute dich gnadenhalber hier dulden."
„Solang ich mich an ihre Spielregeln halte", ergänzte Karo kleinlaut, „werden sie das auch tun."
„Wovon redest du?" Sabrina reagierte mit einer Mischung aus Verärgerung und Besorgnis. „Du analysierst Mais und Soja an der Universität und bist nicht als Agentin beim britischen Geheimdienst tätig." Sie ließ die angebissene Pizzaschnitte in den Karton sinken. „Du analysierst doch Mais und Soja an der Uni?"
Karo nickte. „Ich kann nachvollziehen, dass sich das merkwürdig anhört, aber ich muss mir selbst erst klarwerden, wem ich was und wie viel davon erzählen kann."
„Spinnst du?", stieß Sabrina hervor. „Ich bin deine beste Freundin. Da hab ich ja wohl jedes Recht der Welt zu erfahren, was hier läuft." Nach einer betretenen Pause fuhr sie fort. „Du weißt, dass du mit mir über alles reden kannst!" Sie stellte den Karton auf den Tisch, legte den Arm um Karo und zog sie zu sich heran. „Was bedrückt dich, Karo? Wer setzt dich unter Druck?"

„Ich weiß nicht. Vielleicht bilde ich mir das alles auch nur ein.“ Karo genoss den Moment der Geborgenheit in Sabrinas Nähe und schloss ein paar Atemzüge lang die Augen.
„Was genau glaubst du, dir einzubilden?“, hakte Sabrina nach.
„Ich meine, es könnten auch dumme Zufälle sein.“
„Dumme Zufälle jagen niemals im Rudel, Süße! Hat dich jemand bedroht?“
„Nicht direkt.“
„Karo!“, fauchte Sabrina. „Lass dir nicht alles aus der Nase ziehen. Du weißt, wie sehr ich das hasse.“
„Ich habe eine SMS bekommen... Heute Nachmittag im Botanischen Garten... von irgendeiner extrem langen Nummer, die sich nicht anrufen lässt... vermutlich lief die Nachricht über einen Server im Internet.“
„Was stand drin?“
„Wer nicht alles hinter sich lässt, wird auch keinen Neuanfang schaffen.“ Karo setzte sich auf und blickte ihrer Freundin hilfesuchend in die Augen.
„Hast du ein Abo für Glückskekssprüche?“
Karo zwang sich zu einem Lächeln. „Nicht, dass ich wüsste.“
„Für eine anonyme Nachricht war das schon ziemlich deutlich. Bist du sicher, dass es etwas mit deiner Arbeit an der Uni zu tun hat...? Kein zurückgebliebener Verehrer, kein kreativer Versicherungsvertreter?“
„Drei Mal nein.“
Sabrina streckte verdutzt drei Finger hoch und ihre Lippen wiederholten stumm Karos Worte.
„Ach, was soll’s! Irgendwann hätt ich’s dir sowieso erzählt. Dieses Projekt für die Europäische Union war vermutlich gar nicht der Grund, warum ich aus Kiel verschwinden sollte.“
„Vermutlich?“
„Ziemlich sicher!“

„Aber du hast mir doch heute Vormittag am Telefon noch erzählt, dass..."
„Da wusste ich auch noch nichts von der SMS. Außerdem wollte ich dich nicht beunruhigen." Karo schluckte. „Ich fürchte, die Sache mit dem EU-Projekt war nur ein Vorwand. In Wirklichkeit bin ich denen mit einer ganz anderen Sache auf die Füße getreten."
Sabrina beugte sich ganz nah zu ihr. „Ich hab genug Blockbuster gesehen, um zu wissen, wie böse solche Dialoge enden können. Aber ich will verdammt sein, wenn meine Vernunft mich davon abhält nachzufragen: Wer sind die, und womit hast du sie in der Hand?"

***

Pazifischer Ozean, Nahe der Insel Mauwa:
Bill Fowler spürte, wie seine Anspannung nachließ und er gegen die aufkommende Müdigkeit anzukämpfen hatte. Die Zeit vor Morgengrauen hatte er noch nie leiden können. Sein rechter Unterarm schmerzte, doch die Schnittwunde hatte aufgehört zu bluten.
Wie es aussah, war das Schlimmste überstanden. Das Blatt hatte sich zu seinen Gunsten gewendet. Selbst den roten Schleier der Erinnerung hatten Wellen und Regen von Deck gespült. Keinem, das hatte Bill sich geschworen, würde er je erzählen, was er in dieser Nacht hatte tun müssen, um das Boot in seine Gewalt zu bringen.
Die Wellen wurden merklich flacher und der Regen hatte so gut wie aufgehört. Gelegentlich blitzte auch schon der Mond hinter den Wolken hervor. Wenn nichts mehr dazwischen kam, würde er kurz vor Morgengrauen die Ostküste von Mauwa erreichen. Da er hier vor Jahren einmal Urlaub gemacht hatte, wusste er, was ihm bevorstand: Von dichtem Regenwald

überwachsene Felsklippen und ungezählte kleine Wasserfälle, die durch den heftigen Regen vermutlich zu reißenden Strömen angeschwollen waren. Mit ziemlicher Sicherheit war die Küstenstraße zu den touristischen Ausflugszielen übersät mit umgestürzten Bäumen und durch die Erdrutsche für Tage unpassierbar.
Es gab eine Menge Stellen auf der Insel, die weit besser geeignet waren, um in einem Stück an Land zu kommen, doch um unbemerkt ein Boot zu versenken, war Bills Wahl perfekt. In der Werkzeugbox unter einem der Sitze hatte er einen Hammer und mehrere Schraubenzieher gefunden, die sich als Meißel gegen den Schiffsrumpf einsetzen ließen, wenn die Zeit gekommen war.
Die letzte Seemeile wollte er schwimmen, damit mögliche Hobbytaucher in Ufernähe nicht zu früh auf die Überreste stoßen würden. Noch war es allerdings nicht so weit, denn das GPS veranschlagte 19 Minuten bis zur Küste.
Bill blickte auf die Tankuhr. Das Boot war erstaunlich sparsam, was sicherlich an seiner vorsichtigen Fahrweise lag. Er hatte sich gegen die Abkürzung über den offenen Ozean entschieden und tuckerte stattdessen im Windschatten von einem Eiland zum nächsten. Doch gerade in Inselnähe trieben abgerissene Baumteile und mitunter sogar ganze Palmen im Meer, die der Sturm entwurzelt hatte.
Seit Stunden behielt er den Bereich vor dem Bug im Auge, um möglichem Treibgut rechtzeitig ausweichen zu können, was ihm bisher, abgesehen von ein paar ordentlichen Schrammen im Bootsrumpf, auch gut gelungen war. Als Kontrast zu der monotonen Tätigkeit ging er in Gedanken zum fünften oder sechsten Mal die Liste der Personen durch, die ihm weiterhelfen konnten. Drei Namen zählte die Liste bisher und so wie es aussah, würde sie auch nicht länger werden.

Was er brauchte, war jemand, der wesentlich mehr Ahnung von der Sache hatte als er selbst. Jemand, der das Studium nicht nach ein paar Semestern abgebrochen hatte, um auf Journalismus umzusatteln. Darüber hinaus musste diese Person Zugang zu einem Labor haben, um die paar angekohlten Samenkörner zu analysieren, die er in seiner Hosentasche hatte retten können. Und schließlich - das war die mit Abstand wichtigste Anforderung - musste die Person sein Vertrauen genießen, denn anderenfalls konnte er auf der Stelle kehrtmachen und sich den Kampfgorillas von RaptorGen gleich selbst ans Messer liefern.
Was zum... Bill schreckte auf, als er den weißen Körper vor sich im Wasser auftauchen sah. Obwohl er sofort reagierte, schlug ein Teil davon gegen die Bootswand und gab Bill die Möglichkeit, einen genaueren Blick auf den gefiederten Kadaver zu werfen.
Es war ein Prachtexemplar von einem Albatros, wie er in den Legenden alter Seebären Erwähnung fand. Wer ihn schoss, hatte das eigene Leben verwirkt, noch bevor die Kugel den Unglücksvogel durchbohrte. Andere gingen sogar noch weiter und erzählten, dass das bloße Landen des Vogels auf der Takelage des Schiffs alle an Bord ins Unglück stürzte. Mitunter wurde selbst schon die Sichtung am Horizont als ein böses Vorzeichen ausgelegt.
Aber wie hätten jene Seebären es gedeutet, wenn man einen toten Albatros mit aufgespreiztem Gefieder auf der Flucht rammte?
Mir bleibt auch nichts erspart. Er sah zu, wie der geflügelte Kadaver im Strudel der Schiffsschraube verschwand.
Als Bill sich gleich darauf wieder umdrehte, erhob sich vor ihm schemenhaft die Küste von Mauwa aus dem Meer. *Von wegen Unglücksvogel!* Er glich seine Sichtung mit dem GPS ab, um ganz sicher zu gehen und atmete erleichtert auf. *Wenn sie*

das Boot nicht finden, gehen sie hoffentlich davon aus, dass ich damit abgesoffen bin. Irgendwo da draußen...
Auf den letzten Seemeilen dachte er noch einmal über die drei Personen nach, von denen er eine in sein Vertrauen ziehen wollte. Die Frage war nur: welche? Zur Auswahl standen ein Mann und zwei Frauen, die Bill während seines Botanikstudiums kennen und schätzen gelernt hatte. Zu allen war der Kontakt mehr oder weniger schnell abgerissen, nachdem Bill sein Zweitstudium hingeworfen und sich völlig dem Journalismus gewidmet hatte.
Da war sein ehemaliger Professor, ein durch und durch integrer Mann, der sich ganz der Wissenschaft verschrieben hatte. Gentechnik im großen kommerziellen Maßstab war für ihn immer ein rotes Tuch gewesen, und Konzerne wie RaptorGen sah er als Ausgeburten der Hölle, die es dorthin zurückzuschicken galt. Bill hatte ihn als alten Mann in Erinnerung, sodass zu befürchten war, dass die Jahre seit ihrer letzten Begegnung stark an ihm gezehrt hatten.
Seine zweite Hoffnung lag auf einer Frau, einer Studienkollegin, die ihn so fasziniert hatte, dass er sich auf eine Beziehung mit ihr eingelassen hatte. Obwohl oder vielleicht gerade weil sie einige Jahre älter war als er, hatte er sich ihrem Bann nicht entziehen können. Ihre zielstrebige, unnachgiebige Art hatte lange Zeit auch ihm geholfen, seinen klar strukturierten Weg beizubehalten.
Unglücklicherweise hatte sie deutlich schneller studiert als Bill und sich in der Folge nicht davon abbringen lassen, nach Europa zu gehen, um am Aufbau der weltgrößten Sammlung von Saatgut im ewigen Eis mitzuarbeiten.
Der dritte Name auf Bills Liste gehörte einer Deutschen, einer bildhübschen Genetikerin mit einem geschmackvollen Faible für die Farbe Pink, die er im Zuge ihres Auslandsstudiums kennengelernt hatte. Zwischenmenschlich hatte ihn mit ihr weit

mehr verbunden als mit seiner Freundin, weshalb es zwischen den beiden Frauen so manchen Schlagabtausch gegeben hatte. Zu ihr war der Kontakt als Erstes abgerissen, weshalb Bill ihren Namen als letzten auf die Liste gesetzt hatte.
Das Boot hatte sich der Küste von Mauwa bis auf eine knappe Seemeile genähert und Bill würgte den Motor ab. „Hier trennen sich unsere Wege“, murmelte er und empfand fast so etwas wie Wehmut, seinen motorisierten Lebensretter so enden zu lassen. Er warf den Anker aus, wohl wissend, dass seine Leine nicht lang genug war, um den Meeresgrund zu erreichen - noch nicht. Zwei Fußtritte waren nötig, um die ineinandergesteckten Abdeckplatten der Bodenverkleidung so weit zu lockern, dass er eine davon mit dem Schraubenzieher heraushebeln konnte. In dem Staufach kamen zwei Schwimmwesten zum Vorschein, die Bill vorsorglich an einer Querstrebe verknotete, damit sie später niemanden einladen würden, nach dem Boot zu suchen. Am tiefsten Punkt des Kiels hatte sich eine Mischung aus Salzklumpen und frischem Spritzwasser gesammelt, die Bill wegkratzte, ehe er zum ersten Schlag ansetzte.
Der Hammer traf den Kopf des Schraubenziehers ganz exakt, doch der kohlefaserverstärkte Fiberglasrumpf federte den Schlag ab. Bill brachte seinen Behelfsmeißel wieder in Position und drosch erneut zu. Er wusste, dass er, sobald die oberste Schicht erst einmal aufgerissen war, leichtes Spiel haben würde. Schlag um Schlag trieb er den Schraubenzieher durch den splitternden Bootsrumpf, bis schließlich ein faustgroßes Stück herausbrach und vom einströmenden Wasser weggedrückt wurde.
Bill hatte die Melodie *Time to say goodbye* auf den Lippen, als er über die Windschutzscheibe kletterte. Am Bug angekommen, warf er noch einen Blick auf das volllaufende Boot und stürzte sich kopfüber in die Fluten.
Hinter ihm trat das Boot seine letzte Fahrt zum Meeresgrund an.

***

Konzernzentrale der RaptorGen Corporation, Houston, Texas:
Victor Shark war Anfang fünfzig, verheiratet, praktizierender Christ, bekennender Retter der Menschheit, Vater zweier schulpflichtiger Söhne und dank seiner finanziellen Großzügigkeit lebenslanges Ehrenmitglied im Elternverein der Schule.
Zweifellos warf eine so sonnige Fassade auch Schatten, doch die waren dunkel genug, die Kehrseite des Milliardärs zu verdecken.
Victor Shark verdankte sein unbescheidenes Vermögen einem Biotechkonzern, der *RaptorGen Corporation*, an dem er genügend Aktien hielt, um die weltweiten Geschäfte kontrollieren zu können. Sein Büro war das Penthouse des RaptorGen-Towers, ein Gigant aus Glas und Stahl, der nahezu alle Gebäude in Sichtweite überragte.
Victor war über seinen Schreibtisch gebeugt. Er hatte sein Sakko bereits vor Minuten über den Ledersessel gehängt, den Krawattenknopf leger gelockert und die obersten Hemdknöpfe geöffnet. Dennoch tropfte eine Schweißperle von seiner Stirn.
„Verdammt!“, stieß er aus. Es war ihm einfach nicht länger möglich, das Klingeln des Telefons zu ignorieren. „Es ist Cathrin. Ich muss rangehen.“ Er holte noch einmal tief Luft und nahm den Hörer ab. „Ja, Schatz?“, meldete er sich mit ruhiger Stimme.
In den folgenden Minuten beschränkte Victor Shark seine Antworten auf Floskeln wie „Ja, natürlich hast du Recht.“ oder: „Ich weiß sehr gut, dass ich das gesagt habe.“ Daneben verfolgte er den Börsenticker auf einer gewaltigen Fernsehwand, deren Montage im Vorjahr einen Spezialkran

und die vorübergehende Entfernung mehrerer Fensterscheiben notwendig gemacht hatte. „Ja, Schatz, so machen wir das.“
Die Beteuerungen ihres Gatten schienen Cathrin Shark keineswegs zu beruhigen, sie wertete seine Worte vielmehr als Desinteresse und hakte nach.
„Aber selbstverständlich will ich wissen, was der Schuldirektor zu seinen Leistungen in Mathematik sagt!“, wurde Victor lauter. „Schließlich reden wir hier von meinem Sohn... unserem Sohn!“, verbesserte er sich nach einem Einwand von Ms. Shark.
Er seufzte. „Schatz, bitte! Dreh mir doch nicht jedes Wort im Mund um. Du weißt, wie sehr ich dich und die Kinder liebe. Ich tu mir diesen Stress doch überhaupt nur euretwegen an. Meinst du etwa, ich habe Spaß daran, eine Überstunde nach der anderen zu schieben? Was soll ich denn deiner Meinung nach tun? Ich stecke nun mal bis zum Hals drin und muss sehen, dass ich die liegengebliebenen Aufgaben irgendwie abarbeiten kann.“
Langsam schien Ms. Shark Einsehen mit ihrem überarbeiteten Gatten zu haben und bot ihm einen Ausweg aus dem verfahrenen Telefongespräch an.
„Du bist die Beste, Cathrin!“, verkündete er. „Ich verspreche dir, wir werden es genau so machen, wie du vorgeschlagen hast... Nein, das ist nicht wieder eines von meinen leeren Versprechen. Wenn ich sage, dass ich meine Zeit mit euch verbringen will, dann mache ich das auch.“
Cathrin Shark ließ es sich nicht nehmen, gleich mehrere abschließende Sätze anzubringen, die ihr Mann schon aus früheren Gesprächen kannte.
Geduldig lauschte Victor Shark den mahnenden Worten und wartete auf seinen Einsatz: „Ich liebe dich auch. Bis dann, Schatz!“ Er legte den Hörer auf und wandte sich wieder der Besucherin in seinem Büro zu. „Tut mir leid, dass Sie warten mussten, Ms. Heart.“

Ms. Heart, rothaarig, schlank und Ende dreißig, drehte sich wortlos zur Seite und ermutigte Victor Shark dadurch, ihrem Blick bis zum Rand der Panoramascheibe zu folgen. Dort zeigten ins Glas eingelassene Kristalle die aktuellen Messdaten der hauseigenen Wetterstation, den Aktienkurs von RaptorGen und die Uhrzeit an. Alle Zahlen waren spiegelverkehrt und schimmerten bläulich-transparent. Durch ihre enorme Größe waren sie auch noch einige Straßen weiter gut zu erkennen.
„Mist! Ich komme schon wieder zu spät zur Vorstandssitzung." Victor Shark strich sich durch sein grauschwarzes Haar. „Ich fürchte, wir müssen das hier auf später verschieben." Er machte einen Schritt zurück und begann, sein Hemd zuzuknöpfen.
„Kein Problem", erwiderte Ms. Heart verständnisvoll und ließ ihre gespreizten Beine lasziv über den Schreibtischrand gleiten. „Die Familie geht vor." Sie brachte ihr Höschen wieder in Mittelstellung und strich beim Aufstehen den hochgeschobenen Rock glatt. „Wollen wir gleich einen neuen Termin ausmachen, oder überlassen wir das unseren Sekretärinnen?" Ihre Hand kramte bereits in der Handtasche nach dem elektronischen Kalender.
„Wenn Sie mich so fragen, Ms. Heart..." Victor Shark machte eine Pause, als müsste er die Optionen erst noch gegeneinander abwägen. „Mir wäre es lieber, wenn mein Büro das übernimmt. Ich habe nächste Woche ein paar Termine außer Haus, an die ich noch nicht erinnert werden will."
„Soll mir recht sein. Wir werden schon eine Möglichkeit finden und falls nicht, schieb ich Sie einfach kurzfristig dazwischen."
Victor Shark nickte. „Bitte tun Sie das." Er kannte die Rechtsanwältin Patricia Heart weiß Gott gut genug, um zu wissen, dass er sie beim Wort zu nehmen hatte. Trotz ihrer langjährigen Zusammenarbeit pflegten die beiden einen sehr distanzierten Umgang. So sprachen sie sich, allen Intimitäten

zum Trotz, stets mit den Familiennamen an. Ms. Heart fand, dass ein solches Verhalten der Professionalität ihrer Geschäftsbeziehung in höchstem Maß förderlich war.
Sie strich sich eine Haarsträhne hinters Ohr und klemmte sie mit dem Bügel ihrer roten Designerbrille fest. Der feurige Farbton war bezeichnend für die Dominanz, die von der Rechtsanwältin ausging. „Ich höre dann von Ihnen und wünsche noch einen schönen Tag!“ Sie formte ihre Lippen zu einem flüchtigen Luftkuss, drehte sich um und stöckelte quer durch das riesige Penthouse in Richtung Aufzug.
„Danke, Ihnen auch einen schönen Tag, Ms. Heart!“ Victor Shark blicke ihr nach, während er den Rest von sich zurück in den Anzug schob. Mit Patricia Heart verband ihn weit mehr als der viel zu unregelmäßige Austausch von Körperflüssigkeiten. Die rothaarige Schönheit leitete die Rechtsanwaltskanzlei *Heart, Shark & Blackpepper*, die die RaptorGen Corporation in allen juristischen Belangen vertrat.
Victor Shark hatte Ms. Heart bei der Gründung ihrer Kanzlei nicht nur unterstützt, er und sein Bruder Richard Shark hatten auch den Anstoß dazu gegeben.
Die einstige Firmengründerin der RaptorGen Corporation - sie war die Mutter von Victor und Richard Shark gewesen - hatte vermacht, dass nach ihrem Ableben beide Söhne die Geschicke des Konzerns leiten sollten. Da Victor seinen Bruder aber nicht länger als unbedingt notwendig neben sich haben wollte, war die Rechtsabteilung noch auf dem Weg zur Beerdigung in eine eigene Kanzlei ausgegliedert worden. Der letzte Wille der Mutter war damit erfüllt und Victors Bruder, Richard Shark, war seither unkündbarer Teilhaber der Anwaltskanzlei Heart, Shark & Blackpepper, mit der die RaptorGen Corporation einen Exklusivvertrag hatte.
Richard Shark konnte mit diesem Deal gut leben, auch wenn es in Wahrheit Ms. Heart war, die im Hintergrund die

entscheidenden Fäden in der Kanzlei zog. Der dritte Teilhaber, Mr. Blackpepper, war ein greiser Jurist aus Connecticut. Ihn hatte man aufgrund seiner langjährigen Erfahrung ins Boot geholt. Zudem hatte sein medienbekannter Name der Kanzlei seinerzeit einen bedeutenden Startvorteil gebracht.

Im Lauf der Jahre hatte allerdings die Senilität in Mr. Blackpeppers Oberstübchen Einzug gehalten, weshalb er von den wichtigen Fällen mehr und mehr abgezogen worden war. Seit zwei Jahren beschränkte sich Blackpeppers Mitarbeit in der Kanzlei nur mehr darauf, bei den jährlich stattfindenden Weihnachtsfeiern möglichst freundlich in die Kamera zu lächeln.

Vorstandssitzung! Victor Shark beugte sich gelangweilt über seinen Mahagonischreibtisch und richtete das umgelegte Familienfoto wieder auf. *Dieser Zwischenfall auf der Insel hat mir gerade noch gefehlt. Als ob wir im Moment nicht schon genug am Hals hätten.*

Wie immer galt sein Blick beim Verlassen des Büros dem Börsenticker: Die Aktien der RaptorGen Corporation lagen mit 45,13 Dollar leicht über dem Kurs des Vortags.

***

Verlagsniederlassung von Mortimer News, Baton Rouge:

Zum ersten Mal in seinem Leben war Bill Fowler geneigt, an Gott zu glauben, und - egal, welcher Konfession dieser Gott angehörte - er musste Bill abgrundtief hassen. Anders war es nicht zu erklären, warum die Rückreise nach Baton Rouge eine gelungene Fortsetzung von Bills Horrorflucht gewesen war.

Noch immer hielt das flaue Gefühl im Magen an, das er einer Unwetterfront während des Flugs zu verdanken hatte. Die Beteuerung des Kabinenpersonals, dass die Sauerstoffmasken nur wegen eines unbedeutenden technischen Defekts

herausgeklappt waren, hatte kaum einen der Passagiere noch beruhigen können. Nur an denen, deren grüne Gesichter bereits zwischen den Knien um ein rasches Ende gebetet hatten, war alles vorübergegangen.
Bill betätigte die Toilettenspülung, öffnete die Tür und ging zum Waschtisch, um sein Gesicht zu reinigen. „Du siehst echt scheiße aus", sagte er zu seinem Spiegelbild, und trotzdem klang es wie ein aufrichtiges Kompliment. Er fühlte sich definitiv nicht in der Verfassung, mit seinem Chef zu diskutieren, doch genau das stand ihm bevor.
Als hätte er alle Zeit der Welt, schlich Bill den langen Gang entlang, der zum Büro von Mortimer „Morti" Markowitz, dem Inhaber und Herausgeber der Tageszeitung *Mortimer News*, führte. Wie immer war die Jalousie des in die Tür eingelassenen Fensters unten und schottete Mortis Reich ab.
Bill klopfte und trat sofort ein.
Morti war Ende sechzig und bestach neben seiner einmalig schrulligen Art durch Hängebauch, Halbglatze und einen schwarzgrauen Schnurrbart. Erst beim zweiten Blick fielen seine breiten Hosenträger auf, die er farblich immer auf sein Hemd abstimmte.
Morti saß an seinem Schreibtisch und hielt einen Telefonhörer in der Hand. Überrascht sah er auf und reagierte auf Bills Anblick mit den Worten: „Ich rufe zurück!"
Bill schloss die Tür hinter sich.
Mortis Büro war mit Sicherheit das hässlichste in der Stadt, vermutlich sogar in ganz Louisiana. Braune und beige Töne dominierten die Mischung aus 70er-Jahre-Look und zeitloser Unmoderne.
An der Decke hingen vier unverkleidete Leuchtstoffbalken, von denen einer nur noch zuckte, was Morti aber nicht zu stören schien. Sonnenlicht gab es dank der Jalousien nicht. Um den Raum nicht unnötig aufzuheizen, wie Morti sagte, denn er

verteufelte Klimaanlagen als neumodisches Zeug und vertraute lieber auf den alten Deckenventilator, der sich müde im eigenen Staub drehte.
Das galt natürlich auch für die tägliche Arbeit an seiner Kolumne auf Seite zwei der Mortimer News: Morti setzte auf die Langlebigkeit seiner allerersten Schreibmaschine, auch wenn bei der seit Jahren das B klemmte. Den täglichen Ärger mit Computern und digitalen Druckpressen überließ er seinen Mitarbeitern.
Neben Mortis Schreibtisch stand Egon, ein mannshohes Gerippe von einem Gummibaum, das sich hartnäckig weigerte, seine letzten gelbbraunen Blätter abzuwerfen.
Alles in allem war Morti ein komischer alter Kauz, den Bill schon vor vielen Jahren ins Herz geschlossen hatte.
„Verdammt, Bill! Ich hatte gedacht, ich hätte dich verloren", knurrte Mortimer.
„Dann solltest du dich umso mehr freuen, dass dem nicht so ist."
„Setz dich!" Mortimer musterte seinen Journalisten. „Mann, du siehst echt scheiße aus."
„Du bist nicht der Erste, der mir das heute sagt."
„Kaffee?" Morti zeigte auf seine betagte Kaffeemaschine.
„Lieber nicht", blockte Bill ab und nahm Platz. „Mein Magen braucht etwas Ruhe."
„Ich könnte noch einen vertragen." Mortis Worte waren als Aufforderung zu verstehen.
Bill nickte und erhob sich wieder. „Deine Tasse?"
„Ist noch nicht leer." Morti schielte über den Rand seiner Kaffeetasse. „Aber ich kann das Zeug nicht leiden, wenn es kalt ist." Er schüttete die braune Brühe in den Blumentopf.
„Soll aber schön machen."

„Tatsächlich?“ Morti ließ seinen Blick provokant an Egons Stamm hochwandern und zupfte sich am Schnurrbart. „Da bleib ich doch lieber hässlich.“
Bill zuckte mit den Schultern und schaltete die Kaffeemaschine ein. „Willst du nicht wissen, wie es gelaufen ist?“
„Dafür reicht mir ein Blick in dein Gesicht: Außer Spesen nichts gewesen.“
„An deiner Menschenkenntnis musst du noch arbeiten. Diesmal hab ich die ganz große Story an Land gezogen.“
„Ach ja?“ Morti wirkte wenig beeindruckt. „Und warum liegt sie dann noch nicht auf meinem Tisch?“
„Ich arbeite noch daran.“
„Ach, Bill“, seufzte Morti. „Wie oft hab ich dir schon den Unterschied zwischen einem Riesenhai erklärt, der sich in deiner Bücklingsleine verfangen hat, und einer echten Titelstory, die in trockenen Tüchern ist. Gar nichts hast du an Land gezogen. Ganz im Gegenteil, wenn du nicht aufpasst, zieht das Mistvieh dich mit in die Tiefe. Entweder das, oder du hast Glück, und deine Leine reißt rechtzeitig. Lass los, solange du noch kannst!“
„Wer sagt dir, dass ich das noch kann?“
Mortis Blick wurde ernst. „Was ist passiert?“
„RaptorGen hat sich eine nette, kleine Pazifikinsel gekauft und einen illegalen Freilandversuch mit transgenen Pflanzen gestartet, die pharmazeutische Wirkstoffe enthalten. Ich kann noch nicht genau sagen, was für ein Zeug sie dabei gewinnen wollen, aber die Nebenwirkungen sind der blanke Horror. Wenn sich dieses Saatgut verbreitet, verwandelt es die Erde binnen weniger Monate in den Vorhof zur Hölle.“
„Beweise?“
Bill dachte an die Pflanzenproben, die Selling für ihn eingesteckt hatte. „Musste ich leider zurücklassen“, erwiderte er und durfte in Wahrheit gar nicht so unglücklich darüber sein,

dass man die Probenbeutel bei Selling finden würde. Schließlich hieß das, dass die Verfolger den wichtigeren der beiden erwischt hatten, womit ihre Motivation, sich auch noch Bill zu schnappen, vielleicht nicht mehr ganz so groß war.

„Gute Arbeit!“ Morti lächelte sarkastisch.

„Ja, genau das brauch ich jetzt!“ Bill knallte die dampfende Kaffeetasse so fest auf den Tisch, dass sie überschwappte und einen braunen Fleck auf Mortis Notizblock hinterließ.

„Hey, hey! Immer sachte mit den jungen Pferden!“

„Tut mir leid“, stieß Bill hervor und rieb sich mit beiden Händen über den Nasenrücken. „Ich bin emotional in einer Ausnahmesituation.“

„Ist das eine Empfehlung, den Wachdienst kommen zu lassen?“

Bill blies die Luft aus und lächelte einsichtig. „Nein, natürlich nicht... Es gibt da vielleicht jemanden, der mir dabei helfen kann, doch noch an brauchbare Beweise zu kommen.“

„Wer?“

„Keine Namen - noch nicht.“

„Komm, setz dich erst mal hin und dann erklärst du mir in aller Ruhe, in welches Wespennest du diesmal gestochen hast.“

In der nächsten halben Stunde ergänzte Bill Fowler die Eckdaten, die sein Boss bereits kannte, um die brisanten Neuigkeiten der letzten Tage. Bis auf zwei Ausnahmen waren seine Schilderungen von bedrückender Detailgenauigkeit.

„...und als ich endlich hier angekommen bin, hab ich auch noch den Rest vom Airlinefraß rausgekotzt, bevor ich in dein Büro gelatscht bin. So weit zu meiner Geschichte... Also, was denkst du, Morti?“

„Was ich denke?“ Morti pfiff durch den breiten Spalt seiner Vorderzähne und stellte die leere Kaffeetasse vor sich auf den Tisch. „Donnerwetter! Wenn die Geschichte nur halb so viel hergibt, wie du behauptest, dann bleibt dein Onkel nicht der

Einzige in eurer Familie mit einem Pulitzer-Preis. Allerdings...“
„Ja?“
Morti verzog sein faltiges Gesicht. „Dir ist doch hoffentlich klar, dass die uns den Laden anzünden, wenn wir auch nur laut darüber nachdenken, etwas zu bringen?“
„RaptorGen?“, fragte Bill und ließ seinen Hass auf den übermächtigen Konzern durchklingen. „Die haben schon einmal versucht, mich umzulegen.“
„Und weil du ein Idiot bist, willst du ihnen eine zweite Chance geben und lieferst mich bei der Gelegenheit gleich mit ans Messer“, philosophierte Morti mit ruhiger Stimme.
„Wozu hat man schließlich Freunde?“
„Jetzt fang nicht wieder damit an.“ Morti rutschte unruhig auf seinem Sessel herum. „Hast du eine Ahnung, was deren Anwälte mit uns anstellen, wenn wir solche Behauptungen aufstellen?“
„Klar“, erwiderte Bill ungerührt. „Zuerst werden sie uns ein hübsches Sümmchen bieten, damit wir die Klappe halten. Sobald sie merken, dass das nicht funktioniert, decken sie uns mit Millionenklagen ein.“
„Ich hasse Gerichte“, brummte Morti.
„Keine Sorge, vermutlich schicken sie uns noch vor der ersten Anhörung ihre Gorillas vorbei, um reinen Tisch zu machen.“ Bill musste unwillkürlich an die Schlägerfresse von Rocky denken.
Morti rieb sich seine Halbglatze und raunte dabei so zufrieden wie eine Katze, der man auf den Schwanz trat. „Du willst das wirklich durchziehen?“
Bill nickte entschlossen.
„Weißt du“, fuhr Morti fort, „ich hab das alles hier in jahrzehntelanger, harter Arbeit aufgebaut. Der Laden ist alles, wofür ich lebe. Ich kann es mir selbst nicht erklären, aber

irgendwas in mir sträubt sich dagegen, einem Haufen Totschläger eine Einladung zu schicken, mein Lebenswerk plattzumachen." Er rückte mit seinem Sessel ein Stück zurück, als wollte er auf Distanz gehen. „Versteh mich nicht falsch, ich finde, deine Story hat enormes Potenzial. Die Frage ist nur, ob eine kleine Zeitung wie Mortimer News dem gewachsen ist."

„Das glaub ich jetzt nicht!" Bills Augenbrauen signalisierten offene Konfrontation, und er schüttelte fassungslos den Kopf. „Du willst mir doch nicht erzählen, dass du kneifst? Nach allem, was ich dir berichtet habe? Morti! Die wollten mich umlegen, weil ich zu viel gesehen habe! Was genau hast du daran nicht verstanden? Ich bin eine Bedrohung für die! Du glaubst doch nicht ernsthaft, dass es reicht, wenn ich einfach nur meinen Mund halte und so tue, als wäre nichts gewesen?"

„Kommt drauf an, wie viel sie über dich wissen. Wenn du ihnen keinen Grund lieferst, an deiner Tarnung als Botaniker zu zweifeln, gehen sie vielleicht davon aus, dass du ertrunken bist, als das Boot abgesoffen ist - sofern es jemals gefunden wird."

„Würde mich nicht wundern, wenn das Ding irgendeinen wasserdichten Sender an Bord hätte, der ihnen die Position verrät."

„Möglich", räumte Morti ein. „Trotzdem dürfte es schwer werden, dir bis hierher zu folgen. Es sei denn, du legst ihnen mit einer landesweiten Schlagzeile eine Spur."

„Das dürfte gar nicht nötig sein, immerhin haben sie auch schon einen meiner Informanten verschwinden lassen."

„Das ist nur eine Vermutung. Vielleicht ist er einfach nur für eine Weile untergetaucht."

„Untergetaucht?" Bill warf seinem Chef einen Blick zu, der keine Zweifel offenließ. „Ja! Mit Betonsandalen zwei Meilen vor der Küste!"

Morti ließ sich von Bills emotionalem Ausbruch nicht anstecken. „Wenn du recht hast, sind neben ihm noch einige Plätze frei.“
„Wenn ich recht habe“, betonte Bill, „dann werden diese Plätze so oder so nicht lang frei bleiben. Stellt sich nur noch die Frage, wer sie einnehmen wird.“
„Du weißt doch hoffentlich noch, dass ich nicht schwimmen kann?“ Wenn es etwas gab, dass Morti in all den Jahren als Herausgeber nie verloren hatte, dann seinen unvergleichlichen Abstand zum Ernst des Lebens. „Ich kann dir das nicht ausreden, oder?“
„Sollen die etwa damit davonkommen?“ Bill schüttelte energisch den Kopf und zeigte auf eine alte Messingtafel an der Wand, auf der Mortis Leitspruch geschrieben stand:

Ein Journalist mit dem richtigen Riecher kann selbst den mächtigsten Mann straucheln lassen.

Darunter stand der Name von Bills Onkel, Journalist und Aufdecker der Watergate-Affäre, die Präsident Nixon am 9. August 1974 zum Rücktritt gezwungen hatte.
Morti schaute nicht zur Wand, sondern lächelte wie ein alter Mann, der sein erlöschendes Feuer in seinem Gegenüber wiederzufinden hoffte. „Ich wusste, dass du mir irgendwann damit kommen würdest. Ich wusste es seit dem Tag, als du über die Schwelle dieses Büros getreten bist und mich um einen Ferienjob gebeten hast. Du hattest schon damals dasselbe Leuchten in den Augen wie dein Onkel... Wahrscheinlich war das der Grund, warum ich dich überhaupt eingestellt habe. Gottverdammt! Ich wünschte, es gäbe noch mehr Reporter von deinem Schlag, Bill Fowler.“
„Spar dir die Sonntagsreden. Du weißt, was ich wirklich brauche.“

„Eine starke Schulter...“ Morti schien darüber nachzudenken, ob er der Richtige für den Job war.

Bill wurde unruhig. „Uns läuft die Zeit davon.“

Morti blickte noch einmal zum Messingschild, fasste seinen Entschluss und schlug mit der Faust auf den Tisch. „Okay, reiß den Typen den Arsch auf! Ich halte dir den Rücken frei, solange ich kann - vielleicht sogar ein paar Minuten länger.“

„Danke, Morti! Du wirst es nicht bereuen.“

„O doch, werde ich. Vermutlich sogar schon, sobald du die Tür hinter dir schließt.“ Er drückte Bill kräftig die Hand und wünschte ihm viel Glück. „Pass auf dich auf!“

Bill erhob sich und ging zur Tür.

„Bill Fowler!“

„Ja?“ Er drehte sich noch einmal um.

„Es wäre schön, wenn du dir nicht allzu lang Zeit lässt, um diese Beweise zu beschaffen. Wir könnten eine ordentliche Schlagzeile gut gebrauchen.“

Bill nickte. „Sorg du nur dafür, dass du deren Anwälte lang genug mit Belanglosigkeiten beschäftigen kannst. Es würde mich nämlich schwer wundern, wenn wir diese Paragraphen-Piranhas nicht schon bald im Nacken sitzen hätten.“

„O ja, mein Junge. Die kommen ganz sicher, wenn du ihnen ins Becken pinkelst.“

***

RaptorGen-Tower, Houston, Texas:

Keiner der zehn Anwesenden, Victor Shark nicht mitgerechnet, sollte sich im Besprechungszimmer wohlfühlen. Der Raum, den Shark für seine Vorstandstreffen nutzte, war das genaue Gegenteil des restlichen Glaspalasts: schlicht, kahl und geschmacklos eingerichtet. Die grellweißen Wände, die jede

Mücke so störend wirken ließen wie einen Elefanten, waren Ausdruck von Sharks Misstrauen allem und jedem gegenüber. Der einzige Blickfang war ein dreieckiger Tisch, dessen Glasplatte es unmöglich machte, die eigenen Hände der allgemeinen Aufmerksamkeit zu entziehen. Selbst James Bond wäre an der Aufgabe gescheitert, in diesem Raum eine Wanze oder Minikamera unbemerkt zu platzieren.
Es entsprach der Firmenphilosophie, dass vertrauliche Gespräche über RaptorGens Geschäftsgebaren ausschließlich in diesem Raum stattfanden, zu dem nur Shark selbst den Zugangscode hatte. Victor Shark blickte in die rein maskuline Runde und nickte einem Mann namens Wenker zu, der an einer der Tischecken saß.
Wenker trug einen dieser dunkelblauen Strickpullunder, wie sie vor Jahrzehnten in Mode gewesen waren, als er seine Buchhalterprüfung gemacht hatte. Auch sein kurzgetrimmtes Toupet und die übergroße Nickelbrille entsprachen dem Design dieser Zeit. Hätte Victor Shark ihn nicht höchstpersönlich vom Finanzamt abgeworben, wäre Wenker dort vermutlich so alt geworden, wie er aussah.
„Meine Herren..." Wenker erhob sich bedächtig, hauchte auf seine Brillengläser und polierte sie mit dem Pullunder, während er fortfuhr: „Im Auftrag von Mr. Shark darf ich Ihnen zunächst zu einem neuen Monatshoch gratulieren. Die Aktien von RaporGen stehen aktuell bei 47,02 Dollar."
Er gab seiner Zuhörerschaft einen Augenblick Zeit, mit anerkennendem Gemurmel zu reagieren und klappte seine Unterlagen auf. „Wenn niemand etwas dagegen hat, werde ich die wichtigsten aktuellen Entwicklungen kurz skizzieren, bevor wir im Anschluss zur Tagesordnung übergehen." Er blickte fragend zu seinem Boss.
„Legen Sie los, Wenker!"

„Danke, Mr. Shark. Der erste Punkt auf meiner Liste betrifft die Plantagen im Süden Afrikas, die uns leider schon seit längerem Probleme machen. Es blieb uns keine andere Wahl, als die Freilandversuche umgehend zu stoppen, und die betroffenen Bauern angemessen zu entschädigen. Ihr primitiver Organismus scheint mit unserem Produkt nicht kompatibel zu sein. Der Vorfall ist bedauerlich, wird RaptorGen aber weder mittel- noch langfristig schaden. Aufgrund der exzellenten Vorauswahl der Versuchsgebiete können wir Regressforderungen jedweder Art ausschließen."
„Es gibt also Zeugen in der Region?", fragte der Mann rechts von Shark.
„Keine ernstzunehmenden", beruhigte Wenker. „Das sind nur primitive Schwarze, die in der Vergangenheit Fröschen und Schlangen die Schuld für Missernten gegeben haben. Deren Aussagen sind wertlos. Vorsorglich hat unsere Presseabteilung aber auch ein offizielles Dementi vorbereitet, was die möglichen Aktivitäten von RaptorGen in dieser Region betrifft. Ich kann mir allerdings nicht vorstellen, dass wir darauf zurückgreifen müssen."
„Sehr umsichtig von Ihnen", lobte Shark. „Ich stimme Ihnen uneingeschränkt zu, was die Glaubwürdigkeit dieser Leute betrifft. Wir sollten unsere Zeit aber nicht länger damit verschwenden, uns deren Köpfe zu zerbrechen, sondern uns lieber um die eigenen Probleme kümmern. Immerhin sind wir es, die den finanziellen Verlust aus dieser Misere zu tragen haben. Fahren Sie fort, Wenker!"
„Gut." Wenker räusperte sich. „Das bringt uns zu unserem Projekt im Pazifikraum, bei dem wir gezwungen waren, die Notbremse zu ziehen. Bedauerlicherweise haben wir nicht nur die Versuchstiere und ein paar gute Leute verloren, sondern mussten auch das bisher gewonnene Saatgut abschreiben. Da die Ausgaben für dieses Projekt aber nicht in der Bilanz

aufscheinen, wird es auch keine negativen Auswirkungen auf den Aktienkurs geben. Über die Details der Aufräumaktion wird Rocky Sie persönlich informieren, sobald er wieder im Haus ist. Fragen zu diesem Punkt?“
Kollektives Kopfschütteln.
Victor Shark gab Wenker mit einer Handbewegung zu verstehen, mit seinen Ausführungen fortzufahren.
„Als Nächstes habe ich positive Neuigkeiten zu vermelden.“
„Wurde aber auch Zeit“, flüsterte ein Mann mit mexikanischem Einschlag seinem Sitznachbarn zu.
Wenker überhörte die Bemerkung. „Der oberste Gerichtshof von Wyoming hat unserer Klage gegen den illegalen Anbau unseres Saatguts in allen Punkten stattgegeben. Damit ist RaptorGen ab sofort auch in Wyoming in der Lage, Lizenzgebühren von jedem Bauern zu verlangen, auf dessen Feldern unsere patentierten Saatkörner keimen.“
„Gibt es dafür eine Mindestquote?“
„Erfreulicherweise nicht“, erwiderte Wenker. „Theoretisch können wir klagen, sobald wir auch nur eine einzige Pflanze auf einem fremden Feld entdecken. Ich würde das aber nicht empfehlen, da wir sonst verstärkt mit dem Vorwurf rechnen müssen, dass wir die betroffenen Felder selbst verunreinigt haben. Ms. Hearts Kanzlei schlägt uns in einer ersten Stellungnahme zu dem Urteil eine zweiprozentige Toleranzgrenze vor, die in den Folgejahren kontinuierlich abgesenkt werden kann.“
„Kontrolliert wird weiterhin über die auf den Feldern gesammelten Stichproben?“
„Auch“, bestätigte Wenker. „Wir planen aber zusätzlich eine engere Zusammenarbeit mit den großen Silobetreibern, die jetzt schon bei jeder Anlieferung zur Kontrolle verpflichtet sind. Wenn Ms. Hearts Kanzlei automatisiert Kopien dieser Daten übermittelt bekommen würde, könnte sie sofort tätig werden.“

„Ein ausgezeichneter Gedanke", sagte Shark. „Rechnen Sie durch, wie viel uns das einbringt und legen Sie einen Beteiligungsschlüssel für die Silobetreiber fest. Falls sich die Sache lohnt, will ich, dass bis zum Ende nächsten Monats alle ihre Zustimmung gegeben haben."
„Sehr wohl, Mr. Shark." Wenker machte sich eine Notiz in seinen Unterlagen.
„Wenn es zu diesem Punkt keine Fragen mehr gibt..."
„Keine Fragen!", bestimmte Shark.
Wenker nickte. „Damit wären wir bei den personellen Veränderungen im letzten Monat. Im Bereich des mittleren Managements gab es ein paar interne Verschiebungen, die ich aber nicht im Detail erörtern will. Bemerkenswert scheint mir dagegen die Tatsache, dass es uns gelungen ist, Ms. Lorwell von der Weltgesundheitsbehörde abzuwerben. Sie wird voraussichtlich ab Herbst zu uns stoßen und stellt mit ihrem Fachwissen und ihren Kontakten eine großartige Bereicherung dar."
„Ms. Lorwell?", fragte der Mann mit dem mexikanischen Einschlag. „Hat die nicht vor ein paar Jahren in unserer Öffentlichkeitsabteilung gearbeitet?"
„Genau die!", bekräftigte Victor Shark mit einem zufriedenen Lächeln. „Wir haben sie für ein paar Jahre an die WHO ausgeliehen, und jetzt findet sie wieder den Weg zurück ins Nest. Ich freue mich schon sehr darauf, sie in ihrer neuen Funktion begrüßen zu dürfen." Victor Shark schrieb sich die Entwicklung dieser Drehtürmentalität auf die eigenen Fahnen. Durch sie war es in der Vergangenheit immer wieder gelungen, Wirtschaft, Politik und selbst internationale Organisationen an RaptorGens Sicht der Dinge zu gewöhnen. „Welchen Platz haben wir ihr zugedacht?"
„Moment, bitte." Wenker blätterte in seinen Unterlagen. „Sie ist als Ersatz für Miller vom Aufsichtsrat im Gespräch, könnte

aber auch wieder in die PR-Abteilung zurückkehren, da deren Leiter Ende des Jahres in den Ruhestand geht."
„Wunderbar", sagte Shark. „Geben wir ihr die Spitze der PR. Etwas Besseres als eine Frontfrau der WHO kann uns dort gar nicht passieren." Sein Rundblick war mehr rhetorischer Natur, denn niemand, der an seinem Job hing, dachte ernsthaft daran, Victor Shark vor versammelter Crew zu widersprechen. Mögliche Einwände trug man nur unter vier Augen an Shark heran, wodurch dieser die Gelegenheit bekam, allenfalls notwendige Richtungswechsel als seine eigenen Entscheidungen zu verkaufen.
„Nächster Punkt!", verlangte Shark.
Wenker blätterte um. „Der betrifft unsere Marktanteile."
„Verschieben wir auf später!"
Wenker nickte seinem Boss zu. „Damit kommen wir zu einer Anfrage der Marketingabteilung. Die möchte sich die neue Werbelinie für den europäischen Markt absegnen lassen."
„Verdammte Europäer", knurrte eine Stimme.
„Ich bitte Sie", mahnte Shark amüsiert. „Europa hat ein riesiges Potenzial für gentechnisch verbessertes Saatgut, die Europäer wissen es nur noch nicht." An Wenker gerichtet sagte er: „Zeigen Sie schon her!"
Wenker hielt zwei farbige Ausdrucke hoch und beobachtete die Reaktionen der anderen ganz genau.
„Was soll an dem Konzept neu sein?", fragte ein bauchiger Mann mit mintgrüner Krawatte, der für die Finanzen zuständig war. „Diese kreativen Buntstiftschwinger haben siebenstellige Projektbudgets und liefern solche Kinderzeichnungen ab."
„Unbeschwerte Natur verkauft sich eben gut", warf sein Sitznachbar ein.
„Sie treffen den Nagel auf den Kopf!", bestätigte Shark. „Ich kann nicht behaupten, dass mir das Geschmiere gefällt, aber wenn es uns hilft, auf dem europäischen Markt Fuß zu fassen,

dann häng ich's mir auch ins Schlafzimmer. Berge, grüne Wiesen, glückliche Kühe, spielende Kinder... Das ist genau das, was die Zielgruppe sehen will... Mir gefällt das rechte Bild besser. Einwände?"

***

Büro von Bill Fowler, Baton Rouge, Louisiana:
„Danke, ich rufe später wieder an." Bill Fowler legte den Telefonhörer auf und ließ sich entmutigt in seinen Sessel sinken. Schon den ganzen Vormittag versuchte er, eine der Personen zu sprechen, die er ins Vertrauen ziehen wollte.
Er betrachtete seinen Notizblock, der drei Namen sowie jede Menge durchgestrichener Telefonnummern und Uhrzeiten enthielt. *Noch eine Viertelstunde, bis ich es wieder beim Professor versuchen kann.* Bill beschloss, die Zeit bis dahin für einen Snack zu nutzen.
Drei Minuten später fand er sich auf der anderen Straßenseite wieder und näherte sich dem Stand eines italienischstämmigen Bratwurstverkäufers. Von seinen drei Stehtischen mit den bunten Sonnenschirmen war nur einer besetzt, und an der Theke waren sogar noch alle Hocker frei.
„Bill! Dich habe ich ja eine Ewigkeit nicht mehr gesehen!", rief Antonio ihm entgegen.
„Ja, ist eine Weile her. Hast du dir Sorgen gemacht?"
„Klar, ich dachte schon, ich hab dich auf dem Gewissen, weil ich das Fett der Fritteuse zu spät gewechselt habe." Antonio lachte so herzhaft, dass die gefleckte Schürze über seinem Bauch auf und ab hüpfte. „Aber das hätte ich dann sicher in Mortis Zeitung gelesen."
Bill streckte Antonio die Hand entgegen. „Sei dir da nicht zu sicher. Wer außer mir sollte über so einen Mist schreiben?"

Antonio schüttelte ihm kräftig die Hand. „Schön, dich wiederzusehen, mein Freund. Eine Doppelte nach Art des Hauses für dich?“
Bill nahm auf einem Hocker Platz. „So lang kann ich nicht weg gewesen sein, wenn du dich daran noch erinnerst.“
„Hör bloß auf! Ich habe Morti jeden Tag nach dir gefragt, aber aus dem ist ja noch weniger rauszubekommen als aus euch einfachen Reportern.“
„Journalisten“, korrigierte Bill.
„Als ob das einen Unterschied macht.“ Antonio schnitt eine Packung mit Würsten auf.
„Heute keine Lagerware?“ Bill deutete zu den Würsten, die auf dem Warmhaltebereich des Grills lagen.
„Die dreh ich dir morgen an, falls sie mir übrig bleiben“, lachte Antonio. „Jetzt wird erst mal gefeiert, dass du wieder da bist. Wo hast du dich die ganze Zeit rumgetrieben?“ Er stellte eine Dose Eistee auf die Theke.
„Mal hier, mal dort.“
„Mamma mia!“ Antonio schlug die Hände zusammen. „Jetzt erklär mir nicht, dass du mich schon wieder dumm sterben lässt, weil die Riesenstory so geheim ist.“
„Mach ich nicht.“
„Machst du nicht?“ Antonio spitzte die Ohren.
„Nein. Das hast du doch selbst gerade getan.“ Bill prostete ihm zu und nahm einen Schluck Eistee. „Aber ich bring dir eine druckfrische Ausgabe mit, sobald die Story aus der Presse kommt.“
„Wann?“ Antonio warf die dickste Wurst aus der Packung auf den Grill.
„Tja“, seufzte Bill. „Das könnte noch eine Weile dauern. Im Moment versuche ich, Leute zu erreichen, die mir bei der Geschichte weiterhelfen können.“

„In diesem Moment?“, fragte Antonio mit einem Augenzwinkern. „Dann bist du also hier mit ihnen verabredet? Soll ich noch Würste auflegen?“
Bill seufzte erneut. „Ich weiß ja, warum ich meine kurze Mittagspause ausgerechnet mit dir verschwende... Es ist echt wie verhext, sag ich dir. Ich telefonier mir die Finger wund und hab trotzdem keinen von den drei erreicht.“
„Frauen?“
„Zwei davon.“ Bill nahm einen weiteren Schluck.
„Uuuuh.“ Antonio verzog das Gesicht. „Bei mir weinen sich laufend irgendwelche Typen aus, denen hübsche Frauen Nummern aufgeschrieben haben, die es gar nicht gibt.“
„Das kann mir nicht passieren, weil ich die Nummern erst selbst herausfinden muss... Sag jetzt nichts Falsches!“ Bill hob mahnend den Zeigefinger.
Antonio zippte sich mit einer Geste den Mund zu und warf den imaginären Schlüssel weg.
„Mit einer von ihnen hatte ich etwas während meiner Studienzeit. Ist also schon eine ganze Weile her.“
Antonio wendete die Bratwurst. „Was ist mit der anderen?“
„Da war nichts.“
„Das klang jetzt richtig verbittert. Ich hoffe, du erreichst sie und kannst ihr alles erklären.“
„Es geht um eine Story!“
„Genau“, murmelte Antonio aus vollster Überzeugung. „Was ist mit dem dritten Typ?“
„Mein alter Professor.“ Bill rückte seine Dose auf der Theke zurecht, bis sie einen Zuckerring perfekt abdeckte. „Von ihm hab ich zumindest schon die richtige Nummer herausbekommen. Dumm nur, dass er heute in einem Sanatorium lebt und mir vermutlich gar nicht weiterhelfen kann.“ Er blickte auf seine Uhr. „Mach weiter, Antonio! Sonst verpass ich ihn wieder...

„Bin schon beim Verpacken."
„Schneller..." Bill zog einen zusammengefalteten Geldschein aus der Hosentasche, klatschte ihn auf die Theke und schnappte sich seine Bestellung. „Behalt den Rest, ich muss los!"
Zurück im Büro legte Bill die verpackte Bratwurst auf den Schreibtisch und wählte die Nummer des Sanatoriums.
Die Empfangsdame hob ab und sagte ihr Sprüchlein auf.
„Bill Fowler hier. Ich habe heute schon mehrfach versucht, Prof. Ewinger zu erreichen. Ist er jetzt zu sprechen?"
„Ja, ich erinnere mich. Einen Moment, bitte. Ich frage auf der Station nach."
Bill trommelte mit den Fingern auf seinen Schreibtisch.
„Mr. Fowler?" meldete sich die Dame zurück. „Ich verbinde Sie jetzt mit Schwester Ingrid."
Bevor Bill sich bedanken konnte, war bereits die Warteschleifenmusik zu hören.
„Schwester Ingrid hier", stellte sich eine freundliche Frauenstimme vor. „Sie möchten mit Prof. Ewinger sprechen?"
„Ja, mein Name ist Bill Fowler. Ich bin einer seiner ehemaligen Studenten."
„Geht es um ein Universitätstreffen, das Sie organisieren?"
„Ja, etwas in der Art", griff Bill die Idee dankbar auf. „Eine Wiedersehensfeier... nach all den Jahren."
Schwester Ingrid räusperte sich. „Ich fürchte, Prof. Ewinger ist kein geeigneter Gast für Ihre Feier. Seine Frau ist vor drei Jahren gestorben und ihr tragischer Tod hat ihm übel mitgespielt, sehr übel." Sie machte eine Pause. „Ein Teil von ihm ist mit ihr gestorben."
Bill schluckte. „Tut mir leid. Ich wusste gar nicht, dass er verheiratet war... Wie schlimm ist sein Zustand?"
„Er hatte damals einen Schlaganfall und in der Folge kam es zu neurologischen Problemen. Die Krankheit ist weit fortgeschritten, aber es gibt auch noch Minuten, in denen er

völlig klar ist. Oft ist er allerdings verwirrt, oder er schläft mitten in einem Gespräch ein."
Bill war klar, dass hier nichts mehr zu holen war, doch er konnte nicht anders, als die Chance auf ein letztes Gespräch wahrzunehmen. „Kann ich mit ihm sprechen?"
„Gern, aber bitte erwarten Sie sich nicht zu viel." Ihre Stimme wurde leiser, als sie sich vom Hörer abwandte. „Prof. Ewinger? Am Telefon ist jemand, der Sie sprechen möchte. Ein ehemaliger Student von Ihnen. Sein Name ist Bill Fowler. Erinnern Sie sich an ihn?"
Es raschelte im Hörer und dann meldete sich die erschreckend gealterte Stimme des Professors. „Ja?"
„Hallo, Professor. Hier spricht Bill Fowler. Ich war einer Ihrer Studenten."
„Wer?", krächzte es unfreundlich, aber auch irgendwie verängstigt aus dem Hörer.
„Bill Fowler. Sie haben mir alles über Botanik beigebracht, was ich weiß."
„Bill?"
„Ja! Bill Fowler! Der, dem Sie mehrfach angeboten haben, ihn nach der Mikroskopierstunde zum Friseur zu fahren, damit er sich endlich die Stirnfransen schneiden lässt."
„Bill Fowler", wiederholte der Professor, ohne erkennen zu lassen, ob er mit dem Namen tatsächlich etwas anfangen konnte.
„Erinnern Sie sich noch an mich?"
Ein schweres Atmen war zu hören.
„Professor?", fragte Bill nach. „Geht es Ihnen gut?"
„Sind Sie im Labor?", fragte Prof. Ewinger.
„Nein. Nein, ich bin nicht im Labor. Ich sitze in meinem Büro in Baton Rouge."
„Haben Sie meine Frau gesehen?"
Die Frage traf Bill wie ein Tritt in den Magen.

„Meine Frau, Juliet... Ist sie bei Ihnen?“
Bill wusste nicht, was er antworten sollte.
„Juliet ist auch im Labor... Ich mache mir Sorgen. Haben Sie meine Frau gesehen?“
„Ihre Frau ist tot“, erklärte Schwester Ingrid mit sanfter Stimme.
„Tot?“ Die Stimme des Professors zitterte.
„Ja, schon seit vielen Jahren.“ Sie streichelte ihm über den Kopf.
Der Blick des Professors wurde leer und Schwester Ingrid nahm den Hörer wieder an sich. „Mr. Fowler? Ich hatte es befürchtet. Er ist leider in keinem sehr guten Zustand. Möglicherweise würde es ihm helfen, wenn Sie persönlich vorbeikommen, aber ich will Ihnen da keine großen Hoffnungen machen.“
„Ich verstehe“, entgegnete Bill mit belegter Stimme. Er fragte sich, wie oft der Professor in den letzten drei Jahren vom Tod seiner Frau erfahren hatte müssen. Ein Mann von Autorität und Würde war zu einem bemitleidenswerten Pflegefall verkommen, dem das eigene Gedächtnis auf grausamste Weise mitspielte.
Ganz leise hörte Bill im Hintergrund ein Schluchzen, das ihn zutiefst betroffen machte. „Ich wusste das nicht. Ich wollte ihn nicht...“, stammelte er.
„Machen Sie sich keine Vorwürfe“, unterbrach Schwester Ingrid. „Es hilft ihm auch nichts, wenn wir ihm etwas vormachen, weil wir nie wissen, ob er es sich nicht doch merkt. Um ihn nicht noch mehr zu verwirren, bleiben wir bei der Wahrheit, so hart sie auch sein mag. Tiefe Gefühle sind in seinem Fall oft die einzige Möglichkeit, Geschehnisse doch noch dauerhaft abzuspeichern.“
„Ich hätte nicht anrufen sollen“, sagte Bill an sich selbst gerichtet. „Wie ist seine Frau gestorben?“

„Es gab einen schweren Unfall in dem Labor, in dem sie gearbeitet hat. Die genauen Umstände weiß ich leider auch nicht. Es war auf jeden Fall eine schlimme Sache, die ihn komplett aus der Bahn geworfen hat."
„War sie noch nicht pensioniert?"
„Nein. Sie muss gut zwanzig Jahre jünger gewesen sein als er - soweit ich das aufgrund der Fotos beurteilen kann, die in seinem Zimmer stehen."
„Es tut mir leid, dass ich alles wieder aufgewühlt habe." Bill hatte genug Anteilnahme gezeigt und beschloss, das Gespräch zu beenden. „Vielen Dank für Ihre..."
„Die haben sie umgebracht!", rief der Professor im Hintergrund. „Die haben meine Juliet umgebracht!" Gleich darauf war wieder Weinen zu hören.
„Aber nein", beruhigte Schwester Ingrid. „Es war ein Unfall. Niemand hatte Schuld." In den Hörer sagte sie: „Sie müssen entschuldigen, Mr. Fowler. Aber ich sollte ihn jetzt besser zurück in sein Zimmer bringen. Er regt sich zu sehr auf."
„Natürlich", erwiderte Bill mechanisch. „Auf Wiederhören."
„Auf Wiederhören." Schwester Ingrid drückte das Gespräch ab und strich ihrem Patienten liebevoll über den Kopf. „Kommen Sie, Prof. Ewinger. Wir beide gehen jetzt aufs Zimmer und ich mache Ihnen einen guten Tee."
„Einen Tee?" Für einen Moment schien der Professor wieder in die Gegenwart zurückzukehren. „Ein Tee wäre fein, Schwester. Mit Milch, bitte."
„Ja, ich weiß. So wie Sie ihn immer trinken."
Der Professor nickte und die Vergangenheit holte ihn wieder ein. „Es war kein Unfall", murmelte er verbittert. „Wir hätten uns niemals mit denen einlassen dürfen..."

***

Spitzbergen, Norwegen, spät am Nachmittag:
Obwohl der kurze Sommer in Spitzbergen bereits begonnen hatte, wurde es unangenehm kalt, sobald die Sonne auf den Horizont zusank. Noch immer hielten sich auf dem durchweichten Boden kleine Schneefelder zwischen den Schmelzwasserbächen. Ringsum spross frisches Grün in Form von Gräsern, Steinbrechgewächsen und diversen Bodendeckern, deren Blüten wie Farbtupfer über die Insel verteilt waren.
Eine Frau im orangefarbenen Anorak kam vom Fjord über einen Trampelpfad die Anhöhe herauf. Über ihrer Schulter baumelte ein Jagdgewehr, das als Lebensversicherung gegen aufdringliche Eisbären schon gute Dienste geleistet hatte.
Verena war etwas kräftiger gebaut, aber nicht dick. Sie hatte einen südländischen Einschlag und arbeitete als Genetikerin in der örtlichen Saatgutbank. Spitzbergen war der ideale Ort für die Lagerung von Saatgut aus aller Welt, da der Permafrostboden auch bei technischen Störungen für eine durchgehende Konservierung sorgte.
Verena näherte sich dem bewachten Eingang zur unterirdischen Saatgutbank, der als mächtige Betonrampe aus dem Berg ragte.
„Schon zurück?“, fragte der Wachmann am Eingang.
„Wenn du meine Schicht übernimmst, bleib ich gern noch hier draußen im Warmen“, erwiderte Verena.
„Lass uns im Winter noch einmal darüber reden“, scherzte der Wachmann.
„Vergiss es.“ Sie klopfte ihm im Vorbeigehen auf die Schulter und lachte. „Sobald wir wieder Innen-Außen-Gleiche erreichen, läuft mein Angebot ab.“
„Dann bleiben mir ja noch ein paar Wochen.“ Er gab den Code zur Entriegelung des Tors ein und sah Verena noch nach, bis das Panzertor hinter ihr ins Schloss fiel.

Verena betrat die unterirdische Anlage durch den Hauptschacht, dessen Größe es erlaubte, ihn bei Bedarf auch mit kleinen Lastwagen zu befahren. Größeren Fahrzeugen wurde die Höhe zum Verhängnis, da entlang der Decke Kabeltrassen und Rohrleitungen verliefen.
Im Herz der Anlage herrschte das ganze Jahr über eine konstante Temperatur von -18 Grad Celsius. Alle Schächte und Lagerräume waren, wie die Steinkohleminen vergangener Tage, in den Berg aus Eis und Kalkstein getrieben worden, der nun einen natürlichen Tresor für die Pflanzensamen bildete.
Offizielles Ziel der Einrichtung war der Erhalt der Artenvielfalt auf den Feldern, die man dadurch sicherstellen wollte, dass jedes Land in Spitzbergen seine Pflanzensamen einlagerte. Sollte es in der Folge durch Kriege, Klimaveränderung oder andere Katastrophen zur Vernichtung einer oder mehrerer Arten kommen, konnte man auf die Samen in der Saatgutbank zurückgreifen. Das war zumindest die Theorie hinter dem internationalen Großprojekt.
Verena näherte sich der zweiten Luftschleuse auf dem Weg zu ihrem Arbeitsplatz. Die Tür war mit einer dicken Eisschicht überzogen, die nur die Klinke verschont hatte.
„Verena?“ Die vertraute Stimme hinter ihr gehörte einem Arbeitskollegen aus Spanien, der ebenfalls gerade auf dem Weg in den Analyseraum war.
„Ja?“ Ihre Hand stoppte über der Klinke.
„Du hast ein paar Anrufe versäumt.“
„Ein paar gleich?“ Sie drehte sich um und wartete, bis ihr Kollege zu ihr aufgeschlossen hatte.
„Immer vom selben Anrufer. Ich hab ihn für dich vertröstet und gesagt, dass er es später wieder versuchen soll.“
„Name?“, fragte sie und hielt ihm die Tür auf.
„Ja, ich glaube, er hatte einen...“ Er lächelte entschuldigend aus seinem orangefarbenen Overall.

„Soll ich raten?"
„Könnte helfen", räumte ihr Kollege ein. „Er war Amerikaner. Sein Name war... Flyer...? Filler...? Verdammt, ich weiß ja, warum ich nicht zwei Nachtschichten hintereinander machen will."
„Filler?" Sie legte den Kopf zur Seite, als würde sie angestrengt nachdenken. „Sagt mir gar nichts. Was wollte er?"
„Hat er mir leider nicht verraten. Er war sehr kurz angebunden und wollte nur mit dir sprechen."
„Du weißt wirklich, wie man Spannung aufbaut", sagte sie mit vorwurfsvollem Blick. „Wenn das ein Verehrer war!" Sie drohte mit erhobenem Zeigefinger.
Er hob unschuldig die Hände. „Ich bin Genetiker und nicht Telefonistin. Der wird schon wieder anrufen, es klang nämlich wichtig."
„Das auch noch", seufzte Verena. „Hoffentlich keiner von diesen Spinnern aus dem Kongress. Die gehen mir schon seit Wochen auf die Nerven mit ihren dämlichen Bestandslisten für die nächste Lieferung."
„Du hast mein volles Mitgefühl. Ich hol mir noch rasch einen Kaffee vom Automaten. Soll ich dir auch einen mitbringen?"
„Danke, lass mal. Bis der bei meinem Tisch ankommt, ist er sowieso längst kalt. Ich geh mir später selbst einen holen."
„Wie du willst."
Verena bog nach rechts ab und betrat ihr ausschließlich nach funktionellen Gesichtspunkten eingerichtetes Arbeitszimmer. Auf dem Kunststofftisch stand einer der grauen Transportbehälter, wie sie in der Saatgutbank zu tausenden verwendet wurden. Das Etikett an der Flanke wies Afrika als Ursprung der Lieferung aus. „Zieht euch warm an, ihr hitzeverwöhnten Samen", murmelte sie beim Öffnen des Behälters.

Verena holte mehrere Kunststoffbeutel heraus und sortierte sie auf dem Tisch, um sie mit dem Lieferschein abgleichen zu können. „73933478... 73933484...“, las sie von den Beuteln ab, als das Telefon auf ihrem Tisch läutete.
Sie hob ab und meldete sich mit dem Nachnamen.
„Verena?“
„Ja?“
„Na, Gott sei Dank hebst du endlich ab! Ich dachte schon, du hast dich von einem Eisbären vernaschen lassen.“
In Verenas Gedächtnis formte sich die Männerstimme zu einem schemenhaften Gesicht. „Bill?“, fragte sie unsicher.
„Bill Fowler, wie er leibt und lebt“, bestätigte er. „Geht's dir gut?“
Sie zögerte. „Ob es mir gut...? Sie holte tief Luft. „Du rufst mich nach all den Jahren an und fragst mich, ob...?“
„Warte!“, unterbrach er sie. „Bevor du anfängst, über die alte Zeit nachzudenken und das Gespräch wieder vorzeitig beendest, muss ich dir zwei Dinge sagen.“
„Ich...“
„Prof. Ewinger lässt dich ganz herzlich grüßen“, fiel er ihr ins Wort. „Ich habe heute mit ihm telefoniert. Er lebt jetzt in einem Sanatorium. Wusstest du das?“ Bill hoffte, Verena mit der Erwähnung ihres gemeinsamen Uniprofessors zu überraschen und Verenas Neugierde zu wecken.
„Du hast mit ihm telefoniert?“
Es klappt! „Ja, warum denn nicht? Schließlich haben wir dem Mann eine Menge zu verdanken. Kann es sein, dass du dich schon länger nicht mehr bei ihm gemeldet hast?“
Ihr Zögern war Wasser auf seine Mühlen.
„Er konnte sich gar nicht mehr erinnern“, fuhr Bill fort, „wann er zuletzt von dir gehört hat.“

„Ist wohl eine Weile her", bestätigte Verena so betroffen wie ein Kind, das angestoßen wurde, sich wieder einmal bei der Großtante blicken zu lassen.
„Es geht ihm nicht gut", schürte Bill das schlechte Gewissen seiner Ex-Freundin noch weiter. „Ich bin sicher, er würde sich über deinen Anruf sehr freuen."
„Habt ihr über mich geredet?", fragte sie.
„Ach." Bill seufzte. „Du kennst ihn doch. Ständig stellt er einem Fragen über dies und das... Und weil wir beide damals ein Paar..."
„Schon gut", unterbrach Verena. „Ich bin sicher, du bist ihm keine Antwort schuldig geblieben."
„Er ist wirklich alt geworden", setzte Bill nach und warf seine Angel ein Stück weiter aus. „Man merkt es am meisten, wenn man mit ihm über die Arbeit spricht. Sein Gedächtnis lässt leider schon nach."
„Du hast mit ihm über seine Arbeit gesprochen?"
„Über seine... und meine... Er war sehr interessiert... Hatte sich wohl nicht gedacht, dass ich doch noch einmal bei der Genetik lande."
Verena stutzte. „Ich dachte, du bist Reporter geworden?"
„Reporter? Ich? Damit ich Promis auf dem roten Teppich über die Brustimplantate ihrer Pudel interviewen muss?" Bill lachte gekünstelt. „Ganz sicher nicht! Investigativer Journalismus ist mein täglich Brot, und wie es der Zufall so will, hat meine jüngste Story die Wege von Prof. Ewinger gekreuzt. Du kannst dir gar nicht vorstellen, wie begeistert er war, dass ich ihn um seine Meinung gebeten habe."
„Du hast Recht", sagte sie trocken. „Das kann ich wirklich nicht. Worum geht es bei deiner Geschichte?"
„Ach", spielte Bill die Frage herunter. „Damit will ich dich gar nicht belästigen. Du hast sicher genug um die Ohren in deinem

Iglu... Auch wenn dieses spannende Thema vermutlich sogar dein Fachgebiet streift, wie Prof. Ewinger angedeutet hat."
„Was hat er gesagt?", fragte Verena forsch.
„Weißt du..." Bill atmete langsam ein. „Unser Gespräch war vertraulich, da kann ich jetzt nicht alles Wort für Wort wiedergeben, was er mir erzählt hat. Aber ich glaube, es wäre in seinem Sinn, wenn ich dir sage, dass er der Grund ist, warum ich mich bei dir gemeldet habe."
„Er hat dir aufgetragen, mich anzurufen?", fragte sie erstaunt.
„Mehr oder weniger." Bill umschiffte die steilen Klippen der Lüge. „So wie er es ausgedrückt hat, kam es bei mir wie eine Warnung an. Etwa in der Art: Bill Fowler, überleg dir gut, wem du eine so wichtige Analyse anvertraust.... Unter uns gesagt, glaube ich, dass es ihn schwer getroffen hat, dass er sie nicht mehr selbst durchführen kann. Aber ohne Labor... in einem Sanatorium... Es muss ihm das Herz gebrochen haben. Am Ende hat er sogar geweint." Bill ließ seine Stimme belegt klingen.
„Von welcher Analyse redest du da ständig?", wollte Verena wissen.
„Das ist leider vertraulich."
„Bill!"
„Saatgutanalyse", warf er ihr das perfekte Schlagwort hin. „Tut mir leid, Verena, aber mehr kann ich dir nicht sagen. Wir sprechen schließlich nicht über ein paar harmlose Versuche mit dem Chemiebaukasten. Hierbei geht es um handfeste Beweise für eine Story von internationaler Tragweite. Da müssen die Ergebnisse absolut hieb- und stichfest sein, um hinterher auch die nötige Beweiskraft zu haben. Ich werde wohl Prof. Ewingers Rat beherzigen und die Analyse einem dieser renommierten Spitzenlabors anvertrauen... Du kennst nicht zufällig eines, das du mir empfehlen kannst?"

„Machst du Witze?“, fuhr sie ihn an. „Was meinst du, was ich hier das ganze Jahr mache?“
„Entschuldige, bitte.“ Ein zufriedenes Grinsen legte sich über Bills Gesicht. Er hatte die Angel ausgeworfen und Verena hatte angebissen. „Vor lauter Begeisterung über meine Arbeit habe ich ganz vergessen zu fragen, was du beruflich so treibst. Ich wusste ja nicht, dass du in einem Labor...“
Im weiteren Verlauf des Gesprächs machte Bill deutlich, wie wichtig ihm Verschwiegenheit war. Nachdem dieser Punkt geklärt war, einigten sich die beiden darauf, dass Bill per Expressdienst ein Maiskorn schicken würde, das Verena nach seinen Vorgaben untersuchen sollte.
Kaum hatte Bill aufgelegt, kritzelte er die norwegische Adresse, die Verena ihm gegeben hatte, auf eine UPS-Versandtasche, verstaute eines der Körner darin und verließ sein Büro.

***

Bergregion im Norden Mexikos:
Alles sah nach einem ruhigen und angenehmen Tagesausklang auf der Veranda aus. Miguel hatte das Natursteinhaus von seinem Großvater übernommen. Es lag auf der Spitze eines Hanggrundstücks, das von einem Zaun aus aufgehäuften Steinen und wahllos dazwischen eingeklemmten Holzlatten umgeben war. Außer Kakteen, Klapperschlangen und einigen herumliegenden Felsbrocken gab es vor allem Sand, Steine und Staub.
Das alte Haus war mit Sicherheit kein Prunkschloss, doch sein Dach war immer noch dicht, und es lag weit genug entfernt von der Hauptstraße, um vor unerwünschten Besuchern sicher zu sein. Der ideale Platz also, um sich als durchschnittlich erfolgreicher Krimineller in einem Land wie Mexiko durchzuschlagen.

Wegen Raubüberfall und Autodiebstahl hatte Miguel schon sehr früh im Gefängnis gesessen. Dort war er mit Drogen in Kontakt gekommen, wodurch sich sein Geschäftsfeld nach der Entlassung auch in diese Richtung erweitert hatte. Die bunte Mischung aus seinen illegalen Geschäften reichte gerade aus, um sich von einer Woche zur nächsten durchzuschlagen.
Miguels Vorfahren waren Indianer gewesen, davon zeugte neben seiner Hautfarbe und den dunklen, stechenden Augen vor allem seine Aztekennase.
Die Insektenfalle über der Tür frittierte einen dicken Käfer. Der weißblaue Blitz erhellte die spärlich beleuchtete Veranda für einen Augenblick.
„Wow!“ Miguel schaute auf. „Hast du den fetten Brummer gesehen?“, fragte er mit einem leichten Lallen in der Stimme.
Die Prostituierte, die auf der anderen Seite des Holztisches saß, zeigte sich unbeeindruckt von dem Feuerwerk und nippte weiter an ihrem Tequila. „Ich sollte dann langsam wieder zurück in die Stadt.“
„Jetzt mach keinen Ärger!“, erwiderte Miguel. Seine Augen wirkten glasig und leer, was ohne Zweifel an der Mischung aus Drogen und Alkohol lag, die er in den vergangenen Stunden konsumiert hatte. „Ich hab dir doch gesagt, dass ich dich heute noch zurückbringe. Lass uns vorher noch einen trinken.“ Er nahm die Tequilaflasche und schenkte sich zuerst selbst und dann seiner Besucherin nach.
Sie strich sich eine Haarsträhne aus dem Gesicht und lächelte ihm zu.
„So gefällst du mir“, bemerkte Miguel. „Schade, dass wir uns nicht schon früher kennengelernt haben. Du hättest meiner Mutter bestimmt gefallen. Vermutlich hätte sie sogar darauf bestanden, dass ich dich heirate.“ Er lachte und leerte das Glas in einem Zug.

„Sehe ich für dich so aus, als ob ich heiraten wollte?“ Sie winkte belustigt ab. „Wie war deine Mutter?“, fragte sie nach einer Weile.
„Schön war sie! Eine wunderschöne Frau!“ Miguel kippte den Rest des Tequila in sein Glas. „Hat ihr am Ende aber auch nicht genutzt. Ewig schade um sie.“ Er nahm das Silberkreuz, das an einem Lederband um seinen Hals baumelte und küsste es andächtig.
„Sie wäre bestimmt stolz auf dich.“
„Vermutlich nicht“, brummte Miguel und spielte mit der leeren Flasche auf dem Tisch. „Aber ich hab da eine Sache am Laufen, wenn die einschlägt, kauf ich den ganzen Acker, auf dem man sie verscharrt hat, und lass ihr ein Mausoleum hinstellen, gegen das die alten Pyramiden wie Hundehütten aussehen.“
„Du bist echt süß, Miguel.“ Sie streckte ihren Arm aus und streichelte über seinen Handrücken.
„Und dir kauf ich ein eigenes Auto, damit du schneller hier bist, wenn ich dich dringend brauche.“ Er fasste sich in den Schritt und lachte lauthals.
„Das muss aber ein sehr lukrativer Job sein, wenn du damit so viel Geld machst.“
„Ist es auch, und jetzt halt die Schnauze, sonst muss ich dich umlegen, weil du zu viel weißt.“ Er zog seine flache Hand ruckartig über die Kehle, und seine Augen wurden wieder klarer.
Sie nickte stumm.
„Stirb!“ Im nächsten Moment flog die Tequilaflasche quer über die Veranda und zerschellte auf dem Steinboden.
Erschrocken riss die Prostituierte den Kopf herum und blickte ins Zwielicht hinter sich.
„Verdammte Schlangen!“ Miguel sprang auf. Er hatte eine Pistole in der Hand, die er mehrmals abfeuerte, während er auf die Scherben zulief. „Wie oft hab ich euch Drecksviechern

schon erklärt, dass ihr im Wald bleiben sollt, wo ihr hingehört?“ Zwei weitere Schüsse knallten. „Wie oft?“, brüllte er und schoss noch einmal. Dann wurde es still.
Eine gefühlte Ewigkeit lang zielte er auf den Boden vor ihm, ohne noch etwas zu sagen.
„Miguel?“ Die Prostituierte kam vorsichtig näher. „Miguel, hast du sie erwischt?“ Zwei Schritte später konnte sie sich die Antwort selbst geben. Eine der Kugeln hatte die graue Schlange nahezu in zwei Teile gerissen, wobei sich die vordere Hälfte noch reflexartig krümmte.
„Stirb!“, befahl Miguel mit Flüsterstimme, machte aber keine Anstalten mehr, das Ableben des Reptils zu beschleunigen.
„Ich mag Schlangen nicht“, sagte die Nutte und schmiegte sich an den starken Arm ihres Freiers.
„Ich hasse sie!“ Miguel beförderte die Überreste mit einem Tritt von der Veranda, wo sie in der Dunkelheit verschwanden. „Ich hasse sie, und ich töte sie... So wie sie meine Mutter getötet haben.“
Die Prostituierte streichelte über Miguels Rücken. „Das hast du gut gemacht.“
Miguel lächelte ihr dankbar zu, drehte sich um und verschwand im Haus.
„Wir müssen fahren!“, sagte er, als er gleich darauf wieder zurückkam. Mit einer geübten Bewegung drückte er ein neues Magazin in seine Pistole und steckte sie hinten in seinen Hosenbund. Zumindest auf den ersten Blick war sie dort unter seinem viel zu großen T-Shirt nicht auszumachen.
„Na los, worauf wartest du?“ Miguel hatte einen dieser wirklich alten Geländewagen, bei denen der Reservereifen noch auf der Motorhaube befestigt wurde. Der Wagen parkte gleich neben dem Haus, das der Mexikaner nie absperrte, wenn er es verließ. Stattdessen ging er zum Zwinger auf der Rückseite und überließ den Rest seinen drei Hunden. Die

sieben Zentimeter langen Nägel ihrer Spikehalsbänder hatte er selbst in das Leder geschlagen.
Alle drei waren dahergelaufene Bastarde, die Miguel nur deshalb nicht zerfleischten, weil er sie von Anfang an mit Schlägen gefügig gemacht hatte. Jeder andere war mehr als gut beraten, auf Distanz zu bleiben, wenn die drei Köter ihre Zähne fletschten und sich wie verrückt bellend gegen die Zwingertür warfen.
„Die sind harmlos“, lachte Miguel, als klar war, dass die Hunde auf die Angst seiner Begleiterin so überschäumend reagierten wie Wasser auf heißes Fett. „Aber nur, wenn ich dabei bin.“ Er drängte die Prostituierte mit einem Schubs zurück. „Es ist vermutlich besser, wenn du schon mal in den Wagen steigst, bevor du ihnen völlig den Kopf verdrehst.“
Miguels Stimme ging in dem aggressiven Gekläffe fast unter, doch die Prostituierte hatte genau das gehört, was sie hören wollte, und stieg in den Wagen.
„Raus mit euch!“ Miguel stieß das Gitter auf und entließ die Hunde in die Freiheit. „Sucht euch was zu fressen!“, rief er der bellenden Meute nach.
Er öffnete die Autotür und nahm hinter dem Steuer Platz. „Es war echt ein netter Nachmittag mit dir.“ Er hob ein zerknittertes Tuch vom Armaturenbrett auf und band es sich um die Stirn.
„Mir hat es auch gefallen“, erwiderte sie und stellte erleichtert fest, dass die Hunde im Dunkel verschwanden.
„In Zukunft machen wir das noch viel öfter.“ Miguel drehte den Zündschlüssel um, was der Anlasser mit jammervollen Geräuschen kommentierte, bis der Motor schließlich doch noch ansprang. In Gedanken sah der Mexikaner sich schon am Steuer seines neuen Wagens: Mit Luftfederung, klimatisiert und am besten gleich kugelsicher, um vor den Neidern sicher zu sein, die der Erfolg ohne Zweifel anziehen würde.

Ein knappes halbes Jahr war es jetzt her, dass ihm dieser verrückte Amerikaner in der Bar das Angebot seines Lebens unterbreitet hatte. Klar hatte Miguel sofort zugesagt, immerhin ging es bei dem Job um so viel Geld, dass er es selbst mit allen Nutten in ganz Mexiko nicht durchbringen würde können.
Dass Miguel maßlos übertrieben hatte, was seine exzellenten Kontakte in Mexiko betraf, um ins Geschäft zu kommen, konnte man ihm unmöglich vorwerfen. Schließlich hätte jeder andere in besagter Bar dem Amerikaner genauso das Blaue vom Himmel heruntergelogen. Für Dollar konnte man hier nahezu alles bekommen - alles außer der Wahrheit, aber für die interessierte sich ohnehin keiner.
So war es auch nicht weiter verwunderlich, dass Miguel auf der Fahrt in die Stadt an nichts anderes denken konnte als an die Millionen des Amerikaners. *Ich kauf mir die ganze verdammte Stadt von meinem Anteil!*
Bis es so weit war, musste Miguel seine Huren aber noch mit der alten Rostschüssel chauffieren.

***

Botanischer Garten Wien, spät nachts:
Karo saß an ihrem Schreibtisch und nutzte die Einsamkeit der fortgeschrittenen Stunde für private Arbeiten und ein Telefonat.
„Glaubst du vielleicht, mir macht es Spaß, die Leute zu belügen?", fragte sie forscher als beabsichtigt.
„Nein, so hab ich das nicht gemeint", beteuerte die Stimme aus dem Hörer. „Du solltest dir nur endlich darüber klarwerden, wie es in dieser Sache weitergeht. Solange du nicht weißt, wo du am Ende hinwillst, ist nicht einmal Weglaufen eine Lösung."
„Danke, wie überaus scharfsinnig."
„Karo!"

„Jaaaa, tut mir leid." Karo seufzte entnervt. „Ich kann mich einfach nicht entscheiden, was das Beste ist."
„Das liegt daran, dass das Beste für dich nicht das Beste für deine Arbeit ist."
„Eher das genaue Gegenteil", bestätigte Karo. „Du weißt doch, wie gern ich meinen Job habe. Aber ich könnte mir selbst nicht mehr in die Augen sehen, wenn ich bei solchen Dingen wegschaue. Verdammt... Ich wüsste zu gern, wie andere mit solchen Gewissenskonflikten umgehen."
„Lass mich raten: Die mit Gewissen wechseln den Job, die ohne nehmen das Geld."
„So einfach ist das nicht."
„O doch, Süße! Genau so einfach ist es: Love it, change it or leave it! Wobei ich mein Lebensmotto in deinem speziellen Fall noch um einen Satz ergänzen muss: But do it before it is too late! "
Karo schwieg eine Weile und sagte dann vorsichtig: „Ich hab heute Nachmittag schon wieder zwei SMS bekommen."
„WAS?" Karos Freundin Sabrina war drauf und dran, durch den Hörer zu kommen. „Warum hast du sie mir nicht sofort weitergeleitet, wie wir das vereinbart hatten?"
„Keine Ahnung." Karo atmete gequält aus. „Vermutlich, weil ich dich nicht noch tiefer in die ganze Sache hineinziehen will. Ich hab ohnehin schon ein schlechtes Gewissen."
„Ohhhh! Das solltest du auch haben! Ich will sofort wissen, was drinsteht."
„Aber..."
„Jetzt!", verlangte Sabrina.
Karo drückte auf ihrem Handy herum und las vor: „Wenn das Eis zu dünn ist, wird selbst die kleinste Bewegung zur großen Belastung."
„Gott, wie tiefsinnig", bemerkte Sabrina spöttisch. „Was steht in der zweiten Nachricht?"

„Dem Wolf fällt das Warten leichter als dem Schaf."
„Also beim ersten Spruch hat sich dein Glückskekspoet aber mehr Mühe gegeben."
„Das ist nicht witzig! Denk an das, was in Kiel passiert ist!"
„Stimmt, aber einschüchtern darfst du dich von solchen Binsenweisheiten erst recht nicht lassen. Worüber ich mir im Moment wirklich Sorgen mache, ist, was unser Literat tut, wenn ihm die schlauen Sprüche ausgehen."
Karo hörte Schritte draußen auf dem Gang und flüsterte in den Hörer: „Ich muss Schluss machen. In spätestens einer Stunde bin ich daheim!"
Unmittelbar nachdem sie aufgelegt hatte, stand Prof. Ginko in der Tür und sah seine Mitarbeiterin überrascht an. „Sollten Sie nicht schon längst daheim sein, um sich vom Zusammentreffen mit unserem russischen Raketenbeauftragten zu erholen?"
Karo lächelte und klappte eine auf dem Schreibtisch liegende Mappe zu, bevor Ginko einen Blick auf die Seiten werfen konnte. „Ich bin in Kiel auch gern ein paar Stunden länger geblieben, nachdem die Kollegen schon gegangen waren. Im Büro fällt es mir leichter, meine Gedanken zu sortieren als daheim, wo die bequeme Couch und der Fernseher um meine Aufmerksamkeit buhlen."
„Das kann ich sehr gut nachvollziehen." Dass Ginko sich bereits nach einer Sitzgelegenheit umsah, legte nahe, dass er nicht vorhatte, gleich wieder zu gehen. „Wenn es Ihnen recht ist, möchte ich Ihnen gern ein paar Fragen stellen."
„Jetzt?" Karo sah ihn mit großen Augen an.
„Störe ich Sie bei etwas?" Er deutete auf die Mappe.
„Nein!" Karo lehnte sich in ihrem Sessel zurück und signalisierte durch ihr ungezwungenes Lächeln, nichts zu verbergen zu haben.
Ginko zog sich einen Stuhl heran und nahm Platz. „Eigentlich wollte ich dieses vertrauliche Gespräch erst morgen

Nachmittag mit Ihnen führen, aber wenn sich so eine Gelegenheit bietet...“ Er deutete auf den leeren Gang hinaus.
„So schlimm?“ Karo verstärkte ihr Lächeln.
„Vertraulich, nicht schlimm! Das ist ein großer Unterschied.“
„Okay. Bitte, fragen Sie.“
„Mich würde interessieren, wie Sie zur Gentechnik stehen. Nicht Ihr offizielles Statement, das kann ich auch im Internet nachlesen. Ich meine Ihre ganz persönliche Einstellung als Privatperson, die beim Einkaufen im Supermarkt eine Entscheidung für Produkt A oder Produkt B treffen muss.“
Karo war bemüht, sich ihre Verwunderung nicht anmerken zu lassen. „Muss ich befürchten, dass die Beantwortung Ihrer Frage Auswirkungen auf meinen Arbeitsvertrag haben wird?“
Ginko schüttelte sanft den Kopf.
„Na schön.“ Karo verschränkte die Arme vor der Brust. „Ich halte Gentechnik in der Forschung für unersetzbar. Gleichzeitig betrachte ich gentechnisch veränderte Nahrungsmittel als großen Fehler.“
Karo sah Ginko an, als ob sie auf eine bestimmte Reaktion warten würde. Als diese ausblieb, fuhr sie fort. „Die ganze Diskussion wird genauso verlogen geführt wie bei der Atomkraft: Schwarz gegen Weiß. Es gibt ein Lagerdenken mit bedingungslosen Befürwortern auf der einen und erbitterten Gegnern auf der anderen Seite. In dem breiten Graben dazwischen will keiner öffentlich Stellung beziehen.“
„Was ist mit Ihnen?“
„Gute Frage“, räumte Karo ein. „Ebenso wie die Atomkraft ist die Gentechnik nicht von sich aus gut oder böse. Beides sind Werkzeuge, die man sehr differenziert sehen sollte - je nachdem, wer sie sich gerade zunutze macht. Angesichts dieser Erkenntnis fällt es mir schwer, mich verbindlich zu positionieren. Schlage ich mich offen auf die Seite der Ökos, kann ich mich von meinem Job endgültig verabschieden.

Unterstütze ich die Anliegen der Lobbyisten mit meinen Expertisen, habe ich eine steile Karriere vor mir, muss mich aber von meinem Gewissen trennen. Ich fürchte, ich kann gar nicht anders, als mich dezent meiner Meinung zu enthalten."
Ginko hörte aufmerksam zu. „Was genau stört Sie an grüner Gentechnik?"
„Grüne Gentechnik? Allein die Tatsache, dass man einen solchen Begriff für gentechnisch verändertes Saatgut benutzt, zeigt, wie die Konsumenten in die Irre geführt werden sollen. Was werden uns die Marketinggenies der großen Saatgutproduzenten als Nächstes verkaufen? Biologische Gentechnik? Das ist doch..." Sie biss sich auf die Zunge, als ihr bewusst wurde, wie emotional ihre Antwort ausfiel. „Es ist doch kein Wunder, dass die Leute verunsichert sind und keine Gentechnik auf ihren Tellern wollen."
„Und Sie? Wollen Sie Gentechnik auf Ihrem Teller?"
Karo verneinte. „Gentechnik ist eine feine Sache, solange man die Forschung verantwortungsvoll im Labor betreibt. Womit ich ein Problem habe, ist, wenn wir gefährlichen Experimenten die Tür nach draußen öffnen."
Es war schwer zu sagen, ob Ginko die Einschätzung seiner Mitarbeiterin teilte. „Welchen Maßstab ziehen Sie heran, um zu definieren, was zu gefährlich ist?"
„Das überlasse ich den Profis in dem Geschäft: den Versicherungen. Wenn sich auf dem ganzen Planeten keine Versicherung findet, die im Schadensfall für die Folgen eines Experiments einspringt, ist es zu gefährlich. Oder anders gesagt: Alles, was nicht versicherbar ist, hat außerhalb eines Hochsicherheitslabors nichts verloren. Egal ob es sich um radioaktiven Abfall handelt oder um gentechnisch veränderte Organismen."

„Ein interessanter Vorschlag. Wie wollen Sie verhindern, dass ein Konzern seine eigene Versicherung gründet, um diese Regelung zu umgehen?“
„Gar nicht, weil es keine Rolle spielt. Die kleinen müssen sich bei den größeren Gesellschaften rückversichern, wodurch das Risiko am Ende bei ein paar wenigen Unternehmen zusammenläuft, die allesamt Aktiengesellschaften sind. Deren Abhängigkeit von den Aktionären stellt wiederum sicher, dass sie keine Risiken eingehen, die nicht kalkulierbar sind. Fazit: Findet sich keine Versicherung, die für das Projekt die Haftung übernehmen will, darf es das Labor auch nicht verlassen.“ Sie löste die verschränkten Arme und beugte sich vor. „Verraten Sie mir jetzt, wohin uns diese Unterhaltung führt?“
„Ich habe heute einen merkwürdigen Anruf erhalten“, erklärte Ginko. „Es sollte sich wohl so anhören, als wäre ein Headhunter an Ihnen interessiert.“
„An mir?“ Karo gab sich überrascht. „Warum ruft er dann Sie an und nicht mich?“
„Es war ein Versehen... Ich hatte allerdings eher den Eindruck, dass es nur danach klingen sollte.“
„Ein absichtliches Versehen?“
„So könnte man sagen“, bekräftigte Ginko. „Bemerkenswert fand ich weniger, dass dieser Headhunter mich auf Sie angesprochen hat, sondern die Art und Weise, wie er mich nach Ihnen gefragt hat. Er schien übrigens sehr gut über Sie informiert zu sein.“
Karo spürte eine unangenehme Wärme, die sich vom Bauch her ausbreitete und sorgte sich, dass in Kürze ihre Wangen rot anlaufen würden.
Ginko verfolgte die Reaktion mit Interesse. „Ich möchte nicht näher auf das Gespräch eingehen, zumal es nicht lang gedauert hat. Ich habe allerdings berechtigte Zweifel, dass Sie mir bisher

die volle Wahrheit über Ihre Versetzung gesagt haben.“ Sein ernster Blick war als Frage zu verstehen.
„Soll ich meine Koffer packen?“, fragte Karo kleinlaut.
„So weit wird es hoffentlich nicht kommen. Ich möchte primär einmal wissen, woran ich bei Ihnen bin.“
„Haben Sie schon mit Renate gesprochen?“
„Nein. Ich dachte mir, ich frage Sie zuerst nach Ihrer Version der Geschichte. Wenn sie mir nicht zusagt, kann ich Ihre Chefin in Kiel immer noch anrufen.“
„Danke für diese Möglichkeit.“ Karo lächelte freundlich, aber in Wirklichkeit fühlte sie sich wie die heiße Kartoffel, die einer dem anderen zuschob. „Vor Wien hat Renate in der Schweiz angerufen und gefragt, ob man dort einen Platz für mich hat.“
„Wir sind also nur die zweite Wahl?“, fragte Ginko mit überzeichneter Entrüstung.
„Die dritte.“ Karo blickte zu Boden. „Die Holländer wollten mich auch nicht...“
Der Professor hüstelte. „Reden Sie nur weiter!“
„Ich hatte bereits Anfang Mai eine Vorahnung, was die Probleme betraf, und habe mich auf Verdacht in Amsterdam beworben. Ist leider nichts daraus geworden. Die Schweiz war dann Renates Idee, aber den dortigen Behörden ging mein Versetzungswunsch viel zu schnell. Die Genehmigungen hätten wochenlang gedauert, und ich musste Kiel möglichst rasch verlassen. In letzter Minute ist Renate dann Wien eingefallen.“ Sie blickte zerknirscht in Ginkos verständnisvolle Augen. Ihre Wortwahl bestärkte seine Befürchtung.
„Hat man Sie bedroht?“
Sie zögerte.
„Dr. Bogner?“
Karo zuckte sichtlich betroffen mit den Schultern. „Wenn Sie ein zerkratztes Auto, zweideutige SMS und aus dem Postkasten verschwundene Briefe als Bedrohung verstehen, dann schon.“

***

Ein kleines Nest in Mexiko, abends:
Miguel gähnte, als er mit seinem Wagen zur Rückseite eines großen Gebäudes in Gleisnähe fuhr. Im Lichtkegel der Scheinwerfer, die auf die mit schimmelgrünen Schindeln verkleidete Hallenwand trafen, sank der von den Reifen aufgewirbelte Staub langsam zu Boden.
Der rechte Scheinwerfer zielte ein ganzes Stück höher, was dem Fels zu verdanken war, den Miguel kurz nach Verlassen seines Grundstücks mit dem Kotflügel erwischt hatte. Abgesehen von ein paar zusätzlichen Kratzern im Blech war allerdings nicht viel passiert. Viel schlimmer hätte es kommen können, wenn Miguel wegen des Kaninchens verrissen hätte, das vor ihm über die Straße gelaufen war. Doch in seinem Rausch hatte er die Kollision nur als weiteres Schlagloch wahrgenommen.
Miguel stellte den Motor ab, öffnete das riesige Handschuhfach und holte einen Jutebeutel heraus. Er überlegte noch kurz, entschied sich dann aber dafür, dass es klüger war, die Pistole hierzulassen. So wie es derzeit im Auto stank, würde sie dort bestimmt keiner suchen wollen.
Miguel hatte die Prostituierte vom Nachmittag unterwegs aus dem Wagen geschmissen, nachdem sie sich zweimal auf den Sitz erbrochen hatte. Verglichen mit ihr hatte er die Mischung aus Drogen und Alkohol deutlich besser weggesteckt, wenngleich auch er beim Aussteigen Schlagseite hatte. Mit dem Absatz seines Stiefels trat er die Wagentür zu und ging in Richtung Gleise. In seiner Hand baumelte der Jutebeutel.
Im Umkreis von mehreren hundert Metern gab es kein bewohntes Haus und keine Beleuchtung. Sterne und Mond

machten es aber leicht, den beiden Schienensträngen zu folgen, zwischen denen kniehoch Steppengrasbüschel sprießten.

Miguel hatte die Erfahrung gemacht, dass es besser war, bei seinen nächtlichen Treffen ohne Wagen zu erscheinen, da Scheinwerfer die Leute nur nervös machten. Automatische Waffen und Nervosität waren eine denkbar schlechte Kombination.

Miguel lief zwischen den Schienen entlang und ließ es sich nicht nehmen, den einen oder anderen Stein aus dem Gleisbett zu treten. Die meisten endeten irgendwo in der Pampa, doch einer traf lautstark die Schienen. „Shit!“, brabbelte Miguel und zwang sich, nicht über seine eigene Dummheit zu lachen. Obwohl er wusste, dass ein klarer Kopf die beste Lebensversicherung war, zog er es vor, an Abenden wie diesem seine Sinne zu benebeln, denn mit der Klarheit verblasste auch die Angst, und davon hatte er reichlich.

Rund hundert Meter vor ihm tauchten die Umrisse eines Wartehäuschens auf, das mit seinen schlichten Bretterwänden und dem flachgedrückten Dachgiebel an die Filmkulisse eines Westernklassikers erinnerte. Laut Fahrplan hielt nur alle zwei Wochen ein Zug in der Kleinstadt *Poquito*, deren Name frei übersetzt *so gut wie gar nichts* bedeutete.

In dieser Nacht waren allerdings mehrere Männer damit beschäftigt, hunderte Säcke von einem LKW mit offener Ladefläche auf einen abgestellten Waggon zu verladen. Einer von ihnen, er war als Wache abgestellt, hatte Miguel längst bemerkt und verfolgte dessen Schritte mit dem Lauf seines Maschinengewehrs. „Wir bekommen Besuch“, gab er sein Wissen an die anderen weiter, die daraufhin kurz von ihrer Arbeit aufschauten.

Miguel ging zielstrebig auf die Männer zu, versäumte es aber nicht, seine zur Seite gestreckten Hände in Schulterhöhe zu halten. Seine Geschäftspartner sollten wissen, dass sie von ihm

nichts zu befürchten hatten. Der Jutebeutel in seiner Rechten baumelte gut sichtbar bei jedem Schritt.
Als Miguel das auf sich gerichtete Maschinengewehr bemerkte, hob er seine Arme noch ein Stück weiter und verlangsamte seine Bewegung. „Miguel hier, ich komme allein", gab er sich zu erkennen.
„Das will ich dir auch geraten haben", tönte es hinter dem Gewehrlauf hervor.
Miguel kannte den Soldaten in der dunklen Militäruniform schon von früheren Treffen, hatte aber nie mehr als ein paar Worte mit ihm gewechselt. „Ich bringe euch hier..."
„Bleib stehen!"
„Ich stehe", erwiderte Miguel.
„Jetzt leg den Beutel hin! Aber ganz vorsichtig."
„Ich glaube nicht, dass dein Boss will, dass ich seine Ware auf den Boden..."
„Hinlegen!"
Miguel gehorchte.
„Und jetzt kommst du her und lässt dich von unserer Schwuchtel begrapschen." Er deutete mit dem Gewehrlauf auf einen weiteren Soldaten, der das Umladen in den Waggon zu überwachen schien. „Maricón!", rief er seinem Kollegen über die Schulter zu. „Da ist Kundschaft für dich."
„Komme!" Maricón verließ seinen Posten und ging hinüber zu Miguel. Seine Militärkappe hatte er so tief ins Gesicht gezogen, dass es auch aus nächster Nähe nicht zu erkennen war. „Beine breit!"
Miguel ging in die Grätsche und ließ das Procedere geduldig über sich ergehen. Maricón musste entweder unglaublich gründlich oder tatsächlich schwul sein. Miguel nahm an, dass Letzteres zutraf.

„Das reicht!“, unterbrach der erste Soldat. „Den Rest könnt ihr später auf dem Hotelzimmer besprechen. Kontrollier den Beutel und dann bring ihn her.“
Maricón befolgte den Befehl und wenig später hielt der erste Soldat den Jutebeutel in Händen. Mit einer Geste gab er Miguel zu verstehen, dass er ihm zu seinem Boss folgen sollte. Sie umrundeten den Eisenbahnwaggon und gingen auf zwei Männer zu, die lässig an der Tür des Lastwagens lehnten und sich angeregt unterhielten. In einem von ihnen erkannte Miguel den Anführer der Gruppe wieder.
„Wird auch Zeit!“, begrüßte der Boss den Besucher und schickte im selben Atemzug seinen Gesprächspartner zurück an die Arbeit.
„Das hier hatte er bei sich.“ Miguels Bewacher hielt den Jutebeutel in der ausgestreckten Hand.
Der Boss, ein Mexikaner mit asiatischem Einschlag, nahm den Beutel an sich und warf einen Blick hinein. „Sieht gut aus. Lass uns allein!“, schickte er Miguels Bewacher zurück auf seinen Posten.
Als die beiden allein waren, begann Miguel sein Verkaufsgespräch. „Ich hoffe, ich kann Sie diesmal von unserem Interesse an einer Geschäftsbeziehung überzeugen.“
„Das ist zumindest schon mal ein sehenswerter Anfang.“ Er klopfte auf den Beutel. „Nennen Sie mich Li!“
„Soll mir recht sein, Li.“ Miguel steckte die Hände in die Hosentaschen und versuchte, so locker wie möglich zu wirken, um die Verhandlungen nicht aus der Defensive führen zu müssen. „Wie ich Ihnen bei unserem letzten Treffen schon gesagt habe, sind mein Partner und ich an einem Einstieg ins Geschäft interessiert.“
„Das letzte Treffen war Bullshit!“, sagte Li. „Sie haben sich vor Angst fast in die Hose geschissen und der Mist, den Sie mir

mitgebracht haben, hätte es gerechtfertigt, Sie auf der Stelle abzuknallen."
Miguel schluckte und zwang sich zu einem Lächeln, das aber mehr dümmlich als unterhalten wirkte.
Li hatte die Fahne seines Gegenübers längst gerochen und wusste, dass er mit seiner Einschüchterungstaktik leichtes Spiel haben würde. Miguel war in seinen Augen ein armseliger Kleinkrimineller, dem der Zufall die Option auf ein einmaliges Geschäft in die Hände gespielt hatte. Er brauchte Abnehmer für seine Ware und er brauchte sie schnell, wodurch er vermutlich jeden Preis akzeptieren würde, den Li ihm bot.
Die Gelegenheit, einen Blindgänger wie Miguel über den Tisch zu ziehen, war verlockend, doch Li war jemand, der auf sein Bauchgefühl zu hören pflegte. Und dieses Bauchgefühl sagte ihm, dass es besser für ihn war, den Mann im Hintergrund kennenzulernen. Jenen Partner von Miguel, der das Hirn der Aktion war und der möglicherweise tatsächlich einen Weg gefunden hatte, den Markt von Grund auf zu revolutionieren.
„Ich möchte Ihren Partner wirklich gern kennenlernen", sagte Li. „Denken Sie, dass das möglich sein wird?"
„Das kommt drauf an, wie viel Geduld Sie dafür aufbringen können. Wir beide wissen, dass ich für Sie nur ein unbedeutender, kleiner Fisch bin, Li, aber dummerweise verhält es sich mit meinem Partner und Ihnen genauso. Er ist einer der wirklich großen Fische im Teich und auch wenn es Ihnen nicht gefällt, hat er mich geschickt, um mit Ihnen zu verhandeln." Miguel konnte nur beten, dass seine Worte ins Schwarze getroffen hatten.
Das Zucken in Lis Gesicht war zunächst die einzige Reaktion auf die offene Provokation. „Ich könnte Sie auch in Streifen schneiden und abwarten, wie lange es dauert, bis Ihr Partner mir einen neuen Unterhändler schickt."

„Ich glaube nicht, dass er die Botschaft so verstehen würde, wie Sie es sich erhoffen. Sehen wir die Dinge doch realistisch. Für ihn sind Sie genauso ersetzbar wie ich für Sie. Wenn er das Gefühl hat, dass Sie ihm Ärger machen wollen, sucht er sich einfach einen anderen Abnehmer“, hörte Miguel sich sagen. Sein betäubter Kopf führte dazu, dass er sich mit seiner Courage selbst überraschte.
Li zuckte mit den Schultern. „Mag sein, aber ich hätte bei einem solchen Versuch deutlich weniger zu verlieren als Sie, meinen Sie nicht?“
„Was ist schon mein Leben gegen die Millionen, die Sie aufs Spiel setzen? Außerdem können Sie mich nur einmal töten, die Millionen verlieren Sie aber Monat für Monat.“
Li begann zu lächeln. „Ich weiß nicht, was Sie sich alles reingeschüttet haben, um die Sache so locker zu sehen, aber wissen Sie was...? Ihr Gottvertrauen überzeugt mich! Ich werde Ihnen Gelegenheit geben, mich von Ihrem Talent als Zwischenhändler zu überzeugen. Aber im Gegenzug erwarte ich von Ihnen, dass Sie mir Ihren Partner innerhalb der nächsten zwei Monate vorstellen.“ Er streckte die Hand aus, und Miguel schlug ohne zu zögern ein.

***

Botanischer Garten Wien, nächster Vormittag:
Es war drückend schwül, und jeder in der Stadt sehnte sich nach Regen, der die Hitzewelle endlich beenden sollte. Im Westen hatten sich zwar ein paar kleine Wolken gruppiert, doch es bestand kaum Hoffnung, dass sie der Sonne lang genug trotzen würden, um Gewittergröße zu erreichen.
Karo und Dmitrij hatten sich zwei Eisbecher gekauft und waren auf dem Rückweg in den Botanischen Garten, wo sie den Rest des Vormittags verbringen wollten.

„Du siehst müde aus“, bemerkte Dmitrij.
„Gut möglich.“ Karo zog die Sonnenbrille aus ihrem Haar und schüttelte das helle Blond auf, wodurch die pinkfarbene Strähne hervortrat. Sie setzte die dunkle Brille auf und grinste Dmitrij ins Gesicht. „Jetzt besser?“
Er nickte. „Hast du gestern so lang arbeiten müssen, oder warst du mit Prof. Ginko auf einer Party?“
„Wie kommst du denn auf so was?“, fragte sie erstaunt.
Dmitrijs Zunge schleckte andächtig über einen Tropfen Heidelbeereis, der sich zu weit über den Becherrand gewagt hatte. „Weil er auch so dunkle Augenringe hat wie du.“
„Wirklich...? Lass das bloß seine Frau nicht hören!“ Karo lächelte müde und klopfte Dmitrij auf die Schulter. „Du bist nicht nur ein hervorragender Ingenieur für Rübenraketen sondern auch ein sehr guter Beobachter.“
„Danke“, schmatzte er zwischen Vanille und Zitrone. „Hast du ihm von den SMS erzählt, die dich so beunruhigen?“
Sie stoppte mitten im Schritt. „Woher...?“ Ihre aufbrausende Stimme verebbte augenblicklich und wurde von einem Gesichtsausdruck abgelöst, wie Dmitrij ihn von seiner Lehrerin kannte. „Wie kommst du überhaupt auf diese Idee?“
Der kleine Russe lächelte entwaffnend. „Warum glauben Erwachsene eigentlich immer, dass wir Kinder nichts mitbekommen?“
Karo erwiderte nichts, sondern setzte ihren Weg fort und dachte über eine Antwort nach.
Dmitrij bummelte gutgelaunt hinterher. *Du bist ein hervorragender Ingenieur für Rübenraketen, hat sie gesagt... Und! ...du bist ein guter Beobachter.* Seine Mimik gab den entgegenkommenden Besuchern des Gartens zu verstehen, wie schön das Leben trotz der Hitze sein konnte.
Vor einer Bank im Schatten einer riesigen Eiche brach Karo ihr Schweigen: „Was hältst du von der?“

„Kein Pollenalarm?“
Karo schnüffelte spaßeshalber und schüttelte den Kopf.
„Dann ist sie prima.“ Dmitrij setzte sich und blickte seine Begleiterin so erwartungsvoll an, dass es nahezu unmöglich war, ihn zu ignorieren.
„Das Gespräch zwischen Prof. Ginko und mir war vertraulich“, stellte Karo klar.
„Das geht in Ordnung. Er hat gesagt, ich gehöre zur Familie, weil ich bei ihnen wohne.“
Karos Mundwinkel hoben sich unweigerlich. „Für jemanden mit so einem Unschuldsblick hast du es faustdick hinter den Ohren, weißt du das?“
Dmitrij knabberte den Rand seines essbaren Bechers ab.
„Wir haben uns über Gentechnik unterhalten.“
„Und über die SMS?“
„Ja, auch über die SMS.“
„Achtung, Erdbeere.“ Er zeigte mit dem Finger auf Karos vernachlässigten Becher.
Sie schleckte ihr tropfendes Eis ab. „Das war Himbeere. Aber trotzdem danke. Du möchtest also wissen, was es mit den SMS auf sich hat, die mich beschäftigen?“
„Klar, wozu sind Freunde schließlich da?“
Karo lehnte sich zurück und blickte die lange Reihe von Parkbänken entlang, als würde sie dort ihren Text suchen. „Um dir das einigermaßen verständlich zu erklären, muss ich aber etwas weiter ausholen.“
„Alles gar kein Problem. Ich fliege erst in ein paar Wochen wieder zurück nach Russland.“
„So weit nun auch wieder nicht“, bemerkte sie amüsiert. „Ich hab dir ja schon erzählt, dass ich an Projekten zur Erforschung der Koevolution gearbeitet habe.“
„Der Mais, der mit den Wespen telefoniert.“ Dmitrij ließ den letzten Rest des Bechers in seinem Mund verschwinden.

„Zum Beispiel“, bestätigte sie und leitete über zum schwierigeren Teil der Aufgabe: „Mein zweites Hobby ist die Reaktivierung unterdrückter Gene. Allerdings ist das nicht ganz so einfach zu erklären.“
„Hat es etwas mit den SMS zu tun?“
Sie seufzte. „Ja, ich fürchte, dieser Zusammenhang lässt sich nicht länger leugnen.“
„Wenn das so ist, dann höre ich mir gern auch die komplizierte Version an.“ Dmitrij wischte seine Hände in der Hose ab und spitzte die Ohren.
„Na, schön. Wir haben lange geglaubt, dass der Großteil der menschlichen DNA keine Funktion hat. Nur von etwa fünf Prozent der DNA war uns die Wirkungsweise klar. Viele Forscher haben deshalb vermutet, dass die restlichen 95 Prozent Abfall sind, den die Evolution vergessen hat. Einige haben allerdings behauptet, dass das Leben sich damit eine Hintertür zur Vergangenheit offengelassen hat. Es gab aber deutlich mehr Stimmen, die...“
„Bitte nicht so schnell“, unterbrach Dmitrij. „Welche Hintertür?“
„Du hast Recht, ich fang vielleicht anders an. Du weißt, dass wir uns im Lauf von Milliarden Jahren aus einfachen Lebewesen entwickelt haben. Dabei sind uns viele Eigenschaften verlorengegangen, die unsere Vorfahren noch hatten. Wir haben stattdessen neue entwickelt, um uns an die veränderte Umwelt anzupassen. Das alles war notwendig, weil wir heute nicht mehr im Wasser leben oder auf allen vieren kriechen. Wir brauchen auch keine dichte Körperbehaarung und keine Krallen mehr, weil sich unser Leben verändert hat. So weit klar?“
Dmitrij nickte zufrieden.
„Gut. Zurück zur DNA. Einige Forscher waren der Meinung, dass die Evolution nicht so verschwenderisch sein kann, ihre

bisherigen Erfindungen einfach wegzuwerfen. Sie waren überzeugt, dass die entsprechenden Gene nur vorübergehend stillgelegt wurden. Denn selbst wenn wir heute keine Kiemen mehr brauchen, heißt das nicht, dass es gut wäre zu vergessen, wie sie funktionieren. Irgendwann haben unsere Ur-Vorfahren überlebt, weil sie Kiemen entwickelt haben. Und wer weiß, vielleicht brauchen unsere Nachkommen sie in ein paar Millionen Jahren wieder, weil der Wasserspiegel steigt und alles Land überflutet wird. Die Forscher haben deshalb vermutet, dass sich solche stillgelegten Gene in den anderen 95 Prozent unserer DNA verstecken und darauf warten, eines Tages wieder gebraucht zu werden. Das meinte ich mit einer Hintertür zur Vergangenheit." Sie machte eine weitere Pause und blickte fragend zu Dmitrij.

„Verstanden."

„Ein paar Leute haben sich daraufhin gefragt, ob es möglich wäre, solche stillgelegten oder unterdrückten Gene wieder zu aktivieren. Falls ja, müssten sich die damit verbundenen Eigenschaften auch wieder zurückholen lassen."

„Das geht?", rief Dmitrij erstaunt.

„So einfach, wie es sich gerade anhört, ist es nicht, aber in mehreren Laborversuchen ist es bereits gelungen, Pflanzen und Tiere zu sogenannten Urzeitformen zurückzuzüchten."

„Dinosaurier?"

„Nicht ganz so weit." Karo konnte sich ihr Schmunzeln nicht verkneifen. „Außerdem bekämen wir Probleme mit dem Tierschutz, wenn wir riesige Dinosaurier in kleine Laborkäfige sperren. Ich habe aber zurückgezüchtete Maispflanzen mit acht oder mehr Kolben gesehen, wie sie vielleicht schon die alten Inkas angebaut haben. Das Problem dabei ist allerdings, dass es sehr schwer ist, diese Rückentwicklung gezielt zu steuern. Man hat schon sehr früh mit elektrischen Feldern experimentiert, denen nachgesagt wird, dass sie eingeschlafene

Erbinformationen wieder aufwecken können. Heute geht das mit den Mitteln der modernen Gentechnik um einiges einfacher und schneller, aber trotzdem sind die Ergebnisse mehr Zufall als Absicht. Es lässt sich nur schwer vorhersagen, was man am Ende bekommt, wenn man mit der DNA eines Lebewesens experimentiert."

„Ist das gefährlich?", fragte Dmitrij mit großen Augen.

„Ungefährlich ist es nicht. Teile der Erbinformation sind nämlich im Laufe der Jahrmillionen durch Viren in die DNA eingeschleust worden. Die Evolution hat diese DNA-Abschnitte aus gutem Grund stillgelegt. Von einigen weiß man mittlerweile, dass sie an der Entstehung von Krebs beteiligt sind, sobald sie reaktiviert werden. Es ist also keine gute Idee, sie aufzuwecken. Andere Abschnitte sind auf den ersten Blick weit weniger gefährlich und sorgen für interessante Ergebnisse, wie zum Beispiel beim Mais."

„Der alte Mais ist auch gefährlich?"

„Der Mais selbst vielleicht nicht, aber bei Tieren konnte man feststellen, dass die Urformen um einiges kräftiger und aggressiver sind als die Zuchtformen, die wir heute kennen. Es macht eben einen Unterschied, ob eine Forellenart mit ihren Zähnen aktiv Beute jagen musste, oder ob sie in einem Zuchtbecken mit Dosenfutter aufwächst... Wie auch immer. Jedenfalls gibt es große Firmen, die mit Gentechnik viel Geld verdienen und es nicht so gern hören, wenn sich jemand laut Sorgen um die Sicherheit ihrer Produkte macht."

„So wie du?"

„So wie ich", bestätigte Karo. „Aber gut, wer will schon lesen, dass das eigene Produkt gefährlich ist? In den letzten Monaten bin ich bei meiner Arbeit auf einige Entwicklungen gestoßen, die ich für sehr problematisch halte. Also habe ich meine Bedenken geäußert, und dabei bin ich offenbar den falschen Leuten auf die Füße getreten. Diese Leute möchten mich jetzt

mit ihren SMS davon überzeugen, dass es besser für mich ist, meinen Mund zu halten."
„Hast du etwas Geheimes herausgefunden?"
„So geheim, dass ich es nicht einmal dir erzählen darf." Sie zwinkerte ihm zu.

***

Auf der Veranda von Miguels Haus, Nachmittag:
Die rostigen Federn der Hollywoodschaukel quietschten im Takt von Miguels Hüftbewegungen. Die Prostituierte auf seinem Schoß war zwar nicht ganz so jung wie die letzte, verstand aber deutlich mehr von ihrem Job.
Miguel genoss es, sich seit Wochen jede Frau in der Stadt kaufen zu können und das, obwohl er gerade einmal die Hälfte von dem Vorschuss aufgebraucht hatte, den sein amerikanischer Partner ihm dagelassen hatte.
„Wenn du deine Sache gut machst, stell ich dich vielleicht sogar fix auf meiner Hazienda an." Miguel warf amüsiert den Kopf in den Nacken.
„Eine Bessere als mich wirst du in ganz Poquito nicht finden, das sag ich dir."
„Ich bin dabei, das zu überprüfen", lachte Miguel.
Sein Lachen verstummte, als gleich darauf die Hunde im Zwinger zu bellen begannen.
Die Prostituierte wollte mit ihrer Arbeit fortfahren, doch Miguel bremste sie jäh ab. „Still!"
„Was ist?"
Er drückte ihr die Hand auf den Mund. „Die Hunde", zischte er in ihr Ohr. „Sie mögen es überhaupt nicht, wenn ich Besuch bekomme."
In der Ferne war das Brummen eines Motors zu hören.

Miguel nahm die Hand wieder von ihrem Mund und klopfte ihr auf den nackten Oberschenkel. „Los, runter mit dir!“
Seine Gespielin kam der Aufforderung nur zögerlich nach, worauf er sie höchst unsanft von sich stieß. „Du sollst verschwinden!“ Miguel sprang auf und zog seine bis in die Kniekehlen heruntergelassene Hose wieder hoch. „Wer zum Teufel fährt diese steile Straße rauf, nur um sich oben eine Kugel einzufangen?“, fluchte er vor sich hin und nahm seine Pistole, die zwischen zwei Gläsern und einer Flasche Tequila auf dem Tisch lag.
Die Prostituierte ließ ihren knöchellangen Faltenrock wie einen Vorhang fallen und beendete die Privatvorstellung im Parkett. Ihre Bluse lag ein paar Meter entfernt auf dem Boden, gleich neben Miguels T-Shirt. Sie hob beides auf und wollte das T-Shirt weitergeben, doch Miguel schlug ihre Hand beiseite.
„Nicht jetzt!“ Für den Moment reichte es ihm, den Gürtel festzuziehen. Mit nacktem Oberkörper und Waffe in der Hand verließ er die Veranda.
„Miguel?“, rief sie ihm hinterher.
„Halt endlich deine Schnauze!“ Sein Fauchen ging in dem Hundegebell fast unter.
Im nächsten Moment bog ein schwarzer Jeep mit getönten Scheiben um die Ecke und jagte über die Schotterpiste auf das Haus zu.
Miguel zögerte keine Sekunde und rannte zum Hundezwinger, um für Ablenkung zu sorgen. Kaum hatte er den Bügel geöffnet, drückten die tobenden Köter das Gittertor auf und stürmten auf den Jeep zu.
Die Prostituierte stand noch immer auf der Veranda und verfolgte das Geschehen aus der Ferne. Natürlich kannte sie die Geschichten von mutigen Hunden, die sich sogar mit Jaguaren anlegten, doch die Art und Weise, wie diese drei Straßenköter sich dem schweren Geländewagen entgegenwarfen, hatte mit

Mut nichts mehr zu tun. Sie legten es auf volle Konfrontation mit dem stählernen Koloss an und ließen dem Fahrer keine Wahl, wollte er nicht direkt in die johlende Meute krachen.
Miguel konnte sich auf seine Hunde voll verlassen. Sie würden lieber sterben als zurückweichen, und das gab ihm Gelegenheit, nach weiteren Fahrzeugen Ausschau zu halten. Er wusste, dass Polizei, Drogenfahndung, Armee oder wer immer sich sonst noch an seinen Geschäften störte, niemals mit nur einem Wagen auftauchen würde. Im günstigsten Fall waren es drei oder vier Fahrzeuge, die hergekommen waren, um ihn durch die mexikanische Bergwelt zu hetzen. Im schlimmsten Fall hatten sie auch noch einen Helikopter mitgebracht, doch von dem war bisher nichts zu sehen.
Zwei der Hunde brachten sich wie lebende Säulen vor dem Wagen in Stellung und zwangen den Fahrer zu bremsen, während der dritte Hund die Gelegenheit nutzte, seine gelben Zähne im Gummi des rechten Vorderrads zu versenken. Sofort wechselten auch die anderen beiden die Strategie und versuchten, möglichst große Stücke aus den Reifen zu fetzen.
Die Seitenscheibe des Jeeps fuhr ein Stück weit hinunter und eine sonore Stimme brüllte in Richtung Haus: „Miguel! Sag deinen dämlichen Kötern, dass sie meinen Wagen in Ruhe lassen sollen!"
Miguel stutzte. Er kannte die Stimme. Sie gehörte seinem amerikanischen Partner.
„Miguel! Ich knall die Viecher ab, wenn sie nicht sofort aufhören, meine Reifen zu fressen!"
„Schon gut!", brüllte Miguel und lief zu seinen Hunden. „Hört auf damit. AUS!"
Zwei gehorchten sofort, der dritte hatte sich schon so fest in der Reifenkarkasse verbissen, dass er seine Zähne zunächst gar nicht mehr herausbekam.
„Er soll endlich damit aufhören!"

„Ja, ist ja gut", beschwichtigte Miguel. „Ich kümmere mich doch schon darum." Mit allem gebotenen Respekt näherte er sich dem festgebissenen Hund, um sich einen Überblick zu verschaffen. Es sollte über eine Minute dauern, bis die Mischung aus Draht und Gummi die Hundezähne wieder freigab. Der Fahrer des Jeeps blieb während dieser Zeit im Wagen sitzen und hielt die Tür fest verschlossen.
„Das war's!" Miguel gab dem geretteten Tier einen aufmunternden Klaps und befahl den drei Hunden, in ihren Zwinger zurückzukehren.
„Du kannst rauskommen!"
Der Fahrer kam der Aufforderung nach und schlug wütend die Wagentür zu. „Verdammte Sauerei! Sieh dir an, was deine Viecher mit meinem Wagen gemacht haben!" Er kniete sich neben den Vorderreifen, aus dem die Luft entwichen war und schüttelte fassungslos den Kopf.
Miguel grinste und zuckte mit den Schultern. „Was hast du erwartet, wenn du dich mit meinen Schoßhündchen anlegst? Du bist hier in Mexiko! Da meldet man sich an, bevor man auf einer Party antanzt. Sei froh, dass ich dir kein Loch in deinen Gringoschädel gepustet habe... Warum hast du mich nicht angerufen? Ich hätte dich vom Flughafen abgeholt, wenn ich gewusst hätte, dass du kommst."
„Wie wäre es, wenn du mal deinen Anrufbeantworter abhören würdest? Da müssen mindestens zehn Nachrichten von mir drauf sein."
„Der geht noch?", fragte Miguel erstaunt. „Ich dachte, das Ding hat längst den Geist aufgegeben, darum hör ich ihn gar nicht mehr ab." Er drehte sich um und forderte seinen Besuch auf, ihm zum Haus zu folgen. „Jetzt trinken wir beide erst Mal einen anständigen Tequila und dabei stell ich dir meine Freundin vor. Wenn sie dir gefällt, bedien dich einfach, ich hab sie für den ganzen Tag im Voraus bezahlt."

„Danke, verzichte! Ich hab den weiten Weg bestimmt nicht gemacht, um mir irgendwelche Krankheiten einzufangen."
Miguel lachte. „Sag nichts Schlechtes über meine Kleine, bevor du sie gesehen hast."
„Du hast Recht. Ich werde gar nichts mehr über sie sagen. Ich bin hier, um mit dir über das Geschäft zu reden. Also drück deiner Lolita einen Zwanziger für den Bus in die Hand und schick sie nach Hause, wir haben eine Menge zu besprechen - allein!"
„Woher weißt du, dass sie Lolita heißt?" Miguel blickte lachend über seine Schulter und stieg die vier Stufen zur Veranda hoch. „Lolita-Schätzchen, ich hab gute und schlechte Nachrichten mitgebracht. Die gute ist, dass du viel Zeit hast, dich von meiner Liebe zu erholen. Die schlechte ist, dass du sie im Bus verbringen wirst."
„Das ist ein Scherz?", erwiderte sie und rückte ihre Oberweite zurecht. „Ich nehm's auch mit euch beiden auf."
„Das glaub ich dir sofort", sagte Miguel erheitert, aber mein Freund aus der Stadt wäre mit einer Wildkatze wie dir heillos überfordert." Er kramte einen zusammengefalteten Geldschein aus der Tasche und zwinkerte ihr zu. „Für den Bus!"
Sie rümpfte die Nase und fauchte ihm ins Gesicht, als sie die zwanzig Dollar im Vorbeigehen einstrich. „Sehen wir uns wieder?", fragte sie beim Verlassen der Veranda, ohne noch einmal zurückzublicken.
„Aber natürlich!", rief Miguel. „Was ich angefangen habe, bring ich auch zu Ende."
Sie küsste ihre Hand und rieb sich damit den Hintern, bevor sie sich endgültig aus dem Staub machte.
„Reizend", bemerkte Miguels Besucher und lockerte den Knoten seiner Krawatte. In seinem teuren Maßanzug wirkte er zwischen all den Steinen und Kakteen noch deplazierter, als er sich ohnehin schon fühlte. „Ich hoffe, deine Klimaanlage ist in

einem besseren Zustand als der Rest von deinem Gartenhäuschen."
Miguel lachte lauthals los und wischte mit dem rechten Unterarm über den Tisch, während er mit der Linken die zwei Gläser ausleerte und wie frisch gespült zurück auf den Tisch stellte. „Glaubst du im Ernst, ich würde mich mit ihr hier draußen abrackern, wenn es im Haus kühler wäre?" Er goss reichlich Tequila in die beiden Gläser und reichte eines davon weiter. „Ich hoffe, du hast gute Neuigkeiten, was unser Geschäft betrifft!"
„Es hätte besser laufen können, aber ich darf nicht unzufrieden sein. Ich hatte gehofft, die Sache noch ein paar Wochen rauszögern zu können, aber die Rinder haben plötzlich angefangen, verrückt zu spielen."
Miguel verzog das Gesicht. „Was ist passiert?"
„Es ist nicht so übel, wie es sich anhört, aber ich musste den Versuch vorzeitig abbrechen, um das Zeug unbemerkt von der Insel schaffen zu können."
„Wo ist es?"
„Hinten im Wagen. Ich hab so viel mitgenommen, wie ich tragen konnte. Der Rest ist in Flammen aufgegangen."
„Wie viel musstest du zurücklassen?"
„Zweiundfünfzig Säcke."
„Zweiundfünfzig Säcke?", stieß Miguel entsetzt hervor. „Verdammt, weißt du, wie viel Geld wir damit..."
„Ganz ruhig! Es hat ein furchtbares Unwetter gegeben und ich bin froh, dass ich es überhaupt geschafft habe. Anfangs habe ich genauso reagiert wie du jetzt, aber in Wirklichkeit hätte uns gar nichts Besseres passieren können. Der Sturm hat die Insel völlig verwüstet und alle Beweise gleich mit. Offiziell ist das Projekt damit beendet und nach ein paar Trauerminuten des Finanzvorstands gehen wieder alle zur Tagesordnung über. So läuft das immer in solchen Fällen. In zwei Wochen kräht kein

Hahn mehr danach, ob wirklich alle Säcke auf der Insel vernichtet wurden oder nicht."
Miguel schüttete den Tequila hinunter und atmete durch die zusammengebissenen Zähne lautstark ein. Langsam kehrte das Lächeln in sein Gesicht zurück. „Weniger Säcke, dafür aber weniger Risiko?"
„Null Risiko! Da keiner weiß, dass es die Säcke gibt, wird RaptorGen sie auch nicht zurückhaben wollen."

***

Spitzbergen, Norwegen, spät am Nachmittag:
Verena saß an ihrem Tisch und wischte sich den Schweiß von der Stirn. Für einen der kältesten Arbeitsplätze der Welt war es in dem kleinen Labor erschreckend heiß geworden. Verenas Puls hatte sich in der vergangenen Stunde merklich beschleunigt und sie verwünschte sich dafür, den Analysejob von Bill angenommen zu haben.
Mit einem verstohlenen Blick über die Schulter stellte sie sicher, dass niemand mit ansah, wie sie die Überreste des untersuchten Maiskorns in einem schwarzen Kunststoffbeutel verstaute. *Dieser Idiot! Ich hätte wissen müssen, dass er nichts dazugelernt hat und immer noch auf der Suche nach Ärger ist.* Der Beutel verschwand in einer Seitentasche ihres Anoraks. Verena würde ihn später, beim Spaziergang im Fjord in Flammen aufgehen lassen.
Obwohl sie hoffte, dass Bill sich nicht mehr melden würde, gab sie sich keinen Illusionen hin, dass das Telefon in den nächsten Sekunden nicht klingeln würde. Bedauerlicherweise war Bill in diesen Dingen ebenso verlässlich wie hartnäckig.
Verena starrte auf das Display des Festnetzanschlusses und hielt die Hand in Position. Als sie die Nummer aufleuchten sah, riss sie den Hörer hoch, bevor das Läuten zu hören war. „Bill!"

„Ja, ich..."
„Still! Ich melde mich in zehn Minuten über mein Handy bei dir."
Bill wollte noch etwas erwidern, doch die Leitung war bereits tot. Er blickte verständnislos auf sein Telefon. *Was war das jetzt?* Die nächste Viertelstunde sollte ihm ausreichend Gelegenheit bieten, sich mit der Frage zu beschäftigen.
„Na endlich!", stieß er erleichtert aus, als der versprochene Anruf endlich einging. „Bill hier! Was ist los bei dir?"
„Ich rede, du hörst zu!", gab Verenas verärgert klingende Stimme die Spielregeln vor. „Dieses Gespräch wird maximal zehn Minuten dauern, also stell keine sinnlosen Zwischenfragen, sondern hör dir zuerst an, was ich zu sagen habe. Wenn du meinen Fragen ausweichst, leg ich auf der Stelle auf. Kapiert?"
„Ja."
„Gut! So oder so wird das unser letztes Telefonat. Ich will nie wieder etwas von dir hören oder sehen." Sie machte eine Pause und ihr Tonfall wurde noch schärfer: „Und diesmal meine ich es genau so wie ich es sage! Noch einmal werde ich dir deinen Arsch nicht retten."
„Du willst meinen Arsch gerettet haben?" Bill brachte deutlich zum Ausdruck, wie absurd er den Gedanken fand. „Jetzt komm mir aber nicht wieder mit der alten Geschichte, dass ich..."
„Es sind deine zehn Minuten", erwiderte Verena mit betont ruhiger Stimme. Sie hatte sich ein ordentliches Stück vom Samendepot entfernt und ging in Richtung Meer.
„Schon gut. Schieß los!"
„Woher hast du das Produkt?", kam sie ohne weitere Umschweife zum Punkt.
Das Produkt? Bill nahm an, dass Verena das Maiskorn ganz bewusst nicht erwähnte und beschloss, es seinerseits nicht direkt anzusprechen. „Hab ich zufällig gefunden."

„Verarsch mich nicht!“
„Hinter einem Zaun“, ergänzte Bill rasch. „Du weißt ja, wie schlecht ich darin bin, um Zäune herumzulaufen, wenn man auch abkürzen kann.“
„Okay“, sagte sie. „Ich wollte nur sicherstellen, dass wir beide wissen, von wessen Eigentum wir sprechen.“
„Du weißt, um wen es geht?“, fragte Bill vorsichtig.
„O ja! Die Handschrift lässt sich eindeutig zuordnen, wenn man weiß, wonach man suchen muss.“
„Aber ich habe dir nicht gesagt...“
„Du hast mir eine ganze Menge verschwiegen, Bill! Aber ich will das nicht gegen dich auslegen. Einigen wir uns einfach darauf, dass du mich so weit wie möglich aus der Sache raushalten wolltest. Zurück zu den Fakten: Jedes dieser Dinger ist von seinem Eigentümer auf molekularer Ebene markiert und kann mittels einer Kennnummer über eine Spezialdatenbank zurückverfolgt werden.“
„Wie gut, wenn man auf diese Datenbank Zugriff hat.“
„Nicht in diesem Fall“, widersprach sie. „Das Produkt, von dem wir sprechen, ist nämlich nicht in der Datenbank und das wiederum bedeutet, dass es gar nicht existiert.“
„Unsinn, wir beide wissen, dass es existiert.“
„Genau das ist aber nicht möglich, weil die Kennnummern nur fortlaufend vergeben werden können.“
„Vielleicht hat jemand die Nummern verändert oder gar nicht registriert“, warf Bill ein.
„Wir reden hier von staatlicher Kontrolle vergleichbar mit den Seriennummern bei Banknoten: Es gibt keine doppelten und es fehlen auch keine mittendrin. Verstanden?“
Bill stimmte widerwillig zu.
„Fest steht, dass diese Kennnummer offiziell nicht existiert“, fuhr Verena fort. „Es gibt allerdings noch eine zweite Datenbank, in der zukünftige Forschungsprojekte angemeldet

werden können. Wenn man zum Beispiel heute schon weiß, dass man in zwei Jahren ein neues Produkt testen will, ist es ratsam, sich schon vorab eine Nummer zu sichern. Das spart später wertvolle Zeit."

„Wann soll es getestet werden?", platzte Bill heraus.

„Gar nicht", erwiderte Verena mit eisiger Stimme und legte den Kunststoffbeutel mit den Maiskornresten auf eine Steinkante. „Die Kennnummer kommt auch in der zweiten Datenbank nicht vor. Dieses Produkt existiert nicht, und aus heutiger Sicht wird es das auch nie!"

Bill versuchte, sich einen Reim darauf zu machen. „Was hast du sonst noch rausgefunden?"

„Nichts. Ich kann nichts untersuchen, das es nicht gibt." Sie holte ein Feuerzeug aus der Tasche und hielt es an den Rand des Beutels. „Es tut mir leid, Bill, aber du hast dich da in etwas verrannt, das es nicht gibt. Lass die Finger von der Sache, das spart dir und deiner Umwelt Ärger."

„Verena!" Bill wurde laut. „Du kannst nicht leugnen, was du gesehen hast. Ich muss wissen, was..."

„Wach auf, Bill! Du bist kein Student mehr, der im Namen der Wissenschaft alles hinterfragen soll. Das hier ist das richtige Leben - mein Leben! Und ich habe keine Lust, es für deine Spinnereien zu riskieren."

Bill fühlte sich vor den Kopf gestoßen und kämpfte gegen eine böse Vorahnung an, die in ihm hochstieg.

„Hast du noch weitere Produktproben gefunden?"

„Nein."

„Sei kein Idiot!"

Bill schluckte. Die Vorahnung hatte sich soeben bestätigt. „Ich sagte: NEIN!"

„Dann ist es ja gut."

Bill ballte die Faust und fauchte zornig: „Die finanzieren euch euren Eistresor, nicht wahr?"

„Treib es nicht auf die Spitze mit deinem Verfolgungswahn! Wir werden von vielen Ländern und Institutionen weltweit unterstützt. Auch wenn es nicht in deine Verschwörungstheorie passt, die ganze Menschheit hat Interesse daran, dass wir die Artenvielfalt für künftige Generationen erhalten.“
„Die Wohltäter der Menschheit“, spottete Bill.
„Hör auf! Ich lass nicht zu, dass du die Arbeit von mir und meinen Kollegen in den Dreck ziehst.“
„Eure Arbeit ist nicht das Problem. Eure Geldgeber sind es! Die benutzen euch nur und du verteidigst sie auch noch.“
„Das muss ich mir von dir nicht sagen lassen!“, zischte sie zornig. „Wir konservieren die Vielfalt unserer Natur.“
„Ja, und gleichzeitig sorgen eure Geldgeber dafür, dass jedes Jahr tausende Sorten von den Feldern verschwinden. Das ist so, als würde man die letzten Nashörner abschießen, um ihre DNA anschließend für die Nachwelt einfrieren zu können. Aber das ist durchaus logisch, denn wenn es eines Tages keine Nashörner mehr gibt, lässt sich mit dieser Gefriertruhe voller ausgestorbener Arten sicher viel Geld verdienen.“
„Ruf mich nicht mehr an!“
Die Leitung war tot.
„Danke“, murmelte Bill und ließ den Hörer sinken. „Danke, Verena.“ Er war sich sicher, dass sie ihr Möglichstes getan hatte, um ihm zu helfen.
Das bisher erste und einzige Mal, dass sie ihn *Idiot* geschimpft hatte, war auf der Uni gewesen und hatte beide aus einer äußerst delikaten Situation gerettet. Bill war damals so überrascht von Verenas Verbalattacke gewesen, dass er sofort instinktiv zurückgeschimpft hatte. Genau diese Reaktion hatte zu einem heftigen Schlagabtausch zwischen den beiden geführt, der letztlich den um die Ecke biegenden Rektor davon abgehalten hatte, die falschen *richtigen* Schlüsse zu ziehen.

Bill hatte die Analogie sofort wiedererkannt und so reagiert, wie er glaubte, dass Verena es von ihm erwartet hatte.
Ob er damit richtig lag, würde er vermutlich nie erfahren. Die letzten Sätze des Gesprächs gaben Verena aber zumindest die Chance, das Gesicht gegenüber ihrem Arbeitgeber zu wahren, sollte der davon Wind bekommen.
Bill drehte das Trinkglas auf seinem Schreibtisch um und füllte es mit prickelndem Mineralwasser. Nichts schien ihm besser geeignet, den fahlen Nachgeschmack des Telefonats rasch wieder loszuwerden. Das halbleere Glas in der Hand ging er zum Fenster und schenkte seinem Spiegelbild ein bescheidenes Siegerlächeln. „Bill Fowler, wenn deine Story sich in diesem Tempo weiterentwickelt, werden am Ende vielleicht sogar mehrere mächtige Männer ins Straucheln kommen."

***

RaptorGen-Tower, Houston, Texas:
„Möchten Sie in der Zwischenzeit vielleicht einen Tee?", fragte Victor Sharks Assistentin und machte sich hinter ihrem Tisch bereit, aufzustehen.
„Danke, nein. Ich hoffe doch, dass es nicht so lang dauern wird wie beim letzten Mal." Rocky zwinkerte der Assistentin zu und strich einen Fussel von seinem Anzug.
„Erwarten Sie noch einen Anruf?", fragte sie.
„Nein, aber gut, dass Sie mich daran erinnern." Rocky holte sein Mobiltelefon heraus, schaltete es ab und legte es auf den Tisch der Assistentin. „Sie können es schon haben."
Sie bedankte sich und ließ das Telefon in einer ihrer Schreibtischladen verschwinden.
Rocky strich noch eine Falte aus seinem Anzug und nahm auf der dunkelgrauen Eckcouch vor dem Besprechungszimmer Platz, wo er in einer Autozeitschrift zu blättern begann.

Es verging fast eine Viertelstunde, ehe die Tür sich öffnete und Mr. Shark Kopf und Hand herausstreckte. „Rocky? Wir wären jetzt so weit, um Ihre Ausführungen zu hören."
Rocky klappte die Zeitschrift zusammen und folgte Mr. Shark durch eine gläserne Schleuse mit mehreren Scannern, die sicherstellten, dass niemand unerwünschte Elektronik zu den Besprechungen mitbrachte.
Als Rocky den Raum betrat, war fast ein Dutzend Augenpaare auf ihn gerichtet. Die meisten der Anwesenden kannte er schon mehrere Jahre, wenngleich er sie nur selten zu Gesicht bekam. Die kollektive Begrüßung seiner Person erwiderte er mit einem freundlichen „Hallo", das an niemanden Bestimmten gerichtet war.
„Bitte nehmen Sie Platz", verlangte Victor Shark.
Rocky setzte sich genau gegenüber von Wenker an den schnörkellosen Tisch. Der Buchhalter trug, und alles andere wäre in Rockys Augen ein Wunder gewesen, denselben dunkelblauen Strickpullunder wie immer. Wenker musterte den Neuankömmling durch die Nickelbrille wie ein Lehrer seinen zu spät kommenden Prüfling.
„Hallo Wenker!" Rocky konnte den Buchhalter nicht leiden, und genau das brachte sein geheucheltes Lächeln zum Ausdruck.
„Wenker hat uns gerade über die jüngsten Entwicklungen informiert", erklärte Victor Shark.
Wenker sah Rocky völlig emotionslos an. „Bedauerlicherweise gibt es noch ein paar Ungereimtheiten beim Zwischenfall auf der Pazifikinsel, bei denen wir auf Ihre Erklärungen angewiesen sind, um den Fall abschließen zu können. Ihr Bericht war an einigen Stellen...", Wenker suchte nach dem richtigen Wort, „...lückenhaft."
„Wenn Sie das sagen." Rocky schob die Ärmel seines Anzugs hoch, als wollte er im nächsten Moment über den Tisch

springen und eine Schlägerei vom Zaun brechen. Er beließ es allerdings dabei, seine muskulösen Unterarme wie eine stumme Warnung auf die Tischplatte zu stützen. „Ich bedauere es aufrichtig, dass ich nicht die Zeit gefunden habe, alles haarklein für Sie und Ihre Unterlagen zu protokollieren, während dieser Tropensturm die halbe Insel weggerissen hat. Möglicherweise ist es Ihnen in Ihrem klimatisierten Büro entgangen, aber meine Jungs und ich haben da draußen ums nackte Überleben gekämpft."

„Sie schreiben..." Wenker schlug seine Mappe auf und fuhr mit dem Finger Zeile für Zeile ab, bis er die Stelle gefunden hatte, die er zitieren wollte: „„...war ich der Einzige, der den Sturm auf der Insel überlebt hat."

Rocky konnte sich bereits denken, worauf der Buchhalter hinauswollte.

Wenker tippte mit dem Finger mehrmals auf die vorgelesene Textstelle. „Wie können Sie so sicher sein, dass Sie der Einzige sind, der diesen Zwischenfall überlebt hat?"

Rocky beugte sich über den Tisch und erwiderte mit eiskaltem Blick: „Weil ich jeden meiner Jungs persönlich verscharrt habe."

„Was ist mit dem Boot?", fragte Wenker unbeeindruckt.

„Gesunken!"

„Und der Fahrer?"

„Kapitän", korrigierte Rocky. „Makaios Überreste habe ich am Morgen nach dem Sturm zwischen den Klippen gefunden."

„Haben Sie ihn auch... verscharrt?"

„Das hätte sich nicht mehr gelohnt." Rocky blickte in die schweigende Runde und fügte hinzu: „Die Brandung dort ist ziemlich stark, müssen Sie wissen."

„Wir bedauern den Verlust Ihrer Leute", versicherte Victor Shark. „Es ist schön, Sie gesund wiederzusehen."

Wenker stimmte mit einem halbherzigen Nicken zu. „Trotz allem sollten wir nicht vergessen, dass wir durch diesen bedauerlichen Zwischenfall ein wichtiges Projekt verloren haben, das uns neben Zeit auch eine Menge Geld kosten wird. Ich habe mir erlaubt, eine Kostenaufstellung der letzten zehn Monate auszudrucken." Er holte eine Liste hervor, die aus mehreren zusammengeklebten Blättern bestand und begann, sie publikumswirksam aufzufalten.

„Ich denke, die Summe reicht uns", kürzte Victor Shark die Inszenierung ab.

„Sehr wohl, Mr. Shark." Wenker rückte seine Brille zurecht und las den fettgedruckten Betrag in der letzten Zeile vor.

Betretenes Schweigen machte sich breit. Selbst Rocky musste sich eingestehen, dass die Summe nicht annähernd dem entsprach, was er im schlimmsten Fall befürchtet hatte.

Wenker dagegen genoss es, die Aufmerksamkeit der anderen auf sein Ass gezogen zu haben. Mit dem Verlust von Geld, das wusste er, konnte jeder Kronprinz sein Ansehen beim König verspielen. Einen Kronprinz! Genau den sah Wenker in seinem Widersacher Rocky. Es war offensichtlich, dass Victor Shark den hirnlosen Muskelmann protegierte, weil von ihm keine Gefahr für den Thron ausging.

Ein loyaler Dummkopf wie Rocky war geradezu perfekt für Shark, um die eigene Macht abzusichern. Bei einem cleveren Kerl wie Wenker konnte man sich dagegen nie sicher sein, welche Ansprüche er stellen würde, sollte sich ihm eine günstige Gelegenheit bieten.

„Wir buchen das als Totalverlust aus", vergiftete Wenker die millionenschwere Stille. „Es sei denn..."

Alle Augen richteten sich auf den Buchhalter.

„Es sei denn...?", drängte Shark.

„Es sei denn, es tauchen doch noch brauchbare Ergebnisse auf, die wir gewinnbringend weiterverwenden können." Wenker

senkte betroffen sein Haupt und tat so, als würde er seine Liste überprüfen. „Rocky, fällt Ihnen vielleicht noch etwas ein?“
Rocky gab sich alle Mühe, der Provokation zu trotzen, doch seine Wut ließ sich nur noch schwer kontrollieren. Er wusste nur zu gut, dass Wenker ihm am Verhandlungstisch haushoch überlegen war.
„Keine Idee?“, stichelte Wenker nach. „In meinen Aufzeichnungen steht, dass auf der Insel siebzig Säcke gelagert wurden, bevor es zu dem Zwischenfall kam. Siebzig Säcke, von denen uns jeder ein paar Millionen Dollar gekostet hat, wenn wir die Projektkosten darauf umlegen. Und Sie konnten wirklich keinen davon retten, damit wir die Forschung fortsetzen können?“
„Die Säcke waren alle ordnungsgemäß in der Lagerhalle untergebracht. Ganz genau so, wie es die Sicherheitsrichtlinien vorschreiben.“
„Sie meinen die Lagerhalle, in die dann unglücklicherweise der Blitz eingeschlagen hat?“ Wenker blickte kurz von seiner Liste auf und fing sich einen vernichtenden Blick von Rocky ein.
„Wir haben die Fotos der Lagerhallen gesehen“, sagte Victor Shark. „Sie sind beide abgebrannt und ihre Überreste wurden vom Wind in alle Himmelsrichtungen verteilt. Es ist also letztlich unerheblich, ob die Säcke in der Halle waren, die vom Blitz getroffen wurde oder in der Halle, auf die das Feuer übergegriffen hat.“
„Sie haben natürlich Recht, Mr. Shark“, gab Wenker sich kriecherisch. „Ich hatte gehofft, dass Rocky oder seine Leute vielleicht einen oder mehrere Säcke an einen sichereren Platz gebracht haben, bevor alles niedergebrannt ist.“
„Sicherer als die Lagerhalle?“, fragte Rocky verärgert und bäumte sich auf. „Darf ich Sie daran erinnern, dass zwei meiner Leute neben diesen kostbaren Säcken verbrannt sind. Aber nicht etwa, weil sie Ihren Schatz bis zum Schluss

verteidigen wollten, sondern weil sie eine Scheißangst vor dem Sturm hatten und nicht wussten, wo sie Zuflucht suchen sollten. Wie Sie den Unterlagen des Wetterdienstes entnehmen können, wurden seit Beginn der Aufzeichnungen erst zwei Stürme registriert, die sich mit diesem messen konnten, und beide hinterließen nur Verwüstung und Tod auf den umliegenden Inseln. Für einen Buchhalter wie Sie mag sich das nicht schlimmer anhören als die Abendnachrichten, aber wir waren mittendrin. Wir standen daneben, als die Palmen nacheinander aus der Erde gerissen wurden und wie Riesenspeere durch die Luft flogen. Nur ein paar Meter von mir entfernt hat ein umstürzender Baum eine Kuh gepfählt. Bitte entschuldigen Sie also, dass wir in diesem Moment ganz andere Sorgen hatten, als Ihre verdammten Säcke zu retten!" Er schnaubte, als er mit dem zitternden Finger auf Wenker zeigte und hinzufügte: „Sie waren nicht dabei!"

Wenker senkte stumm das Haupt und vertiefte sich wieder in seine Aufzeichnungen.

Rocky hatte zwar nicht geplant, derart emotional zu werden, doch der Ausbruch hatte seinen Standpunkt eindrucksvoll verdeutlicht. Er griff nach einem der Wassergläser auf dem Tisch, schenkte sich ein und schüttete das eiskalte Nass in einem Zug hinunter.

Wenker blätterte geräuschvoll um. „Sie geben an, dass Sie das Unwetter nur überlebt haben, weil Sie in einer Höhle Schutz gefunden haben. Ist das richtig?"

„Ja. Ich war auf der Suche nach einem vermissten Arbeiter. Er war draußen bei den Rindern, als klar wurde, dass der Sturm die Insel voll treffen würde. Ich hab noch rasch die Ausrüstung zurück zur Lagerhalle gebracht und mich auf die Suche nach ihm gemacht."

„Haben Sie ihn gefunden?"

„Er lag in der Nähe des Kraterrands, tot."

„Wie ist er...?“ Wenker ließ die Frage unvollendet

„Ich bin kein Pathologe, aber den Verletzungen nach zu urteilen würde ich sagen, dass eines der Rinder ihn zuerst auf die Hörner genommen und dann niedergetrampelt hat. Für mich war in diesem Moment klar, dass ich es nicht mehr zurück zur Lagerhalle schaffe. Deshalb hab ich in einer der Höhlen Zuflucht gesucht und dort auch die Nacht verbracht. Als ich in der Früh zurückgekommen bin, war vom Rest der Insel nicht mehr viel übrig.“

„Ich denke“, ergriff Victor Shark das Wort, „wir haben uns das lang genug angehört. Rückschläge gehören zu unserem Geschäft, aber sie geben uns auch die Möglichkeit, aus ihnen zu lernen. Genau das sollten wir tun! Es ist höchst bedauerlich, was da passiert ist, und ich kann nur hoffen, dass wir unsere Arbeit an dem Projekt schnellstmöglich an anderer Stelle wieder aufnehmen können. Für mich ist die Sache damit vom Tisch.“ Er nickte Rocky zu, der sich daraufhin erhob und zur Tür ging.

„Eine letzte Frage noch, Rocky!“, rief Wenker ihm nach.

„Ja?“

„Das wissenschaftliche Personal auf der Insel... Haben Sie diese Leute auch...?“

„Verscharrt!“ Rocky drehte sich um und verließ den Raum.

***

Antonios Bratwurstparadies, Baton Rouge, Louisiana:

Bill Fowler stand an einem der drei Stehtische und stocherte mit einer kleinen Holzgabel in der zerschnittenen Bratwurst herum.

Antonio beobachtete seinen Gast nun schon eine ganze Weile und war zu dem Schluss gekommen, dass ein paar aufmunternde Worte an Bill gut investiert wären. Da der große

Mittagsandrang ohnehin schon vorbei war, drehte er den Grill zwei Stufen zurück, schnappte sich aus dem Kühlschrank zwei Dosen Bier und ging hinaus zu Bill.
„Hey, du hast ja Beine“, scherzte Bill, als er Antonio in dessen nicht mehr ganz so weißen Schürze näherkommen sah. „War mir gar nicht bewusst, weil ich dich sonst immer nur hinter der Theke sehe.“
„Gerade hab ich mich gefragt, ob ich mir deinetwegen Sorgen machen muss.“ Antonio stellte die beiden Dosen mit viel Elan zwischen sich und Bill auf den Stehtisch. „Die geht aufs Haus.“
„Im Ernst?“, fragte Bill erstaunt. Er hob die Dose hoch und suchte nach dem Ablaufdatum.
„Die ist neu!“, knurrte Antonio.
„Hab ich auch grad gemerkt.“ Bill riss die Bierdose auf und prostete seinem Gegenüber dankend zu. „Ich muss wirklich furchtbar aussehen, wenn du dir solche Sorgen machst, dass du mir sogar ein Bier spendierst.“
„Du hast ja keine Ahnung wie furchtbar.“ Antonio prostete zurück und nahm einen kleinen Schluck. „Noch immer deine Frauengeschichten?“
„Eine habe ich erreicht.“
„Die, mit der du während des Studiums zusammen warst?“
Bill nickte mit vollem Mund.
„Was hat sie gesagt?“
„Ich soll sie nie wieder anrufen.“
„Klingt nicht so, als würdet ihr noch mal zusammenkommen.“
„Sehe ich genauso.“
Antonio zuckte mit den Schultern. „Beziehungen und Bratwürste muss man frisch genießen. Aufgewärmt sollte man von beiden die Finger lassen.“
„Meinen alten Professor habe ich auch erreicht, aber aus dem war nicht mehr viel rauszukriegen. Er lebt jetzt in einem Heim und vergisst die Dinge schneller, als man sie ihm erzählen kann.

Jammerschade um ihn, er war immer für seine Studenten da. Vielleicht fahr ich ihn demnächst mal besuchen."
„Tust du nicht."
„Vermutlich nicht." Bill ließ den bitteren Schluck so langsam über die Zunge fließen, dass das Bier fast warm war, als es endlich den Rachen erreichte.
„Nachdem du mir so bereitwillig von deiner Verflossenen und dem Professor erzählt hast, nehme ich an, dass du bei ihnen nicht weitergekommen bist, was deine Story betrifft."
„Könnte man so sagen." Bill hielt die Dose zwischen Daumen und Zeigefinger und wiegte sie hin und her. Dabei starrte er sie an, als wollte er sich damit hypnotisieren.
„Hast du sie schon angerufen?"
„Wen?" Bill blickte kurz von der Bierdose auf.
„Na, die Dritte im Bunde. Da die beiden anderen Namen Sackgassen waren, ist klar, dass sie dir bei deiner Story helfen muss."
„Karo?" Ein Lächeln strich wie ein Lufthauch über Bills Gesicht. „Die hab ich mir nicht ohne Grund bis zum Schluss aufgehoben."
Antonio hob interessiert die Augenbrauen. „Ich dachte, mit der war nichts."
„Fast nichts. Es hat vielleicht ein wenig gefunkt, aber dann kam die andere dazwischen und..." Bill seufzte und versuchte, die Erinnerung mit dem nächsten und dann mit dem übernächsten Schluck hinunterzuspülen. „Schon leer!" Er zerdrückte die Aludose und verschüttete dabei ein paar Tropfen auf dem Tisch.
„Ich glaub's nicht!" Antonio schüttelte lachend den Kopf. „Du hast Angst davor, sie anzurufen! Bill Fowler, der beste Journalist, den Morti hat, traut sich nicht, eine alte Studienkollegin anzurufen. Du hast tatsächlich Schiss vor einer Frau, die du seit Jahren nicht mehr gesehen hast!"

„Hab ich nicht."
„Hast du wohl!"
Bill wurde nachdenklich. „Hast du mich gerade als den besten Journalisten von Mortimer News bezeichnet?"
„Wer? Ich?" Antonio blickte entgeistert. „Das musst du geträumt haben."
„Okay!" Bill schlug mit der flachen Hand auf den Tisch. „Ich ruf sie an. Gleich hier und jetzt!"
„Mortis bester Journalist würde genau das tun", bekräftigte Antonio und streckte beide Daumen hoch.
„Das will ich diesmal schriftlich!"
„Sehe ich aus wie ein Notar? Ich hab nicht mal Papier in meinem Laden."
„Schreib's einfach auf eine deiner Servietten. Die halte ich Morti dann unter die Nase, wenn ich mit der Spesenabrechnung für meine Riesenstory komme."
„Du musst echt verzweifelt sein, Bill Fowler."
„Vertrau mir. Auf deine Meinung gibt er sehr viel." Bill holte sein Handy aus der linken Hosentasche und kramte ein zerknittertes Post-it aus der rechten. „Mach schon! Ich hab hier einen wichtigen Anruf zu erledigen."
In Antonios Kopfschütteln mischte sich ein zufriedenes Lächeln, als er sich gleich darauf umdrehte und zurück an seinen Grill schlenderte.
Bill tippte eine Handynummer mit deutscher Vorwahl in sein Mobiltelefon und hielt es an sein Ohr, wohl wissend, dass es in Europa bereits spät am Abend war. Dutzende Anrufe und mehrere Notlügen waren nötig gewesen, um an Karos Handynummer zu kommen. Eine Garantie, dass die Nummer auf dem Post-it tatsächlich die richtige war, hatte er dennoch nicht.
Als das Handy von Karoline Bogner läutete, saß sie neben ihrer Freundin Sabrina auf der Couch. Im österreichischen

Fernsehen lief der Abklatsch einer in Deutschland längst abgesetzten Quizsendung, und die Großpackung Chips war fast aufgebraucht.
„Ist das die Nummer deines Glückskeks-Coelhos?“ Sabrina hatte das Mobiltelefon vom Couchtisch geholt und hielt es ihrer Freundin im wahrsten Sinn des Wortes unter die Nase.
Karo schob Sabrinas Arm ein Stück von sich, um die Zahlen am Display erkennen zu können. „Ich weiß nicht“, sagte sie mit besorgtem Tonfall über die lange Nummer. „Aber er hat noch nie angerufen. Jedenfalls bisher nicht.“
Sabrina gab ihr mit einer Geste zu verstehen, den Mund zu halten, drehte den Fernseher auf lautlos und nahm den Anruf entgegen. „Ja?“, meldete sie sich forsch.
Auf der anderen Seite der Leitung herrschte ehrfürchtige Stille. Nur im Hintergrund war ein Rauschen zu hören, das an ein in der Ferne vorbeifahrendes Auto erinnerte.
„Hallo?“, brüllte Sabrina aus vollem Hals in den Hörer. „Wenn du was zu sagen hast, dann mach dein Maul auf, du blödes Arschloch!“
Bill riss das Telefon vom Ohr und starrte es völlig perplex an. Er verstand zwar kein Deutsch, doch Tonfall und Lautstärke reichten aus, um eine ungefähre Vorstellung davon zu bekommen, wie willkommen sein Anruf war.
„... dich ins Knie!“, kreischte es noch aus dem Hörer, dann war die Leitung tot.
Bill brauchte einen sehr langen Augenblick, um seine Gedanken zu sortieren.
„Wie läuft es?“, rief Antonio ihm wohlwollend aus der Imbissbude zu.
Bill rang sich ein armseliges Lächeln ab. „Besetzt!“
„Das ist ein gutes Zeichen!“ Antonio winkte mit einer beschmierten Serviette. „Du musst es sofort noch einmal versuchen! Die legt bestimmt gleich auf.“

„Was du nicht sagst", murmelte Bill und war völlig vor den Kopf gestoßen. *Wie kann sie wissen, dass ich es bin?* Viel mehr beschäftigte ihn allerdings der Umstand, dass er nach all den Jahren noch immer ein so schlechtes Gewissen hatte.

***

Zur selben Zeit bei RaptorGen:
Rocky hatte ein ausgesprochen ungutes Gefühl, weil Victor Shark ihn innerhalb so kurzer Zeit erneut zu einem Treffen bestellt hatte. Noch wusste er allerdings nicht, dass ihre Unterhaltung nur im engsten Kreis stattfinden würde.
Als Rocky den Besprechungsraum betrat, war neben Victor Shark nur noch Wenker anwesend.
„Nehmen Sie bitte Platz." Sharks Hand zeigte auf einen freien Platz neben dem Buchhalter.
„Mr. Shark... Wenker!" Rocky nickte den Angesprochenen zu und setzte sich.
„Schön, dass Sie es doch noch einrichten konnten", merkte Wenker an und ließ es nicht annähernd so bissig klingen, wie es gedacht war. Wie immer bei derartigen Treffen hatte er seine akribisch geführten Unterlagen vor sich auf dem Tisch angeordnet und wartete darauf, dass sein Boss ihm das Wort erteilen würde. Als Zeichen seiner Einsatzbereitschaft hielt er einen gespitzten Bleistift in der Hand.
„Alles okay bei Ihnen, Rocky?", fragte Shark.
Rocky richtete den Oberkörper auf und streckte die Brust heraus. „Sicher, warum auch nicht?"
„Nur so." Shark machte eine ausweichende Geste. „Irgendwie sehen Sie in letzter Zeit etwas müde aus."
„Möglicherweise hängt mir die Sache auf der Insel noch ein wenig nach."
„Genau das hat Wenker auch vermutet."

Rocky nahm das listige Grinsen des Buchhalters im Augenwinkel wahr, ließ sich aber nichts anmerken.
„Brauchen Sie eine Auszeit?“, hakte Shark nach.
„Mit Sicherheit nicht, Mr. Shark. Ich brenne darauf, Ihre Anweisungen umzusetzen.“ Sein Blick veränderte sich. „Sie haben mich doch gerufen, weil Sie einen neuen Auftrag für mich haben?“
Shark erteilte Wenker das Wort.
Der Buchhalter schob zielgenau die Bleistiftspitze zwischen die Seiten seiner Mappe und klappte sie bei einem kopierten Blatt mit handschriftlichen Notizen auf. „Es gibt zwei Entwicklungen, die uns Sorgen bereiten. Wir hoffen, dass Sie sich einer davon annehmen können.“
„Ich kann mich auch um beide Probleme kümmern“, stellte Rocky klar.
„Danke für Ihr Engagement“, sagte Shark, „aber die zweite Angelegenheit werden wir zunächst der Verantwortung von Ms. Heart übertragen. Es bestehen noch gute Chancen, dass sich das Problem auf juristischem Weg lösen lässt.“
„Falls allerdings nicht“, ergänzte Wenker, „können Sie sich um diese Schmierblattschreiber kümmern, sobald Sie den anderen Job erledigt haben. Bis dahin wissen wir hoffentlich auch, ob es bei uns eine undichte Stelle gibt.“
Rocky war die Überraschung anzusehen. Mit einem Mal dämmerte ihm auch, warum keiner von den anderen Vorständen an der Besprechung teilnahm. „Eine undichte Stelle?“, fragte er ungläubig.
„Zerbrechen Sie sich darüber nicht den Kopf.“ Wenkers eisiges Lächeln war allerdings Anlass genug für Rocky, genau das zu tun.
„Wir haben überall unsere Leute...“ Wenker blätterte in seiner Mappe eine Seite weiter und tippte mit der Bleistiftspitze auf

eine gelb unterlegte Textzeile. „...die sicherstellen, dass schwache Kettenglieder rechtzeitig entfernt werden.“
Noch bevor Rocky den markierten Text lesen konnte, hatte Wenker wieder zurückgeblättert.
Rocky schaute reflexartig auf und sah dem Buchhalter direkt in die Augen. *Ertappt!* Rockys erster Gedanke war geradezu lächerlich und doch spiegelte er sich in Wenkers Blick wieder.
„Kommen Sie zum Punkt, Wenker!“, drängte Shark. „Ich habe in einer Stunde meine Abschlagszeit auf dem Golfplatz reserviert und möchte dem Direktor der WHO nur ungern erklären müssen, dass ich mich verspäte.“
„Brasilien!“, reagierte Wenker prompt. „Wir brauchen Sie in Brasilien, weil die Dinge dort aus dem Ruder laufen.“
Rocky behielt seine innere Anspannung bei, versuchte aber, sich auf den neuen Auftrag zu konzentrieren.
„Wie Sie wissen“, fuhr Wenker fort, „verfolgen wir in mehreren Teilen Brasiliens eine sehr progressive Strategie, um die Bauern vom Anbau unseres Saatguts zu überzeugen. In letzter Zeit gab es leider immer wieder kleinere Zwischenfälle, die, jeder für sich betrachtet, noch kein Grund zur Sorge wären. Dummerweise sprechen sich solche Rückschläge aber sehr schnell herum, und es gibt Leute vor Ort, die es verstehen, die Landarbeiter und Bauern gegen uns zu solidarisieren.“
„Wir haben beide Augen zugedrückt“, warf Shark ein. „Aber irgendwann muss auch Schluss sein mit dem Verständnis für die Eingeborenen. Wir wissen doch alle, wie das läuft: Ein kleines Problem hier und ein Widerspruch da, und schon fallen unsere Aktien. Für diese Bauern sind das nur Zahlen, doch unsere Aktionäre können dabei Millionen verlieren.“
„Die Aktien der RaptorGen Corporation stehen aktuell auf 45,02 Dollar“, erklärte Wenker betroffen. „Tendenz fallend.“
„Sehen Sie!“ Shark fühlte sich voll bestätigt. „In der letzten Woche haben wir fast 100 Millionen an Wert verloren. Jetzt

noch eine Meldung über aufständische Bauern, die bei den Umweltschützern auf die Tränendrüsen drücken, und die Spekulanten reißen uns unter die 40-Dollar-Marke."
„Was soll ich tun?", fragte Rocky.
Wenker blätterte in seiner Mappe bis zu einem Foto. Es zeigte einen dunkelhäutigen Mann am Steuer eines Pick-ups. Der Qualität nach zu urteilen war es aus großer Entfernung mit einem starken Teleobjektiv aufgenommen worden. „Das ist einer der Bauern, der für seine Engstirnigkeit, aber auch für seinen Einfluss bei den anderen Grundbesitzern bekannt ist. Sein Feld sollte letzte Nacht bearbeitet werden, doch dabei ist offensichtlich etwas schiefgelaufen. Soweit wir informiert sind, haben seine Feldarbeiter einen Mann in ihre Gewalt gebracht, der auf unserer Gehaltsliste steht. Unter normalen Umständen würden wir das von unseren Leuten vor Ort erledigen lassen, doch die haben wir nur gekauft, aber nicht überzeugt. Die Gefahr ist, dass sie sich von dummen Ideen vielleicht beeinflussen lassen. Diesem Mann ist es definitiv zuzutrauen, solche Ideen mit Erfolg unter der lokalen Landbevölkerung zu verbreiten."
„Ich verstehe." Rocky wandte sich an Shark: „Wie weit reicht meine Ermächtigung in dieser Sache?"
„Sie können unser Dreimaleins nach eigenem Ermessen ausschöpfen. Hauptsache, das Problem wird schnell und dauerhaft gelöst. Wenker wird Ihnen den Kontaktmann nennen und Sie mit den erforderlichen Barmitteln ausstatten." Shark erhob sich mit Blick auf die Uhr. „Die Leute von der WHO soll man nicht warten lassen."
„Betrachten Sie diesen Auftrag als erledigt." Rocky war am meisten daran interessiert, die Sache rasch zu Ende zu bringen. Bisher hatte er gehofft, sich in den nächsten Tagen unbemerkt um seine Geschäfte in Mexiko kümmern zu können. So oder so stand nun fest, dass Brasilien ein sehr kurzes Gastspiel werden

würde. Schließlich war es keine große Sache, den Widerstand von ein paar größenwahnsinnigen Bauern zu brechen.

***

Eine Sojaplantage im südlichen Brasilien:
Am Rande des Sojafeldes streifte ein Ameisenbär auf der Suche nach Termitenhügeln durch die steppenähnliche Landschaft. Bisher hatte er von dem Bretterverschlag auf der anderen Seite des Felds keine Notiz genommen. Das sollte sich ändern, als ein Mann aus der Holzhütte kam und die Tür lautstark hinter sich zufallen ließ.
José war keine fünfzig Jahre alt, sah aber durch die harte Arbeit auf dem Feld deutlich älter aus. Sein ursprünglich einmal weißes Hemd hatte, ebenso wie seine Jeans, großteils die Farbe der rotbraunen Erde angenommen. Für einen einfachen Landarbeiter war er durchaus standesgemäß gekleidet, denn die Armut war weit verbreitet in dieser Gegend.
José ging ein paar Schritte bis zu einem Brunnen, der noch mit einer alten Handpumpe zu bedienen war. Er musste den quietschenden Hebel gut zwanzig Mal betätigen, bis sich der Holztrog unter dem Brunnenhals langsam mit trübem Wasser füllte. Als José begann, seine Hände darin zu waschen, färbte es sich rot.
Vor allem an den Knöcheln war das Blut in mehreren Lagen eingetrocknet, und ließ sich erst durch kräftiges Reiben entfernen. José war nie ein Freund von Gewalt gewesen, doch auch er hatte erkennen müssen, dass einem das Schicksal manchmal keine Wahl ließ. Überall dort, wo das Leben noch den eisernen Naturgesetzen gehorchte und der Stärkere den Schwächeren fraß, durften Letztere nicht zimperlich sein bei der Wahl ihrer Mittel.

José bediente die Pumpe erneut, um an frisches Wasser zu kommen. Er füllte den an einer rostigen Kette baumelnden Becher und schüttete ihn in zwei Zügen hinunter.
Seit vielen Stunden hatte er außer Wasser nichts zu sich genommen. Seine Haut fühlte sich in der Nachmittagssonne schon richtig salzig an. Umso weniger konnte José verstehen, wie es jemandem möglich gewesen war, in derselben Zeit ohne Wasser ausgekommen zu sein.
Ich hoffe, er redet bald. José rieb sich mit seinen nasskalten Händen über das Gesicht und ging zurück an seine Arbeit.
Im Inneren der Holzhütte hatte unterdessen Pedro das Kommando übernommen. Mit gerade einmal zwanzig Jahren war er der jüngste von Josés drei Neffen. Dennoch sicherte ihm seine selbstbewusste, fast schon einschüchternde Ausstrahlung den Respekt seiner beiden Brüder.
Pedro trug eine rote Baseballkappe, zerlumpte Jeans und ein verschwitztes Sweatshirt, bei dem der rechte Ärmel aufgerissen war und der linke komplett fehlte. „Ich verstehe ihn nicht. Warum kann er nicht einfach den verdammten Namen ausspucken?“ Sein Blick wanderte zu seinen beiden Brüdern, die wie Mahnwachen neben dem Holzstuhl standen, an den sie Stunden zuvor den Gefangenen gefesselt hatten. An ihren Gürteln hingen selbstgemachte Macheten.
Pedro beugte sich nach vorn und schrie dem Gefangenen direkt ins Gesicht. „Wir sind dein Volk! WIR! Nicht die! Sag uns endlich den Namen!“
Die Tür ging auf und José kam zurück. Der Gestank von Angstschweiß und Erbrochenem schlug ihm so unvermittelt entgegen, als hätte er die zurückliegenden Stunden nicht hier, sondern irgendwo an der frischen Luft verbracht.
„Er wird nicht reden“, sagte Pedro überzeugt. „Nicht, wenn wir ihn weiterhin mit Samthandschuhen anfassen.“

Seine Aussage war mehr als nur eine zahnlose Drohung angesichts der zugeschwollenen Augen des Gefangenen. Zahlreiche Wunden hatten sein T-Shirt tiefrot getränkt. Jeder Schlag ließ die Wunden wieder aufplatzen und wie blutige Ölquellen sprudeln, um die sich die Schmeißfliegen jedes Mal aufs Neue niederließen.

„Wir sollten ihn besser gleich töten“, schlug Pedro vor. „Dann werden seine Freunde schon verstehen, dass wir sie hier nicht wollen.“

„Wir sind keine Mörder“, entgegnete José scharf. „Keiner von euch wird sich wegen dieses Verräters zu einem Gesetzlosen machen.“ Er spuckte dem Gefangenen ins Gesicht. „Was du dem Land unserer Väter angetan hast, lässt sich auch durch dein Blut nicht sühnen.“ An seine Neffen gerichtet sagte er: „Betet lieber, dass er endlich erkennt, was er angerichtet hat. Das wird ihn mehr treffen als alle Schmerzen, die wir ihm zufügen können.“

„Er hat weder Ehre noch Gewissen!“, widersprach Pedro zornig. „Wenn wir ihn totschlagen, bekommt er wenigstens noch eine Lektion mit auf seinen Weg in die Hölle.“

José ignorierte die Bemerkung: „Also, was ist“, fragte er den Gefangenen. „Willst du uns nun endlich erzählen, warum du unsere Felder...?“

Ein aufheulender Dieselmotor unterbrach die Befragung.

Pedro und José tauschten überraschte Blicke.

Das Zuschlagen einer Autotür war zu hören. Schritte folgten. Gleich darauf stand der Besitzer des Sojafelds in der Tür. „Was ist hier los?“

Pedro und seine Brüder machten einen Schritt zurück, als wollten sie ihrem Onkel das Reden mit ihrem gemeinsamen Chef überlassen.

„Er hat das Feld vergiftet.“ José zeigte auf einen Beutel, der in einiger Entfernung auf einem Tisch lag. „Meine drei Neffen haben diesen Mann heute kurz vor Sonnenaufgang dabei erwischt, wie er gentechnisch manipulierte Sojasamen auf dem Feld verstreut hat. Sie waren zu zweit, aber einer ist mit einem Motorrad entkommen. Er weigert sich verbissen, uns den Namen des anderen zu sagen."

„Ist das wahr?" Der Feldbesitzer musterte den Gefangenen, der in einem erbärmlichen Zustand war. Ohne Zweifel war er schon länger in der Gewalt der Arbeiter, womit zumindest der Zeitpunkt seines Aufgreifens die Anschuldigung zu bestätigen schien. „Ist das wahr?", wiederholte er und spielte nervös mit dem silbernen Siegelring an seinem Finger.

In den Augen des Gefangenen spiegelten sich Zorn und ein wenig Angst wieder.

„Es ist wahr!", bekräftigte José. „Er arbeitet für diesen amerikanischen Konzern, der im Umland ein Feld nach dem anderen mit seinem Saatgut verschmutzt. Hätten ihn meine Neffen nicht aufgehalten, wäre das Zeug in ein paar Monaten überall auf dem Feld gewachsen."

Der Grundbesitzer nickte besorgt. Er kannte die Methoden von RaptorGen nur zu gut. Zunächst wurde den Bauern angeboten, ihre Felder zu verpachten oder selbst für den Anbau von gentechnisch verändertem Saatgut zu nutzen. Zeigte das keine Wirkung, begannen ausgewählte Handlanger damit, die Felder mit patentiertem Saatgut zu verschmutzen.

Seit es möglich war, Patente auf Leben anzumelden, konnte RaptorGen jeden verklagen, auf dessen Feldern das patentierte Saatgut bei *zufälligen Stichproben* gefunden wurde. Nur wer einen Nutzungsvertrag mit RaptorGen unterschrieben hatte und die jährlichen Lizenzgebühren zahlte, blieb von deren Anwälten verschont.

Hunderte Bauern waren in den vergangenen Jahren durch horrende Klagessummen in ihrer Existenz bedroht worden. Letztlich hatten sie alle an den Konzern verkaufen müssen, um

nicht im Gefängnis zu landen, weil es ihnen finanziell unmöglich gewesen war, sich ihr Recht vor Gericht zu erstreiten.
Bauern, die nach einer außergerichtlichen Einigung ihr ganzes Hab und Gut abtreten mussten, blieb oft gar nichts anderes übrig, als sich bei RaptorGen als Arbeitskräfte anzubiedern. So konnte es gut sein, dass sie am Ende sogar selbst losziehen mussten, um Felder anderer Bauern zu verschmutzen. Es war also keineswegs abwegig, anzunehmen, dass der an den Stuhl gefesselte Mann vor einiger Zeit seinerseits ein Opfer des mächtigen Saatgutkonzerns geworden war.
„Hat RaptorGen dich geschickt?“, fragte der Feldbesitzer. „Ich kann die Angst in deinen Augen sehen. Kein Mensch würde sich so zurichten lassen, wenn er nicht viel Schlimmeres zu befürchten hätte. Was hat man dir angedroht?“ Er beugte sich zu dem Gefangenen. „Dein Tod scheint dir egal zu sein. Erpressen sie dich mit deiner Familie?“
In den gequälten Augen blitzte blankes Entsetzen auf.
„Sie haben dich also in der Hand“, interpretierte der Grundbesitzer das stumme Geständnis. „Armes Schwein.“ Er ballte die Faust und schlug so fest zu, dass es dem Gefangenen fast den Kopf von den Schultern riss. Dabei wirkte der Siegelring wie ein Stempel und hinterließ die Initialen im Gesicht des Opfers. „Das war dafür, dass du nicht zu mir gekommen bist und mich um Hilfe gebeten hast, wie es sich für einen anständigen Mann gehört!“
Der Gefangene wirkte einen Moment lang so, als hätte er das Bewusstsein verloren. Gleich darauf meldete er sich hustend wieder zurück und spuckte Blut, durchmischt mit zwei Zähnen, auf seine Hose.
„Bindet ihn los und sorgt dafür, dass er wieder auf die Beine kommt! Wir haben uns schon viel zu lang einschüchtern lassen. Es wird Zeit, dass wir zurückschlagen.“

„Aber...“
„Nichts aber“, wurde Pedros Einwand beiseite gewischt. „Wir werden ihm helfen, seine Familie zurückzubekommen, und im Gegenzug dafür führt er uns zu seinem Komplizen und danach zu dem Mann, der sie hergeschickt hat.“
„Die sind bestimmt selbst nur kleine Tiere“, warf José ein.
„Mag sein“, gab der Grundbesitzer ihm Recht. „Aber jedes Tier in der Nahrungskette weiß, wen es zu fürchten hat. Wir werden uns Stück für Stück nach oben arbeiten, bis dieser Wahnsinn endlich aufhört.“
José schüttelte ungläubig den Kopf. „RaptorGen ist ein internationaler Riesenkonzern. Ich kann mir nicht vorstellen, dass wir dort irgendwen mit einer solchen Aktion beeindrucken.“
„Es ist mir egal, ob ich von denen jemanden beeindrucke. Ich will, dass unsere Freunde und Nachbarn begreifen, dass wir uns nicht gegeneinander ausspielen lassen dürfen. Uns gehört dieses Land - wir sind dieses Land! Keiner darf das vergessen, sonst fallen wir um wie die Dominosteine. Wenn wir diesen Konzernleuten erst genug Gegenwehr bieten, werden sie sich einen anderen Platz suchen, um ihren Dreck anzubauen. Wir können vielleicht nicht die ganze Welt vor Firmen wie RaptorGen retten, aber wir können uns und unser Land retten - indem wir zusammenhalten!“

***

Sabrinas Wohnung, spät nachts:
„Ich glaube, ich bestelle mir noch einen Caipirinha!“ Karo stellte ihr leeres Glas in den Sand. Sie hatte es sich in einem Liegestuhl am Strand bequem gemacht und ließ sich die Mittagssonne ins Gesicht scheinen. Schon immer hatte sie davon geträumt, mit ihren Freundinnen Urlaub in Brasilien zu

machen. Nicht nur, aber auch weil die weiten Strände frei von Lindenpollen waren.
Ein Klingelton unterbrach die Idylle.
„Ist das dein Handy?“, fragte Karo mit Blick nach rechts.
Sabrina hatte die Augen geschlossen und reagierte nicht auf die Frage.
„Claudia?“, versuchte Karo es auf der linken Seite.
Auch Claudia schlief tief und fest in ihrem Liegestuhl und ließ sich von dem Dauerklingeln nicht aufwecken, das Karo zunehmend nervte.
Wie viele Menschen neigte Karoline Bogner dazu, Geschehnisse, die sich während des Schlafens in unmittelbarer Umgebung ereigneten, in ihre Träume einzubauen, solange das möglich war.
„Warum geht denn keine von euch an das blöde Telefon?“ Karo drehte sich von einer Seite zur anderen und kam langsam ins Hier und Jetzt zurück.
Nur ein Traum... Völlig schlaftrunken tastete sie nach ihrem Handy, um für Ruhe zu sorgen. Dabei nahm sie den Anruf eher zufällig als gewollt entgegen.
Karo wollte schon weiterschlafen, doch dann hörte sie eine weit entfernte Stimme ihren Namen rufen.
„Karo!“
„Lass mich in Ruhe“, brummte sie zurück.
„Karo?“
Sie zog sich ihre hauchdünne Satindecke über den Kopf und versuchte, an den Strand zurückzukehren.
„Karo!“
„Wenn das nicht wichtig ist...“, knurrte sie grantig und war gleich darauf wach genug, um sich der Realität zu stellen. Karo schlug die Decke zurück und rieb sich die Augen. Ohne Kontaktlinsen war es ihr unmöglich, die Nummer auf dem Display zu erkennen.

„Karo?“
„Stinksauer und in Person.“
Die Männerstimme auf der anderen Seite der Leitung sprach Englisch, wodurch Karo erst umdenken musste, bevor sie begriff, worum es ging. „Wer spricht?“, fragte sie auf Englisch zurück.
„Bill Fowler hier. Karo, bist du es wirklich?“
„Bill Fowler?“, fragte sie verdattert. Der Name war weit hinten in ihrem Gedächtnis zu suchen, dort, wo unliebsame Personen zur dauerhaften Löschung vorgemerkt wurden.
„Es ist schön, deine Stimme nach so langer Zeit wieder zu hören“, sagte Bill.
Bill Fowler! Die Erinnerung war mit einem Schlag wieder präsent. „Hast du einen Knall?“ Sie wartete die Antwort nicht ab. „Weißt du, wie spät es ist?“
„Bei dir oder bei mir?“
Karo stöhnte.
„Ich habe vorhin schon versucht, dich zu erreichen, aber da hat es vermutlich nicht so gut gepasst...?“ Das Fragezeichen am Ende schwang nur ganz vorsichtig mit.
Sie rieb sich den Schlaf aus den Augen.
„Karo? Bist du noch dran?“
„Ja... Ja, ich bin noch da.“ Sie setzte sich im Schneidersitz auf die Matratze und drehte die indirekte Beleuchtung über dem Bett auf. „Ich hoffe, du rufst mich nicht an, weil ich dir noch Geld für den Copyshop schulde. Aber halt! Das kann gar nicht sein, weil du dir ja immer meine Copycards geschnorrt hast und sie mir erst zurückgegeben hast, nachdem sie leer waren.“
„Daran kann ich mich gar nicht mehr erinnern“, erwiderte Bill betroffen.
„Ich wünschte, ich könnte dasselbe von mir behaupten. Vielleicht ist dir auch entfallen, dass du mich bei der

Laborprüfung hängengelassen hast, weil du mit dieser... Wie hieß diese Tussi gleich noch mal?“
„Verena?“
„Genau die!“, bestätigte Karo scharf. „Ihretwegen habe ich ein ganzes Semester verloren!“
„Da tust du ihr aber Unrecht, weil Verena in Wirklichkeit immer total hilfsbereit war und...“
„BILL!“
„Ja?“
„Du hast mich doch hoffentlich nicht aus dem Schlaf gerissen, um mir die Vorzüge deiner Jugendliebe zu erläutern?“
„Selbstverständlich nicht“, beteuerte er und macht eine Pause, in der er tief Luft holte. „Ich wollte dich um einen kleinen Gefallen...“
„Ich wusste es!“, fiel sie ihm ins Wort.
„Es ist nicht so, wie du denkst.“
„O doch! Es ist ganz genau, wie ich denke! Ich fasse es nicht. Du rufst mich mitten in der Nacht an, und statt dass du mich zumindest anstandshalber vorher noch fragst, wie es mir geht, setzt du gleich wieder dort fort, wo du vor Jahren aufgehört hast: Karo, ich brauch was von dir. Gratuliere, Bill! Aus dir ist genau der Egoist geworden, den ich dir damals schon prophezeit habe. Ich sollte dieses Gespräch sofort beenden.“
„Tu das nicht, Karo... Bitte.“
„Nenn mir einen Grund, nur einen!“
„Weil du der einzige Mensch auf der Welt bist, dem ich in dieser Sache vertrauen kann.“
Schweigen.
Es dauerte, bis Karo reagierte: „Wow, das war wirklich gut für deine Verhältnisse, Bill. Aber weißt du was, es überzeugt mich trotzdem nicht. Du würdest mir vermutlich alles erzählen, um einen Vorteil für dich herauszuholen.“

„Ich bin Journalist geworden und arbeite für eine angesehene Zeitung in Baton Rouge."
„Schön für dich, aber das macht dich in meinen Augen um nichts glaubwürdiger."
„Eine Zeitung mit Idealen und Moralvorstellungen, die so hoch sind, dass sie sogar dir gerecht werden dürften. Auch wenn du es nicht für möglich hältst, aber Menschen können sich ändern. Ich habe mich geändert und bin an einer wirklich heißen Story dran. Es geht um Umweltschutz, Missbrauch von Gentechnik und darum, wie achtlos große Konzerne mit Menschenleben umgehen. Das waren doch genau die Themen, für die du dich früher immer stark gemacht hast."
„Das sind sie noch." In Karos Worten schwang vorsichtiges Interesse mit.
„Genau das wollte ich hören", sagte Bill erleichtert. „Ich brauche jemanden mit Zugang zu einem Labor. Jemanden, dem ich bedingungslos vertrauen kann, was die Analyse von einem Samenkorn betrifft."
„Und dabei kommst du ausgerechnet auf mich?" Sie stieß ein ungläubiges Lachen aus. „Dir muss das Wasser ja schon bis zum Hals stehen, wenn ich deine beste Wahl bei so was bin."
„Man wollte mich töten."
Karo blieb das Lachen im Hals stecken.
„Ich konnte gerade noch entkommen. Andere hatten leider nicht so viel Glück. Das mag sich jetzt total bescheuert anhören, aber..." Er holte tief Luft. „Ich stehe möglicherweise schon an der letzten Verteidigungslinie zwischen der Welt, wie wir sie kennen, und einem ökologischen Supergau."
Karo spürte, wie sich ihre Härchen im Nacken aufstellten. „Ich hoffe für uns beide, dass du übertreibst."
„Kannst du eine Analyse für mich machen? Das ist alles, worum ich dich bitte. Nur eine Analyse, damit ich endlich weiß, wie viel meine Beweise wert sind."

„Ich arbeite jetzt in Wien, im Botanischen Garten. Wir sind hier nicht spezialisiert auf Gentechnik.“ Sie überlegte. „Aber ich könnte vielleicht Zutritt zum Biologiezentrum bekommen. Das ist gleich um die Ecke, und dort haben sie auch ein richtiges Labor, soweit ich weiß.“

„Das hört sich großartig an.“

„Noch hab ich nicht zugestimmt.“

„Karo, bitte! Ich würde dich wirklich nicht belästigen, wenn ich eine andere Wahl hätte. Nur diese eine Analyse, dann werde ich dich nie wieder um einen Gefallen bitten.“

„Schon gut. Ich mach es. Schick mir dieses Samenkorn und schreib dazu, was du genau analysiert haben willst, dann werde ich sehen, was ich tun kann.“

„Danke!“ Bill fiel ein ganzes Felsmassiv vom Herzen. „Vielen Dank! Gibst du mir bitte deine Adresse? Ich schicke die Sendung heute noch los.“

***

Eine Sojaplantage im südlichen Brasilien:

Rockys Flug hatte Verspätung gehabt, weshalb er mit seinem Mietwagen erst kurz nach Sonnenuntergang auf der Plantage angekommen war.

Fast zwei Stunden waren seither vergangen, und ihm saß die Zeit im Nacken, da er bereits am nächsten Morgen in Mexiko sein musste, um sich mit Miguel zu treffen.

Rocky lenkte nach rechts und nahm etwas Gas weg. In dem Koloss von einem Pick-up, ein Dodge Ram mit über drei Tonnen Leergewicht, gestaltete sich das Fahren auf unbefestigten Straßen denkbar einfach. V8-Motor und Allradantrieb zeigten sich von den zahlreichen Erdhügeln und Schlaglöchern auf und neben den Sojafeldern gänzlich unbeeindruckt.

Im Inneren des komfortablen Wagens bekam Rocky die Unebenheiten nur als Schaukelbewegungen mit, die zu dem Auf- und Abhüpfen der Scheinwerferkegel passten. Nur tiefe Löcher und größere Termitenhügel galt es tunlichst zu umfahren. Die Größe der Sojapflanzen variierte je nach Feld, einige waren sogar so hoch wie ein ausgewachsener Mann.
Rocky ärgerte sich, dass er den Auftrag nicht gleich zu Ende gebracht hatte, als er die fünf Männer in der Hütte angetroffen hatte. Ein kurzer Moment der Unachtsamkeit war schuld daran gewesen, dass er nun mitten in der Nacht quer über die Felder brettern musste.
Verdammt, mir läuft die Zeit davon. Rocky lenkte scharf nach links und ließ den Motor so laut aufheulen, dass kurzzeitig sogar das Radio verstummte. Die voreingestellten Sender waren keine Offenbarung, doch die Musik sorgte zumindest für ein wenig Entspannung. Es erklang gerade *El Condor Pasa* in der Panflötenversion, als wie aus dem Nichts ein hüfthoher Termitenhügel vor dem Rammschutz des Kühlergrills auftauchte.
„Scheiße!“ Rocky hatte ihn zu spät gesehen, um noch reagieren zu können. Der Dodge traf den Termitenbau mit voller Wucht und ließ ihn förmlich explodieren. Erdklumpen in Tennisballgröße schlugen gegen die Windschutzscheibe und prasselten auf das Dach. Gleichzeitig machte der Wagen einen Satz durch die Luft, bis er ein paar Meter weiter wieder Boden unter alle vier Räder bekam.
Die Wucht der Landung presste Rocky zunächst in den Sitz und riss ihn gleich darauf in den Gurt. Beim Zurückschnellen touchierte er mit dem Kopf den Türrahmen, und es gelang ihm nur mit Mühe, das Lenkrad festzuhalten. Da sein Fuß vom Gas gerutscht war, wurde der Wagen in der weichen Erde merklich langsamer. Kurz bevor er von allein zum Stillstand kam, stieg Rocky auf die Bremse.

Er schüttelte den Kopf und überstreckte den Nacken, um wieder klar zu werden. Sein Ohr brannte wie Chili. Als er danach griff, fühlte sich das, was davon noch übrig war, warm und feucht an. Die Kunststoffverkleidung des Türrahmens war durch den Anprall gesprungen und hatte ein Stück des Ohrläppchens abgerissen.
„Verdammt!“ Rocky hatte gehofft, sich den Anzug nicht zu versauen, doch bei diesem Auftrag lief bisher nichts nach Plan. Er presste die eine Hand auf die stark blutende Wunde und packte mit der anderen das Lenkrad noch fester als zuvor.
„Das wirst du mir büßen!“ Die acht Zylinder heulten auf und wuchteten den Stahlkoloss nach vorn. „Du bist so was von tot!“ Rockys Zeigefinger vibrierte auf dem Schalter der Lichthupe, wodurch die Fernlichtblitze wie Salven aus einem Maschinengewehr über die Felder jagten.
Die Kombination aus Schmerz und Wut machte Rocky noch gefährlicher, als er es ohnehin schon war. Für den Moment verdrängte er sogar, wie bedeutungslos diese Jagd im Vergleich zu seinem Geschäft in Mexiko war. Niemand konnte es überleben, sich mit Rocky anzulegen, geschweige denn, ihm das halbe Ohr abzureißen. *Erst recht nicht dieser verfluchte Indianer!*
Er trat das Gaspedal weiter durch und entdeckte am Rand des Lichtkegels den Schatten des Flüchtenden. Sofort lenkte Rocky nach rechts, um dem Landarbeiter den Weg abzuschneiden. Es war offensichtlich, dass dieser vorhatte, in das benachbarte Feld zu flüchten, wo das Soja fast zwei Meter hoch stand. Wenn der Indianer es bis zur Feldgrenze schaffen würde, hätte er noch einen knapp zehn Meter breiten Wiesenstreifen vor sich, der keinerlei Deckung bot. Erst dahinter gab es eine reelle Chance, im Pflanzendickicht unterzutauchen.

Doch so weit wollte Rocky es gar nicht erst kommen lassen. Der Dodge pflügte durch das hüfthohe Feld und walzte die Sojapflanzen platt wie Grashalme.
Pedro hatte sich seit Beginn der Hetzjagd kein einziges Mal umgedreht. Nicht einmal als er seine geliebte Baseballkappe verloren hatte. Er wusste nicht, wie lang der Wahnsinnige ihn bereits vor sich hertrieb, doch Pedros Lungen waren kurz davor, den Dienst zu versagen. Seine letzte Chance sah er darin, durch schnelle Haken dem Licht der Scheinwerfer zu entkommen. Doch solange diese an ihm klebten wie Kletten, war es schwer bis unmöglich, links oder rechts aus dem Blickfeld zu verschwinden.
Rocky wusste solche Fluchtversuche zu verhindern, indem er dafür sorgte, dass die Mitte des Kühlergrills immer genau auf sein Opfer gerichtet war.
Pedro hatte den Wiesenstreifen fast erreicht und bekam kaum noch Luft. Zudem blutete der Schnitt an seiner Hand immer heftiger, den er sich beim Kampf an der eigenen Machete zugezogen hatte. Wenn er nicht bald Gelegenheit bekam, die Wunde zu verbinden, dann würde der Blutverlust ihm sicher den Rest geben.
Rocky erkannte seine Chance, als sein Opfer in der Mitte des Wiesenstreifens war. Er ignorierte die Bodenwelle und gab noch einmal kräftig Gas, wodurch der Dodge in die Luft stieg wie ein Jaguar beim Sprung nach der Beute. Auch das Brüllen des Achtzylinders, als alle vier Reifen in der Luft waren, hatte etwas Raubtierhaftes.
Nur die Landung fiel weit weniger anmutig aus. Die Federn und Dämpfer des Pick-ups waren so hoffnungslos überfordert, dass sie voll auf die Karosserie durchschlugen.
Diesmal war Rocky weit besser vorbereitet, auch wenn er kräftig durchgerüttelt wurde und den Aufschlag bis ins Steißbein spürte. Der Wagen hatte bei der Landung auf dem

Steppenboden kaum Geschwindigkeit verloren und donnerte weiter auf den Flüchtenden zu.
Kurz vor dem Ende des Wiesenstreifens erwischte der verchromte Rammbügel Pedros Hinterkopf mit voller Wucht und setzte der Flucht ein jähes Ende. Rocky sprang auf die Bremse, kam aber erst einige Meter weiter im nächsten Feld zu stehen. Er war überrascht, wie unspektakulär dieser Zusammenstoß im Vergleich zur Kollision mit dem Termitenbau verlaufen war.
Rockys Ohr brannte noch immer und auch das Bluten hatte nur unmerklich nachgelassen. In aller Eile suchte er unter dem Sitz nach dem Verbandskasten und verklebte seine Wunde notdürftig mit drei Pflastern. Das Blut auf dem Anzug versuchte er mit einer Rolle Wundverband abzuwischen, verschmierte es dabei aber nur. Mit einer Verwünschung auf den Lippen stieg er aus dem Dodge und warf einen Blick auf seinen Unfallgegner.
Der rote Schein der Rücklichter verlieh der Szenerie etwas Friedliches. Fast so, als würde der Indianer nur schlafen. Erst auf den zweiten Blick stach der dunkle Fleck hervor, den sein zerrissenes Sweatshirt gierig aufsaugte.
Rocky öffnete die Verriegelung der Heckklappe und ließ sie nach unten schwingen. Er lockerte das Drahtseil der Abdeckplane und zog sie ein Stück weit zur Seite. Drei Männerleichen kamen zum Vorschein.
„Auf dieser Seite sind wir wohl voll“, murmelte er und deckte die Toten wieder ab. Ganz offensichtlich hatte sein Fahrstil die ursprüngliche Ordnung geringfügig durcheinander gebracht. Als er die andere Seite aufdeckte, kamen zwei weitere Leichen zum Vorschein. Sie waren durch gezielte Kopfschüsse gestorben und hatten Rocky weit weniger Zeit gekostet.
Er packte Pedros Leiche am Hosenbund und hievte ihn so mühelos wie einen Sojasack auf die Ladefläche. *Sechs!* So

geräumig der Dodge auch war, umfangreicher hätte der Auftrag nicht werden dürfen.
Der Sojabauer, dessen Kopf Victor Shark gefordert hatte, war das zweite Opfer in dieser Nacht gewesen. Danach hatte Rocky sich nur noch um die Beseitigung der Zeugen gekümmert. Mit sechs Leichen war der Job damit eigentlich erledigt.
Rocky hatte es sich allerdings zur Gewohnheit gemacht, immer ein kleines Souvenir seiner Arbeit mitzubringen. Im vor ihm liegenden Fall hatte er sich für den Siegelring des Bauern entschieden. Aus nachvollziehbaren Gründen fand er aber erst jetzt die Zeit, sich darum zu kümmern. Mittlerweile war der Finger allerdings schon so angeschwollen, dass an ein Abziehen des Rings nicht zu denken war.
Rocky war sich aber sicher, in einem der Bretterverschläge neben den Feldern das geeignete Werkzeug zu finden. Schließlich waren Zangen und Sägen unverzichtbar, wenn es darum ging, Zäune zu errichten oder ein Loch im Dach auszubessern.
Keine zehn Minuten später hatte die Leiche des Bauern einen Finger weniger und Rocky sein Mitbringsel. Das Einzige, was ihm jetzt noch fehlte, war ein ruhiges Plätzchen für seine Passagiere, doch davon hatte das Land im Überfluss.

***

Miguels Haus, Mexiko, etwa zur selben Zeit:
Miguel war allein im Haus. Eine Nacht voller Arbeit lag noch vor ihm, bis sein amerikanischer Partner wieder vorbeikommen würde, um die Fortschritte des Projekts zu begutachten. Von den Saatgutsäcken, die Rocky bei seinem letzten Besuch mitgebracht hatte, lagerten fast alle noch ungeöffnet in Miguels Keller. Lediglich einen Sack hatte der Mexikaner

aufgeschnitten, um mit den darin enthaltenen Sojasamen eine neue Versuchsreihe zu beginnen.
Miguel bückte sich in der Küche und zog einen abgewetzten Teppich mit Inkamuster zur Seite, um an die versteckte Falltür im Holzboden zu kommen. Er klappte sie zur Seite und stieg über eine schmale Holztreppe hinunter in das Loch, wie er seinen Keller nannte.
Mit knapp zwanzig Quadratmetern war das Loch einerseits geräumig, gleichzeitig aber auch überfüllt mit allem, was sich im Lauf der Jahrzehnte hier unten angesammelt hatte. Immer wenn Miguel keinen Platz mehr für sein Gerümpel hatte, vergrößerte er seinen in den Lehmboden gegrabenen Keller, indem er der nächstbesten Wand mit Spitzhacke und Schaufel zu Leibe rückte.
Seit mehreren Wochen brannte im Loch nahezu durchgehend Licht. Miguel hatte sogar noch zusätzliche Leuchtstoffbalken anbringen müssen, um den Lichthunger der unterirdischen Plantagenbewohner stillen zu können. Über vier Tischreihen erstreckte sich das Anbaugebiet, wobei die ersten drei mit Sojapflanzen früherer Generationen bestückt waren, die zum Teil selbst schon Samen produzierten.
Auf dem vierten Tisch standen acht flache Kunststoffwannen, die alle mit den Sojasamen der jüngsten Generation bepflanzt waren. Ihre größten Keimlinge ragten kaum mehr als eine Handbreit aus dem Substrat, was gemessen an der kurzen Zeit durchaus beachtlich war. Miguel hatte allen Grund, mit dem Wachstum seiner Schützlinge zufrieden zu sein.
„Miauuuuu!“
„Schnauze!“ Miguel stand vor einer mit Wasser gefüllten Tonne und tauchte eine rostige Gießkanne ein. „Erst die Stars, dann die Schmarotzer“, sagte er in Richtung des Käfigs, aus dem das Miauen gekommen war.

Dass die schwarz-weiß gefleckte Katze Hunger hatte, war weder zu überhören noch verwunderlich. Unter ihrem räudigen Fell traten noch immer die Rippen hervor. Als die Katze Miguel vor zwei Wochen zugelaufen war, hatte er sie zunächst an die Hunde verfüttern wollen. Nach einer Flasche Tequila hatte er sich dann aber anders entschieden und beschlossen, dem Tier eine besondere Rolle in der aktuellen Versuchsreihe zukommen zu lassen.
„Miauuuuu!“
„Schnauze, Hulk!“ Miguel begutachtete jeden einzelnen Sojapross auf dem Tisch und dosierte die Menge des Gießwassers entsprechend. Die Erfahrung hatte gezeigt, dass die Pflanzen seine besondere Fürsorge sehr zu schätzen wussten. *Vergolden* nannte Miguel das aufwändige Procedere. In der Tat sollten die Pflänzchen ihr Gewicht bald in Gold aufwiegen, wenn alles so lief, wie Rocky und Miguel es geplant hatten.
Über eine halbe Stunde nahm der Mexikaner sich Zeit für die Pflanzen, bevor er seine Gießkanne gegen ein Jagdmesser tauschte. „Ich bin gleich bei dir, Hulk!“ Er wetzte das Messer am zugehörigen Schleifstein, wie er es vor jedem Einsatz tat. Nur eine geschärfte Klinge ermöglichte einen sauberen Schnitt und ein rasches Abheilen der Wunde.
Miguel entzündete sein Feuerzeug und wiegte das Messer in sanften Bewegungen über der Flamme. Als er sich sicher war, potenzielle Keime geröstet zu haben, ging alles ganz schnell. Er setzte die Klinge an und führte den Schnitt noch mit derselben Bewegung aus. Das Messer durchtrennte die Fasern und Miguel fing das herabfallende Blatt zwischen Daumen und Zeigefinger auf. „Nimm es mir nicht übel!“, flüsterte er dem Sojasprössling zu. „Du wirst sehen, das verheilt rasch wieder. Wir haben noch eine Menge mit dir vor... Mit euch allen!“

Er legte das abgeschnittene Blatt in einen handgroßen Granitmörser und zerrieb es. Anschließend nahm er eine geöffnete Dose Katzenfutter aus einem Regal. Sie war noch halbvoll und Miguel vermischte ihren Inhalt mit dem zerriebenen Sojablatt.
„Hat hier jemand Fressen bestellt? Leckere Vitamine?“ Miguel stand einen halben Meter vom Katzenkäfig entfernt und winkte mit der Dose.
Hulk stieß ein ungeduldiges Fauchen aus und schlug mit der Pfote durch die Gitterstäbe.
„Ach komm, das kannst du doch besser.“ Miguel führte die Dose mit einer raschen Handbewegung an Hulks Schnauze vorbei.
Die Katze reagierte sofort auf den Geruch und warf sich mit aufgerissenem Maul gegen die Käfigtür. Schlagartig nahm auch die Lautstärke ihres Fauchens zu.
Miguel lachte. „Ja, das ist der kleine Hulk, so wie ich ihn mag. Du bist die mit Abstand durchgeknallteste Katze, die mir je über den Weg gelaufen ist... Abgesehen von denen, die ich dabei überfahren habe.“
Hulk hatte die Krallen voll ausgefahren und schlug mit den Vorderpfoten unkontrolliert durch die Gitterstäbe. Gleichzeitig riss er seinen Kopf wild von einer Seite zur anderen, wobei seine Zähne über das Gitter kratzten.
Miguel fühlte sich gut unterhalten. „Falls ich dich jemals freilasse, muss ich vorher meine Hunde in den Zwinger sperren, sonst bleibt von ihnen nicht viel übrig.“ Er zog die Futterdose noch einmal am Käfig vorbei.
Hulk geriet völlig außer Kontrolle und attackierte das Käfiggitter, als wollte er es in Fetzen reißen.
„Hey! Sachte, mein Freund.“ Miguel machte sicherheitshalber einen Schritt zurück. „Ich kann mir zwar nur schwer vorstellen, dass die neue Mischung dich noch aggressiver machen soll,

aber wenn es bei Rockys Rindern geklappt hat, kriegen wir beide das auch hin. Was meinst du?“
Hulks Antwort bestand darin, seinen Kopf wie verrückt gegen die Gitterstäbe zu rammen.
„Du hast echt einen Knall! Das tut mir ja schon beim Zuschauen weh.“ Miguel verzichtete darauf, den Käfig auch nur einen Spalt weit zu öffnen. Stattdessen leerte er den Inhalt der Dose einfach von oben in den Käfig.
Hulk stürzte sich auf die Fleischbrocken, als hätte er seit Wochen nichts gegessen, und obwohl er genau so aussah, war das nicht der Fall.

***

Brasilianischer Dschungel:
Es lag eine drückende Schwüle über dem nächtlichen Regenwald. Das Blätterdach war so dicht, dass der Himmel pechschwarz erschien, obwohl es völlig wolkenlos war. Aus allen Richtungen drang das Geschrei von wilden Tieren durch das Dickicht. Ihre Geräuschkulisse wurde nur noch durch das Motorgeräusch des bulligen Dodge überboten.
Rocky hatte sich dafür entschieden, die sechs Leichen dem Dschungel und seinen Tieren zu überlassen. Zu diesem Zweck war er einen knappen Kilometer weit über eine Lehmpiste der Waldarbeiter in die grüne Hölle hineingefahren. Er schätzte, dass es noch ungefähr drei bis vier Wochen dauern würde, bis auch dieser Teil des Regenwalds den neuen Sojaplantagen weichen musste.
Aus Erfahrung wusste Rocky, dass schon in ein paar Tagen nichts mehr von den Leichen übrig sein würde, denn gute Futterplätze sprachen sich unter den wilden Tieren schnell herum.

Nummer fünf! Rocky wuchtete sich den Toten auf die Schulter und stapfte im Licht seiner Taschenlampe einige Schritte weit bis zu einem Abhang. Sieben, vielleicht acht Meter unter ihm lagen die Nummern eins bis vier in einem Bachbett - wie zerlumpte Puppen, die ein Kind nach dem Spielen weggeworfen hatte.

Der Bach glich einem Rinnsal, doch ein Blick auf die steilen, ausgewaschenen Flanken machte deutlich, wie rasch sich das ändern konnte. Heftiger Dauerregen, der die Pflanzenwurzeln unterspülte und zu viel Erdreich abtrug, konnte selbst einen Urwaldriesen zu Fall bringen.

So oder ähnlich war es bereits mehreren Stämmen zu beiden Seiten des Bachbetts ergangen. Beim Umfallen hatten sie ihrerseits wieder tiefe Wunden ins Erdreich gerissen, die dem nächsten Wasserschwall neue Angriffsflächen boten. Der Zustand des Dschungels in dieser Region war symptomatisch für die Abholzung großer Waldgebiete zur Gewinnung neuen Farmlands.

Und Nummer sechs! Rocky hatte sich den Mann, der ihn ein Stück seines Ohres gekostet hatte, für den Schluss aufgehoben. Die Schnittwunde hatte mittlerweile zwar aufgehört zu bluten, doch das Brennen wollte nicht nachlassen. Gleichzeitig spürte Rocky die aufkommende Müdigkeit, die harte körperliche Arbeit in diesen Breiten mit sich brachte. Auch wenn er in der Vergangenheit schon zahlreiche Aufträge in Brasilien erledigt hatte, machte ihm die hohe Luftfeuchtigkeit jedes Mal aufs Neue zu schaffen.

Rocky ließ die letzte Leiche von seiner Schulter rutschen und verfolgte ihren Abgang im Lichtschein der Taschenlampe. Als der Kadaver dumpf auf dem Boden aufschlug, knackten im Dunkel ringsum die Zweige. Hunger und Nervosität im Unterholz waren die ersten Anzeichen des bevorstehenden Festmahls.

„Lasst es euch schmecken!“ Rocky drehte sich um und ging zurück zum Wagen. Er hatte nicht den geringsten Zweifel, dass alle Spuren beseitigt werden würden. Aus seiner Sicht kam erleichternd hinzu, dass RaptorGen das Land im Umkreis mehrerer Quadratkilometer erst im April von der brasilianischen Regierung erworben hatte, weshalb es nun Privatbesitz war.
Überhaupt war RaptorGen im Süden Brasiliens sehr gut aufgestellt, was die Bewirtschaftung von Feldern mit gentechnisch verändertem Soja betraf. Nur noch auf etwa einem Viertel der Sojafelder des Landes wurden traditionelle Sorten angebaut, und die lagen fast ausschließlich im Norden. RaptorGen und einige andere ausländische Saatgutkonzerne hatten schon sehr früh begriffen, wie wichtig es werden würde, die Sojafelder zu kontrollieren.
Brasilien war innerhalb weniger Jahre zum zweitgrößten Sojaproduzenten der Welt aufgestiegen und verfütterte nun seinen Regenwald in Form von Sojabohnen an Rinder, Geflügel und Schweine in Europa. Der Handel mit den eiweißhaltigen Bohnen hatte sich praktisch über Nacht zu einem weltweiten Milliardengeschäft entwickelt und den Aktienkurs von RaptorGen explodieren lassen.
Rocky wischte sich den Schweiß von der Stirn und stieg in den Wagen. Wie die meisten Mitarbeiter von RaptorGen erhielt auch er einen Teil seines Gehalts in Form von Unternehmensaktien. Victor Shark sah es als Beitrag zur Mitarbeitermotivation, seine Angestellten am direkten Erfolg ihres Handels zu beteiligen.
Gerade, als man in Europa begonnen hatte, sich gegen den Anbau von transgenem Saatgut starkzumachen, hatte Shark seinen Mitarbeitern eindrucksvoll vor Augen geführt, dass sich selbst aus dieser offenen Ablehnung noch ordentlich Profit schlagen ließ: Wenn die Europäer kein transgenes Soja bei sich

anpflanzen wollten, übernahm RaptorGen das eben für sie - mitten im Regenwald und natürlich gegen eine entsprechende Provision.
Rocky startete den Motor und setzte zurück, um den Pick-up zu wenden. Für Aufträge wie diesen ließ Victor Shark in der Regel noch einen kleinen Bonus bei der nächsten Gehaltsabrechnung springen. Gutes Geld, doch Peanuts im Vergleich zu dem Geschäft, das Rocky sich selbst an Land gezogen hatte. Noch vor einem halben Jahr hätte er seinem Boss bedingungslose Treue geschworen, doch dann hatten die streng geheimen Experimente auf der Pazifikinsel eine völlig überraschende Wendung genommen.
Im Licht der Schweinwerfer huschte ein schweineähnliches Tier über die Piste, das der Motorenlärm aufgescheucht hatte. Rocky reagierte völlig gelassen und machte nicht einmal den Versuch zu bremsen. In Gedanken war er bereits bei seinem Handlanger Miguel in Mexiko.
In Rockys Augen war der durchgeknallte Mexikaner der perfekte Partner für sein neues Geschäft: Gierig und verschlagen genug, um alles zu tun, gleichzeitig aber viel zu blöd, um irgendwas allein auf die Beine gestellt zu bekommen. Dummerweise bedeutete das auch, dass Rocky gerade in der Anfangsphase regelmäßig nach Mexiko fliegen musste, um den Fortgang der Arbeit zu überwachen. Anderenfalls bestand die berechtigte Befürchtung, dass der Mexikaner Rockys Geld mit Huren und Tequila durchbrachte.
Im Licht der Scheinwerferkegel tauchten die ersten Felder vor Rocky auf. Gleich darauf ließ er den Dschungel endgültig hinter sich. Er fuhr noch etwa einen halben Kilometer, bis er den Pick-up auf einem käferförmigen Erdhügel inmitten der Sojafelder stoppte.
Es war eine sternenklare Nacht. Die Schreie aus dem Urwald waren vermutlich noch kilometerweit zu hören.

Rocky stieg aus und öffnete die hintere Tür. Aus dem Fußraum holte er einen silbergrauen Koffer heraus und hob ihn auf das Wagendach. Trotz seiner Körpergröße musste Rocky sich auf das verchromte Trittbrett des Wagens stellen, um den Koffer richtig sehen zu können. Das eingebaute Satellitentelefon stellte die abhörsichere Verbindung zu Victor Shark vollautomatisch her, als der Koffer mittels Fingerabdruck geöffnet wurde.
Es dauerte nur wenige Sekunden, dann meldete sich die Stimme von Victor Shark: „Guten Abend. Was haben Sie für mich?"
„Guten Abend", erwiderte Rocky. „Gute Neuigkeiten: Die Arbeit ist so weit erledigt, und ein kleines Souvenir habe ich Ihnen auch eingesammelt."
„So weit erledigt? Was darf ich darunter verstehen?"
„So gut wie fertig! Es ist nur..." Rocky atmete schwer. „Mir macht diese feuchte Hitze ganz ordentlich zu schaffen. Ich würde mir mit dem Aufräumen noch gern bis morgen Zeit lassen, falls das für Sie okay ist. Außerdem muss ich eine kleine Schnittwunde versorgen lassen, bevor sich bei dem Dreck hier noch etwas entzündet."
„Passen Sie mir bloß auf sich auf!" Shark klang beinahe besorgt. „Ich will nicht, dass Sie sich überarbeiten."
„Ich fürchte, das hab ich heute schon. Es war ganz schön was los hier."
„Ich verstehe... Von mir aus nehmen Sie sich ruhig noch einen Tag Auszeit. Hauptsache, ich habe Sie wieder an meiner Seite, wenn Wenker von seinem Inselausflug zurückkommt."
„Wenker?" Der Name blieb Rocky fast im Hals stecken. „Ich wusste nicht, dass er auch für Sie unterwegs ist..." Rocky schickte ein unverfängliches Fragezeichen hinterher und hoffte auf eine Erklärung.

„Wussten Sie nicht?“, fragte Shark und klang ehrlich überrascht. „Wahrscheinlich hat er einfach nur vergessen, es zu erwähnen. Er ist unmittelbar nach Ihnen aufgebrochen, weil er sich auf der Isle 113 umsehen will, um seinen Bericht für den Vorstand endlich abschließen zu können.“
Ein imaginärer Torpedo durchschlug Rockys Sixpack und detonierte mitten in seinen Eingeweiden.
„Sind Sie noch da?“, fragte Shark.
„Ja... Die Verbindung ist ziemlich schlecht. Hab ich Sie richtig verstanden, dass Wenker zur Isle 113 geflogen ist?“
„Kaum zu glauben, nicht wahr? Aber Sie kennen den Mann ja. Wenn der sich etwas in seinen Buchhalterschädel gesetzt hat, hört er nicht auf nachzufragen, bis auch die letzte Zahl in seiner Bilanz auf dem richtigen Platz steht. Wir können wirklich froh sein, ein Zahlengenie wie ihn zu haben. Morgen Abend will er wieder zurück sein, dann können wir dieses leidige Thema endlich zu den Akten legen und uns auf die neue Kampagne für die Europäische Union stürzen. Wann sagten Sie, wollen Sie zurückkommen?“
„Ich werde morgen Abend wie vereinbart da sein.“ Rocky war kreidebleich.
„Sehr gut!“ Victor Shark klang zufrieden. „Ich muss leider schon wieder los. Meine Sekretärin hat mir für heute noch einen Termin bei Ms. Heart eingetragen. Machen Sie sich einen schönen Abend, wir sehen einander dann morgen.“

***

Frühmorgens über einer Inselgruppe im Pazifik:
Der Hubschrauberpilot flog die Isle 113 in einer ausgedehnten Linkskurve an, um nicht direkt in die noch tiefstehende Sonne blicken zu müssen. Sein einziger Passagier war ein Buchhalter

mit runder Nickelbrille, der seit über einer Stunde kein Wort mehr gesprochen hatte.
Wenker hatte seine Aktentasche auf dem Schoß liegen und brütete in vorgebeugter Haltung über seinen Notizen.
„Mr. Wenker?“ Der Pilot blickte über die Schulter zurück in die zweite Sitzreihe.
„Ja?“ Wenker machte sich gar nicht erst die Mühe, aufzuschauen. Stattdessen klopfte er genervt mit dem stumpfen Ende eines Bleistifts auf sein ledergebundenes Notizbuch.
„Ich wollte Ihnen nur mitteilen, dass wir in ungefähr drei Minuten die Insel erreichen. Wenn Sie möchten, kann ich Sie auch gleich direkt neben der zerstörten Forschungsstation absetzen.“
„Ich bin mir sicher, dass ich das nicht möchte“, entgegnete der Buchhalter. „Halten Sie sich an den Plan und bringen Sie mich zur Anlegestelle!“
„Wie Sie wünschen.“ Der Hubschrauberpilot änderte seinen Kurs geringfügig und steuerte jetzt auf das westliche Ende der Insel zu.
Wenig später kam die Anlegestelle in Sicht, die sich vor allem durch steile Klippen auszeichnete, die für Boote nur eine einzige Durchfahrtsmöglichkeit ließen.
Wenker schob seinen Bleistift mit stoischer Ruhe in eine Lasche des Notizbuchs und ließ es in seiner Aktenmappe verschwinden. Nach der Landung auf der Insel würde er seine spontanen Gedanken dem Allerheiligsten anvertrauen: Seinem alten Diktiergerät, das zwar noch Kassetten für die Aufnahme verwendete und dessen Tasten bereits so abgegriffen waren, dass ihre Beschriftung nicht mehr zu lesen war, das ihm aber in all den Jahren treue Dienste geleistet hatte. Damit würde ihm die bevorstehende Dokumentationsarbeit nicht nur bequemer, sondern auch um einiges schneller von der Hand gehen als mit Papier und Bleistift.

Aus dem Seitenfenster inspizierte Wenker die schroffen Felsen unter sich und bekam ein völlig neues Bild von der Anlegestelle, die er bisher noch nie aus der Vogelperspektive gesehen hatte. Vor zwei Jahren war der Buchhalter schon einmal auf Isle 113 gewesen.
Damals hatte RaptorGen die Pachtverträge für diese und eine der Nachbarinseln unterzeichnet. Wenker hatte sich damals in besonderem Maß für die neuen Standorte im Pazifik eingesetzt, weil sie neben den offensichtlichen Vorteilen für das geplante Projekt auch interessante steuerliche Möglichkeiten versprochen hatten. Aus Kostengründen hatte man bei RaptorGen später entschieden, nur auf einer der beiden Inseln eine Forschungsstation einzurichten.
Victor Shark hatte es damals Wenker und seinen Zahlenspielen überlassen, die Entscheidung für die eine und gegen die andere Insel zu treffen. Diese Vorgehensweise war innerhalb des Vorstands nicht unumstritten gewesen, zumal Wenker sich letztlich gegen die vom Management bevorzugte Variante ausgesprochen hatte - für Isle 113. Für den Buchhalter war es damals Bewährungsprobe und Feuertaufe in einem gewesen. Durch geschickte Argumentation hatte er letztlich alle für seinen errechneten Favoriten begeistern können. Seither galt Isle 113 intern als Wenkers Baby. Umso härter hatte es ihn getroffen, als Rocky vor einigen Wochen von ersten Problemen auf der Insel berichtet hatte.
Auch wenn die Vorstandsebene bei RaptorGen mittlerweile mit dem Projekt abgeschlossen und die finanziellen Verluste verinnerlicht hatte, machte Wenker sich Vorwürfe, zu spät reagiert zu haben. Gleichzeitig wollte er nicht wahrhaben, dass zwischen dem Bekanntwerden der ersten Probleme und dem Totalverlust der Forschungsanlage nur so wenig Zeit verstrichen sein konnte.

Wenker war besessen von der Idee, dass sein Baby noch hätte gerettet werden können, obwohl Rocky dem Management eine ganz andere Geschichte aufgetischt hatte. Zweifellos waren der Sturm und die behaupteten Schäden auf der Insel mehr als glaubwürdig geschildert worden, doch irgendetwas in der Buchhalterseele sträubte sich gegen Rockys Version der Ereignisse.
Wenker hatte sein klimatisiertes Büro nur aus einem einzigen Grund gegen die stickige Hubschrauberkabine getauscht: Wenn es tatsächlich etwas gab, das Rocky als Lügner entlarven konnte, dann war es mit hoher Wahrscheinlichkeit hier auf der Insel zu finden.
„Ich werde versuchen, dort drüben aufzusetzen." Der Pilot zeigte auf eine ebene Fläche von der Größe eines Basketballfeldes. Die Landezone lag am Beginn des Wegs, der von der Anlegestelle zum Krater hochführte und wurde von schwarzen Felswänden flankiert.
„Machen Sie schon!" Wenker hatte genug Zeit im Helikopter verbracht. Ihm blieben nur noch wenige Stunden, um Beweise für seinen Verdacht zu finden. Sollte er mit leeren Händen zurückkehren, würde Victor Shark ihm mit Sicherheit keinen weiteren Ausflug zur Insel genehmigen.
Kaum hatte der Hubschrauber aufgesetzt, riss Wenker die Tür auf und sprang hinaus. Die Aktentasche unter den Arm geklemmt, schrie er gegen den Rotorenlärm an: „Fliegen Sie hinauf zur Forschungsstation und warten Sie dort auf mich!" Er blickte auf seine Armbanduhr. „Wenn ich in zwei Stunden nicht auftauche, fliegen Sie ohne Umweg zurück und erstatten Mr. Shark Bericht. Nur ihm! Verstanden?"
Der Pilot nickte.
Wenker schlug die Tür zu und lief in geduckter Haltung aus dem Wirkungsbereich der Rotorblätter.

Hinter ihm stieg der Hubschrauber gut hundert Meter senkrecht in den Himmel, drehte nach rechts und verschwand in Richtung Inselmitte.
Der Buchhalter schlug den entgegengesetzten Weg ein, dem er eine gefühlte Minute bis zur Anlegestelle folgte. Auf den ersten Blick war nichts Auffälliges zu sehen. Nichts anderes hatte Wenker erwartet. Falls es auf den Felsen ringsum überhaupt Spuren gegeben hatte, die Rockys Version hätten widerlegen können, waren sie bestimmt längst ein Opfer der starken Brandung geworden.
„Keine sichtbaren Besonderheiten beim Eintreffen an der Anlegestelle", sprach er in sein Diktiergerät und ließ es zurück in die Hemdtasche unter dem Pullunder gleiten. Dennoch wollte er es sich nicht nehmen lassen, einen genaueren Blick auf das Treibgut zu werfen, das die Wellen wieder und wieder gegen den Steg spülten.
Zwischen Ästen in unterschiedlichen Größen und Stärken stachen vor allem der Plastikmüll und unzählige Styroporbruchstücke hervor. Wenker erkannte einen blauen Kanister wieder, der zweifellos von der Forschungsanlage stammte. Diverse Getränkeflaschen und Stoppel ließen sich nicht eindeutig zuordnen, denn der Sturm konnte sie praktisch von überall her mitgebracht haben.
Wenker ging in die Knie und stellte seine Aktentasche neben sich auf den Steg. Er packte einen der längeren Äste, um damit im Treibgut stochern zu können. Ein Gebilde, das aussah wie ein mit Styroporabfällen bedeckter Fußball, hatte seine Aufmerksamkeit erregt. *Noch ein kleines Stück.* Er musste sich weiter vorlehnen, als es ihm lieb war, um den vermeintlichen Ball auch nur ansatzweise mit der Astspitze erreichen zu können. Die Brandung hatte die angeschwemmten Dinge so fest ineinandergeschoben, dass ein verfilzter Treibgutteppich daraus entstanden war.

Wenker musste kräftig umrühren, damit die Styroporreste überhaupt Platz fanden, zur Seite zu treiben. Genau das gestaltete sich aber ausgesprochen mühsam, weil er kaum Druck auf den langen Ast ausüben konnte. Erst nach mehreren Versuchen gelang es ihm, eine kleine Stelle zumindest so weit aufzulockern, dass die Wasseroberfläche unter dem Treibgut zum Vorschein kam.

Er fühlte sich wie ein Eisangler, der es geschafft hatte, ein Loch in das Eis zu brechen, doch bis zum ersten Fisch war es noch ein weiter Weg. Wenker entschied sich dafür, möglichst viele der herumschwimmenden Treibgutstücke so tief in das Loch zu tauchen, bis sie irgendwo seitlich unter dem Teppich verschwanden. Er löste die Überreste einer toten Möwe heraus und schickte sie mit einem gezielten Stoß in die Tiefe. Sie tauchte ebenfalls nicht mehr auf.

Mit seiner Technik konnte Wenker die freie Stelle zügig erweitern und sich bis zu seinem eigentlichen Ziel vorarbeiten. Der styroporbedeckte Ball, davon hatte er sich mittlerweile überzeugt, war keiner. Noch konnte er nichts Genaueres erkennen, doch dort, wo die graubraune Oberfläche bereits zu sehen war, erinnerte sie ihn an aufgeschwemmte Haut.

Ich wusste es! Wenker stocherte immer wilder und war so aufgeregt wie ein Bluthund, der eine erste Spur gefunden hatte. Im Geiste bereitete er schon seine Fragen für das abendliche Meeting mit Victor Shark und Rocky vor. *Wo genau sagten Sie, haben Sie Ihre Leute verscharrt, Rocky? Vielleicht hätten Sie die Löcher doch ein wenig tiefer ausheben sollen, meinen Sie nicht?*

Er legte den Ast neben sich auf den Steg und kitzelte sein Diktiergerät aus der Brusttasche, um seine Entdeckung festzuhalten: „Eine genauere Analyse der Anlegestelle fördert eine interessante Entdeckung zu Tage.“ In seine Stimme mischte sich Genugtuung. „So wie es aussieht, muss der

heftige Regen eine der vergrabenen..." Er stoppte die Aufnahme und spulte ein Stück zurück, um gleich darauf mit einer neuen Aufnahme die vorherige teilweise zu überspielen: „...zumindest eine der vergrabenen Leichen wieder aus der Erde gespült haben. Möglicherweise handelt es sich um den Kapitän des Bootes. Genau lässt sich das nicht mehr sagen, weil ihm irgendjemand den Schädel gespalten hat. Sieht nach einem Schlag mit einer Stange oder einem Rohr aus. Könnte aber auch ein Paddel gewesen sein. Ich mache noch ein paar Fotos von dem Fund." Ein überlegenes Grinsen breitete sich bis weit über den Rand seiner Brille aus. Der bloße Gedanke daran, wie Rocky am Abend versuchen würde, die Aufnahmen zu erklären, ließ das alte Buchhalterherz höher schlagen.
Wenker steckte das Diktiergerät zurück in die Brusttasche seines Hemds. Aus der Aktentasche holte er eine kleine Kamera und machte zwei Fotos vom Kopf der Wasserleiche. *Ich muss ihn zur Seite drehen, damit man das Gesicht erkennen kann.* Er griff nach seinem Ast und stieß gegen den schwammigen Kadaver, der keine Anstalten machte, sich zu bewegen. *Weiter!* Wenker beugte sich weiter vor und schlug mit dem Ast mehrmals zu, doch die Leiche schaukelte nur unter den Hieben. *Dreh dich endlich!*
Platsch!
Das Geräusch fuhr Wenker bis ins Mark. Reflexartig fasste er sich an die Brust, doch die Ausbeulung unter seinem Pullunder war verschwunden - die Brusttasche des Hemds war leer.
„Nein!"
Sein heißgeliebtes Diktiergerät, das die meisten Menschen ohnehin nur noch als Elektronikschrott abgetan hätten, war Wenker in all den Jahren der beste Freund gewesen. Der beste und zugleich auch der einzige, dem er wirklich alles hatte anvertrauen können, was er bei seinen akribischen Prüfungen aufgedeckt hatte.

„Nein!“ Er schlug zornig mit dem Stock auf das Wasser, als könne er damit den Schuldigen bestrafen. „Nein! Nein! Nein!“

***

Miguels abgelegenes Grundstück, Mexiko:
Miguel hatte gerade seine Hunde in den Zwinger gesperrt und war auf dem Weg zurück ins Haus. Er hoffte, dass Rocky sich nicht noch weiter verspäten würde, denn Miguel brannte darauf, ihm von seiner jüngsten Entdeckung zu berichten.
Er zog das rissige Fliegengitter der Verandatür hinter sich zu und ging in die Küche. Die Einrichtung hatte sein Großvater selbst gezimmert. Miguel hatte seither so gut wie nichts am Haus verändert oder gar Neues angeschafft. Sogar die Gläser und Teller, die sich zwischen Spüle und Kühlschrank zu einem dreckigen Berg türmten, waren Teil der Erbschaft gewesen.
Über dem Geschirr kreiste, aufgeschreckt von der Ankunft des Hausbesitzers, ein gutes Dutzend fetter Fliegen. Miguel konnte beobachten, wie sich eine nach der anderen auf den Essensresten niederließ. Der Großvater hatte sich nie zu einem Geschirrspüler durchringen können, und Miguel war schon seit seiner Kindheit an hygienische Defizite gewöhnt.
„Gebt euch gefälligst mehr Mühe!“, verlangte er von den geflügelten Mitbewohnern. Aus einem Regal über der Spüle holte er zwei Gläser. „Wir erwarten Besuch! Aber so langsam, wie ihr den Dreck fresst, werden die Teller ja nie sauber.“
Die zwei Gläser und eine Flasche Tequila stellte er im Nebenzimmer auf den Couchtisch. Anschließend holte er sich eine Dose Bier und ließ sich rücklings auf die Couch fallen. Federn knarzten und eine Staubwolke fuhr aus dem durchgesessenen Sitzmöbel.
Miguel riss die Dose auf, genehmigte sich einen Schluck, streckte sich und ließ die Arme auf die Rückenlehne sinken.

Sein Blick schweifte durch das abgewohnte Reich und ließ ihn zufrieden lächeln. In wenigen Wochen, dessen war er sich ganz sicher, würde er all das gegen den Jackpot tauschen. Er nahm einen weiteren Schluck und prostete in Richtung Tür. „Auf dein baldiges Ende, du verdammtes Drecksloch!“
Miguel erwartete Rocky innerhalb der nächsten Stunde und entschied sich, die Wartezeit mit Fernsehen totzuschlagen. Viel Auswahl gab es dabei nicht, da ein Sturm die Satellitenschüssel schon vor einer Ewigkeit verstellt hatte. Miguel wählte einen staatlichen Nachrichtenkanal, der über ein Jugendprojekt informierte. Jugendlichen, die in Kontakt mit Drogen gekommen waren, sollte ein Weg zurück in die Gesellschaft aufgezeigt werden. Zwei Politiker in gebügelten Anzügen standen vor einem Haus mit roter Fassade und überhäuften sich gegenseitig mit Glückwünschen für die geleistete Arbeit. „Wir investieren in die Zukunft unserer Kinder“, verkündete einer der beiden. „Drogen sind zu verabscheuen. Sie verhindern, dass unsere Kinder etwas aus ihrem Leben machen.“ Eine Gruppe geläuterter Jugendlicher kam ins Bild und blickte zu ihm auf. „Jeder von euch kann etwas aus sich machen!“, versprach er ihnen. „Seht mich an! Auch ich habe einen harten Weg hinter mir, aber ich habe mich richtig entschieden und leiste meinen Beitrag für die Gesellschaft. Ihr könnt das auch - jeder von euch.“
„Ja!“, grölte Miguel. „Seht euch dieses Arschloch genau an! Er kauft jedes Wochenende sein Koks im Puff und die ganze Stadt weiß es.“ Miguel schüttelte den Kopf und spülte seinen Ärger mit Bier hinunter.
Die Lautstärke des Fernsehers machte es unmöglich, das dumpfe Klopfen zu bemerken, das seinen Ursprung irgendwo unter dem Holzfußboden hatte.
„Was für ein blödes Schwein!“ Miguel hatte in seinem Leben weiß Gott genug schlechte Erfahrungen gemacht, um zu wissen,

wie geheuchelt die Moral der lokalen Behörden im Kampf gegen Drogen war.
Er wechselte den Kanal und landete bei einem Werbespot für Duschgel. Mit dem Fuß schob Miguel Flasche und Gläser beiseite, um auf dem Couchtisch Platz für seine Beine zu schaffen. Dadurch war es ihm nicht möglich, die leichten Vibrationen zu spüren, die fortan jedem Klopfen unter dem Fußboden folgten.
Miguels Antlitz erhellte sich schlagartig, als der nächste Werbespot begann. Zu sehen waren riesige Felder und stolze Bauern, die von ihren Ernteerträgen berichteten. Eine warme Frauenstimme fasste die Erfahrungen der Landwirte mit den neuen Sorten zusammen: „Nur gemeinsam können wir unsere Welt verbessern. Helfen Sie mit, die Umwelt von Pestiziden zu entlasten und den Hunger der Welt endlich zu stoppen! Mit Saatgut von RaptorGen setzen Sie ein Zeichen für eine fortschrittliche und moderne Landwirtschaft, die verantwortlich und nachhaltig mit der Natur umgeht. Noch nie war es so leicht, die eigenen Erträge zu steigern und dabei Gutes zu tun." Das grinsende Maiskorn wurde eingeblendet und blieb bis zum Ende des Spots stehen. „Setzen auch Sie auf die Zukunft der Menschheit, setzen Sie auf RaptorGen!"
„Du sagst es!", rief Miguel begeistert. „Die sollten lieber dich zur Bürgermeisterin machen und nicht diesen koksenden Idioten im Anzug. Meine Stimme hast du jedenfalls schon mal sicher." Dreckig lachend zerdrückte er die leere Bierdose. „Das Saatgut von RaptorGen wird die Zukunft ganz sicher zum Besseren wenden - meine Zukunft!"
Draußen bellten die Hunde.
Blitzschnell sprang Miguel auf und hatte wie aus dem Nichts eine Pistole in der Hand, als er sich dem Fenster näherte. Er schob den Vorhang ein Stück zur Seite und lugte angespannt nach draußen. Ein dunkelgrauer Geländewagen raste auf das

Haus zu und kam erst kurz vor der Veranda zum Stehen. *Das wurde aber auch Zeit!*
Rocky stieg aus und musste fast husten, weil sein Bremsmanöver so viel Staub aufgewirbelt hatte.
„Amigo!" Miguel trat ihm lachend entgegen. „Du machst mir meine ganze Veranda dreckig mit deiner Karre." Erst auf den zweiten Blick fiel ihm der Verband an Rockys Ohr auf. „Was ist passiert?"
„Beim Rasieren geschnitten." Rocky machte zwei schnelle Schritte und hielt auf der Veranda kurz inne, um sich den Staub von der Hose zu klopfen.
Miguel verzog das Gesicht, als er aus der Nähe das Ausmaß der Verletzung abschätzen konnte. „Hast du schon mal überlegt, auf einen elektrischen Rasierer umzusteigen?"
Rocky holte Luft und blähte seinen Brustkorb wie eine Wand auf. „Ich bin bestimmt nicht hergekommen, um mir von dir Rasiertipps zu holen. In weniger als sechs Stunden muss ich schon wieder am Flughafen sein, damit ich das Meeting schaffe."
Miguel hielt seinem Gast die Tür auf und bat ihn mit einer Geste nach drinnen. „O Mann, du machst dir viel zu viel Stress. Eines Tages bringt dich das noch um."
„Erklär das diesem verdammten Buchhalter!"
„Wenker?"
Rocky nickte. „Ich hab dir gleich gesagt, dass uns der noch Ärger machen wird. Er ist, ohne ein Wort zu verlieren, zur Insel geflogen und sucht dort nach Erklärungen für die offenen Fragen in seinem Protokoll."
„Er sucht vielleicht die Säcke..."
„Was denn sonst!"
„Er wird sie aber nicht finden...?" Miguels Tonfall deutete eine besorgte Frage an.

„Natürlich wird er sie nicht finden, weil sie hier in deinem Keller liegen oder verbrannt sind! Aber das bewahrt uns nicht davor, dass Wenker bei seiner Schnüffelei auf Ungereimtheiten stößt, die er heute Abend von mir erklärt haben will. Ich hab nur leider nicht die geringste Ahnung, was dieses gerissene Aas sich von dem Ausflug auf die Insel erhofft."
Miguel reichte seinem Besuch ein mit Tequila gefülltes Glas und machte gute Miene zum bösen Spiel. „So schlimm wird es schon nicht werden. Wenn der Kerl so clever wäre, wie du es ihm zutraust, wäre er bestimmt nicht Buchhalter geworden."
„Wir dürfen ihn nicht unterschätzen." Rocky nahm das Glas und blickte in die klare Flüssigkeit, als könne er darin die Zukunft lesen. „Wenker heckt etwas aus. Der ist viel zu clever, um seine Zeit mit Belanglosigkeiten zu verschwenden. Wenn er einen Verdacht hat, wird er nicht aufhören, rumzuschnüffeln, bis er..."
Miguel stieß sein Glas unerwartet fest gegen das von Rocky und ließ es überschwappen. „Er will dich nervös machen. Und weißt du was? Es funktioniert. Hör auf, an den Bleistiftlutscher zu denken und konzentrier dich auf deine Arbeit! In ein paar Wochen kann er rausfinden, was er will."
Ein dumpfes Klopfen drang zwischen den Spalten des Fußbodens nach oben.
Rocky warf seinem Gegenüber einen fragenden Blick zu.
Miguel zeigte sich unbekümmert und nahm einen weiteren Schluck. Nicht nur seine Gelassenheit spiegelte den Kontrast der beiden Männer wieder: Miguels fettschwarzes Haar reichte bis zur Schulterpartie des schweißgeränderten T-Shirts, das bis weit über die zerschlissene Jeans hing. Rocky war in eine Wolke aus Aftershave gehüllt, eine Mischung aus Hölzern und Zitrus. Sein Anzug wirkte trotz der langen Fahrt noch immer wie frisch gebügelt.

„Trink aus!“, verlangte Miguel. „Dann zeige ich dir, wie weit ich schon gekommen bin.“ Er stellte sein Glas auf den Tisch und ging zur versteckten Falltür im Boden.
„Was war das für ein Geräusch?“
„Entspann dich, Amigo!“ Miguel schob den Teppich zur Seite.
Die vereinzelten Klopfgeräusche waren nun deutlicher zu hören und Rocky meinte, ein blechernes Scheppern zwischen den Schlägen herauszuhören.
Mit einer schwungvollen Bewegung riss der Mexikaner die Falltür auf und ließ sie zur Seite knallen. „Vergiss alles, was du über die bisherige Wirkung der Samen weißt. Das hier stellt alles in den Schatten!“
Rocky leerte hastig sein Glas und folgte Miguel in den beleuchteten Keller. Er kannte die geheime Plantage zwar schon von früheren Besuchen, doch auch sonst wäre ihm der Neuzugang im hinteren Teil sofort aufgefallen, der lautstark auf sich aufmerksam machte.
„Bleib hinter mir“, riet Miguel und ging langsam weiter.
Rocky spielte seine Größe aus und blickte fassungslos über die mexikanische Schulter. „Was um alles in der Welt ist das?“
Zwischen den diversen Pflanzen sah er einen Drahtgitterkäfig, der sich stoßweise bewegte und ganz offensichtlich die Quelle des Geräuschs war.
„Das ist mein neues Haustier. Ich habe ihn Hulk getauft. Er hat sich freiwillig für ein kleines Experiment gemeldet.“ Miguel machte einen Schritt zur Seite und stellte sich so neben den Käfig, dass auch sein Begleiter genug Platz fand, das Experiment aus der Nähe zu betrachten.
„Vorsichtig!“ Miguel packte Rocky am Arm und zog ihn zurück. „Ich würde nicht so nah hingehen. Hulk ist zur Zeit etwas nervös.“
„Hulk?“

„Hulk!“, bestätigte Miguel zufrieden. „Du kennst doch den Film mit diesem grünen Monster?“
„Sollte ich?“
Miguel verdrehte die Augen. „Ein Mann hat einen Laborunfall und verwandelt sich von da an jedes Mal in ein grünes Supermonster, wenn er schlechte Laune bekommt. Hulk ist extrem aggressiv und unkontrollierbar. Ein blöder Film, aber der Name gefällt mir - und er passt!“
Wie zur Bestätigung donnerte Hulk mit dem Schädel gegen den Käfig und ließ die beiden Männer zurückweichen.
„Wow“, bemerkte Rocky respektvoll und betrachtete die ausgebeulten Gitterstäbe aus sicherem Abstand. Deutlich zeichnete sich die Form des Katzenkopfs im Metall ab. „War das alles er?“
Miguel lachte. „Wahnsinn oder? Der ist total bescheuert und wirft sich immer wieder dagegen. Ich bin froh, dass ich ihn nicht in den kleinen Käfig gesperrt habe, den hätte er mir schon längst zerlegt.“
„Der hier sieht auch nicht mehr so aus, als würde er ihn noch lange aufhalten.“
„Das täuscht“, beruhigte Miguel. „Ich hab denselben Käfig einmal für einen meiner Hunde verwendet. Der hat sich damals eingebildet, er kann die Gitterstäbe rausreißen. Hat aber nicht geklappt, weil vorher die Zähne nachgegeben haben. Hulk wird es ähnlich ergehen Bevor er da rauskommt, bricht er sich beim ständigen Anlaufen irgendwann das Genick. Blödes Vieh!“
„Und ich dachte schon, die Rinder auf der Insel waren aggressiv. Aber wenn ich mir deinen Kater so ansehe...“
„Wenn dich das schon beeindruckt, dann warte mal, wie er reagiert, wenn ich ihn füttere.“ Miguel ging hinüber zu den Tischen, auf denen er die Sojasamen angepflanzt hatte. „Das sind die ersten Pflanzen der neuen Generation. Sie wachsen erstaunlich schnell durch die Nährlösung und natürlich, weil

sie so viel Liebe bekommen." Er beugte sich hinunter zu den Pflänzchen und wisperte ihnen zu: „Nicht wahr, meine Kleinen?"
„Du hast einen Knall." Rocky ging zwischen den Tischreihen auf und ab und inspizierte die Fortschritte der Arbeit. „Aber die Pflanzen scheint das nicht zu stören."
„Mit Sicherheit nicht! Das Einzige, womit ich ihnen keine Freude mache, ist, wenn ich ihnen ein Stück abschneide." Er ließ seiner Ausführung Taten folgen und hielt gleich darauf ein Blatt hoch. „Ich mische immer eines davon in Hulks Futter, um zu sehen, ob sich die Konzentration verändert. Das geht um einiges schneller, als jeden Tag aufwändige Analysen zu machen."
„Und?" Rocky sah zu, wie Miguel das Blatt zerstampfte und mit Katzenfutter vermengte.
„Im Moment steigt die Kurve ungefähr so an." Der Mexikaner streckte seinen Arm nahezu senkrecht in die Luft und grinste breit. „Ich mache derzeit drei Analysen pro Woche und beobachte zusätzlich die Veränderungen an Hulk. Ich rechne nicht damit, dass diese extreme Steigerung bis zur Fruchtreifung anhält. Vermutlich erreichen wir schon in ein paar Wochen das Maximum."
„Umso besser. Je früher wir ernten können, umso schneller füllt sich das Konto."
Miguel hatte das Katzenfutter ordentlich durchgemischt und hielt es seinem Geschäftspartner vors Gesicht. „Heute darfst du ihn füttern."
Hulk, dem der Geruch bereits in die Nase gestiegen war, krachte mit dem Schädel so heftig gegen das Gitter, dass sich der Käfig um einige Zentimeter bewegte.
„Du solltest dir aber nicht zu lang damit Zeit lassen", merkte Miguel amüsiert an.

„Gib schon her!“ Rocky trug die Futterschale wie eine entsicherte Handgranate vor sich her. Eine Armlänge vor dem Käfig blieb er stehen und musterte die Katze.
Hulk zeigte sich von seiner besten Seite. Er fauchte wütend und riss das Maul so weit auf, dass seine Zähne wie Dolche aus dem geifernden Speichelschaum herausstachen.
Rocky streckte langsam den Arm aus, ohne seinen Blick von der Katze abzuwenden.
Hulk fauchte ein weiteres Mal, diesmal leiser. Seine aufmerksamen Augen visierten die Beute an, die sich dem Käfig näherte.
„Ganz ruhig, Hulk“, hörte Rocky sich sagen und hasste sich im selben Moment dafür. Es war geradezu lächerlich, welchen Respekt er einer streunenden Katze entgegenbrachte. Erst recht, da Miguel das Vorgehen höchst amüsiert aus der zweiten Reihe beobachtete.
„Du hattest wohl noch nie eine Katze?“, stichelte Miguel.
„Jedenfalls keine, bei der ich nicht wusste, ob das Vieh sich zuerst auf das Futter oder auf meine Hand stürzen wird, wenn ich den Käfig aufmache.“
„Er will deine Hand nicht.“
„Tatsächlich?“ Rocky starrte Hulk direkt in die Augen und fühlte sich ausgesprochen unwohl dabei, seine Finger über den Verschlussbügel zu legen. „Wie kannst du dir da so sicher sein?“
„Gar nicht. Aber ich würde trotzdem einen Hunderter darauf wetten, dass er dir direkt ins Gesicht springt, wenn du so blöd bist und ihm den Käfig wirklich öffnest.“
Rockys Hand fror mitten in der Bewegung ein.
Miguel lachte laut los. „Lass gut sein, Cowboy! Ich glaub dir auch so, dass du verrückt genug bist, mein Partner zu sein. Nicht einmal ich bin so bescheuert, meine Hand auf das Käfiggitter zu legen.“

Rocky zuckte instinktiv zurück. Im selben Augenblick katapultierte Hulk sich mit aufgerissenem Maul gegen das Gitter und schlug wie ein Rammbock darin ein.
„Verflucht!", stieß Rocky hervor und ließ beim Zurückzucken fast das Futter fallen.
„Gib her!" Miguel griff nach der Futterschüssel und hielt sie einen halben Meter über dem Käfig in Position. „So musst du das machen, wenn du sein Freund werden willst. Mahlzeit, Hulk!" Er kippte das Futter treffsicher über den Kopf der Katze, die daraufhin hochfuhr und mehrmals so heftig gegen das Gitter knallte, als hätte ihr Hinterteil gerade mit einem Elektroschocker Bekanntschaft gemacht. Miguel lachte. „Da soll noch mal einer sagen, dass Katzen intelligent sind."
„Die bestimmt nicht." Rocky trat gegen den Tisch mit dem Käfig. „Dem Drecksvieh sollte man eine Kugel verpassen, bevor es einen Weg nach draußen findet."
„Auf keinen Fall! Wenn ich mit ihm fertig bin, möchte ich ihn mit meinen Hunden zusammenbringen. Ich bin sicher, das wird ein interessantes Zusammentreffen. Mit der richtigen Dosis traue ich Hulk sogar echte Chancen im direkten Zweikampf zu."
„Solang du nicht die gesamte Ernte an ihn verfütterst, soll es mir recht sein."
„Keine Sorge. Er bekommt täglich nur ein Blatt und das auch nur im Dienst der Wissenschaft." Miguel beugte sich ein Stück vor. Hulk hatte sich wieder beruhigt und verschlang gierig die herumliegenden Futterstücke. „Schon erstaunlich, wenn man bedenkt, dass er vor ein paar Tagen kaum noch richtig laufen konnte. Keine Spur mehr von der ausgemergelten Katze, die ich fast an die Hunde verfüttert hätte. Hulk ist ein richtiger Kämpfer geworden, und das verdankt er nur den leckeren Sojabohnen von RaptorGen." Er blickte zu Rocky und seine

Mundwinkel hoben sich. „Vielleicht sollten wir RaptorGen einen Werbespot mit Hulk in der Hauptrolle vorschlagen."
„Gute Idee. Am besten sperren wir ihn in einen Raum mit Wenker und lassen der Natur ihren Lauf."
„Ach komm!" Miguel klopfte seinem Partner freundschaftlich auf die Schulter. „Lass dich von der Sache nicht fertigmachen. Der Typ hat nichts gegen dich in der Hand, du wirst sehen."
Rocky nickte wenig überzeugt.
„Ich sehe schon, ich muss deine Laune für heute Abend noch aufbessern." Miguel stand auf und ging zu einem der freistehenden Regale, die mit allen möglichen Schachteln, Werkzeugen und Saatgutpackungen vollgeräumt waren. „Das Beste habe ich mir für den Schluss aufgehoben. Du wirst Augen machen."
Rocky schenkte ihm einen fragenden Blick.
„Schau einfach nur auf Hulk und genieß die Show!" Miguel fischte etwas Längliches aus einer Kunststoffbox und ging anschließend hinüber zu mehreren Lichtschaltern, die er der Reihe nach umlegte. Nach und nach erloschen die Lampen über den Pflanzentischen und Dunkelheit breitete sich im Keller aus. Nur eine einzelne Lampe ganz hinten im Eck brannte noch. Miguel umrundete den Tisch rechts von ihm, um an einen weiteren Schalter zu gelangen. Einen Klick später verlosch auch das letzte Licht.
Rocky hatte seinen Blick noch immer auf den Käfig gerichtet, aus dem Hulks gieriges Schmatzen drang.
Irgendwo im Dunkel war das Rumpeln eines umgestoßenen Kanisters zu hören und gleich darauf Miguel, der eine Verwünschung ausspie.
„Wir sind hier drüben", half Rocky bei der Orientierung.
„Bin gleich bei euch." Miguels Stimme war nur noch wenige Schritte entfernt. „Ich hab dir vorhin von dem Film erzählt, dem Hulk seinen Namen verdankt."

„Hast du, und wenn ich mir so ansehe, wie aggressiv und unkontrollierbar das Vieh ist, dann finde ich den Namen durchaus passend.“
„Er passt noch nicht ganz.“ Miguel stellte sich neben Rocky und drückte auf einen Knopf an dem länglichen Gegenstand in seiner Hand. „Das ist eine Taschenlampe, die mit Schwarzlicht arbeitet. Ihr Licht ist mit freiem Auge nicht zu sehen. Ich verwende sie normalerweise für die Pflanzen, aber neulich bin ich damit ganz zufällig bei Hulk vorbeigekommen...“ Er machte eine Pause und schlug gegen den Käfig, worauf die Katze aufsprang und sich fauchend gegen die Gitterstäbe warf. Miguel richtete den unsichtbaren Lichtstrahl direkt in Hulks Gesicht und sagte: „Jetzt weißt du, warum er sich seinen Namen verdient hat.“
Rocky sagte kein Wort. Fassungslos starrte er auf die giftgrünen Katzenaugen, die ihn anfunkelten.
„Cool, oder?“ Miguel bewegte die Taschenlampe und das Grün wurde noch kräftiger. Da Lichtstrahl und Lichtquelle nicht zu sehen waren, wirkte es, als würden Hulks Augen von innen heraus leuchten. „Wenn man genau schaut, bemerkt man den Effekt sogar bei Tag, aber das Schwarzlicht verstärkt die Wirkung ganz gewaltig.“
„Was um alles in der Welt ist das?“
„Die Quelle, aus der Hulk seine Energie bezieht“, erwiderte Miguel mit mystischer Stimme und lachte gleich darauf herzhaft los. „Ich hab keine Ahnung, aber ich vermute, es hat etwas mit der Blutung in seinen Augen zu tun.“
„Welche Blutung?“ Rocky zuckte innerlich zusammen.
„Was fragst du mich? Ich bin kein Arzt. Ich dachte, ein paar Äderchen in seinen Augen wären geplatzt - zumindest hat es zunächst so ausgesehen. Nach ein paar Tagen ist es dann zu einer rötlichen Trübung gekommen, wie bei einer Bindehautentzündung. Kurz darauf hat sich das Rot in Gelb

verwandelt, dann haben seine Augen einen grünen Stich bekommen und wurden wieder klar."
„Ich hab so etwas noch nie gesehen", erklärte Rocky so überzeugt wie möglich.
„Da bist du nicht der Einzige. Ich könnte mir gut vorstellen, dass die Versuchsrinder auf der Insel ähnliche Augenverfärbungen hatten, bloß ist es bei denen keinem aufgefallen, weil ihr das hier nicht dabei hattet." Er wackelte mit der Taschenlampe und veränderte damit das Leuchten in Hulks Augen.
„Denkbar wäre es schon..." Rocky fiel die Bemerkung eines Wissenschafters auf der Insel wieder ein, der er damals keinerlei Bedeutung beigemessen hatte. Das Licht der jüngsten Erkenntnisse gab allerdings Anlass, frühere Einschätzungen zu hinterfragen, sie vielleicht sogar grundlegend zu revidieren.
„Green", murmelte Rocky.
„Was?"
„Nicht so wichtig."

***

Überreste der Forschungsstation, Isle 113:
Wenker hatte seine Aktentasche gleich nach Erreichen der Forschungsstation im Hubschrauber verstaut und lief seit geraumer Zeit nur mit Notizbuch und Bleistift bewaffnet durch das Gelände. In unregelmäßigen Abständen kam er dabei am Helikopter vorbei. Er bückte sich da und dort, hob Dinge auf, nur um sie gleich darauf verärgert von sich zu schleudern und kritzelte wie wild in seinem Notizbuch herum.
Der Pilot hatte es sich unterdessen in der Nachmittagssonne gemütlich gemacht und blinzelte nur gelegentlich in Richtung Buchhalter. *Der Typ hat sie nicht alle.* Ihm war es von Anfang an egal gewesen, warum er den merkwürdigen Kauz im

Pullunder zur Insel hatte fliegen sollen. Nur aus Höflichkeit hatte er seinem Passagier ein paar Fragen gestellt, genau das aber schnell bereut.
Offenbar gehörte Wenker nicht zu der Sorte Menschen, die auf ihre Arbeit angesprochen werden wollten. Schlimmer noch, auf dem Fußmarsch zur Forschungsstation musste der Buchhalter seinen Außendienst regelrecht hassen gelernt haben. Anders konnte der Pilot sich Wenkers extrem schlechte Laune nicht erklären.
Wenker kam gerade wieder in Hörweite, und der Pilot schnappte ein paar Wortfetzen auf, die der Buchhalter vor sich hin murmelte. Es klang, als würde er etwas diktieren, nur dass weit und breit kein Diktiergerät zu sehen war. Kurz darauf stoppte Wenker und notierte etwas in sein Buch.
Der Pilot drehte sich zur Seite. *Der hat keine Ahnung, was er tut - gar keine. So planlos laufen nicht mal meine Kinder rum, wenn sie ihre Osternester suchen.* Jedem anderen Passagier hätte er längst Hilfe angeboten, aber in diesem Fall genoss er es einfach nur, sich die Sonne ins Gesicht scheinen zu lassen.
Wenkers klare Favoriten der vergangenen Stunde waren die Überreste der beiden Lagerhallen gewesen. Vor allem die rechte hatte es ihm angetan. Feuer und Sturm hatten die Hallenkonstruktion in einen übelriechenden Schutthaufen verwandelt. Doch das hielt Wenker nicht davon ab, jede noch so verkohlte Holzlatte umzudrehen.
Die Verbissenheit, mit der er sich diesmal in seine Arbeit vertiefte, war selbst für Wenker ungewöhnlich. Über zehn Seiten seines Notizbuchs hatte er bereits mit Informationen aufgefüllt, die das Geschehen auf der Insel in einem völlig anderen Licht erscheinen ließen, als Rocky es dem Vorstand dargestellt hatte.
Wenker schob mit der Schuhspitze ein Bruchstück der Hallendecke zur Seite. Zum Vorschein kam etwas, das wie die

verkohlten Überreste eines Saatgutsacks aussah. Wenker bückte sich und stocherte mit einem Ast darin herum, um Gewissheit zu haben. Es hatte nicht lange gedauert, ein Gefühl für die Verformungen zu bekommen, die das Feuer hinterlassen hatte.

„Habe einen weiteren Sack im hinteren Drittel der Lagerhalle gefunden“, murmelte er und verfluchte den Tag im Stillen.

Wenker machte ein Foto und stand wieder auf. Er blätterte ein paar Seiten in seinem Notizbuch zurück, wo er seine jüngste Entdeckung an passender Stelle vermerkte. Die Arbeit auf der Insel hatte etwas von einem gewaltigen Puzzlespiel. Das war keineswegs ungewöhnlich, wenngleich Wenker üblicherweise an seinem Schreibtisch saß und Zahlen verschob, bis das Gesamtbild sichtbar wurde.

Diesmal musste er sich die einzelnen Puzzlesteinchen jedoch erst mühsam zusammensuchen, die jemand mit viel Geschick auf der Insel verteilt hatte. Das Einzige, das Wenker beim Auffinden der Steinchen helfen konnte, waren Rockys Angaben zu dem Vorfall. In dieser Hilfestellung lag gleichzeitig auch Wenkers größtes Problem: Rocky hatte gelogen und Dinge verschwiegen, aber zum überwiegenden Teil die Wahrheit gesagt. Genau das ergab in den Augen des Buchhalters keinen Sinn.

Bisher hatte er Rocky immer für einen unterbelichteten Muskelberg gehalten. Nun zeichnete sich allerdings ab, dass eine ganze Menge mehr hinter der Sache steckte, als er es seinem verhassten Widersacher im Kampf um die Gunst von Victor Shark zugetraut hätte.

„Mr. Wenker?“ Der Pilot nutzte die Gelegenheit, seinen Passagier beim Vorbeigehen anzusprechen. „Ihnen bleibt noch eine knappe Stunde, bis wir starten müssen.“

„Ich weiß!“, knurrte Wenker. Fast sieben Stunden mühte er sich nun schon ab, zu verstehen, was Rocky hier abgezogen

hatte. Gut, er konnte beweisen, dass Rocky gelogen hatte, was den Verbleib der Leichen betraf und es stand ohne Zweifel fest, dass nicht mehr alle Saatgutsäcke in der Lagerhalle waren. Nicht mehr! Genau darin lag Wenkers Problem. So wie der Sturm auf der Insel gewütet hatte, konnten die Überreste der fehlenden Säcke sonstwohin verstreut worden sein. Jetzt waren sie weg, das war alles, was sich mit Bestimmtheit sagen ließ.
Es ergibt einfach keinen Sinn, dass er den Vorstand belogen hat. Selbst ein Idiot wie Rocky ist nicht so blöd und riskiert all das für nichts. Für nichts! Konzentrier dich, Wenker! Du hast etwas übersehen. Irgendwo hier draußen muss es etwas geben, das diesem Mistkerl das Genick brechen kann.
Wenker war alles andere als zimperlich gewesen beim Sammeln der Beweise. Die aufgedunsene Wasserleiche hatte ihn ebenso wenig von seiner Mission abbringen können wie die verwesenden Rinderkadaver, von denen er jeden einzelnen gefunden hatte: 16 Kuri und 11 Brahman. Genau, wie es in den Unterlagen vermerkt war.
Wenker hatte nicht einmal davor zurückgeschreckt, mit einem Klappspaten über die Erdhaufen herzufallen, in denen Rocky seine Leute verscharrt hatte. Zwar konnte er nicht beurteilen, ob Rockys Männer tatsächlich von aggressiven Rindern so zugerichtet worden waren, doch da Schnellzüge als Verursacher ausschieden, sprach nichts gegen die Rindergeschichte. Der Buchhalter war sicher, dass ihm die Bilder noch lange nicht aus dem Kopf gehen würden - falls überhaupt.
Eine weitere halbe Stunde verstrich, in der Wenker sich buchstäblich im Kreis drehte.
„30 Minuten noch, Mr. Wenker."
„Ich weiß!" Falten des Zorns tauchten über dem Rand der Nickelbrille auf. Wenkers erste eigene Außenmission stand kurz davor zu scheitern. Im Geiste ging er noch einmal alles

durch, was er gegen Rocky zusammengesammelt hatte. Seite für Seite blätterte er sich durch seine Notizen.
Die Anschuldigungen würden mit Sicherheit reichen, um den Abend mit spannendem Gesprächsstoff zu füllen, aber würden sie Victor Shark auch überzeugen, Rocky in die Wüste zu schicken? *Wahrscheinlich nicht.* Wenker hasste sich für den Gedanken. Er konnte Rocky fast schon hören, wie er sich wieder auf das schreckliche Unwetter ausredete: *„Ich versichere Ihnen, Mr. Shark: Ich hatte alles unter Kontrolle, bis auch noch der Blitz in die Lagerhalle eingeschlagen...“*
Wenker stutzte. Sollte das Unwetter am Ende gar die Lösung und nicht das Problem sein? Seit Tagen versuchte er, den Sturm so in Rockys vermeintlich perfekten Plan einzubauen, dass alles einen Sinn ergab. Gleichzeitig traute Wenker seinem Konkurrenten aber eine solche Planung gar nicht zu - der Widerspruch konnte offensichtlicher nicht sein.
„Mr. Wenker?“ Der Pilot war aufgestanden und öffnete die Tür des Hubschraubers. „Wir müssen jetzt los.“
„Fliegen wir!“ Zum ersten Mal an diesem Tag sah Wenker zufrieden, fast glücklich aus.

***

Baton Rouge, Louisiana:
Bill Fowlers Wohnung hatte einiges von einem spießigen Filmmuseum aus den Sechzigern. Der augenscheinlichste Unterschied war, dass die Wände nicht mit Filmplakaten vollgehängt waren, sondern mit gerahmten Zeitungsartikeln. Eine erkennbare Ordnung gab es dabei genauso wenig wie einheitliche Rahmen. Alu, Holz und Kunststoff in verschiedenen Farben und Formen schützten an die 300 Zeitungsseiten aus den letzten Jahrzehnten. Die meisten davon hatte Bill auf Flohmärkten oder in Antiquariaten erstanden, es

fanden sich aber auch Stücke aus Mortis legendärem Archiv darunter.
Alle aufgehängten Zeitungsartikel waren handverlesen und dienten Bill als Erinnerung und Inspiration zu gleichen Teilen. Nur an den Übergängen der Rahmen war das zarte Grün der darunterliegenden Wand noch zu erkennen. Der größte und gleichzeitig auch schönste Rahmen hing an der Wand im Wohnzimmer. Er war mit feuerrotem Metalliclack überzogen und funkelte, wenn er von den Spots angestrahlt wurde. Dass er immer noch leer war, spornte Bill jeden Tag aufs Neue zu Höchstleistungen an, denn diesen Ehrenplatz hatte er für seinen Pulitzer-Preis reserviert.
Durch die Ereignisse der letzten Tage fühlte Bill Fowler sich seinem Ziel zwar näher als je zuvor, gleichzeitig setzten ihn die Ergebnisse seiner Recherchen immer mehr unter Druck. Spätestens seit seinem Telefonat mit Verena sah er die Samen, die er von der Insel mitgebracht hatte, nicht nur als Beweise, sondern auch als Bedrohung.
Bill saß an seinem Küchentisch und zündete eine violette Kerze an. Es war die vierte Kerze seines letzten Adventskranzes. Weil er zu Weihnachten vergessen hatte, sie anzuzünden, hatte er sie für eine passende Gelegenheit aufgehoben.
Bill breitete die verbliebenen Samen sorgfältig vor sich aus, während er darauf wartete, dass die Kerze herunterbrannte. Rund um den Docht bildete sich ein kleiner Wachsteich, der rasch an Größe zulegte. Mit einer Pinzette hob Bill den größten der Sojasamen an und führte ihn behutsam in die Nähe der Flamme. Er kippte die Kerze ein wenig, um das flüssige Wachs auf einer Seite zusammenrinnen zu lassen und tauchte den Samen ein. Als er ihn gleich darauf wieder herauszog, hatte sich eine dünne Wachsschicht um das Samenkorn und die Spitze der Pinzette gelegt.

Bill positionierte sein Werkzeug neu und wiederholte den Vorgang, um einen lückenlosen Wachsüberzug zu erreichen. Derart geschützt, konnte auch vorübergehende Feuchtigkeit den Samen nichts mehr anhaben. Bill hatte zwar nicht vor, seine Wohnung zu fluten, doch hier konnten die Samen aus Sicherheitsgründen auch nicht bleiben.
Er verließ die Küche. Beim Zurückkommen hatte er ein gepolstertes Kuvert in der einen und einen Stempel in der anderen Hand. Mit dem Stempel verewigte er seine Adresse auf einer Küchenserviette, die er anschließend um das Samenkorn schlug. Er zog den Schutzstreifen ab und klebte das Kuvert zu. Als Absendeadresse vermerkte er die Anschrift von Mortimer News. Der Empfänger war eine frei erfundene Adresse in Neuseeland. Auf dem Postamt wollte er später den günstigsten Beförderungstarif wählen. Dessen Laufzeit war im Internet mit drei Wochen angegeben. Es würde also wenigstens sechs Wochen dauern, bis die unzustellbare Sendung wieder zurückkam und bei Morti im Briefkasten landete. Sechs sichere Wochen, in denen selbst der Einfluss der mächtigsten Männer nicht reichen würde, das Samenkorn in ihre Gewalt zu bringen.
Bill bereitete einen zweiten Sojasamen für den Überzug mit Wachs vor. Diesmal entschied er sich für einen besonders flachen Samen, von dem er hoffte, dass er in seiner Uhr Platz finden würde. Bills Armbanduhr verfügte über zwei Batterien, von denen eine nur als Reserve diente, um die andere wechseln zu können, ohne gespeicherte Daten zu verlieren.
In einer Küchenschublade bewahrte Bill ein Set von Miniaturschraubenziehern auf, die er ursprünglich zum Wechseln seines Handycovers gekauft hatte. Mit wenigen Handgriffen war die Deckplatte auf der Uhrenrückseite aufgeschraubt und die Reservebatterie herausgekitzelt.
Bill setzte das Samenkorn ein und drückte vorsichtig den Deckel wieder zu. *Na bitte, passt doch perfekt.*

Für die Vorbereitung des nächsten Sojasamens nahm er sich deutlich mehr Zeit. Vier Mal wiederholte er die Prozedur mit dem Wachs, wodurch die schützende Schicht immer dicker wurde. Da er vorhatte, den Samen in einem der Blumentröge neben Antonios Imbissstand zu verstecken, musste die Ummantelung besonders dicht sein.
Etwa eine halbe Stunde später verließ Bill die Wohnung, um seine Versicherungen zu platzieren. Trotz der gebotenen Eile, die sein genau geplanter Abgang von der örtlichen Bühne erforderte, ließ er es sich nicht nehmen, immer wieder einen flüchtigen Blick über die Schulter zu werfen. Auch wenn er nicht ernsthaft damit rechnen musste, bereits beschattet zu werden, so lag ihm die journalistische Vorsicht doch zweifellos im Blut.
Die Zeit wird knapp. Bill dachte an die Benachrichtigung, die wenige Stunden zuvor in einer seiner Mailboxen eingegangen war. Er hatte sich unter falschem Namen bei einer Website registriert, die aktuelle Medienberichte aus der ganzen Welt gezielt nach Schlüsselwörtern absuchte und über entsprechende Treffer per Mail benachrichtigte. Bill brauchte dann nur auf die mitgeschickten Links zu drücken, um zum jeweiligen Artikel zu gelangen. Drei derartige Benachrichtigungen hatte er zu seinen Suchbegriffen erhalten, wollte die entsprechenden Artikel aber, vor allem um Zeit zu sparen, erst am Flughafen lesen.
Zwei Gehminuten von seiner Wohnung entfernt, bestellte er sich per Telefon ein Taxi. So blieb ihm gerade noch genug Zeit, seinen Koffer aus der Wohnung zu holen, bevor der Wagen vorfuhr.
„Zum Flughafen, bitte!"
Die Fahrt verlief ebenso ereignislos wie die Ankunft. Nur die Sicherheitsvorschriften waren im Vergleich zu seinem letzten Flug wieder einmal verschärft worden, wodurch sich bei den

Durchgängen drei Schlangen gebildet hatten, die hinten zwar länger wurden, aber vorn nicht kürzer.
„Kann endlich mal jemand klingeln?“, rief eine ältere Dame mit britischem Akzent, die ein paar Meter vor Bill in der Warteschlange stand und sich ärgerte, dass von sieben möglichen Kontrollschaltern nur drei mit Personal besetzt waren. Besagte Dame war Bill bereits zuvor durch ihre ausgefallene Kleidung aufgefallen, die an sehr frühe Dschungelexpeditionen des Empires erinnerte.
„Klingeln?“, fragte ein fast ebenso eigenwillig gekleideter Mann, der neben ihr stand.
„Ja!“, erwiderte die Britin selbstbewusst. „Im Supermarkt funktioniert es schließlich auch, wenn nicht alle Kassen besetzt sind!“
Bill reagierte mit einem humorvollen Kopfschütteln und nutzte die Zwangspause, um sich mit seinem Handy ins WLAN des Flughafens einzuwählen.
Er checkte seine Mails und stellte fest, dass eine vierte Benachrichtigung dazugekommen war. Zwei der Artikel erwiesen sich schon beim ersten Hinsehen als Fehlschüsse, der dritte war durch seine eigenwillige Formatierung eine echte Herausforderung für das kleine Display des Mobiltelefons.
Bill scrollte unzählige Male von links nach rechts, bevor er auch nur annähernd erkannte, wovon der Text handelte. Zwar war er thematisch nicht uninteressant, enthielt aber dennoch nicht den gesuchten Inhalt.
„Na endlich!“, reagierte die Britin lauthals auf das Öffnen eines weiteren Schalters und teilte sogleich ihren Begleiter ein: „Jetzt aber zügig, junger Mann! Die Koffer schieben sich bestimmt nicht von allein!“
Bill überflog den vierten Artikel und wusste auf Anhieb, dass er ins Schwarze getroffen hatte. Er hatte schon mit so etwas gerechnet, doch dass er nun tatsächlich einen Bericht über sein

eigenes Ableben lesen musste, war selbst für einen abgebrühten Journalisten wie ihn eine grenzwertige Erfahrung. Für Bill stand außer Zweifel, dass der Artikel eine einzige Lüge war, doch jeder andere, der ihn las, nahm ihn vermutlich ebenso für bare Münze wie jeden anderen Text, den die Zeitungen abdruckten.
Bill hatte bei seiner Suche vor allem auf zwei Namen gesetzt, von denen er gehofft hatte, dass sie irgendwo wieder auftauchen würden: Da war zum einen sein eigener Deckname, unter dem er sich von RaptorGen hatte anwerben lassen und zum anderen jener von Dr. Selling, dem Tierarzt, mit dem Bill die Flucht von der Insel gewagt hatte. Zumindest in einem Punkt entsprach der Text doch den Fakten: Selling war tot.
Bill scrollte nach unten und entdeckte ein kleines Foto. Es war schwarzweiß, extrem unscharf und offenbar bei Nacht aufgenommen worden. Mit ein wenig Fantasie ließen sich die Überreste eines auf dem Dach liegenden Kleinbusses erkennen. Der Bericht erwähnte ein extremes Unwetter im Pazifik, in dessen Folge es auf mehreren Inseln zu gefährlichen Erdrutschen und Schlammlawinen gekommen war. Einer kleinen Gruppe von Forschern, die zur wissenschaftlichen Erkundung in dem Gebiet unterwegs waren, war dieses Unwetter zum Verhängnis geworden. Eine Mure hatte ihren Kleinbus erwischt und über fünfzig Meter in die Tiefe gerissen. Dabei überschlug sich das Fahrzeug mehrmals und wurde fast vollständig zerstört.
Als sich einige Tage später ein Bauarbeiterteam um die Instandsetzung der unterspülten Straßen kümmerte, fanden sie die Leichen von sieben Männern über einen Umkreis von mehreren hundert Metern verteilt. Mangels Gurten waren sie bei den Überschlägen aus dem Fahrzeug geschleudert worden. Einen achten Mann hatte man eingeklemmt hinter dem Steuer

gefunden, wo er allem Anschein nach an einer Kopfwunde verblutet war.
Bill atmete schwer, als er die Schilderung des Unfallhergangs mit dem Bild in Verbindung brachte, das sich in jener Nacht unauslöschlich in sein Gedächtnis gebrannt hatte. *Kopfwunde... verblutet... Fahrer... Kapitän...* Die Gedanken drehten sich alle in dieselbe Richtung und Bill wurde auf erschreckende Weise bewusst, dass es vielleicht doch mehr Parallelen zur Realität gab, als er dem Zeitungsartikel im ersten Moment zugestanden hatte. *Kopfwunde... Sturm... Kapitän...* Sein Herz schlug schneller. *Blut... Anker... Tod... Reiß dich zusammen! Jetzt!*
Er zwang sich dazu, ganz gezielt gegen den Strom der Erinnerungen anzusteuern. *Notwehr! Du hattest keine andere Wahl... Denk an Selling! Es war Notwehr!*
Eine Hand tippte ihm von hinten auf die Schulter. „Wenn Sie nicht weitergehen, überhole ich Sie."
Bill blickte auf und sah, dass die Schlange schon einige Meter weitergewandert war. „Sorry, ich war abgelenkt." Mit dem Fuß bugsierte er seinen Koffer vor sich her, bis er wieder zum Vordermann aufgeschlossen hatte.
„Pendergast!", tönte es ein paar Plätze vor ihm. „*Lady* Pendergast! Genau so wie es da steht! Sie können doch lesen?" Die energische Stimme gehörte ohne Zweifel der Britenmumie im Expeditionsoutfit, die mittlerweile bis zum Schalter vorgedrungen war. „Aber ja, natürlich wäre es viel einfacher für uns alle, wenn Ihre verantwortungslosen Mitarbeiter meinen Flug gleich richtig gebucht hätten. Haben sie aber nicht! Und jetzt machen Sie endlich weiter! Wir wollen hier weg sein, bevor der Boden sich auftut und die Hölle Sie verschluckt."
Bill speicherte den Link zum Artikel unter den Favoriten, klappte sein Handy zu und war froh über die unerwartete Ablenkung - zumindest für den Moment.

***

RaptorGen-Tower, Houston, Texas:
Die Stimmung im Besprechungsraum ließ einen entspannten Abend erwarten. Das lag aber nur daran, dass Rocky noch fehlte. Sein Flugzeug hatte eine Stunde Verspätung, und Mr. Shark wollte die anstehende Diskussion erst nach Rockys Eintreffen beginnen.

Wenker hatte seine Unterlagen längst vorbereitet und verbrachte die Zeit damit, den Faden einer aufgehenden Naht in seinen Pullunder zurückzustopfen.

Ihm gegenüber saß Patricia Heart, deren saphirblaues Kostüm im Brustbereich betont eng geschnitten war. Der Anwältin war nicht entgangen, dass Wenker immer wieder über den Rand seiner Brille schielte, um einen Blick in ihren Ausschnitt zu ergattern.

Victor Shark nahm davon keine Notiz und unterhielt sich unterdessen mit seinem Sitznachbarn, einem korpulenten Vorstandsvorsitzenden mit ungewöhnlich hoher Stimme. Shark hatte die Runde diesmal bewusst klein gehalten und außer den vier Anwesenden nur noch Rockys Namen auf die Einladungsliste setzen lassen.

„Entschuldigen Sie, bitte..." Sharks Sekretärin betrat das Zimmer und balancierte ein Silbertablett mit drei Gläsern und einer Tasse zum Tisch. Kaum einer nahm richtig Notiz von ihr, als sie die bestellten Getränke verteilte. Nur Wenker nutzte die Gelegenheit für einen ausgedehnten Blick auf den Vorbau von Patricia Heart.

„Mr. Shark?" Die Sekretärin stellte ihrem Chef einen Espresso hin. „Rockys Taxi ist soeben vorgefahren. Er ist bereits auf dem Weg nach oben."

„Danke." Er räusperte sich unüberhörbar und wartete, bis alle Augenpaare auf ihn gerichtet waren. „Rocky ist eingetroffen. Wir werden also in Kürze mit der Besprechung beginnen."
Wenker senkte unterwürfig den Kopf, als hätte man ihm die Verantwortung für eine bevorstehende Schlacht übertragen.
Drei Minuten später erschien Rocky auf der Bildfläche. Im Vorbeigehen bat er die Sekretärin um ein stilles Mineralwasser. Obwohl sein Anzug makellos war und perfekt saß, wirkte seine Erscheinung längst nicht so souverän wie sonst. Sofort stach allen sein Verband ins Auge.
„Was ist denn mit Ihnen passiert?", fragte Patricia Heart mit glaubwürdiger Bestürzung.
„Nur eine kleine Schnittwunde." Rocky begrüßte die Anwesenden und versuchte gleichzeitig, die Lage einzuschätzen. Shark hatte die Runde klein gehalten. Dass die Anwältin dabei war, konnte alles und nichts bedeuten. Angesichts der jüngsten Entwicklungen sah Rocky darin aber eher einen Grund zur Sorge. Sein Blick wanderte weiter bis zu Wenker. Dessen selbstgefälliges Grinsen schrie förmlich danach, aus dem Gesicht geprügelt zu werden.
„Schön, Sie zu sehen, Rocky." Wenker hielt einen Bleistift in der Hand und prüfte mit dem Zeigefinger dessen Spitze.
„Bevor wir mit Wenkers Analyse anfangen", erklärte Shark, „wird Rocky uns noch kurz erzählen, wie es in Brasilien gelaufen ist. In vier oder fünf Sätzen, bitte."
Rocky hatte gegenüber von Wenker Platz genommen und konnte spüren, wie sich die Luft zwischen ihnen auflud. Beide versuchten, die freundliche Fassade zu wahren, doch das Knistern war unüberhörbar.
„Rocky?", hakte Shark nach. „Brasilien, bitte!"
„Natürlich, Mr. Shark. Ich habe wie gewünscht mit dem Grundbesitzer Kontakt aufgenommen. Leider hat sich sehr schnell bestätigt, was wir ohnehin schon befürchtet hatten.

Seine Landarbeiter haben einen unserer Sympathisanten gefangen und ziemlich übel zugerichtet, um ihn zum Reden zu bringen. Sie wollten seine Aussagen einsetzen, um gegen uns Stimmung zu machen. Vernünftige Argumente haben nichts gebracht, daher musste ich den Unruheherd schnellstmöglich löschen."

„Gab es dabei unerwartete Probleme?", wollte Shark wissen.

„Keine Probleme."

„Rückstände?"

„Die habe ich im Sektor E456 deponiert. Das Dschungelgebiet ist für die nächsten Wochen zur Abholzung vorgesehen, verfügt aber noch über genügend Wildbestand, um bis dahin alle Rückstände zu beseitigen. Meinen ausführlichen Bericht habe ich bereits auf dem Rückflug vorbereitet und werde ihn im Lauf der nächsten Tage übermitteln." Rocky legte die mitgebrachte Trophäe auf den Tisch und rollte sie hinüber zu seinem Boss.

Shark betrachtete den Siegelring wohlwollend und steckte ihn ein. „Das klingt nach einem vollen Erfolg. Ich bin sehr zufrieden mit Ihrer Arbeit, Rocky."

„Danke, Mr. Shark."

„Wir alle sind sehr zufrieden." Wenkers Stimme signalisierte offene Zustimmung, traf ihr Ziel aber mit der Schärfe einer Rasierklinge.

Rocky merkte, wie die Temperatur in seinem Anzug stieg.

„Lassen Sie mich noch eine Kleinigkeit anmerken, bevor uns Wenker seine Erkenntnisse präsentiert", schlug Victor Shark vor. „Wie Sie wissen, machen in der Öffentlichkeit diverse Gerüchte über unsere Geschäftspraktiken die Runde. Paul und ich..." Er klopfte dem Vorstandsvorsitzenden an seiner Seite auf die Schulter. „...sind zu dem Schluss gekommen, dass es Zeit wird, diesem Treiben einen Riegel vorzuschieben. Wie schon bei einem der letzten Treffen angekündigt, übertragen

wir diese Angelegenheit mit sofortiger Wirkung unseren Juristen. Ms. Heart wird sich in den nächsten Tagen persönlich um übereifrige Journalisten kümmern, damit deren Schmierblätter keine Lügen mehr über uns veröffentlichen."
„Ich halte das für eine ausgezeichnete Idee, Mr. Shark", schleimte Wenker. „Aus meiner Sicht haben wir schon wieder viel zu lang beide Augen im Umgang mit der Presse zugedrückt. Von Zeit zu Zeit muss man denen eine anständige Klage hineinwürgen, damit sie ihre Arbeit wieder ernst nehmen und seriös berichten. Ich könnte mir niemanden vorstellen, der dafür besser geeignet wäre als unsere Ms. Heart."
Patricia Heart strich sich eine Haarsträhne aus dem Gesicht und lächelte. „Ganz so schnell sind wir nicht mit dem Verklagen, zumal Ende des Monats der oberste Gerichtshof über unseren Patentstreit entscheidet. Das bindet uns doch einige Ressourcen. Wie auch immer, ich werde mich in den nächsten Tagen persönlich mit den Bossen der vorlauten Medien treffen und ihnen klarmachen, dass es besser für sie ist, mit uns zu rudern als gegen uns."
„Noch Fragen dazu?" Shark erwartete keine Antwort.
„Nur eine Anmerkung von meiner Seite." Die Anwältin wandte sich an Wenker. „Sie wollten mir noch Ihre Unterlagen über... Sie wissen schon, zukommen lassen. Es wäre praktisch, wenn ich sie gleich mitnehmen könnte, weil ich doch morgen..."
„Selbstverständlich!" Wenker klappte pflichtschuldig seine Mappe auf, überblätterte zwei Seiten und reichte Patricia Heart mehrere zusammengeheftete Blätter. „Das ist alles, was ich zu dem Fall herausgefunden habe. Nicht so viel wie erhofft, aber ich bin mir sicher, es wird Ihre Arbeit deutlich beschleunigen."
Die Anwältin erwiderte sein aufgesetztes Lächeln mechanisch und bedankte sich für die Unterlagen.

Rocky hatte verzweifelt versucht, einen flüchtigen Blick darauf zu werfen, doch Wenkers Mimik verriet ihm, dass er sich die Mühe besser hätte sparen sollen.
„Nachdem auch das geklärt ist..." Shark beendete die intensive Betrachtung seiner frisch manikürten Fingernägel und machte eine einladende Geste in Richtung des Buchhalters. „Bitte berichten Sie uns von Ihrem Ausflug auf die Insel!"
Wenker nickte als Zeichen dafür, dass er verstanden hatte. Beim Blättern in seiner Mappe ließ er sich merklich Zeit, wohl auch, um seinen Vorsprung an Wissen richtig auszukosten. Noch mehr als sonst zehrte er davon, dass alle Augen auf ihn gerichtet waren. Er saß da wie ein Klassenstreber, der nach langem Warten endlich seinen Aufsatz vorlesen durfte. Ein sehr guter Aufsatz, wie Wenker fand.
Rocky hatte Mühe, die Lage einzuschätzen. Seine Handflächen wurden immer feuchter und er erwischte sich dabei, wie er an seinem Mineralwasser nippte, ohne davon zu trinken. Rockys schlechtes Gewissen war mehr als begründet, doch gleichzeitig hoffte er, auf der Insel keine Fehler begangen zu haben.
Aus Erfahrung kannte er die Vorgangsweise bei einfachen Verfehlungen im Hause RaptorGen: Ein unangekündigtes Treffen im kleinen Kreis, zumeist im Beisein des Abteilungsleiters, eines Anwalts, Victor Shark selbst und ein oder zwei Männer von Rockys Kaliber, um für alle Eventualitäten gerüstet zu sein.
Dem Beschuldigten wurde, stets im Beisein eines Anwalts von RaptorGen, kurz und bündig erklärt, warum die Zukunft keine gemeinsame mehr sein könne. Zur gleichen Zeit befreite ein Reinigungstrupp den Arbeitsplatz von allen persönlichen Rückständen, die nach gründlicher Sichtung in einem Karton landeten. Noch bevor diese persönlichen Habseligkeiten gegen Unterschrift ausgehändigt wurden, war eine Untergruppe der

Personalabteilung bereits damit beschäftigt, den Ruf des Mitarbeiters branchenübergreifend zu ruinieren.
In der Regel dauerte es kaum länger als eine halbe Stunde, unerwünschtes Personal vor die Tür zu setzen und in der Öffentlichkeit zu diskreditieren. Nur bei Gefahr im Verzug oder eklatanten Sicherheitsverstößen kam es vor, dass die finale Notbremse gezogen wurde.
In Rockys Fall lagen die Dinge grundlegend anders. Er kannte die Vorgehensweisen, war oft sogar Teil davon gewesen, wenn den Worten Taten gefolgt waren. Doch jetzt war niemand zu sehen, der im Stande war, Rocky aufzuhalten, sollte er sich im Verlauf des Gesprächs emotional erregen. Und es erschien ihm höchst unwahrscheinlich, dass Wenker einen Elektroschocker unter seinem Pullunder versteckt hielt.
„Rocky?“ Die Stimme des Buchhalters ließ ihn innerlich zusammenzucken.
„Haben Sie die Frage verstanden?“
Rocky blinzelte. „Tut mir leid, ich war gerade mit den Gedanken woanders. Muss wohl daran liegen, dass ich im Moment nicht so gut höre.“ Er strich mit der flachen Hand über seinen Verband. „Was wollen Sie wissen?“
„Verstehe.“ Wenker war von der Reaktion erfreut, ließ sich aber nichts anmerken. „Sie waren seit dem Sturm in jener Nacht nicht mehr auf der Insel. Ist das richtig?“
„Korrekt.“
Sie haben uns neulich darüber informiert, dass Sie alle Opfer des Unwetters... Wie sagten Sie doch gleich?“ Wenker blätterte um. „„...verscharrt haben.“
„Alle bis auf den Kapitän des Schnellboots.“ Rocky hielt es für klüger, seine Antworten auf das Wesentliche zu beschränken, um sich nicht in Widersprüche zu verstricken.

„Richtig!“ Wenker gestikulierte mit dem Bleistift, als wäre er gerade erst wieder daran erinnert worden. „Sein Name war Makaio, nicht wahr?“
„So hat er sich mir vorgestellt.“
„Sie sagten, dass seine Leiche von der Brandung...“ Wenker überflog seine Unterlagen. „Es hat sich jedenfalls nicht mehr gelohnt, seine Einzelteile zu verscharren.“
„Korrekt.“
„Verstehe.“ Wenker beugte sich vor, klopfte mit dem Bleistift auf eine bestimmte Stelle seiner Notizen und murmelte leise vor sich hin. Ein paar Sekunden lang tat er fast so, als wäre er allein im Raum.
Rockys Blick suchte den von Victor Shark, der das allgemeine Fragezeichen mit einem Schulterzucken kommentierte.
Plötzlich richtete Wenker seinen Oberkörper wieder auf und verkündete: „Das entspricht nicht den Tatsachen!“
Alle Augen richteten sich auf den Buchhalter.
„Ich habe bei meinem Besuch auf der Insel auch Fotos gemacht, von denen eines ganz klar widerlegt, dass es dort nichts mehr zum Verscharren gab.“ Er holte einen großen Umschlag hervor, aus dem er vier kleinere schüttete. „Das folgende Foto entstand heute Nachmittag an der Anlegestelle und zeigt, wie ich vermute, den Kapitän des Schnellboots. Können Sie das bestätigen, Rocky?“ Wenker gab jedem der Anwesenden einen Umschlag.
„Wozu die Kuverts?“, fragte Shark.
„Weil ich Ihnen den Abend nicht verderben möchte.“ Wenker lächelte mildtätig in die Runde. „Ich sollte erwähnen, dass der Anblick nichts für schwache Gemüter ist. Es steht Ihnen selbstverständlich frei...“
„O, mein Gott!“, entfuhr es Patricia Heart. Sie hatte den Umschlag nur einen Spalt weit geöffnet und sofort von sich

gestoßen. „So etwas brauchen Sie mir gar nicht mehr zu zeigen! Nie wieder!“

Victor Shark riskierte einen genaueren Blick und schob das Kuvert angewidert zurück zu Wenker. Der Mann neben ihm folgte dem Beispiel.

„Rocky?“ Wenker lenkte das allgemeine Interesse wieder auf sein eigentliches Opfer. „Ist das der Kapitän des Schnellboots?“

Rocky hielt das Kuvert geöffnet und betrachtete das zu zwei Dritteln herausgezogene Foto. Der gespaltene Schädel der Wasserleiche machte deutlich, worauf Wenker hinauswollte: Ja, er hatte Makaio nicht verscharrt! Aber nicht etwa deshalb, weil dessen Leiche von der Brandung zerstückelt worden war, sondern weil Rocky sie nicht gefunden hatte. Als er die Anlegestelle in jener Nacht erreicht hatte, war sie verlassen gewesen. Das Boot, Makaio, der Botaniker - alles spurlos verschwunden. Unter anderen Umständen hätte Rocky sich mit Sicherheit die Mühe gemacht, am nächsten Morgen alles noch einmal gründlich nach den Überresten abzusuchen, doch diesmal hatte die Zeit zu sehr gedrängt. Schließlich hatte er im Schutz des Unwetters die wertvollen Saatgutsäcke von der Insel schaffen müssen.

„Ja, das ist er.“ Rocky versuchte, so sachlich wie möglich zu klingen.

Wenker fühlte sich bestätigt. Er hatte seinen Widersacher genau dort, wo er ihn haben wollte. „Die Leiche sieht übel aus, wie alle Anwesenden bereits feststellen konnten. Trotzdem ist noch genug zum Verscharren da. Finden Sie nicht?“

Rocky hätte gern widersprochen, sah aber keinen Sinn darin, eine dokumentierte Tatsache zu leugnen. „Es ging alles so schnell in jener Nacht. Ich habe mein Möglichstes getan, um alle Leichen zu finden - ohne selbst als eine zu enden.“

„Verstehe." Wenker beäugte die Spitze seines Bleistifts so ausdauernd, als überlegte er, damit gleich den Todesstoß durchzuführen. „Nachdem die Bilder nicht so gut angekommen sind..." Er zeigte auf die drei herumliegenden Kuverts und sammelte sie wieder ein. Mit einer Geste forderte er auch das vierte wieder zurück.

Rocky ließ das Foto zurück in den Umschlag gleiten und schob ihn über den Tisch.

„Danke." Wenker legte Rockys Kuvert oben auf den Stapel und wollte ihn gerade wegräumen, da ließ ihn ein scheinbar spontaner Gedanke zögern. Ohne dass es einem der Anwesenden auffiel, nahm der Buchhalter das unterste Kuvert und streckte es Rocky entgegen. „Ich hätte da doch noch eine Frage."

Rocky wirkte unentschlossen.

„Es muss leider sein!" Wenker beugte sich vor, um seiner Geste Nachdruck zu verleihen. „Bitte sehen Sie sich das Foto noch einmal ganz genau an. Mich interessiert, wie es zu diesem bedauerlichen Zwischenfall gekommen ist." Mit einem entschuldigenden Blick in Richtung Anwältin merkte er an: „Es ist wichtig, dass wir diesen Punkt restlos klären, bevor ein abschließendes Urteil über den Verlauf der Dinge gefällt wird. Ich möchte wirklich alle Zweifel ausschließen."

Patricia Heart verdrehte angewidert die Augen.

Rocky hatte das Kuvert geöffnet und starrte ungläubig auf die Aufnahme. Statt des gespaltenen Schädels, den er zuvor gesehen hatte, zeigte dieses Foto die Leiche aus einer völlig anderen Perspektive, einer, die keinerlei Gewalteinwirkung erkennen ließ.

„Sehen Sie sich das Foto genau an!" Wenkers Grinsen hatte mit einem Mal etwas Diabolisches. „Wie ist er gestorben?"

Rocky stand mit dem Rücken zur Wand, den Abgrund vor Augen, und Wenker hatte alle Trümpfe in der Hand. *Worauf will er hinaus?* Rocky merkte, dass der Umschlag die Feuchtigkeit seiner Finger wie ein Löschblatt aufsog. *Welche Fotos haben die anderen gesehen? War es ein Versehen, dass er mir jetzt ein anderes gegeben hat?* Nur einer am Tisch kannte die Antworten und es war unmöglich, ihn zu fragen - nicht in Gegenwart der anderen - nicht, ohne das Gesicht oder sogar noch mehr zu verlieren.

„Rocky? Wir warten auf Ihre Antwort“, drängte Wenker.

Shark stimmte zu und erweiterte den Druck auch noch in Richtung des Buchhalters: „Ich wäre Ihnen beiden sehr verbunden, wenn wir diesen leidlichen Fall endlich zu den Akten legen könnten.“

„So wie es aussieht, ist er ertrunken“, hörte Rocky sich sagen.

„Könnte ihn eine Welle erfasst und ins Meer gespült haben?“ Wenker genoss jede Sekunde seiner Überlegenheit.

„Das will ich nicht ausschließen.“

„Haben Sie eine bessere Erklärung?“

Rocky hatte das Gefühl, auf direktem Weg in den gespitzten Bleistift zu laufen, doch ihm blieb keine andere Wahl. „Der Sturm war sehr stark. Ich habe angenommen, dass er auf dem Boot war, wo es ihn erwischt hat, als er versucht hat, die Verankerung zu sichern. Ich war aber nicht dabei! Die Leiche war am nächsten Morgen jedenfalls nicht da und das Boot auch nicht. Aber bei einer solchen Brandung ist es auch nicht verwunderlich, dass hinterher nur noch Bruchstücke zu finden sind. Je nach Wind kann es Tage dauern, bis etwas davon wieder an Land gespült wird.“

„Wenn ich Sie richtig verstehe“, fasste Wenker zusammen, „dann ist der Kapitän also in Erfüllung seiner Pflicht mit dem Schiff untergegangen.“

Rocky beschwor sich, Ruhe zu bewahren. „Er stand auf dem Steg neben dem Boot, als ich ihn zuletzt gesehen habe. Als ich am nächsten Morgen nach ihm gesucht habe, war er verschwunden. Das Boot auch. Wenn Sie wissen wollen, ob mich das verwundert hat - nein! Jedes Boot dieser Größe wäre in einem solchen Sturm an den Felsen zerschellt. Makaio hatte leider das Pech, zu diesem Zeitpunkt an Bord zu sein."

Wenker erwiderte nichts. Stattdessen sah er sein Gegenüber erwartungsvoll an und erweckte damit bei den anderen den Eindruck, noch nicht alles gehört zu haben.

Rocky schwieg, doch sein Blick sprach Bände. Er tat alles, um sich die Zermürbung durch Wenkers Spielchen nicht anmerken zu lassen, aber seine Verunsicherung bezüglich dessen Absichten wuchs stetig. *Was willst du von mir?* Um dem gegenseitigen Wettstarren ein Ende zu setzen, sagte er: „Ich bin für seinen Tod nicht verantwortlich!"

Wenker reagierte, als hätte er genau das hören wollen. Er legte den Bleistift weg und klappte seine Mappe zu. „Das war auch meine Schlussfolgerung. Ich bin froh, dass diese Unsicherheit nun geklärt ist und wir den Fall abschließen können... So traurig der Totalverlust unserer Forschungsanlage auch ist und bleibt", fügte er betroffen hinzu.

Während die anderen Anwesenden das überraschende Ende gelassen bis wohlwollend aufnahmen, glaubte Rocky, im falschen Film mitzuspielen. *Das soll es gewesen sein?* Am liebsten wäre er aufgesprungen, um die Antworten auf all seine Fragen aus Wenker herauszuprügeln, doch etwas in ihm war einfach nur froh, dass die Inquisition zu Ende war. Zumindest hoffte er das.

Wenkers Fassade strahlte makellos wie eh und je, als er abschließend feststellte: „Rocky, Sie sollten beim nächsten Mal noch sorgfältiger sein, wenn es darum geht, die Spuren zu verwischen. Trotzdem komme ich nicht umhin zu sagen, dass Sie unter den gegebenen Umständen gute Arbeit geleistet haben. Ich glaube, für uns alle zu sprechen, wenn ich sage, dass keiner von uns das Inferno auf der Insel besser gemeistert hätte als Sie. Manchmal muss man sich eben eingestehen, dass draußen auf dem Schlachtfeld nicht alles machbar ist, was unsereins sich bei der Planung wünscht. Insofern möchte ich mich bei Mr. Shark bedanken, dass er mir die Möglichkeit gegeben hat, mir selbst ein Bild vor Ort machen zu können.“ Er wandte sich wieder Rocky zu und schloss mit den Worten: „Ich hätte es vorher nicht für möglich gehalten, wie sehr so ein kleiner Ausflug den Horizont erweitern kann.“

***

In einem Flugzeug über dem Atlantik:
Die Stewardessen hatten die Reste des Abendessens abgeräumt und die Kabinenbeleuchtung auf Nachtmodus geschaltet. Rund ein Viertel der Plätze in der Maschine war leer und so hatte Bill Fowler kein Problem gehabt, an einen Fensterplatz zu kommen. Da der Sitz zu seiner Rechten freigeblieben war, gab es für Bill Platz im Überfluss.
Er sah sich gähnend um. Nur noch vereinzelt flimmerten Spielfilme über die Monitore. Die meisten Passagiere schliefen bereits. Bill holte die ausgeteilte Nachtdecke aus ihrer Kunststoffhülle und klappte seine Sitzlehne nach hinten, um es ihnen gleichzutun
Eine Menge Gedanken gingen ihm vor dem Einschlafen durch den Kopf und er hoffte, nicht wieder von dem Boot und der Insel zu träumen. Letztlich entschied sich sein Unterbewusstsein für eine andere Erinnerung und holte Ereignisse hervor, die schon einige Zeit zurücklagen und der Auftakt zu Bills Gentechnikabenteuer gewesen waren. Im Traum sollte er alles noch einmal erleben:
Bill saß vor einem Computer in einem Internetcafe und spürte, wie sein Puls sich beschleunigte, als er den Zeigefinger auf den Mausknopf drückte. *Nachricht wurde gesendet* erschien in

einem Kontrollfenster. Die Betreiber der Website empfahlen ihren Nutzern, keine persönlichen Angaben gegenüber Dritten zu machen und möglichst nur von öffentlichen Orten aus auf die Homepage zuzugreifen.

Ziel der Website war es, zwei Interessensgruppen anonym zusammenzubringen: Umweltaktivisten und Journalisten. Jeder Mitarbeiter eines Unternehmens, der grobe Missstände in Sachen Umweltschutz belegen konnte, war aufgefordert, diese anonymisiert zu melden. Journalisten hatten dann die Möglichkeit, diese Hinweise aufzugreifen und in handfeste Storys zu verwandeln. Die Website war für alle Beteiligten kostenlos und lebte von Spendengeldern.

Um für die nötige Objektivität bei der Berichterstattung zu sorgen, teilten sich immer zwei Journalisten eine Story. Ohne einander zu kennen, verabredete man sich über das Web zu geheimen Treffen oder nächtlichen Fototerminen. Die gemeinsame Vorgehensweise diente vor allem der eigenen Glaubwürdigkeit, da es in der Natur überführter Unternehmen lag, alles abzustreiten, Journalisten zu diskreditieren oder massiv unter Druck zu setzen. Gab es jedoch zwei voneinander völlig unabhängige Quellen, wurde ein derartiges Vorgehen erheblich erschwert.

Bill hatte durch Morti von der Seite erfahren, der es sich nicht nehmen ließ, dann und wann kleinere vierstellige Beträge für deren Betrieb zu spenden.

Soeben hatte Bill sich zu einem nächtlichen Treffen auf einem abgelegenen Gelände verabredet, das im Verdacht stand, von RaptorGen für illegale Freilandexperimente mit gentechnisch verändertem Saatgut missbraucht zu werden. Laut Auskunft des Informanten sollten in jener Nacht große Mengen an Beweismaterial vernichtet werden, weil es bei einem der Experimente zu massiven Sicherheitsproblemen gekommen war. Wie genau RaptorGen beim Ziehen der Notbremse

vorgehen wollte, hatte der Informant nicht sagen können, doch er war den beiden Journalisten auf andere Art und Weise entgegengekommen: An einem Hinweisschild hatte er einen Schlüssel deponiert, mit dem sie sich Zutritt zum Gelände verschaffen sollten.
Bill bezahlte die angefangene halbe Stunde Surfzeit und verließ das Internetcafe. Ihm blieb gerade noch genug Zeit, um sich ins Auto zu setzen und zum vereinbarten Treffpunkt zu fahren. Mit dem anderen Journalisten hatte er ausgemacht, dass der Erste von ihnen den versteckten Schlüssel mitnehmen sollte, um sich dann mit dem Nachzügler am Tor zu treffen. In jedem Fall waren sie übereingekommen, den Einsatz sofort abzubrechen, falls einer von ihnen nicht rechtzeitig erscheinen sollte.
Bill stieg in seinen Wagen und fuhr los. Seine Kamera hatte er bereits am Vortag, beim Verlassen seiner Wohnung, im Kofferraum verstaut. Das Thema Gentechnik hatte Bill schon sehr früh fasziniert und so war es nicht verwunderlich, dass ihn der Reizname der Branche, RaptorGen, sofort hatte aufhorchen lassen. Natürlich war die Sache nicht ganz ungefährlich, denn obwohl die Betreiber der Website alles taten, um Missbrauch zu verhindern, ließ sich nicht ausschließen, dass am Ende vielleicht doch die falschen Leute bei einem solchen Geheimtreffen erschienen.
Bill war sich des Risikos bewusst und bereit, sich diesmal weiter aus dem Fenster zu lehnen, als er es jemals zuvor getan hatte.
Die Fahrt durch die Nacht dauerte über eine Stunde und führte in einen sehr abgelegenen Landstrich. Die vielen Hügel erschwerten eine landwirtschaftliche Nutzung im industriellen Stil und so fanden sich größere Felder immer nur zwischen den Erhebungen.
Bill blickte auf das Navigationssystem im Armaturenbrett. Bis zum Ziel waren es noch 4,9 Kilometer, was bedeutete, dass er

in Kürze zu dem Hinweisschild mit dem Schlüssel kommen musste. Er verlangsamte das Tempo und konzentrierte sich verstärkt auf den rechten Straßenrand.

Da ist es! Ein Holzschild in Form eines riesigen Eichhörnchens tauchte im Lichtschein der Scheinwerfer auf. Es wies den Weg zu einem Nationalpark und informierte über dessen Öffnungszeiten. Bill blickte in den Rückspiegel, der komplett schwarz war. Er hielt unmittelbar hinter dem Schild und stieg aus.

Es war eine angenehm warme, sternenklare Nacht. So weit das Auge reichte, gab es nicht die geringsten Anzeichen für menschliche Existenz: keine beleuchteten Häuser oder Straßen, keine Flugzeuge und auch keine Scheinwerfer vorbeifahrender Autos. Nur das Rücklicht von Bills Wagen verschmutzte das natürliche Dunkel mit seinem roten Schimmer. Es war gerade hell genug, um die beiden Holzstämme zu erleuchten, die das Schild hielten. Bill ging zum rechten Stamm und suchte an der beschriebenen Stelle. Ein zurückgelassenes Stück Klebestreifen bestätigte seine Platzierung: *Zweiter!*

Bill spürte, wie ein großes Stück seiner Anspannung abfiel. Zumindest dieser Teil der Geschichte hatte sich schon einmal bestätigt. Außerdem war nun klar, dass *Karminrot*, diesen Decknamen hatte der andere Journalist für sich gewählt, ebenfalls zum Treffen gekommen war. Für Bill, der sich für *Giftgrün* als Decknamen entschieden hatte, stand damit fest, dass es kein Zurück mehr gab und sie die Sache in wenigen Minuten wie geplant durchziehen würden. Er startete den Motor und fuhr los.

Je näher er dem Treffpunkt kam, desto unsicherer wurde er wieder. Bill musste davon ausgehen, dass Karminrot ebenfalls mit dem Auto gekommen war. Umso verwunderlicher war es, dass Bill trotz aufmerksamer Beobachtung noch kein abgestelltes Fahrzeug entdeckt hatte. Die richtige

Parkplatzwahl war für den Einsatz nicht unerheblich und stellte eine Gratwanderung zwischen zwei Extremen dar. In der Nähe des Eingangs zu parken war in derart abgelegenen Gegenden immer eine Einladung an den Sicherheitsdienst, gleichzeitig aber auch die Chance auf eine schnelle Flucht.

Bill stellte seinen Wagen etwa einen halben Kilometer entfernt vom eigentlichen Ziel auf einem kleinen Wiesenstück ab, das zwischen zwei Hügeln lag und von der Straße her nicht ganz so leicht einzusehen war. Den Rest der Strecke legte er zu Fuß zurück.

Schon aus der Ferne waren die Umrisse der meterhohen Einzäunung auszumachen, die das Gelände von RaptorGen vor unerwünschten Besuchern schützen sollte. Gegen eine einfache Versuchsplantage, als die RaptorGen das Grundstück bei den Behörden gemeldet hatte, sprachen sowohl seine gewaltigen Abmessungen als auch die Warnschilder auf dem elektrisch geladenen Sicherheitszaun. Bill musste nicht lange am Zaun entlanggehen, bis er zu der vereinbarten Stelle kam. Das Tor war klein, gerade groß genug für einen erwachsenen Mann, um sich nicht bücken zu müssen. Zweifellos war es entweder für Notfälle oder Wartungsarbeiten am Zaun gedacht.

Bill blieb nicht stehen, sondern ging am Zaun entlang, als wäre er nur zufällig vorbeigekommen, auch wenn das um diese Zeit äußerst unwahrscheinlich war. Er schaute sich mehrmals um, doch von Karminrot war nichts zu sehen.

Bills Armbanduhr verriet ihm, dass er sechs Minuten zu früh erschienen war, doch da Karminrot den Schlüssel bereits geholt hatte, musste er sich ebenfalls irgendwo in der Nähe des Tors aufhalten. *Vielleicht hat er weiter entfernt geparkt und muss länger gehen als ich?* Er legte noch gefühlte hundert Meter zurück und nutzte die Gelegenheit für ein paar neugierige Blicke hinter den Zaun. Das Gelände lag im Dunkeln und wirkte verlassen. Nichts deutete darauf hin, dass RaptorGen

tatsächlich vorhatte, in Kürze wichtige Beweise im großen Stil zu vernichten.
Bill drehte um und ging wieder zurück in Richtung Tor. *Und wenn er kalte Füße bekommen hat?* Der Gedanke, den Einsatz in letzter Minute vielleicht doch noch abbrechen zu müssen, gefiel ihm gar nicht. *Vielleicht hat ihn etwas beim Warten aufgeschreckt... oder jemand.* Im selben Moment stellte er sich die Frage, ob es schlau war, an der Grundstücksgrenze auf und ab zu laufen wie eine unentschlossene Erdkröte vor einem Amphibienzaun.
„Giftgrün?"
Bill zuckte zusammen, als er seinen Decknamen hörte. Er brauchte ein paar Herzschläge, um zu realisieren, dass die Stimme von der anderen Seite des Zauns gekommen war.
„Giftgrün?", ertönte es erneut.
„Karminrot?", erwiderte Bill die Frage und näherte sich zögernd dem Tor.
„Genau der. Das Tor ist nur angelehnt, komm rüber." Wie aus dem Nichts tauchte eine dunkelgrau gekleidete Gestalt auf. Karminrot war bestenfalls einen Meter siebzig groß und brachte locker neunzig bis hundert Kilogramm auf die Waage.
„Na los, mach schon!"
Bill konnte gar nicht anders, als auf das blitzgelbe Schild zu starren, das vor Stromschlägen warnte, als er seine Hand respektvoll in Richtung Torgriff bewegte. Mit entsprechender Erleichterung nahm er zur Kenntnis, dass Karminrot ihm zuvorkam und das Tor von der anderen Seite öffnete.
„Danke."
„Spar dir das für später. Jetzt müssen wir uns erst mal um die Sauerei kümmern, die hier abgeht. Hast du deine Kamera dabei?"
Bill klopfte auf die Ausbeulung unter seiner schwarzen Baumwolljacke.

Karminrot bestätigte mit einem Kopfnicken und zog eine Kompaktkamera aus seiner Hosentasche. „Klein, aber sehr lichtstark. Genau das, was wir heute Nacht brauchen.“ Er zog das Tor hinter Bill ins Schloss und hielt ihm den Schlüssel unter die Nase. „Den deponieren wir hier neben dem Zaun. Ich gehe davon aus, dass wir das Gelände gemeinsam wieder verlassen. Falls aber nicht, sperrt der Erste damit auf und deponiert ihn wieder hier, bevor er durchgeht. Keiner bleibt zurück. Verstanden?“

„Ja.“ Bill war überrascht und erleichtert zugleich, weil Karminrot die Führung übernahm. Sein Auftreten ließ vermuten, dass es nicht sein erster Einsatz dieser Art war, wenngleich er deutlich jünger war als erwartet. Bill schätzte ihn bestenfalls auf Ende zwanzig.

Karminrot entfernte sich mit raschen Schritten vom Zaun und forderte Bill mit einer Geste auf, ihm zu folgen. „Bleib einfach hinter mir, dann bekommst du alles zu sehen, was du für deinen Artikel brauchst.“

„Wie lang bist du schon dabei?“, fragte Bill. „Ich habe mich erst vor ein paar Tagen auf der Website angemeldet und...“

„Keine persönlichen Fragen!“, zischte Karminrot. „Das hier läuft entweder mit professioneller Distanz zwischen den Aktionspartnern ab oder gar nicht.“

„’tschuldigung.“

„Schon verziehen. Konzentrier dich einfach nur auf das, was wir hier machen, dann kommen wir beide mit einer Bombenstory wieder raus. Ich bin schon ein halbe Stunde früher hiergewesen und habe die Lage erkundet.“

„Sieht alles ziemlich verlassen aus.“ Bill klebte wie ein Schatten an seinem Aktionspartner.

„Das täuscht. Die nutzen die natürlichen Formationen in der Landschaft, um sich gegen neugierige Blicke von außen zu schützen. Wenn wir erst auf dem Hügel sind, bietet sich eine

hervorragende Aussicht auf das, was da unten abläuft.“ Karminrot hatte an seinen Pfunden schwer zu schleppen und kam immer mehr ins Schnaufen.
Für Bill und seinen marathonerfahrenen Körper war das Tempo kein Problem. Obwohl es ihm ein Leichtes gewesen wäre, Karminrot zu überholen, mahnte ihn eine innere Stimme zur Höflichkeit: *Lass ihm den Vortritt!*

***

RaptorGen-Tower, Houston, Texas:
Rocky verließ das Besprechungszimmer als Erster und hatte es sichtbar eilig, zum Aufzug zu gelangen. Er konnte sich keinen Reim darauf machen, was Wenker mit seiner eigenwilligen Vorstellung beabsichtigt hatte. Dass dieser sich am Ende sogar noch für Rockys Engagement bedankt hatte, war das Sahnehäubchen auf dem riesigen Fragezeichen, das Rocky nicht mehr aus dem Kopf gehen wollte.
Na, komm schon! Er drückte mehrmals auf den Knopf für den Aufzug.
„Einen schönen Abend noch“, grüßte Patricia Heart im Vorbeigehen.
„Danke, Ihnen auch.“ Rocky blickte nur flüchtig über die Schulter und verschwand in der sich öffnenden Liftkabine. Er wählte das Erdgeschoss auf dem animierten Touchscreen aus und lehnte sich gegen die verglaste Rückwand.
Die Schiebetür hatte sich schon fast geschlossen, da zwängte sich noch eine Aktentasche in den Lichtschranken.
Wenker!
„Da habe ich aber Glück“, frohlockte der Buchhalter und stieg in den Aufzug. Er wählte die Tiefgarage als Reiseziel und stellte die Aktentasche zwischen seinen Beinen ab.

Rocky starrte gebannt auf die Stockanzeige und sprach kein Wort, bis der Lift im Erdgeschoss hielt. „Abend!“ Ohne auf eine Erwiderung zu warten, stieg er aus und entfernte sich mit schnellen Schritten. Wenkers Blick in seinem Nacken konnte er noch spüren, bis sich die Lifttür wieder schloss.
Rocky durchschritt die große Eingangshalle in Richtung der riesigen Glastüren. Für heute hatte er genug unangenehme Gesellschaft gehabt. Was er jetzt brauchte, war ein ruhiger Platz, wo er sich Zeit nehmen konnte, um über die jüngsten Ereignisse nachzudenken. Vor zwei Tagen hatte sich alles noch ganz prächtig entwickelt, doch jetzt hatte er gleich zwei Probleme am Hals. Da war zum einen natürlich Wenkers übertriebenes Interesse an Rockys Arbeit und zum anderen die Sache mit Hulks grünen Augen. Im Gegensatz zu Miguel hatte Rocky eine ungefähre Vorstellung davon, wie es zu der Verfärbung gekommen war.
Einer der Forscher auf der Insel, die ursprünglich an den gentechnisch veränderten Samen gearbeitet hatten, hatte Rocky schon sehr früh darauf hingewiesen, dass es unter gewissen Umständen zu Blutungen in der vorderen Augenkammer kommen konnte. Ähnliches hatten die Wissenschafter anfangs auch bei den Rindern auf der Insel beobachtet.
Die Blutabbauprodukte lagerten sich in der Hornhaut ab und führten dadurch zu einer rötlichen Trübung, die beim Abheilen einen gelblichen bis grünlichen Farbumschlag zeigte, bevor sie völlig verschwand. Der Effekt trat nicht bei allen Tieren auf und hatte sich keinem bestimmten Gen zuordnen lassen. Rocky hatte daraufhin angeregt, die betroffenen Sojapflanzen von den anderen zu separieren und sie speziellen Tests zu unterziehen. Dabei hatte sich herausgestellt, dass es bei regelmäßigem Konsum zu einem Ausbleiben des Abheilens und in der Folge zu einer längerfristigen Gelb- oder Grünfärbung des Auges kommen konnte. Der Wissenschafter hatte dem Phänomen

deshalb die klangvolle Bezeichnung *Green* gegeben. Ebenso unvermittelt wie es aufgetaucht war, war es wenig später auch wieder verschwunden, weshalb alle Beteiligten das Problem als gelöst betrachtet hatten.

Dadurch war das neuerliche Auftreten der Verfärbung zwar nicht völlig überraschend für Rocky, doch das Grün von Hulks Augen stellte alles in den Schatten, was er bislang für möglich gehalten hatte. Hinzu kam, dass sich eine so extreme Grünfärbung nur noch bedingt durch Blutabbauprodukte in der Hornhaut erklären ließ.

Rocky verließ das Gebäude, ohne sich ein Ziel überlegt zu haben und ließ seinen Blick über die Dächerreihen geparkter Autos schweifen. Spontan beschloss er, den Häuserblock zu umrunden, und dann der Hauptstraße bis zum erstbesten Park zu folgen. Dort würde er auf einer Bank den Sonnenuntergang beobachten und sich Zeit nehmen, seine Gedanken zu ordnen. Kurz bevor er die Hausecke erreichte, hörte er eine Stimme aus einem der geparkten Autos.

„Kann ich Sie ein Stück mitnehmen?"

Rocky fühlte sich zunächst nicht angesprochen, musste dann aber zwei Mal hinsehen, um zu begreifen, dass das Angebot doch ihm galt. Neben ihm stand ein türkiser Oldtimer, der wenigstens 50 Jahre auf seinen chrompolierten Heckflügeln hatte. Das Dach war weißlich bis cremefarben und passte zu den Weißwandreifen und der Lederpolsterung gleichermaßen.

Wenker hatte das Beifahrerfenster heruntergelassen und beugte sich, so weit er konnte, zur Seite.

„Danke." brachte Rocky entgeistert hervor. „Ich muss in die andere Richtung."

„Das trifft sich gut. Ich nämlich auch."

„Woher wollen Sie wissen...?"

Wenkers drängender Blick war Antwort genug. „Passen Sie auf, dass Sie saubere Schuhsohlen haben, wenn Sie einsteigen. Ich will keinen Dreck in meinem Wagen haben."
Nur widerwillig legten sich Rockys Finger um den Türgriff und drückten den verchromten Knopf hinein, mit dem sich die wuchtige Tür öffnen ließ. Gleichzeitig bediente Wenker einen Schalter und das Fenster fuhr wieder hoch.
Beim Platznehmen auf dem durchgehenden Sofa in der ersten Reihe verstärkte sich Rockys ungutes Gefühl. Ob der Buchhalter den Auftrag hatte, ihn still und heimlich verschwinden zu lassen?
„Nicht das Glas berühren!", mahnte Wenker, der sich um hässliche Fingerabdrücke auf seiner rahmenlosen Seitenscheibe sorgte.
Rocky kam der Aufforderung mit einer gewissen Erleichterung nach. Bei dem Kult, den Wenker um seinen Oldtimer machte, war es unwahrscheinlich, dass er vorhatte, im nächsten Moment ein Messer zu zücken oder eine Kugel abzufeuern, denn Blut schien so gar nicht zum liebevoll restaurierten Interieur zu passen.
„Wohin fahren wir?", fragte Rocky.
„An einen Ort, an dem wir ungestört reden können." Wenker setzte den Blinker und fuhr los. „Haben Sie schon etwas gegessen?"
„Nein."
„Gut, ich nämlich auch nicht."
„Worüber wollen Sie reden?"
„Nichts Spezielles...", wich Wenker aus. „Ich bin sicher, wir finden ein abendfüllendes Thema, das uns beide interessiert."
Keiner von beiden nahm Notiz von dem grauen Mittelklassewagen, der kurz nach ihnen aus einer Parklücke ausscherte und in dieselbe Richtung startete.

Die Fahrt dauerte keine Viertelstunde und endete auf dem Parkplatz eines exklusiven Nachtclubs.
„Na los, worauf warten Sie!“ Wenker war bereits ausgestiegen und zupfte seinen Pullunder in Form. „Vorsichtig zuschlagen! Das ist ein Oldtimer und kein Panzer.“
Rocky bremste seine schwungvolle Armbewegung und ließ die Tür sanft ins Schloss fallen.
Wenker reagierte mit einem zufriedenen Kopfnicken und setzte sich in Bewegung.
Rocky sah sich hastig um, bevor er zu seinem Vordermann aufschloss. Noch befanden sich nicht allzu viele Autos auf dem Parkplatz, doch es war anzunehmen, dass sich das mit fortschreitender Stunde ändern würde, zumal die Außenbeleuchtung noch nicht an war. Rocky konnte bestenfalls ahnen, wie aufregend sich der animierte Fassadenschriftzug bei Nacht noch entwickeln würde.
Wenker hatte die fünfstufige Marmortreppe des Lokaleingangs erreicht und unterhielt sich mit dem Türsteher. Ein kurzgeschorener Schwarzer, der selbst Rockys Statur übertraf, und dessen Oberarme eine Belastungsprobe für seine Hemdnähte waren.
„...verlasse mich auf Sie“, war alles, was Rocky noch von dem Gespräch aufschnappen konnte. Wenker drückte dem Schwarzen einen der Länge nach gefalteten Geldschein in die Hand und forderte Rocky auf, ihm in den Club zu folgen.
Vor ihnen lag ein langer Gang mit schwarzen Wänden und schwarzer Decke. Der Fußboden bestand aus milchigen Glasplatten, die von unten rot beleuchtet wurden. Das Clubgebäude war in drei Segmente aufgeteilt, die unterschiedliche Publikumswünsche berücksichtigten.
Wenker hielt zielstrebig auf das dritte Segment zu, aus dem modernere Musik drang, als Rocky für gewöhnlich hörte. Die Halle von der Größe eines geräumigen Turnsaals war in blaues

Laserlicht getaucht. Es gab eine längliche Bühne in der Mitte, um die dutzende runde Metalltische angeordnet waren. Die Tischabstände waren extrem großzügig gewählt, wodurch die Halle selbst bei Vollauslastung nicht überfüllt wirken konnte. Aktuell war erst ein geschätztes Fünftel der Plätze mit Gästen belegt.
„Was halten Sie von diesem Tisch?“ Wenker hatte bereits einen Stuhl ergriffen und nahm Platz.
„Von mir aus.“ Rocky empfand die Luft als angenehm kühl, wenngleich etwas zu trocken für eine längere Unterhaltung bei der vorherrschenden Musiklautstärke. „Kommen Sie öfter in diesen Laden?“
„Dann und wann... Gefällt er Ihnen?“
Rocky sah sich ausgiebig um, bevor er antwortete: „Ist Ihnen schon aufgefallen, dass die drei auf dem Tisch vor der Bühne ganz ungeniert ein Wettkoksen veranstalten?“
Wenker zuckte mit den Achseln. „Tun Sie nicht so überrascht. Das kommt in den besten Familien vor.“
„Möglich. Aber ich könnte mir vorstellen, dass Victor Shark noch viel überraschter reagieren würde als ich, wenn er erfährt, dass Sie hier verkehren.“
Wenker lachte. „Wer soll es ihm erzählen? Sie etwa?“
„Wer sollte mich daran hindern? Sie etwa?“
„Wer weiß.“ Wenker machte eine bedeutungsvolle Geste.
„Na schön.“ Rocky beugte sich weiter vor, als es seinem Gegenüber lieb sein konnte. „Sie hatten Ihre Show und ich einen wirklich langen Tag. Deshalb gebe ich Ihnen noch genau eine Minute, um mir zu sagen, weshalb Sie mich hierhergeschleppt haben.“
„Eine Minute?“
Rocky nickte gereizt.
„Das ist mehr als fair.“ Wenker schob seinen Hemdsärmel hoch, bis das Zifferblatt seiner Uhr zum Vorschein kam und

hielt seine Hand gut sichtbar in die Tischmitte. Stumm und äußerlich völlig ungerührt verfolgte er das Weiterspringen des Zeigers.
Mit jeder Sekunde, die der Buchhalter ungenutzt verstreichen ließ, stieg die Provokation auf Rockys Seite des Tisches. Zehn Sekunden vor Ablauf der Frist drohte die Stimmung, den Siedepunkt zu erreichen. Rocky ballte die Fäuste unter dem Tisch und war unmittelbar davor, aufzustehen und den Club zu verlassen.
Wenker ließ den Zeiger noch fünf weitere Male springen, ehe er ganz beiläufig feststellte: „Ich weiß, was in jener Nacht auf der Insel passiert ist."

***

Im Flugzeug über dem Atlantik:
Kaum einer der Fluggäste nahm noch davon Notiz, als die Stewardessen durchgingen und die Platzlichter eingeschlafener Fluggäste löschten.
Auch Bill Fowler hatte eine kräftige Ladung Schlaf vom Sandmännchen verpasst bekommen. In seinem Traum erlebte er noch einmal sein nächtliches Abenteuer mit Karminrot:
Sie hatten sich unerlaubt Zutritt zu einem Versuchsfeld von RaptorGen verschafft, um die Vernichtung von Beweisen zu dokumentieren. Ein mit Gras bewachsener Hügel sollte den beiden Journalisten den freien Blick auf die Anlage ermöglichen. Das hatte Bills Begleiter zumindest behauptet.
„Duck dich!", verlangte Karminrot und sank im selben Moment in die Knie, als hätte ihn eine imaginäre Kugel getroffen.
„Alles okay mit dir?", fragte Bill, nachdem er mit beiden Händen den Boden berührte.

„Ja, natürlich“, erklärte Karminrot ganz selbstverständlich. „Ab hier müssen wir vorsichtig sein. Da unten laufen überall Wachen rum, und unsere Umrisse sind gegen den hellen Himmel deutlich zu erkennen.“ Er hatte sich hingehockt und bewegte sich wackelnd wie ein Pinguin auf die Kuppe des Hügels zu.

Bill folgte ihm in stark geduckter Haltung, bis sie das vor ihnen liegende Gelände einsehen konnten. Es gab ein gemauertes Hauptgebäude, das mit seinen Dachantennen alles andere überragte. Gleich gegenüber lag eine moderne Lagerhalle aus Wellblechelementen, die ringsum mit Scheinwerfern versehen war. Gemeinsam mit weiteren Halogenstrahlern, die auf Masten montiert waren, erleuchteten sie ein Gebiet von der Größe mehrerer Fußballfelder.

Bill zählte wenigstens ein Dutzend Arbeiter, die in grünen und grauen Anzügen über einen betonierten Platz liefen, in dessen Mitte sich eine Ausschachtung befand, die wie ein trockengelegtes Schwimmbecken aussah. Die Arbeiter waren noch zu weit entfernt, um ihre Stimmen hören zu können, doch es war offensichtlich, dass sich einige angeregt unterhielten, bevor sie gleich darauf wieder in unterschiedliche Richtungen davonhasteten.

„Die haben es ganz schön eilig“, bemerkte Bill.

Karminrot pflichtete ihm bei. „Sie müssen den Zeitplan genau einhalten, damit sie nicht von einem Satelliten beobachtet werden können. Die Zeitfenster für solche Aktivitäten werden immer kleiner, weil ständig neue Überwachungssatelliten in den Orbit geschossen werden.“

„Satelliten?“, fragte Bill ungläubig.

„Sauteure Blechdosen vollgestopft mit modernster Elektronik, die da oben rumfliegen und Fotos von der Erde machen.“

„Schon klar, aber warum sollte RaptorGen sie fürchten?“

„Weil die Leute von RaptorGen sich bei dem, was sie tun, nicht gern auf die Finger sehen lassen."

Bill war sichtlich überrascht. „Ich hätte nicht gedacht, dass das Militär Interesse an solchen Aufnahmen hat."

„Das Militär sicher nicht, aber es gibt immer mehr Nationen, die ihre Satellitenzeiten aus Kostengründen vermieten, falls sie gerade selbst keinen Bedarf haben. Mit etwas Pech - aus Sicht von RaptorGen - hat sich eine Umweltschutzorganisation genau für die paar Sekunden eingemietet, in denen der nächste Satellit über die Anlage fliegt."

„Das wusste ich nicht", erwiderte Bill kleinlaut. *Er ist definitiv schon länger dabei als ich.* „Was passiert als Nächstes?"

„Siehst du die beiden Gabelstapler?" Karminrot zeigte auf einen schwer einsehbaren Bereich neben der Lagerhalle, der teilweise im Schatten lag. „Damit werden sie das Grünzeug von dem LKW abladen."

„Welcher LKW?" Bill hatte seinen Satz noch nicht beendet, da tauchten im Hintergrund zwei Scheinwerfer wie riesige Augen aus der Dunkelheit auf. Er fand es beeindruckend, wie viel Karminrot über die Vorgehensweise zu wissen schien. Zweifellos beschäftigte er sich bereits deutlich länger mit der Thematik, was aber freilich nichts über seine journalistischen Qualitäten aussagte. Schließlich war es eine Sache, erstklassige Informationen zu beschaffen, aber eine ganz andere, sie so aufzubereiten, dass daraus eine Bombenstory wurde, die auch den Pulitzer-Preis verdiente.

Der LKW steuerte geradewegs die Aussparung im Zentrum des betonierten Platzes an und kam in ein paar Metern Entfernung davon zu stehen. Bill konnte nicht genau sehen, woraus die Ladung bestand, nur, dass es sich um Berge von Grünzeug handelte. Kaum waren die Scheinwerfer des LKW erloschen, begannen die Gabelstapler mit dem Abladen.

„Genau dasselbe haben sie schon an drei anderen Standorten getan", zeigte Karminrot sich mit einem Mal redselig. „Sie roden das gesamte Versuchsfeld und anschließend wird alles entsorgt. Da muss mächtig etwas schiefgegangen sein beim Rumspielen mit den Genen."
„Weißt du, was die da auf dem LKW haben?"
„Soja! Alle anderen Felder lassen sie in Ruhe. Sie reißen immer nur die Sojapflanzen aus. Diese Einsätze müssen RaptorGen mittlerweile ein Vermögen kosten, wenn man bedenkt, was so eine Versuchsreihe kostet."
Bill beobachtete, wie die Gabelstapler wie riesige Heugabeln in die Sojaberge stachen, um sie gleich darauf in das betonierte Loch zu werfen. „Warum kippen die das Zeug nicht einfach direkt vom LKW ab?"
„Siehst du die beiden Männer in den grauen Anzügen?", fragte Karminrot.
„Jetzt schon."
„Ich weiß zwar nicht, was in den Kanistern ist, die sie auf die Sojapflanzen schütten, aber offensichtlich ist es wichtig, dass zwischen jede Sojaschicht eine ordentliche Menge von dem Zeug kommt. Vermutlich ist es einfach nur ein Brandbeschleuniger."
„Zünden sie das Soja nachher an?"
„Klar, was dachtest du denn? Sobald die Grube voll ist, fackeln sie die ganze Herrlichkeit ab, und außer einem Häufchen Asche bleibt nichts mehr übrig."
Bill fiel ein kleiner Lieferwagen mit offener Ladefläche auf, der sich von der anderen Seite dem Geschehen näherte. Statt Sojapflanzen hatte er einen braunen Haufen geladen, den Bill zunächst für Erde hielt. „Da kommt noch einer."
„Der bringt bestimmt den Inhalt der Fallen."
„Welche Fallen?"

„Na, Fallen eben. Die haben sie überall um die Felder ausgelegt, um Tiere zu fangen, die den Pflanzen zu nahe kommen könnten. Hauptsächlich sind es Murmeltiere, die blöd genug sind, sich den manipulierten Pflanzen zu nähern."
Wie zur Bestätigung hob einer der Arbeiter ein großes Fellbüschel von der Ladefläche und warf es in die Grube. Nach und nach fanden weitere Murmeltierkadaver ihren Weg zu den Sojaabfällen.
„Komm mit!", verlangte Karminrot und setzte sich halb hockend, halb kriechend in Bewegung. „Wir müssen näher ran, damit die Fotos nachher auch brauchbar sind."
Fotos! Vor lauter Begeisterung über die Story hatte Bill bisher ganz vergessen, seinen Fotoapparat zu zücken. Anders als die Kompaktkamera seines Begleiters konnte Bills Modell auch bei Schüssen aus größerer Entfernung punkten. *Ein wenig näher wäre trotzdem nicht schlecht.*
„Bleib immer dicht hinter mir, bis wir bei den Containern dort unten sind." Karminrot hob seine Hand in Richtung der erwähnten Container. „Später trennen wir uns und machen von beiden Seiten Fotos. Diesmal kriegen wir sie am Arsch!"
Diesmal? Bill nutzte die Redseligkeit für eine gewagte Zwischenfrage: „Du machst das also wirklich nicht zum ersten Mal."
„Blitzmerker!", knurrte Karminrot. „Ich hab schon drei Mal versucht, die Story in trockene Tücher zu bringen. Diesmal muss es einfach klappen, also versau es mir nicht!"
„Bestimmt nicht", beteuerte Bill und kroch ganz dicht neben Karminrot den Hügel hinunter. „Warum hat es die letzten Male nicht geklappt?"
„Falsche Frage!"
Die nächsten Meter legten die beiden Journalisten schweigend zurück. Bill war nervös, weil sie dem Geschehen schon sehr nahe gekommen waren. Zudem fragte er sich, warum

Karminrot, der bei seinen vergangenen Einsätzen ganz offensichtlich eine Menge Informationen gesammelt hatte, diesmal nicht einfach mit einer Spiegelreflexkamera angereist war, um die Story abzuschließen. Mit Stativ und einem anständigen Objektiv, davon war Bill überzeugt, wären selbst vom Hügel gute Übersichtsfotos möglich gewesen.
Bill rückte ein Stück auf, bis er mit Karminrot Kopf an Kopf war. „Ich könnte mit meiner Kamera auch von hier aus brauchbare Fotos machen.“
Karminrot reagierte nicht.
„Ich hätte auch kein Problem damit, die Bilder später mit dir zu teilen. Wir können sie gern beide für unsere Artikel verwenden.“
„Wenn du Schiss hast, kannst du hier auf mich warten.“
„Kein Schiss!“, stellte Bill klar und kroch weiter. „Ich wollte dir nur meine Hilfe anbieten, weil du mich mit Informationen versorgst. Wofür ich dir übrigens sehr dankbar bin.“
„Ich brauche deine Hilfe nicht. Genauso wenig wie dein Geschleime. Mach einfach deinen Job - so wie vereinbart - dann haben wir beide was davon und keiner wird verletzt.“
„Verletzt?“
„Das ist die Vorstufe von tot. Wir sind hier nicht zu Besuch im Streichelzoo. Wenn die dich beim Rumschnüffeln erwischen, sind ein paar gebrochene Knochen noch das Beste, was dir passieren kann.“
Auch diesmal hatte Bill den Eindruck, dass sein Begleiter sehr genau wusste, wovon er sprach.
Als die beiden Männer die Container erreichten, fiel Bill auf, dass auch Karminrot nervös geworden war. Seine coole Fassade hatte durch die Nähe zum Feind erste Risse bekommen. Von dem Lastwagen trennten sie bestenfalls noch hundert Meter, und einige der Arbeiter liefen sogar noch deutlich näher an den Containern vorbei.

„Wird Zeit, dass wir uns aufteilen“, bemerkte Karminrot und verlangte zunächst einen Uhrenvergleich. „Ich werde mich nach links schlagen und versuchen, ganz vorn dabei zu sein, wenn sie das Zeug in Brand stecken.“
„Soll ich die andere Seite übernehmen?“
„Das kannst du machen, wie du willst. Nur unterschätz den Lichtschein nicht, den so ein Großfeuer mit sich bringt. Das wird von jetzt auf gleich so hell, als würden sie zwanzig Scheinwerfer zusätzlich aufdrehen. Es ist gesünder für uns beide, wenn du das nicht vergisst, sobald du die Deckung verlässt.“
„Werde ich nicht!“
Karminrot nickte stumm.
Bill nahm sich vor, die angekündigte Helligkeit zu nutzen, um die Gesichter der Arbeiter ins rechte Licht zu setzen. Möglicherweise ließ sich einer von ihnen später davon überzeugen, ein exklusives Interview zu geben, wenn den Männern erst klar war, dass sie ihre Beteiligung nicht abstreiten konnten. Bill lugte hinter den Containern hervor und verfolgte, wie einer der Arbeiter immer noch mit dem Abladen der toten Murmeltiere beschäftigt war. Es mussten bestimmt schon zwanzig Kadaver in der Grube liegen und mindestens ebenso viele befanden sich noch auf der Ladefläche des Lieferwagens. Einige waren ausgewachsen, doch bei der überwiegenden Zahl handelte es sich um Jungtiere, die kaum halb so groß waren wie die anderen.
Bill war so konzentriert auf den Murmeltierberg, dass ihm fast entgangen wäre, mit welchem Geschick Karminrot sich davonstehlen wollte. „Eine letzte Frage noch“, flüsterte Bill hastig.
Karminrot drehte sich noch einmal um und fragte mit nervöser Stimme: „Was?“

„Wieso haben die so viele Murmeltiere gefangen? Ich meine, die können doch unmöglich alle zufällig in die Fallen getappt sein? Nicht in dieser Menge."
„Da hast du recht. Einen Teil davon haben sie gezielt abgeknallt, weil das Soja sie angelockt hat. Die Viecher sind ganz verrückt auf das genmanipulierte Zeug... Es bekommt ihnen aber nicht."
„Wie meinst du das?"
„Falls du nah genug rankommst, schau ihnen in die Augen!"
„In die Augen?"
Karminrot schüttelte den Kopf. „Tut mir leid, aber letztlich sind wir bei dieser Story auch Konkurrenten. Du musst dir deine Antworten schon selbst holen. Wir treffen uns in genau dreißig Minuten wieder hier." Er drehte sich um und machte sich bereit, seine Deckung zu verlassen.
Bill wollte noch etwas erwidern, doch Karminrot war bereits unterwegs. Schlagartig ließ die Einsamkeit Bills Nervosität weiter ansteigen, und Zweifel kamen auf, ob er in dieser Nacht das Richtige tat. In seinem langweiligen Büro hatte sich ein solcher Einsatz aufregend und interessant angehört. Aber jetzt? Natürlich war er Karminrot für dessen Informationen sehr dankbar, doch letztlich schwirrten jetzt viel mehr Fragen in seinem Kopf herum als noch vor einer Stunde. Hinzu kam, dass Karminrot ihm unmissverständlich zu verstehen gegeben hatte, dass ähnliche Einsätze in der Vergangenheit nicht immer nach Plan verlaufen waren. Von derartigen Fehlschlägen war auf der Website allerdings nichts zu lesen gewesen.
Falls du nah genug rankommst, schau ihnen in die Augen! Der Satz ging Bill nicht mehr aus dem Kopf. *Wie nah muss er den Murmeltieren gewesen sein, dass er ihnen in die Augen sehen konnte? Wenn er schon so nahe dran war, warum ist er dann heute wieder hier? Was ist damals schiefgelaufen?* Bill lehnte sich mit dem Rücken an den Container und legte beide Hände

um seine Kamera. Gleichzeitig fiel der Entschluss, ein Foto von den Murmeltieraugen machen zu müssen.
Bill verharrte noch einige Sekunden wie festgeeist hinter dem Container, bis seine Beine dem Entschluss folgten. Ein vorsichtiger Blick in die Richtung, in die Karminrot verschwunden war, legte nahe, dass der Mann genau wusste, was er tat. Bill musste ganz genau hinschauen, um den Schatten auszumachen, der es in der Zwischenzeit schon bis zur Rückseite des LKW geschafft hatte.
Die Story lag zum Greifen nahe und Bill hatte dennoch das Gefühl, zu weit entfernt zu sein. *Er hat zehn Jahre weniger Erfahrung und zwanzig Kilo mehr auf den Hüften als du. Lass dich nicht abhängen!* Er duckte sich und schlich los. Dabei ließ er das Geschehen rund um die Grube nie völlig aus den Augen. Der Großteil der Sojapflanzen war mittlerweile abgeladen, und auch der Murmeltierberg war auf wenige Tiere zusammengeschrumpft. *Sie werden das Feuer erst anzünden, wenn alles abgeladen ist.*
Bill hatte die Vorderseite der Lagerhalle erreicht und nutzte eine offenstehende Blechtür als Blickschutz. Vorsichtig schob er seinen Kopf hinter der Tür hervor, um ein paar Fotos zu machen. Doch dazu kam es nicht. Stattdessen presste er sich mit dem Rücken gegen die Hallenwand, als einer der Stapler plötzlich in seine Richtung fuhr. Gleichzeitig wechselten einige der Arbeiter unter lautem Wortwechsel ihre Position, wodurch Bill nichts anderes übrig blieb, als in Deckung zu bleiben.
Ursprünglich hatte er vorgehabt, noch bis zu einem brusthohen Stapel aus Kanistern vorzurücken, der keine fünfzehn Meter von der Grube entfernt war. Für den Moment war daran aber nicht zu denken.
Das allgemeine Stimmengewirr wurde lauter und es hörte sich so an, als setzte sich nun auch der zweite Stapler in Bewegung. Bill konnte kaum etwas verstehen und schnappte nur hin und

wieder ein paar Wortfetzen auf. Dennoch war es offensichtlich, dass die Eröffnung des Barbecues unmittelbar bevorstand.
Falls Karminrot mit seiner Vermutung recht behalten sollte - und Bill hatte keinen Grund, etwas anderes zu denken - würde das Großfeuer die Aufmerksamkeit der Arbeiter binden. Doch so lange konnte und wollte Bill nicht warten. *Ich muss unbedingt so ein Murmeltierauge vor die Kamera bekommen, bevor sie alle in Flammen aufgehen.* Seine feuchten Finger hielten die Kamera fest umklammert, während der Daumen den Einschaltknopf drückte. *Heute Nacht wird sich zeigen, wie viel der elektronische Verwacklungsschutz in der Praxis wert ist.*
Bill nahm all seinen Mut zusammen und spähte hinter der Tür hervor. *Was ...?*
Überall auf dem Gelände gingen die Alarmsirenen los und verwandelten Bills Erinnerungen in einen Albtraum, der ihn drei Pulsschläge später hochschrecken ließ.
Mit weit aufgerissenen Augen sah er sich im Flugzeug um.
Erst langsam verblasste die Vergangenheit wieder.

***

Unterdessen im texanischen Nachtclub:
Mit Fortschreiten des Abends war die Musik lauter geworden und die Bühne in der Mitte des Raums hatte sich mit drei halbseidenen Schönheiten gefüllt, die um die Gunst und die Dollar der Clubbesucher buhlten. Wenker machte kein Geheimnis daraus, dass es ihm die Brünette angetan hatte, die ihren Körper so innig an der goldglänzenden Stange rieb, als wollte sie ihr Revier markieren. Immer wieder starrte der Buchhalter in ihre Richtung, während Rocky ihm eine Frage nach der anderen beantworten musste.
„Bring mir noch einen!“, deponierte Wenker seine Bestellung im Ausschnitt einer herumstehenden Kellnerin.

„Kommt sofort, Süßer!“
Rocky, der schönen Frauen grundsätzlich nicht abgeneigt war, fühlte sich zunehmend unwohl, zumal er immer noch nicht mit Sicherheit sagen konnte, wie viel Wenker tatsächlich über die Vorgänge auf der Insel wusste. Ein gut angelegter Bluff war dem Buchhalter durchaus zuzutrauen. Rocky wählte seine Worte äußerst vorsichtig, um nur ja nicht zu viel zu verraten.
„Jetzt lassen Sie sich nicht alles aus der Nase ziehen!“, drängte Wenker. „Wenn Sie an dem Job nicht interessiert sind, dann sagen Sie es und die Sache ist für Sie vorbei - dann allerdings für immer!“
Job? Rocky blickte sein Gegenüber entgeistert an. Bisher war nicht von einem Job die Rede gewesen. „Wovon um alles in der Welt sprechen Sie?“
„Ach, du meine Güte.“ Wenker lachte gekünstelt. „Sie sind offensichtlich noch langsamer beim Denken, als ich es Ihnen zugetraut habe. Was glauben Sie eigentlich, was wir hier machen? Meinen Sie, ich hab Sie hierher mitgenommen, damit Sie sich die Knackärsche von Cindy, Lara und Whoopie ansehen können?“ Den letzten der drei Namen zog Wenker mit schmachtendem Blick zur Brünetten in die Länge. „Sie werden eine Weile für mich arbeiten, Rocky - als mein persönlicher Bodyguard und Informant. Sie werden diesen Job vielleicht nicht lieben, aber Sie werden ihn besser machen als jeder andere, weil Ihr eigenes Überleben von meinem abhängt.“
Rockys Gesichtsausdruck legte nahe, dass ihm die Andeutungen, soweit er ihnen folgen konnte, überhaupt nicht gefielen.
Wenker lächelte nachsichtig. „Ich brauche Ihnen doch hoffentlich nicht zu sagen, was Sie erwartet, wenn Victor Shark erfährt, dass Sie ihn bestohlen haben? Ausgerechnet Sie, Rocky! Dabei hat Shark immer so große Stücke auf Sie gehalten.“ Er seufzte theatralisch.

„Ich habe ihn nicht bestohlen!“ In Rockys gereiztem Tonfall schwang Verunsicherung mit. „Wenn Sie diese verlogene Anschuldigung beweisen könnten, säßen wir beide wohl kaum noch hier. Also was wollen Sie?“
„Dasselbe, was Sie ab sofort auch wollen sollten! Dass mir nichts zustößt! Denn anderenfalls fühlen sich zwei Notare - nennen wir sie der Einfachheit halber Dr. Lawyer und Dr. Justice - dazu veranlasst, die bei ihnen deponierten Päckchen an Victor Shark zu übergeben.“
„Päckchen“, wiederholte Rocky mit unverhohlenem Missfallen. Langsam wurde klar, worauf Wenker hinauswollte.
„Der Inhalt ist höchst brisant und spricht für sich. Ich kann mir nicht vorstellen, dass Victor Shark Ihnen noch Gelegenheit geben würde, dazu Stellung zu nehmen - wozu auch? Vermutlich würde Ihr Nachfolger Ihnen eine Kugel in den Kopf jagen und damit wäre die Sache erledigt - zumindest für Sie! Falls Sie also noch eine Gegendarstellung abgeben möchten, wäre jetzt ein guter Zeitpunkt.“
„Was zur Hölle wollen Sie von mir?“
Wenker lehnte sich entspannt zurück und wartete, bis die Kellnerin das alte Glas abgeräumt und den neuen Drink abgestellt hatte. Er nahm einen Schluck und setzte fort: „Ich will diesen Fall aufklären und zwar restlos! Jemand wie Sie kann das mit Sicherheit nicht verstehen, aber für mich ist es unerträglich, nicht zu wissen, was sich hinter den Zahlen verbirgt, mit denen ich tagtäglich rechne. Es muss alles seine Richtigkeit haben, sonst kann ich nicht beruhigt schlafen.“
„Das tut mir leid“, erwiderte Rocky sarkastisch.
„Wir schweifen vom Thema ab. Letztlich sind meine Beweggründe für Ihr weiteres Tun unerheblich. Lassen Sie uns zu den Fakten zurückkehren: Nicht alle Mitarbeiter auf der Insel sind bei dem Sturm umgekommen, wie Sie es behauptet

haben, und es sind auch nicht alle Säcke in den Lagerhallen verbrannt."
„Ich habe keine Säcke!"
„Sie wiederholen sich. Erzählen Sie mir doch etwas, das ich noch nicht weiß." Wenker machte eine einladende Geste.
Rocky stieg der widerlich süße Geruch des dreifarbigen Cocktails in die Nase. „Ja, es wurden Säcke von der Insel gestohlen - zumindest wurde es versucht."
„Aber nicht von Ihnen?"
Rocky schüttelte den Kopf. „Das Einzige, was Sie mir vorwerfen können, ist, dass ich den Wissenschaftern zu lange freie Hand gelassen habe."
„Lügen Sie weiter, ich bin ganz Ohr."
Rocky machte den Eindruck, als würde es ihm schwerfallen, darüber zu reden - zumindest schwerer, als aufzuspringen, und Wenker an die Gurgel zu gehen. „Vor ein paar Wochen ist mir aufgefallen, dass die beiden Biologen, die mit dem Experiment betraut waren, sich bei meiner Rückkehr auf die Insel merkwürdig verhalten haben."
„Definieren Sie merkwürdig!"
„Wie Sie wissen, habe ich nur einmal wöchentlich auf der Insel nach dem Rechten gesehen. Dabei hatte ich immer den Eindruck, die beiden würden ihre Arbeit gern machen und sind begeistert von den Fortschritten, die sie erzielen. Probleme gab es so gut wie nie und wenn, waren sie bereits behoben, und die beiden haben mir nur noch stolz ihre Lösung präsentiert."
„Das klingt nach hochmotivierten Mitarbeitern." Wenker spielte mit dem Strohhalm in seinem Glas und vermischte die unterschiedlichen Farbschichten des Cocktails.
Rocky stimmte zu. „Die beiden hatten es verdammt eilig, die Versuchsinsel zu verlassen, und die Ergebnisse ihrer Forschung im großen Stil auf die Felder zu bringen. Sie konnten es gar nicht mehr erwarten, dem Vorstand von RaptorGen ihre

sensationellen Zuchtergebnisse zu präsentieren. Aber diese begeisterte Stimmung ist zwei Wochen vor dem Sturm gekippt. Als ich damals auf die Insel kam, war von Eile keine Spur mehr, und sie haben mir erklärt, dass noch zusätzliche Untersuchungen nötig sind, die das weitere Vorgehen verzögern werden."

„Es hat sich für Sie aber nicht so angehört, als ob es den beiden leid getan hätte?"

„Vermutlich hätte ich damals schon misstrauisch werden müssen", räumte Rocky ein. „Aber wenn man so viele Monate allein auf einer Insel verbringt, völlig abgeschnitten vom Rest der Welt, dann kann einem das auch mal auf die Laune schlagen. Erst recht, wenn es bei einem solchen Projekt Rückschläge gibt. Ich habe den beiden jedenfalls zunächst geglaubt und mich dann mit den Männern unterhalten, die auf den Feldern gearbeitet haben. Bei einem von ihnen ist mir aufgefallen, dass er hinkt. Es war eine Wunde am Oberschenkel, ein tiefer Riss, den er nach eigener Aussage einem der Rinder zu verdanken hatte." Rocky hatte sein Glas geleert und bestellte sich ein weiteres Bier.

„Haben Sie ihm das abgenommen?"

„Warum nicht? Solche Verletzungen sind nicht ungewöhnlich, wenn man mit Tieren arbeitet. Außerdem, warum hätte er mich anlügen sollen?"

Wenker zuckte mit den Achseln.

„Eine Woche später hat sich das Klima dann noch einmal deutlich verschlechtert. Die beiden Wissenschafter wollten zunächst gar nicht über ihre Arbeit berichten, sondern haben mich zu einem Erdhügel mit zwei zu einem Kreuz vernagelten Holzlatten geführt. Ein ausgewachsenes Brahman-Rind hatte einen weiteren Arbeiter attackiert und der hatte leider nicht so viel Glück."

Der erste Tote. In Gedanken hakte Wenker den dazu passenden Hinweis auf seiner Liste ab. Bisher deckte sich Rockys Geschichte genau mit den Beweisen, die er auf der Insel gefunden hatte. „Wie haben die anderen auf seinen Tod reagiert?"

„Verstört. Kleine Unfälle auf der Weide gehören zum Geschäft, aber Rinder, die Menschen anfallen und töten, sind definitiv nicht normal. Einer der Arbeiter hat am ganzen Körper gezittert, als er mir erzählt hat, wie es passiert ist. Seiner Meinung nach sind die Kühe allesamt verrückt geworden."

„Mich würde Ihre Meinung dazu interessieren."

„Sie waren gereizt", erwiderte Rocky. „Extrem gereizt."

„Gab es dafür einen Grund?"

„Die Arbeiter haben gemeint, die Rinder wären von bösen Geistern besessen. Der Aberglaube ist unter den Einheimischen noch immer weit verbreitet. Einer hat mir sogar erzählt, dass die Augen der Tiere im Mondlicht leuchten."

„Tatsächlich?" Wenker saugte an seinem Strohhalm. „Davon hat er doch sicher ein Foto gemacht."

„Die Geschichte ist nicht so verrückt, wie sie sich im ersten Moment vielleicht anhört. Nachdem wir wieder zurück in der Forschungsstation waren, hat mich einer der Wissenschafter um ein Gespräch unter vier Augen gebeten."

Wenker wurde hellhörig. „Einfach weiterreden!"

„Im Prinzip hat er bestätigt, was der Arbeiter gesagt hat. Auch ihm ist aufgefallen, dass sich die Augen der Rinder verändert haben. Er ist zunächst von einer Art Bindehautentzündung ausgegangen, weil die Augen blutunterlaufen waren. Aber nach ein paar Tagen hat sich die Farbe verändert. Gleichzeitig ist den Männern das aggressive Verhalten der Tiere aufgefallen. Er hat erzählt, dass sich die Symptome rasch innerhalb der ganzen Herde verbreitet haben und für ihn sehr schnell feststand, dass es einen Zusammenhang zwischen den

verfärbten Augen und der Aggressivität geben muss. Er hat dem Phänomen sogar einen Namen gegeben."
„Ja?"
„Green", sagte Rocky, als ginge von dem Wort eine schwer einzuschätzende Gefahr aus.
„Green", wiederholte Wenker gedehnt.
„Es bezieht sich auf die Augenfarbe der betroffenen Tiere", erklärte Rocky.
„Sie scherzen!"
Rocky verneinte mit Nachdruck. Anhand von Wenkers überraschter Reaktion war ihm klar geworden, dass der Buchhalter längst nicht so viel zu wissen schien, wie er angedeutet hatte.
„Kühe mit grünen Augen." Wenker versuchte, sich das bildlich vorzustellen.
„Die grünen Augen waren bei Weitem nicht das größte Problem. Die beiden Wissenschafter haben sich viel mehr Sorgen um das aggressive Verhalten der Tiere gemacht. Sie sind zu dem Schluss gekommen, dass Green bei den Rindern durch die Aufnahme von gentechnisch veränderten Pflanzen ausgelöst wurde."
„Ließ sich das wirklich bestätigen?"
„Ganz eindeutig sogar. Der Zusammenhang in ihren Analysen war mehr als offensichtlich."
„Was ist dann passiert?"
Rocky nippte an seinem Bier. „Sie können sich nicht vorstellen, wie fertig die beiden Wissenschafter waren. Nach Jahren der Forschung und den ersten Erfolgen im Freilandversuch war das ein vernichtender Rückschlag. Die sind die ganze Woche beisammen gesessen und haben sich ausgemalt, wie schlimm es noch werden könnte."
Wenker ahnte bereits, worauf Rocky hinauswollte.

„Mit dem älteren der beiden konnte ich mich noch einigermaßen normal unterhalten, aber sein Kollege war geradezu panisch und sah schon die ganze Welt in Gefahr. Er hat massiv darauf gedrängt, die Ergebnisse sofort zu veröffentlichen, denn selbst wenn RaptorGen dieses Produkt nicht auf den Markt bringen würde, so war seiner Meinung nach nicht auszuschließen, dass es in anderen Unternehmen zu ähnlichen Entwicklungen kommen könnte. Er hat von mir verlangt, das Projekt auf der Stelle abzubrechen und ihn zu Victor Shark zu bringen. Ich muss Ihnen sicher nicht erklären, wie ich mich in dieser Situation verhalten habe?"

Ursprünglich war der Buchhalter davon ausgegangen, dass Rocky ihm einen Berg voll abenteuerlicher Lügen und Ausflüchte auftischen würde, doch keine einzige Schilderung spießte sich an den auf der Insel gesammelten Beweisen - ganz im Gegenteil. Wenker war überrascht, wie perfekt sich die Puzzlesteine mit einem Mal ineinanderfügten, gleichzeitig schwanden aber auch die Druckmittel, die er gegen Rocky in der Hand zu haben glaubte. „Wie haben Sie die beiden voneinander getrennt, ohne dass sie Verdacht geschöpft haben?"

„Ich habe ihnen erklärt, dass ich ihre Aufregung nachvollziehen kann und angeboten, einen von ihnen zu Shark zu bringen, während der andere auf der Insel bleibt und weiter an der Sache arbeitet. Der Erste ist kurz nach dem Abheben in den Pazifik ausgestiegen, während der Zweite in der Forschungsstation weiter seine Arbeit getan hat. In weiser Voraussicht bin ich am Dienstag in der darauffolgenden Woche unangekündigt zur Insel zurückgekehrt."

Jetzt wird es richtig interessant. Wenker ließ den Strohhalm ins Glas zurückfallen und beugte sich vor.

„Unglücklicherweise haben sich zwei der Arbeiter mit dem Wissenschafter zusammengetan und gemeinsam ihre Flucht von der Insel vorbereitet. Ich habe einen von ihnen dabei erwischt, wie er einen Saatgutsack in Richtung Meer getragen hat. Er war schnell geständig, weil er wohl schon geahnt hat, dass die anderen beiden ohne ihn losgefahren sind, als sie den Hubschrauber gehört haben. Wir haben ihr Boot wenig später aus der Luft entdeckt."

„Und versenkt", folgerte Wenker.

„Das ließ sich leider nicht mehr vermeiden, nachdem die Kugeln aus drei Gewehrmagazinen den Bootsrumpf durchsiebt haben."

„Es sind also nicht alle Saatgutsäcke verbrannt, so wie Sie uns das bei der Sitzung verkauft haben?"

Rocky senkte den Kopf, wie jemand, den man beim Lügen erwischt hatte. „Das war noch nicht die ganze Story."

Ein Anflug von völliger Verwunderung huschte über Wenkers Gesicht, doch blitzartig hatte er seine Mimik wieder unter Kontrolle und tat so, als hätte er nichts anderes erwartet als eine Fortsetzung der Geschichte.

„Ich habe zu jeder Zeit versucht, den drohenden Schaden für RaptorGen abzuwenden", rechtfertigte Rocky sich. „Nachdem wir beide Wissenschafter verloren haben, habe ich mich nach Ersatz umgesehen."

Sie haben WAS? Wenker konnte nur mühsam die Fassung bewahren. „Sprechen Sie einfach weiter."

„Ich habe eigenmächtig einen Veterinär und einen Botaniker zu Rate gezogen, die schon früher für uns gearbeitet haben. Ich wollte, dass sie die Ergebnisse noch einmal überprüfen, bevor ich dem Vorstand erkläre, dass das Experiment auf der Insel endgültig gescheitert ist."

Wenkers Blick war scharf und vorwurfsvoll.

„Ich weiß genau, was Sie jetzt denken. Aber wenn dieser verdammte Sturm nicht gewesen wäre, dann hätte die Sache noch eine Zukunft gehabt. Ich wollte den Vorstand nicht

enttäuschen und nichts unversucht lassen, um das Ruder noch einmal herumzureißen. Leider hat es nicht geklappt."
Wenker verfluchte sich bereits jetzt dafür, dass er sich mit der folgenden Frage eine Blöße geben würde, aber nur so konnte er endgültig Klarheit erlangen: „Ich habe in den Abrechnungen keinen weiteren Hubschrauberflug zur Insel gefunden. Wann und wie haben sie die Leute auf die Insel geholt?"
„Den Botaniker und den Zoologen?"
Wenker nickte ungeduldig.
„Wir sind mit dem Schnellboot zur Insel gefahren. Das war an dem Abend, bevor der Sturm losgebrochen ist."
So spät erst? Wenker ließ sich seine Enttäuschung nicht anmerken. Ihm war bewusst, dass die beiden Neuankömmlinge keine revolutionären Erkenntnisse hatten gewinnen können, zumal sie ein paar Stunden nach ihrer Ankunft bereits tot gewesen waren.
„Hören Sie, Wenker. Ich weiß, dass Sie nicht viel von mir halten, aber ich habe stets das Wohl der Firma im Auge gehabt. Mag sein, dass Sie in meiner Situation anders gehandelt hätten, aber auch Ihnen wäre nicht mehr genug Zeit geblieben, um die Sache noch auszubügeln. Nicht bei diesem Jahrhundertsturm!"
Wenker schwieg eine Weile, dann gingen seine Mundwinkel nach oben. „Wissen Sie was? Ich halte tatsächlich nicht viel von Ihnen... Mit Sympathie hat das übrigens wenig zu tun, ich kann einfach mit Ihrer groben Art nichts anfangen. Sie haben Makaio in jener Nacht den Schädel eingeschlagen. Nicht wahr?"
Rocky zeigte sich ungerührt. „Warum haben Sie diesen Verdacht nicht heute Abend im Beisein von Victor Shark angesprochen?"
„Weil ich mir sicher war, dass ich auch so herausfinden werde, warum Sie Makaio loswerden mussten. Er war doch der Einzige, der wusste, dass Sie noch einen Botaniker und einen

Tierarzt auf die Insel gebracht haben, bevor die Forschungsstation zerstört wurde?"
„Ja...", Rockys Blick wurde hart, „...und ab sofort sind Sie der Einzige mit diesem Wissen."
Wenker verzog keine Miene.
„Wie soll es jetzt weitergehen?"
„Eine interessante Frage." Wenker schob das leere Cocktailglas beiseite. Er hatte keinerlei Interesse daran, Victor Shark von Rockys heldenhaft in Szene gesetztem Versuch zur Rettung der Forschungsstation berichten zu müssen. Selbst wenn das, was Rocky ihm über die Säcke erzählt hatte, nicht völlig der Wahrheit entsprechen sollte, so fügte es sich doch perfekt ins Gesamtbild.
Wenker überlegte. Einige Säcke waren nicht in den Lagerhallen verbrannt, sondern verschwunden. Rocky hatte diesen Umstand nicht länger bestritten und stattdessen eine sehr gute, weil nicht mehr nachprüfbare Erklärung für deren Verbleib geliefert. Dummerweise ließ sich daraus kein reißfester Strick drehen. Wenker war kein Idiot. Er wusste, er brauchte ein Seil, das stark genug war, Rockys Genick auf Anhieb zu brechen - alles andere war glatter Selbstmord. Die Beweislage war dürftig - zu dürftig, um Victor Shark und den Vorstand noch einmal mit dem Thema der verschwundenen Säcke zu belästigen. „Ich kann zwar nicht gutheißen, dass Sie auf eigene Faust gehandelt haben, aber ich respektiere, dass Sie es zum Wohl von RaptorGen getan haben. Diesmal!"
„Werden Sie es Victor Shark oder dem Vorstand...?" Rockys gebrochener Widerwillen brachte zum Ausdruck, dass sein Schicksal nun in den Buchhalterhänden lag.
Ein überlegenes Lächeln umspielte Wenkers Lippen. „Einigen wir uns darauf, dass Sie meiner Verschwiegenheit einen Gefallen schulden!" Er streckte die Hand aus, um den Pakt zu besiegeln.

„Das hätte ich Ihnen nicht zugetraut.“ Rocky schlug überrascht, aber auch sichtlich erleichtert ein.
„Ich mir bis vor ein paar Minuten auch nicht.“ Wenker winkte lachend nach der Kellnerin. „Lassen Sie uns einen darauf trinken, dass wir beide endlich einmal einer Meinung sind.“
Als sie sich kurz darauf zuprosteten, spürten beide, dass die Gefahr, die vom jeweils anderen ausging, in dieser Nacht größer geworden war.

***

Botanischer Garten Wien:
Karo trug ein erbsengrünes Sommerkleid mit schmalen Schulterträgern und erzählte Dmitrij von den Besonderheiten einiger Pflanzen, an denen sie auf ihrem Rundgang vorbeikamen. Obwohl Dmitrij sehr interessiert zuhörte und immer wieder Zwischenfragen stellte, galt ein Teil seiner Aufmerksamkeit auch einem ganz bestimmten Besucher des Botanischen Gartens.
Der Unbekannte war etwa in Karos Alter und schien sie schon seit einiger Zeit zu beobachten. Dmitrij vermied es, den Mann allzu auffällig anzustarren, doch immer wieder kreuzten die Blicke der beiden sich wie zufällig.
„Diese Art hier kennst du ja schon.“ Karo zeigte auf eine Pflanze, die sich wie ein Kürbis über dem Boden ausgebreitet hatte.
„Eine Spritzgurke“, bestätigte Dmitrij. Das eigenwillige Gewächs, das seine Samen mehrere Meter weit durch die Gegend schießen konnte, war Dmitrijs absoluter Favorit. Gleich nachdem Karo ihm die Pflanze zum ersten Mal vorgeführt hatte, waren seine Gedanken um das geniale Antriebskonzept der Gurkensamen gekreist. Seither grübelte er

darüber, ob es unter gewissen Umständen auch zur Verbesserung seiner Rübenraketen beitragen konnte.
„Wenn das so weitergeht, kannst du bald eigene Führungen durch den Garten anbieten“, scherzte Karo.
„Ich sehe mir lieber erst einmal an, wie das bei dir abläuft.“
Prof. Ginko hatte Karo vorgeschlagen, eine der Führungen zu übernehmen, die interessierten Besuchern kostenlos angeboten wurden. Da sie sich das Thema selbst hatte aussuchen dürfen, stand an diesem Nachmittag die Artenvielfalt bei Nutzpflanzen auf dem Programm.
„Feigling!“ Karo blickte hinüber zum vereinbarten Treffpunkt, einem kleinen Holzhäuschen gegenüber der Kakteenanlage, wo sich mittlerweile eine Gruppe von rund zwanzig Leuten eingefunden hatte. Da keine Anmeldung notwendig war, ließ sich im Voraus immer nur schwer einschätzen, wie viele Besucher an den Themenführungen teilnehmen würden. „Wie viele Minuten habe ich noch?“
„Drei“, erwiderte Dmitrij. „Plus die fünf Minuten, die du noch auf Nachzügler warten musst.“
„Prof. Ginko hat gesagt, dass ich nur dann länger warten soll, wenn die Gruppe nicht schon groß genug ist.“
Dmitrij zählte die bislang Anwesenden aus der Entfernung mit ausgestrecktem Finger ab. „17, 18, 19!“, gab er sein Ergebnis bekannt.
„Das genügt mir. Man soll sich für den Anfang schließlich nicht zu viel vornehmen.“ In Wirklichkeit hatte sie nicht damit gerechnet, dass sich überhaupt so viele Leute für das Thema interessieren würden, noch dazu an einem so herrlichen Badetag.
„20, 21, 22“, ergänzte Dmitrij um eine Mutter mit ihren beiden kleinen Töchtern, die gerade hinter einem Hügel voller Kakteen hervortrat.

„Fangen wir lieber gleich an, bevor es noch mehr werden.“ Karo setzte sich mit einem großen Schritt in Bewegung und steuerte auf den Treffpunkt der Gruppe zu.
Dmitrij folgte ihr und zählte munter weiter. „23, 24...“
„Ab 30 Leuten teilen wir die Gruppe zwischen uns auf“, murmelte Karo ihm über die Schulter zu.
Dmitrij reagierte prompt und ließ zwei ältere Damen aus, die in ihren knallbunten Sommerkleidern eigentlich unübersehbar waren. *25, 26...* zählte er in Gedanken weiter. Die Zahlen bis 30 waren bereits vergeben, bevor Karo und er die Gruppe erreicht hatten.
Karo räusperte sich laut und begann sofort damit, sich vorzustellen und die Besucher im Namen des Direktors herzlich willkommen zu heißen. „...das heutige Thema lautet Artenvielfalt bei Nutzpflanzen. Ich freue mich sehr, dass Sie so zahlreich erschienen sind.“
36, 37... Dmitrij waren selbst die beiden Nachzügler nicht entgangen, die im Schatten eines Feigenbaums auf den Beginn der Führung gewartet hatten. *38!* Dmitrij senkte wie zufällig seinen Blick und betrachtete die fremden Schuhspitzen, die vom Laufen durch den Kies ganz staubig waren. Nummer 38 war derselbe Mann, der ihnen zuvor schon durch den halben Garten gefolgt war. Er trug eine dunkelblaue Stoffhose und ein graues Polohemd, womit er so durchschnittlich wirkte, dass er fast schon in der Besuchergruppe zu verschwinden drohte.
„Wenn Sie mir bitte folgen würden.“ Karo hatte sich an die Spitze gesetzt und startete ihre Führung.
Dmitrij ließ sich ein Stück zurückfallen, um Nummer 38 unbemerkt im Auge behalten zu können. Da der Mann mittlerweile eine extrem dunkle Sonnenbrille aufgesetzt hatte, war es schwerer geworden, seine Blickrichtung einzuschätzen. Dennoch fiel Dmitrij auf, dass Nummer 38 sich deutlich mehr

für Karo zu interessieren schien als für die Pflanzen, von denen sie während des Rundgangs erzählte.
Von Zeit zu Zeit löste Karo ein Blatt von einer Pflanze ab und reichte es in die Runde, damit die Besucher daran riechen oder die Oberflächenbeschaffenheit spüren konnten.
„Erkennen Sie den Unterschied zwischen der Wildform und der Zuchtpflanze?“, fragte Karo, als sie zwei längliche Blätter weitergab. „Die Wildform riecht nicht so intensiv, dafür aber etwas schärfer. Der Parfumindustrie war es wichtig, die Schärfe wegzuzüchten und den Grundgeruch zu verstärken, der für zahlreiche Parfums verwendet wird. Das führt dazu, dass auf immer mehr Feldern die Zuchtform angebaut wird, weil sich damit mehr Geld verdienen lässt. Durch wirtschaftliche Interessen werden nicht nur die Wildformen selbst zurückgedrängt, sondern auch Tiere, die auf sie angewiesen sind. Denn dummerweise bevorzugt die Schmetterlingsart, die diese Blüten in der Natur bestäubt, den ursprünglichen Geruch. Fehlt die darin enthaltene Schärfe, finden die Schmetterlinge die Blüten nicht mehr und wandern ab oder verhungern. Das führt dazu, dass ganze Landstriche ihrer Artenvielfalt beraubt werden - sowohl botanisch als auch zoologisch betrachtet.“
Als die beiden Blätter endlich bei Dmitrij ankamen, waren sie völlig abgegriffen und schweißgetränkt. Er verzichtete darauf, ihren Geruch zu vergleichen, zumal Karo ihm den Unterschied schon vor ein paar Tagen verdeutlicht hatte. „Hier, bitte!“ Dmitrij gab die Blätter an die beiden älteren Damen in ihren grellbunten Sommerkleidern weiter.
„Vielen Dank, kleiner Mann.“ Die dickere der beiden ließ beim Lächeln ihr mobiles Kunststoffgebiss aufblitzen.
Dmitrij nickte gequält und widmete sich wieder seiner eigentlichen Aufgabe. Obwohl Nummer 38 ganz offensichtlich großes Interesse daran hatte, Karo nicht aus den Augen zu verlieren, blieb er immer im hinteren Drittel der

Menschentraube, die letztlich auf 49 Besucher angewachsen war. *Was will der Typ von ihr?* Zwangsläufig musste Dmitrij an die SMS denken, die Karo erhalten hatte. *Vielleicht steckt er dahinter...*

„Hatschi!“

„Gesundheit“, tönte es aus allen Richtungen.

Die Frau mit den Plastikzähnen nutzte die Sprechpause von Karo, um sich zu Wort zu melden. „Uns Menschen wird es bald ähnlich gehen wie den Schmetterlingen. Ich kann mich erinnern, als wir beide noch Kinder waren...“ Sie legte den Arm um ihre Freundin, „...da haben die Gurken noch richtig intensiv und bitter geschmeckt. Nicht nur nach Wasser so wie heute.“

„Das ist ein gutes Beispiel“, stimmte Karo zu. „Der bittere Geschmack hat die Leute gestört und deshalb wurde er im Lauf der Zeit immer mehr weggezüchtet. Auch das führt dazu, dass am Ende nur noch ein paar wenige Sorten übrigbleiben, unter denen die Konsumenten wählen können.“

„Bei Reis ist es noch viel schlimmer!“, rief eine Stimme vom anderen Ende der Gruppe. „In Indien kannte man früher über 30.000 verschiedene Reissorten, aber heute wird auf drei von vier Feldern nur noch Hochleistungsreis angebaut.“

Karo war angenehm überrascht, wie interessiert die Gruppe an dem Thema war und wie die Leute sich mit Beispielen einbrachten.

Dmitrij trottete brav mit den anderen mit und schnappte immer wieder ein paar interessante Wortmeldungen auf. Gleichzeitig arbeitete er an einem Plan, um den vor ihm gehenden Mann aus der Reserve zu locken. Nummer 38 war einer der wenigen, die sich ganz dezent im Hintergrund hielten, keine Fragen stellten und auch nicht durch Wortmeldungen auffielen. Mehr noch, es schien fast so, als würde er Karos Worten nicht folgen können. Wie sonst war es zu erklären, dass er über keinen der

eingeworfenen Witze schmunzelte und sich immer als Letzter in eine Richtung drehte, wenn Karo die entsprechende Anweisung dazu gab.
Dmitrij hatte schon mit dem Gedanken gespielt, Nummer 38 auf die Füße zu treten oder ihm ein Bein zu stellen, um für Aufmerksamkeit zu sorgen, hatte dann aber eine viel bessere Idee.
Karo führte die Gruppe in einer ausgedehnten Runde an den Glashäusern vorbei und blieb immer wieder stehen, um einzelnen Pflanzen mehr Aufmerksamkeit zu widmen. Nummer 38 blieb dabei stets im Hintergrund und unter Beobachtung seines kleinen Schattens.
„Als Nächstes kommen wir zu einer meiner Lieblingspflanzen“, kündigte Karo an. „Ich bin sicher, die Damen unter uns werden mir zustimmen, was die wohltuende Wirkung auf der Haut betrifft.“
Das war Dmitrijs Stichwort. Er hatte sich bereits ganz ans Ende der Gruppe zurückfallen lassen und schlug einen scharfen Haken in Richtung Gebüsch.
Eine Minute später hatte er wieder zur Gruppe aufgeschlossen, ohne dass jemand etwas bemerkt hatte. Geduldig wie jemand, der heimlich Reißzwecken auf den Kirchenbänken verteilt hatte, wartete er auf den richtigen Moment. Ein paar Leute vor ihm machte ein Blatt die Runde, das er ebenfalls schon kannte.
„Das ist wirklich wunderbar“, hörte er eine Frauenstimme sagen.
„Jetzt weiß ich endlich, woraus meine Hautcreme gemacht wird“, sagte eine andere.
„Danke!“ Dmitrij nahm das Blatt erfreut an sich und wischte damit über seinen Unterarm. Nachdem er sich ähnlich positiv über die Eigenschaften geäußert hatte wie die anderen vor ihm, stieß er Nummer 38 vorsichtig an. „Ich glaube, Sie hatten es noch nicht.“

Nummer 38 drehte sich wortlos um und blickte auf den kleinen Russen hinunter, dem im selben Augenblick das Blatt aus der Hand fiel.
„Oh, das tut mir leid“, sagte Dmitrij und starrte sein Gegenüber völlig verdutzt an. Er wartete gerade lang genug, bis Nummer 38 sich nach dem Blatt bückte und deutete dann an, es ebenfalls aufheben zu wollen.
„No problem“, murmelte Nummer 38 und hob das Blatt auf.
Deutsch war das nicht! Dmitrij war sich jetzt ganz sicher, dass hier etwas nicht stimmte. Gespannt sah er zu, wie Nummer 38 das Blatt herumdrehte und interessiert beäugte.
„Es fühlt sich wunderbar an auf der Haut.“ Die Frau mit den Plastikbeißern hatte sich umgedreht und ermunterte Nummer 38 dazu, sich mit dem Blatt über den Arm zu streichen. „Nur zu! Seien Sie nicht so schüchtern, es wird Ihnen gefallen. Im Gesicht ist es besonders erfrischend.“ Sie untermalte ihre Behauptung mit einer Geste, die auch Nummer 38 zu verstehen schien.
„Ja, genau so!“ Sie lächelte zufrieden.
„Ich bin auch schon ganz erfrischt“, bemerkte ein innerlich grinsender Dmitrij. Keinem war aufgefallen, dass er das ursprüngliche Blatt in seiner Hosentasche hatte verschwinden lassen. Den grünen Blattfetzen, mit dem Nummer 38 seine Wange betupfte, hatte Dmitrij aus gutem Grund nur durch sein T-Shirt angefasst und rechtzeitig fallengelassen, sodass niemand sehen konnte, dass er ihn zu keiner Zeit berührt hatte.
„Wenn Sie mir bitte wieder folgen würden“, lockte Karo die Gruppe weiter. Wie eine gehorsame Schulklasse setzte sich die Gruppe in Bewegung.
Dmitrij deutete Nummer 38 mit einer Handbewegung, die Blattreste einfach ins Gebüsch zu werfen, was der Mann schließlich auch tat.

„Wer kann denn Interesse daran haben, dass die Artenvielfalt bei den Nutzpflanzen verlorengeht?“, fragte eine junge Frau, die neben Karo herging.
„Die großen Produzenten“, erklärte Karo nüchtern. „Je weniger Sorten es gibt, umso mehr lässt sich alles vereinheitlichen: Dünger, Spritzmittel, Lager... Es bringt unbestritten wirtschaftliche Vorteile bei der Ernte, wenn alle Äpfel auf einem Feld zur gleichen Zeit reifen. Oder denken Sie nur an den Transport in die Kühlhäuser. Klar, dass ein Massentransport günstiger ist, als wenn man jede Woche ein paar Kisten hinbringen muss. Auch die Produktgröße spielt eine Rolle bei der Kalkulation. Wenn Sie im Supermarkt eine Packung mit sechs Birnen kaufen, dann sollten die auch alle gleich groß sein, sonst passen die Früchte nicht in die dafür vorgesehene Ausnehmung.“
„Ich kaufe mein Obst und Gemüse immer auf dem Markt“, erklärte eine ältere Frau aus der zweiten Reihe. „Dieses abgepackte Zeug kommt mir nicht in die Küche.“
Karo blieb vor einem halbkreisförmigen Beet mit hohen Grünpflanzen stehen und wartete, bis die Gruppe zu ihr aufgeschlossen hatte. Neben dem, was aussah wie völlig überdüngtes Superunkraut, stand eine Hinweistafel mit der Aufschrift: *Riesenbärenklau.* Ein kleineres Schild gleich daneben warnte ausdrücklich davor, sich den monströsen Stauden mit ihren ausladenden Blättern weiter zu nähern oder sie gar zu berühren.
Karo setzte fort: „Es gibt auch Pflanzen, die unsere Aufmerksamkeit verdient hätten, denen wir aber kaum Beachtung schenken, weil wir sie nicht kommerziell nutzen. Der Riesenbärenklau ist eine Pflanze, die uns in Zukunft noch viel stärker beschäftigen wird, weil sie sich sehr rasch verbreitet und nebenbei auch noch sehr unangenehm werden kann.“

Dmitrij genoss die Sonnenstrahlen auf seinem Gesicht und er genoss es noch viel mehr, dass auch Nummer 38 eine Menge davon abbekam.
„Auf keinen Fall dürfen Sie diese Pflanze berühren, denn sie produziert fotosensibilisierende Substanzen. Etwas weniger wissenschaftlich formuliert heißt das, dass Hautstellen, die damit in Berührung kommen, sehr unangenehm mit Sonnenlicht reagieren können. Böse Hautreizungen und Verbrennungen sind nicht selten die Folge von unvorsichtigen Begegnungen mit dem Riesenbärenklau. An sehr sonnigen Tagen wie heute reicht es oft auch schon, zu lange neben den Pflanzen zu stehen, um die über ihre großen Blätter verdunstenden Substanzen einzuatmen. Bevor also jemand von Ihnen über Atemnot zu klagen beginnt, schlage ich vor, dass wir weitergehen."
Nummer 38 kratzte sich im Gesicht und gleich darauf auch an der Hand.
Dmitrij war erstaunt, wie schnell die Haut sich gerötet hatte. Zwar wusste er durch Karos Schilderungen von der Wirkungsweise bei Hautkontakt, doch den Theoriestunden hatte bisher der praktische Beweis gefehlt. „Kaum zu fassen, dass es hier so gefährliche Pflanzen gibt", erklärte er der Dame mit dem Kunststoffgebiss beim Weitergehen und verdrehte ungläubig die Augen.
„Ich hätte das auch nicht für möglich gehalten", pflichtete sie ihm bei. „Gut, dass wir schon wieder weitergehen. Meinem Asthma würden diese Fotosubstanzen sicher nicht gut bekommen."
In den folgenden Minuten reagierte die Haut von Nummer 38 immer heftiger mit dem Sonnenlicht, und kaum einem in der Gruppe blieb noch verborgen, dass der Mann sich wie verrückt kratzte.

„Um Himmels willen, Sie sind ja ganz rot im Gesicht!“, rief eine Frau, die neben ihm zu stehen kam.
Die Menge wich einen kollektiven Schritt zur Seite und richtete ihre Blicke auf Nummer 38.
„Das sieht aber gar nicht gut aus“, sagte die ältere Dame mit dem Plastikkiefer betroffen.
Nummer 38 guckte verlegen in die Runde, konnte aber nicht davon ablassen, sich an der Wange zu kratzen.
„Hoffentlich ist das nichts Ansteckendes“, sagte eine Männerstimme aus dem Hintergrund.
„Lassen Sie mich mal sehen!“ Karo ging entschlossen auf die Rothaut zu.
Dmitrij tat alles, um möglichst unbeteiligt auszusehen. Er hatte Nummer 38 genau da, wo er ihn haben wollte: Inmitten von dutzenden Zeugen, die ab sofort jede seiner Bewegungen verfolgen würden. *Jetzt werden wir uns dich aus der Nähe ansehen, Nummer 38!*
„Vielleicht ist er mit dem Bärendingsbums in Kontakt gekommen“, mutmaßte einer der Anwesenden.
Genau das war auch Karos Befürchtung. „Haben Sie den Riesenbärenklau berührt?“ Sie stellte sich neben Nummer 38 und schenkte ihre ganze Aufmerksamkeit seiner grellroten Wange. „Bitte nehmen Sie die Sonnenbrille ab, damit ich mir das genauer ansehen kann.“
Nummer 38 zögerte, setzte seine Brille aber schließlich doch noch ab.
Karo riss die Augen auf. „Bill...?“, stammelte sie. Wie in Trance machte sie einen Schritt zurück und schüttelte fassungslos den Kopf. „Bill Fowler! Du bist es wirklich.“
Bill zwang sich zu einem stummen Lächeln.
„Dem kann nur noch der Notarzt helfen“, murmelten die Kunststoffzähne.
Auweia, dachte Dmitrij. *Das gibt Ärger.*

***

Baton Rouge, Louisiana:
In gewissen Fällen ließ die Anwältin Patricia Heart es sich nicht nehmen, ihren Gegnern selbst auf den Zahn zu fühlen. Mortimer „Morti“ Markowitz, Inhaber und Herausgeber der Tageszeitung Mortimer News, war ein solcher Fall. Auch wenn seine Zeitung längst nicht die auflagenstärkste war, so hatte er sich über Jahrzehnte doch einen nicht zu unterschätzenden Einfluss in der Branche gesichert. Mortis Stimme war vielleicht nicht so laut wie die vergleichbarer Herausgeber, doch sie hatte mit Sicherheit mehr Gewicht.
Patricia Heart war sich ihres gepflegten Äußeren bewusst und verstand es, die Blicke auf sich zu ziehen, wo immer sie mit ihrem weißen Porsche Cabrio vorfuhr und ihre langen Beine wie eine Filmdiva herausgleiten ließ. Sie war der Albtraum braver Ehefrauen und zugleich der Wunschtraum feuchter Männerfantasien. Kombiniert mit ihrem Ehrgeiz und ihrer berechnenden Art hatte ihr das den Ruf als gefährlichste Anwältin im Umkreis von zwei Flugstunden eingebracht.
An diesem Tag hatte sie sich für ein Kostüm in konservativem Grau entschieden, wodurch der Violettstich ihres dunkelroten Haars in den Vordergrund trat.
Sie nahm ihren Aktenkoffer vom Beifahrersitz, warf die Autotür zu und aktivierte per Sprachsteuerung die Alarmanlage. Ihr abfälliger Blick auf dem Weg über den Vorplatz ließ ahnen, dass sie sich mehr von Mortis Zeitungsimperium erwartet hatte. Beim Erreichen der gläsernen Eingangstür stieß sie diese mit dem Koffer auf und steuerte zielstrebig auf eine Wandtafel zu, die den Lageplan der Büros enthielt. Wie vermutet, fand sie den gesuchten Namen im sechsten und letzten Stock.

„Kann ich Ihnen vielleicht helfen?“, fragte eine Männerstimme hinter ihrem Rücken.
Patricia Heart drehte sich um und beäugte ihr Gegenüber mit einem süffisanten Lächeln. „Sie...? Mit Sicherheit nicht!“ Ohne den Mann eines weiteren Blickes zu würdigen, ging sie zum Aufzug und hoffte, dass ihr peinliche Zusammentreffen dieser Art auf dem weiteren Weg nach oben erspart blieben.
Wenig später öffneten sich die Lifttüren im sechsten Stock und Patricia Heart trat, eingehüllt in eine leicht fruchtige Duftnote feinsten englischen Parfums, heraus.
Ein Pfeil an der Wand wies den Weg zum Büro des Herausgebers am Ende des Flurs.
Gerade als sie dachte, auf keine weiteren Peinlichkeiten mehr zu stoßen, öffnete sich rechts von ihr eine Tür und eine junge Frau trat heraus, deren angehefteter Ausweis sie als Sekretärin vorstellte.
Überrascht von der Besucherin machte sie einen Schritt nach vorn. „Kann ich Ihnen...“
„Ich muss zu Mr. Markowitz!“
„Haben Sie einen Termin?“
„Haben Sie eine gute Rechtschutzversicherung?“ Wie aus dem Nichts zauberte Ms. Heart eine Karte hervor und drückte sie im Vorbeigehen der verdutzten Sekretärin in die Hand.
„Aber Sie können doch nicht...“
Ms. Heart lief einfach weiter. Ohne zurückzublicken, machte sie eine Geste wie eine Dirigentin, die ein verstimmtes Instrument zum Schweigen bringen wollte.
Wenige Schritte später stand sie vor der Tür zu Mortis Büro. Statt anzuklopfen, stieß sie einfach mit dem Koffer dagegen und trat ein.
Morti blickte zur Tür.
„Wir müssen uns unterhalten!“

Falls Morti von ihrem Auftritt beeindruckt war, ließ er es sich nicht anmerken. „Meine Sekretärin soll Ihnen einen Termin geben.“ Er senkte den Kopf und widmete sich wieder der Post auf seinem Schreibtisch.
„Lassen wir diese Spielchen, die kosten uns beide nur Zeit!“, kam Patricia Heart gleich zur Sache.
„Das ist genau der Satz, den ich mir vom Sensenmann erwarte, wenn er mich irgendwann hier aufstöbert.“
„Mein Name ist Patricia Heart von der Rechtsanwaltskanzlei Heart, Shark & Blackpepper. Ich komme im Auftrag der RaptorGen Corporation.“ Sie streute ihre Visitenkarte und einen Hochglanzprospekt der Kanzlei über dem Tisch aus.
„Wirklich?“, frage Morti erstaunt. „So teuer sehen Sie gar nicht aus.“
Ms. Heart wartete nicht, ob man ihr einen Stuhl anbot, sondern setzte sich einfach. Sie überkreuzte die Beine und nahm gleich darauf mit ihrem Aktenkoffer die Hälfte vom Schreibtisch in Beschlag. „Unser Klient ist besorgt darüber, dass Ihre Zeitung ein falsches Bild von ihm hat und dieses auch in die Öffentlichkeit transportieren könnte.“
„Nein!“, rief Morti bestürzt aus. „Dann ist RaptorGen also gar kein Wohltäter der Menschheit, der sich den weltweiten Kampf gegen Hunger auf die Fahnen geschrieben hat?“ Er schüttelte fassungslos den Kopf. „Ich kann gar nicht glauben, was Sie mir da erzählen...“ Er unterbrach sich und griff nach der Visitenkarte, von der er mit zusammengekniffenen Augen ablas: „...Ms. Heart.“
Sie zeigte sich ungerührt von der Provokation und klappte ihren Koffer auf. „Mr. Shark, der Vorstandschef der RaptorGen Corporation, hat mich gebeten, Ihnen ein paar Unterlagen zur An- und Einsicht mitzubringen.“
„Ich weiß sehr gut, wer Mr. Shark ist, und ich kannte die Werbeheftchen seines Konzerns schon, bevor Sie durch diese

Tür gekommen sind... Das Ihrer Kanzlei kannte ich übrigens noch nicht. Fühlt sich an wie echtes Tropenholz“, fügte er anerkennend hinzu und blätterte interessiert durch die Broschüre von Heart, Shark & Blackpepper, die von der Aufmachung her locker mit den Katalogen von Luxusautos mithalten konnte.
„Sie können sich sicherlich vorstellen, dass Mr. Shark kein Interesse daran hat, dass sein Konzern in irgendeinem Schmierblatt verrissen wird.“
„Davon gehe ich selbstverständlich aus“, beteuerte Morti. Auf Seite vier entdeckte er eine Aufnahme vor dem Gerichtsgebäude, die Patricia Heart wie ein Fotomodell aussehen ließ. „Schönes Foto!“ Er blickte kurz auf und murmelte dann gerade noch laut genug, dass sie es hören konnte: „Ist wohl schon etwas älter.“
„Planen Sie in nächster Zeit einen Artikel über RaptorGen oder Mr. Shark?“
„Hmmm...“ Morti blätterte gedankenversunken durch den Prospekt der Kanzlei.
„Mr. Markowitz?“
„Einen Artikel?“, wiederholte er die Frage und machte eine nervenaufreibende Pause. „Nein, ich denke, so etwas ist nicht geplant. Würde Ihr Mr. Shark denn wünschen, dass wir etwas über ihn und seinen Konzern schreiben?“ Morti schenkte ihr einen interessierten Blick. „Wenn Mr. Shark uns ein Exklusivinterview zusichert, findet sich bestimmt einer meiner Praktikanten, der sich die Zeit dafür nimmt.“
„Das wird nicht nötig sein.“ Ms. Hearts ungerührte Fassade wirkte wie aus Stein gemeißelt. „Um ehrlich zu sein, hatte ich Sie mir ganz anders vorgestellt, Mr. Markowitz.“
Morti kramte sein charmantestes Lächeln hervor. „Wenn Sie ehrlich wären, Ms. Heart, dann hätten Sie sich einen anständigen Beruf gesucht und wären nicht Anwältin geworden.

Aber Sie haben durchaus recht mit dem, was Sie sagen. Selbst eine Frau wie Sie sollte mich nicht dazu bringen, meine guten Manieren zu vergessen. Bitte verzeihen Sie. Darf ich Ihnen, spät aber doch, einen Kaffee anbieten?“ Er nahm die fast leere Tasse von seinem Schreibtisch und schüttete den Bodensatz in Egons Blumentopf, bevor er sie der Anwältin entgegenstreckte und sagte: „Die Maschine steht gleich dort drüben.“

„Ein Gentleman der alten Schule.“ Ms. Heart lehnte mit einer unmissverständlichen Geste ab. „Die findet man heute nur noch selten. Vermutlich sterben sie bald ganz aus“, seufzte sie melancholisch.

Morti schob die Prospekte beiseite. „War es das, Ms. Heart? Oder zaubern Sie noch eine einstweilige Verfügung aus Ihrem Koffer, die das Recht auf Pressefreiheit einschränkt?“

„Keine Verfügung und keine Kaninchen!“ Ms. Heart ließ ihre manikürten Fingernägel aufblitzen und klappte den Aktenkoffer zu. „Sie wissen so gut wie ich, dass RaptorGen Ihren Laden aus der Portokasse kaufen und anschließend ruhigstellen könnte.“

Morti gähnte. „Sie enttäuschen mich. Ich habe gedacht, Sie hätten sich besser auf unser Gespräch vorbereitet.“ Zum ersten Mal meinte er, einen Anflug von Unsicherheit in ihrem Gesicht zu erkennen. „Mortimer News befindet sich zu hundert Prozent in meinem Besitz, und ich beabsichtige nicht, auch nur einen einzigen Sessel davon zu verkaufen.“

„Alles ist käuflich.“

„Ich nicht.“

„Sprechen Sie auch für Ihre Mitarbeiter?“

Morti lachte schallend los. „Wenn Sie wüssten, für welchen Hungerlohn wir arbeiten, würden Sie so eine dumme Frage nicht stellen. Keiner wird Journalist, weil er auf das große Geld aus ist.“ Er deutete auf das Messingschild an der Wand.

„Ein Journalist mit dem richtigen Riecher kann selbst den mächtigsten Mann straucheln lassen“, las Ms. Heart laut vor und lehnte sich entspannt zurück. „Wie gut, dass ich eine Frau bin.“
„Wir Journalisten sind keine Sexisten. Es geht uns bei unserer Arbeit um die Möglichkeit, die Wahrheit ans Licht zu bringen. Ganz egal, wie viel Geld Konzerne wie der von Mr. Shark aufbringen können, um sie zu verschleiern.“
„Sie wollen Mr. Shark doch nicht unterstellen, dass er etwas verschleiert?“
„Ich bitte Sie, Ms. Heart. Sie wären nicht den weiten Weg zu mir gekommen, um meinen Tisch mit Ihren bunten Heftchen vollzuladen, wenn Ihr Mandant nichts zu verbergen hätte. Den Mist hätten Sie auch mit der Post schicken können. Oder haben Sie so wenig zu tun, dass Sie die Briefträgerin für Mr. Shark spielen?“
„Sie unterschätzen unseren Einfluss.“
„Das tue ich bestimmt nicht“, erwiderte Morti. „Er lässt mich nur völlig kalt.“
„Mr. Shark spielt mit dem Präsidenten Golf.“
„Gut! Er darf ihm schöne Grüße von mir bestellen. Falls er beim nächsten Mal wieder meine Stimme haben will, soll er bei seinen Parteifreunden endlich Druck für die Sanierung der Umfahrungsstraße machen. Wissen Sie, wie lange man uns die schon versprochen hat? Diese verdammten Schlaglöcher auf dem Weg zur Arbeit haben mich schon drei Felgen gekostet - vier, wenn man die koreanische Mietkarre mitzählt, der es die halbe Vorderachse rausgerissen hat. Was für ein Auto fahren Sie, Ms. Heart?“
Ms. Heart zupfte ihre Bluse zurecht, als wollte sie etwas Bedeutungsvolles von sich geben. „Ich glaube, es wäre...“
„Nein! Lassen Sie mich raten! Bestimmt fahren Sie einen von diesen übermotorisierten Sportwagen. Vermutlich ein

Europäer... Wenn ich mir ansehe, wie blass Sie in den letzten Minuten geworden sind, tippe ich auf weiß! Habe ich recht? Ich habe recht!", stellte er erfreut fest. „Gut, dass Sie mich hier heimgesucht haben. Mit Ihrem Wagen würden Sie es nie bis zu mir nach Hause schaffen. Das sollten Sie auch Ihrem Boss sagen, falls er mal in die Notlage kommt, meine Frau und die Kinder entführen zu müssen."
Er holte Luft und schlug sich effektvoll auf die Stirn. „Ach, wie dumm von mir! Ich hab ganz vergessen, dass Paula mich damals vor der Kirche stehengelassen hat. Seien Sie froh, dass Sie die enttäuschten Gesichter der Hochzeitsgäste nicht gesehen haben... Na, wie auch immer. Ich fürchte, ich kann Ihnen kein Druckmittel gegen mich anbieten." Er zeigte auf den Gummibaum. „Selbst Egon ist für mich entbehrlich."
„Mr. Markowitz!"
„Ja?", fragte er bestürzt und blickte auf seine Uhr. „Haben wir uns verplaudert? Wir haben!" Er sprang auf und streckte Ms. Heart ihren Aktenkoffer entgegen. „Ich kann Ihnen gar nicht sagen, wie froh ich bin, dass wir uns ausgesprochen haben. Vermeiden Sie die Umfahrungsstraße!" Er zwinkerte ihr lächelnd zu. „Und bitte vergessen Sie die Grüße an den Präsidenten nicht - vielleicht ist Mr. Sharks Einfluss ja doch für etwas gut."

***

Botanischer Garten Wien, vor Karos Büro:
Dmitrij stand auf dem gefliesten Gang, die Tür war nur angelehnt. Er lugte durch den Spalt in Karos Büro und beobachtete, wie sie die Wange von Bill Fowler mit einem Wattebausch abtupfte. Dmitrij konzentrierte sich so sehr auf das Gespräch der beiden, dass er die Schritte hinter seinem Rücken zunächst gar nicht bemerkte.

„Na, was hast du diesmal angestellt?“
Dmitrij wirbelte herum und starrte auf das Krokodillogo vor seiner Nase.
Prof. Ginko spannte die Brustmuskeln an, wodurch das Krokodil auf seinem Poloshirt Dmitrijs Nase bedrohlich nahekam.
„Wer...? Ich...?“ Dmitrij machte einen Schritt zurück und legte betroffen die Hand aufs Herz. „Gar nichts.“
„Gar nichts?“, wiederholte Ginko mit strengem Blick. „Dann ist es also nur ein Gerücht, dass du einem Besucher vorgeschwärmt hast, wie wunderbar es sich anfühlt, wenn man sich mit Riesenbärenklau einreibt?“
„Das war die alte Frau mit den Plastikzähnen!“ Dmitrij hatte nicht vor zu lügen, aber er sah auch keinen Vorteil darin, mehr zuzugeben, als unbedingt nötig war.
„Die alte Frau?“
Dmitrij nickte eifrig. Nach einer Weile merkte er an: „Aber ich glaube nicht, dass sie es absichtlich gemacht hat.“
„Mit Sicherheit nicht! Sie hatte ja keine Ahnung, dass ein russischer Rübeningenieur heimlich die Blätter vertauscht hat. Oder liege ich da falsch?“ Ginkos anklagender Blick wog schwer auf den jungen Schultern.
„Vermutlich nicht“, erwiderte Dmitrij kleinlaut.
„Wie kommst du überhaupt auf die Idee, solchen Blödsinn zu machen? Du weißt doch, wie gefährlich der Riesenbärenklau sein kann.“
„Nummer 38... Der Besucher war auch gefährlich, weil er uns durch den Garten verfolgt hat... Dachte ich. Aber da wusste ich auch noch nicht, dass es ein Bekannter von Karo ist.“
„Ein Bekannter?“
„Ein Freund! Ein sehr guter Freund sogar!“ Dmitrij reagierte souverän auf Ginkos überraschtes Gesicht und nutzte damit die Chance, dem bedauerlichen Vorfall eine völlig neue Wendung

zu verleihen. Eine, die den Direktor hoffentlich viel mehr interessieren würde, als einem einfachen Rübeningenieur Standpauken zu halten.
„Das wusste ich gar nicht", murmelte Ginko abgelenkt und blickte für einen Moment zu einer sich öffnenden Labortür. Eine Mitarbeiterin klemmte die Türflügel fest und schob einen Rolltisch mit Analysegeräten heraus.
„Die beiden kennen sich schon eine Ewigkeit." Dmitrij schielte in Richtung Labortür.
„Ich kläre das mit Dr. Bogner. Du wartest hier auf mich!"
„Natürlich!"
Ginko war kaum in Karos Büro verschwunden, da hatte Dmitrij schon das Weite gesucht. Eine offene Labortür erschien ihm ungleich interessanter, als darauf zu hoffen, dass der Professor bei seiner Rückkehr bessere Laune hatte.
Karo reagierte mit einem wenig überzeugenden Lächeln, als Ginko den Raum betrat. „Schön, Sie zu sehen."
„Wie schlimm ist es?", fragte der Professor auf Englisch.
„Ach, es geht eigentlich." Karo zog den Wattebausch zurück und gab den Blick auf Bills extrem gerötete Wange frei. *Pavianarsch*, dachte sie und hätte den Wattebausch am liebsten sofort wieder draufgedrückt.
Pavianarsch! Ginko verdrängte die erste Assoziation und zwang sich zu einem harmlosen Lächeln. „Na, das sieht doch gar nicht so schlimm aus. Drücken Sie die Watte lieber wieder drauf, damit es weiter so schön bleibt." Er reichte Bill die Hand und erst da bemerkte er, dass dessen Handfläche verbunden war. *Autsch!* Ohne Händeschütteln, aber übertrieben freundlich begrüßte er Bill, bevor er sich im Namen des Botanischen Gartens entschuldigte.
Ginko musterte Bill Fowler ganz genau. *Er macht einen erstaunlich gelassenen Eindruck. Das ist gut! Andererseits... Man sagt diesen Amis nach, dass sie alles und jeden mit*

Millionenklagen eindecken, sobald sie sich den Fingernagel einreißen. „Ich habe gehört, dass Sie beide schon sehr lange befreundet sind?“ Sein Blick in Richtung Karo verlangte Bestätigung.

„Tja...“

„Stimmt! Es ist schon eine ganze Weile her“, fiel Bill ihr ins Wort. „Karo und ich haben damals in den USA gemeinsam Botanik mit Schwerpunkt Genetik studiert. Bedauerlicherweise hatte ich nicht genug Sitzfleisch, um mein Studium abzuschließen.“

„Am Sitzfleisch hat es sicher nicht gelegen“, stichelte Karo kaum hörbar.

Ginko reichte ihr ein braunes Fläschchen zum Beträufeln des Wattebausches. „Ich bin wirklich untröstlich, dass Ihr Wiedersehen nach so langer Zeit...“ Er beendete den Satz mit einem andächtigen Seufzen.

„Machen Sie sich deshalb bitte keine Vorwürfe!“ Bill verzog das Gesicht, als die frisch getränkte Watte seine Wange berührte. „Ich bin doch selbst schuld. Hätte ich mich gleich zu erkennen gegeben, wäre mir diese Begrüßung hoffentlich erspart geblieben. Ich wollte den Jungen bestimmt nicht erschrecken - oder dich, Karo. Wo steckt dein kleiner Beschützer überhaupt?“

„Draußen vor der Tür.“ Ginko drehte die Verschlusskappe wieder auf das Fläschchen. Noch mehr als Dmitrijs Verhalten störte ihn, dass die unterschwellige Bedrohung, die von Karos Anwesenheit auszugehen schien, nun erstmals auch reale Auswirkungen gezeigt hatte. Das relativ harmlose Missverständnis bot einen Vorgeschmack darauf, wie rasch sich der Verantwortungsbereich des Direktors auf die Sicherheit der Besucher, Mitarbeiter und seines Gastkindes ausweiten konnte. Eine höchst unangenehme Erfahrung, wie Ginko fand. Denn wenn schon die bloße Furcht vor möglichen

Übergriffen solche Konsequenzen hatte, was war dann erst zu erwarten, falls Karo tatsächlich unerwünschten Besuch bekommen sollte?

***

Eine Biotechfirma in Texas, später Vormittag:
Rocky hatte von Victor Shark einen neuen Auftrag erhalten, der genau seine Kragenweite war. Nach dem merkwürdigen Abend mit Wenker stand ihm der Sinn nach handfester Unterhaltung. Das Büro seines Gesprächspartners befand sich im zweiten Stock des Gebäudes. Rocky hielt auf eine moderne Holztür mit blauen Glaseinsätzen zu.
Unmittelbar vor dem Büro blieb er kurz stehen, um in der Türspiegelung den Sitz seiner Krawatte zu überprüfen. Ein letzter Blick auf das Türschild aus gebürstetem Edelstahl, dann trat er, ohne anzuklopfen, ein.
In dem großen, modern eingerichteten Raum befanden sich drei Schreibtische, an denen zwei bebrillte Bürodrohnen in dunklen Anzügen saßen. Ein dritter Mann war gerade dabei, seinen Aktenordner in einen der Wandschränke zurückzustellen. Das Büro machte einen hellen und freundlichen Eindruck - ganz anders als Rocky.
„Kann ich Ihnen helfen?“, reagierte der Mann hinter dem vordersten Schreibtisch als Erster auf den unangekündigten Besuch.
Rocky ignorierte die Frage und kam näher. Er beugte sich hinunter, bis er das Ausweisschild lesen konnte, das an der Brust des Mannes baumelte. „Holen Sie sich einen Kaffee!“ Es klang wie eine Drohung und doch war es auch ein gut gemeinter Ratschlag.
Der Mann am Schreibtisch war sichtlich irritiert und drehte sich zu seinen Kollegen um. Einer zuckte unsicher mit den

Achseln, während die Finger des anderen sich krampfartig am Aktenordner festhielten.
Rocky umrundete den ersten Arbeitsplatz und drang selbstbewusst weiter ins Büro vor.
„Zu wem wollen Sie?“, fragte der Mann hinter dem zweiten Schreibtisch argwöhnisch und richtete sich auf. Zwei Schritte später hatte Rocky ihn erreicht und der Größenunterschied zwischen den beiden wurde offensichtlich.
„Zu wem wollen Sie?“ wiederholte er seine Frage auf Höhe von Rockys Krawattenknoten.
„Sie haben Glück“, sagte Rocky mit Unheil verkündender Stimme.
„Glück?“
„Ihre Mutter hat Ihnen den richtigen Namen gegeben. Ich will nichts von Ihnen.“
In einem Anfall von unangebrachtem Heldenmut ließ sich der Mann dazu hinreißen, die Konversation fortzusetzen, obwohl Rocky ihm bereits den Rücken zugedreht hatte. „Entschuldigen Sie bitte, aber Sie können hier nicht so einfaaaaaaa...“ Seine Stimme übersprang zwei Oktaven.
Rocky hatte sich ohne Vorwarnung umgedreht und die Hand des Mannes gepackt. Wie eine Stoffballerina zog er ihn zu sich heran und ließ ihn auf den Zehenspitzen tänzeln. In diesem Moment hätte sein Opfer alles getan, um das unmittelbar bevorstehende Knacksen im Handgelenk doch noch irgendwie zu vermeiden.
„Sie sollten Ihr Glück nicht überstrapazieren“, hauchte Rocky direkt in das schmerzverzerrte Gesicht vor ihm.
„Lassen Sie ihn sofort los!“
„Sonst was?“ Die plötzliche Rückkehr von Rockys Aufmerksamkeit traf den ersten Mann wie eine Schockwelle.
„Nichts...“

Rocky drehte ein Stück am Handgelenk, um die Rangordnung zu verdeutlichen.
„Aaaah!“
„Ich habe nichts gesagt!“, beteuerte der erste Mann, um seinen Arbeitskollegen nicht weiter zu gefährden.
„Dann ist es ja gut.“ Rocky löste den Griff und gab seinem Opfer einen Stoß in Richtung Ausgang. „Und jetzt folgen Sie Ihrem Kollegen in die Kantine und kommen frühestens in einer Stunde wieder. Anderenfalls können Sie dem hier ins Krankenhaus folgen.“ Er zeigte auf das kreidebleiche Gesicht vor dem Aktenschrank.
„Wir sind schon weg“, stammelten die beiden Männer fast gleichzeitig.
Drei Sekunden später hatten sie ihren Vorsatz in die Tat umgesetzt und Rocky konnte sich um den eigentlichen Zweck seines Besuchs kümmern.
Marc Regener stand auf dem Ausweis des Mannes, dem Rocky schon allein durch seine kräftige Erscheinung den Weg abgeschnitten hatte. Marc war ein Whistleblower. Ein Informant, der nicht davor zurückschreckte, Missstände über das Unternehmen, in dem er arbeitete, an die Öffentlichkeit zu tragen. In Marcs Fall wog seine Geschwätzigkeit sogar noch schwerer, da das Unternehmen, für das er tätig war, eng mit RaptorGen zusammenarbeitete. Verständlicherweise hatte Victor Shark kein Interesse daran, dass ein Whistleblower wie Marc die Presse mit Informationen über die Zusammenarbeit der beiden Unternehmen versorgte.
„Was wollen Sie von mir?“, fragte Marc mit brüchiger Stimme. Er war durch das Auftreten seines Gegenübers mehr als eingeschüchtert.
„Einen Namen!“, erwiderte Rocky, als wäre seine Forderung das Selbstverständlichste auf der Welt.
„Einen Namen?“

Im nächsten Augenblick hatte Rocky seine Hand um Marcs Nacken gelegt und rammte dessen Gesicht gegen den Wandschrank.
Marc kam nicht mehr zum Schreien und begriff erst, was passiert war, als ihm das Blut aus beiden Nasenlöchern schoss und Rocky seinen Griff wieder lockerte.
„Einen Namen", wiederholte Rocky so geduldig, als hätte er alle Zeit der Welt für die Antwort eingeplant.
Marc wischte sich mit dem Unterarm über das Gesicht und starrte fassungslos auf den blutigen Ärmel seines Anzugs. „Ich weiß nicht, wovon..."
Im nächsten Moment knallte seine Oberlippe so fest gegen den Schrank, dass sie aufplatzte.
„Einen Namen." Rocky hasste es, sich wiederholen zu müssen. Er konnte richtig sauer werden, wenn ihm jemand das Gefühl gab, ihn nicht verstehen zu wollen.
„Hören Sie!" stießt Marc geradezu hysterisch hervor. „Ich habe wirklich keine Ahnung, wovon..."
Rocky klatschte sein Opfer ein weiteres Mal gegen die Schranktür und stöhnte entnervt. „Einen Namen, bitte!"
Marc öffnete unter Schmerzen seinen Mund und spürte, wie etwas herausfiel. Es war die untere Hälfte seines Schneidezahns. „Sind Sie wahnsinnig?" Er hatte seinen Satz kaum beendet, da spürte er schon wieder die Pranke in seinem Nacken. „Nein! Nein, warten Sie!", kreischte er. „Bitte, warten Sie!"
Rocky beließ es bei einem gegen das Jochbein gerichteten Scheinzusammenstoß mit dem Schrank und schüttelte Marc anschließend ein paar Sekunden kräftig durch. „Den Namen!"
„Es geht um diese Website, nicht wahr?" Marc betete, dass es so war.
Rocky drehte Marcs Kopf ein Stück zur Seite, um seinem Anzug die feuchtrote Aussprache zu ersparen.

Dass sein Gesicht nicht gleich wieder gegen die Schranktür flog, wertete Marc als Hinweis, dass er mit der Website richtig lag. Um seinem Peiniger keinen weiteren Grund zur Gewaltanwendung zu geben, redete er einfach weiter: „Ich schwöre Ihnen, dass ich die Seite nur ein einziges Mal aufgerufen habe. Ich hatte keine Ahnung, was es damit auf sich hat. Ein Freund hat mir den Link geschickt und ich wollte einfach nur ein wenig Dampf ablassen, weil ich mich über meinen Chef geärgert habe. Ich hatte nie vor, schlecht über die Firma zu reden. Schon gar nicht in irgendeinem öffentlichen Forum oder vor Journalisten. Ich hatte einfach einen schlechten Tag und habe aus reiner Neugier auf diesen Link geklickt. Das verstehen Sie doch sicher? Ich habe keine Beiträge dort verfasst - keinen einzigen!“

„Den Namen!“

„Den Namen der Website?“

Marc küsste ein weiteres Mal die Schranktür.

„Wie heißt der Freund, der Ihnen diese Website empfohlen hat?“, präzisierte Rocky seine Frage.

„Sie wollen *seinen* Namen? Deshalb sind Sie hier?“ Marcs Stimme überschlug sich. „Gott, verdammt.“ Sein Lachen klang gekünstelt, aber auch ehrlich erleichtert. „Ich dachte, Sie sind gekommen, weil ich diese dämliche Seite angeklickt habe.“

„Seinen Namen!“

„Blix, sein Name ist Blix. Jonathan Blix!“, sprudelte es zwischen Marcs aufgeplatzten Lippen hervor. „Er hat mir von der Seite erzählt und mir den Link geschickt.“

Rocky sah sich über die Schulter um, als würde er etwas oder jemanden suchen.

Marc verstand die Geste und reagierte sofort: „Er ist im Lager tätig! Zweites Untergeschoss, roter Lifttrakt. Sie können ihn gar nicht verfehlen. Er hat immer eine rote Kappe auf...“

Rocky ließ sein Opfer los und zog ein verpacktes Erfrischungstuch aus seinem Anzug, das er Marc in die zitternden Hände fallen ließ. „Sie sollten sich den Rest des Tages freinehmen und kein Wort über unsere Plauderei verlieren, wenn Sie mich nicht wiedersehen wollen."
Marc redete einfach weiter, als würde noch immer sein Leben davon abhängen. „So eine lächerliche rote Kappe..."
Rocky hatte genug gehört, er drehte sich um und ging zur Tür, um diesem Blix einen Besuch abzustatten.
Marcs Stimme wurde leiser und Tränen der Erleichterung mischten sich unter das Blut, das ihm aus Nase und Mund tropfte. „Zweites Untergeschoss, roter Lifttrakt." Vermutlich hatte im Moment keiner als er eine bessere Vorstellung davon, was sein Kollege Blix in Kürze zu erwarten hatte, doch Marc konnte gar nicht anders, als sich einfach nur zu freuen, dass die Tür hinter Rocky ins Schloss fiel und er endlich allein war.
Rocky beschloss, etwas für seine Gesundheit zu tun und sparte sich die Fahrt mit dem Aufzug. Außerdem gab ihm der Weg durch das Treppenhaus Gelegenheit, noch einmal über sein Vorhaben nachzudenken.
Was Victor Shark betraf, war der Auftrag mit dem Besuch bei Marc erledigt. Der Whistleblower hatte seine Abreibung bekommen und würde es sich künftig zwei Mal überlegen, eine Website aufzurufen, die Journalisten mit Maulwürfen zusammenbrachte. Erst recht würde er dort keine geheimen Firmendaten deponieren. Rocky rieb sich seine Knöchel und war sich ganz sicher, dass dieser Mann seine Lektion gelernt hatte. Damit ging der Fall zu den Akten.
Was diesen Jonathan Blix betraf, verhielt sich die Sache allerdings grundlegend anders. Auf seine Spur war Rocky schon vor Wochen gestoßen, hatte sie dann aber wieder aus den Augen verloren. Offensichtlich steckte Blix nicht nur schon länger und tiefer in der Sache drin, er war auch deutlich

gründlicher gewesen, wenn es darum ging, keine Fehler zu machen. Zumindest bisher.
Es hatte Rocky viel Mühe gekostet, herauszufinden, wie der Tipp über die nächtliche Sojaverbrennung auf die Website gekommen war. Zwar war es ein Leichtes gewesen, den übergewichtigen Umweltjournalisten zu schnappen, der auf dem Gelände herumgeschnüffelt hatte, doch der Bursche hatte sich als ausgesprochen schmerzresistent erwiesen. Vielleicht war er aber auch einfach zu dumm gewesen, um die Konsequenzen seines Schweigens noch rechtzeitig zu begreifen. So oder so, er hatte Rocky keine andere Wahl gelassen. In den letzten Monaten war einfach zu viel schiefgelaufen, um leichtfertig Kompromisse machen zu können.
Rockys einziges Glück bestand darin, dass in Afrika einige Experimente so gründlich in die Hose gegangen waren, dass RaptorGen unsichere Projekte in letzter Zeit lieber vorschnell abbrach, als weitere Risiken einzugehen. Rocky bezog seine Informationen aus erster Hand und hatte sein Möglichstes getan, um Victor Shark und den restlichen Vorstand von der Gefahr unerwünschter Projekte zu überzeugen. Oft hatten schon ein paar tausend Dollar gereicht, um die Verantwortlichen vor Ort umzustimmen.
Je weiter Rockys Plan allerdings gediehen war, umso aufwändiger war es geworden, seine wahren Ziele zu verschleiern - vor allem vor Wenker. Der Buchhalter war eine echte Plage auf seiner besessenen Suche nach Wahrheit. Rocky konnte die Fakten gar nicht so schnell zudecken, wie Wenker sie wieder freilegte. Auch deshalb war es nötig gewesen, ein paar millionenschwere Nebenschauplätze zu opfern, um das eigentliche Ziel unbemerkt voranzutreiben.
Die Website mit all ihren Journalisten, Whistleblowern und Umweltschützern war Rocky zunächst sogar sehr gelegen gekommen, da sich ihre Aktivitäten direkt gegen RaptorGen

gerichtet hatten. Als Folge davon hatte Rocky seine zum Teil sehr spontanen Entscheidungen nicht mehr bis ins kleinste Detail rechtfertigen müssen. Selbst Wenkers Aufmerksamkeit war durch solche Störaktionen öfter gebunden gewesen, als ihm lieb sein hätte können. Unglücklicherweise hatte sich das Blatt entscheidend gewendet und Rocky musste befürchten, dass auch seine geheimen Aktivitäten in den Focus der Website geraten waren.
Es war eine Sache, zuzusehen, wie jemand öffentlich die Firma durchleuchtete, für die man arbeitete, doch es war eine ganz andere, wenn man die eigenen Felle davonschwimmen sah.

***

Wien, gegen 22 Uhr:
„Ich kann es immer noch nicht fassen, dass du hier aufgetaucht bist.“ Karo holte eine Zugangskarte aus ihrer Handtasche und zog sie durch den Leseschlitz der Labortür.
„Geht mir genauso“, erwiderte Bill, der sich in alle Richtungen umsah, als spürte er einen imaginären Verfolger. „Woher hast du die Karte?“
Der Kartenleser piepste und entriegelte das Schloss.
„Von Ginko.“ Karo trat einen Schritt zurück, da die automatische Tür nach außen aufschwang. „Du kannst von Glück sagen, dass er sich wegen Dmitrij schuldig fühlt, sonst hätte er niemals zugestimmt, dass ich dich hierher mitnehme.“ Sie trat ein und Bill folgte ihr, bevor die Tür sich wieder schloss. Gleich darauf ging das automatische Nachtlicht an und tauchte den fensterlosen Raum in einen blassblauen LED-Schimmer.
Bill sah sich um und fühlte sich sofort wieder an die gemeinsame Studienzeit erinnert. Das Labor war ungefähr so groß wie ein Beachvolleyballplatz. Es befand sich zwar nicht

auf dem allerneuesten Stand, hatte aber einiges an Gerätschaften aufzubieten. Überall entlang der Wände standen Analysegeräte. Die meisten schlummerten im Stand-by-Modus oder waren ausgeschaltet. Nur in einer Ecke waren zwei elektronische Helferlein beschäftigt, wie ihre blinkenden Lämpchen und beleuchteten Displays vermuten ließen.
„Sei ganz beruhigt, ich werde nichts mitgehen lassen."
„Mach keine blöden Witze!", sagte Karo scharf. „Ginko reißt mir den Kopf ab, wenn es Ärger gibt. Wir dürfen das Labor nur in wichtigen Fällen mitbenutzen."
„Das trifft sich gut - es ist wichtig."
Karo ging schnurstracks auf das imposantere der beiden Geräte zu und betrachtete das kleine Display oberhalb der eingelassenen Tastatur. „Zwei Analysen sind fertig, die dritte ist noch in Arbeit."
„Noch in Arbeit?"
„Was erwartest du?" Sie zog sich einen Stuhl von einem der Labortische heran und setzte sich. „Ich habe dein Päckchen mit dem Sojasamen erst gestern Nachmittag erhalten."
„Eben", erwiderte Bill und stellte sich hinter Karos Stuhl. „So lang können drei Analysen doch nicht dauern."
„Wenn man sonst nichts anderes zu tun hat, dann mit Sicherheit. Du wirst es vielleicht nicht glauben, aber bei den Wienern läuft es so, dass der, der zahlt, auch bestimmt, was in der Dienstzeit zu passieren hat. In meinem Fall ist das übrigens der Direktor des Botanischen Gartens."
„Schon verstanden." Bill stützte seine Hände auf der Rückenlehne des Stuhls ab und beugte sich ein Stück nach vorn. Dabei stieg ihm der Duft von Karos Parfum in die Nase. Es roch wie ein blühendes Rosenbeet eingebettet in einen Hauch von Moschus und Sandelholz. Bill erkannte den exklusiven Duft auch nach all den Jahren sofort wieder. Er beugte sich

noch ein Stück weiter nach vorn, bis sein Kinn fast ihr Haar berührte und atmete langsam ein.
„Ist was?“ Karo drehte sich völlig unvermittelt um. Ihr Kopf streifte Bills Kinn, und nur seiner schnellen Reaktion war es zu verdanken, dass den beiden ein kräftiger Zusammenstoß erspart blieb.
„Nein.“ Er fuhr sich über die Bartstoppeln, wie er es öfter tat, wenn seine Spontaneität die eigenen Gedanken überholte.
„Tut das nicht weh?“ Mit skeptischem Blick beäugte sie, wie er über den grellroten Fleck auf seiner Wange strich.
„Halb so wild.“ Er löste seine Finger wie in Zeitlupe und kämpfte mit den einschießenden Tränen.
Sie verkniff sich ihr Lachen und widmete sich wieder der Kontrollanzeige des Analysegeräts.
Bill stieß einen stillen Fluch aus, der alle Riesenbärenklaustauden im Umkreis von vielen hundert Kilometern miteinschloss. „Kannst du das größer machen? Ich habe meine Lesebrille nicht mit.“
Der Herr braucht schon eine Brille? „Kein Problem.“ Sie tippte etwas auf der Tastatur und aktivierte den externen Monitor, der nebenan auf dem Tisch stand. „Besser?“
„Viel besser, danke.“ Bill betrachtete die beiden Analyseergebnisse sehr ausführlich, fühlte sich danach aber um nichts schlauer.
„Enttäuscht?“ Karo scrollte den Text weiter, um zu sehen, wie weit die dritte Analyse fortgeschritten war.
„Könnte man sagen.“ Bill hatte in der Tat deutlich mehr erwartet.
„Noch ist das dritte Pferd nicht über die Ziellinie“, sagte sie aufmunternd. „Wie wäre es, wenn du die Zeit bis zum Morgengrauen sinnvoll nutzt und mir erzählst, wer dir ans Leder will und warum?“
„Du willst Details?“

„Klar, schließlich riskiere ich gerade meinen Knackarsch für dich", sagte sie in Anspielung auf eine unvergessliche Szene während ihrer gemeinsamen Studienzeit.
„Die Jahre konnten deinem Langzeitgedächtnis offenbar nichts anhaben", murmelte Bill verschmitzt. Er richtete sich auf und setzte sich auf den Analysetisch. Nicht nur, aber auch mit dem Hintergedanken, seine Position zu verbessern. Er schlug lässig die Beine übereinander und dachte nach. Sekundenlang schaute er Karo tief in die Augen, bevor er verschwörerisch seine Stimme senkte und sagte: „Ich bin an einer Riesensache dran, aber die Story dazu ist leider streng geheim."
„Das sind die Ergebnisse dieser Untersuchung auch, wenn ich mich dazu entschließe, sie nicht mit dir zu teilen."
Die Drohung zeigte augenblicklich Wirkung.
Bill lenkte ein und warf Karo ein paar Informationen hin, ohne dabei aber zu konkret zu werden. Anfangs gelang es ihm, ihren Nachfragen geschickt auszuweichen, doch mit der Zeit wurde seine Hinhaltetaktik immer offensichtlicher - zu offensichtlich.
„Tja, schade", stellte Karo fest und legte ihre Finger auf die Tastatur.
„Was tust du?"
„Ich beende unseren Smalltalk an dieser Stelle." Ihre farblos lackierten Fingernägel huschten über die Tasten und ein Eingabefenster erschien auf dem Bildschirm. „Und bei dieser Gelegenheit breche ich auch gleich die Analyse ab, denn wie du mir soeben versichert hast, geht es dabei ohnehin nicht um wirklich wichtige Dinge. Wozu also ein Risiko für irgendwelche Belanglosigkeiten eingehen."
„Tu das nicht!" Seine Hand legte sich sanft aber bestimmt um ihr Handgelenk. „Karo, bitte!"
„Ich höre?" Sie benutzte ihren linken Daumen und Zeigefinger, um seine Hand von ihrem rechten Arm zu entfernen.

Bill wehrte sich nicht. Stattdessen seufzte er, als würde ihn das Thema langweilen. Das genaue Gegenteil war der Fall. „Es ist wirklich gefährlich. Sehr gefährlich. Ich will dich in diese Sache nicht hineinziehen. Nur deine Hilfe bei dieser Analyse, dann bin ich wieder weg."
„Erstens ist das schon die dritte Analyse, obwohl ich dir am Telefon nur eine zugesagt habe."
„Und zweitens?", fragte er vorsichtig.
„Zweitens bin ich alt genug, um selbst einschätzen zu können, mit wem ich mich anlegen will. Das gelingt mir allerdings nur, wenn du mir endlich verrätst, wem du diesen Sojasamen gestohlen hast und warum."
„Ich habe den Samen nicht gestohlen!"
Karo war sich sicher, neonfarbene Leuchtbuchstaben über Bills Kopf aufflackern zu sehen: *Lügner!*
„Ich habe ihn gefunden", stellte er die Details richtig. „Auf einer Insel."
„Gefunden? Auf einer Insel?" Sie glaubte ihm kein Wort. „Und deshalb wollte man dich töten?"
„Töten?" Seine Verwunderung war sehr überzeugend gespielt, wie er fand.
„Andere hatten leider nicht so viel Glück wie ich...", äffte sie seine Stimme nach und erinnerte ihn an das Telefonat.
„Ach das!" Er reagierte verlegen. „Das hab ich nur so gesagt..." Seine Worte wurden merklich leiser „Um dich rumzukriegen."
„Hast du nicht!" Ihre Augen funkelten ihn zornig an.
Er hob beschwichtigend die Hände. „Bestimmt ist einfach wieder einmal meine journalistische Fantasie mit mir durchgegangen. In letzter Zeit passiert mir das öfter."
„Verkauf mich nicht für blöd!"
„Ach komm. Ich habe dich mitten in der Nacht aus dem Schlaf gerissen, woher willst du so genau wissen, was ich dir damals

erzählt habe? Ich kann mich doch selbst kaum noch daran erinnern."

„Dann stehst du also heute nicht mehr an der letzten Verteidigungslinie zwischen der Welt, wie wir sie kennen, und einem ökologischen Supergau?", zitierte sie ihn, den Zeigefinger über der Entertaste schwebend und den Blick auf den Cursor gerichtet, der über der Abbruchbestätigung des Analysevorgangs blinkte.

Bills Lächeln war mindestens so dämlich, wie er sich in diesem Moment fühlte. Er hätte wissen müssen, dass Karos Elefantengedächtnis niemals schlief. *Überleg dir gut, was du jetzt sagst, Bill Fowler!*

„Überleg dir gut, was du jetzt sagst, Bill Fowler!" Karos Finger zuckte.

Bill stutzte. Es war, als hätte sie seine Gedanken gelesen, wobei er zugeben musste, dass das in dieser Situation nicht besonders schwer gewesen sein konnte. „Na, schön. Ich werde dir deine Fragen beantworten, auch wenn es die ganze Nacht dauert."

„Keine Ausflüchte, kein Hinhalten, keine Lügen!", fixierte sie ihre Bedingungen.

„Einverstanden, aber wenn eine Erinnerung mit dem Vermerk *persönlich* versehen ist, dann bleibe ich dir die Antwort schuldig."

„Keine Sorge, deine Schweinereien mit Verena interessieren mich nicht", erwiderte sie und willigte ein.

Wie schön, dass wir nicht nachtragend sind. Bill räusperte sich und tat so, als wüsste er nicht so recht, wo er mit seinen Ausführungen beginnen sollte. Als wäre ihm nichts Besseres eingefallen, berührte er vorsichtig ihre Hand und zog sie sanft von der Eingabetaste weg.

Karo leistete keinen Widerstand und begnügte sich damit zu wissen, dass sich nach ein paar Minuten der Bildschirmschoner einschalten würde, zu dem nur sie das Passwort kannte.
Bill rückte hin und her, bis er auf dem Tisch eine bequeme Sitzposition für das anstehende Verhör gefunden hatte und lächelte seine Inquisitorin an. „Schieß los!"
„Welche Insel?"
„Isle 113."
„Nie gehört."
„Liegt im Pazifik."
„Der ist groß."
„Die Gegend um Hawaii", grenzte Bill ein.
„Klingt nicht so, als ob du dort zufällig herumgelaufen und über ein Sojakorn gestolpert wärst."
„Ich habe einen Tipp bekommen, dem ich nachgegangen bin." Bill erzählte ihr von der Website der Umweltschützer, über die er mit Karminrot in Kontakt gekommen war.
„So etwas gibt es?", fragte sie überrascht.
„Natürlich gibt es so etwas. Du kannst die Seite gern aufrufen, wenn du mir nicht glaubst."
„Das werde ich, aber nicht von hier aus."
Bill warf ihr einen erstaunten Blick zu. „Und ich dachte immer, ich wäre übervorsichtig."
Sie schüttelte den Kopf. „Du bist leichtsinnig, Bill Fowler. Das ist das genaue Gegenteil. Du warst schon leichtsinnig, als wir uns kennengelernt haben."
„Schön zu hören, wie du von mir denkst. Dann grenzt es vermutlich an ein Wunder, dass ich doch schon ein paar Jahre als investigativer Journalist überlebt habe."
„Verschrei es nicht."
„Was?"

„Das ist eine Redensart der Eingeborenen“, bemerkte sie schmunzelnd. „Sie bedeutet ungefähr so viel wie: Mal den Teufel nicht an die Wand.“
„Du hast dich offenbar schnell eingelebt in Wien.“
„Scheint so... Du hast also auf dieser Insel Pflanzen gesammelt, um ihre Auswirkungen auf ein paar Rinder zu untersuchen. Mitten in der Analyse hat ein gewaltiger Sturm das Gebäude weggerissen und du bist mit einem Boot geflohen.“
Bill richtete seinen nachdenklichen Blick eine Weile zur Decke, bevor er erwiderte: „Ich hätte es nicht besser zusammenfassen können.“
„Ist mir noch zu dünn.“ Sie schüttelte den Kopf und dabei rutschte ihr die pinkfarbene Haarsträhne ins Gesicht.
„Wie, zu dünn?“
„Deine ach so tolle Geheimstory!“, half sie ihm auf die Sprünge. „Dünn wie Wasser ist die. Wenn da wirklich etwas dran wäre, müsste sie dick sein... So dick wie Blut!“
Makaio! Bills Versuche, diese unselige Assoziation aus seinem Gedächtnis zu löschen, zeigten keinerlei Erfolg. „Ich bin ja auch noch nicht fertig.“
„Das Beste immer schön für den Schluss aufheben, so wie er das beim Aufsatzschreiben gelernt hat“, zog sie ihn auf.
„Willst du es noch hören?“, fragte er mit einem Anflug von Verärgerung.
„Willst du noch das Ergebnis?“ Ihre Hand zuckte in Richtung Tastatur.
Bills Verärgerung änderte den Anflugkurs und drehte ab.
Sie lächelte.
Der Bildschirm wurde schwarz.
Bill reagierte mit einer verunsicherten Kopfdrehung auf das Verschwinden des Lichtscheins.
„Ist nur der Bildschirmschoner.“ Karo erblühte daran, etwas zu besitzen, das Bill wollte. Nach den vielen, mitunter recht

einschneidenden Erlebnissen während ihrer gemeinsamen Studienzeit erschien ihr diese Nacht wie eine späte Genugtuung für das jahrelange Ertragen von Bills sozialer Inkompetenz. Diesmal würde ihm sein Egoismus nicht weiterhelfen. *Ich lass dich so lang zappeln, bis du alles erzählt hast.*
Bill fand es am besten, einfach weiterzureden: „Ich habe den Verdacht, dass auf dieser Insel illegale Freilandexperimente gemacht werden. Der Sojasamen, den ich dir geschickt habe, könnte von einem dieser Experimente stammen."
„Könnte?"
„Wenn ich mir sicher wäre, bräuchte ich dich..." Er biss sich auf die Zunge.
Sie legte den Kopf zur Seite und lächelte übertrieben freundlich. „Ist es nicht schön zu sehen, wie wir uns alle weiterentwickelt haben? Na ja, fast alle."
„Tut mir leid. So war es nicht gemeint."
„Red einfach weiter!"
Sie genießt es, mir einen Spiegel vorzuhalten. Aber ich habe mich verändert - sehr sogar. Ich bin nicht mehr der Egoist von früher... hoffe ich. „Wenn sich mein Verdacht bestätigt, dann stammt dieser Sojasamen von Pflanzen, die gentechnisch verändert wurden, um pharmazeutische Wirkstoffe zu produzieren."
Karos Augen weiteten sich. „Welche Wirkstoffe?"
„Wenn ich das wüsste, bräuchte ich..." Er schmunzelte.
„Sehr witzig!" Sie gab sich Mühe, ernst zu bleiben, konnte aber ein flüchtiges Lächeln nicht völlig verhindern. „Du musst doch zumindest eine grobe Idee haben, worauf die Analyse hinauslaufen soll."
„Ich kenne die Auswirkungen auf die Tiere, die diese Sojapflanzen gefressen haben und glaub mir, du würdest nicht wollen, dass solches Zeug irgendwo auf der Welt angebaut

wird. Kein Mensch, der klar bei Verstand ist, könnte das wollen..." Er zögerte.
Karos Blick forderte ihn auf, weiterzureden.
„Der Konsum dieser Pflanzen macht aggressiv - extrem aggressiv. Außerdem verändern ihre Wirkstoffe irgendwie das Schmerzempfinden. Üblicherweise kippt man einfach um, wenn der Schmerz zu groß wird. Ab einem gewissen Schmerzlevel verhindert der Schock, dass dem Körper zu viel zugemutet wird. Aber diese Grenze lässt sich offenbar nach oben verschieben, wodurch der Schockzustand erst später erreicht wird. Frag mich nicht, wie weit, aber es reicht, um harmlose Kühe wie Raubsaurier brüllen zu lassen. Und viel umgänglicher als T-Rex und seine Freunde waren die Rinder in dem Zustand auch nicht, das kannst du mir glauben."
„Wow." Karo musste erst einmal durchatmen. Sofort war ihr das Gespräch über die aggressiven Urformen wieder eingefallen, das sie mit Dmitrij geführt hatte. Dass ein Jugendlicher wie er sofort an Dinosaurier gedacht hatte, war nicht weiter verwunderlich, doch Karo war nicht wohl bei dem Gedanken, dass Bill gerade einen ganz ähnlichen Vergleich angestellt hatte.
„Wow?"
„Deine Story fängt an, mich zu fesseln." Karo kämmte die Haarsträhne aus ihrem Gesicht. „Nur der Vergleich mit den Dinosaurierkühen scheint mir zu weit hergeholt zu sein."
„Das würdest du nicht sagen, wenn du sie bis raus aufs Meer schreien gehört hättest."
„Mag sein." Trotzdem hoffte sie, dass Bill in diesem Punkt übertrieb. „Was weißt du über die Rückzucht zu Urformen durch elektrische Felder?"
„Nichts?", erwiderte er mit fragendem Blick.
„Dann fehlt dir aber noch eine Menge Information für deine Geheimstory." Sie lehnte sich zurück und sprach etwas leiser

weiter: „Berichte über derartige Versuche tauchen alle paar Jahre in der Medienlandschaft auf. Von den Befürwortern werden sie als Alternative zur Gentechnik gefeiert, von den Kritikern als pseudowissenschaftlicher Unsinn verteufelt. Letzteres vor allem deshalb, weil sich die Ergebnisse unter Laborbedingungen nicht reproduzieren lassen. Man weiß also vorher nie, was man am Ende bekommt. Interessant ist aber, dass bei den dokumentierten Fällen ein ähnlich aggressives Verhalten beobachtet wurde, wie du es gerade beschrieben hast."

„Meinst du das ernst?"

Ernst? „Wer von uns beiden sieht denn gerade aus wie ein Clown?" Sie schielte auf Bills rote Wange und sein Einwand verpuffte. Karo konnte regelrecht sehen, wie die Zahnräder in seinem Gehirn rotierten.

„Hast du zu diesen Urzeitformen detaillierte Informationen, die ich für meine Geschichte verwenden kann?", fragte er.

„Jede Menge!"

„Kann ich Kopien davon haben?"

Sie zeigte mit dem Zeigefinger auf ihre Stirn. Gleich darauf hob sie eine Haarsträhne hoch und sagte: „Falls du einen freien Platz findest, an dem du eine externe Harddisk anstecken kannst, darfst du dir gerne alles zu dem Thema runterladen."

Bill war die Enttäuschung anzusehen.

„Ein paar Artikel habe ich auch gesammelt, die stell ich dir zur Verfügung", beruhigte sie. „Ich beschäftige mich schon seit Jahren mit den Experimenten rund um die Urzeitformen. Da ist einiges zusammengekommen, aber das meiste davon habe ich noch nicht niedergeschrieben. Wann auch?" Sie blickte demonstrativ auf die Uhr. „Ich kann nicht einmal mehr Zeit sparen, indem ich aufs Schlafen verzichte, weil ich mir die Nächte im Labor um die Ohren schlagen muss."

Bill machte einen Alternativvorschlag: „Hast du an den nächsten sieben Abenden schon etwas vor?“
Sie wich mit gespielter Entrüstung zurück. „Hey! Wer von uns beiden wird jetzt zu privat mit seinen Fragen?“
„Nicht privat. Rein geschäftlich“, beteuerte er rasch.
„Alle Achtung, ich nehme alles zurück.“ Sie strafte ihn mit einem armseligen Mitleidsblick ab. „Aus dir ist ja doch noch ein echter Charmeur geworden.“
Im selben Moment wurde auch Bill bewusst, wie unvorteilhaft er sich ausgedrückt hatte. „Zweiter Versuch?“, fragte er vorsichtig.
„Neues Spiel, neues Glück“, machte sie ihm Mut.
„Ich würde dich gern zum Abendessen einladen, um mit dir über deine Arbeit zu sprechen.“
„Wirklich? Das kommt jetzt aber sehr überraschend.“
„Ich bin ein spontaner Mensch.“
„Ist mir schon aufgefallen. An welchen Abend und welches Restaurant hast du gedacht?“
„Was habt ihr hier in der Nähe?“
Karo überlegte kurz. „Einen Chinesen... ein bodenständiges Bierlokal, einen Inder, einen Russen - soll teuer sein, aber extrem gut, hat Ginko mir versichert - einen Italiener...“
„Passt!“, kürzte Bill die Aufzählung ab. „Die Reihenfolge sagt mir zu. Fangen wir morgen beim Chinesen an und dann sehen wir ja, wo wir am Ende der Woche landen.“
„Genau.“ Sie schenkte ihm ein müdes Lächeln. „Weil ich ja sonst nichts Besseres vorhabe, als alle Abende dieser Woche mit dir zu verbringen.“
„Gut!“ Er ignorierte ihren Sarkasmus. „Das trifft sich dann ja perfekt. Du bist natürlich eingeladen. Außer beim Russen. Wenn der tatsächlich so teuer ist, muss ich aufpassen, dass Morti mir meine Spesenabrechnung nicht zurückschmeißt.“
„Morti?“

„Mein Boss."
„Also lädt dein Boss mich ein!"
„Ich lade dich ein! Morti zahlt nur."
„Ich mag Morti."
„Wenn ich dich nicht einladen würde, könnte Morti es auch nicht bezahlen."
„Ich mag Morti trotzdem."
„Wie weit ist die Analyse?", wechselte Bill das Thema.
Karo tippte das Passwort für den Bildschirmschoner ein und der Monitor wurde wieder hell. „Läuft noch."
Bill überflog die ersten zehn Zeilen, die über die bisherigen Zwischenergebnisse der Analyse informierten. Das System arbeitete weitgehend autark und kontrollierte in vorher definierten Zeitabständen die Zustände der angesetzten Lösungen. Bisher deutete nichts auf eine Abnormalität hin, die das von Bill beobachtete Verhalten bei den Rindern hätte erklären können. Es konnte aber noch Stunden dauern, bis das mehrstufige Analyseverfahren aussagekräftige Ergebnisse liefern würde. Nicht zuletzt deshalb, weil die grafische Auswertung der einzelnen Bestandteile, von denen Bill sich am meisten erhoffte, als letztes auf dem Programm stand.
„Eigenartig", murmelte Karo.
„Was?"
„Ich wusste gar nicht, dass ich eine Abfrage der Datenbank in Auftrag gegeben habe."
„Von welcher Datenbank redest du?" Bill beschlich ein höchst ungutes Gefühl.
„Es ist mehr eine Art Verzeichnis der Urheberschaft." Karo drückte ein paar Tasten und eine neue Bildschirmmaske ging auf. „Genetisch veränderte Organismen werden auf molekularer Ebene markiert, um ihren Herstellern die Patentrechte zu sichern. Bevor ein Unternehmen ein Produkt auf den Markt bringt, holt es sich bei einer zentralen

Zulassungsstelle eine eindeutige Kennnummer. Das kannst du dir vorstellen wie eine ISBN-Nummer bei Büchern oder den Barcode auf deinem Frühstücksmüsli."

Karo hätte nicht so ins Detail gehen müssen. Bill hatte auch so längst verstanden, wovon sie sprach. „Die Abfrage können wir uns sparen, ich weiß auch so, dass dabei nichts rauskommt. Der Samen ist nicht registriert."

Sie sah ihn erstaunt an. „Genau dasselbe wollte ich dir auch gerade sagen. Woher weißt du...?"

„Das ist eine lange, sehr alte Geschichte und mit Sicherheit keine, über die du..."

„Verena?"

„...jetzt reden willst", sprach er seinen Satz zu Ende und tat so, als hätte er die Zwischenfrage nicht gehört.

„Bill?"

„Lass uns bitte konzentriert bleiben, Karo. Was ist mit dieser Datenbank?"

Sie rutschte mit dem Sessel zurück, um sich ausreichend Abstand zu verschaffen. „Bill! Bitte sag mir, dass du nicht zu mir gekommen bist, nachdem du es zuvor schon bei allen anderen versucht hast, die sich eine Kerbe in deinem Gürtel verdient haben."

„Mein Gürtel hat keine Kerben", entgegnete er patzig. „Ich trage nicht einmal einen Gürtel!" Er zog sein Hemd ein Stück hoch, um seiner Aussage Nachdruck zu verleihen und wurde plötzlich ganz leise. Verdutzt blickte er auf seinen Hosenbund und sagte immer leiser werdend: „Na schön, ich habe mich heute Morgen offenbar doch für einen Gürtel entschieden. Aber er hat mit Sicherheit keine Kerben!"

„Stimmt. Er sieht noch ganz neu aus. Vermutlich war auf dem alten kein Platz mehr", bemerkte sie mit ätzendem Tonfall.

„Okay!" Bill hatte seine Stimme wiedergefunden. „Was jetzt kommt, hast du dir selbst zuzuschreiben. Ich wollte dir den

unangenehmen Teil ersparen, aber jetzt tische ich dir meine Verena-News brühwarm auf. Haarklein! Jedes Detail von meinem letzten Telefonat mit ihr, und du wirst es dir anhören, ob du willst oder nicht."
„Falls du mir eine Magenverstimmung an den Hals wünscht, damit du deine Einladung zum Essen zurückziehen kannst, bist du auf dem besten Weg dazu!"
Bill ignorierte ihren Einwand und machte seine Drohung war. Auf Punkt und Beistrich gab er das Telefonat mit Verena wieder, so gut es ihm in Erinnerung geblieben war.
Ein paar Minuten später lehnte er sich zurück und sah Karo mit herausfordernder Miene an.
„Das hat sie gesagt?", fragte Karo.
Bill nickte entschieden. „Ruf mich nicht mehr an - genau das hat sie gesagt. Dann war die Leitung tot."
Wenn die Schlussfolgerung aus dem Erzählten nicht so ernst gewesen wäre, hätte Karo am liebsten lauthals losgelacht und dabei mit dem Finger auf Bill gezeigt. So aber beschränkte sich ihre Reaktion darauf, ein unheilverkündendes Pfeifen auszustoßen. Sie wandte sich wieder dem Monitor zu.
„Was willst du mir damit sagen?", fragte Bill.
„Ich habe nichts gesagt."
„Du hast gepfiffen."
„Das ist nicht dasselbe." Sie betätigte die Tastatur und überflog den Inhalt von zwei weiteren Bildschirmmasken.
„Karo! Ich hab dir alles erzählt, also bitte lass mich jetzt nicht dumm sterben."
„Du hast es mir aber viel zu spät erzählt, und das Dumme ist, dass - sogar für den Fall, dass du tatsächlich stirbst - ich deinetwegen jede Menge Ärger bekommen könnte. Hättest du mir das mit der Kennnummer nicht vorher sagen können?", fragte sie vorwurfsvoll und wurde sofort wieder leiser, als

würde sie mit dem Analysegerät sprechen. „Wieso hast du blödes Ding überhaupt eine Anfrage abgeschickt?“
„Reg dich nicht so auf. Wie wahrscheinlich ist es, dass wir deshalb tatsächlich Ärger bekommen?“
„Hmmm, mal überlegen.“ Ihre Stimmbänder füllten sich mit Sarkasmus. „Wir haben ein gentechnisch verändertes Sojakorn analysiert, das es offiziell gar nicht gibt, und dieser kommunikationsfreudige Haufen Elektronikschrott hat nichts Besseres zu tun, als uns bei der zentralen Registrierstelle zu verpfeifen. Wie lange werden die wohl brauchen, um herauszufinden, woher die Anfrage kam?“
„Keine...“
„Nein, sag nichts!“, fiel sie ihm ins Wort. „Ich bin noch nicht fertig. Die entscheidende Frage lautet nämlich, wie lange werden sie brauchen, um auf mich zu kommen?“
„Wieso gerade auf dich?“
„Weil ich mit an Sicherheit grenzender Wahrscheinlichkeit die Einzige bin, die nach Wien geflüchtet ist, nachdem sie sich mit dem Besitzer deiner mysteriösen Dinokuhinsel angelegt hat.“
„RaptorGen?“ Bill fiel es wie Schuppen von den Augen.
„RaptorGen!“
Er schluckte. „Woher weißt du, von wem ich gesprochen...?“
Sie verdrehte die Augen. „Wenn du mich für zu blöd hältst, um eins und eins zusammenzuzählen, warum bittest du mich dann, deine Analysen zu machen? Keiner in der Branche kommt an RaptorGen vorbei!“
„Was hast du mit denen zu schaffen?“
„Du meinst abgesehen davon, dass sie seit Wochen versuchen, mich wegen meiner Arbeit einzuschüchtern, mir unverlangt Gesundheitstipps per SMS schicken und Dmitrij dir den Riesenbärenklau nur deshalb untergejubelt hat, weil er dich für einen von denen gehalten hat?“ Sie machte eine kurze, aber effektvolle Pause. „Tja, sonst stört sie eigentlich nur noch, dass

ich ihnen bei meinen Forschungen in den Bereichen Koevolution und Urzeitformen auf die Füße getreten bin. Aber das vermutlich nur deshalb, weil ich ihre Forschung zur willkürlichen Aktivierung von unterdrückten Genen in einem Memo als verantwortungslosen Akt des Größenwahns bezeichnet habe." Sie verschränkte die Arme und ihr Blick fixierte Bills Augen. „So, damit kennst du meinen Teil der Vorgeschichte also auch."

Bill war viel zu perplex, als dass er etwas Sinnvolles hätte erwidern können.

Karo starrte ihn eine Weile an, ehe sie versuchte, die Situation mit etwas Galgenhumor aufzulockern. „Sag mal... Können wir vielleicht doch mit dem russischen Lokal anfangen? Ich meine, nur für den Fall, dass uns bis zum Ende der Woche irgendetwas Unangenehmes dazwischenkommt."

Bill nickte stumm, erweckte aber nicht den Anschein, als wäre der Witz schon bei ihm angekommen.

Karo erwiderte die Stille mit einem Achselzucken. Zumindest hatte Bill jetzt auch etwas, über das er für den Rest der Nacht nachgrübeln konnte - für den Rest der Nacht und darüber hinaus.

***

Mexiko:

Die Nachmittagssonne ließ die Kakteen lange Schatten auf die Schotterstraße werfen, die zu Miguels Haus in den Bergen hinaufführte. Rocky zwang den Geländewagen schneller, als es vernünftig war, durch die Serpentinen. Wieder einmal hatte sein Flug Verspätung gehabt. Nun gab er sein Bestes, die verlorene Zeit wieder hereinzuholen. Das Getriebe des schweren Wagens jaulte auf, als Rocky kurz vor der Spitzkehre

in den ersten Gang zurückschaltete. Mitleid war keine von Rockys Tugenden - erst recht nicht mit dem Mietwagen.
Als er gleich darauf das Gaspedal durchtrat, flog der lose Schotter in hohen Bögen aus den Radkästen und verteilte sich in der angrenzenden Wüstenlandschaft.
Während seiner Anreise hatte Rocky eine Menge Zeit gehabt, um über den Abend in dem Nachtclub nachzudenken. Sollte er jemals ein Magengeschwür bekommen, war Wenker ohne Zweifel der Grund dafür. Das Gespräch hatte aus Rockys Sicht nur wenig Neues gebracht. Gut, er wusste nun, welches Auto er beim Ausparken rammen musste, um Wenker echte Schmerzen zu bereiten, aber das war ein sehr kurzfristiges Vergnügen.
Viel wichtiger war es, sich Wenker noch ein paar Wochen vom Hals halten zu können, bis das Geschäft mit diesem Mr. Li unter Dach und Fach war. Danach würde Rocky bei RaptorGen aussteigen und sich ganz dem Geldausgeben verschreiben.
Rocky hatte die Einfahrt zu Miguels Grundstück fast erreicht, ließ seinen Fuß aber noch einen Moment auf dem Gas. Erst im letzten Moment zog er die Handbremse und ließ den Geländewagen in einer riesigen Staubwolke um die Ecke schleudern. Nur um Haaresbreite verfehlte das bullige Fahrzeugheck den ersten einer ganzen Reihe von Holzpflöcken, die auf beiden Seiten die Einfahrt markierten. Ein etwas breiterer Pflock mit eingeschnitzter Hausnummer hatte weniger Glück, wurde herausgerissen und zur Seite geschleudert. Hätte Miguel einen Briefkasten besessen, hätte er auf Flugpost umstellen müssen.
Mit Genugtuung registrierte Rocky, dass Miguel seine Hundemeute wie vereinbart weggesperrt hatte. Auf Höhe ihres Zwingers ließ Rocky den Motor noch einmal kräftig aufheulen und bedachte die keifenden Kläffer mit einem Taifun aus Staub und Steinen. „Fresst das, ihr Drecksviecher!“

Für Miguel mochten die Hunde Alarmanlage und Lebensversicherung in einem sein, doch Rocky sah in ihnen nicht mehr als eine Bedrohung für sich und den Wagen. Er grinste abfällig, als er sein Fahrzeug vor der Veranda abstellte. Nur ein absoluter Vollidiot würde in diese hässliche Hütte einbrechen. Das Einzige, was es hier noch zu holen gab, waren Geschlechtskrankheiten, die im Rest der Welt bereits als ausgestorben galten.

Rocky war gerade aus dem Wagen gestiegen, da knallte ein Schuss. Sofort fand er hinter der geöffneten Tür Deckung und riss seine Pistole aus dem Hosenbund. Der plötzliche Adrenalinstoß hatte ihm die gute Laune aus dem Gesicht gerissen. Er wusste nicht, wo genau der Schuss gefallen war, tippte aber auf das Innere des Hauses.

Rocky entsicherte die Pistole und lud sie durch. Gegen die vollautomatischen Waffen von Polizei oder Drogenbanden war ihre Feuerkraft so erfolgversprechend wie ein Placebo, doch Rocky war Optimist. Er spähte hinüber zur Veranda. Die Fenster waren verschlossen, die Tür stand weit offen. Alles wirkte so normal wie immer.

Ein weiterer Schuss donnerte durch die Wüste.

Einzelfeuer, kleines Kaliber, eindeutig im Haus. Miguels Waffe?

Rocky konnte sich keinen Reim darauf machen. Weit und breit waren keine anderen Wagen außer seinem eigenen und Miguels altem Rosthaufen zu sehen. Falls sich tatsächlich eine Spezialeinheit hierher verirrt hatte, dann sicher nicht zu Fuß. Außerdem hätten erfahrene Polizisten schon beim ersten Anzeichen von Gegenwehr von ihrer überlegenen Feuerkraft Gebrauch gemacht und das Haus in Stücke geschossen.

Da es sich um zwei einzelne Schüsse gehandelt hatte, fühlte Rocky sich in seiner Überlegung bestärkt, dass sie aus Miguels Waffe stammten. Doch wer waren seine Gegner?

Die Drogenbanden der umliegenden Dörfer, das wusste Rocky aus Miguels Erzählungen, waren keine Anhänger von langwierigen Häuserkämpfen. Sie hätten die Hütte mit ein paar Flaschen Hochprozentigem in Brand gesteckt und vor der Tür ausgeharrt, um alles abzuknallen, was nicht bereit gewesen wäre, sich flambieren zu lassen.
Rocky musste unweigerlich an die Saatgutsäcke im Keller denken. Wenn Miguel in einer alkoholgetränkten Stunde seinen Mund zu weit aufgerissen hatte, war es nicht auszuschließen, dass der eine oder andere Selbstabholer irgendwann hier auftauchen würde, um ein paar Millionen abzustauben.
Rocky lauschte angestrengt, konnte aber keine Stimmen hören. Jedenfalls nicht von hier aus. Er beugte sich in den Wagen und holte aus einem abschließbaren Fach in der Mittelkonsole zwei Ersatzmagazine. Um die Veranda zu erreichen, musste er die Deckung für geschätzte sieben Meter verlassen. Die einzige Alternative dazu wäre, wieder in den Wagen zu steigen, ein Stück zurückzusetzen und dann mit ordentlich Schwung auf direktem Weg bis in den Flur zu fahren. *Ganz schlechter Plan!*
Rocky entschied sich für die sportliche Variante: Ein energiegeladener Sprint mit anschließendem Sprung über die Treppe und abgerollter Landung auf der Veranda. Nicht unbedingt leise, aber immer noch besser, als bei dem Versuch, sich über die knarrenden Holzstufen zu schleichen, aus dem Hinterhalt durchsiebt zu werden.
Rocky hatte das untere Treppenende fast erreicht, da krachten drei Schüsse unmittelbar hintereinander. Durch seinen Sturmlauf war es ihm unmöglich, einzuschätzen, woher die Gefahr drohte. Instinktiv zog er seinen geplanten Hechtsprung vor und schaffte es dadurch nicht mehr, die oberste Stufe zu überspringen. Mit dem linken Knie streifte er die Kante und ließ ein Stück seines Hosenbeins an einem hervorstehenden

Nagel zurück. Der Rest von ihm rettete sich irgendwie nach oben und fand sich in gehockter Haltung neben der Tür wieder. *300 Dollar*, schoss es ihm beim Anblick seiner zerfetzten Hose durch den Kopf. Sein blutiges Knie war nur noch Zugabe, um richtig wütend zu werden. Viel Zeit blieb ihm dazu allerdings nicht.

Im Haus ging das Feuerwerk gerade richtig los. Rocky brauchte keinen Fensterplatz in der ersten Reihe, um zu realisieren, dass jemand dabei war, sein gesamtes Magazin in einem Aufwasch zu verballern. Ein geschätztes Dutzend Projektile wechselte binnen weniger Augenblicke den Besitzer und sorgte für einen ohrenbetäubenden Lärm.

Rocky hatte sich reflexartig zusammengekauert. Es ging alles viel zu schnell, als dass er noch hätte reagieren können. Bis er begriff, dass der Angriff gar nicht ihm galt, war der Bleisturm auch schon wieder vorbei.

Was folgte, war eine quälende Stille, die sich von Herzschlag zu Herzschlag dehnte.

Wahrscheinlich wechselt er gerade sein Magazin. In Hollywoodfilmen war das der Moment, wo Supertypen von irgendwelchen Spezialeinheiten aufsprangen und sich unter wildem Herumballern ins Geschehen stürzten. Rocky hatte diesen heroischen Idioten noch nie etwas abgewinnen können. Jeder nicht völlig bescheuerte Freizeitkriminelle behielt sich zumindest noch eine letzte Kugel im Lauf, um den Ersten, der blöd genug war, seinen Kopf um die Ecke zu stecken, umzunieten.

Rocky nutzte den Lauf seiner Waffe, um das Fliegengitter aufzustoßen. Beim ersten Versuch schwang der Rahmen nur ein paar Zentimeter auf und fiel dann wieder zu. Rocky startete einen zweiten Versuch und wartete das Ergebnis nicht ab. Stattdessen sprang er auf und schlug mit der Pistole das nächstgelegene Fenster ein.

Rocky folgte einer einfachen Logik: Falls ihm im Inneren jemand auflauerte, hatte der seine Aufmerksamkeit mit hoher Wahrscheinlichkeit dem aufschwingenden Fliegengitter geschenkt. Somit war dessen Waffe auf die Tür gerichtet gewesen, als Rocky seine Fensteroffensive gestartet hatte. Ein Fehler.
Trainierte Menschen mit sehr guten Reflexen waren durchaus in der Lage, solche Fehler blitzschnell zu korrigieren.
Genau deshalb stürmte Rocky im nächsten Augenblick durch die Tür - fest entschlossen, jeden kurz und klein zu schießen, der nicht wie Miguel aussah.
Rocky blieb in Bewegung, um kein Ziel zu bieten, sah sich aber mit keiner unmittelbaren Bedrohung konfrontiert. Der weitläufige Vorraum war leer und bot durch seine offenstehenden Türen einen guten Blick in die Nachbarzimmer. Nichts deutete auf einen Kampf oder Eindringlinge hin.
Nichts, abgesehen von dichtem Pulverdampf, der wie Bodennebel aus der Küche gekrochen kam.
Die Säcke! Rockys Gesichtszüge wurden hart, wie aus Stein gemeißelt. Die Pistole im Anschlag hielt er auf die Rauchschwaden zu. Der Weg in die Küche war eine Sackgasse, und das machte Rocky zum Pförtner über die Unterwelt: Lebend würde keiner an ihm vorbeikommen.
Die Holzdielen knarrten unter seinem Gewicht und Rocky verfluchte die Bruchbude ein weiteres Mal. Einen Moment lang war er versucht, einfach einen Schuss ins Graue abzugeben - eine Art Willkommensgruß: *Hallo, ich bin da, und du bist tot.* Andererseits brauchte er Miguel noch zur Abwicklung seiner Geschäfte. Es war also höchst unklug, den Mexikaner zu gefährden.
Rocky jagte trotzdem eine Kugel in den Nebel. *Besser Miguel gefährden, als selbst draufzugehen!*

Das Projektil drang in flachem Winkel in einen der Küchenschränke ein, wo es mehrere Gläser pulverisierte, bevor es in einer angeschimmelten Schrankwand verreckte.
Rocky drückte sofort noch einmal ab und zielte dabei ein Stück tiefer und weiter nach rechts. Diesmal zerfetzte die Kugel den Geschirrberg in der Spüle, dessen Keramikfragmente wie Granatsplitter auseinanderstoben.
„Rocky?“ Miguels Rufen klang leise, ließ sich dem Mexikaner aber eindeutig zuordnen. „Rocky, bist du das? Verdammt Amigo, hör auf, mein Haus abzureißen!“
„Miguel?“ Rocky blieb vor dem Kücheneingang stehen, wo sein Körper durch die Wand geschützt war. Er riskierte einen flüchtigen Blick um die Ecke. Der Rauch lichtete sich langsam und gab die offenstehende Kellerluke frei. „Was läuft hier?“
„Diese Frage habe ich mir vor ein paar Minuten auch schon gestellt. Kannst du mir mal helfen?“
Rocky blieb skeptisch. „Erst, wenn du mir eine gute Erklärung lieferst, warum du wie ein Irrer um dich ballerst.“
„Eine Erklärung?“ Miguels Lachen klang gequält. „Beweg deinen Arsch hier runter, dann bekommst du deine Erklärung. Verdammt, viel hätte nicht gefehlt, und dieses Drecksteil hätte mich erwischt!“
„Keine Spielchen!“, stellte Rocky klar. „Du kommst jetzt ganz langsam rauf, sonst kann ich für nichts garantieren.“
„Du kannst mich mal. Ich muss schon froh sein, wenn ich nicht verblutet bin, bis du dich endlich auf den Weg machst. Bring den Verbandskasten mit!“
„Verbandskasten?“
„Der hängt im Raum mit den fetten grünen Fliegen. Rechte Seite, direkt hinter der Tür. Jetzt mach endlich, bevor ich hier im Fußboden versickere!“
„Sag mir erst, was passiert ist“, hakte Rocky nach.
„Wer ist grün und völlig durchgeknallt?“

„Hulk?“
„Der Kandidat hat 100 Punkte. Bringst du mir jetzt den beschissenen Verbandskasten?“
Rocky verließ zögerlich seine Deckung und riskierte einen Blick in den Keller. Dieser eine Blick reichte, um zu wissen, dass Miguel nicht übertrieben hatte, was seinen Bedarf an Verbandsmaterial betraf. „Bin gleich zurück.“
„Lass dir Zeit. Ich hab sicher noch drei Liter Blut in mir... zweieinhalb...“
„Ich mach ja schon!“
Rocky unterdrückte den Brechreiz, den das Öffnen der Badezimmertür auslöste. Ohne nach der Quelle des Gestanks Ausschau zu halten, schnappte er sich den Verbandkasten und ging zurück in die Küche. Noch einmal überzeugte Rocky sich davon, dass Miguel allein im Keller war, dann stieg er die Treppe hinunter.
„Wird auch Zeit, dass du endlich kommst.“ Miguel lag auf dem Boden und presste sich die linke Hand auf den Hals. Sein rechter Arm sah aus wie frisch gehäutet, und was von seinem völlig zerfetzten T-Shirt noch übrig war, ertrank im Blut. Auch in seinem Gesicht fanden sich die tiefen Spuren eines ungleichen Kampfes.
„Ist er tot?“, fragte Rocky, ohne zu wissen, wo *er* sich in diesem Moment befand.
„Ich denke schon.“ Miguel drehte den Kopf ein Stück zur Seite und versuchte sich an einem triumphierenden Lächeln, das aber gleich wieder im Schmerz zu verebben drohte. „Katzen haben neun Leben, aber meine Knarre hat zum Glück fünfzehn Kugeln.“
Rocky musste zwei Mal hinsehen, um die Rückstände an der Kellerwand noch mit einer Katze in Verbindung bringen zu können.

„Den Hals zuerst“, verlangte Miguel und drängte seinen Partner, endlich mit dem Verbinden anzufangen.
Rocky nahm eine der Rollen aus dem Kasten und die Cellophanverpackung zerbröselte in seinen Händen. „Wie alt ist dieser Verbandskasten schon?“
„Wen soll das interessieren? Ich hab noch nie gehört, dass Mullbinden verderben können. Außerdem wird sowieso alles desinfiziert.“
„Hier ist kein Jod.“
„Jod“, hauchte Miguel abfällig. „Wer braucht Jod, wenn er kistenweise Tequila im Haus hat?“
„Deine Entscheidung.“ Rocky holte eine ungeöffnete Flasche und machte sich daran, seinen Partner zu verbinden.
Miguel streckte ihm den Hals entgegen. „Ich hatte dich schon viel früher erwartet.“
„Der Flug hatte Verspätung.“
„Das nächste Mal warte ich, bis du da bist, bevor ich die zehnte Dosis verabreiche.“
„Die zehnte Dosis?“
„Die hat es in sich. Glaub mir. Ich hatte schon bei acht und neun meine Bedenken, aber Nummer zehn übertrifft alles. Hulk ist völlig ausgerastet. Er hat sich aus dem Käfig befreit und mir aufgelauert.“
„Er hat sich befreit?“
„Na meinst du, ich war so blöd und habe ihn rausgelassen?“
„Wie ist er rausgekommen?“
„Er hat sein Zuhause zerlegt. Irgendwie ist es ihm gelungen, den Käfig über die Regalkante zu schieben und von da an ging es bergab. Die Gitterstäbe waren ohnehin schon stark beansprucht von seinen Tobsuchtsanfällen. Der Absturz hat ihnen dann endgültig den Rest gegeben.“
„Ich hab einen Schuss gehört, als ich aus dem Auto gestiegen bin.“

Miguel verzog das Gesicht. „Das war mein erster Fehler. Zu glauben, dass er mit drei Pfoten weniger gefährlich ist. Ich hätte dem Drecksvieh gleich das ganze Magazin reinjagen sollen, aber wer rechnet schon mit so was?"
Rocky öffnete eine weitere Verbandsrolle. „Du siehst aus, als wärst du in einen Löwenkäfig gestiegen."
„Glaub mir, mit einem Löwen hätte ich mir deutlich leichter getan. Der ist groß und träge, da kann man nicht so leicht am Schädel vorbeiballern. Jeder Schuss ein Treffer, wie bei der Gatterjagd, wo sie einem die Viecher anbinden... Beim nächsten Mal bin ich besser vorbereitet."
„Beim nächsten Mal?", fragte Rocky.
Miguel schenkte ihm einen verächtlichen Blick. „Du glaubst doch nicht, dass ich meine Experimente wegen solch unbedeutender Rückschläge einstelle? Dosis Nummer zehn will am lebenden Objekt erprobt werden, bevor wir das Zeug lastwagenweise an Mr. Li verhökern."
„Du denkst doch nicht etwa an deine Hunde?"
Miguel wischte sich seine blutige Hand in der Hose ab. „Wir sind aus demselben Holz geschnitzt, Amigo."
Sagte die Scheißhaustür zur Tropenholzfüllfeder. Rocky verzog das Gesicht. „Ich halte das für keine so gute Idee. Wenn ich mir ansehe, was die Katze mit dir angestellt hat, dann will ich mir gar nicht erst vorstellen, wie deine Köter reagieren, wenn du ihnen das Zeug verabreichst."
„Das musst du dir auch gar nicht vorstellen. Es reicht, wenn du rausgehst und an ihren Zwinger pinkelst. Aber geh nicht zu nah ran! Sie haben heute Morgen Dosis Nummer acht bekommen."

***

Zwei Tage später in einem indischen Lokal in Wien:

Bill und Karo saßen an einem Tisch im Inneren des Lokals, da die wenigen Plätze im Schanigarten alle belegt waren. Karo war das sehr entgegengekommen, doch Bill hatte zumindest auf einen Tisch mit Blick auf die Straße bestanden. Obwohl der Berufsverkehr sich einigermaßen aufgelöst hatte, fuhren immer noch zahlreiche Autos vorbei. Karo sah es durchaus als Vorteil, eine Glasscheibe zwischen sich und den Pollen zu wissen. Ihrer Nase reichte schon der Zimt-Zitrus-Geruch der Räucherstäbchen, die überall im Lokal vor sich hin kokelten.

„Bitteschön." Eine Kellnerin stellte die bestellten Getränke auf den Tisch: einen grünen Tee in der Kanne für Bill und ein Glas Mango-Lassi für Karo. „Wissen Sie schon, was Sie essen möchten?"

„Danke, wir überlegen noch", wehrte Bill die Anfrage ab und wandte sich wieder seiner Begleitung zu.

Karo trug ein knöchellanges Kleid mit schwarz-weißem Blütenmuster, das ihre Arme und Schultern sonnengebräunter wirken ließ, als sie es eigentlich waren. „Geht es dir schon wieder zu langsam mit den Ergebnissen?", fragte sie mit einem süffisanten Lächeln.

„Sieht man mir das an?"

„Wenn man dich kennt, dann schon."

Er seufzte. „Es nervt mich einfach, dass bei den Analysen nichts Brauchbares herausgekommen ist. Ich meine, da riskiere ich Kopf und Kragen für diesen blöden Sojasamen und am Ende wissen wir auch nicht mehr als vorher."

Karo räusperte sich.

„Okay, wir riskieren beide eine Menge. Trotzdem ändert das nichts am bescheidenen Ergebnis."

Karo nippte an ihrem Mango-Lassi. „So sehe ich das nicht. Die Tatsache, dass wir bisher noch nichts herausgefunden haben, das dich zum Journalisten des Jahres macht, hat schließlich auch etwas zu bedeuten. Überleg mal, wie viel Mühe die sich bei der Entwicklung gegeben haben müssen, um alle Spuren so konsequent zu verwischen."

„Deine Logik ist nicht von der Hand zu weisen, wirft aber leider keine verwertbare Schlagzeile ab."

„Schuldig - aus Mangel an Beweisen!", scherzte Karo. „Doch, ich finde, das hat was."

„Ich will diese Kerle festnageln", erwiderte Bill. „Dieses Zeug darf nicht auf die Felder kommen und erst recht nicht in die Nahrungskette."

„Wir geben unser Bestes." Karos Blick durchforstete ihre auf der Spezialitätenseite aufgeschlagene Speisekarte ein weiteres Mal. Sie schwankte noch immer zwischen dem Tadsch-Mahal-Menü für 48 Euro und dem Korma-Sutra-Mix für 42 Euro, dessen hauchdünn geschnittene Lammkeulenstreifen um Spargel und Riesengarnelen gewickelt waren.

„Ich hoffe nur, dass es reichen wird." Bill hatte sich für ein Curryhuhn mit Reis entschieden, das sich mit 16,40 Euro als regelrechte Schonkost auf dem Spesenkonto niederschlagen würde.

„Ich glaube, ich weiß, was ich will." Karo klappte die Speisekarte zu und war bereit, sich wieder voll und ganz dem Gespräch zu widmen.

Bill sparte sich einen bissigen Hinweis auf die Zeit, die Karo bei jedem ihrer bisherigen Restaurantbesuche damit vergeudet hatte, die Speisekarten auswendig zu lernen, obwohl von vornherein feststand, dass sie sich am Ende doch wieder für das teuerste Gericht entschied. „Schön!" Er rief die Kellnerin an den Tisch und gab ohne weitere Rücksprache die gemeinsame Bestellung auf.

Die Kellnerin notierte die Wünsche in ihrem Hinterkopf und sammelte die Karten wieder ein, bevor sie in Richtung Küche verschwand.

„Woher weißt du, dass ich mich für das Tadsch-Mahal-Menü entschieden habe?“
„Reine Eingebung“, bemerkte er so belanglos wie möglich und füllte seine winzige Teetasse wieder auf. „Gibt es schon Neuigkeiten wegen der Datenbankanfrage?“
„Du meinst, ob sich schon jemand bei der Unileitung gemeldet hat, um in Erfahrung zu bringen, wer so blöd war, gestohlene Samen aus einem streng geheimen Forschungsprojekt analysieren zu lassen? Nein. Zumindest ist es noch nicht bis zu mir durchgedrungen.“
„Na ja... Vielleicht überbewerten wir das mit dem automatischen Datenabgleich auch. In der Registrierstelle gehen täglich sicher tausende Anfragen aus aller Welt ein, warum sollten sie da gerade unseren Daten Aufmerksamkeit schenken?“
„Tja, warum sollten sie...“ Karo kramte in ihrer Handtasche nach einem Taschentuch. „Ich hoffe ja inständig, dass es diese Nummer in der Datenbank wirklich nicht gibt und das System die Anfrage deshalb als ungültig abgewiesen hat, ohne im Hintergrund gleich irgendwelche Alarmglocken schrillen zu lassen.“
Auch Bill war dieser Gedanke nicht fremd. Falls es einen solchen Warnautomatismus tatsächlich gab, hätte er in der vergangenen Woche gleich zwei Mal anschlagen müssen - ein Mal zu viel, um als Zufall durchgehen zu können, wie Bill fürchtete.
„Hatschi!“
„Gesundheit.“
„Danke.“ Sie steckte das Taschentuch wieder weg und blickte auf Bills Handgelenk. „Ich bin sicher, dass wir das Richtige getan haben.“ Sie spielte auf den Sojasamen an, den Bill aus seiner Uhr hervorgezaubert hatte, nachdem die Analyse des ersten Samens keinen Erfolg gebracht hatte. Bill hatte lange

gezögert, sein Ass aus dem Handgelenk zu schütteln. Der Zeitdruck und die Tatsache, dass der erste Samen im Zuge der Analyse zerstört worden war, hatten ihm aber keine andere Wahl gelassen.

„Das glaube ich erst, wenn wir die ersten Sojabohnen ernten können."

„So lang wird es nicht dauern, um herauszufinden, was es mit diesen Samen auf sich hat. Durch die Nährlösung und das Spezialllicht sollten wir schon bald ein kräftiges Pflänzchen haben, das robust genug ist, um zu verkraften, dass wir ihm ein Blatt abschneiden. Sobald wir das analysiert haben, werden wir alle Antworten finden, die wir suchen."

„Du bist erstaunlich optimistisch."

„Mit Optimismus hat das nichts zu tun." Karos Blick verfolgte eine Kellnerin, die eine riesige Platte mit kulinarischen Köstlichkeiten vorbeitrug, um sie ein paar Tische weiter abzustellen. „Wenn die Informationen, die wir suchen, nicht im Samenkorn stecken, dann müssen sie in der Pflanze zu finden sein. Alles andere ergibt keinen Sinn, weil wir wissen, dass die Rinder auf der Insel von dem Soja vergiftet worden sind."

„Es gibt noch eine andere Möglichkeit."

Sie sah ihn fragend an.

Bill beugte sich ein Stück nach vorne. „Wenn wir Pech haben, sind das gar nicht die Samen der Pflanzen, die von den Kühen gefressen wurden. Ich hatte nicht viel Zeit, um wählerisch zu sein und musste mitnehmen, was ich kriegen konnte."

„Das überzeugt mich nicht." Karo schüttelte den Kopf. „Wenn das ganz gewöhnliche Samen wären, hätten sie keine Registriernummer. Irgendwer hat sich aber die Mühe gemacht, ihnen eine zu verpassen. Noch dazu eine, die es offiziell gar nicht gibt. Viel zu viel Aufwand für eine Sojabohne, die keine Überraschung für uns bereithalten soll!"

„Vielleicht hast du Recht, und der Wirkstoff, den wir suchen, bildet sich tatsächlich erst in der Pflanze."
„Ganz sicher sogar. Schließlich hast du mir erzählt, dass die Rinder die Sojapflanzen gefressen haben und nicht deren Samen."
„Das stimmt. Die Pflanzen, die ich auf der Insel gesehen habe, hatten noch nicht einmal Blüten angesetzt."
„Eben", bekräftigte sie. „Wenn wir also nicht davon ausgehen, dass jemand die Rinder heimlich mit Saatgut gefüttert hat, können sie den Wirkstoff nur über die Pflanzen aufgenommen haben. Somit wird es uns auch möglich sein, ihn genau dort nachzuweisen. Alles, was wir noch tun müssen, ist warten, bis unser Pflänzchen groß genug ist."
„Vorausgesetzt es ist überhaupt ein Wirkstoff, nach dem wir suchen." Bill leerte seine winzige Teetasse mit einem einzigen Schluck.
„Dir geistern schon wieder die Urzeitformen durch den Kopf, von denen ich dir erzählt habe."
„Ist das ein Wunder? Bisher ist mir jedenfalls noch keine bessere Erklärung für das Verhalten der Rinder eingefallen. Du hättest dabei sein müssen! Eine solche Aggressivität kann man sich erst vorstellen, wenn man sie mit eigenen Augen gesehen hat. Gott..." Er seufzte. „Ich weiß doch selbst, wie bescheuert sich die Geschichte mit den Dinokühen anhört."
„Das sehe ich anders", sagte sie ruhig. „Liegt vermutlich daran, dass ich mich schon seit Jahren mit dem Thema beschäftige. Gegen die Urzeittheorie spricht allerdings, dass es keine Erkenntnisse darüber gibt, ob der Verzehr von Urzeitpflanzen auch Auswirkungen auf die Tiere hat, von denen sie gefressen werden."
„Aber nur, weil sich noch keiner die Mühe gemacht hat, das auszutesten. Jedenfalls keiner, der mit seinen Ergebnissen an die Öffentlichkeit gehen will oder kann."

„Mag sein. Trotzdem halte ich es für extrem unwahrscheinlich, dass die Weitergabe von Urzeitgenen über die Nahrungskette möglich ist."
Bill blies lautstark die Luft aus. „Du hörst dich schon an wie der Pressesprecher von RaptorGen: Wechselwirkungen zwischen unseren Produkten und den Genen anderer Pflanzen sind extrem unwahrscheinlich... Worte wie *unwahrscheinlich* oder *Restrisiko* sind nichts anderes als öffentlichkeitstaugliche Umschreibungen für alle Arten von unkalkulierbaren Wagnissen."
„So war das nicht gemeint. Natürlich kann es langfristig zu solchen Problemen kommen, aber im konkreten Fall reicht die Zeit einfach nicht aus für eine Übertragung der Gene durch die Nahrungskette. Ich meine, so wie du es geschildert hast, können die Sojapflanzen auf der Insel bestenfalls ein paar Wochen alt gewesen sein."
„Wenn überhaupt", bestätigte Bill.
„Eben. Das passt so alles nicht zusammen. Ich ließe es mir vielleicht noch einreden, wenn die Kälber der nächsten oder übernächsten Generation Änderungen aufweisen würden, so wie man das auch bei anderen Tieren beobachten konnte. Aber nicht bei ausgewachsenen Kühen und erst recht nicht über Nacht. Schließlich gehen diese Rückentwicklungen zu Urformen immer auch mit äußerlichen Veränderungen einher. Die Rinder müssten dann also auch kürzere oder längere Hörner bekommen, sie müssten größer oder kleiner werden - je nachdem, wie ihre Vorfahren ausgesehen haben. Das alles braucht Zeit. Falls es überhaupt möglich ist! Was ich mir allerdings vorstellen könnte..."
„Was?"
„Es ist nur so ein Gedanke..." Karo legte die Stirn in Falten und blickte hinaus auf die Straße, als könnte sie ihren Text von den vorbeifahrenden Autos ablesen. „Wenn diese Sojapflanzen

einen bislang unbekannten Wirkstoff enthalten, der direkt auf unterdrückte Gene der Rinder wirkt, sieht die Sache doch etwas anders aus..." Sie strich sich durchs Haar.
Bill räusperte sich und sein interessierter Blick flehte sie geradezu an, endlich weiterzureden.
„Wir wissen, dass Pflanzen über Mechanismen verfügen, um fremde DNA deaktivieren zu können. Darum sind Erfolge im Bereich der Gentechnik nicht so einfach zu reproduzieren. Das ist übrigens ein ähnliches Problem, wie es sich auch bei der Erforschung der Urformen stellt, allerdings hat es dort andere Gründe... Wie auch immer. Vor allem im Freiland lässt sich beobachten, dass Pflanzen sich gegen fremde Gene wehren, die der Mensch ihnen einsetzen will. Die betroffenen Pflanzen legen diese Gene still und blockieren sie. Als Paradebeispiel gelten die berühmten weißblühenden Petunien, die nach Einbringung eines Maisgens lachsrote Blüten hervorgebracht haben. Kurz nach der Auspflanzung ins Freiland hat die Farbe vieler Petunien aber wieder auf weiß gewechselt, weil die Pflanzen einen Weg gefunden haben, das Maisgen zu deaktivieren."
Bill konnte sich dunkel erinnern, davon in einer Vorlesung gehört zu haben und nickte.
Karo fuhr fort: „Die Evolution hat im Lauf der Zeit unzählige Gene in Tieren, Menschen und Pflanzen deaktiviert, um sie an ständig ändernde Umweltbedingungen anzupassen. Dasselbe ist mit den Rindern auf der Insel passiert, auch wenn meine zoologischen Kenntnisse nicht ausreichen zu sagen, aus welcher Urochsenunterart sie sich genau entwickelt haben. Mit Sicherheit waren es aber sehr wehrhafte Tiere, die nicht geflohen sind, sondern sich jedem Kampf gestellt haben. Diese Aggressivität hat ihnen das Überleben gesichert, bis der Mensch schließlich begonnen hat, sie zu domestizieren. Nach und nach haben sie ihre Angriffslust verloren und sich zum

Hausvieh entwickelt, wobei nicht mehr benötigte Gene stillgelegt wurden. Falls die von dir entdeckten Sojapflanzen nun einen Wirkstoff enthalten, der in der Lage ist, unterdrückte Gene zu reaktivieren, dann könnte der möglicherweise sehr rasch Auswirkungen zeigen.“

„Wie rasch?“

„Das kommt ganz darauf an, wofür das jeweilige Gen zuständig ist. Körperliche Anpassungen werden klarerweise länger dauern, aber Verhaltensänderungen...“

„Wie rasch?“, wiederholte Bill seine Frage.

„Keine Ahnung.“ Sie zuckte mit den Schultern. „Wie lang dauert es bei dir, bis eine Kopfwehtablette wirkt?“

„So schnell?“

„Würde ich vermuten“, sagte sie. „Wie gesagt, es kommt ganz auf das betroffene Gen an. Wenn es nur darum geht, eine Extraportion Adrenalin auszuschütten oder den Puls zu erhöhen, ist das sicher keine große Sache. Falls für eine Veränderung aber erst Organe aus- oder zurückgebildet werden müssen, kann sich das auch über Jahre ziehen. Ich erinnere mich an einen ehemaligen Kollegen - er heißt heute Julia - der im Zuge einer Geschlechtsumwandlung jahrelang Hormone geschluckt hat. Das hat schon ordentlich gedauert, bis der Bart und die harten Gesichtszüge verschwunden waren und man ihr die Julia abgenommen hat.“

Keine Dates mit Julias mehr, notierte Bill im Hinterkopf. „Das ist zumindest ein Ansatz, auch wenn wir immer noch nicht wissen, wonach wir eigentlich suchen. Wenn der Wirkstoff auf so viele unterdrückte Gene wirken kann, mache ich mir keine große Hoffnung, was seine Entdeckung betrifft.“

„Na ja, wir wissen, was er bei den Rindern bewirkt hat. Das schränkt die Suche schon einmal ein. Idealerweise müssten wir jetzt auch noch wissen, wie andere Tiere darauf reagieren.“

„Murmeltiere“, sagte Bill leise vor sich hin.

„Murmeltiere?“
„Ist mir gerade so eingefallen.“
Ihre Augenbrauen hoben sich interessiert. „Habe ich auf der Speisekarte etwas überlesen?“
„Die standen bei den gedünsteten Vorspeisen. Soll ich eine Portion für dich...?“ Er deutete an, die Hand in die Höhe zu strecken, um die Kellnerin herbeizuwinken.
„Nein, lass nur“, erwiderte sie belustigt.
„Okay. Murmeltiere sind für Allergiker ohnehin nicht zu empfehlen, weil sie so schrecklich haaren.“ Er wurde wieder ernst. „Inwiefern würde es uns weiterhelfen, wenn wir den Wirkstoff an verschiedenen Tierarten testen könnten?“
„Das kommt ganz auf die Wirkung an. Ich brauch dir ja nicht zu erklären, wie komplex die Materie ist.“
„Gene sind keine Legosteine!“, zitierte Bill ihren gemeinsamen Professor. Wieder und wieder hatte er seine Studenten darauf hingewiesen, dass ein bestimmtes Protein, das bei der einen Spezies für die Bildung von Sehpigmenten zuständig war, bei einer anderen das Immunsystem am Laufen hielt. Die Idee, ein Gen für blaue Augen zu finden, und es einfach auszutauschen wie bei einem Baukasten, blieb für absehbare Zeit ein Traum.
„Bill?“, zischte Karo und trat mit der Schuhspitze gegen sein Schienbein.
„Ja...?“ Sein Blick unterstrich, wie abrupt sie ihn aus seinen Gedanken gerissen hatte.
„Es wäre nett, wenn du mir nicht das Gefühl gibst, dass ich allein am Tisch sitze. Wenn du zum Beispiel auf meine Fragen antworten würdest, wäre das schon eine nette Geste in die richtige Richtung.“
„Sorry. Ich musste gerade an Prof. Ewinger und seine Vorträge denken.“
„Ich kenne Yogis, deren Meditation weniger tief ist als deine Gedanken an die Studienzeit. Ist dir überhaupt aufgefallen,

dass ich dich drei Mal angesprochen habe, während du in Trance warst?“

„Drei Mal...? Bevor du mein Schienbein gerammt hast?“

„Der Tritt vors Schienbein war gleichzeitig die Untermalung zum dritten Versuch.“

„Verstehe.“

„Kann ich für den Rest des Abends wieder auf deine Gesellschaft zählen, oder soll ich mich an den Tisch neben der Säule setzen?“

Bill verdrehte ein klein wenig den Kopf, als wollte er einen Blick auf den Säulenplatz werfen und erwiderte dann mit einem besonders freundlichen Lächeln: „Lass uns einfach weiterreden, bitte.“

„Sicher? Ich würde der Kellnerin auch meine neue Adresse zum Nachsenden des Tellers hinterlassen, damit sie dich nicht aufschreckt.“

Bill ging nicht darauf ein. „Ich habe an seinen Lieblingssatz über die Suche nach dem Gen für die perfekte Augenfarbe denken müssen.“

Karos Gesichtsausdruck veränderte sich, wurde weicher und freundlicher. „Nur Blauäugige glauben an das besondere Gen für blaue Augen.“

Bill nickte. Er hatte sich dem Thema vorsichtig genähert. Die entscheidende Frage lag ihm auf der Zunge und musste gestellt werden: „Bei all deinen Recherchen zur Urzeitthematik, ist dir da jemals ein Bericht über grüne Augen bei den Versuchstieren untergekommen?“

„Grüne Augen?“

„Ich meine nicht die Farbe der Iris, sondern eine Verfärbung des Augapfels.“

Sie überlegte einen Moment. „Nicht dass ich wüsste. Wie kommst du darauf?“

„Weil grüne Augen möglicherweise ein weiterer Effekt des Wirkstoffs sind, den wir suchen. Ich habe die Augen eines Murmeltiers gesehen, das von dem gentechnisch veränderten Soja gefressen hat. Sie waren grün."
„Bitte wiederhol das!"
„Keine Sorge, diese spezielle Art servieren sie hier bestimmt nicht."
„Das ist nicht witzig!" Karo stieg der Ärger ins Gesicht, als ihr klar wurde, dass Bill ihr schon wieder etwas verschwiegen hatte.
Er hob beschwichtigend die Hände. „Ich weiß, dir steht wieder einmal der Sinn danach, mich zur Schnecke zu machen, weil du glaubst, dass ich dir nicht alles erzählt habe."
Karo holte Luft, um etwas einzuwerfen.
Bill reagierte prompt und redete einfach weiter: „Aber so ist es nicht. Ich wollte dir das mit den grünen Augen nicht verheimlichen. Ich habe mir diesen wichtigen Punkt nur für die richtige Gelegenheit aufgehoben."
„Ein Abendessen beim Inder?" Sie funkelte ihn zornig an.
„Habe ich schon erwähnt, dass die Augen nicht einfach nur grün waren? Sie waren giftgrün!"
„Einmal Tadsch-Mahal-Menü?", störte die Kellnerin die Unterhaltung.

***

Kleinstadt *Poquito*, Mexiko, Nachmittag:
Mit seinen neun Jahren hatte Tico noch nicht viel mehr von der Welt gesehen als das kleine Nest, in dem sein Vater einen Gemischtwarenladen betrieb. In Poquito ereigneten sich die Dinge zumeist aus irgendwelchen Zufällen heraus und fast nie, weil die Bewohner es so wollten - mit einer Ausnahme: Ticos

Vater gab klare Anweisungen und die hatte sein Sohn umgehend zu befolgen.
„Wie lange brauchst du denn noch, um ein paar Konserven einzusortieren?“
„Ich bin gleich so weit.“
„Dass will ich dir auch geraten haben. Hier wartet noch eine ganze Lieferung auf dich und die Regale stauben sich auch nicht von allein ab!“ Ticos Vater hatte sich einen Schluck Cola genehmigt und knallte die halbvolle Dose neben eine uralte Registrierkasse, die von eingetrockneten Zuckerringen regelrecht umzingelt war. Er wischte sich die klebrigen Finger in seiner graugrünen Schürze ab und grummelte noch etwas vor sich hin.
„Macht dir der Bengel wieder Ärger?“ Die Stimme gehörte einer alten Frau mit kaffeebraunem Faltengesicht. Der Rest von ihr steckte unter einem Poncho, der den Vergleich mit einer zerschlissenen Pferdedecke nicht zu scheuen brauchte.
„Den macht er mir immer!“, reagierte der Geschäftsinhaber auf das Eintreten seiner Stammkundin. „Manchmal frage ich mich, welcher streunende Coyote meiner Frau diesen Braten in die Röhre geschoben hat. Von mir stammt dieser Nichtsnutz mit Sicherheit nicht.“ Er lachte und wischte sich den austretenden Speichel vom Mund. „Wieder drei Dosen?“, fragte er über den Ladentisch.
„Wie immer“, bestätigte die Alte. „Aber diesmal will ich keine mit Dellen. Und pack mir noch Batterien für meine Taschenlampe dazu.“
„Glaub mir, du wirst den Unterschied nicht schmecken.“ Er ging zu einem Regal und sammelte die Bestellung in einem Plastikbeutel zusammen. „Unten am Bahnhof hat es letzte Nacht eine Schießerei gegeben - schon gehört?“

„Schon ist gut. Diese verdammte Knallerei hat die halbe Stadt aus dem Schlaf gerissen. Weiß man schon, wen es diesmal erwischt hat?“
„Irgendeinen Dealer aus den Bergen. Dachte wohl, er kann Mr. Li über den Tisch ziehen.“
„Falsch gedacht“, grinste die Alte. „Von mir aus kann der Chinese das ganze Gesindel aus dem Umland abknallen. Ich würde mir nur wünschen, dass er es nicht immer mitten in der Nacht macht.“
„Wem sagst du das?“, seufzte der Ladenbesitzer und stellte die Bestellung auf den Ladentisch. „Sonst noch etwas?“
„Morgen wieder.“
Er nickte und tippte der Form halber ein paar Zahlen in die Registrierkasse.
Von außen war der Gemischtwarenladen nicht mehr als ein ebenerdiger Holzverschlag mit riesigen Auslagenscheiben aus zerkratztem Glas. Durch den Schriftzug auf der in die Tür eingelassenen Glasscheibe gingen mehrere Sprünge. Ein abgegriffener Messingbügel über die gesamte Breite ersetzte die Klinke.
Die Tür quietschte lauter als sonst, als ein Mann mit Jeans, Stiefeln und Cowboyhut den Laden betrat. Der Kragen seines Hemds war aufgestellt und den Hut hatte er tief ins Gesicht gezogen, um die Spuren des letzten Gefechts so gut es ging zu kaschieren. Vom Eingang bis zum Ladentisch waren es fast zwanzig Meter, die er sehr gemächlich zurücklegte und seinen Blick durch die Regalreihen schweifen ließ.
Als er Tico zwischen den Dosen entdeckte, zog er eine Packung Kaugummi heraus und warf dem Jungen einen Streifen zu. „Alles klar, Amigo?“
„Miguel?“ Ein Strahlen legte sich über Ticos verschwitztes Gesicht.
„Wen hast du denn sonst erwartet?“, fragte Miguel.

Tico senkte die Stimme und schielte um die Ecke, um sicherzustellen, dass sein Vater ihn nicht hören konnte. „Er hat gesagt, dass Mr. Li dich erwischt hat."
„Mich?" Miguels Stimme überschlug sich.
„Letzte Nacht bei der Schießerei. Jemand hat dich dort gesehen, bevor die Schießerei begonnen hat."
„Kann nicht sein."
„Ich hab mir ernsthaft Sorgen um dich gemacht."
„Wohl eher um deine Extraration Kaugummi." Miguel zwinkerte dem Jungen zu und lachte, so gut sein zerkratztes Gesicht es zuließ.
„Du siehst schlecht aus."
Miguel grinste, als hätte der Junge ihm ein Kompliment gemacht. „Stell dir mal vor, wie der andere jetzt aussieht."
Tico kicherte.
„Pass auf dich auf, Amigo!" Miguel streckte den Daumen nach oben.
„Du auch."
Miguel drehte sich um und ging zum Ladentisch. Auf halbem Weg kam ihm die alte Mexikanerin mit ihrem Plastikbeutel entgegen und schenkte ihm einen abfälligen Blick.
Miguel ignorierte sie und ging weiter, bis er dem Ladenbesitzer Auge in Auge gegenüberstand. „Was erzählst du für einen Mist über mich?"
„Miguel?" Die Stimme klang ehrlich überrascht.
„Du bist schon der Zweite heute, der mich das fragt. Vielleicht sollte ich mir ein Schild um den Hals hängen, damit man mich noch erkennt." Er hob seinen Hut hoch und gab den Blick auf seine Verletzungen frei.
„Uuuh!" Der Ladenbesitzer verzog das Gesicht. „Du siehst echt bescheiden aus." Er beugte sich ein Stück vor, um sein Gegenüber besser sehen zu können. „Wobei ich sagen muss, für jemanden, der sich mit Mr. Li angelegt hast, atmest du noch

verdammt viel Tequila aus... Das Loch in der Stirn fehlt irgendwie auch..."
„Dein Humor war schon mal besser. Dieses Gesichtspeeling verdanke ich nicht Mr. Li, sondern einer zugelaufenen Wildkatze."
„Zwei oder vier Pfoten?"
„Vier, wobei ich nicht gekommen bin, um dir mein Herz auszuschütten." Er legte einen zerknüllten Zettel auf den Tisch, den das erfahrene Auge des Geschäftsbesitzers sofort als Einkaufsliste enttarnte.
„Tico! Pack Miguel drei große Säcke Hundefutter und ein halbes Dutzend von den CT7-Lampen auf seinen Wagen." Er wandte sich seinem Kunden zu: „Wo parkst du?"
„Gleich hinterm Haus."
„Nimm den Lieferantenausgang", gab er die Information an seinen Sohn weiter. „Und mach schnell, der Mann hat schließlich nicht den ganzen Tag Zeit!" Er überflog den Rest der Liste und ging zu einem Hochregal, dessen untere Hälfte aus mehreren Schubladen bestand. „Baust du deine Plantage aus, oder wofür brauchst du die ganzen Lampen?"
„Wäre vermutlich eine gute Gelegenheit, in einen Ausbau zu investieren", scherzte Miguel. „Tico hat mir erzählt, dass es letzte Nacht eine Schießerei gegeben hat. Wenn Mr. Li in dem Tempo weitermacht, gehört ihm bald das halbe Land."
„Würde mich nicht wundern und - solange er sein Material weiter bei mir kauft - auch nicht stören." Er lächelte Miguel versöhnlich an. „Sorry, ist nicht persönlich gemeint, aber von irgendetwas muss ich schließlich auch leben."
„Geschäft ist Geschäft."
„Schön, dass du das genauso siehst." Er legte mehrere Leuchtbalken auf den Tisch. „Täte mir ehrlich leid um dich, bist ein guter Kunde. Mir ist richtig ein Stein vom Herzen

gefallen, als ich dich gesehen habe. Hier hat das Gerücht die Runde gemacht, dass es dich letzte Nacht erwischt hat."
„Schwachsinn!" Miguels Geste unterstrich, wie abwegig er den Gedanken an sein eigenes Ende fand. „Nur weil sich ein paar alte Weiber ihr Maul zerreißen, mache ich bestimmt keinen Abgang."
Der Besitzer zuckte mit den Schultern. „Du weißt ja, wie das in Poquito ist. Je kleiner die Stadt, desto lauter das Geflüster."
„Dieses Kaff ist keine Stadt, sondern ein Witz. Das war jetzt auch nicht persönlich gemeint!"
„Schon klar... Die zwei großen Balken habe ich hinten im Lager. Tico wird sie dir auf den Wagen schmeißen, sobald er wieder zurück ist. Wo steckt der Bengel überhaupt? Tico!"
Miguel schmunzelte. Er war wahrscheinlich der Einzige in der Stadt, der Tico verstand und auf eine gewisse Weise sogar mochte. Vermutlich lag es daran, wie sehr der Junge ihn an sich selbst erinnerte. „Nimm ihn nicht immer so hart ran. Aus dem Kleinen wird noch einmal was."
„Ach ja? Dazu braucht er sich aber auch nicht sonderlich anzustrengen, denn Nichts ist er schon..." Er kam zum vorletzten Punkt auf der Einkaufsliste. „Verdammt, wofür brauchst du so viele Lampen?", schlug die Neugier des Ladenbesitzers erneut durch.
„Es hat einen kleinen Unfall bei mir daheim gegeben."
„Einen Unfall?"
„Mit der Wildkatze."
Der Besitzer stieß einen respektvollen Pfiff aus. „Na, so klein wird der Unfall aber nicht gewesen sein, bei dem, was du an Lampen kaufst."
„Du könntest dich auch einfach darüber freuen, dass ich dir gerade den Umsatz der ganzen Woche verdopple."
„Ich will nichts gesagt haben. Du zahlst doch wieder bar?"

Miguel klopfte auf die Ausbeulung in der Brusttasche seines Hemds und zauberte dem Mexikaner Dollarzeichen in die Augen.
„Wenn ich mir für den Laden jemals diese bescheuerten Stammkundenkarten drucken lasse, für die sie im Fernsehen immer Werbung machen, bekommst du die Kundennummer zwei - gleich nach Mr. Li."
„Bis es so weit ist, lebe ich hoffentlich schon in meiner Villa in Florida und lass mir deinen Tequila mit meinem Privatjet einfliegen." Damit war auch der letzte Punkt auf der Einkaufsliste angesprochen.
„Meinen Segen hast du... Drei ganze Kisten? Donnerwetter, deine Leber ist eine echte Kämpfernatur... Tico! Der Bengel macht mich noch wahnsinnig... Tico!"
„Ja", tönte es weit hinten aus dem Lager.
„Stell Miguel noch drei Kisten von meiner Hausmarke auf den Wagen."
„Wird erledigt!", rief Tico zurück.
„Ich weiß gar nicht, was du hast. Der Junge ist doch die perfekte Arbeitskraft. Andere in seinem Alter verschwenden die Zeit nach der Schule mit Fußballspielen oder beim Dosen abballern."
„Willst du ihn? Ich pack ihn dir sofort auf deine Ladefläche und er gehört dir."
Miguel schmunzelte. „Ich denk drüber nach. Was ich aber auf jeden Fall noch brauche, ist eine neue Tube Zahnpasta."
„Ist dir deine alte eingetrocknet?"
„So ähnlich. Ich bin draufgekommen, dass die Frauen beim Küssen mehr auf Pfefferminz als auf Tequila stehen."
„Du kennst Bräute... Dreh dich einfach um! Die Tuben sind auf dem verstaubten Regal gleich hinter dir."
Miguel machte drei Schritte und sah sich um.
„Gleich neben dem Duschgel."

„Danke. Kaum zu glauben, dass du dich überhaupt noch erinnerst, wo du das Zeug eingelagert hast, so lange wie das her sein muss."
„Ich hab erst vorige Woche wieder ein Duschgel verkauft."
„Hab ich mir schon gedacht." Miguel blickte auf den freien Platz in der Staubschicht.
„Mir darfst du keine Schuld geben. Hygieneartikel gehen bei mir einfach nicht so gut. Die Leute kaufen sie lieber bei dem Laden unten an der Ecke - zumindest hoffe ich das."
„Ich nehme die hier." Miguel legte eine Zahnpastatube auf den Ladentisch. „Was macht das?"
Eine gute Stunde später saß Miguel wieder hinter dem Steuer seiner Schrottkarre und unterhielt sich mit Cilly, einer vollbusigen Prostituierten mit rostroter Löwenmähne, die er unterwegs aufgegabelt hatte.
Cilly fauchte. „Ich steh total auf harte Männer." Ihre spitzen Fingernägel strichen zärtlich über seine Wange.
Miguel drückte seinen Fuß aufs Gas, um für die vor ihnen liegende Steigung Schwung zu holen. Seine Erfahrung und Geschick im Umgang mit der veralteten Technik waren unerlässlich, um den voll beladenen Wagen durch die Berge zu bekommen. Die Strecke war anspruchsvoll und gefährlich. Wer den Fehler machte, die Landschaft zu sehr zu genießen, wurde ganz schnell ein Teil davon.
„Nimm's mir nicht übel, aber im Moment habe ich von Katzen erst mal die Schnauze voll."
„Keine Katzen", bestätigte Cilly enttäuscht und verabschiedete sich von ihrer Paradenummer. „Wie steht es mit Stuten?"
„Sehr gut!" Miguel grinste dreckig. „Bei Stuten steht er mir immer."
War mir klar, dass das jetzt kommen wird. Cilly warf einen Blick aus dem Fenster und bedauerte sich einmal mehr für ihr Leben. *Zehn Extradollar für jeden Idioten, der seine Sprüche*

für originell hält, und ich habe das Geld für einen Neustart beisammen.

Wie im Zeitraffer zog die Wüste an der Seitenscheibe vorbei, in der sich das Gesicht jener Frau spiegelte, die Cilly niemals hatte werden wollen.

„Wann bist du nach Poquito gekommen?“, wollte Miguel von ihr wissen. „Ich hab dich dort noch nie gesehen und ich komme in letzter Zeit öfter in die Stadt. Da wäre mir ein hübsches Mädchen wie du bestimmt schon viel früher aufgefallen.“

„Ist schon eine Weile her. Ich habe früher etwas weiter im Süden gearbeitet, aber die illegalen Schlampen dort ruinieren anständigen Frauen wie mir das Geschäft. Die haben alles auf Blitzabfertigung umgestellt. Am Ende wollten sich die Freier nicht einmal mehr ein Hotelzimmer oder Hausbesuche leisten - keiner von denen. Das lief nur noch in irgendwelchen Hinterhöfen oder gleich in den Karren der Typen. Die meisten haben sich nicht einmal mehr die Mühe gemacht, den Motor abzustellen. Mit Qualität hat das nichts zu tun.“

„Da hast du ja richtig Glück, dass du mich getroffen hast.“ Miguels Hand fuhr die Innenseite ihres Oberschenkels hoch. „Ich werde mir den ganzen Abend und die Nacht für dich Zeit nehmen. Wenn ich dich morgen Früh zurück nach Poquito bringe...“ Er unterbrach sich selbst und trat das Gaspedal voll durch.

Cilly schreckte auf. „Was ist los?“

„Keine Sorge, ich habe nur noch eine kleine Besorgung zu erledigen.“ Er zeigte auf einen streunenden Hund, der keine hundert Meter vor dem Wagen an der Straße entlanglief.

„Ich mag Hunde.“

„Meine drei Köter auch.“

Der Wagen holte rasch auf, doch der Streuner machte keine Anstalten, davonzulaufen. Die tägliche Jagd auf Mäuse und andere Kleinnager hatte ihn schon mehr als genug ausgezehrt.

Sein Interesse an dem Motorenlärm reichte gerade noch so weit, den Kopf zur Seite zu drehen, um einen flüchtigen Blick auf den vorbeifahrenden Wagen zu werfen.
„Bamm!", kommentierte Miguel den Zusammenprall mit einer Mischung aus Entzücken und Überraschung.
Cilly stieß einen schrillen Schrei aus. „Um Himmels willen, ich glaub, du hast ihn erwischt!"
„Das will ich doch schwer hoffen." Miguel bremste und brachte seinen Wagen wenige Meter nach der Unfallstelle zum Stehen. „Warte hier!" Er stieg aus und schlug die Tür zu. Zwei Sekunden später riss er sie wieder auf. „Ich hab's mir überlegt. Komm mit, du kannst mir beim Abtransport helfen!"
Als Cilly aus dem Wagen stieg, sah sie, wie Miguel mit der Stiefelspitze gegen den Bauch des auf der Seite liegenden Hundes stieß. Nichts deutete auf eine Verletzung hin, vielmehr sah es so aus, als würde das Tier einfach nur schlafen.
„Volltreffer", bemerkte Miguel und wirkte nicht mehr ganz so euphorisch wie zuvor.
„Ist er verletzt?" Cilly kam zögernd näher und musste aufpassen, dass sie mit ihren hohen Absätzen nicht auf dem Geröll ausrutschte, das sich Straße schimpfte.
„Nichts, was ihm jetzt noch gefährlich werden könnte."
Cilly presste die Hand auf ihren Mund.
„Stell dich nicht so an, hilf mir lieber, ihn auf die Ladefläche zu bekommen."
Cilly zeigte wenig Begeisterung und zog es vor, ein paar Meter Abstand zu halten. „Du willst doch nicht etwa einen toten Hund mitnehmen?"
„Was bleibt mir anderes übrig. Lebend hat es ja leider nicht geklappt. Blödes Vieh! Warum musstest du auch im letzten Moment noch den Kopf zur Seite drehen? Ich hätte dich gut für meinen Zwinger gebrauchen können."
„Wieso willst du einen toten Hund mitnehmen?"

„Für seine Freunde."
„Seine Freunde?"
„Ich hab daheim drei Riesenköter. Weißt du, was ein Sack Hundefutter kostet?"
Cilly hatte keine Ahnung, aber langsam dämmerte ihr, worauf ihr Begleiter anspielte. „Du willst ihn verfüttern?"
Miguel gab sich ungerührt. „Hunde fressen alles, wenn sie erst einmal auf den Geschmack gekommen sind. Und hier draußen in der Wüste darf man als Straßenköter sowieso nicht wählerisch sein. Du frisst, was man dir vorsetzt oder endest selbst in irgendeinem Magen. Das ist das Gesetz der Natur - ich habe es nicht gemacht, aber ich muss mich dran halten."
„Du hast ihn absichtlich überfahren..." Die Worte kamen ihr nur mit Widerwillen und Ekel über die Lippen.
„Quatsch doch keinen Mist! Ich wollte dem armen Kerl ein neues Zuhause geben. Ich liebe Hunde. Mir kannst du nicht vorwerfen, dass er sich im letzten Moment umgedreht hat und mir ins Auto gekracht ist. Er war einfach zu blöd zum Überleben. Jammerschade um den Kerl, er hätte gut zu meinen anderen Jungs gepasst. Schau dir nur die schöne Zeichnung auf seinem Fell an." Miguel hatte längst begriffen, dass seine Begleiterin keine Hand an den Kadaver legen würde und kümmerte sich bereits selbst um das Aufladen.
Nachdem er den Hund auf die Ladefläche gehievt hatte, sah er Cilly auffordernd an. „Na los, steig wieder ein!"
„Nichts lieber als das."
Miguel warf noch einen Blick auf die Fahrzeugfront. Der Kotflügel des Wagens war an Begegnungen dieser Art längst gewöhnt und hatte sich auch diesmal wieder als verlässlicher Gegner herausgestellt.
Cilly sah zu, wie Miguel wieder in den Wagen stieg. „Ich habe noch nie ein Tier getötet. Ich könnte das gar nicht."

„Geht mir genauso, aber Selbstmorde lassen sich nun mal nicht verhindern. Da kannst du noch so vorsichtig fahren.“ Er startete den Motor und gab so viel Gas, dass die Räder auf den ersten Metern durchdrehten.
Der Rest der Fahrt bis zu Miguels Haus dauerte fast eine halbe Stunde und verlief deutlich ruhiger. Der Zwischenfall mit dem Hund hatte Cilly ganz offensichtlich aufs Gemüt geschlagen. Da halfen auch Miguels Unschuldsbeteuerungen nichts.
Als der Wagen schließlich in die Grundstückseinfahrt bog, strahlte Cilly schon wieder. Miguel hatte zuvor ein paar Geldscheine zusammengerollt und in ihrem Ausschnitt deponiert. Das Extra-Taschengeld hatte seine Wirkung nicht verfehlt.
Auf Höhe des Zwingers stoppte der Wagen direkt neben dem Zaun. Miguels Stimme fiel es schwer, sich gegen das Gebell der drei Hunde zu behaupten. „Es ist besser, wenn du im Wagen bleibst. Meine Jungs sind Fremde nicht gewöhnt und könnten überreagieren.“
Auch ohne diese Empfehlung hätte Cilly keinen Fuß vor die Wagentür gesetzt. Die tollwütigen Bestien in dem Zwinger ließen keinen Zweifel an ihrer Entschlossenheit zu. Zwei hatten sich bereits ins Gitter verbissen, während der dritte seine Zähne bleckte. Cilly hatte das Gefühl, dass sein aggressives Knurren sogar den Deckel des Handschuhfachs erzittern ließ.
„Ich werfe ihnen nur schnell ihr Abendessen rein, dann gehöre ich ganz dir.“ Er zwinkerte ihr zu und stieg aus.
Sofort reagierte die Meute mit einem Tobsuchtsausbruch, wie Cilly ihn noch nie gesehen hatte. Vor Angst hielt sie den Atem an und hoffte nur, dass Miguel sie ganz schnell von hier wegbringen würde.
„Reißt euch zusammen, Jungs!“ Miguel war auf die Ladefläche geklettert und hob den Hundekadaver aufs Wagendach. Bereits am Vortag war er zu dem Schluss gekommen, dass es von nun

an besser war, den Zwinger nicht mehr zu öffnen, und die Hunde von oben zu füttern. Dass er ihnen zum Frühstück noch eine Dosis Gensoja unter das Futter gemischt hatte, bekräftigte diesen Entschluss. Nie zuvor hatte er die Tiere so in Rage gesehen. Insgeheim fragte er sich bereits, welcher der drei wohl zuerst anfangen würde, die beiden anderen in Stücke zu reißen. Noch schien sich dieses Problem durch ausreichend Futter im Griff halten zu lassen, doch die Straßenköterpopulation hatte deutlich abgenommen und die Säcke mit Hundefutter verschlangen eine Menge von Rockys Geld, das Miguel lieber für sich selbst investierte.
„Pass bloß auf dich auf!“ Cillys warnende Worte gingen in dem Gekläffe völlig unter. Sie wagte es gar nicht, hinzusehen, als Miguel, der mittlerweile auf dem Wagendach stand, den Hundekadaver auf den Zaun des Zwingers schwang.
Miguel schwitzte aufgrund der Anstrengung. Hätte er ein anständiges Messer dabeigehabt, wäre der Hund mit Sicherheit in Teilen über den Zaun geflogen. „So schwer hat das Vieh auf der Straße gar nicht ausgesehen“, brummte er durch die zusammengebissenen Zähne. „Aber wenigstens habt ihr eine Weile was zu beißen!“
Obwohl Miguel bereits aufrecht stand, musste er den Kadaver noch ein ganzes Stück höher heben, um ihn komplett über die Oberkante des Zwingerzauns zu bekommen. Die letzten Zentimeter verlangten ihm noch einmal alles ab. Dann übernahm die Schwerkraft den Job und servierte den drei Höllenhunden ihr Abendessen.
„Wenn Rocky euch so sehen könnte, würde er sich in die Hose scheißen.“ Miguel lachte, doch es klang nicht so unbeschwert wie sonst. Die Art und Weise, wie die kräftigen Hundekiefer ihren Artgenossen in Stücke rissen, machte auch Miguel klar, dass er jede Kontrolle über seine Meute verloren hatte. Der kleinste Fehler würde reichen und...

Miguel verdrängte die Gefahr, die von der Situation ausging und wehrte sich gegen das ungute Gefühl. Fehler hatte er sich in seinem Geschäft noch nie leisten können. Es gab also keinen Grund, sich ausgerechnet jetzt darum zu sorgen. Viel wichtiger war es, die Versuchsreihe erfolgreich abzuschließen und endlich das große Geld zu machen.
„Miguel! Bitte lass uns endlich fahren!" Cillys Stimme war kaum zu hören, doch das heftige Klopfen gegen die Innenseite des Autodachs verschaffte ihr Gehör. „Ich will hier weg. Steig wieder ein!"
„Weiber!" Miguel kletterte vom Autodach. Als er gleich darauf von der Ladefläche sprang, war sein ungutes Gefühl präsenter denn je. Es zwang ihn, noch einen letzten Blick auf seine Tiere zu werfen. Gleichzeitig flüsterte ihm eine innere Stimme zu, dass er die drei Hunde nie wieder so friedlich zusammen sehen würde.

***

Mexiko, 21:23 Uhr:
Falls die Gruppe der Säugetiere jemals eine Spezies hervorgebracht hatte, die zäher, klüger und opportunistischer war als Ratten, dann hatte die Wissenschaft sie offensichtlich noch nicht entdeckt.
Im Grunde genommen war Miguels Grundstück der perfekte Platz für die Nager: Jede Katze, die sich auf das Grundstück verirrte, landete im Magen der Hunde, und jede Schlange, die Miguel über den Weg kroch, schoss er in Stücke. Hinzu kam, dass die hygienischen Bedingungen in und um das Haus den Lifestyle-Vorstellungen mexikanischer Ratten in jeder Hinsicht gerecht wurden.
Eine braune Ratte mit silbergrauem Streifen auf dem Rücken folgte schon eine ganze Weile dem betörenden Geruch in

Richtung Hundezwinger. Sie gehörte zu den wirklich großen Exemplaren der heimischen Fauna. Silberrücken lebte schon eine ganze Weile in einem Erdloch hinter dem Haus und wusste, wo die besten Brocken für ihn abfielen. Die Futterreste im Zwinger waren für ihn immer nur die zweite Wahl gewesen, da es mit einem erheblichen Risiko verbunden war, sich zwischen den schlafenden Hunden hindurchzuschleichen.
Seit einigen Tagen jedoch zog Silberrücken diese Art der Nahrungsbeschaffung vor. Mehr noch, er gierte förmlich danach, eines der wenigen Stückchen zu ergattern, die von den völlig zerfetzten Kadavern übrigblieben, nachdem die Hunde sich daran ausgetobt hatten.
Mit seinem Kampfgewicht war es für Silberrücken einfach, sich gegen Artgenossen zu behaupten. Eine Zeit lang hatte er diese Überlegenheit sehr erfolgreich eingesetzt, wobei ihm seine ständig steigende Aggressivität weitere Vorteile verschafft hatte. Nach einem Ausflug zum Zwinger hatte sein Interesse an dem Hausmüll allerdings merklich nachgelassen, und seither zog es ihn jede Nacht zu den Hunden.
Es war eine sternenklare und windstille Nacht. Der Mond war im Zunehmen begriffen, und außer ein paar Zikaden störte nichts die Stille. Für Silberrücken hätten die Bedingungen nicht schlechter sein können. Zudem hatte die Sonne den ganzen Tag unerbittlich heruntergebrannt, wodurch der Wüstenboden unter seinen Pfoten immer noch warm war. Das wiederum bedeutete, dass wechselwarme Reptilien, darunter vor allem Schlangen, besonders aktiv waren.
Obwohl Silberrücken seinen Pfad bereits einige Nächte zuvor markiert hatte, wählte er diesmal einen anderen Weg. Zwei Beinahekollisionen mit Klapperschlangen hatten ihn gelehrt, dass es manchmal besser war, die eigene Urinspur zu verlassen und neue Wege zu gehen.

Erst kurz vor Erreichen des Zwingers scherte er wieder ein und folgte seiner Markierung bis zu einem Loch unter dem Zaun. Die Hunde hatten es gegraben, waren aber in dem steinigen Boden noch nicht weit genug gekommen, um sich hindurchzuzwängen. Silberrücken hatte damit kein Problem. Alles war bequemer, als sich durch das engmaschige Gitternetz zu zwängen, dessen rostige Enden tiefe Spuren im Fell hinterlassen konnten.
Einer der Hunde drehte im Schlaf seinen Kopf zur Seite und ließ ein leises Knurren vernehmen.
Silberrücken duckte sich augenblicklich. Gleichzeitig riss er das Maul auf, um seine Zähne in Angriffsstellung zu bringen. Auch wenn er körperlich weit unterlegen war, Angst verspürte er keine - ganz im Gegenteil. Er fühlte sich stärker als je zuvor und sein Adrenalinpegel schnellte auf Blutrauschniveau.
Der größte der Hunde sah sich durch das Knurren in seiner Nachtruhe gestört und blinzelte schlaftrunken. Da er nichts von Bedeutung ausmachen konnte, drehte er sich zur Seite.
Silberrücken verharrte noch immer in Angriffsstellung. Nur seine grünstichigen Augen zuckten wie wild zwischen den potenziellen Zielen hin und her.
Der Hund in unmittelbarer Zaunnähe reagierte, wie er es immer tat, wenn er das Gefühl hatte, dass ihn beim Schlafen etwas störte: Er hob den Schwanz ein Stück in die Höhe und furzte eine mittelgroße Staubwolke aus dem Boden.
Silberrücken gab keinen Laut von sich. Sekunden vergingen, ehe die Luft wieder rein genug war, um sich am Furzer vorbeischleichen zu können.
Die Rattennase folgte einer ganz eigenen Witterung. Silberrücken war nur an den Überresten des Frühstücks interessiert. Den ganzen Tag über hatte ein leichter Wind die Duftmoleküle in Richtung seines Verstecks geweht, doch ein Ausflug in den Hundezwinger bei Tag war selbst für eine

adrenalingeschwängerte Ratte zu viel des Guten. Umso unruhiger war Silberrücken beim Laufen durch seine unterirdischen Gänge geworden, je weniger Gebell er aus dem Hundezwinger vernommen hatte.
Ungefähr zwei Meter trennten Silberrücken noch von der Duftquelle - nicht viel, würde er ein paar anständige Sprünge hinlegen, doch noch war der Selbsterhaltungstrieb größer als das Verlangen.
Silberrücken war schon fast an dem größten Hund vorbei, als dieser unvermittelt sein Maul öffnete und gähnte. Die feuchtwarme Mischung aus halbverdauten Fleischresten und Speichel blies die Rattenhaare gegen den Strich. Die Folge war ein explosionsartiger Adrenalinanstieg, der das Nagerhirn unwiderruflich in den Kampfmodus katapultierte.
Eine Blitzattacke später begann die Luft im Zwinger zu kochen, als hätte sich das Tor zur Unterwelt geöffnet.
Zu diesem Zeitpunkt ahnten die Beischläfer im Haus noch nichts von der Party, die Miguels Höllenhunde für den beißwütigen Eindringling schmissen.
Cilly lag auf dem Rücken und hatte die Arme um die Hüften ihres Freiers geschwungen. Sie fragte sich, warum sich nicht alle Männer so spendabel zeigten wie dieser. „Ich finde es toll, wenn ein Mann weiß, was er will."
„Das wusste ich schon immer." Miguel löste sich aus der Umklammerung und griff nach der Tequilaflasche neben dem Bett. „Auch einen Schluck?"
Cilly nickte. Sie hatte sich als ausgesprochen trinkfest erwiesen und konnte auch sonst konditionell gut mit Miguel mithalten - zwei Eigenschaften, die er an Frauen schätzte.
Er schaute in Richtung Fenster. „Hast du das gehört?"
„Was?"
„Klang wie die Hunde."

„Vielleicht streift da draußen irgendein Tier herum, das sie gehört haben." Cilly nahm noch einen Schluck, ehe sie den Arm mit der Flasche neben dem Bett zu Boden sinken ließ.
„Das wird's wohl sein", brummte er. „Wenn die blöden Köter nicht immer gleich so loskläffen würden, sobald sie Beute wittern, sondern warten würden, bis sie ihnen vors Maul läuft, könnte ich mir eine Menge Futter sparen."
Cilly lenkte das Gespräch wieder auf ein Thema, das sie mehr interessierte: „Wenn du hier wegziehst, nimmst du mich dann mit?"
„Du meinst, weil du dann immer in der Nähe von meinen Dollars bist?" Er grinste.
„Das auch, aber vor allem wäre ich gern in der Nähe von deinem Arsch." Sie ließ ihre Hand auf seine rechte Pobacke klatschen und zwinkerte ihm zu. „Du glaubst gar nicht, was für Schlappschwänze bei mir schon ein- und ausgegangen sind. Da weiß man dann zu schätzen, was man an einem Prachthengst wie dir hat."
Miguels Grinsen nahm kein Ende.
„Ich meine das ernst, Schätzchen." Ähnliche Lügen hatte Cilly schon hunderten Männern erzählt, doch an keinem war sie tatsächlich interessiert gewesen. Sie wusste aber, dass sie instinktiv umso überzeugender auf die zumeist versoffenen Gesichter wirkte, je dicker deren Brieftaschen waren. „Ich könnte mich auch um den Haushalt kümmern, während du auf dem Golfplatz bist."
Miguel lachte lauthals los. „Golf? Ich? Sehe ich etwa so aus wie eine Mumie, die geil darauf ist, mit ihren scheintoten Freunden Murmeln zu spielen? Das schmink dir mal gleich wieder ab. Mit solchen Schwuchtelspielen hab ich nichts am Hut!"

„Ich hab gehört, dass das alle Männer von Welt machen. Egal, wie bescheuert sie es finden. Denk nur an all die reichen Schnösel, die du dort kennenlernen...“
„Verdammt!“ Miguel sprang auf und lief zum Fenster. Er gab sich Mühe, in der Dunkelheit etwas zu erkennen. „Was zum Teufel ist da draußen los? Können diese blöden Kläffer nicht ein einziges Mal die Schnauze halten, wenn ein Kaninchen an ihrem Zwinger vorbeiläuft?“
„Vielleicht ist es kein Kaninchen.“
Miguel drehte sich zu Cilly um. „Was soll es denn sonst sein?“ Im nächsten Moment gab er sich seine ganz eigene Antwort, wie Cilly unschwer an seinem Gesicht erkennen konnte.
Draußen nahm das Bellen kein Ende, wurde stärker, aggressiver und obwohl der Zwinger ein ganzes Stück vom Haus entfernt war, klang es so, als würde jemand gleich vor dem Fenster mit einem Stock gegen ein Gitter schlagen.
Wieder und wieder und wieder...
„Das darf doch nicht wahr sein. Diese Dreckstölen reißen mir noch den Zwinger ein!“
„Kannst du sie nicht einfach ignorieren und wieder ins Bett kommen?“ Sie lächelte ihn an und klopfte auf den immer noch warmen Platz neben sich.
„Soll ich etwa warten, bis sie ein Loch ins Gitter gerissen haben?“
„Dann stören sie uns zumindest nicht mehr.“
„Da wäre ich mir nicht so sicher.“ Miguels Worte klangen so unheilverkündend, dass Cilly ihr dämliches Lächeln einfror.
„Wie meinst du das?“
„So wie ich es sage.“ Miguel hob die Hose vom Boden auf und schlüpfte hinein.
„Was...?“

„Halt einfach deine Klappe und warte, bis ich wieder da bin. Oder willst du selbst nachsehen gehen?“
Sie wollte nicht.
Miguel zog sich im Stehen die Stiefel an und schlüpfte in das noch halb zugeknöpfte Hemd. Als er die Pistole in seinen Hosenbund steckte, bewegte Cilly stumm die Lippen. Entweder sprach sie nicht laut genug, oder das Bellen hatte sie übertönt. Miguel war das egal. Für ihn zählte nur noch, dass er die Lage unter Kontrolle brachte, bevor das vielleicht nicht mehr möglich war.

***

In der Wohnung von Wenker:
Wenkers Wohnungseinrichtung ließ sich schon seit Jahrzehnten in keinem Möbelhaus mehr bestellen. Schränke, Tische und Lampen waren eine Reminiszenz an die depressiven Sechziger. Der Großteil der Einrichtung stammte noch aus der Blütezeit seiner verstorbenen Mutter, in deren Wohnung er immer noch wohnte.
Sein mittlerweile recht ansehnliches Gehalt investierte er lieber in alte Autos, Nachtclubs und seine Sammlungen von Coladosen und Nummernschildern aus aller Herren Länder. Letztere lagerten aus Platzgründen in der Nachbarwohnung, die er vor einigen Jahren nur deshalb angemietet hatte.
Wenker saß auf einer schokoladenbraunen Schnürlsamtcouch im Wohnzimmer und blätterte im Anzeigenteil einer Oldtimerzeitschrift. Das Licht kam von einer orangefarbenen Designerlampe, bei der die einzige Glühbirne von fünf riesigen Röhren aus Plastikfolie umgeben war. Die größte Röhre war fast eineinhalb Meter hoch und wirkte durch die vier kleineren ringsum wie eine startbereite Rakete.

Wenker hatte sich schon die dritte Tasse Milch mit Honig einverleibt, doch an Schlaf war noch immer nicht zu denken. Zu sehr hatten ihn die Verhandlungen mit den Schwachköpfen vom Landwirtschaftsministerium aufgewühlt, die er den ganzen Tag über gemeinsam mit Victor Shark in RaptorGens Namen geführt hatte.
Obwohl der Konzern zwölf Aktenordner mit Studien vorgelegt hatte, die bewiesen, dass es für alle Beteiligten besser war, wenn RaptorGen die gesetzlich vorgeschriebenen Umweltverträglichkeitsprüfungen künftig selbst durchführte, weigerten sich zwei Beamte, dem Antrag zuzustimmen. Ganz offensichtlich sahen sie durch die geforderte Neuerung ihre nichtsnutzigen Jobs gefährdet.
Für diese Art von Idealismus hatte Wenker kein Verständnis. Schließlich hatte RaptorGen den beiden genug Geld geboten, um ihnen ihre Unterschrift schmackhaft zu machen. Aber so wie es jetzt aussah, würden noch drei wertvolle Monate verstreichen, bevor das neue Gesetz verabschiedet werden konnte. So lange dauerte es nämlich, diese Leute von ihren Sesseln zu entfernen, ohne sich den Zorn der Öffentlichkeit zuzuziehen.
Das Ergebnis war letztlich dasselbe, nur dass jeder weitere Tag RaptorGen wieder eine Menge Geld kosten würde, was sich nach Bekanntwerden des Verhandlungsergebnisses sofort im Aktienkurs niederschlagen würde. Kein Wunder also, dass Shark seine schlechte Laune schon einmal an Wenker ausgelassen hatte.
An Tagen wie diesen heiterte der Buchhalter sich gern mit dem Kauf von Ersatzteilen für seine Oldtimer auf. Die Stücke, die er suchte, waren regulär nicht mehr zu bekommen. Abgesehen von Besuchen bei speziellen Messen und Tauschbörsen half nur das akribische Durchforsten der Kleinanzeigen. Hatte Wenker ein passendes Ersatzteil ergattert, ließ er es in der

Werkstatt seines Vertrauens einbauen. Den Besitzer des Ladens kannte er noch von früher, als er für ihn die Buchhaltung und die Steuererklärungen gemacht hatte. Wenker wusste deshalb besser als jeder andere, welch linke Bazille der Mann war. Gleichzeitig hatte er ihn aber mit genau diesem Insiderwissen in der Hand und konnte sich seiner gewissenhaften Arbeit sicher sein. Wenngleich Wenker jedes Mal ein ungutes Gefühl hatte, wenn er die Werkstatt verließ und zum ersten Mal auf die Bremse trat.

„Baujahr 52", murmelte er enttäuscht, strich das Inserat durch und blätterte um. Die Suche glich der sprichwörtlichen Nadel im Heuhaufen, da Wenker sich nicht zu jenen Pfuschern zählen ließ, die Nachbauteile in ihren Oldies verbauten. Hinzu kam, dass er sich auf sehr ausgefallene Modelle spezialisiert hatte, von denen im jeweiligen Jahr immer nur sehr geringe Stückzahlen gebaut worden waren. Die Chance auf gebrauchte Originalersatzteile war deshalb denkbar gering.

Er schaute kurz auf, als sein Handy auf dem Couchtisch läutete. *Um diese Zeit?* Eine Menge Leute hatten seine Nummer, doch kaum einer war dumm genug, anzunehmen, dass der Buchhalter so spät noch Anrufe entgegennahm. Für gewöhnlich war er um diese Zeit entweder im Nachtclub oder im Bett. In beiden Fällen hieß das, dass er nicht gestört werden wollte.

Wenker beugte sich über den Couchtisch und warf einen Blick auf das Display. Die Rufnummer war unterdrückt. Ein weiterer Grund, sich nicht darum zu kümmern.

Zwanzig Sekunden später verstummte das Läuten.

„Wieder ein falsches Baujahr... Schade." Er fuhr mit dem Finger die linke Spalte entlang.

Das Telefon läutete erneut. Wieder wurde die Nummer des Anrufers nicht angezeigt. „Wenn das nicht wichtig ist!"

Wenker drückte den klobigen Annahmeknopf auf seinem Uralthandy, bei dessen Benutzung sich jeder andere vermutlich den Finger verstaucht hätte. „Ja?“, fragte er unwirsch.
Am anderen Ende meldete sich niemand.
„JA?“, wurde Wenker deutlicher.
„Mr. Wenker?“ Die Stimme klang abgehackt und verrauscht.
„Wer will das wissen?“
„Peter Stornberg hier.“
Wenker stutzte.
„Stornberg“, wiederholte der Anrufer. „Letztes Jahr auf der Tagung in Malmö. Sie erinnern sich doch noch an mich?“
Tagung? Schweden? Ganz hinten in Wenkers Gedächtnis ging ein kleines Lämpchen an. „Dunkel.“
„Sie haben mir Ihre Nummer gegeben.“
„Das dachte ich mir fast, nachdem Sie mich gerade angerufen haben. Helfen Sie mir bitte auf die Sprünge?“
„WWGD“, rauschte es aus dem Lautsprecher.
World Wide Genetic Database! Schlagartig gingen die Halogenstrahler in Wenkers Oberstübchen an. „Stornberg! Ja, ich erinnere mich! Sie haben mir in der Bar in Schweden den Wodka-Orange über meinen Pullunder geschüttet.“
„Genau der!“ Stornberg lachte herzlich. „Ich habe Ihnen doch prophezeit, dass Sie diesen Abend nicht vergessen werden - und mich natürlich auch nicht. Ich hoffe, Sie sind nicht nachtragend?“
„Das ist nicht meine Art“, log Wenker.
„Schön, das zu hören. Ich hoffe, ich habe Sie nicht aufgeweckt, bei Ihnen dürfte es mittlerweile 23:00 Uhr sein?“
„Zwei Stunden daneben. Aber ich kann ohnehin nicht schlafen. Was kann ich für Sie tun?“
Stornbergs Stimme veränderte ihren Tonfall und wurde konkreter: „Ich denke, Mr. Wenker, dass ich es bin, der etwas

für Sie tun kann. Genauer gesagt glaube ich, dass ich Informationen habe, die Ihnen sehr dienlich sein könnten."
„Wie dienlich?" Wenker hatte in seinem Leben schon öfter Gespräche dieser Art geführt, als es seiner Mutter gelungen war, ihn in die Kirche zu schleppen, und das wollte weiß Gott etwas heißen.
„Es fällt mir schwer, das an einer Zahl festzumachen", wich Stornberg der Frage aus. „Sie haben damals angedeutet, dass Sie sich entsprechend erkenntlich zeigen würden..."
Angedeutet? Bei einer so blumigen Umschreibung musste selbst Wenker grinsen. Angedeutet war definitiv weit mehr als nur hoffnungslos untertrieben. Die offensive Art, wie der Buchhalter um neue Informanten für sein Netzwerk warb, wurde bestenfalls noch von RaptorGens Headhuntern übertroffen. „Sie wollen, dass ich den Preis festsetze? Kein Problem, Mr. Stornberg. Was haben Sie für mich?"
„Ein kleines Problem mit einer Kennnummer, die offiziell nie bei uns registriert wurde, aber kürzlich trotzdem aufgetaucht ist."
„Welche Nummer ist es?" Wenker ergriff seinen Stift und notierte die angesagte Kombination aus Zahlen und Buchstaben direkt auf den Rand seiner Zeitschrift. Schon die ersten sieben Stellen lösten ein Feuerwerk der Erinnerung aus, in dessen Sternenregen ein nur allzu bekannter Name aufleuchtete: *Rocky!*
„Wie Sie wissen, existiert diese Nummer nur im Backupsystem, kann also nicht extern für Auskünfte angefragt werden."
5.000 Dollar, kalkulierte Wenker den aktuellen Marktpreis für diese Information. „Ich höre Ihnen zu."
„Vor einigen Tagen gab es aus Spitzbergen einen Zugriff auf unsere Datenbank, bei dem diese Nummer abgefragt wurde. Natürlich gab es kein Ergebnis."
7.000 Dollar.

„Durch Zahlendreher kann es immer wieder zu Fehleingaben kommen, weshalb wir solchen Einzelfällen keine große Bedeutung schenken. Vor allem dann, wenn mehrere Nummern kurz hintereinander abgefragt werden und offensichtlich ist, dass es sich um einen Bedienungsfehler handelt."
„Aber...?"
„Wie gesagt, an sich würde ich Sie mit so etwas gar nicht belästigen, aber exakt die Nummer wurde vor kurzem ein zweites Mal abgefragt."
15.000 Dollar! „Wieder aus Spitzbergen?"
„Nein, diesmal kam die Anfrage aus Österreich. Ein Universitätslabor in Wien hat die Anfrage gestellt."
30.000 Dollar! „Interessant."
„Was Sie aber noch mehr interessieren dürfte, ist, dass es nur um diese eine Kennnummer ging. Ich habe mir die Mühe gemacht und die Backlogs herausgesucht, bevor ich Sie angerufen habe."
Netter Versuch, Stornberg, aber damit füllen Sie sich bei mir keine Taschen. „Reden Sie bitte weiter."
„Die Anfrage kam vollautomatisch von einem Analysegerät. Ein Eingabefehler ist also ausgeschlossen."
Wenkers Augen weiteten sich. „Was heißt das?"
„Wer immer das Analysegerät zu diesem Zeitpunkt bedient hat, muss im Besitz eines Samenkorns mit dieser Kennnummer gewesen sein."
50.000 Dollar! Rocky, ich hab Sie am Arsch! Wenker unterdrückte seinen freudigen Aufschrei. „Geben Sie mir bitte die Details durch." Er notierte sich jedes Wort.
Nachdem Stornberg alle Daten weitergegeben hatte, widmete er seine Frage dem wichtigsten Teil des Gesprächs: „Also, was meinen Sie, Mr. Wenker? Inwiefern war diese Information hilfreich für Sie?"

Wenker ließ sich mit der Antwort Zeit, als müsste er das Gehörte erst in aller Ruhe bewerten. Das Spiel folgte einer alten Regel: Je länger er seine Informanten zappeln ließ, umso billiger waren sie am Ende zu haben. Wenker seufzte, als müsste er sich von seiner einzigen Niere trennen. „Würden Sie sich über 10.000 Dollar in einem hübschen Briefumschlag freuen, der in zwei Tagen auf Ihrem Schreibtisch liegt?“
Das war mehr als das, womit Stornberg überhaupt gerechnet hatte. Nun überlegte er bereits, wie weit er noch gehen konnte, um nicht als Idiot dazustehen. „Über 15.000 Dollar würde ich mich noch viel mehr freuen und ich denke, dass diese Informationen es wert sind.“
Idiot! „Sie sind ein verdammt harter Geschäftspartner, Mr. Stornberg. Ich fürchte, das übersteigt mein Budget dann doch etwas...“
Die stille Enttäuschung am anderen Ende der Leitung sprach Bände.
„Aber wissen Sie was“, löste Wenker die Situation zu seinen Gunsten auf. „Weil es unser erstes Geschäft dieser Art ist, sehe ich es als eine Investition in die Zukunft. Sie bekommen den geforderten Betrag - diesmal.“
„Vielen Dank, Mr. Wenker“, erwiderte Stornberg fast schon zu überschwänglich.
„Es versteht sich doch von selbst, dass ich damit das Exklusivrecht an diesen Informationen erworben habe.“
„Selbstverständlich, Mr. Wenker.“
„Sehr gut.“ Wenker genehmigte sich einen Schluck lauwarmer Honigmilch. „Dann ist ja alles zwischen uns geklärt.“

***

Miguels Haus, Mexiko, in derselben Nacht:

„Miguel!“, rief Cilly ihm noch sorgenvoll nach, als er das Schlafzimmer bereits verlassen hatte.
„Schnauze!“, brüllte er genervt, wissend, dass sie ihn vermutlich ohnehin nicht gehört hatte, weil das Bellen und Heulen der Hunde im Zwinger dabei war, alles andere zu übertönen.
Miguel war in vielen Dingen nicht besonders gut, aber wenn es eine Sache gab, in der er konkurrenzlos schlecht war, dann im Eingestehen von Fehlern. Statt sich Gedanken darüber zu machen, wie er sich den tobenden Hunden gegenüber verhalten würde, falls es zum Äußersten kommen sollte, überlegte er bereits, was er Rocky erzählen könnte, um nicht als Vollidiot dazustehen. Immerhin hatte der Amerikaner ihn eindringlich davor gewarnt, mit den gentechnisch veränderten Sojapflanzen an seinen Hunden herumzuexperimentieren.
Zugegeben, die Nebenwirkungen von RaptorGens Saatgutexperiment, die einer ihrer Entdecker als *Green* bezeichnet hatte, waren der Gesundheit allem Anschein nach nicht sonderlich zuträglich, aber das galt schließlich auch für andere Produkte auf dem Markt, wenn man sie entsprechend hoch dosierte. Im Grunde hatte Miguel nichts anderes gemacht, als ihr Produkt unter realen Bedingungen zu testen, um herauszufinden, welche Menge man risikolos konsumieren konnte. Dieser Punkt war nun zweifellos erreicht, vielleicht sogar überschritten.
Ich werde die Köter einfach abknallen und Rocky erzählen, dass sie abgehauen sind. Er konnte sie sowieso nicht leiden, also wird er auch keine dämlichen Fragen stellen. Miguel hatte bisher bewusst kein Licht gemacht, um sich nicht selbst die Sicht zu nehmen. Lediglich das violett-schwarze Leuchten der Insektenlampe über der Verandatür war die ganze Nacht zu sehen, weil er sie nie ausschaltete.

Miguel ging hinaus auf die Veranda und blickte in die Nacht. Im schwachen Mondlicht waren die drei Hundekörper nur als Schatten zu erkennen, von denen sich der größte scheinbar planlos, ja fast schon panisch, gegen den Zaun warf. Sein Heulen und Bellen erklang am lautesten von allen. Es hörte sich grausam und mitleiderregend zugleich an, aber vor allem versetzte es auch die beiden anderen Zwingerinsassen immer mehr in Rage.
Wieder und wieder krachte der große Hundekopf gegen den Zaun, als wollte ein Rammbock eine Mauer niederreißen. Mit jedem Mal schien das Scheppern des Metallgitters lauter zu werden.
Was hat das blöde Vieh? Miguel war es unmöglich, auf die große Entfernung zu erkennen, dass sich eine fette Ratte in der Schnauze des Hundes festgebissen hatte. Was er allerdings mitbekam, war, dass gleich darauf ein anderer Hund schmerzerfüllt aufheulte und wie ein bockendes Pferd durch den Zwinger sprang.
„Ich leg euch alle um, ihr bescheuerten Viecher!" Miguel hatte genug gesehen und stürmte in Richtung Zwinger. Lieber wollte er drei tollwütige Hunde opfern, als dass er zusah, wie sie ihm den Zaun einrissen und dann völlig unkontrolliert über das Grundstück jagten.
Aus dem Inneren des Hauses verfolgte Cilly das Geschehen, so gut sie konnte. Sie hatte sich eines der zerwühlten Leintücher über die Schultern geworfen und war ans Fenster getreten. Ihr Gesicht hatte sie gegen die Scheibe gepresst, doch außer ihrem Spiegelbild im Fensterglas war kaum etwas zu erkennen. Sie drehte den Schirm der Nachttischlampe in Richtung Wand und sofort wurde die Sicht nach draußen besser.
Miguel hatte den Zwinger fast erreicht, als sich die Gittertür ein letztes Mal ausbeulte. Sekundenbruchteile später war sie

Geschichte. Das gleichzeitige Amokspringen zweier Hunde hatte sie aus den Angeln gerissen.
Wie die Trümmer einer Explosion flogen die Hunde noch mehrere Meter durch die Luft. Einer schaffte es irgendwie, auf den Beinen zu landen, der andere überschlug sich mehrfach und blieb als dunkler Fleck auf dem Wüstenboden liegen.
Miguel war stets schlecht darin gewesen, der drohenden Gefahr ins Auge zu blicken. Vermutlich hatte er sich nur deshalb zur Seite gedreht und wurde nicht von dem Türscharnier getroffen, das wenige Zentimeter neben seinem Ohr vorbeijagte. Außer einem Pfeifen bekam er davon nichts mit. Es ging auch alles viel zu schnell.
Bis Miguel seine Waffe endlich gezogen und die Augen wieder nach vorn gerichtet hatte, bot sich ihm ein Anblick der Verwüstung. Die Zwingertür lag in einiger Entfernung auf dem Boden, und auch der Rest der Einzäunung hatte schwer unter den Attacken gelitten. Einer der Hunde war noch im Zwinger und verharrte in Lauerstellung auf dem Boden. Seine weit aufgerissenen Augen reflektierten das Mondlicht als grünen Schimmer. Von den anderen beiden Tieren war nichts mehr zu sehen, was angesichts der Lichtverhältnisse nicht viel bedeuten mochte.
Miguel richtete seine Waffe auf den Hund im Zwinger und zielte genau zwischen die grünen Punkte. Er schätzte die Entfernung und sein Finger krümmte sich um den Abzug. *Fünfeinhalb Meter.* Wer es gewohnt war, einer Klapperschlange auf ähnliche Distanz den Kopf abzuschießen, konnte auch an dem riesigen Hundeschädel nicht scheitern. Möglicherweise hätte Miguel unter anderen Umständen gezögert, doch das Wissen, dass irgendwo in der Dunkelheit noch zwei weitere Bestien auf ihn lauerten, ließ ihm keine Wahl. Er schoss zwei Mal unmittelbar hintereinander und

versenkte die Kugeln im Abstand von weniger als drei Zentimetern. *Volltreffer!*
Die Reaktion war umso überraschender. Der Kopf des Hundes hatte seine Position nicht verändert. Im besten Fall war er ein kleines Stück zur Seite gerollt, aber das ließ sich aus der Ferne nicht erkennen. Ein anderes Detail hingegen sehr wohl: Noch immer starrten die grünen Augen in Miguels Richtung.
Scheiße! Miguel durchlief ein eisiger Schauer. Als die Schüsse in der Wüste verhallten, wurde ihm erstmals die Stille bewusst, die ihn umgab. Von den anderen beiden Hunden war nichts mehr zu hören. Ihr Bellen, Heulen und Knurren war einfach in der Nacht verschwunden. Grundsätzlich war das kein Fehler, nur ebenso rasch konnten sie auch wieder zurückkommen.
Miguel ließ seinen Arm ein paar Millimeter nach rechts zucken und feuerte erneut. Drei schnelle Stöße. Einer der grünen Punkte erlosch, doch der Rest des Hundes machte keine Anstalten, in sich zusammenzusacken. Stattdessen starrte er mit seinem verbliebenen Auge weiter in Miguels Richtung.
Was zum Teufel...? Miguel machte ein paar langsame Schritte in Richtung seines vierbeinigen Gegners. Das grüne Auge blinzelte nicht, fokussierte nicht, bewegte sich nicht. Miguel war trotzdem vorsichtig - vielleicht auch gerade deshalb. Seit seinem Kampf mit Hulk betrachtete der Mexikaner den sicheren Tod als etwas sehr Relatives. Da er am eigenen Leib hatte erfahren müssen, wie viel Kampfkraft noch in einer vermeintlich leblosen Katze gesteckt hatte, glich sein Weg in den Zwinger einem Todesmarsch.
Mit ausgestrecktem Arm bewegte er sich auf den Gegner zu. Sein Zeigefinger gierte danach, auch noch den Rest der im Magazin verbliebenen Kugeln in den Hund zu pumpen, doch Miguel fürchtete, dass er sie in Kürze noch viel dringender brauchen würde.

Er hatte sich bis auf zwei Meter genähert und noch immer zeigte der angeschossene Hund überhaupt keine Reaktion. Der starre Blick war Miguel nicht gefolgt, als er sich zur Seite bewegt hatte. Ein untrügliches Zeichen für den Tod.
Nach zwei weiteren Schritten hatte der Mexikaner Gewissheit: Der Hund würde sich nie wieder gegen ihn erheben, und er würde auch nicht noch mehr in sich zusammensacken, selbst wenn Miguel ihn mit zehn weiteren Kugeln durchsieben würde. Der Kopf des Tiers war nahezu vollständig vom Körper abgetrennt, die Wirbelsäule durchgebissen.
Miguel beugte sich ein Stück vor, um zu verstehen, was genau passiert war, doch das Leben gönnte ihm keine Zeit: Das Bersten einer Fensterscheibe ließ die nächtliche Stille tausendfach zersplittern. Noch bevor er herumwirbeln konnte, hörte er einen Schrei - Cillys Schrei.
Miguel vergaß alle Vorsicht und stürmte los in Richtung Haus. Cillys Kreischen fegte durch die Wüste, als wollte sie ihren Retter zu Höchstleistungen anfeuern. Mit jedem von Miguels Schritten klangen ihre Schreie lauter und schriller, bis sie jäh erstickten, kurz bevor er das Haus erreicht hatte. Er rannte weiter und hielt auf das zersplitterte Fenster zu. Wild entschlossen, auf alles zu feuern, was sich bewegte.
Wenige Sekunden später stand er vor der zerbrochenen Scheibe seines Schlafzimmers. Er starrte fassungslos ins Innere. Kein einziger Schuss löste sich aus seiner Waffe.
Miguel hatte weiß Gott genug Leichen in seinem Leben gesehen, das brachte sein Job als Krimineller zwangsläufig mit sich. Aber noch nie hatte eine ihren Kopf auf seinem Bett verloren.
Jetzt bin ich im Arsch! Miguel holte tief Luft und kämpfte den Mageninhalt zurück, der ihm die Speiseröhre hochgeschossen kam. Er versuchte, das Zittern seiner Schusshand in den Griff zu bekommen, doch das war schwer mit diesem Bild vor

Augen. Er wandte sich ab. Sein Blick hatte das Zimmer ohnehin längst abgesucht und sich jedes Detail eingeprägt. Unglücklicherweise waren die beiden essenziellen Fragen ungeklärt geblieben: *Wo steckt das Drecksvieh, das Cilly so zugerichtet hat? Und wo lauert der dritte Köter?*
Miguel ging davon aus, dass nur einer der Hunde durch das Fenster ins Schlafzimmer gesprungen war. Wissen konnte er das aber nicht. In jedem Fall wollte Miguel sich zuerst dem Kampf im Haus widmen, bevor er seine Jagd auf die Umgebung ausweitete.
Er richtete seine Waffe in Richtung Veranda und setzte sich in Bewegung. In seinem Kopf mischten sich die Bilder aus dem Schlafzimmer mit seinen Erfahrungen beim Kampf mit Hulk. Die Zeit, die der Hund gebraucht hatte, um Cilly zu zerlegen, war ebenso rekordverdächtig wie beunruhigend. *Du musst schnell sein, wenn du diese Nacht überleben willst, Miguel. Verdammt schnell!*
Das Knurren hinter ihm dauerte kaum lang genug, um überhaupt noch reagieren zu können. Miguel riss reflexartig die Hand herum und schaffte es nur um Haaresbreite, die Drehbewegung zu vollenden, bevor die Hundebrust gegen den Lauf seiner Pistole schlug. Zum Denken blieb keine Zeit mehr. Miguel drückte panisch ab: ein Mal, zwei Mal und dann noch zwei weitere Male, bevor er rücklings auf dem Boden aufschlug. Dabei fiel der bullige Hundekörper wie ein schwarzer Sandsack auf ihn und quetschte Miguels Brustkorb zusammen. Schlagartig entwich die Luft aus seinen Lungen. Er hätte dennoch weitergefeuert, wäre er beim Umfallen nicht mit der Hand gegen die Hausmauer geschlagen, wodurch er seine Waffe verloren hatte. Das alles war so verdammt schnell gegangen, dass Miguel die Zeit, die er auf dem Rücken liegend verbrachte, im Vergleich dazu wie eine Ewigkeit vorkam.

Als er die Augen öffnete, lag der Kopf des Hundes genau auf seinem Gesicht. Er spürte noch ein paar zuckende Tritte gegen sein Schambein, dann war das Leben aus dem Vierbeiner endgültig entwichen. Blutiger Speichel tropfte Miguel ins Gesicht. Mit beiden Armen packte er den toten Hund und stieß ihn von sich. Sofort fiel das Atmen wieder leichter, und seine Lungen füllten sich mit Luft.
Miguel sprang auf und schaute sich nach seiner Waffe um. Er fand sie nur zwei Schritte entfernt im Staub liegen. Der Stahl in seiner Hand fühlte sich gut an, wiegte ihn in Sicherheit. Mit dem Stiefel trat er gegen den Hundekopf. Zunächst ganz vorsichtig, dann fester und schließlich aus voller Wut, um sich Genugtuung zu verschaffen. Mit ausgestreckter Waffe brüllte er den Tierkadaver an: „Ich hätte euch Drecksviecher schon viel früher abknallen sollen! Ihr ruiniert mir nicht das Geschäft meines Lebens, ihr nicht!" Das Herz schlug ihm vor Aufregung bis zum Hals. Es hämmerte ihm ein, wie knapp er dem Tod entgangen war.
Gleich darauf übernahm die Vernunft wieder Miguels Handeln. Er wandte sich von dem toten Hund ab und widmete sich wieder seinem ursprünglichen Ziel: der Verandatür.
Im Grunde konnte er froh sein, dass die beiden Hunde außerhalb des Hauses schon erledigt waren. Sie aufzuspüren, vielleicht sogar Jagd auf sie machen zu müssen, hätte sich als noch schwieriger und gefährlicher herausstellen können. Andererseits, daran bestand nicht der geringste Zweifel, wartete der erfahrenste der drei Killer noch im Inneren des Hauses auf ihn.
Der Anblick des Grauens hatte sich tief in Miguels Gedächtnis gebrannt. Cilly hatte zwar keine Waffe gehabt, doch ihrer Leiche nach zu urteilen, hätte ihr die auch nichts gebracht. Ein gezielter Sprung an die Kehle war eine Sache von Sekundenbruchteilen. Hatten die Reißzähne erst einmal Halt im

weichen Fleisch gefunden, reichte eine ruckartige Pendelbewegung, um alles zu beenden.

Miguel hatte die Verandatreppe erreicht. Das sonnengebleichte Holz war in den schwachen Schein der violett-schwarzen Insektenlampe getaucht. Nur wenn ein besonders fetter Nachtfalter darin explodierte, blitzte sie auf. Doch in dieser Nacht schienen die Insekten einen großen Bogen um die Veranda zu machen.

Miguel hatte nicht mitgezählt, wie viele Kugeln er bereits verbraucht hatte. Er wusste, dass das ein Fehler war. Der weit größere bestand aber darin, das Ersatzmagazin in der Küche liegengelassen zu haben. Natürlich hätte er das aktuelle Magazin aus der Pistole nehmen können, um nachzusehen, wie viel Schuss ihm noch blieben, doch in seiner Situation wäre das womöglich der größte Fehler von allen gewesen.

Miguel setzte seinen Fuß auf die erste Stufe der Veranda. Aus dem Inneren des Hauses war nichts zu hören. Umso verräterischer empfand er das Knarren der Holztreppe unter seinen Stiefelabsätzen. Er blieb stehen und lauschte.

Sekunden verstrichen.

Er ließ die Waffe weiter auf die Tür gerichtet, doch sein Blick schweifte in Richtung seines Wagens ab. Irgendwo auf dem Boden hinter dem Fahrersitz musste zwischen leeren Tequilaflaschen seine alte Lederjacke liegen. *Die gibt ein stabiles Halsband ab.* Die einzige Alternative zu einem soliden Lederhalsschmuck wäre Miguels Jeans gewesen, doch schon der bloße Gedanke, sich untenherum völlig ungeschützt den beißwütigen Kiefern auszusetzen, ließ ihn die Idee sofort wieder verwerfen.

Er machte zwei Schritte zurück und hoffte, dass die Verandatür nicht auffliegen würde, bevor er den Wagen erreicht hatte. Natürlich wollte er einen Biss - egal wohin - in jedem Fall vermeiden. Doch Cillys Beispiel hatte auf anschauliche Weise

gezeigt, dass es eine Stelle gab, die er - mehr als alle anderen - nicht dem geringsten Risiko aussetzen durfte: seine Kehle.
Miguel öffnete die Wagentür und tastete mit der linken Hand hinter den Sitz, während er Blick und Waffe auf die Veranda gerichtet ließ. Das Aneinanderschlagen leerer Flaschen war aus dem Fahrzeuginneren zu hören. *Komm schon!* Miguel beugte sich weiter in den Wagen und spürte die zusammenlaufenden Perlen auf seiner Stirn. Ihm drängte sich die Frage auf, ob es stimmte, dass alle Hunde einen ausgezeichneten Geruchssinn hatten. Falls ja, war sein Angstschweiß vermutlich so etwas wie eine gut ausgeschilderte Duftautobahn zu ihm.
Er hatte gefühlte fünfzehn Tequilaflaschen umgedreht, aber immer noch keinen Zipfel seiner Lederjacke erwischen können. Mittlerweile war sein Oberkörper so sehr verdreht, dass es ihm unmöglich war, die Veranda noch komplett im Blick zu behalten. Mehrere Steinbrocken, von denen jeder die Größe einer Waschmaschine hatte, versperrten ihm die Sicht und warfen im Mondlicht einen zusammenhängenden, pechschwarzen Schatten. Ähnliche Steinansammlungen waren an mehreren Stellen auf dem Grundstück zu finden. Da es sich als zu mühsam herausgestellt hatte sie wegzuräumen und der Boden ohnehin nicht landwirtschaftlich genutzt wurde, hatte Miguels Großvater sie dort belassen, wo er sie beim Kauf vorgefunden hatte.
Ja! Miguel hatte etwas ertastet, das sich wie der Ärmel seiner Jacke anfühlte. Er zog daran und die Tequilaflaschen schlugen klirrend aneinander. *Nicht so laut!* Instinktiv hielt er einen Moment inne und lauschte in die Nacht.
Gleich darauf wünschte er sich, er hätte es nicht getan, wünschte sich, er hätte dieses Geräusch nie gehört: Es klang, als würden Zähne über einen Fels kratzen. Blitzartig drehte er seinen Kopf in Richtung der Steinbrocken, doch da war der Laut schon wieder verstummt.

Scheiße! Er war absolut sicher, sich nicht verhört zu haben. Dass sich gleich darauf eine Silhouette aus dem Schatten löste, war eine Bestätigung, die es aus Miguels Sicht gar nicht mehr gebraucht hätte.

Sein Sprung ins Wageninnere war so überhastet, dass er sich dabei beide Arme verdrehte und den linken sogar fast auskugelte. Der stechende Schmerz ließ ihn laut aufschreien und die Muskulatur beider Hände versagte für einen Augenblick. Es war unvermeidbar, dass die Pistole dabei in den Wüstenstaub fiel.

Irgendwie gelang es ihm gerade noch, die Wagentür hinter sich zuzuziehen, bevor der Höllenhund gegen die Außenseite donnerte. Der Aufprall war ohrenbetäubend und brachte den Wagen zum Schaukeln.

Der letzte Rest an Coolness war aus Miguel entwichen und die Panik hatte freien Lauf. Sein linker Arm ließ sich kaum noch heben, und der rechte zitterte, als hätte er zwei Tage keinen Tequila angerührt. Trotzdem durchwühlte er die Mittelkonsole nach dem Ersatzschlüssel. Ohne Waffe hatte er keine Chance, falls der Hund durch die Scheiben springen würde. Realistischerweise lautete die Frage aber nicht mehr *ob*, sondern nur noch *wann* er das tat.

Miguel musste hier weg, und die einzige Möglichkeit lag darin, den Wagen zu starten. Seine Finger hatten den Schlüssel bereits umklammert, als das Zittern ihn wieder zurückfallen ließ. *Komm schon!* Miguel rechnete damit, dass ihm jede Sekunde die Splitter der Seitenscheibe ins Gesicht fliegen würden, doch die zweite Offensive ließ auf sich warten. Das Auto wackelte zwar wie verrückt, doch er konnte nicht sagen, worin der Hund sich gerade verbissen hatte.

„Ich mach dich kalt, du Drecksvieh! Hörst du? Ich mach dich kalt!“ Miguels bebende Stimme war bestenfalls noch geeignet, sich selbst Mut zu machen. Den Hund schien das Gebrüll

jedenfalls nicht aufzuhalten, wie seine nächste Attacke eindrucksvoll unter Beweis stellte. Ohne Vorwarnung donnerte er mittig in die Fahrertür und dellte das Blech so weit nach innen ein, dass Miguels Oberschenkel zur Seite gestoßen wurde.
Miguel schrie vor Schreck auf. Er verwünschte sich dafür, die Innenverkleidung nicht mehr montiert zu haben, nachdem er vor einigen Jahren den Mechanismus des Fensterhebers getauscht hatte. 0,8 Millimeter ausgebeultes Blech waren jetzt alles, was ihn noch von dem aggressiven Monstergebiss trennte. Wieder verstrich wertvolle Zeit.
Endlich hatte er den Schlüssel im Zündschloss und startete den Wagen. Der Motor ließ sich mehrmals bitten, sprang dann aber an. Ein Tornado aus Glückshormonen jagte durch Miguels Adern. „Jetzt fahr ich dich platt!", brüllte er und legte den Gang hinein. Der Motor drehte zunächst wie gewohnt hoch, aber der Wagen wollte nicht so recht beschleunigen. Stattdessen polterte es aus den vorderen Radkästen.
Die Reifen! So witzig Miguel es noch gefunden hatte, dass seine Hunde sich in Rockys Reifen verbissen hatten, so sehr blieb ihm das Lachen nun im Hals stecken. Die platten Vorderreifen machten eine Flucht zwar nicht unmöglich, erschwerten aber das Beschleunigen, Bremsen und vor allem das Lenken ganz erheblich.
Miguel drückte das Gaspedal voll durch. Das Aufheulen des Motors ging in dem Poltern und Klopfen der gegen die Karosserie schlagenden Reifengummis völlig unter. Langsamer als gewohnt setzte sich der Wagen in Bewegung. „Du bist tot, Drecksköter!" Miguel hatte es noch nicht geschafft, die Scheinwerfer einzuschalten, da er seine rechte Hand brauchte, um das flatternde Lenkrad festzuhalten. „Hast du gehört, Drecksköter? Du bist so was von..."

Wie ein Torpedo tauchte der anfliegende Hundekörper aus der Dunkelheit auf. Nur die grünen Augen reflektierten das Mondlicht und verliehen der ungestümen Landung auf der Motorhaube zusätzliche Dramatik. Miguel hätte den Wagen auf der Stelle verrissen, wenn seine angeschlagene Hand das zugelassen hätte. Stattdessen sprang er mit dem linken Fuß auf die Bremse und sah zu, wie die beiden grünen Punkte irgendwo vor der Motorhaube verschwanden. Das quietschende Geräusch, das die Krallen dabei auf dem Lack hinterließen, ging im Lärm fast unter.
Miguel nutzte die gewonnene Zeit und bediente den Lichtschalter. Gleich darauf legte er den Rückwärtsgang ein und gab wieder Gas, wobei er seinen Blick auf die beiden Lichtkegel vor dem Wagen gerichtet ließ. Solange er die Veranda vor ihm, und die Steine zu seiner Rechten wusste, musste er in seinem Rücken mit keinen herumliegenden Hindernissen rechnen. Das war einer der ganz wenigen Vorteile, die es hatte, schon seit einer Ewigkeit hier überleben zu müssen.
Als der Hund im Scheinwerferlicht auftauchte, war er schon wieder auf den Beinen und schüttelte sich den Staub ab. Er wirkte leicht benommen, aber nicht ernsthaft verletzt.
Miguel hatte unterdessen schon wieder den ersten Gang eingelegt und hielt auf seine Veranda zu, als gäbe es auf dem Weg dorthin keine Hindernisse. Das Reißen in der Lenkung und die Klopfgeräusche der platten Reifen sorgten für einen zusätzlichen Adrenalinstoß.
„Ich krieg dich!“ Das Halogenlicht der Schweinwerfer schnitt das dunkle Hundefell wie eine Silhouette aus der umgebenden Nacht. Zudem ließ es die grünen Augen extrem funkeln.
Dass der Hund die Zähne fletschte und knurrend in Angriffsstellung ging, imponierte dem Kühlergrill des Wagens

nicht im Geringsten. Der blecherne Angreifer baute immer mehr Geschwindigkeit auf und hielt genau auf sein Ziel zu.
„Komm schon!“, grölte Miguel aus vollem Hals. „Jetzt kannst du zeigen, wie stark du wirklich bist! Du oder ich.“ Ihm war klar, dass das, was jetzt kam, mit unvorstellbaren Schmerzen verbunden war, doch eine zweite Chance blieb ihm möglicherweise nicht mehr. Er biss die Zähne zusammen und bereitete sich auf das Schlimmste vor. *Ich zieh das durch, egal was kommt!*
Nur noch wenige Meter trennten Knochen und Blech. Eine Entfernung, die angesichts der Geschwindigkeit immer rascher an Bedeutung verlor.
Miguel glaubte, aus dem Verhalten des Hundes erkennen zu können, wie dieser sich auf seinen Absprung vorbereitete. Er würde ohne Rücksicht auf Konsequenzen über die Motorhaube hinweg geradewegs durch die Scheibe angeflogen kommen, und das würde vermutlich für beide das Ende bedeuten.
Miguel setzte alles auf eine Karte. Bis zum letzten Augenblick behielt er den Kurs bei.
Auch der Hund sah seine Chance gekommen und setzte zum alles entscheidenden Sprung an.
Jetzt! Miguel warf sich mit dem Oberkörper ins Lenkrad, um seine geschwächte linke Hand beim plötzlichen Einlenken zu unterstützen. Gleichzeitig riss seine rechte an der Handbremse, so fest es ihm noch möglich war. Er brüllte vor Schmerz, doch die Reaktion des Wagens hätte besser nicht sein können.
Das Heck brach mit voller Wucht aus und ließ den Wagen blitzartig schleudern. Er drehte sich, stellte sich quer und schlitterte seitlich über alle vier Räder dahin wie eine wütende Hauswand.
Statt auf die Frontscheibe segelte der Hund nun auf die B-Säule zu. Sein Zusammentreffen mit der massiven Stahlkonstruktion

verlief ähnlich vernichtend wie das eines Tischtennisballs mit einem voll durchgezogenen Eishockeyschläger.

In hohem Bogen wurde der Hund durch die Luft geschleudert, schlug hart auf dem Boden auf und überschlug sich mehrfach, bis er endlich zum Liegen kam. Nichts davon hatte er noch gespürt, da ihm der Aufprall augenblicklich das Genick gebrochen hatte.

Miguel hatte es besser, wenngleich deutlich schmerzhafter erwischt. Sein Oberkörper schlingerte auf dem wild rotierenden Lenkrad hin und her, das drohte, ihm den Arm abzureißen. Ihm blieb nur noch die Hoffnung, dass das Karussell endlich stoppen würde. Bevor es dazu kam, gingen bei Miguel die Lichter aus.

Der abgewürgte Motor verstummte, und eine fast schon friedliche Stille legte sich über den Rest der Nacht.

Als Miguel sein Bewusstsein wiedererlangte, war der neue Tag bereits angebrochen. Rückwirkend betrachtet war es ein Wunder, dass er auf seinem verletzten Arm überhaupt so lange hatte liegen können. Nach und nach kamen die Bruchstücke des nächtlichen Albtraums wieder zurück. Miguel stieg aus dem Wagen. Der erste Beweis dafür, dass er nicht geträumt hatte, lag nur ein paar Schritte entfernt. Es war der Hund, der zunächst Cilly getötet und sich dann auch noch an dem Wagen versucht hatte. *Dreckskköter!* Der riesige Kopf war so weit nach hinten verdreht, als hätte der Hund nie ein Genick besessen.

Wenige Meter weiter entdeckte Miguel seine Pistole im Staub und steckte sie ein. Zumindest sein rechter Arm war wieder einsatzbereit.

Als er die Verwüstung besichtigte, gingen ihm eine Menge unangenehmer Gedanken durch den Kopf. Die meisten davon hatten mit Rocky und Cilly zu tun. Die toten Hunde ließen sich noch einigermaßen erklären, doch Cilly musste dringend verschwinden.

Miguel holte sich eine Flasche Tequila als Schmiermittel für die grauen Zellen und ging seine Möglichkeiten der Reihe nach durch. Das Beste wäre, eine große Grube auszuheben und alle Erinnerungen darin zu begraben. Einhändig war das aber so gut wie nicht zu schaffen - jedenfalls nicht in einer vernünftigen Zeit. Und das Allerletzte, was er jetzt brauchte, war, dass sein Partner überraschend hier auftauchte, während er gerade die Schlampe der vergangenen Nacht verbuddelte.

Deine Lage ist echt beschissen, dachte er und begann im selben Moment lauthals zu lachen. Oft waren es die einfachsten Überlegungen, die zu den besten Lösungen führten.

Er nahm noch einen kräftigen Schluck und begann damit, die Kadaver der Hunde einzusammeln. Wobei das mit dem Sammeln nicht wörtlich zu nehmen war, da er sie genau genommen nur hinter sich her schleifte. Die letzte Reise der drei Straßenköter verlief ebenso pietätlos wie kurz und endete auf der Rückseite des Hauses neben fünf über den Boden gelegten Holzbrettern.

Miguel schob ein Brett nach dem anderen zur Seite, bis die Öffnung groß genug war, um die Hunde der Reihe nach in seiner Klärgrube zu versenken. Das war eindeutig besser, als sinnlose Löcher zu graben.

Für Cilly musste Miguel noch ein Extrabrett entfernen. Anschließend nahm er ihr das gesamte Bargeld ab. „Da unten kannst du es sowieso nicht mehr brauchen." Er trat ihren Körper über die Kante und sah zu, wie dieser in den braunen Fluten versank.

„Tut mir wirklich leid um dich, Süße. Aus uns hätte vielleicht etwas werden können." Zum Abschied blickte er Cilly noch ein letztes Mal in ihre kaffeebraunen Augen, dann ließ er auch ihren Kopf in die stinkende Brühe fallen.

***

RaptorGen-Tower, Houston, Texas:
Die letzten 24 Stunden als Achterbahnfahrt der Gefühle zu bezeichnen, wäre aus Wenkers Sicht eine schamlose Untertreibung gewesen. Seine momentane Zufriedenheit verdankte er einzig und allein dem Anruf aus Schweden.

An diesem Vormittag war Wenker eine halbe Stunde früher zu dem geplanten Vorstandsmeeting erschienen und hatte längst Platz genommen, als die Vorstandsmitglieder der Reihe nach eintrudelten. Er grüßte jeden Neuankömmling freundlich und schätzte anhand der Reaktionen die jeweilige Tagesverfassung ein. Die wenigsten Menschen machten sich Gedanken darüber, wie sehr eine kleine Familienstreiterei hier oder ein Unwohlsein dort die Geschicke eines Weltkonzerns beeinflussen konnten - Wenker schon. Er war immer auf der Suche nach Schwächen, um sie für seine Zwecke ausnutzen zu können.

Sein Boss, so Wenkers Spekulation, hatte sich in der letzten Nacht intensiv in juristische Belange vertieft, denn für das viel zu zufriedene Lächeln von Victor Shark gab es keine andere Erklärung als Ms. Heart. Noch am Vorabend war seine Laune um nichts besser gewesen als die von Wenker, weil sie sich über die Verzögerungen im Landwirtschaftsministerium geärgert hatten, doch davon war nun nichts mehr zu merken.

„Schön, dass Sie es doch noch alle geschafft haben“, eröffnete Shark die erste Runde. Die Anspielung galt Elton Plextor, RaptorGens aufstrebendem Quereinsteiger in Marketingfragen. Der junge Australier nahm an dem Meeting zwar nur als Berater teil, hatte aber gute Chancen, beim nächsten Sesselrutschen weit nach oben zu fallen.

Plextor, Mitte dreißig, blond und mit dem Unschuldslächeln eines Engels, nickte verlegen. „Der Abschleppdienst kam zum Glück doch schneller als befürchtet.“

„Sie verdienen in Kürze genug bei uns, um sich nicht mehr mit reparaturanfälligen Kleinstwagen aus Korea herumärgern zu müssen.“ Damit war das Thema für Shark durch. „Ich habe mit großem Interesse Ihre Presseaussendung über unsere neuen Pflanzen gelesen, die dem Boden Schwermetalle entziehen können. Ein sensationelles Projekt, von dem man der Öffentlichkeit gar nicht oft genug berichten kann.“
„Danke, Mr. Shark“, erwiderte Plextor.
Ein extrem wohlgenährter Mann in einem grauen Zweireiher räusperte sich lautstark: „Wenn ich dazu etwas anmerken dürfte...?“
„Ich bitte darum“, sagte Shark freundlich.
„Ich will die Pressearbeit von Plextor nicht im Geringsten schmälern...“, er lächelte ganz beiläufig in die Richtung des Erwähnten, „...aber meine Abteilung hat sich für dieses Jahr extrem ehrgeizige Ziele gesteckt. Wir wissen nicht, ob wir die Entfernung von Schwermetallen aus dem Boden auch tatsächlich bewerkstelligen können. Oder in welchem Zeitraum“, fügte er rasch noch hinzu.
Wenker dachte sich seinen Teil. Was der Mann eigentlich zu sagen versucht hatte, war, dass er keine Ahnung hatte, ob seine Leute jemals einen Weg finden würden, die in dem Projekt versenkten Millionen wieder zu bergen.
Shark verzog das Gesicht. „Wir wissen auch nicht, wie das Wetter nächste Woche wird, und trotzdem sind die Zeitungen voll mit Vorhersagen. Meine Herren, ich muss Ihnen doch nicht in Erinnerung rufen, wie sehr der Aktienkurs in jüngster Zeit unter Druck geraten ist. Ein paar Erfolgsmeldungen in der Presse sind da doch hoffentlich nicht zu viel verlangt.“
„Natürlich nicht.“
Shark blickte in die Richtung seines Buchhalters. „Was steht heute alles auf unserer Tagesordnung?“

Wenker reichte ein flüchtiger Blick in seine Unterlagen, um zu wissen, dass er das einzig wichtige Thema des Tages erst nach dem Ende des Meetings ansprechen würde - unter vier Augen.
„Ich möchte gern mit einem Textvorschlag für eine Stellungnahme beginnen, der heute Morgen auf meinem Tisch gelandet ist."
„Wir hören, Wenker."
„Es geht um 180.000 Dollar, die für eine Intervention bei einem anhängigen Gerichtsverfahren veranschlagt wurden. Ich weiß, ich bin nur für die Budgetierung zuständig, aber ich fürchte, wenn der Text so das Haus verlässt, verlieren wir den Prozess und das Geld."
„Lesen Sie ihn uns bitte vor!"
„Es gibt bislang keine wirtschaftliche Strategie, um ein in die chromosomale DNA integriertes Gen wieder zu entfernen."
„Das hört sich nicht gut an", sagte Shark. „Klingt mir zu sehr nach: Gentechnische Veränderungen an Saatgut lassen sich nicht mehr rückgängig machen, selbst wenn es aus irgendwelchen Gründen nötig wäre."
„Genau das war auch mein Gedanke", erklärte Wenker. „Im besten Fall lässt der Richter vielleicht einen unserer Gutachter zu, der den Anwesenden erklärt, was mit dem Satz gemeint ist. Ich denke aber, wir sollten es gar nicht erst darauf ankommen lassen. Für die Ökofreaks und die Presseleute wäre dieses Eingeständnis in jedem Fall ein gefundenes Fressen."
„Sie sprechen mir aus der Seele, Wenker. Sperren Sie die Freigabe, bis wir einen neuen Text haben, mit dem wir nicht mehr Gefahr laufen, die Leute zu verwirren. Plextor, würden Sie sich dieser Sache bitte annehmen?"
„Sehr wohl, Mr. Shark."
„Was haben wir noch?"
„Ein paar unserer wichtigsten Kunden sorgen sich um die Weltmarktpreise für Soja."

„Wollen die etwa uns dafür verantwortlich machen?“, fragte Shark belustigt.
„In gewisser Weise sind wir das wohl - zumindest aus deren Sicht“, entgegnete Wenker. „Die Gerüchte, dass wir durch ein Killergen jederzeit in der Lage sind, große Teile der weltweiten Ernten absterben zu lassen, halten sich sehr hartnäckig.“
„Schwachsinn!“, sagte Shark mit ärgerlichem Tonfall. „Wir haben schon mehrfach erklärt, dass es keinen derartigen Killerschalter in unserem Saatgut gibt. Solange nur alle weiter unser Spritzmittel kaufen, brauchen sie sich um ihre Ernten keine Sorgen zu machen. Wir sind schließlich kein politisch motiviertes Unternehmen, das die Weltherrschaft an sich reißen will, indem es ganze Nationen von sich abhängig macht, um sie dann zu erpressen.“
„Mit Verlaub“, widersprach Wenker. „Es hat den Anschein, als würden einige Länder sich von unseren Beteuerungen weit weniger beeindrucken lassen als von den Angriffen der Spekulanten. Die Vorstellung, dass wir durch ein verstecktes Killergen die Ernten ganzer Landstriche über Nacht vergiften oder zerstören könnten, regt die Preisfantasie dieser Spekulanten sehr stark an.“
In gewisser Weise genoss Victor Shark die Vorstellung, dass der Rest der Welt seinem Unternehmen zutraute, quasi auf Knopfdruck ganze Landstriche verdorren zu lassen. Tatsächlich hatte die Forschung der letzten Jahrzehnte nie darauf abgezielt, Saatgut zu entwickeln, das sich als Druckmittel gegen unliebsame Diktatoren einsetzen ließ.
Kurz nach Amtsantritt war der neue Präsident allerdings mit der Idee an RaptorGen herangetreten, Soja zu entwickeln, das ohne regelmäßige Behandlung mit einem bestimmten Spritzmittel ungenießbar, im Extremfall sogar toxisch wurde. Shark hatte zugesagt, ein paar Freilandexperimente an abgelegenen Orten im Pazifik und in Afrika zu starten, aber die

ersten Versuche mit den neuen Pflanzen waren alles andere als erfolgversprechend verlaufen.
„Plextor, ich wäre Ihnen äußerst verbunden, wenn Sie sich zu dieser leidigen Angelegenheit auch ein paar klärende Sätze einfallen lassen würden. Ich will diese Diskussion endlich vom Tisch haben! Dauerhaft!“
Wenker atmete innerlich auf. Er konnte den schlimmsten Punkt der Tagesordnung abhaken. Jetzt standen auf seiner Liste fast nur noch positive Entwicklungen, von denen er zu berichten hatte. Damit, das war sein Plan, würde er Victor Shark bis zum Ende der Sitzung wieder versöhnlich stimmen.
In den nächsten eineinhalb Stunden glänzte Wenker bei unangenehmen Zwischenfragen durch Passivität und legte sich ins Zeug, wenn es darum ging, seinem Boss nach dem Mund zu reden. Die Stimmung verbesserte sich stetig und sorgte für rundum zufriedene Gesichter, als Shark die Sitzung schließlich für beendet erklärte.
Nur Plextor wirkte nicht restlos glücklich, wenngleich er in Wenkers Augen klar der Mann des Tages war. Der aufstrebende Familienvater hatte noch drei weitere, dringende Textverbesserungen umgehängt bekommen - also mehr als genug Arbeit, um Frau und Kinder für die nächsten zehn Tage nicht mehr sehen zu müssen.
„Mr. Shark?“ Wenker hatte gewartet, bis alle anderen den Besprechungsraum verlassen hatten. „Hätten Sie noch einen Augenblick Zeit für mich?“
Shark ließ seinen Platinfüller in die Innentasche seines Anzugs gleiten. „Was kann ich für Sie tun, Wenker?“
„Wenn es möglich wäre, hätte ich gern zwei oder drei Tage frei.“
„Zwei *oder* drei?“, fragte Shark scherzend.
„Doch lieber drei. Möglichst ab sofort.“

Shark sah ihn erstaunt an. „Muss ich mir Sorgen machen, weil Sie mich um spontanen Urlaub bitten? Die Termine für Ihre Oldtimertreffen stehen doch immer schon Monate vorher fest. Sie haben mich noch nie kurzfristig um Urlaub gebeten, soweit ich mich erinnere."
„Nur ein Mal. Als meine Mutter gestorben ist."
„Es ist doch hoffentlich nichts...?"
„Nein." Wenker blockte das Thema freundlich, aber bestimmt, ab, als wäre es ihm unangenehm, darüber zu sprechen. „Es gibt ein paar private Dinge, für die ich mir gern angemessen Zeit nehmen würde, um mich dann wieder voll auf meine Arbeit zu konzentrieren." Er dachte nicht im Traum daran, Shark von seinen wahren Absichten für die überraschende Auszeit zu erzählen. Bereits bei seinem Ausflug auf die Insel war Wenker aufgefallen, wie merkwürdig sein Boss ihn angesehen hatte, weil er die Ermittlungen auf eigene Faust hatte weiterführen wollen. Diesmal würde er den Fall in aller Stille noch einmal aufrollen und im Anschluss daran die Konzernspitze vor vollendete Tatsachen stellen. Vor allem auf Rockys Rechtfertigungsversuche freute er sich jetzt schon diebisch.
„Meinen Segen haben Sie", bestätigte Shark. „So wie es aussieht, haben wir für diese Woche ohnehin schon alle Hindernisse aus dem Weg geräumt. Machen Sie sich ein schönes Verlängertes." Er klopfte Wenker aufmunternd auf die Schulter.
„Danke, das werde ich."

***

Russisches Restaurant, Wien, abends:
Die Woche in Wien war weit schneller vergangen, als es Bill lieb gewesen wäre. Bisher hatte er den kostspieligen Besuch im russischen Restaurant immer wieder hinauszögern können,

doch an diesem Abend hatte Karos Trauermiene gesiegt. Bill hoffte, dass die fettgedruckten Preise am Rand der ledergebundenen Speisekarte zumindest ein wenig mithelfen würden, ihre Laune zu verbessern.
Bill versuchte es mit einem aufmunternden Lächeln. „Du siehst ihn doch trotzdem noch, auch wenn er ab jetzt nicht mehr jeden Tag im Botanischen Garten verbringt."
„Das ist nicht dasselbe." Karo beobachtete den Kellner dabei, wie er die Tischkerze anzündete. Ein Lächeln huschte über ihre Lippen. „Dmitrij ist mir richtig ans Herz gewachsen. Er ist ein so fröhlicher und aufgeweckter Junge, der noch dazu mehr auf dem Kasten hat als einige Erwachsene, die ich kenne."
„Warum schaust du jetzt mich so an?"
Karo betrachtete die fast schon abgeheilten Wunden an Bills Wange und schmunzelte. „Er wird mir richtig fehlen."
„Wer weiß", seufzte Bill. „Vielleicht macht ihn seine kreative Ader bei Ginkos Frau so beliebt, dass sie ihn freiwillig wieder bei dir abliefert. Natürlich nur so lange, bis ihn die Russen zurücknehmen."
Karo strafte ihn mit einem bösen Blick. „Aus dem Jungen wird noch einmal etwas!"
„Damit könntest du recht haben. Würde mich jedenfalls nicht wundern, wenn eine seiner Rübenraketen in ein paar Jahren die Satelliten meines Medienkonzerns in die Erdumlaufbahn bringt."
„Seit wann hast du einen Medienkonzern?"
„Ich arbeite daran." Bill zwinkerte. „Dmitrij ist ja auch noch nicht so weit mit seinen Raketen. Aber wir haben schon einen mündlichen Vorvertrag. Sobald seine Rüben die notwendige Tragkraft haben, kommen wir ins Geschäft."
Karo lachte. „Lass uns das Thema wechseln, damit sich Mortis Investition auch lohnt."
„Mortis Investition?"

„Mein Abendessen! Das Mindeste, was ich tun kann, um mich bei ihm zu revanchieren, ist, seinem Reporter ein paar Dinge beizubringen, die er für seine Titelstory braucht.“
„Ich bin Journalist, kein Reporter.“
Sie zuckte mit den Schultern. „Für mich wirst du immer Bill Fowler, der Studienabbrecher, bleiben. Da kannst du dir auf die Visitenkarte schreiben, was du willst.“
„Schön, dass du keine Vorurteile hast.“ Er nahm sein Glas und prostete ihr zu.
Ihrem Gesicht war nicht anzumerken, was sie sich in diesem Moment dachte. Man war einander nähergekommen in den vergangenen Tagen. Karo hatte wohlwollend zur Kenntnis nehmen müssen, dass Bill sich doch verändert hatte. Er lernte rasch dazu, was die Behebung seiner sozialen Defizite betraf. Von einem Abendessen zum nächsten waren die Fortschritte erkennbar. Seit zwei Tagen hatte Karo keinen der unüberlegten Sätze mehr von ihm gehört, mit denen er sonst die alten Wunden aufriss. *Vielleicht geht es mir einfach zu schnell. Außerdem sind Vorurteile das perfekte Mittel, um seinen guten Vorsätzen treu zu bleiben.* „Wir haben doch alle unsere Vorurteile.“
„Ich nicht.“ Bills Blick verharrte länger, als ihm bewusst war, auf Karos eleganter Bluse. Für ein rein geschäftliches Abendessen war sie eine Spur zu auffallend gekleidet. „Mit der ungeschönten Wahrheit kann man mich von allem überzeugen. Womit wir auch schon bei deinem Stichwort sind: Du hast heute Nachmittag am Telefon angedeutet, dass es Fortschritte gibt.“
„Vielleicht sogar einen Durchbruch“, sagte sie und klang fast ein wenig neckisch. „Ich denke, morgen, spätestens übermorgen, kann ich meinen Verdacht, was den Wirkstoff im Soja betrifft, auch mit konkreten Zahlen belegen.“
„Du hast schon einen Verdacht?“

„Du etwa nicht?"
Bill verneinte halbherzig. „Ich habe mir zwar jede Menge unterschiedlicher Möglichkeiten durch den Kopf gehen lassen, aber letztlich komme ich immer wieder zu dem Schluss, dass niemand einen Vorteil von einem Wirkstoff hätte, der so furchtbare Nebenwirkungen hat. Wozu sich also die ganze Mühe mit dem geheimen Anbau machen?"
„Vielleicht sind die Nebenwirkungen genau das, worum es den Leuten geht, die diese Pflanzen entwickelt haben."
Bills Augen wurden groß. „Du erzählst mir jetzt aber hoffentlich nicht, dass wir es in Wirklichkeit mit einem neuen Kampfstoff zu tun haben, den das Militär kostensparend in den Hinterhöfen seiner Kasernen anbauen will?"
„Nein, so weit würde ich nicht gehen." Sie nippte an ihrem Glas und entschied sich dafür, die beiden Eiswürfel zu entfernen, die ihren Drink verwässerten. „Wobei das US-Militär durchaus auch Interesse am weltweiten Verkauf der grünen Gentechnik hat."
„Wirklich?", fragte er erstaunt. Bevor er nach Wien gekommen war, hatte er sich ausschließlich Sorgen um sich selbst gemacht. Es war dieses Gefühl, bereits mehr in Erfahrung gebracht zu haben, als es der eigenen Gesundheit bekömmlich sein konnte. Doch seit Karo ihm Einblicke in ihr Fachwissen gestattete, sorgte er sich weit mehr um sie als um sich selbst. *Lass sie das bloß nie merken!*
Karo kitzelte mit ihrem Strohhalm den ersten Eiswürfel in Richtung Glasrand. Sie blickte kurz auf und sah Bill übertrieben besorgt an. „Recherchierst du immer so gründlich, wenn du an einer Titelstory arbeitest?"
Die Bemerkung amüsierte ihn mehr, als sie ihn ärgerte. „Klär mich doch bitte auf, was das Militär betrifft."
„Na ja, spätestens seit den Getreidespeichern der Antike ist es ein offenes Geheimnis, dass derjenige, der die Nahrungsmittel

eines Landes kontrolliert, auch dessen Bevölkerung in der Hand hat. RaptorGen verkauft sein Saatgut bereits in über 80 Ländern dieser Erde. Das könnte man durchaus schon als kleines Monopol bezeichnen, zumal einige davon die traditionelle Landwirtschaft zugunsten der gentechnisch veränderten Sorten nahezu eingestellt haben. So weit zu den Fakten... Von Zeit zu Zeit taucht in einschlägigen Foren immer wieder der Begriff des Killergens auf. Damit meint man eine genetische Manipulation des Saatguts, die für Anwender nicht ersichtlich ist, weil der Hersteller sie nicht bewirbt - aus gutem Grund, wie du dir denken kannst."

„Wissen Sie schon...?"

„Wir haben uns noch nicht entschieden!" Bills Reaktion auf das plötzliche Erscheinen des Kellners war nicht unbedingt höflich, aber angesichts der brisanten Thematik durchaus gerechtfertigt, wie er fand.

„Geht schon, er ist weg!", stellte er gleich darauf fest.

Karo reagierte eingeschnappt. „Wenn du mich hier verhungern lässt, erfährst du das Ende der Geschichte mit Sicherheit nicht mehr."

Bill entschuldigte sich, kam aber sofort wieder zurück auf das eigentliche Gesprächsthema: „Also, was ist jetzt mit diesem Killergen?"

Karo schüttelte den Kopf. „Erst holst du den Kellner zurück und entschuldigst dich bei ihm. Aber nicht so halbherzig, wie du es gerade bei mir getan hast. Danach bestellen wir unser Essen und während wir warten, erzähle ich weiter."

„Aber..."

„Während wir warten, erzähle ich weiter!", wiederholte sie bestimmt.

Bill seufzte und winkte den Kellner zurück an den Tisch, um die erhaltenen Anweisungen umzusetzen.

Karo genoss jede Sekunde. *Wäre doch gelacht, wenn wir deine soziale Entwicklung nicht beschleunigen könnten, Bill Fowler, Studienabbrecher und Journalist - nicht Reporter.*
„Zufrieden?", fragte Bill bedächtig.
„Ich überlege noch."
Bill scherzte: „Ob ich dir das Essen wegnehmen würde, falls er es bringt, bevor du mit dem Erzählen fertig bist?"
„Untersteh dich!"
„Schon gut. Liebste Karo, würdest du mir nun bitte den zweiten Teil deiner Geschichte erzählen?"
„Na also, geht doch", bemerkte sie grinsend und fuhr fort: „Um mit dem gentechnisch veränderten Saatgut dauerhaft nennenswerte Ernteerträge zu erzielen, müssen Bauern und Landwirte regelmäßig das dazugehörige Spritzmittel des Herstellers einsetzen. Die ursprüngliche Idee der Militärstrategen war, Ländern, deren politische Gesinnung ihnen gerade nicht passt, diese Dünge- und Spritzmittel vorzuenthalten. Aber wie das beim Militär so ist, entwickeln sich die kranken Ideen schneller als die Moral, und deshalb hat ein besonders kreativer Kopf die Herstellung des Killergens angeregt. Wobei es mittlerweile die unterschiedlichsten Ansätze gibt, wie ein derartiges Gen gegen die Landwirtschaft eines feindlichen Staats zum Einsatz gebracht werden kann. Denkbar ist alles: vom bloßen Absterben der Ernte bis zur Produktion giftiger Substanzen beim Ausbleiben der richtigen Düngung. Und falls ein übervorsichtiger Diktator zu viel von dem Spritzmittel eingelagert hat, um einen Konflikt auszusitzen, ließe sich das Killergen bestimmt auch auf anderem Weg aktivieren."
„Wie?" *Bitte lass sie sagen, dass sie darüber noch nie nachgedacht hat.*
Sie zuckte mit den eleganten Schultern. „Bin ich beim Militär? Denen wird schon etwas einfallen, wie sie ihre Ziele erreichen

können. Vielleicht mit Sprühflugzeugen, die in sehr großer Höhe Chemikalien ausbringen. Strahlung wäre auch eine Möglichkeit, um ein solches Killergen zu aktivieren. Wer weiß, bei günstigem Wind könnte es unter Umständen schon genügen, im Nachbarland einen unbedeutenden Störfall in einem Atomkraftwerk zu provozieren. Keine große Sache, nur winzige Spuren von bestimmten radioaktiven Teilchen, die in die Luft gelangen und ausreichen, dass das Killergen loslegt. Aber lass uns den Teufel bitte nicht an die Wand malen. Ich glaube ja nach wie vor daran, dass sich der intelligente Teil der Menschheit durchsetzt und nicht der Wahnsinn auf der Welt Regie führt.“

Bill beugte sich vor. Seine halblauten Worte ließen die Kerzenflamme zwischen ihnen tanzen. „Du glaubst also, dass es bei den Versuchen auf der Insel um ein militärisches Projekt ging?“ Es war nicht zu übersehen, wie sehr ihn dieser Gedanke beunruhigte.

„Das habe ich nicht gesagt. Du wolltest wissen, warum jemand Interesse an vermeintlich unerwünschten Nebenwirkungen haben könnte, und ich habe dir einen Grund genannt.“

„Aber du hast gesagt, dass du schon einen Verdacht hast, um welchen Wirkstoff es sich handelt.“

„Stimmt, aber meine Überlegungen gehen in eine etwas andere Richtung.“

Er sah sie auffordernd an.

Karo ignorierte ihn und nahm sich Zeit, den zweiten Eiswürfel aus ihrem Glas zu kitzeln.

Bill räusperte sich nachdringlich und lautstark. „Du genießt das, nicht wahr?“

Du hast ja keine Ahnung, wie sehr. „Nein, warum sollte ich?“, fragte sie unschuldig.

„Weil du die Pflanze in deinem Büro hast und die Ergebnisse kontrollierst, während ich den ganzen Tag hungern darf, damit ich beim Abendessen mit meinem Budget durchkomme.“

„Gut, dass du das ansprichst“, sagte sie, ohne von ihrer Eiswürfeljagd aufzublicken. „Das Wachstum unserer Sojapflanze ist enorm. Der Sprössling des Referenzsamens, den ich gleichzeitig eingesetzt habe, ist noch nicht einmal halb so groß.“

„Hast du die Blätter schon analysiert und die beiden miteinander verglichen? Gibt es messbare Abweichungen zwischen den Pflanzen?“

„Alles zu seiner Zeit.“ Sie starrte in die Kerzenflamme. „Ich hab dir doch schon gesagt, dass ich einen Verdacht habe, dem ich nachgehe. Wenn du wissenschaftlich gesicherte Ergebnisse für deine Story willst, dann musst du mir auch vertrauen.“

„Wäre ich hier, wenn ich das nicht täte?“

„Mal überlegen.“ Sie verzog das Gesicht. „Wenn ich mich richtig erinnere, bist du hier, weil Verena dir eine Abfuhr erteilt hat.“

Elefantenkuh! Bill biss sich auf die Lippen. „Ich frag mich, ob dein Elefantengedächtnis alle unbedeutenden Informationen bis zum jüngsten Tag archiviert hält.“

Sie seufzte theatralisch. „Ach, weißt du, manchmal ist so eine Gabe mehr Fluch als Segen.“

„Jetzt mach schon, Karo. Erzähl mir von deinem Verdacht, bevor der Typ mit dem Essen kommt.“

Sie reagierte mit gespielter Enttäuschung. „Damals auf der Uni hattest du diese Bill-Fowler-will-was-Nummer deutlich besser drauf. Da klangen solche Dinge richtig überzeugend und glaubwürdig aus deinem Mund.“

Bill stellte sein Glas ab und holte kräftig Luft. Mit tiefer Stimme und einem Schwarzweißfilm-Casanovablick der alten Schule fragte er: „Was hast du herausgefunden, liebste Karo?

Schütte mir dein Herz aus. Teile dein Wissen mit mir, bevor es dich von Innen heraus auffrisst."

Sie honorierte seinen im Ansatz durchaus charmanten Versuch mit einem Lächeln. „Weißt du, dass deine Schläfen schon etwas Tönung vertragen würden?"

Bill seufzte gequält. „Na gut, du hast gewonnen. Was muss ich diesmal tun, damit ich mich deines Vertrauens würdig erweise? Soll ich dem nächsten Rosenverkäufer, der zur Tür hereinkommt, ein Bein stellen, um mich danach bei ihm entschuldigen zu können und ihm anschließend sechs Dutzend mit Sicherheit nicht fair gehandelte Rosen zu einem völlig überteuerten Preis abkaufen?"

„Bill!", stieß sie entzückt hervor. „Du bist ja ein richtiger Romantiker!"

„Karo, bitte! Können wir jetzt wieder ernsthaft über die Sojapflanzen reden?"

„Klar." Sie rückte ihren Stuhl näher an den Tisch und richtete den Oberkörper gerade. Ihre Ähnlichkeit mit einem Schulkind, das der Lehrer gerade ermahnt hatte, war in jeder Hinsicht beabsichtigt. „Was möchtest du wissen?"

„Wie lautet dein Verdacht?"

„Sag ich dir morgen."

„Sag es mir jetzt. Wir dürfen keine Zeit verlieren."

„Kann ich nicht. Ich bin noch nicht fertig mit der Arbeit."

Bill verdrehte die Augen. „Wenn du noch so viel zu tun hast, warum verschwenden wir unsere Zeit dann bei diesem unbezahlbaren Abendessen?"

„Bist du verrückt? Weißt du, wie wahrscheinlich es ist, dass ich noch einmal hierher eingeladen werde? O nein, diesen Abend werde ich genießen. Jede einzelne Kalorie davon!" Sie schaute zum Fenster. „Hat es gerade gedonnert?"

„Schon möglich."

„Ignorant", murmelte sie.

„Wie bitte?“ Bill schaute schuldbewusst.
„Donner bedeutet Gewitter, Gewitter bedeutet Regen und Regen bedeutet keine Pollen mehr in der Luft. Manche Menschen müssen ihr ganzes Leben nach Naturereignissen wie diesen ausrichten.“
Dem Mann an Tisch 17 war die Hilflosigkeit im Umgang mit seiner Begleiterin so deutlich anzusehen, dass der Kellner freiwillig einen Bogen um den Tisch machte und seine Frage nach weiteren Getränken auf seinen nächsten Rundgang verschob.
„Du hast doch schon einen Verdacht. Wieso willst du mir nicht davon erzählen?“, probierte Bill es noch einmal.
„Ich habe dir schon etwas per Mail geschickt.“
Er zeigte sich perplex. „Wann?“
„Etwa zwanzig Minuten vor unserem Treffen.“
„Das habe ich nicht mehr gelesen.“
„Ich weiß.“ Sie zwinkerte ihm zu. „Es war auch nicht als Thema für heute Abend gedacht.“
„Was ist es?“
„Nur eine kleine Aufgabe, damit dir morgen nicht langweilig wird. Du sollst etwas für mich herausfinden. Ich hab dir ein paar Fragen zusammengeschrieben, die wir geklärt brauchen, um hoffentlich die richtigen Schlüsse ziehen zu können.“
„Was? Welche Fragen?“ Bills berufliche Neugierde wurde zusehends stärker.
Karo winkte ab. „Das hat Zeit bis morgen Abend. Betrachte es einfach als Literaturrecherche zu meinem Sojaexperiment im Blumentopf.“
„Arbeitsteilung?“
„Könnte man so sagen. Recherchieren liegt dir doch sowieso viel besser als mir.“
Pass auf, Bill! Wenn sie mit dem Honigtopf winkt, ist es bestimmt eine Falle! „Und der wahre Grund?“

„Versprich mir zuerst, dass du dir nicht die Nacht damit um die Ohren schlägst! Ich möchte nämlich, dass du das morgen in nüchternem und ausgeschlafenem Zustand machst." Sie grinste frech.
„Ungern."
Sie sah ihn stumm und geduldig an.
„Okay, ich verspreche es!"
„Gut. Also, die Wahrheit ist, dass ich heute einfach nicht genug Zeit hatte, um mich ausführlich mit dem Thema zu beschäftigen." Sie senkte verschwörerisch die Stimme und ihr Blick verfinsterte sich: „Der alte Sklaventreiber, Ginko, hat mich nämlich schon wieder gezwungen, den ganzen Tag in seiner Mine zu schuften, weißt du?"
„Karo! Das ist überhaupt nicht witzig! Du hast gesagt, dass RaptorGen bereits mehrmals versucht hat, dich einzuschüchtern. Gerade weil es um so wichtige Informationen geht, glaube ich nicht, dass wir die Sache auf die leichte Schulter nehmen sollten!"
Sie wurde wieder ernst. „Stimmt. Und weißt du was? Ich werde mir mein Leben von diesen Leuten nicht zur Hölle machen lassen. Der Job im Botanischen Garten ist alles, was ich im Moment habe. Ja, ich habe zugesagt, dir zu helfen, und das werde ich. Aber das Tempo bei dieser Partnerschaft gebe ich vor: Du findest morgen die Antworten auf meine Fragen und ich mache in der Zwischenzeit ein kleines Experiment mit unserem Sojapflänzchen."
„Aber ich könnte doch..."
„Nachdem", fiel sie ihm forsch ins Wort, „ich die Arbeit für Ginko erledigt habe, mit der ich meine Brötchen verdiene. Oder will Morti mich künftig bei sich anstellen?"
„Kannst du Kaffee kochen?"

„Ich denke, das sollte ich hinbekommen. Es ist doch hoffentlich nicht gefährlicher als das, was ich jetzt für dich mache?"
Bill sah sie mit großen Fragezeichen in den Augen an.
Okay, vielleicht habe ich es jetzt wirklich übertrieben. „Hör zu, Bill Fowler, Studienabbrecher und Journalist - nicht Reporter - ich weiß!" Sie nahm seine Hand und schenkte ihm ein so herzliches Lächeln, wie sie es seit der Unizeit nicht mehr getan hatte. „Es ist mir nicht entgangen, dass du dir Sorgen um mich machst, und in gewisser Weise - bilde dir darauf jetzt bloß nichts ein - finde ich das sogar total lieb von dir. Aber ich bin schon ein großes Mädchen und habe gelernt, auf mich selbst aufzupassen. Wir beide wissen, wozu RaptorGen fähig ist, und wir beide sind entschlossen, das Geheimnis um diese Sojasamen aufzudecken. Ich glaube, dass ich ganz knapp dran bin, aber bis es so weit ist, würde ich diesen Abend mit dir wirklich gern genießen. Einfach nur wir beide, die Kerze und das Essen. Hast du das jetzt endlich kapiert?"
Wow! Er nickte dümmlich. „Ich denke schon."
Sie strich über seinen Handrücken und seufzte erleichtert. „Das wurde aber auch Zeit."

***

In einer Straßenbahn, Wien, 23:45 Uhr:
Der leichte Wind drückte den Nieselregen gegen die Seitenscheibe und nahm Karo die Sicht nach draußen. Ampeln, Leuchtreklameschilder und die Lichter vorbeifahrender Autos vermengten sich zu einem bunten Lichtermeer, das wie in einer Endlosschleife vorüberzog.
Karo bereute ihre Entscheidung nicht, die Straßenbahn für den Heimweg genommen zu haben. Bill hatte ihr nach dem Abendessen zwar wiederholt angeboten, sie nach Hause zu

begleiten, doch Karo wollte ein wenig Zeit für sich allein, um ihre Gedanken setzen zu lassen.
Vier Stationen lagen noch vor ihr, als das Handy in ihrer Handtasche vibrierte. Beim Herausnehmen bemerkte sie zwei versäumte Anrufe und eine ungelesene Kurznachricht. Die näheren Details wurden aber vom Namen der aktuellen Anruferin verdeckt: Sabrina-Wien.
Karo nahm den Anruf an: „Ja?"
„Süße! Das kannst du doch nicht machen!", tönte Sabrinas Stimme aus dem Hörer. „Triffst dich zum vierten Mal in dieser Woche mit dem unbekannten Casanova aus Übersee und hebst dein Handy schon wieder nicht ab, wenn ich wissen will, ob du noch lebst."
„Mama, bist du das?"
„Haha! Deine Mutter wird es mir sicher danken, dass ich ein Auge auf dich habe. Bist du schon auf dem Heimweg?"
„Ja, Mama."
„Hör auf, mich so zu nennen, sonst hast du Hausarrest bis zum Ende des Monats. Und überhaupt, mit meiner neuen Antifaltencreme geh ich jederzeit als deine kleine Schwester durch", brummte Sabrina. „Los, erzähl, wie war es?"
„Nett."
Sabrina wartete einen langen Moment. „Sag, kann es sein, dass die Verbindung unter dem Regen leidet? Ich hör hier nur langweiliges Rauschen."
„Es war sehr nett."
„Was heißt das? Kann ich dein Bett bald wieder vermieten, oder bleibst du mir noch eine Weile erhalten?"
Karo lachte. „Jetzt übertreib mal nicht! Nur weil Bill sich einen Abend lang nicht völlig daneben benommen hat, ist das noch lange kein Grund, das Schlimmste von mir zu denken."
„O Gott, ich wusste es! Er hat dich also doch rumgekriegt mit seiner sibirischen Brotsuppe."

„Das Essen war ausgezeichnet."
„Klar, was sonst könntest du jetzt noch behaupten, um dein Gesicht zu wahren? Hast du ihn geküsst?"
„Nicht direkt."
Sabrina quietschte schrill. „Sag mir auf der Stelle, wo deine Lippen waren, als du ihn *nicht direkt* geküsst hast!"
Karo lehnte ihren Kopf an die Seitenscheibe und blickte verträumt auf die Regentropfen am Glas. „Ein Bussi auf die Wange zum Abschied. Mehr war nicht."
„Vier Abende zu je fünf Stunden, das macht in Summe..." Sabrina unterbrach sich selbst. „Also entweder ist dieser Übersee-Schüchti bis über beide Ohren in dich verknallt, oder..."
„Oder was?"
„Oder dein neuer Typ ist stockschwul. Jetzt mal ehrlich, wie viele Männer kennst du, die so einen Balzzirkus veranstalten, nur um nach zwanzig Stunden mit einem Schmatz auf die Backe heimgeschickt zu werden. Hat er dich gefragt, ob du mit auf sein Hotelzimmer kommen willst?"
„Nein", erwiderte Karo zögernd.
„Dann ist er wirklich schwul! O mein Gott, ich wusste es! Du hast aber auch immer ein Pech mit deinen Kerlen."
„Mit meinen Kerlen...?", wiederholte Karo ungläubig. „Bill ist nicht schwul! Wir haben fast die ganze Woche nur über die Arbeit gesprochen. Erst heute ist er ein wenig aus sich herausgegangen - und ich auch."
„Ach, wie niedlich", unkte Sabrina. „Der Mann deiner Träume reist dir 10.000 Kilometer weit nach, und du feierst es als Erfolg, wenn ihr euch nach *nur* einer Woche schon mit einem Backenschmatzer verabschiedet."
„Unsere Treffen waren dienstlich. Ich hab dir doch erzählt, dass er wegen eines Artikels nach Wien gekommen ist, der mit meinem Fachgebiet zu tun hat. Er ist an einer großen Story

dran und braucht meine Hilfe, um seine Daten abzusichern. Sobald er alles hat, fliegt er wieder zurück. Klingt das für dich wie die idealen Voraussetzungen zum Aufwärmen einer alten Studentenromanze?"
„Ich hab schon schlimmere Schnulzen gelesen."
„Danke." Karo versuchte, beleidigt zu klingen.
„Keine Ursache. Außerdem geht es dabei ja hoffentlich nicht nur darum, was Mr. America will! Immerhin bin ich es, bei der du dich Nacht für Nacht in den Schlaf weinst."
„So ein Blödsinn! Ich habe mich noch nie in den Schlaf geweint."
„Und was war gestern?"
„Da hatte ich vergessen, meine Allergietropfen zu nehmen!"
„Du hast geweint."
„Aber nicht wegen Bill!"
„Und vorgestern? Beim Fernsehen!"
„Meinst du, als Bambi gestorben ist?"
„Ich gebe zu, das war traurig." Sabrina holte tief Luft. „Schau, Süße, ich will doch nur nicht, dass du dir erneut Hoffnungen bei ihm machst und dann brennt er wieder mit irgendeiner Vanessa durch."
„Verena."
„Ich sehe, wir verstehen uns", erklärte Sabrina überzeugt. „Gut, vielleicht geht es ihm wirklich nur um die Arbeit, und er hat daheim doch keine Patchworkfamilie bestehend aus drei Kindern von seiner ersten Frau und..."
„Sabrina!"
„Schon gut! Was ich sagen will, ist, dass es letztlich egal ist, weshalb er dich diesmal sitzen lässt. Du hast Schmetterlinge im Bauch! Aber die entscheidende Fragestellung lautet: Hat er die auch, oder wird sein Hirn nur schlechter durchblutet, sobald er in deinen Ausschnitt blickt?"
„Mist!"

„Was?“
„Ich hab vergessen, ihn das zu fragen.“
„Ja ja, mach dich nur lustig über mich. Aber weißt du was? Mir kannst du nichts vormachen. Ich hab die Herzchen in deinen Augen gesehen, als du heute Morgen meinen Badezimmerspiegel für deine Modeschau blockiert hast. Tolle Bluse übrigens! Allein für die hätte schon mehr als ein lächerliches Busserl auf die Wange drin sein müssen.“
„Sabrina?“, fragte Karo mit Säuselstimme.
„Ja?“
„Hast du schon jemals darüber nachgedacht, einen Ratgeber für Frauen zu schreiben, die unter zu viel Romantik in ihrem Alltag leiden?“
„Bin ich so schlimm?“
„Für den liebenswertesten, männermordenden Vamp, der mir jemals begegnet ist, lautet die Antwort: nein.“
„Und für mich?“
Karo schwieg.
„Verstehe“, sagte Sabrina. „Trotzdem danke für das *liebenswert* in dem sonst doch sehr blickdicht verpackten Kompliment.“
„Versteh mich nicht falsch, Sabrina. Ich weiß, du meinst es nur gut, aber ich bin mir selbst noch nicht im Klaren darüber, was ich will. Im Moment finde ich es einfach total nett, mit ihm zu plaudern und zu sehen, dass er sich gewisse Dinge zu Herzen nimmt, die ihn früher nicht tangiert hätten - jedenfalls nicht, wenn sie von mir kamen. Wenn ich einen Wunsch frei habe, möchte ich, dass es einfach noch eine Weile so weitergeht, bis...“ Sie seufzte.
„Wow! Dich hat es ja noch schlimmer erwischt, als ich befürchtet habe. Dir ist doch hoffentlich klar, dass dein neuer Plauderfreund aus Amerika nicht so lange in Wien bleiben wird, bis du dich durch die Speisekarten aller Lokale gefuttert

hast, um herauszufinden, ob Liebe tatsächlich durch den Magen geht?"
„Ich weiß. Trotzdem finde ich es einfach schön, so wie es ist, und daran möchte ich vorläufig nichts ändern. Kannst du das verstehen?"
„Na klar! Ich meine, welches Mädchen träumt nicht davon, die kleine Märchenprinzessin zu sein, die vom reichen, hübschen Prinzen mit Leckerlis aus aller Welt umworben wird? Dummerweise spielen in den Märchen, die ich kenne, Männer mit abgehackten Gliedmaßen, blinde Frauen in Öfen und vergiftete Prinzessinnen die entscheidenden Rollen. So gesehen bin ich ganz froh, dass die Realität eine andere ist. Was aber jetzt bitte nicht heißen soll, dass es mir für deinen Traum nicht leid tut!"
Karo seufzte. „Warum musst du immer so schrecklich rational sein?"
„Weil du mich seinerzeit auf Knien angefleht hast, dir die rosarote Brille sofort vom Kopf zu reißen, falls du jemals wieder so..."
„Ja, okay! Ich kann mich noch dunkel daran erinnern, danke für die Auffrischung. Vorschlag: Lass mich mein Märchen für die letzten Meter meiner Heimfahrt weiterträumen. Wenn ich danach die Viertelstunde durch den Regen bis zu deiner Wohnung laufe, wache ich auch ganz bestimmt wieder auf."
„Träum schön, Prinzessin! Wir sehen uns daheim."
„Danke. Bis gleich!" Karo legte auf und atmete bedächtig aus. Sie wusste, dass ihre Freundin mit allem, was sie gesagt hatte, rational betrachtet richtig lag.
Die Straßenbahn erreichte die nächste Haltestelle und Karos Blick wanderte durch den Waggon bis zu einer sich öffnenden Tür. Ein jugendliches Pärchen verabschiedete sich mit einem langen Kuss. Erst im letzten Moment sprang der Junge nach draußen und wurde fast von der Tür eingeklemmt. Sicher auf

dem Asphalt gelandet, begann er zu lachen. Seine Freundin erwiderte das Lachen. Als die Straßenbahn losfuhr, hauchte sie gegen die Scheibe und malte ihm ein Herz.
Nicht nur das Lachen wirkte auf Karo ansteckend. *Pfeif auf die Ratio!* Bevor sie ihr Handy wieder wegpackte, klickte sie sich noch rasch durch die versäumten Anrufe - alle von Sabrina. Karo klickte sich zu der Kurznachricht durch, die sie für eine Benachrichtigung ihrer Sprachbox hielt - vermutlich ebenfalls von Sabrina.
Von Ginko? Verwundert tippte sie das gelbe Kuvert an. Die Nachricht war tatsächlich vom Professor: *Beim Biozentrum hat sich jemand nach Ihnen erkundigt. Bitte rufen Sie mich an.* Karo schaute auf die Uhrzeit. Die Nachricht war über drei Stunden alt. Sofort startete sie einen Rückruf, landete jedoch prompt in der Sprachbox. *Mist!*
Sie legte auf, ohne eine Nachricht zu hinterlassen. Die Schmetterlinge im Bauch waren verschwunden. Stattdessen breiteten sich dumpfe Vibrationen in ihrem Magen aus, die sie unwillkürlich mit dem Stampfen näherkommender Urzeitmonster in Verbindung brachte. *Vielleicht wollte nur jemand wissen, wer neulich im Labor das Licht brennen gelassen hat?* Sie wusste selbst, wie absurd diese Hoffnung war. *Dämliche Kennnummern! War ja klar, dass es deshalb noch Ärger geben wird.* Die Straßenbahn fuhr in die Haltestelle ein, an der Karo aussteigen musste. Der Regen war stärker geworden und es hatte merklich abgekühlt. Trotzdem hielt sie an ihrem ursprünglichen Plan fest und setzte den Weg zu Sabrinas Wohnung zu Fuß fort.
Na und, machte sie sich selbst Mut. *Was wollen sie tun? Mich umbringen, weil ich ein geheimes Sojakorn in eines ihrer Analysegeräte gelegt habe? Das ist doch lächerlich!*
Nur noch vereinzelt fuhren Autos und ließen die Pfützen aufspritzen, die sich entlang des Fahrbahnrands gebildet hatten.

Karo ging so weit innen wie möglich, um keine überraschende Dusche abzubekommen. *Warum hat Ginko nicht gleich gesagt, worum es genau geht? Ich hasse diese Geheimniskrämerei. Jetzt muss ich mir die ganze Nacht Sorgen machen, was alles sein könnte. Und morgen Früh höre ich mich dann wieder sagen, wie bescheuert ich war.*
Ein Teil der Straßenbeleuchtung wurde abgeschaltet. Es war genau Mitternacht.
Vielleicht ist er noch in seinem Büro! Wäre nicht das erste Mal, dass ich ihn um diese Zeit dort antreffe. Sie forcierte ihre Geschwindigkeit und erreichte gleich darauf den überdachten Eingangsbereich eines Wohnhauses. Der Platz zwischen Gegensprechanlage und Haustor war ideal, um sich für die Dauer des Anrufs unterzustellen.
Das Telefon in Ginkos Büro läutete drei Mal, bevor der Anruf in die Telefonzentrale weitergeleitet wurde. Karo legte auf und wiederholte den Wahlvorgang. Wenige Sekunden später hörte sie erneut die Tonbandansage, die auf die regulären Öffnungszeiten verwies.
Vielleicht ist er gerade im Nebenzimmer. Sie rief noch einmal die Nummer von Ginkos Handy an.
Mailbox.
Karo überlegte. Der Botanische Garten lag nur ein paar Querstraßen weiter. Das schien ihr ein vertretbarer Umweg für eine sorglose Nachtruhe zu sein. Sie schätzte ihre Chancen auf ein solides Unentschieden, den Professor dort noch persönlich anzutreffen. *50:50 ist besser als Lottospielen, und dabei haben schon blödere Leute als ich gewonnen.* Sie steckte das Handy ein und wollte bereits weiter, da überlegte sie es sich noch einmal und schickte Sabrina eine SMS: *Werde mich verspäten. Mache noch einen Umweg über den BG. Warte nicht auf mich. Karo.*

Als sie sich wieder in den Regen hinauswagte, merkte sie, wie ihre Bluse bereits am Körper klebte. Ein flüchtiger Blick zum sternenlosen Himmel machte deutlich, dass es mit dem Wetter noch eine Weile so weitergehen würde. Sie weinte weder der Hitze noch den Pollen nach, die in dieser Nacht aus der Luft gewaschen wurden. *Ab in den Gulli mit euch, ihr klebriges Pollengesocks!*

Ihr freudiger Gesichtsausdruck währte nur kurz. Aus dem Augenwinkel bemerkte sie, dass sie offenbar doch nicht die Einzige war, die zu später Stunde durch den Regen wanderte. Auf der anderen Straßenseite, keine fünfzig Meter zurück, ging eine Gestalt im dunklen Regenmantel in dieselbe Richtung. Einen Moment lang hatte Karo gedacht, der Mann - sie kam zunächst gar nicht auf die Idee, dass es sich bei der kleinen, leicht untersetzten Gestalt um eine Frau handeln könnte - wäre mit seinem Hund unterwegs. Erst beim zweiten Hinsehen erkannte sie, dass dem armen Tier die Beine fehlten und die Leine in Wirklichkeit die Bügel einer fast bodenlangen Umhängetasche waren. *Doch eine Frau? Mit Einkaufstasche?* Karo beschlich ein ungutes Gefühl.

Sie ging zwar weiter, hatte den Kopf aber noch immer leicht nach hinten gedreht. Mit dem nächsten Schritt versenkte sie ihren Stöckelschuh in einer tiefen Pfütze und verlor vor Schreck fast das Gleichgewicht. Nur mit Mühe und einer akrobatischen Armwedeleinlage konnte sie ein Hinfallen verhindern. Als sie den Halt endlich wiedergefunden hatte, stand sie auch mit dem zweiten Fuß knöcheltief im Wasser. *Na, prima!*

Nach dem ersten Schreck und einem Schritt zur Seite galt ihr vorwurfsvoller Blick der Mannfrau ohne Hund mit Tasche auf der anderen Straßenseite. Am liebsten hätte sie laut *Danke* geschrien, doch sie wusste nicht zu wem.

Wo ist sie hin? Karo drehte sich um und suchte die gegenüberliegende Straßenseite ab. Weit und breit war niemand mehr zu sehen. Die einzige Erklärung für das plötzliche Verschwinden boten zwei unmittelbar nebeneinander liegende Hauseingänge. *Vermutlich wohnt sie in einem der Häuser.*
Karo wartete noch kurz, ob irgendwo das Licht in einem der beiden Treppenhäuser angehen würde, doch das geschah nicht. *Na ja, wenn man den Weg kennt und seine Augen nach vorn richtet, schafft man es vermutlich auch im Dunkeln, trockene Füße zu behalten.* Sie schüttelte den Kopf und ärgerte sich über ihre eigene Dummheit. *Vielleicht läufst du ja zur Abwechslung beim nächsten vorbeifahrenden Auto gegen eine Laterne. Das hatten wir heute noch nicht.*
Sie leerte das Wasser aus ihren Schuhen und ging weiter. Gleich darauf konnte sie auch schon wieder über sich selbst lachen. *Sieh es positiv, wird Sabrina sagen. Deine Schuhe mussten sowieso mal wieder geputzt werden... Wobei, vielleicht erregt mein Begossener-Pudel-Anblick ja Ginkos Mitleid. Dann hat meine Showeinlage zumindest etwas Gutes...*
Sie überquerte eine schmale Seitengasse, deren Fahrbahn provisorisch mit Holzbrettern abgedeckt war - eine der unzähligen Sommerbaustellen. *Im schlimmsten Fall wird er mir die Zutrittskarte fürs Biozentrum wieder wegnehmen*, führte sie ihre Spekulationen fort, während sie wenig graziös über die Holzbretter stöckelte. Am liebsten hätte sie sich die hohen Schuhe ausgezogen und wäre für den Rest des Weges barfuß durch die Lachen gelaufen.
Die Frage, was Ginko ihr tatsächlich zu sagen hatte, beschäftigte sie wieder mehr, je näher sie dem Botanischen Garten kam. RaptorGen hatte seine Leute überall sitzen, selbst hier in Wien, wie Bill ihr versichert hatte. Wenn sie mit ihrer Analyse zu weit gegangen waren, konnte das leicht Karos

berufliches Aus bedeuten. *Mach dir nicht zu viel Sorgen! Du bist eine von den Guten. Die schaffen es immer in die nächste Staffel. Denk an Kommissar Rex!*
Wenig später bog sie in den Rennweg ein und blickte aus gut 200 Meter Entfernung auf das Unigebäude. Der Regenvorhang war immer noch relativ dicht, doch Karo meinte, einen Lichtschimmer im oberen Stockwerk zu erkennen. *Bitte lass ihn noch da sein!*
In Momenten wie diesen verwünschte sie sich für ihre Neugier, die nur allzu gern in üble Vorahnungen umschlug. Sie dachte an Bill. Er hätte sich vermutlich seelenruhig ins Bett gelegt, ohne auch nur eine Sekunde seines Schlafs an die SMS zu verschwenden. Nicht nur in diesem Punkt waren Karo und er anders gestrickt. Sie musste schmunzeln bei der Vorstellung, dass Bill in seinem Hotelzimmer tief und fest schlief, während sie zwischen den Pfützen Slalom lief, um sich den Konsequenzen ihrer gemeinsamen Arbeit zu stellen. *Na ja, schließlich heißt es nicht umsonst, dass Gegensätze sich anziehen.*
Einen Moment lang war sie versucht, Bill anzurufen und ihm unter die Nase zu reiben, dass ihr Tag noch nicht zu Ende war. Der Gedanke daran, dass Ginko ihr in wenigen Minuten den ohnehin schon klatschnassen Kopf waschen würde, hielt sie aber davon ab. *Sabrina hat gar nicht so unrecht, was Bill betrifft. Bisher hat er mir wirklich noch nicht viel Glück gebracht.*
Karo hatte das zum Botanischen Garten gehörende Institutsgebäude fast erreicht. *Er ist noch da!* Im oberen Stockwerk brannte definitiv noch Licht. Sie musste nur ein paar Meter gehen und die Straße überqueren, bis sie die schwere Glastür aufziehen konnte.
Wieso ist hier offen? Ihr Blick fiel auf eine im Türspalt eingeklemmte Ecke des Fußabstreifers. Jemand hatte sich erst

kürzlich seine nassen Schuhe darin abgeputzt. Etwas zu kräftig, wie es den Anschein hatte. *Ginko!*
Karo erinnerte sich daran, dass er ihr von ein paar Kakteen erzählt hatte, mit deren nächtlicher Blüte er in Kürze rechnete. Damit war auch geklärt, warum er zuvor sein Telefon nicht abgehoben hatte.
In den Gängen brannte nur das Nachtlicht, doch das reichte Karo, um den Weg zum Aufzug zu finden, ohne ein weiteres Mal zu stolpern. Auf der Fahrt nach oben beugte sie sich vor und schüttelte ihr klatschnasses Haar aus. Schließlich wollte sie auch nicht zu viel Mitleid bei Ginko erregen. Für mehr Körperkult blieb keine Zeit mehr, denn der Lift stoppte und die Tür öffnete sich.
Karo trat hinaus in den Gang und stutzte. Es war nicht Ginkos Büro, in dem noch Licht brannte, sondern ihr eigenes. *Das ist nicht gut!*
In Gedanken sah sie Ginko schon dabei, wie er ihre Habseligkeiten in einem Karton verstaute, den sie mit den Worten überreicht bekommen würde: *Es tut mir leid, dass wir uns von Ihnen trennen müssen. Sie haben sich Ihre Zukunft selbst ruiniert.* Kaum verblasste Ginkos Stimme, meldete sich auch noch Sabrina zu Wort: *Du und Bill! Das konnte doch nur in die Hose gehen, Süße. Ich hab's dir ja gleich gesagt!*
Karo atmete noch einmal tief durch und ging entschlossen auf ihr Büro zu. Einen Moment lang dachte sie, Ginkos Aufräumaktivitäten bereits hören zu können, doch in Wahrheit übertönte das Geräusch ihrer Stöckel auf dem Gangfußboden alles.
Vor der offenen Tür ihres Büros blieb sie wie versteinert stehen und rang eine Schrecksekunde lang nach Worten.
„Was machen Sie hier?“, brach es aus ihr heraus.

Sie sah sich einem Mann gegenüber, dem sie nie zuvor begegnet war. Dennoch spürte sie sofort die Gefahr, die von seiner Anwesenheit ausging.
„Lassen Sie die Spielchen!“, erwiderte der Unbekannte in sehr schwer verständlichem Deutsch mit starkem amerikanischen Akzent. „Wir wissen beide, warum ich hier bin.“
Karos Herz raste. Reflexartig schaute sie zu einem gelben Blumentopf auf ihrer Fensterbank, und im selben Moment wusste sie, dass sie einen schweren Fehler gemacht hatte.

***

RaptorGen-Tower, Texas, kurz vor 18 Uhr:
„Blöder Schrotthaufen!“, schimpfte Rocky und war versucht, die Freundschaft zu seinem brandneuen Laptop durch einen soliden Faustschlag zu besiegeln. Seit über drei Stunden mühte er sich damit ab, diverse Passwörter wiederzufinden, die ihm durch den Umstieg auf das neue System verlorengegangen waren.
Rocky hatte sich im Vorfeld verbissen gegen die technische Neuerung gewehrt, doch letztlich hatte Victor Shark aus Sicherheitsgründen darauf bestanden, dass alle alten Computer im Haus bis Ende des Monats auszuwechseln waren. Rockys Laptop war das vorletzte Gerät auf der langen Liste gewesen. Nun stand nur noch ein Computer für den Austausch an, doch der war samt Besitzer überraschend für ein paar Tage untergetaucht.
Rocky war überzeugt, dass Wenker seinen plötzlichen Urlaub keineswegs zufällig angemeldet hatte. Wenn der Buchhalter am Montag zurückkommen würde, war der Umstieg auf das neue System abgeschlossen. Still und heimlich würde Wenker den neuen Laptop in einem Aktenschrank verschwinden lassen und bis zur nächsten offiziellen Umstellung ungeniert weiter mit

seinem Steinzeitgerät arbeiten. Schließlich war es eine Tatsache, dass der Buchhalter nichts unversucht ließ, um sich vor moderner Technik zu drücken, und Rocky hasste ihn nicht zuletzt auch dafür.

„Na endlich!“ Rocky hatte gerade ein weiteres Passwort richtig eingegeben, als sein Mobiltelefon läutete. *Wenker?* Er glaubte seinen Augen nicht zu trauen, als er den Namen vom Display ablas. Im ersten Moment konnte er sich gar nicht daran erinnern, die Nummer überhaupt jemals im Telefonbuch gespeichert zu haben.

Für gewöhnlich ging man einander schweigend aus dem Weg, wo immer das nur möglich war. Das schloss Telefonate mit ein - vor allem Telefonate.

Rocky überlegte kurz, hob dann aber doch ab. „Ja?“

„Rocky? Sind Sie das?“

„Ich dachte mir schon, dass Sie sich verwählt haben. Trotzdem noch einen schönen Abend.“

„Nein, warten Sie! Legen Sie bitte nicht auf!“

„Was wollen Sie?“ Rockys unfreundliche Antwort entsprang viel mehr der Überraschung über den Anruf an sich als seiner grundsätzlichen Abneigung gegen Wenker.

„Ich brauche Ihre Hilfe.“

Stille.

„Rocky, sind Sie noch da?“ Wenkers Stimme klang völlig anders als gewohnt. Das Fehlen von Selbstsicherheit und Arroganz mahnte zur Vorsicht.

„Ja, ich bin noch dran.“

Wenkers Aufatmen war zu hören. „Ich bin in Wien und ich brauche dringend Ihre Hilfe.“

„Meinen Sie das ernst?“

„Natürlich meine ich das ernst!“, fauchte Wenker. „Warum hätte ich Sie sonst wohl angerufen?“

„Die Frage habe ich mir auch gerade gestellt. Wollen Sie wissen, was mich an der Antwort optimistisch stimmt? Sie müssen bis weit über den Rand Ihres Pullunders in der Scheiße stecken, wenn Sie ausgerechnet mich um Hilfe bitten."

„Sie...!" Wenkers Stimme versagte. Er holte Luft und nahm einen neuen Anlauf: „Sie stecken da noch viel tiefer drin! Sie müssen sofort nach Wien kommen, bevor die Sache völlig außer Kontrolle gerät! Sofort... Verstehen Sie nicht? Kommen Sie sofort!"

„Haben Sie getrunken?" Rocky konnte sich nicht erklären, was mit dem Buchhalter los war. Nie zuvor waren ihm ähnliche Aussetzer in dessen Stimme aufgefallen. Wenker galt seit jeher als Garant für wohlüberlegte Worte und durchschlagende Argumente. Beides Eigenschaften, die ihn zu einem höchst unangenehmen Diskussionspartner machten.

„Ich habe nichts getrunken!", zischte Wenker in sein Telefon und stieß beim Zurücktreten gegen das Bett in seinem Hotelzimmer. „Hören Sie mir endlich zu!"

Rocky empfand das Gespräch als höchst unangenehm. Er war sich sicher, dass Wenker betrunken war. „Vielleicht ist es besser, wenn wir später telefonieren."

„Jetzt!", brüllte Wenker. „Wir müssen jetzt reden! Ihre verdammten Samenkörner sind aufgetaucht." Er bebte vor Erregung. „Hier in Wien in einem Labor. Sie müssen sofort herkommen. Mit dem nächsten Flugzeug. Ihretwegen ist es doch überhaupt erst passiert!"

„Wovon reden Sie?"

„Oh, Sie wissen sehr gut, wovon ich rede!" Wenkers Stimme drohte, sich zu überschlagen. „Sie und Ihre verdammten Nebengeschäfte haben uns das alles hier doch überhaupt erst eingebrockt."

„Was wollen Sie?"

„Hören Sie mir überhaupt zu, Sie Schwachkopf? Ich will, dass Sie nach Wien kommen! Sie werden mir helfen, die Dinge hier wieder in Ordnung zu bringen."
„Ich weiß wirklich nicht, wovon Sie sprechen."
„Wenn Sie nicht sofort einen Flug buchen und nach Wien kommen, dann lasse ich die ganze Sache auffliegen."
Rocky gab keine Antwort.
„Was ist jetzt?", hakte Wenker nach.
„Sie bluffen."
„Was?", kreischte Wenker. „Sind Sie verrückt?"
„Wenn Sie wirklich etwas Handfestes gegen mich in der Hand hätten, wären Sie damit gleich zu Shark gegangen, statt mich sturzbetrunken anzurufen."
„Nein!" Wenker schüttelte zornig den Kopf. Am liebsten hätte er das Handy durch die geschlossene Balkontür bis auf die Ringstraße geschleudert. Nie zuvor hatte ihn etwas so in Panik versetzt wie die Ereignisse der letzten Stunde. Er hatte nicht nur die Kontrolle über die Situation verloren, er hatte auch die Kontrolle über sich selbst verloren. Es war klar, dass Rocky ihn in dieser Situation nicht ernst nahm. Vermutlich hätte niemand das getan. Genau das machte Wenkers Lage aber noch viel schlimmer und auswegloser. Er zwang sich dazu, einen klaren Gedanken zu fassen. Einen einzigen klaren Gedanken, um wenigstens für ein paar Sekunden wieder Herr der Lage zu werden, bevor sein Leben vollends den Bach hinunterging. „Ich gebe Ihnen dreißig Sekunden... Hören Sie mich, Rocky? Dreißig Sekunden, um sich zu entscheiden. Ich habe nichts zu verlieren! Entweder Sie kommen mit der nächsten Maschine nach Wien, oder ich schicke alles, was ich gegen Sie in der Hand habe, per Mail an Victor Shark. Sie schulden mir noch etwas!", fügte er mit bebender Stimme hinzu. „Sie schulden mir noch etwas!"

Er hat nichts mehr zu verlieren? Rockys Körpertemperatur fiel um gefühlte zehn Grad. Wenn Wenker tatsächlich mit dem Rücken zu Wand stand, war das die Chance, auf die Rocky schon immer gewartet hatte: Der Todesstoß gegen den Erzfeind. Andererseits war es wenig reizvoll, dabei selbst einen Brieföffner in den Rücken gerammt zu bekommen. „Na schön, Wenker. Beruhigen Sie sich erst einmal, und dann erzählen Sie mir, was passiert ist."

„Buchen Sie zuerst den Flug! Sofort!"

„Okay", Rocky ging zum Schein darauf ein. „Ich verbinde mich schon mit der Website der Fluglinie. Sie können mir in der Zwischenzeit..."

„Nein!", fiel Wenker ihm ins Wort. „Nehmen Sie nicht den Firmenaccount für die Buchung. Es ist besser für uns beide, wenn Shark nichts davon erfährt."

„Wenn Sie glauben, dass ich auf meine Kosten..."

„Seien Sie still und hören Sie zu! Sie werden den Flug über meine Karte buchen. Ich sage Ihnen jetzt die Nummer durch, die Sie ins Formular eintragen müssen." Wenkers zittrige Finger stocherten nervös in seiner Brieftasche. „Wann geht der nächste Flug?"

„Ich weiß es nicht."

„Dann sehen Sie gefälligst nach, verdammt noch mal!", herrschte Wenker ihn an. „Nehmen Sie einen Direktflug nach Wien. Der erste, auf dem noch ein Platz frei ist. Egal welche Klasse!"

Rocky verzog überrascht den Mund. „Ich schaue ja schon!" Für den Moment fand er es besser, den Anweisungen doch zu folgen. „Business Class in acht Stunden", sagte er. „Oder Economy Class, da gibt es den nächsten Direktflug nach Wien erst wieder morgen Mittag um 13:25."

„Suchen Sie weiter!", drängte Wenker.

„Es gibt noch Plätze in der ersten Klasse für eine Maschine, die in zwei Stunden startet. Aber das ist verdammt knapp.“
„Nehmen Sie die!“
„Welches Limit hat Ihre Kreditkarte?“
„Lassen Sie Ihre Witze und buchen Sie den verdammten Flug. Wählen Sie VISA als Zahlungsform!“
„Ist ausgewählt.“
Wenker gab ihm die Kreditkartennummer samt zugehöriger Details durch.
„Flug ist gebucht“, bestätigte Rocky.
„Gut.“ Ein Teil der Anspannung fiel von Wenker ab und er ließ sich aufs Bett sinken.
„Ich muss in spätestens zwanzig Minuten los, um den Flieger zu bekommen. Wäre nett, wenn ich wüsste, was mich in Wien erwartet.“
„Na, schön.... Aber kein Wort zu jemandem aus der Firma! Zu keinem!“
Rocky hatte Wenker nie zuvor seufzen gehört. Der Buchhalter klang schwer angeschlagen. Wenn es jemals eine perfekte Möglichkeit gab, ihn aus dem Weg zu räumen, dann jetzt. „Wir stecken beide in der Sache drin“, betonte Rocky, ohne auch nur einen Schimmer zu haben, wovon er sprach. Sein einziges Interesse bestand darin, möglichst viele Informationen zu sammeln, um sie im entscheidenden Moment einsetzen zu können. „Erzählen Sie mir, was passiert ist.“
„Ich war in dem Labor in Wien. Eine Forscherin aus Deutschland hat dort die Sojasamen untersucht, die Sie von der Insel gestohlen haben.“
„Ich habe nichts gestohlen!“
„Unterbrechen Sie mich nicht!“ Wenkers Stimmung schwankte zwischen *angeschlagen* und *gereizt*. „Ich hab mir Zutritt zu ihrem Büro verschafft, um an die Samen zu kommen, die Ihrer Meinung nach die Insel nie verlassen haben! Es war die einzige

Chance, um noch zu verhindern, dass die ganze Welt davon erfährt."
„Wovon?"
„Sie sollen mich nicht unterbrechen!" Wenker fasste sich an die schweißnasse Stirn und fühlte sich unendlich elend. „Ich war in ihrem Büro. Ich wollte mir nur einen Überblick verschaffen, da stand sie..." Er schluckte und seine Stimme wurde leiser. „Sie stand plötzlich vor mir. Was hätte ich denn tun sollen?"
„Was haben Sie denn getan?", fragte Rocky vorsichtig.
„Nichts!", schrie Wenker. „Ich habe nichts getan! Sie müssen mir glauben! Ich habe sie doch kaum berührt." Er machte eine lange Pause. „Sie müssen sofort hierher kommen! Wir können dieses Problem nur noch gemeinsam lösen. Oder wir fliegen alle auf. Hören Sie? Wir alle - die ganze Firma!" Wenker beugte sich hinüber zur Nachttischlampe und las von einem Hotelprospekt die Adresse ab. „Da finden Sie mich. Zimmer 709, 7. Stock."
Rocky notierte sich die Adresse und wiederholte seine Frage von zuvor: „Was haben Sie getan?"
„Ich habe sie nur am Arm berührt." Alles in Wenker krampfte sich zusammen beim Gedanken daran, was passiert war. „Sie müssen herkommen. Beeilen Sie sich! Sie schulden es mir!" Seine Stimme versagte endgültig den Dienst.
Das Gespräch war beendet.

***

Vor dem Büro von Victor Shark, einige Minuten später:
Shark rückte seine Krawatte zurecht, als er an seiner Sekretärin vorbeiging. „Ist der Hubschrauber schon da?"
„Ja, er wartet bereits auf dem Dach, Mr. Shark."

„Gut, dann sollten wir uns besser beeilen.“ Er machte eine auffordernde Geste in Richtung der Besuchercouch, auf der Rocky Platz genommen hatte. „Begleiten Sie mich, das spart Zeit.“
Rocky stand auf und folgte ihm. Sie bewegten sich zügig in Richtung der Aufzüge. „Danke, dass Sie sich so kurzfristig...“
Shark unterbrach ihn mit einer Handbewegung. „Sparen wir uns diese höflichen Floskeln für die Weihnachtsfeier in einem halben Jahr. Sie haben gesagt, dass es sehr wichtig ist. Worum geht es?“
„Es geht um...“ Rocky kam es nicht unbedingt gelegen, dass sein Boss es noch eiliger hatte als er selbst. Seine Geschichte ließ sich mit Sicherheit glaubwürdiger verkaufen, wenn er Zeit hatte herumzudrucksen. „Wenker.“
„Was ist mit ihm?“
„Er hat mich gebeten... angewiesen, Ihnen nicht zu erzählen, dass er ein Problem hat.“
„Tatsächlich?“ Shark zeigte sich mäßig interessiert. „Hat er das falsche Ersatzteil für sein Auto geliefert bekommen und sorgt sich deshalb um die Teilnahme an der nächsten Oldtimerrallye?“
„Ich glaube, er steckt in ernsthaften Schwierigkeiten.“
„Wie ernst?“
„Es könnte auch RaptorGen betreffen.“
„Was ist passiert?“
„So genau weiß ich das selbst noch nicht. Er hat mich vor einer Viertelstunde angerufen und möchte, dass ich heute noch nach Wien fliege.“
„Sie?“ Shark stoppte augenblicklich.
„Er ist bereits dort.“
Sharks Augen weiteten sich. „Wenker ist in Wien?“
„Mir ist klar, wie sich das für Sie anhören muss. Glauben Sie mir, ich war genauso überrascht wie Sie, dass er sich bei mir

gemeldet hat. Ich kann mich nicht erinnern, dass wir überhaupt jemals miteinander telefoniert haben. Sie wissen ja, dass das Verhältnis zwischen Wenker und mir seit jeher etwas angespannt ist."
„Was sollen Sie in Wien?"
„Das hat er mir nicht verraten." Rocky zog die ausgedruckte Buchungsbestätigung aus der Innentasche seines Anzugs. „Er hat darauf bestanden, dass ich den ersten Flieger nehme und mir seine Kreditkartennummer zur Bezahlung gegeben, damit der Flug auf der Firmenabrechnung nicht auftaucht."
Shark nahm den Ausdruck an sich und warf einen genaueren Blick darauf. „Erste Klasse? Das sieht dem Geizkragen aber gar nicht ähnlich."
„Mir ist das alles extrem unangenehm, Mr. Shark. Sie wissen, dass meine Loyalität immer Ihnen und dem Unternehmen gegolten hat und natürlich auch weiterhin gilt. Ich kann einfach nicht hinter Ihrem Rücken Befehle von Wenker entgegennehmen, ohne Sie darüber zu informieren."
Shark stimmte nickend zu. Dann gab er Rocky die Buchungsbestätigung zurück und holte tief Luft.
„Ich fürchte", fuhr Rocky fort, „es hat etwas mit dem Soja zu tun, das wir auf Isle 113 für das Militär getestet haben."
„Hat Wenker das gesagt?"
„Nicht wörtlich. Er war total aufgeregt. Ich habe ihn so noch nie erlebt. Völlig konfus und unstrukturiert, aber er hat durchklingen lassen, dass ihn jemand erpresst. Eine Frau - aus Deutschland glaube ich. Er ist nach Wien geflogen, um sie zu treffen, aber offensichtlich ist bei dem Treffen etwas schiefgegangen. Ich vermute, dass er mich hinzuziehen will, um diese Angelegenheit für ihn zu bereinigen."
„Hört sich ganz danach an." Die Sorgenfalten auf Sharks Stirn wurden immer tiefer. „Hat er Sie zuvor schon einmal auf dieses Thema angesprochen?"

Rocky blieb keine Zeit, die Konsequenzen seiner Antwort durchzudenken, sondern gab sie rein intuitiv: „Er hat mich schon einmal kontaktiert. Das war vor ein paar Tagen nach der Vorstandssitzung. Er hat mich vor dem Haus mit seinem Auto abgepasst und wollte sich mit mir noch einmal über die Vorkommnisse auf der Insel unterhalten. Ich hatte keinerlei Interesse an dem Gespräch und das hab ich ihm auch gesagt. Trotzdem habe ich seinem Drängen schließlich nachgegeben und bin zu ihm in den Wagen gestiegen. Wenn ich gewusst hätte..."
„Sie müssen sich nicht verteidigen!", fiel Shark ihm mit nachdenklicher Stimme ins Wort. „Das Einzige, was Sie sich vorzuwerfen haben, ist, dass Sie damit nicht schon viel früher zu mir gekommen sind. Bevor er Sie in diesen Nachtclub geschleift hat!"
„Sie wissen davon?" Rocky zuckte innerlich zusammen und fror augenblicklich seine Mimik ein, um sich nur ja nichts anmerken zu lassen.
„Ich weiß, von wem die Initiative ausging. Wenkers persönliche Ambitionen stimmen mich schon seit einiger Zeit nachdenklich, weshalb ich beschlossen habe, ein Auge auf ihn werfen zu lassen."
„Er wurde beschattet?"
„Tun Sie nicht so überrascht, Rocky. Sie wissen doch selbst am besten, wie so etwas läuft."
„Aber ich hatte keine Ahnung davon, dass Sie ihn..."
„Manchmal ist es besser, externe Leute mit inneren Angelegenheiten zu betrauen. Wenn Sie verstehen, was ich meine."
Rocky verstand - jedes einzelne Wort inklusive aller Ein- und Zweideutigkeiten.
Shark blickte auf seine Armbanduhr. „Ich muss jetzt leider wirklich los. Der Präsident von Argentinien ist dafür bekannt,

dass er Verspätungen seiner Geschäftspartner in die Preisverhandlungen einfließen lässt." Er setzte sich wieder in Bewegung und ging auf den Aufzug zu. „Ich autorisiere die Anweisungen, die Sie von Wenker erhalten haben und ergänze sie um meine eigenen: Fliegen Sie nach Wien, regeln Sie das mit der Erpressung und bringen Sie Wenker zurück, damit er uns berichten kann, was falsch gelaufen ist. Ich bin schon sehr gespannt, seine Geschichte zu hören."
„Bitte betrachten Sie den Job als erledigt!" Rocky ließ sich zurückfallen, blieb schließlich stehen und verfolgte seinen davoneilenden Boss nur noch mit den Augen. Rocky war nicht einmal ansatzweise bewusst gewesen, dass Victor Shark den Buchhalter auf seiner Abschussliste hatte. Aber welche andere Erklärung gab es dafür, dass er Wenker durch Dritte hatte beschatten lassen? Rocky war froh und erleichtert zugleich darüber, dass er den Besuch in der Bar selbst angesprochen hatte. Nicht auszudenken, wie sich ein Leugnen dieses Treffens auf die eigene Glaubwürdigkeit ausgewirkt hätte.
„Ach, und Rocky?"
„Ja?"
„Falls etwas schiefläuft, erledigen Sie das Problem im Interesse der Firma! Ich verlasse mich auf Sie."
„Selbstverständlich, Mr. Shark." Rocky begann zu grinsen. Er hatte Wien nie zuvor besucht, doch er war jetzt schon überzeugt, dass die Stadt ihm in allerbester Erinnerung bleiben würde. *Die Kavallerie ist schon unterwegs, Wenker!*

***

In einem Wiener Ringstraßenhotel, 15:22 Uhr:
Rocky stand vor der rotbraunen Kirschholztür von Zimmer 709 und beäugte den Türanhänger: *Bitte nicht stören.* Er nahm

unwillkürlich an, dass Wenker das Zimmer seit ihrem Telefonat nicht verlassen hatte.
Rocky war so schnell hergekommen, wie es ihm möglich gewesen war. Auf dem Weg vom Flughafen hatte der Taxifahrer sein ganzes Können ausspielen müssen, um einen Unfall zu umfahren, ohne dabei Zeit zu verlieren.
Rocky zupfte das Jackett seines dunkelgrauen Anzugs zurecht. In seiner linken Hand hielt er eine braune Papiertasche, die rechte Hand klopfte gegen die Tür.
Nichts passierte.
Rocky klopfte deutlicher und drückte sein Ohr gegen die Tür. Aus dem Inneren war ein Schlurfen zu hören, das sich langsam näherte.
„Wenker!“ Rocky klopfte noch fester. „Ich kann auch morgen wiederkommen, wenn Sie...“
Die Tür öffnete sich einen Spalt breit und ein kreidebleiches Häufchen Elend blinzelte ihm aus dem Halbdunkel entgegen. Hätte Wenker in diesem Moment keinen Pullunder getragen, Rocky hätte vermutet, sich in der Tür geirrt zu haben.
„Wenker?“, fragte er verunsichert.
„Kommen Sie rein“, krächzte der Buchhalter und watschelte wie ein angeschossener Pinguin voraus.
Rocky trat ein und zog die Tür hinter sich ins Schloss. Die Luft roch abgestanden und war unangenehm warm. Allem Anschein nach hatte Wenker die Vorhänge kurz nach seiner nächtlichen Rückkehr ins Zimmer zugezogen und sie seither nicht mehr angerührt.
Rocky fiel auf, dass das Bett nicht benutzt war, wenngleich es auch nicht mehr völlig unberührt aussah. Der Flachbildfernseher an der Wand flimmerte stumm vor sich hin und tauchte das Zimmer in ein grünblaues Licht. Auf Tisch und Boden verteilt lag ein knappes Dutzend leerer Spirituosenflaschen - zweifellos die Reste der Minibar.

Rocky ging schnurstracks auf den Vorhang zu und riss ihn auf, um an den Fenstergriff zu kommen. Als er die Balkontür entdeckte, entschied er sich anders und öffnete sie.
„Nein!", rief Wenker verzweifelt. „Sie dürfen nicht..."
„Zu spät! Wenn Sie mich hierher gelockt haben, um mich mit Ihrem Schweiß zu ersticken, ist der Plan gescheitert." Rocky stellte die mitgebrachte Papiertasche neben sich auf den Boden.
„Aber... jemand könnte mich sehen!"
„Im 7. Stock? Ich glaube, wir würden es hören, wenn ein Hubschrauber vor dem Fenster kreist." Rocky blieb vorerst lieber in Balkonnähe, wo die Luft atembar war. „Was ist passiert?"
„Ich weiß nicht, was ich tun soll." Wenker ließ sich auf das Bett sinken. Sein Blick war leer und kraftlos. Er war zu dem armseligen Wurm verkommen, den Rocky schon immer in ihm gesehen hatte.
„Das geht mir ähnlich", erwiderte Rocky. „Wie wäre es, wenn Sie mir endlich sagen, warum Sie mich hergeholt haben?"
„Haben Sie Shark etwas erzählt?"
„Nein. Und ich hoffe, das war kein Fehler!"
„Gut." Wenker atmete erleichtert auf. „Ihr eigenmächtiges Handeln könnte uns beide den Kopf kosten..." Er versuchte, etwas Würde zurückzugewinnen, indem er seinen Oberkörper aufrichtete. „Ich wurde vor ein paar Tagen informiert, dass Sojasamen von Isle 113 aufgetaucht sind. Samen, die es laut Ihrer Aussage gar nicht mehr geben dürfte."
„Sie wurden informiert?"
„Ich habe meine Leute für solche Dinge", erklärte Wenker gleichgültig. Der Stolz, mit dem er seine Überlegenheit üblicherweise zur Schau stellte, war verschwunden. „Diese Deutsche, von der ich Ihnen erzählt habe, sie hat die Samen hier in Wien untersucht und dabei die Alarmsirenen in der Registrierstelle aufheulen lassen."

Rocky stutzte. „Ich dachte, die Samen auf der Insel waren nicht registriert.“
„Offiziell nicht.“ Wenkers bösartiges Grinsen war in seinem abgewrackten Zustand bestenfalls noch die Hälfte wert. „Sie haben überhaupt keine Ahnung, was Sie da losgetreten haben! Sie dachten wohl, Sie schaffen ein paar Säcke zur Seite und keiner merkt es. Das war ein schwerer Irrtum! Hinter diesem Auftrag steckt das Militär. Die sichern sich immer doppelt und dreifach ab.“
„Ich habe nichts gestohlen!“, blieb Rocky seinem Standpunkt treu.
„Aber sicher“, erwiderte Wenker, klang aber längst nicht so zynisch wie beabsichtigt. „Dann haben Sie bestimmt kein Problem damit, wenn Victor Shark erfährt, dass gleich mehrere Labors in Europa seinen Geschäften mit dem US-Militär auf der Spur sind?“
„Wie meinen Sie das?“ Rocky versuchte, sich die Verunsicherung nicht anmerken zu lassen.
„Schnallen Sie es denn immer noch nicht?“ Unter anderen Umständen hätte Wenker es über alle Maßen genossen, sein Gegenüber zur Schnecke zu machen, doch nicht diesmal. Etwas nagte an ihm, zerfraß ihn von innen heraus. „Diese Samen tauchen derzeit überall in Europa auf! Es ist nur eine Frage der Zeit, bis jemand die richtigen Schlüsse zieht und herausfindet, woher sie stammen.“
Rocky überlegte. Es war nicht auszuschließen, dass ein paar Samenkörner die Insel tatsächlich verlassen hatten, aber denen hatte er bisher keine Bedeutung beigemessen.
„Verstehen Sie, was ich sage? Das Soja lässt sich bis zu RaptorGen zurückverfolgen!“ Wenker wischte sich den Schweiß von der Stirn. „Die unterschiedlichen Anfragen bei der Registrierdatenbank zeigen, dass mehrere Leute in Europa genau das versuchen.“

„Wollen Sie mir weismachen, dass es eine Verschwörung gegen RaptorGen gibt?“
„Die Frage sollten Sie sich selbst stellen. Schließlich haben Sie diese Leute mit den Samen versorgt - in welcher Form auch immer.“
Rocky wollte etwas erwidern, doch Wenker redete einfach weiter: „Sie können mir erzählen, was Sie wollen, aber wenn Victor Shark davon erfährt, dass diese Samen von der Insel stammen, wird er *Sie* ganz allein dafür zur Verantwortung ziehen. *Sie* hatten die Leitung über die Forschergruppe vor Ort, und *Sie* haben dem Vorstand gegenüber beteuert, dass keiner außer Ihnen die Insel lebend verlassen hat. Wer sollte also die Samen weggeschafft haben, wenn nicht *Sie*?“
Rocky knöpfte sein Jackett auf und lehnte sich mit dem Rücken gegen die Fensterbank. Verstohlen blickte er auf die mitgebrachte Papiertasche. Die Dinge entwickelten sich nicht annähernd so optimal, wie er das noch vor ein paar Minuten gehofft hatte. Der offensichtlich schwer angeschlagene Wenker hatte nichts von seiner Gefährlichkeit eingebüßt. „Was wollen Sie?“
„Das, was ich schon immer wollte.“ Wenkers zittrige Finger suchten zwischen den kleinen Glasflaschen nach einer, die er noch nicht völlig geleert hatte - vergeblich. „Die Wahrheit. Ich will endlich wissen, was damals auf der Insel tatsächlich passiert ist.“
Rocky bückte sich nach der Papiertasche und holte, sehr zu Wenkers Erstaunen, eine Flasche Whiskey heraus. „Ich dachte mir schon, dass Sie dafür Verwendung haben werden.“
Wenker streckte sofort den Arm danach aus.
„Nicht so eilig!“ Rocky öffnete die Flasche und genehmigte sich den ersten Schluck, den er mit einem genüsslichen Schmatzen kommentierte. „Sie wollen also die Wahrheit hören?“ Er verzog die Mundwinkel zu einem Lächeln des

Bedauerns und reichte Wenker die Whiskeyflasche. „Wissen Sie, eigentlich ist sie gar nicht so weit von dem entfernt, was ich Ihnen erzählt habe."
Wenker leerte das erste Drittel so zügig in sich hinein, als wäre es Mineralwasser. Noch war sein Kopf klar genug, um zu wissen, wie sehr das Zeug seine Gedanken betäuben würde. Er trank es genau deshalb.
Rocky verzog das Gesicht, zum Teil aus Erstaunen, zum Teil aus Abscheu. „Was ist Ihr Problem mit dieser Stadt?"
„Sie zuerst!" Wenker rülpste. Er bot einen erbärmlichen Anblick. Seine Augen waren eingefallen und mit dunklen Ringen umrandet, als hätte er eine ganze Woche durchgemacht. Der Zustand seiner Kleidung legte nahe, dass er zumindest schon den Vortag darin verbracht hatte.
„Na gut!" Rocky stieß sich von der Fensterbank ab und trat näher an das Bett heran. „Spulen Sie Ihr Hirn zurück an die Stelle, als ich Ihnen erzählt habe, dass die beiden Wissenschafter auf der Insel angefangen haben, ihre Bedenken wegen der Rinder zu äußern."
Wenker nickte wie ein angezählter Boxer, der um jeden Preis im Ring bleiben wollte.
„Einen habe ich im Meer entsorgt."
„Und den anderen auf der Flucht in einem Boot voller gestohlenem Saatgut im Meer versenkt." Wenkers alkoholgetränkte Zunge zeigte erste Auswirkungen auf die Verständlichkeit seiner Worte.
„Korrekt", bestätigte Rocky. „Was ich Ihnen bisher allerdings nicht erzählt habe, ist, wie durchgeknallt dieser Bootsflüchtling tatsächlich war. Während meiner Abwesenheit hat er sich entschlossen, auf eigene Faust ein paar Experimente durchzuführen. An sich selbst!"
„Er hat was?", fragte Wenker entsetzt.

„Einen Selbstversuch mit dem Soja gestartet! Als ich nach ein paar Tagen zur Insel zurückgekommen bin, hatte er bereits die Kontrolle über sich verloren. Einer der beiden Feldarbeiter hat sich das Grünzeug ebenfalls verabreicht. Anschließend haben sie dem zweiten Arbeiter den Schädel mit einem Stein eingeschlagen - zumindest vermute ich, dass es so gelaufen ist. So genau habe ich das nicht mehr in Erfahrung bringen können."

„Und dann?"

„Ich habe die Leiche entdeckt und den Arbeiter gefragt, was passiert ist. Im nächsten Moment ist er mit einer Schaufel auf mich losgegangen. Ich glaube nicht, dass er überhaupt verstanden hat, was ich von ihm wollte. Der ist bereits ausgetickt, als er mich gesehen hat. Jedenfalls hatte ich kaum noch genug Zeit, um zu reagieren. Ich habe mich irgendwie zur Seite fallen lassen. Er ist dann wie ein Berserker über mich hergefallen. Hat überhaupt nicht auf meine Schläge reagiert. Sogar der direkte Treffer, mit dem ich ihm die Nase zu Brei geschlagen habe, hat kaum Wirkung gezeigt. Er hat nur noch wilder um sich geschlagen und gebrüllt wie ein Affe aus einem schlechten Horrorfilm. Ohne Pistole hätte es bestimmt nicht so gut für mich ausgesehen."

„Haben Sie ihn erschossen?" Wenker nahm einen weiteren Schluck aus der Flasche. Der Alkohol schien ihn zu beruhigen, denn das Zittern seiner Hand hatte nachgelassen.

„Das dachte ich zumindest. Aber als ich mich auf die Suche nach dem Wissenschafter gemacht habe, muss er wohl wieder aufgesprungen sein. Er hat sich einen der Säcke geschnappt und ist Richtung Meer gelaufen, bevor ich ihn daran hindern konnte. Den Rest der Geschichte kennen Sie bereits: Ab in den Helikopter, raus aufs Meer und das flüchtende Boot versenken."

Wenker schüttelte den Kopf. „Das erklärt aber nicht, wie die Samen von der Insel gelangt sind. Haben Sie die Leichen mit eigenen Augen gesehen?“
Rocky verneinte. „Die Kugeln haben das Boot durchsiebt. Also war ich mir sicher, dass es keine Überlebenden gibt - aber jetzt... Wenn tatsächlich noch einer von den Wahnsinnigen da draußen rumläuft, dann möchte ich ihm nicht begegnen!“ Er blickte zu Wenker. Es ließ sich nicht sagen, ob der Buchhalter über Rockys Worte nachdachte, oder kurz davor war einzuschlafen.
„Wenker?“
„Ja...“ Der Buchhalter schreckte hoch wie aus einem schlechten Traum.
„Sagen Sie mir jetzt endlich, warum ich nach Wien kommen musste? Ich habe Ihnen alles erzählt - die ungeschminkte Wahrheit, wie Sie es von mir verlangt haben. Falls tatsächlich Samen von der Insel nach Europa gelangt sind, müssen wir uns diesem Problem stellen. Schleunigst!“
„Sie Klugscheißer! Das habe ich doch längst getan!“ Wenker versuchte sich an einem Verlegenheitslacher, der ihm aber im Hals erstickte. „Ich war im Büro dieser Deutschen, die den Samen analysiert hat. Ich habe ihr in die Augen gesehen.“ Er nahm einen weiteren Schluck. „Sehen Sie den Leuten vorher in die Augen?“
Rocky gab sich keine Mühe, seine Fassungslosigkeit zu verbergen. „Wenker, was haben Sie getan?“
„Hören Sie, Rocky. Ich wollte mir nur einen Überblick verschaffen.“ Seine Stimme begann zu bröckeln. „Nur nachsehen, wie schlimm die Lage ist. Ich war letzte Nacht in ihrem Büro, und plötzlich stand sie hinter mir. Was hätte ich denn tun sollen?“
„Hat Sie jemand gesehen?“

Wenker starrte auf den Boden zu seinen Füßen. „Nur der Mann, der mich in das Gebäude gelassen hat."
„Welcher Mann?"
„Keine Ahnung. In dem Moment war mir das nicht so wichtig. Ich habe ihm ein paar Scheine unter die Nase gehalten, und er hat die Tür für mich offengelassen."
Rocky kannte Wenkers Methoden, wenn es darum ging, andere für sich zu vereinnahmen. Mit seinem Wesen, das dem eines Steuerprüfers glich, war es ihm ein Leichtes, übertrieben autoritär aufzutreten. Ein paar scharfe Worte von ihm machten den meisten Menschen deutlich, dass sie mit einer sofortigen Selbstanzeige noch am besten bedient waren. Wenn Wenker dann noch ein paar Geldscheine draufpackte, taten ihm die Leute fast jeden Gefallen - ewige Dankbarkeit inklusive.
„Was haben Sie mit dieser Deutschen angestellt?"
„Nichts", brach es aus Wenker heraus. „Ich habe sie doch kaum richtig berührt."
Rocky blickte skeptisch.
„Vielleicht habe ich sie am Arm festgehalten... Aber mehr nicht... Da war ein Blumentopf mit einer Sojapflanze. Sie ist hingestürmt... und wollte damit davonlaufen." Er spürte, wie ihm die Worte die Kehle abzuschnüren drohten.
„Haben Sie sie umgebracht?"
„Nein!" Wenker kreischte hysterisch. „Nein!" Er war völlig durch den Wind und brach in Tränen aus. Die Flasche hielt er mit beiden Händen fest umklammert wie den letzten Freund auf dieser Welt.
Sekunden der Fassungslosigkeit verstrichen, in denen Wenker immer mehr in sich zusammenfiel. Nur noch stammelnd brachte er ein paar Sätze hervor: „Es war ein Unfall... im Treppenhaus. Sie ist gestolpert." Er schluchzte. „Ich habe sie doch kaum angefasst. Sie müssen mir glauben!" In seinem Kopf wiederholte sich die Szene schon seit Stunden wieder und

wieder. Eine Erinnerung des Grauens, die nicht verblassen wollte und es nahezu unmöglich machte, einen klaren Gedanken zu fassen.
„Ist sie tot?“, fragte Rocky.
Keine Antwort.
„Ist sie tot?“
Wenker hauchte, so laut es ihm möglich war: „Ich könnte nie einen Menschen töten.“ Er sah Rocky mit völlig verzweifeltem Blick an. „Ich bin doch nicht wie Sie!“
„Das sind Sie mit Sicherheit nicht!“ Rocky hatte Oberwasser wie schon lange nicht mehr. *Endlich*, so dachte er, *spürt Wenker am eigenen Leib, was es heißt, an der Front zu stehen.* Das Ausknipsen von unerwünschten Problemen war ein knochenharter Job - mit Sicherheit nichts für Zahlenakrobaten und Excelanalysten. *Kein Wunder, dass der Sesselschwitzer dem Druck nicht gewachsen ist.*
„Sie ist tot.“ Wenker wiederholte den Satz mehrmals und seine Winselstimme wurde mit jedem Mal leiser. Plötzlich schreckte er auf und schaute entsetzt zum Fenster. „Hören Sie das?“
Rocky kommentierte die weit entfernte Polizeisirene mit einem Schulterzucken.
„Die werden mich finden!“
„Schwachsinn!“, stieß Rocky verächtlich aus. „Die sind bestimmt nicht Ihretwegen unterwegs.“ Er schaute auf seine Uhr. „Trotzdem kann es nicht schaden, wenn wir langsam aufbrechen.“
„Sind Sie verrückt?“ Wenker riss die völlig verheulten Augen auf. „Ich kann hier doch nicht weg. Was ist, wenn mich jemand erkennt?“ Die nackte Panik hatte tiefe Furchen in sein Gesicht geschnitten. „Niemand wird mir glauben.“
„Reißen Sie sich gefälligst zusammen!“ Rocky machte einen Schritt nach vor. Er packte Wenker mit beiden Händen an den Schultern und rüttelte ihn kräftig durch. „Sie werden noch

gebraucht!“ Er sah sich im Zimmer um. „Haben Sie in dem Büro der Deutschen etwas angefasst? Gibt es Fingerabdrücke von Ihnen?“
Wenker schüttelte vorsichtig optimistisch den Kopf. „Ich glaube nicht... Ich hatte Handschuhe an.“
„Guter Mann!“ Rocky klopfte ihm auf die Schulter. „Was ist mit der Sojapflanze?“
„Ich...“ Wenker versuchte zu antworten, aber seine Stimme verebbte nach dem ersten Wort.
„Was ist mit der Pflanze?“, herrschte Rocky ihn an.
„Ich... Ich habe sie... Sie ist zu Boden gefallen... Bei dem Sturz... Der Blumentopf ist zerbrochen. Überall war Erde... überall.“
„Keine Sorge, ich bin sicher, die können sich eine Putzfrau leisten.“ Rocky klang genervt. „Wo ist die verdammte Sojapflanze?“
„Nicht mehr dort... Nicht mehr dort!“ Wenkers Stimme wurde wieder fester. „Ich habe sie mitgenommen und in einem Müllcontainer entsorgt.“
„Sind Sie sicher?“
Wenker nickte heftig.
„Wissen Sie noch, in welchem Container?“
„Ich glaube nicht. Irgendwo unterwegs. Ich bin einfach nur losgelaufen... wollte weg.“
„Aber die Pflanze haben Sie mitgenommen?“
„Ja. Ja, ganz bestimmt... Ich hab sie die ganze Zeit umklammert gehalten... Sie müssen mir das glauben!“
„Ich glaube Ihnen.“ Rocky war es ohnehin egal. „Kommen Sie, wir müssen Sie wieder auf die Beine bringen.“ Er packte Wenker am Hosenbund und hievte ihn hoch.
„Warten Sie! Die Flasche.“

Rocky verdrehte die Augen. „Na schön, nehmen Sie noch einen kräftigen Schluck, aber dann bringe ich Sie an die frische Luft, damit Sie wieder zu Sinnen kommen."
„Nur noch einen Schluck..." Wenker zog an der Flasche, als hätte jemand die Lösung all seiner Probleme darin abgefüllt.
„Das reicht!" Rockys starke Hand bog Wenkers Arm nach unten - weg von dessen Mund.
„Wo gehen wir hin?"
„An die frische Luft!" Rocky stieß mit dem Fuß die Balkontür auf und half Wenker nach draußen. „Wissen Sie, was ich mich schon die ganze Zeit frage?"
„Was?" Wenkers Lallen ließ sich nicht mehr überhören.
„Ob mir das hier wirklich so viel geben wird, wie ich immer gedacht habe." Er packte Wenker am Oberarm und wuchtete ihn mit einer blitzschnellen Drehung über die Brüstung.
Sieben Stockwerke tiefer bestätigte das Klirren einer Whiskeyflasche die Ankunft.
Als die erste Passantin kreischend über Wenkers Reste stolperte, war Rocky bereits damit beschäftigt, seine Spuren im Zimmer zu beseitigen. Für die Polizei würde später alles so aussehen, als hätte die Schwerkraft eine gefallene Seele davor bewahrt, sich zu Tode zu saufen.

***

Unterdessen auf einer Schotterstraße in Mexiko:
Miguel hasste zeitiges Aufstehen. Das viel zu frühe Treffen mit Mr. Li, da war er sich sicher, würde ihm den ganzen Tag versauen. Dummerweise war es immer noch Li, der die Regeln diktierte und Miguel war der kleine Fisch, der danach zu schwimmen hatte.
Ohne den Chinesen lief im grenzüberschreitenden Drogenhandel gar nichts. Er war Einkauf, Logistik, Distribution, Verzollung, Marketing und Vertrieb in einer

Person. Wenn Miguel seinen Stoff auf die Bühnen der Welt bringen wollte, führte kein Weg an Li vorbei.
Miguel hatte nur wenig geschlafen, um die Probelieferung für den Chinesen doch noch rechtzeitig fertigzubekommen. Die Ankündigung des Treffens war extrem kurzfristig erfolgt, und die Sache mit Cilly und den Hunden hatte Miguel im Zeitplan ohnehin schon zurückgeworfen. Alles in allem nicht die besten Voraussetzungen, um einen Vergleichstest gegen die örtliche Konkurrenz zu bestehen.
Miguel gähnte. Die öden Fahrten durch die ewig gleiche Wüstenlandschaft würde er am wenigsten vermissen: Kakteen, Steine - Steine, Kakteen. Dazwischen nur Sand und Staub - eine endlose Einöde, deren niedrige Bergrücken sich wie eine aufgerollte Klapperschlange um die kleine Stadt Poquito wanden. Miguels heutiger Weg führte ihn weg von Poquito, weiter hinaus in die Wüste.
Er hatte die Ausläufer der Berge schon eine ganze Weile hinter sich gelassen, als sein Magen zum ersten Mal knurrte. Der frühe Aufbruch hatte ihm nicht einmal mehr Zeit für ein Frühstück gelassen. Zum Glück lagerte unter dem Beifahrersitz stets eine Tequilaflasche als eiserne Reserve.
Li hatte eine stillgelegte Kupfermine mitten im Nichts als Treffpunkt bestimmt. Der Chinese galt als ausgesprochen vorsichtiger Mensch. Eine Eigenschaft, die in seiner Branche der Schlüssel zum langfristigen Erfolg war.
Miguel hatte keine Ahnung, wie viele Leute am Treffpunkt auf ihn warten würden. Li machte im Vorfeld niemals Angaben zu solchen Dingen und gab Informationen über seine Treffen immer erst sehr kurzfristig an die Teilnehmer weiter. Alles, was Miguel wusste, war, dass er an diesem Morgen nicht der Einzige sein würde, der sich um einen lukrativen Liefervertrag mit dem Chinesen bewarb. Angesichts dessen, was Miguel in seinem Handschuhfach liegen hatte, schätzte er die Chancen

der anderen aber als äußerst gering ein. Keiner konnte sich mit dem Designerstoff messen, den er in seinem Keller produziert hatte.
In der Ferne tauchte eine Anhöhe auf. Miguel hatte sein Ziel fast erreicht. Der schlechte Radioempfang unterstrich, wie weit er in die Einöde vorgedrungen war. Das Dauerrauschen entwickelte sich zu einer echten Geduldsprobe, weshalb Miguel auf CD umschaltete. Dass er nur die eine Disk besaß, die der Vorbesitzer im Wagen gelassen hatte, erleichterte die Wahl. Mit Sicherheit hatte keiner den Soundtrack von *From Dusk Till Dawn* öfter gehört als er.
Vier Kilometer später gelangte Miguel zu einer Gabelung. Links führte die Straße hinauf zur Anhöhe, rechts schlängelte sich eine Schotterpiste in einen gewaltigen Abgrund. Über Jahrzehnte hinweg hatten sich riesige Baggerschaufeln in den Boden gefressen und einen Krater hinterlassen, der groß genug war, um ganz Poquito darin verschwinden zu lassen. Gegen Ende der Neunziger waren die Kupfervorräte erschöpft gewesen und man hatte den Abbau eingestellt.
Die Schließung hatte Poquito hart getroffen, da die Mine der größte Arbeitgeber im Umland gewesen war. Gut die Hälfte der Einwohner war in der Folge abgewandert und hatte anderswo ihr Glück versucht. Mit dem Ende der Mine war auch das Schicksal der gut ausgebauten Infrastruktur für den Erzabbau besiegelt gewesen. Seither hatten nur noch Sand und Wind ihre Spuren an den aufgegebenen Gebäuden und Maschinen hinterlassen.
Miguel lenkte nach rechts und folgte der Schotterpiste, die in das Herz des Kraters führte. Gleich zu Beginn musste er zwischen zwei Wassertürmen durchfahren, deren riesige Holzfässer von der Sonne völlig ausgeblichen waren. Obwohl die eisernen Stelzbeine der Wassertürme schon seit Jahren keine Farbe mehr gesehen hatten, waren sie nicht weggerostet.

Das kontinuierliche Sandstrahlen des Windes kombiniert mit der trockenen Luft sorgte dafür, dass die Wüste solche Zivilisationsreste auf ihre ganz eigene Art konservierte.
Von einem Aussichtspunkt auf der Anhöhe verfolgte ein militärbraunes Fernglas Miguels Fahrmanöver. Es gehörte einem Soldaten, der bei Li als Söldner angeheuert hatte. Seit die Sonne am Vortag untergegangen war, hockte er in einer Felsspalte und beobachtete das Minengelände. Neben ihm wartete ein aufmunitioniertes Scharfschützengewehr auf den nächsten Einsatz. Sollte sich einer der geladenen Gäste als Sicherheitsrisiko herausstellen oder gar jemand auftauchen, der über keine Einladung verfügte, würde es laut werden im Krater. Li hatte es sich nicht nehmen lassen, jedem Söldner das Veranstaltermotto persönlich einzubläuen: Bevor die Party platzt, lasst Köpfe platzen!
Miguel steuerte seinen Wagen zügig über die geschotterten Serpentinen in den Krater. Dabei zog er einen fast dreißig Meter langen Staubwurm hinter sich her.
Ein zweiter Staubwurm schlängelte sich auf der gegenüberliegenden Flanke weit gemächlicher nach unten. Miguel vermutete, dass es sich dabei um einen seiner Mitbewerber handelte. Zumindest konnte er ausschließen, dass Li in dem anderen Wagen - vermutlich ein Mitsubishi - saß, denn die Zeit des Chinesen galt gemeinhin als ausgesprochen kostbar. Im besten Fall würde Li pünktlich auftauchen oder zumindest mit der für ihn üblichen Verspätung.
„I'm knocking on the Devil's door", summte Miguel ohne erkennbares Gefühl für Rhythmus oder Melodie. Er hatte die dritte von vier Ebenen des Kraters erreicht und passierte mehrere Holzbaracken mit eingeschlagenen Fensterscheiben. Ein bewaffneter Soldat wies ihn mit einer lässigen Armbewegung an, weiterzufahren.

Etwa hundert Meter voraus stand eine kleine Gruppe Männer vor drei betagten Geländewagen. Verglichen mit Miguels Rostkarre sah sogar der in fauligem Beige lackierte Jeep noch richtig gut aus.
Miguel wurde langsamer und musterte die Anwesenden: zwei Soldaten, drei Mitbewerber - aber nur zwei davon waren Mexikaner von Miguels Schlag. Der dritte Mann war deutlich besser gekleidet und passte mit seiner hellen Haut eher in den Norden der USA oder Kanada.
Beim Einparken war Miguel eine Spur zu sehr auf seine Konkurrenz konzentriert. Er schrammte nur um Haaresbreite am beigen Kotflügel vorbei, was sofort für gute Stimmung sorgte.
„Hijo Puta!", schrie einer der Mexikaner und ballte die rechte Hand zur Faust. Er war fast einen halben Kopf kleiner als Miguel, trug ein sandbraunes Hemd und ein viel zu breites Stirnband mit dem Aufdruck einer Getränkemarke.
Völlig ungerührt stieg Miguel aus dem Wagen und wischte seine schweißnasse Stirn am Ärmel seines T-Shirts ab. „Mach keinen Aufstand, Pepsi! Deiner Karre ist ja nichts passiert."
Einen Moment lang war Pepsi perplex.
„Miguel ist mein Name! Ich komme von da hinten." Er zeigte nach Westen. „War ein verdammt weiter Weg, aber es hat sich gelohnt, wie ich sehe. Ich biete Li den besten Stoff der Welt zum Kauf an. Falls ihr euren gepressten Kuhdung also nicht von einem anderen Planeten importiert habt, könnt ihr euch gleich wieder auf den Heimweg machen!"
Nun waren auch die anderen Anwesenden sprachlos. Die Dreistigkeit, mit der Miguel sich und seine Absichten vorgestellt hatte, hinterließ eine Mischung aus Verärgerung und Ratlosigkeit auf ihren Gesichtern.
Der andere Mexikaner, er hatte sein hüftlanges Haar zu einem Pferdeschwanz gebunden, reagierte als Erster: „Du riskierst

eine große Klappe für jemanden, dessen Hose mehr Löcher hat als meine Schwester Freier.“

Miguel klappte seine Unterlippe nach unten und signalisierte, wie mächtig beeindruckt er war. „Ich bin eben ein Tierfreund und möchte euch die sinnlose Warterei ersparen. Der Deal ist gelaufen - aber nicht für euch! Macht euch einen schönen Tag auf euren Müttern.“

„Du verdammter...“ Pepsi wollte Miguel an die Gurgel springen, doch einer der Söldner rammte dem Angreifer blitzschnell sein Maschinengewehr zwischen die Rippen. Sofort stellte Pepsi seine Offensive ein.

„Überleg dir, wann dein Tag enden soll!“, schlug der Söldner vor. An Miguel gerichtet ergänzte er: „Und du hör auf, so dämlich zu grinsen. Wenn ihr euch bereits vor den Verhandlungen dezimieren wollt, dann macht das außerhalb der Mine. Hier drin gelten die Regeln von Mr. Li. Verstanden?“

„Alles klar“, bestätigte Miguel ruhig. Die Hoffnung, dass sich einer seiner Konkurrenten eine vorschnelle Kugel einfangen würde, hatte sich - knapp aber doch - leider nicht bestätigt. Noch wollte er diese Hoffnung allerdings nicht aufgeben, zumal er von früheren Treffen wusste, dass sein Plan durchaus Aussicht auf Erfolg hatte. Schon einmal war er aus nächster Nähe Zeuge gewesen, wie einem Lieferanten der Kopf explodiert war, nachdem dieser seine Hand gegen Li erhoben hatte.

Miguel war überzeugt, dass auch diesmal Scharfschützen postiert waren, um schon den kleinsten Ärger im Keim zu ersticken. Da die Männer hinter den Zielfernrohren mit Sicherheit zu weit entfernt waren, um mitzuhören, mussten sie die Lage im Kraterkessel allein aufgrund ihrer visuellen Wahrnehmung einschätzen. Für Miguel hieß das, dass er, solange er seine Hände ruhig am Körper hielt und keine hastigen Bewegungen machte, für die Fadenkreuze kein Ziel abgab.

„Du hast verdammtes Glück, dass er dich gerettet hat!" Pepsis dunkle Augen funkelten Miguel zornig an.

„Wollen wir rausgehen?", fragte Miguel.

„Vielleicht sollten wir einfach unser Gespräch fortsetzen", schlug der Hellhäutige vor. Sein Amerikanisch hatte einen französischen Akzent, weshalb Miguel ihn kurzerhand als Kanadier abstempelte.

„Ein kluger Vorschlag", erwiderte der Pferdeschwanz.

„Von mir aus!" Pepsi wandte sich ruckartig von Miguel ab.

„Was ist mit Ihnen... Miguel?", fragte der Kanadier. „Wir haben uns gerade über die Möglichkeit einer Zusammenarbeit unterhalten."

Zusammenarbeit? Miguel runzelte ungläubig die Stirn und sprach einen der Söldner an: „Kann es sein, dass dein Boss die Einladungen zum Kindergeburtstag seines Sohns in die falschen Kuverts gesteckt hat?"

Der Söldner antwortete nicht.

Pepsis Faust zuckte zwar, doch noch hatte er sich unter Kontrolle. In seinen Kopf, darauf hätte Miguel jederzeit eine Kiste Tequila verwettet, würde der Scharfschütze schon bald die erste Kugel jagen.

„Ich mag Ihren Humor, Miguel." Der Kanadier passte in die Gruppe wie Ahornsirup in Chili con Carne.

„Welchen Humor?" Miguel wollte sich gerade ganz behutsam umdrehen und eine Flasche aus seinem Wagen holen, da hatte der Mitsubishi von vorhin endlich auch den Weg nach unten gefunden. Er war silbern, wenngleich das unter der dicken Staubschicht nur noch im Dachbereich zu erkennen war, und der mit Abstand modernste Wagen im Krater.

„Noch ein Anbieter?", fragte der Pferdeschwanz überrascht in die Runde.

„Vielleicht ein Freier deiner Schwester, der sein Geld von dir zurückhaben will." Miguel vermied selbst das kleinste Lächeln, auch wenn es die Provokation unterstützt hätte.
„Denk nicht mal dran!" Der Söldner mit dem Maschinengewehr wusste stets, aus welcher Richtung der Ärger drohte. Diesmal zielte sein Gewehrlauf auf den Reißverschluss von Pepsis Hose.
„Lass gut sein", beruhigte der Pferdeschwanz. „Der Kerl ist es nicht wert."
„Genau, Pepsi! Hör auf deine große Schwester und lass gut sein!", unkte Miguel.
„Das reicht jetzt!", stellte der andere Söldner lautstark und für alle klar. „Wenn einer von euch Ärger machen will, die Wüste ist groß genug für alle."
Miguel hörte ihm gar nicht mehr zu, sondern richtete seine Aufmerksamkeit auf die Fahrertür des Mitsubishi, die sich schwungvoll öffnete.
Heraus stieg, und das schien alle Anwesenden gleichermaßen zu überraschen, eine Asiatin, deren dreißigster Geburtstag mit Sicherheit noch einige Jahre in der Zukunft lag. Sie war ausgesprochen zierlich und komplett in Grau gekleidet: enges Top, Stiefelhose und dazu passende Stiefel mit flachen Absätzen. Für eine Asiatin untypisch hatte sie langes blondes Haar, das sie offen trug.
Ein kollektives Raunen ging durch die Gruppe der Anwesenden.
Miguel hatte mit allem gerechnet, aber sicher nicht mit einer Frau. *Sieht gar nicht mal schlecht aus.* Für ihn war sie keine Konkurrenz, sondern ein netter Zeitvertreib, sobald sein Geschäft mit Li in trockenen Tüchern war.
Pepsi starrte mit offenem Mund auf die näherkommende Frau. Gleichzeitig zupfte er an seinem Stirnband herum. So wie es aussah aber nur, um seine Hände zu beschäftigen.

„Je später der Vormittag, desto reizender die Gäste!" Der Kanadier machte als Erster einen Schritt nach vorn.
„Die Gastgeberin!", verbesserte sie ihn und kommentierte seinen ausgestreckten Arm mit einem freundlichen, aber bestimmten Kopfschütteln.
„Die Gastgeberin?", fragten Pepsi und der Pferdeschwanz wie schlecht abgestimmte Synchronsprecher.
„Ich bin Maylin! Während der Abwesenheit meines Vaters kümmere ich mich um seine Geschäfte."
„Sie sind die Tochter von Li?" Der Kanadier nutzte die Gelegenheit, um Maylin ein weiteres Mal von oben bis unten zu mustern.
„So ist es", entgegnete Maylin. „Bitte lassen Sie sich von meinem Äußeren nicht täuschen. Ich wurde seit meinem dritten Lebensjahr in traditionellen Kampfkünsten unterrichtet. Sollte es nötig werden, könnte ich jeden von Ihnen töten, bevor Sie dazu kommen, Ihre Waffen zu ziehen."
Pepsi stieß einen schrillen Pfiff aus. „Das ist ja ein starkes Stück. Da schickt Li uns sein rattenscharfes Töchterlein und das Erste, was sie macht, ist, uns zu bedrohen." Er lachte, doch keiner außer ihm schien die Bemerkung witzig zu finden. Am wenigsten Maylin.
„Sind Sie auf der Suche nach einem Problem mit mir?", fragte sie mit scharfer Stimme.
Sein Lachen verstarb augenblicklich.
Maylin musterte die potenziellen Geschäftspartner und nahm sich dafür erstaunlich viel Zeit. Während sie von einem zum anderen schritt, erklärte sie: „Sie alle sind hier, weil mein Vater Sie eingeladen hat. Betrachten Sie das als ein Zeichen der Wertschätzung unserer Familie. Ich gehe selbstverständlich davon aus, dass Sie nicht hergekommen sind, um unsere Gastfreundschaft zu missbrauchen, und sich an die Regeln

halten, die Ihnen mein Vater als Bedingung für dieses Treffen erläutert hat."
Miguel beobachtete, wie aufmerksam Maylins Augen selbst das kleinste Detail wahrzunehmen schienen. Mit Sicherheit hätte ihr jeder internationale Flughafen sofort einen Job bei der Passkontrolle angeboten.
„Bedauerlicherweise wird nur einer von Ihnen mit uns ins Geschäft kommen. Entscheidend ist dafür weder Aussehen, Abstammung noch Sympathie. Für uns zählt lediglich die Qualität der Ware, die Sie uns liefern können - verlässlich liefern können! Ich gehe davon aus, dass Sie alle nicht hier wären, wenn es in diesem Punkt Defizite bei Ihnen gäbe." Ihr Blick wanderte einmal im Halbkreis.
„Maylin?" Miguel machte einen Schritt nach vorn. „Wenn es Ihnen ausschließlich um die Qualität der Ware geht, wie Sie gerade betont haben, kann ich Ihnen viel Zeit ersparen."
„Wie das?" Sie kippte interessiert den Kopf zur Seite.
„Keiner hier und auch kein anderer Lieferant auf dem ganzen verdammten Planeten kann Ihnen das liefern, was ich Ihnen anbiete."
„Hör auf, deine Klappe so weit aufzureißen!" Pepsi drohte mit der Faust. „Gegen meinen Stoff hast du keine Chance."
Miguel zeigte sich unbeeindruckt und wurde deutlicher. „Du Witzfigur von einem Pausenclown glaubst doch nicht ernsthaft, dass Maylin und ihr Vater sich für dein verschnittenes Koks interessieren? Womit hast du das Zeug gestreckt? Milchpulver? Speed? Babypuder? Oder war es...?"
Pepsi hatte lange genug zugehört. Mit ausgestreckten Armen sprang er auf Miguel zu, stolperte aber auf halbem Weg über Maylins geschickt platziertes Bein. Er wollte gleich wieder aufspringen, doch ein stechender Schmerz hinter seinem Ohr ließ ihn fast das Bewusstsein verlieren. Maylin hatte augenscheinlich nicht übertrieben, was ihr Talent für

traditionelle Kampfkünste betraf. Mit nur zwei Fingern brachte sie Pepsi zum Winseln.
„Vielleicht war ich vorhin nicht deutlich genug“, sagte sie mit ruhiger Stimme. „Die Regeln für dieses Treffen hat mein Vater festgelegt, ich überwache sie nur. Und Sie halten sich daran. Richtig?“
Pepsi winselte noch immer.
„Richtig?“ Maylins Zeigefinger zuckte.
„Jahhhhhh!“, brüllte Pepsi, dem augenblicklich die Tränen einschossen.
„Wunderbar.“ Sie löste ihren Griff und wandte sich wieder Miguel zu. „Sie klingen so, als wären Sie restlos überzeugt von Ihrem Produkt. Ich würde mir wünschen, dass Sie kein Schwätzer sind, denn ich hasse Schwätzer. Sind Sie ein Schwätzer, Mr...?“
„Miguel!“ Er lächelte siegessicher. „Lassen wir es doch auf einen Versuch ankommen.“
„Wie soll der aussehen?“
„Ich lade Sie auf meine ganz persönliche Hausmischung ein.“ Er drehte sich zu den anderen. „Euch alle! Wenn nur ein Einziger von euch danach noch den Dreck anrühren möchte, den ihr selbst mitgebracht habt, räume ich das Feld.“ Ein Blick in die Runde reichte Miguel, um zu wissen, dass er sie alle in der Tasche hatte.
„Was macht dein Koks so besonders?“, fragte der Pferdeschwanz neugierig.
„Die Farbe.“ Miguel lachte.
Auch wenn die anderen den Witz nicht verstanden, so ließ das Lachen doch keinen von ihnen kalt. Es war ein böses, bedrohliches Lachen. Eines, das so selbstsicher klang, dass es ihnen geeignet schien, selbst Gevatter Tod einzuschüchtern.
„Die Farbe?“, fragte Maylin.

***

Botanischer Garten Wien, einige Minuten später:
Im Büro von Professor Ginko herrschte angespanntes Schweigen. Bill saß auf einem Stuhl, den er sich aus der Ecke herübergezogen hatte und starrte auf ein Bücherregal.
Ginko lief unruhig vor dem Fenster auf und ab und hoffte, dass bald wieder Alltag in sein Leben einkehren würde. Gleichzeitig wusste er aber, dass er den Botanischen Garten nie wieder so unbeschwert würde betreten können, wie er es seit vielen Jahren gewohnt war.
Bill war erst vor einer halben Stunde eingetroffen und wartete, ob die Polizei noch weitere Fragen an ihn hatte. Es waren die längsten dreißig Minuten, an die er sich erinnern konnte. Nicht zum ersten Mal in seinem Leben hatte er einen wichtigen Menschen verloren, doch diesmal war es für immer.
Ein Kriminalbeamter betrat das Zimmer und gab die neuesten Informationen an den Professor weiter: „Die Kollegen von der Spurensicherung sind so weit fertig und haben das Büro Ihrer Mitarbeiterin wieder freigegeben."
„Karoline Bogner", sagte Ginko und betonte den Namen so, als ob es ihm wichtig wäre, ihn nicht zu vergessen.
Der Kriminalbeamte nickte und senkte betroffen die Augen. Wenn es etwas gab, was er an seinem Job hasste, dann Momente wie diesen. Die Konfrontation mit Hinterbliebenen, egal ob Familie oder Kollegen, sorgte immer für einen fahlen Beigeschmack bei seiner Arbeit. Jedes Mal, wenn ein Mensch starb, fiel ein schwerer Schatten auf jene, die zurückblieben. Und ein Teil dieses Schattens, so fühlte es sich zumindest an, traf auch auf diejenigen, die aus beruflichen Gründen danebenstanden, wenn Tragödien wie diese passierten.
Ginko räusperte sich. „Dürfen wir Dinge aus dem Büro entfernen?"

„Von unserer Seite spricht nichts mehr dagegen", bestätigte der Kriminalbeamte. „Wenn Sie mich brauchen, ich bin noch eine Weile im Haus beschäftigt. Sagen Sie einfach meiner Kollegin drüben im Besprechungszimmer Bescheid, sie funkt mich dann an."
„Was ist mit ihm?" Professor Ginko zeigte mit dem Kopf auf Bill Fowlers zerknirschte Reste. „Brauchen Sie ihn noch für eine weitere Aussage? Er war mit Dr. Bogner befreundet."
„Sprechen Sie Deutsch?", fragte der Kriminalbeamte.
„Schlecht", antwortete Bill. „Englisch ist mir lieber."
„Hat meine Kollegin Ihre Aussage schon aufgenommen?"
Bill nickte.
„Dann brauchen wir Sie nicht mehr. Sie können beide gehen, wenn Sie möchten." Der Kriminalbeamte drehte sich um und wollte das Büro verlassen.
„Herr Inspektor?", rief Ginko.
Die Degradierung zum Inspektor schmerzte, aber als leitender Mordermittler war der Mann daran gewöhnt und auch nicht nachtragend. „Ja, bitte?"
„Können Sie uns schon etwas über den Stand Ihrer Ermittlungen berichten? Ich würde meinen Mitarbeitern gern sagen, was hier passiert ist, damit wir irgendwie einen Weg finden können, um damit umzugehen."
„Wir gehen derzeit von einem tragischen Unfalltod durch Genickbruch in Folge des Sturzes im Treppenhaus aus", sagte der Kriminalbeamte. „Für eine Fremdeinwirkung gibt es derzeit keine Anzeichen. Aber wir ermitteln natürlich weiterhin in alle Richtungen."
„Ja", sagte Ginko betroffen. Es war das übliche Blabla, wie es jeder Fernsehpolizist einmal pro Opfer herunterleierte, wenn die Spurensicherung abgeschlossen und der Fall klar war. Dennoch war Ginko nicht unglücklich darüber, dass die Polizei die Mordtheorie so schnell wieder verworfen hatte. Sein

Institut und der Botanische Garten konnten auf reißerische Schlagzeilen in der Boulevardpresse gut verzichten.
Auch Bill hatte vorerst kein Interesse daran, die Theorie der Polizei in Frage zu stellen - zumindest nicht laut. Ginko hatte bereits zugesagt, ihm Karos Unterlagen auszuhändigen, sofern er diese für seinen Artikel benötigte. Es war ein sehr leiser Versuch, Karos Andenken gerecht zu werden, doch beide Männer erhofften sich davon das lauteste Echo.
„Kommen Sie!" Ginko legte seine Hand auf Bills eingesunkene Schulter. „Holen Sie sich, was Sie brauchen, damit ihr Tod nicht umsonst war."
Bill erhob sich mit schwammigen Knien und folgte Ginko in Karos Büro.
Bills Blick fiel auf den leeren Platz, rechts auf der Fensterbank, da wo zuletzt der gelbe Blumentopf mit der Sojapflanze gestanden hatte, dessen Scherben ein spezieller Putztrupp im Treppenhaus aufgesammelt hatte. Erstaunlicherweise hatte niemand danach gefragt, was mit der Pflanze passiert war.
Vermutlich hat es keinen interessiert, dachte Bill. Er war mit Ginko übereingekommen, die fehlende Sojapflanze der Polizei gegenüber nicht anzusprechen.
Bill ging zur linken Hälfte der Fensterbank, auf der sich dutzende Pflanzen in ebenso vielen Blumentöpfen zu einem dichten Urwald drängten. Er schob die erste Topfreihe vorsichtig zur Seite und zum ersten Mal an diesem Tag verspürte er so etwas wie einen Hoffnungsschimmer. „Sie ist noch da", sagte er und nahm einen unscheinbaren Topf mit einem kräftigen Sojapflänzchen an sich.
Angesichts der Bedeutung der Versuchspflanze konnte Bill den Diebstahl der Kontrollpflanze verschmerzen, nicht aber, dass er Karo für immer verloren hatte.

„Packen Sie alles zusammen, was Ihnen bei Ihrer Arbeit weiterhelfen kann“, sagte Ginko. „Ich besorge Ihnen ein paar Schachteln für den Transport.“

***

Etwa zur selben Zeit in der Kupfermine in Mexiko:
Miguel, Pepsi, der Pferdeschwanz und der Kanadier trauten weder einander noch Maylin über den Weg. Miguel hatte vor, seinen Stoff durch Exklusivität punkten zu lassen.
„Sind Sie verrückt? Diesen Preis zahle ich nicht einmal für hundert Kilo!“, fuhr Maylin ihn an.
„Genau diesen Preis werden Sie für ein Kilogramm zahlen, weil mein Stoff jeden einzelnen Peso davon wert ist“, entgegnete Miguel mit ruhiger Stimme.
Für einen viel zu langen Moment lag eine beunruhigende Stille in der Luft.
„Sie sind ein interessanter Mann, Miguel.“ Maylins Lächeln ließ durchblicken, dass sie so etwas wie Respekt vor dem Mexikaner hatte.
„Er ist ein gottverdammter Angeber“, knurrte es unter dem verschwitzten Pepsi-Cola-Stirnband hervor.
„Mag sein.“ Der Mexikaner mit dem Pferdeschwanz machte einen Schritt auf Miguel zu. „Aber wenn dein Zeug wirklich so gut ist, wie du behauptest, wäre ich unter Umständen auch an einer Lieferung interessiert.“
„Falls es so gut ist, wie er sagt.“ Der Kanadier hatte große Probleme damit, Miguel richtig einzuschätzen. Die Fassade aus Zuversicht und todesverachtender Arroganz war nur schwer zu durchschauen. „Es ist zweifellos ein netter Gag, giftgrünes Koks zu produzieren. Aber reicht das, um die Kunden zu überzeugen?“
„Das ist kein Koks!“, stellte Miguel klar.

„Mir ist es egal, ob er Ihre Kunden damit überzeugt", übernahm Maylin wieder die Wortführerschaft. „Meine Familie interessiert nur, ob seine Ware unsere Kunden überzeugen kann. Kann Sie das, Miguel?"

„Warum probieren Sie es nicht selbst?" Miguel hielt ihr einen winzigen Plastikbeutel entgegen, der nur winzige Spuren des grünen Pulvers enthielt.

„Dieses Nichts ist eine Portion?", fragte Maylin skeptisch.

Miguel nickte bedächtig. „Mehr brauchen Sie nicht, um glücklich zu sein."

„Hat es einen Namen?", fragte Pferdeschwanz.

„Green!", antwortete Miguel.

„Green?" Maylin lächelte. „Wie überaus originell!"

„Bleibt dauerhaft im Gedächtnis", entgegnete Miguel.

Keiner der anderen verstand die Anspielung.

Miguel war das egal. Er sah die Zeit gekommen, seine Versuchsreihe zu erweitern. Da kam ihm diese Gruppe entbehrlicher Einfaltspinsel gerade recht. „Es ist genug für alle da, und ich kann euch versichern, so billig wie heute wird es nie wieder!"

Pferdeschwanz schüttelte den Kopf. „Du musst verrückt sein, wenn du glaubst, dass ich mir dieses grüne Zeug nur auf dein blödes Gequatsche hin reinpfeife!"

„Lass deinen Freund mit der Gehirnbinde anfangen", sagte Miguel ungerührt. „Bei ihm kann es bestimmt keinen Schaden mehr anrichten."

„Ich werde bestimmen, wer den Vorkoster macht", kam Maylin einer neuerlichen Eskalation zuvor. „Kommen Sie mit!"

Ihre Worte wurden von den beiden Söldnern untermauert, die mit ihren Maschinengewehren den Weg vorgaben.

„Wohin gehen wir?", fragte der Kanadier.

„Nicht weit", beruhigte Maylin. „Es ist gleich da drüben."

„Was ist da drüben?" Pepsi sah den Pferdeschwanz fragend an, doch der zuckte nur mit den Schultern und trottete den anderen hinterher.
Maylin führte die Gruppe an, die von den beiden Söldnern flankiert wurde. Sie gingen an einer Holzbaracke vorbei und steuerten einen kleinen Hügel aus Sand und Steinen an.
„Mir gefällt das nicht", knurrte Pepsi.
Maylin erklomm den Hügel mit wenigen Schritten. Sie drehte sich um und machte eine auffordernde Geste. „Kommen Sie, die Aussicht wird Ihnen gefallen."
Fast gleichzeitig erreichten die vier Männer den Hügel, während die beiden Soldaten in einiger Entfernung stehenblieben.
„Na toll!", kommentierte der Kanadier den Blick in ein Loch von der Größe eines Gartenpools. Die Vormittagssonne warf einen langen Schatten, weshalb der Boden des Lochs im Dunkeln lag. „Dafür hat sich der Weg ja gelohnt."
Pepsi, der nicht ganz so weit nach vorn gegangen war, streckte sich, um über die Kante blicken zu können. „Was ist da?"
„Nichts", sagte der Pferdeschwanz.
„Nicht so voreilig!" Maylin trat mit dem Absatz ihres Stiefels einen Stein los. Als er auf dem Boden des Lochs aufschlug, fing es überall an zu rasseln.
„Scheiße!" Der Pferdeschwanz machte einen raschen Schritt zurück und stieß dabei fast Pepsi um.
„Eine Schlangengrube", bemerkte Miguel, als wäre es das Selbstverständlichste auf der Welt.
„Ich hasse Schlangen!", zischte Pepsi.
„Jeder hasst Schlangen", bestätigte der Pferdeschwanz.
Maylin lachte und blickte zum Kanadier.
Seinem besorgten Gesicht nach zu urteilen war er auch kein Reptilienliebhaber. „Sind das Klapperschlangen?", fragte er

vorsichtig und vermied es tunlichst, der Abbruchkante zu nahe zu kommen.
„Ungefähr fünfzig Stück davon“, bestätigte Maylin. „Mein Vater liebt diese Tiere.“
„Kann ich nicht nachvollziehen“, murmelte Pepsi angewidert.
„Was ist mit Ihnen, Miguel?“, fragte Maylin. „Wie denken Sie über Schlangen?“
Noch vor einer Woche wäre Miguel schon beim Anblick einer einzigen Schlange Amok gelaufen, doch irgendetwas hatte sich geändert - hatte ihn verändert. „Die geben prima Schuhe ab.“ Er zog seine Jeans ein Stück nach oben, um den anderen einen Blick auf seine Cowboystiefel aus Schlangenleder zu ermöglichen.
„Schicke Schuhe!“, bestätigte Maylin. Nie zuvor hatte sie einen Mann getroffen, dessen Selbstbewusstsein ihr so glaubwürdig erschienen war wie das von Miguel. Vielleicht mit Ausnahme ihres Vaters, aber den hatte sie noch nie ohne militärische Verstärkung erlebt. Bei dem Mexikaner war das etwas ganz anderes. Miguel hatte niemanden, der ihm den Rücken freihielt. Falls dem so wäre, hätte Maylin das von ihren ringsum postierten Leuten längst erfahren. Miguel war ganz auf sich allein gestellt und das schien ihn nicht im Mindesten zu beunruhigen. Entweder hatte dieser Mann bereits seinen Frieden mit dem Tod gemacht, oder er war überzeugt, ihm niemals zu begegnen. Maylin vermutete letzteres.
„Was sollen wir hier?“ Pepsi wollte keine Sekunde länger als nötig in der Nähe der Schlangengrube verbringen.
„Ja“, gab der Pferdeschwanz ihm Schützenhilfe. „Warum haben Sie uns hierher gebracht?“
„Weil wir uns an dieser Stelle von einem von Ihnen trennen müssen.“ Maylins Worte klangen so locker, als würde sie einen Kandidaten aus einer Quizshow verabschieden.

Kollektives Entsetzen blitzte in den Gesichtern auf. Nur Miguel verzog keine Miene.
Maylin ließ ihren strengen Blick immer wieder von einem zum anderen wandern, ohne dabei verbindlich zu werden. „Wir haben leider jemanden hier, der nicht ernsthaft Interesse an einem Geschäft mit meiner Familie hat. Ich muss zugeben, es hat mich viel Zeit und Geld gekostet, in Erfahrung zu bringen, dass die Drogenfahndung jemanden in diese Gruppe eingeschleust hat."
Drogenfahndung? Die Wirkung auf die Dealer glich der von Weihwasser auf den Teufel. Hätte Maylin mit dem Finger auf einen der Männer gezeigt, die anderen hätten nicht gezögert, ihn umzubringen. Verräter mussten auf der Stelle gerichtet werden - das war das ungeschriebene Gesetz.
„Wer ist es?", fragte Miguel und meldete sein Interesse an dem Job an.
„Finden wir es raus!" Maylin machte einen Schritt auf Miguel zu und verlangte einen Beutel Green. „Die Dosis wird ihn nicht umbringen, richtig?"
Miguel stimmte zu. „Danach wird er sich besser fühlen als je zuvor. Einfach nur einatmen."
Maylin lächelte, öffnete den Plastikbeutel und bot ihn der Runde an. „Gibt es Freiwillige?"
Sie sah zu, wie alle außer Miguel ein Stück zurückwichen. „Dachte ich mir schon!" Sie roch vorsichtig an dem Green und war angenehm überrascht von dem leicht nussigen bis süßlichen Bouquet. *Es riecht wunderbar!* Schon beim nächsten Atemzug war sie dem leidenschaftlichen Zauber erlegen und sog das grüne Pulver tief in sich hinein.
Cooles Weib! Miguel wusste, dass er soeben das Geschäft seines Lebens abgeschlossen hatte.

„Was soll das?“ Der Kanadier fühlte sich von Maylins Verhalten vor den Kopf gestoßen. „Ich dachte, Sie führen hier ernsthafte Verhandlungen im Auftrag Ihres Vaters.“
Maylin gab keine Antwort. Sie blinzelte nur mit den Augen und schien den Moment zu genießen, wie nie einen zuvor in ihrem Leben. Ihre Nasenflügel bebten rhythmisch und ihre Gesichtszüge wurden noch weicher, als sie es ohnehin schon waren. Sie erlebte ein so intensives Gefühl, wie sie es nicht einmal Gott zugestanden hätte. Ein leises Stöhnen kam über ihre Lippen, während sie sanft den Kopf zwischen ihren Schultern wiegte. Ihre Oberschenkel begannen ganz leicht zu zittern und verstärkten die einzigartigen Empfindungen. Es war, als hätte jemand alles Wunderbare in diesen einzigen Augenblick gepackt, und sie betete, dass er niemals enden würde.
„Das könnte jetzt ein paar Minuten dauern“, sagte Miguel mit einem breiten Grinsen. „Falls einer von euch ebenfalls Lust auf ein sinnliches Erlebnis der ganz besonderen Art verspürt, mein Angebot steht noch.“
„Das ist doch kein normaler Stoff.“ Der Pferdeschwanz konnte sich nicht entscheiden, ob er das, was er da sah, erregend oder abschreckend finden sollte.
„Das ist Green!“, sagte Miguel überzeugt. „Dieser Stoff wird die Welt zum Besseren verändern und es gibt auf dem ganzen verdammten Planeten nur einen Mann, der ihn euch besorgen kann. Mich!“
„Das ist ja alles schön und gut, was du da laberst, Mann. Aber mich würde viel mehr interessieren, wer von euch der beschissene Drogenfahnder ist.“ Pepsi war hochgradig nervös. Er hatte sich den Ablauf des Treffens ganz anders vorgestellt.
„Wen kümmert's?“, fragte Miguel lachend. „Sobald Maylin ihren Spaß hatte, wird sie ihn an die Schlangen verfüttern. Ich habe also keinen Grund, mir Sorgen zu machen.“

„Schau mich nicht so dämlich an!“ Der Kanadier streckte den Arm aus, um Pepsi auf Distanz zu halten. „Sehe ich für dich aus wie einer von der Drogenfahndung?“
„Du bist weiß, Mann!“, fauchte Pepsi. „Da, wo wir herkommen, macht einen so was immer zum Hauptverdächtigen.“
„Tatsächlich?“, bemerkte Miguel ganz beiläufig. „Da, wo ich herkomme, sagen wir dasselbe über Vollidioten wie dich.“
„Du bist tot!“ Pepsi sprang los. Diesmal gab es keine Hand, die ihn zurückhielt - nur eine Kugel, die ihn auf halbem Weg zurückwarf - direkt in die Schlangengrube.
Als der Schuss von den Kraterwänden widerhallte, hatten der Pferdeschwanz und der Kanadier bereits am Boden Deckung gefunden.
Nur Miguel stand weiterhin ruhig da, blickte über den Rand der Grube und kommentierte kaltschnäuzig: „Pech für ihn. Das Projektil hat seine Schulter glatt durchschlagen. Die Wunde wäre vermutlich schnell geheilt.“
Der laute Knall hatte Maylin aus ihrem meditationsartigen Zustand gerissen. Sie brauchte allerdings einige Sekunden, um sich im Hier und Jetzt wieder zurechtzufinden.
Miguel verzog das Gesicht, als Maylins wohlwollendes Raunen nach und nach verstummte. „Ich fürchte, sie wird ziemlich schlecht gelaunt sein wegen dieser Unterbrechung.“
„Verflucht, wer hat da geschossen?“, fragte der Kanadier auf Bodenhöhe.
„Ein Scharfschütze.“ Miguel streckte den Arm in Richtung Kraterwand. „Vermutlich irgendwo dort oben. Li ist dafür bekannt, dass er nichts dem Zufall überlässt.“
Maylin öffnete endgültig die Augen und blickte sich fragend um. „Wie es aussieht, hat es den Falschen erwischt.“
„Er hat sich vorgedrängt“, scherzte Miguel.

„Er! Er ist von der Drogenfahndung!“ Sie zeigte auf den Pferdeschwanz, der sich gerade die Mühe gemacht hatte aufzustehen.
„Sind Sie wahnsinnig?“, schrie der Pferdeschwanz.
„Sind Sie noch am Leben?“, stellte Maylin die alles entscheidende Gegenfrage.
Die Antwort lautete: nein. Eine Handbewegung von Maylin hatte dem Scharfschützen gereicht, um den Verräter wie einen morschen Baum zu fällen. Seine Leiche fiel dem Kanadier direkt vor die Füße.
„Die Reihen lichten sich“, stellte Miguel fest. „Was machen wir mit ihm? Lohnt es sich überhaupt noch, dass er aufsteht?“
„Das können Sie nicht tun!“ Der Kanadier sah Maylin entsetzt an. „Ich habe eine Vereinbarung mit Ihrem Vater, die meinen Schutz garantiert.“
„Für die Dauer der Verhandlungen“, bestätigte Maylin. „Und die sind hiermit beendet. Der Zuschlag geht an Miguel.“

***

Baton Rouge, Louisiana, zwei Wochen später:
Bill Fowler erkannte seine Wohnung mit jedem Tag ein Stück weniger wieder. Mittlerweile türmten sich die Papierberge nicht nur auf Tischen und Stühlen, sondern lagen auch wie Maulwurfshügel auf dem Boden verteilt. So unübersichtlich das Chaos auf den ersten, zweiten und vermutlich sogar dritten Blick wirkte, so genau wusste Bill, was er wo hingelegt hatte.
Nur das Bad und einen Teil der Küche hielt er frei von Ausdrucken, Zeitungsberichten und Notizen, die er in unermüdlicher Akribie wie Puzzlesteine zu seiner Story zusammensetzte.
Den Platz vor dem Küchenfenster hatte er der Sojapflanze aus Karos Büro gewidmet, die sich prächtig entwickelte. Daneben

stand ein kleines Labor, das Bill sich aus drei Experimentierbaukästen gezimmert hatte. Es war nicht viel, doch es hatte gereicht, um den Verdacht aus Karos letzter Nachricht zu untermauern.
Bill war gerade damit beschäftigt, seine zwei Mitbewohner zu füttern, als es an der Tür klopfte: zwei Mal - ein Mal - zwei Mal. *Morti!* Das Klopfzeichen hatten sie vereinbart, damit Bill in Ruhe arbeiten konnte und nur dann zur Tür ging, wenn es der richtige Besuch war.
Bill warf trotzdem einen Blick durch den Türspion und blickte auf ein paar braungestreifte Hosenträger, die sich über Mortis cremefarbenes Hemd spannten.
„Ich hab dir was zu essen mitgebracht!“ Morti winkte mit einer Papiertasche.
Bill machte einen Schritt zur Seite und öffnete die Tür. „Komm rein, bevor meine Bratwurst kalt wird!“
„Du meine Güte!“, entfuhr es Morti beim Anblick der über den Vorzimmerboden verteilten Papierhaufen. Einen Moment später überreichte er Bill sein Mittagessen. „Mit besten Grüßen von Antonio.“
„Danke, ihr rettet mir das Leben, Freunde.“ Bill deutete auf einen Kartonstapel neben der Tür. „Noch einen Tag länger, und ich hätte mich vermutlich selbst in eine Pizza verwandelt.“
Morti verdrehte die Augen beim Anblick der leeren Pizzakartons. „Frag mich beim Gehen bloß nicht, ob ich die für dich mit runternehme!“
„Würde ich nie machen.“ Bill hielt die verpackte Bratwurst wie eine Trophäe hoch und bahnte sich seinen Weg in die Küche. „Es sei denn, du drängst dich auf.“
„Würde ich nie machen.“ Morti folgte Bill mit bedächtigen Schritten in Richtung Küche. Er war erstaunt, dass sich die manierliche Wohnung seit seinem letzten Besuch in einen

riesigen Aktenberg verwandelt hatte. „Wie weit bist du mit der Story?“, fragte er beim Betreten der Küche.
Bill saß auf einem Hocker nahe dem Fenster und entfernte die letzte Lage Papierverpackung von seinem Mittagessen. „Noch nicht ganz fertig, aber das ändert nichts daran, dass sie damit nicht durchkommen werden.“
Morti nickte. Er hatte Bill in den letzten Tagen nur selten zu Gesicht bekommen und dann auch nur sehr kurz. Bill hatte sich nach seiner Rückkehr aus Wien komplett in die eigenen vier Wände zurückgezogen. Für Mortis Empfinden war er nicht mehr derselbe. Die tragischen Ereignisse hatten den investigativen Journalisten vorsichtiger, aber auch ein ganzes Stück reifer gemacht. „Hast du schon über meinen Vorschlag nachgedacht, dir mal ein paar Tage Pause zu gönnen?“
„Pause?“, fragte Bill schmatzend und brachte mit seiner Mimik zum Ausdruck, wie absurd dieser Gedanke für ihn war. Als er hinuntergeschluckt hatte, fügte er hinzu: „RaptorGen macht auch keine Pause.“
Morti hatte sich keine andere Antwort erwartet. „Ich habe heute Morgen einen Anruf bekommen, der dich interessieren dürfte.“
„Schieß los!“ Bill schlang die Bratwurst in sich hinein, als hätte er seit Wochen gehungert.
„Es geht um den toten RaptorGen-Mitarbeiter in Wien, den sie einen Tag nach dem Tod deiner Freundin vom Bürgersteig vor dem Hotel gespachtelt haben.“
Bill fror seine Kaubewegungen für einen Moment ein und lauschte interessiert.
„Die Polizei hat ihre Ermittlungen gestern eingestellt“, erklärte Morti. „Es bleibt bei einem tragischen Unfall infolge von massivem Alkoholmissbrauch.“
„Ein Unfall?“ Bill würgte den Bissen hinunter. „Also wieder einer dieser Zufälle, die RaptorGen in letzter Zeit so gelegen

kommen. Wenn dieser Typ nichts mit Karos Tod zu tun hatte, dann..."
„Beruhige dich!", unterbrach Morti. „Ich weiß, wie du darüber denkst, was in jener Nacht passiert ist, und ich zweifle nicht an deiner Version. Trotzdem dachte ich, dass du das Ergebnis der polizeilichen Ermittlungen wissen solltest."
„Danke!"
Ein Rascheln ließ Morti zum Küchentisch blicken, auf dem ein kleiner Käfig stand. Der Boden war dick mit Streu bedeckt und in der Mitte lag ein Piratenschiff aus Plastik - der letzte Überrest aus Bills schon vor Jahren zerbrochenem Aquarium.
„Wie geht es Sissi und Franz?", fragte Morti und versuchte, einen Blick auf die beiden Mäuse zu erhaschen. Bill hatte sie zwei Tage nach seiner Rückkehr aus Wien gekauft, um Karos Theorie zu bestätigen.
„Schon besser." Bill machte eine kurze Essenspause und drehte sich zum Käfig um. „Ich habe den Versuch abgebrochen, weil sie mir so leid getan haben."
Morti schüttelte schmunzelnd den Kopf und räumte den einzig verbliebenen Stuhl frei, um sich hinzusetzen. „Sei froh, dass du dein Geld nicht mit Tierversuchen verdienen musst."
„Könnte ich nicht", erwiderte Bill und seine Stimme bekam einen nachdenklichen Unterton. „Das Experiment ist vor drei Tagen völlig außer Kontrolle geraten. Ich habe es abbrechen müssen."
„Was ist passiert?" Bisher wusste Morti nur von Karos letzter Nachricht an Bill und von ihrem Verdacht, dass es sich bei dem Wirkstoff, den das Soja produzierte, möglicherweise um eine Art Droge handelte. Darüber hinaus hatte Bill ihm auch von der Anschaffung des Mäusepaars Sissi und Franz erzählt, an denen Bill die Auswirkungen dieses Wirkstoffs erprobte. Die Veränderung der Mäuse dokumentierte Bill mit Fotos in seinem elektronisch geführten Versuchstagebuch.

„Anfangs lief es prima“, erklärte Bill. „Ich habe noch nie so glückliche Mäuse gesehen wie Sissi und Franz, nachdem sie ihr erstes Sojablatt gemumpfelt haben. Die sind so verträumt und unbeschwert durch den Käfig gehüpft, dass ich selbst schon versucht war, das Zeug zu probieren.“
„Bist du verrückt?“
„Natürlich nicht!“, beruhigte Bill und erzählte weiter: „Es hat nicht lang gedauert, da hat sich das erste aggressive Verhalten gezeigt - zuerst bei Sissi, dann auch bei Franz. Ein paar kleine Streitereien und dann ein paar flüchtige Bisse. Noch nichts, was mich beunruhigt hätte, aber klare Anzeichen dafür, dass sich ihr Verhalten ändert. Von da an ist es steil bergab gegangen mit ihrer Liebe.“
Morti rückte mit seinem Stuhl ein Stück zur Seite, um einen besseren Blick auf den Mäusekäfig zu haben.
Bill fuhr fort: „Ich habe sie noch ganz normal gefüttert und ihnen ein kleines Stück Sojablatt ins Fressen gemischt, bevor ich mich wieder an meine Arbeit gemacht habe. Nach etwa einer Stunde habe ich aus der Küche ein schrilles Quietschen gehört, das mir durch Mark und Bein gegangen ist. Ich bin sofort hin und habe gesehen, dass Sissi sich in seinen Hals verbissen hat. Überall war Blut und ich bin davon ausgegangen, dass er bereits tot ist. Aber als ich den Käfig geöffnet habe, um sie zu trennen, sind plötzlich beide auf mich losgegangen.“ Bill streckte die rechte Hand aus und erst jetzt waren die vielen kleinen Bisswunden zu erkennen.
„Autsch“, bemerkte Morti und verzog das Gesicht.
„Das kannst du laut sagen. Es war ihre achte Ration von dem Soja und die hat sie völlig durchdrehen lassen. Bevor ich richtig gewusst habe, was los ist, haben meine Finger ausgesehen wie Schweizer Käse. Ein Glück, dass ich mich für Mäuse und nicht für Ratten entschieden habe. Mit diesen fünf

Fingern weniger würde ich für meine Texte sicher deutlich länger brauchen."
„Was ist dann passiert?"
„Ich hab sie abgeschüttelt und den Käfig verschlossen - auch auf die Gefahr hin, dass sie sich gegenseitig zerfleischen, während ich meine eigenen Verletzungen versorge. Ich bin ins Badezimmer gerannt und habe mir Wundalkohol über die Hand geschüttet - jede Menge davon. Den Rest der Flasche habe ich mitgenommen und bin zurück zu den Monstermäusen, um zu retten, was noch zu retten war."
„Sollte ich mir Sorgen machen, weil ich sie nicht sehe?", fragte Morti mit Blick auf den Käfig.
„Denen geht es wieder prima", beruhigte Bill. „Als ich zurückgekommen bin, hatte sich Franz in Sissis Hinterpfote verbissen. Da ich keine Ahnung hatte, wie ich ihr helfen soll, habe ich einfach etwas Wundalkohol über die beiden geschüttet. Frei nach dem Motto: Wenn das Zeug bei ihnen nur halb so höllisch brennt wie auf meiner Hand, werden sie schon aufhören, sich zu zerfleischen."
„Das hat geholfen?", fragte Morti skeptisch.
„Du würdest es nicht für möglich halten wie sehr! Die haben einmal herzzerreißend gequietscht, und dann ist jede Maus in ihre Ecke des Käfigs abgezischt. Dort haben sie sich dann den Alkohol aus dem Fell geleckt."
„Kann ich aufmachen?" Morti hatte die Hand bereits über dem Käfigtürchen.
„Kein Problem. Die sind wieder so knuffig wie am ersten Tag. Ich bin überzeugt, dass der Alkohol die Wirkung der Droge aufgehoben hat oder zumindest stark gedämpft hat, bis sie sich wieder unter Kontrolle hatten."
„Heißt es nicht immer, dass Alkohol die Wirkung von Drogen noch verschlimmert?" Morti krempelte seine Hemdsärmel bis zu den Ellenbogen auf.

„Für gewöhnliche Drogen mag das stimmen, aber der Wirkstoff, mit dem wir es hier zu tun haben, ist völlig anders. Nach allem, was ich bisher sagen kann, steht am Anfang ein extremes Glücksgefühl. Ich meine wirklich extrem! Du hättest die Mäuse wirklich sehen sollen, die waren dermaßen glücklich, dass es mir schon beim Zuschauen besser ging."

„Danke, ich kann mir zwei wuschige Mäuse auch ohne weitere Vertiefung des Themas gut vorstellen." Morti hatte den Käfig geöffnet und hob das Piratenschiff ein Stück an. Sissi blickte Mortis dicken Finger mit großen Knopfaugen an und schnupperte daran. „Hallo kleine Monstermaus." Er blickte flüchtig über die Schulter. „Darf ich sie herausnehmen?"

„Sicher, nur bitte halte sie von dem Blumentopf fern. Ich will nicht, dass sie den kalten Entzug noch einmal durchmachen muss."

„Geht klar." Morti setzte Sissi auf seinen kräftigen Unterarm und beobachtete, wie die kleine schwarze Maus durch das haarige Dickicht wuselte.

„Dummerweise bleibt es nicht bei der Hochstimmung", erklärte Bill. „Irgendwann schlägt dieses Glücksgefühl in Aggressivität um. Die steigert sich bei jedem weiteren Konsum bis zu dem unkontrollierbaren Zustand, wie ich ihn bei den Rindern erlebt habe."

„Und bei ihr." Morti streichelte Sissi über den Rücken. „Kaum zu glauben, dass dieses süße Fellknäuel deine Hand so übel zugerichtet hat."

„Umso wichtiger ist es, dass wir diesen Wahnsinn stoppen, bevor das Zeug klammheimlich auf irgendwelchen Feldern oder sogar in der Nahrungskette landet." Bill seufzte. „Gott hilf uns, dass wir an dieser Aufgabe nicht allesamt verrecken."

„Du klingst schon fast wieder vernünftig." Morti spielte auf Bills blinde Wut an, die ihm in den ersten Tagen nach Karos Tod die Kraft zum Weitermachen gegeben hatte.

Bill lächelte versöhnlich, zugleich aber auch ein wenig mut- und kraftlos. „So langsam beginne ich eben auch zu begreifen, wie du das mit dem Kampf gegen die Windmühlen gemeint hast, Morti. RaptorGen und seine Anwälte werden uns durch alle Instanzen auf Unterlassung klagen, sobald sie erfahren, dass wir ihre Machenschaften aufs Titelblatt der Mortimer News bringen wollen."

„Falls das unser einziges Problem ist, weiß ich die perfekte Lösung", scherzte Morti. „Ich kann deiner Pulitzer-Story einen Platz auf Seite 23 geben. Im Kolumnenteil zwischen den Horoskopen von Madame Margit und der Sprechstunde von Doktor Bootsie. Damit rechnet Ms. Heart bestimmt nicht."

„Ms. Heart?"

„Die Anwältin von RaptorGen. Würde dir gefallen - rein optisch. Obwohl... Ihr Wagen vermutlich auch." Morti sah zu, wie Sissi versuchte, unter seinen aufgerollten Hemdsärmel zu klettern.

Bill kam wieder auf das eigentliche Thema zurück: „Ich denke, ich habe jetzt alles beisammen, was ich brauche, um meine Geschichte wasserdicht zu machen. Wenn ich bis zum Wochenende durcharbeite, kann ich dir die Titelstory für die Montagsausgabe liefern. Wie lange schätzt du, wird es dauern, bis RaptorGen eine richterliche Verfügung hat, die uns zwingt, die Auflage zurückzurufen?"

„Wenn ich die Wirkung von Ms. Hearts langen Beinen auf unsere unbestechlichen Richter korrekt einschätze, noch bevor ich meinen dritten Frühstückskaffee trinken kann."

„Mach mir nur Mut!"

„Mut allein hilft uns bei dieser Sache nicht weiter. Selbst wenn wir Victor Shark zum Rücktritt bewegen können, würde das nichts ändern. RaptorGen ist wie eine Hydra. Wenn wir ihr einen Kopf abschlagen, wächst ein neuer nach." Morti war aufgestanden und hatte Sissi in den Käfig zurückgesetzt. Als

hinge er seinen Gedanken noch eine Weile nach, sah er stumm aus dem Fenster.
„Lass mich jetzt bloß nicht hängen, Morti. Du hast gesagt, wenn ich dir die Story liefere, dann druckst du sie auch."
Morti nickte. „Mach dir um deinen Pulitzer-Preis mal keine Sorgen. Ich habe dir versprochen, dass ich mir etwas einfallen lasse und wenn Morti dir etwas verspricht..." Er drehte sich mit aufforderndem Blick um.
„Dann hält er das auch", beendete Bill den Satz.
„Schön, dass wir uns einig sind." Morti richtete seinen Blick wieder auf die gegenüberliegende Straßenseite, von wo aus ihm die Eingebung in Form einer riesigen Plakatwand entgegengrinste.
Nach einiger Zeit brach Bill die Stille. „Woran denkst du?"
„Dieses Plakat will mir etwas sagen", murmelte Morti. „Aber was? Genau so eines hängt auch gegenüber von meinem Bürofenster. Schon verrückt, oder? Dabei dachte ich immer, dass Werbebotschaften einfach sein müssten, damit Idioten wie wir sie verstehen."
„Welches Plakat?"
„Nicht so wichtig." Morti wandte sich vom Fenster ab und nahm wieder Platz. „Konzentrieren wir uns lieber auf unsere Hydra. Schon die alten Griechen wussten, dass es für derartige Monster ganz besondere Helden braucht."
Bill unterhielt sich noch gut zwei Stunden mit Morti, bevor dieser sich wieder auf den Weg machte. Sie verabschiedeten sich voneinander und Bill widmete sich wieder dem Schreiben seiner Story.
Erst am Abend kam er zurück in die Küche und fütterte seine beiden Mäuse. Mehr aus Zufall denn beabsichtigt fiel sein Blick auf das riesige Wahlplakat auf der anderen Straßenseite, das am Nachmittag auch schon Mortis Aufmerksamkeit geweckt hatte.

Obwohl Republikaner und Demokraten gerade erst in den Präsidentschaftswahlkampf für den Herbst gestartet waren, hingen die Plakate ihrer Kandidaten schon überall in der Stadt. Milton B. Hero, dem aufstrebenden Demokraten, wurden vielerorts bereits ähnliche Beliebtheitswerte attestiert wie seinerzeit Kennedy.
Schon die alten Griechen wussten, dass es für derartige Monster ganz besondere Helden braucht, klangen Mortis Worte in Bills Gedächtnis nach.

***

Mortimer News, Baton Rouge:
Jeder, der zu dem geheimen Treffen in der Kellerhalle gekommen war, hätte wenigstens zehn Gründe gehabt, den Samstagabend nicht in Mortis hauseigener Druckerei zu verbringen. Die Runde bestand neben Mortimer und Bill aus elf Männern. Alte Männer, die sich Morti durch langjährige Freundschaft und gegenseitigen Respekt verbunden fühlten.
Zwischen Druckpressen und Papiercontainern hatte Morti ein paar unbequeme Stühle aufgestellt und mit einer Kaffeemaschine auf einem Klapptisch für das leibliche Wohl seiner Gäste gesorgt.
Bill wirkte reichlich nervös, zum einen, weil er nur eine vage Vorstellung davon hatte, was Morti plante, zum anderen, weil er in der Runde der klare Außenseiter war.
Morti wartete, bis alle Platz genommen hatten und kam sofort zur Sache. Er stellte sich neben eine Druckpresse, räusperte sich und begann, sein Anliegen vorzutragen. „Noch einmal danke, dass ihr alle - ohne jede Ausnahme - erschienen seid. Ich schließe daraus, dass ihr alle noch wisst, was ihr mir schuldet, auch wenn die Zeit eine Menge Staub auf die Erinnerungen geladen hat."

Ein belustigtes Raunen machte die Runde.
„Richard.“ Morti widmete seine Aufmerksamkeit einem Mann mit Glatze und großen Brillengläsern. „Dir habe ich vor vierzig Jahren deine erste Zeitung abgekauft. Es war übrigens die beste Schülerzeitung, die ich je gelesen habe.“ Sein Blick wanderte weiter. „Michael, dir habe ich auf dem Schulhof die hübsche Susi ausgespannt. Ich weiß, du hast mir das damals übelgenommen, aber schon zwei Jahre später warst du heilfroh.“ An alle gerichtet fügte er hinzu: „Da hat sie nämlich bereits ausgesehen wie ein Walfisch mit Blähungen. Außerdem hat sie mein Geld mit beiden Händen zum Fenster rausgeworfen. Hat mich drei Jahre meines Lebens gekostet, die Frau wieder loszuwerden.“
„Du bist eben ein wahrer Freund, Morti“, bestätigte Michael lachend.
„Steve, du hast sicher nicht vergessen, wer dir damals mit der Zahlung für deine Hypothek ausgeholfen hat, als die Bank drauf und dran war, dir deine Zeitung dichtzumachen?“
„Wir haben es verstanden, Morti“, meldete sich der Mann neben Steve zu Wort. „Du musst nicht alle Jugendsünden aufwärmen. Vor allem meine nicht!“ Er lachte laut.
„Ist mir nur recht.“ Morti schmunzelte. „Ich wollte nur sichergehen, dass ihr alle wisst, warum ich gerade euch eingeladen habe - die Herausgeber der besten Tageszeitungen, die Amerika hat.“
Das durchaus ehrlich gemeinte Kompliment wurde mit begeistertem Klatschen angenommen.
„Moment!“ Morti bat mit einer Geste um Ruhe. „Moment! Wartet doch erst mal, bis die Katze aus dem Sack ist, bevor ihr für mich klatscht. Was ich am Telefon angedeutet habe, war nur die Spitze des Eisbergs. Der wirklich dicke Brocken kommt erst.“

Die vorübergehende Unruhe legte sich und eine gespannte Stille breitete sich aus. Nur das Gebläse der im Leerlauf befindlichen Maschinen war als gleichmäßiges Summen zu hören.
Morti zeigte auf Bill, der in einiger Entfernung an einem Steuerpult lehnte. „Das ist Bill Fowler, der mit Abstand beste Journalist, den ich jemals unter meine Fittiche genommen habe. Die meisten von euch dürften ihn oder zumindest seine Arbeit kennen. Wie ich am Telefon schon angedeutet habe, hat er eine Story, die zu groß für Mortimer News ist - zu groß für jeden von uns - aber nicht zu groß für alle von uns!"
Bill nickte freundlich in die Runde, weil er das Gefühl hatte, irgendwie auf die Vorstellung reagieren zu müssen.
Morti machte einen Schritt nach vorn, was seiner nächsten Aussage noch mehr Theatralik verlieh: „Ich möchte keinen von euch zum Verräter machen, nur weil ich unsere Freundschaft falsch einschätze. Wenn also einer unter euch der Meinung ist, dass er mir nichts oder nicht genug schuldet, dann soll er jetzt aufstehen und gehen."
Keiner von Mortis Freunden bewegte auch nur die Zehenspitze, um nicht missverstanden zu werden.
Morti nickte zufrieden und fuhr fort: „Sobald ihr wisst, worum es geht, hängt ihr unwiderruflich in der Sache drin." Er ließ seinen Blick schweifen, und keiner wich ihm aus. Ein verdammt gutes Gefühl, wie Morti fand. Nach all den Jahren im gleichen Geschäft, all den Krisen, die ihre Branche getroffen hatten und all den Scharmützeln, die sie sowohl mit- als auch gegeneinander ausgefochten hatten, waren sie immer noch Freunde.
„Danke", sagte Morti knapp, um sich nicht anmerken zu lassen, dass es Momente gab, in denen selbst ein harter Knochen wie er nicht ungerührt blieb.

„Nachdem wir alle noch sitzen“, meldete Richards bärige Stimme sich zu Wort, „sind wir entweder eingeschlafen oder gespannt, worum es geht. Für mich gilt Letzteres, aber da ich nicht weiß, wie viel ich den Batterien meines Herzschrittmachers noch zumuten kann, würde ich vorschlagen, du lässt die Katze endlich aus dem Sack!“
„Okay, ihr wolltet es nicht anders haben“, bekräftigte Morti und zeigte noch einmal auf Bill. „Dieser junge Mann hier wird sich den Pulitzer-Preis holen. Mit einer Story, die selbst Watergate alt aussehen lässt. Aber wir brauchen eure Hilfe, eure Zeitungen und eure Leser, damit wir damit zur Öffentlichkeit durchdringen - bevor sie uns mit ihren Anwälten mundtot machen.“
„Wer sind *sie*?“, fragten mehrere Männer gleichzeitig.
„RaptorGen!“
Verblüfftes Schweigen erfüllte die Kellerhalle.
Morti hatte mit keiner anderen Reaktion gerechnet und nickte in die Runde. „Ja, ich weiß, es gibt keinen hier, der nicht schon einmal versucht hat, denen an die Fassade ihres Glasturms zu pinkeln. Dummerweise reicht ein einzelner Strahl bei Weitem nicht aus, um den RaptorGen-Tower ins Wanken zu bringen. Aber wenn wir alle gleichzeitig lospinkeln, jeder aus einer anderen Richtung, dann müsste es uns gelingen, ihre Anwälte so lange abzulenken, bis die Menschen da draußen die Wahrheit gelesen haben. Ich möchte eine konzertierte Aktion: Print, Internet, TV, das ganze Programm. Jeder von euch hat seine Kontakte und die sollt ihr dafür nutzen.“
Einer von Mortis Freunden räusperte sich. „Wenn wir alle zur selben Zeit dieselbe Story rausballern, werden ihre Anwälte uns trotzdem mit einer einstweiligen Verfügung bekämpfen.“
„Genau das werden sie nicht können“, erwiderte Morti. „Bills Story ist so komplex, dass wir sie in mehrere Einzelstorys aufteilen. Jeder von euch wird RaptorGen mit einem anderen

Vorwurf konfrontieren. Jeder einzelne davon ist wasserdicht recherchiert und ausreichend dokumentiert. Wir werden alle zur selben Zeit losschlagen, aber nicht auf dieselbe Stelle! RaptorGen wird landesweit in den Medien sein, doch die Nachrichtensender werden mit der Aktualisierung der Ereignisse nicht nachkommen, weil überall neue Vorwürfe auftauchen. Die Anwälte von RaptorGen werden sich fühlen wie vor einer Staumauer, deren Segmente plötzlich alle gleichzeitig Risse bekommen. Egal, wohin sie ihr Katastrophenteam schicken, sie werden nicht alle Baustellen bedienen können."

„Ist deine Story so gut, wie Morti behauptet?", fragte Richard in Richtung Bill. „Von meinen Jungs käme keiner auf die Idee, seine Titelstory zu verschenken."

Bill musste unweigerlich an seine Begegnung mit Karminrot zurückdenken. „Ich kann nicht sagen, dass ich von Mortis Plan so überzeugt bin wie von meiner Story, aber ich vertraue ihm. Und wenn ihr das auch tut, dann überlasse ich euch mein Material im Glauben daran, das einzig Richtige zu tun. Ich habe genug belastendes Material, um RaptorGen in die Hölle zu schicken, aber wir alle wissen, dass das nicht passieren wird. Man wird die Köpfe an der Spitze auswechseln und weitermachen wie bisher. Das will ich nicht, und das will Morti nicht. Deshalb bitten wir euch um eure Hilfe."

„Glaubst du ernsthaft, dass wir die Welt vor denen retten können?", rief einer der Männer.

„Retten vielleicht nicht", erwiderte Morti. „Aber wir würden dem Planeten schon einen großen Gefallen erweisen, wenn wir die Leute in den richtigen Positionen zum Umdenken bewegen. Genau darauf läuft mein Plan hinaus."

„Wer schwebt dir da vor?"

„Im Herbst sind Wahlen", sagte Morti ganz beiläufig. „Wenn ich die Plakatflut richtig deute, wünscht sich unser

republikanischer Präsident nichts sehnlicher als eine zweite Amtszeit. Zufällig weiß ich, dass Mr. Shark, der mächtigste Mann bei RaptorGen, mit unserem Präsidenten Golf spielt. Man könnte also sagen, die beiden sind richtig dicke Freunde. Ich musste nicht lange im Archiv suchen, um an die hundert Fotos zu finden, auf denen die beiden miteinander zu sehen sind. Unser geschätzter Präsident hat sich immer wieder für die Interessen von RaptorGen stark gemacht, weit mehr, als es Amerika und dem Rest der Welt lieb sein kann. Ich glaube nicht, dass er seinen Wahlkampf darüber führen möchte. Genau das wird er aber müssen, sobald RaptorGen von allen Seiten unter Beschuss gerät."
Bill stimmte ihm zu. „Sobald die landesweiten Medien den Eindruck haben, dass an der Sache etwas dran ist, springen sie auf den Zug auf. Das wird unsere Zündfunken binnen weniger Stunden zu einem Flächenbrand anfachen."
„Im Idealfall", fuhr Morti fort, „trifft der Präsident bereits Montagabend seine Entscheidung, und die kann nur lauten, RaptorGen fallen zu lassen und sich offen von deren Machenschaften zu distanzieren. Ich bin sicher, jeder von uns wird ihm dafür bereitwillig Platz einräumen. Es stimmt, dass wir RaptorGen nicht kippen können, aber wir können eine seiner wichtigsten Stützen ins Wanken bringen. Es war Bills Onkel, der einst gesagt hat: Ein Journalist mit dem richtigen Riecher kann selbst den mächtigsten Mann straucheln lassen." Morti ließ seine langsamen und mit Bedacht gesprochenen Sätze für einige Momente nachwirken, bevor er fortsetzte.
„Bills Onkel hat mit Watergate bewiesen, dass es sich bei dieser Aussage nicht um leere Worthülsen handelt. Wir sollten uns sein Vermächtnis zum Anlass nehmen und zum gemeinsamen Angriff auf einen ähnlich übermächtigen Gegner blasen. In den Mappen, die hinter mir auf dem Regal liegen,

befinden sich die elf Storyteile inklusive aller Beweise, die ihr dafür braucht. Auf jeder Mappe stehen ein Name und das jeweilige Schlagwort. Ihr habt genau einen Tag Zeit, um das Unwetter vorzubereiten. Montagfrüh schlagen wir alle gemeinsam los. Ich weiß, dass wir heftigen Gegenwind zu erwarten haben, aber ich traue jedem von euch zu, dem standzuhalten, bis der Präsident RaptorGen fallenlässt. Es wird ein harter Montag, es wird ein langer Montag, aber es wird ein guter Montag!"
„Du hast elf Mappen, aber wir sind nur neun Herausgeber - zehn, wenn wir dich mitrechnen", sprach Richard die Unstimmigkeit an. „Für wen ist Nummer elf?"
„Gut mitgezählt", stimmte Morti lächelnd zu. „Wir sind nur zehn. Warum also elf Mappen? Nun, jede Geschichte braucht auch einen Helden."
„Milton B. Hero", sagte Bill. „Der demokratische Kandidat. Er bekommt ebenfalls eine der Mappen. Seinen Teil der Story habe ich so gewählt, dass er den amtierenden Präsidenten gehörig unter Druck setzen kann, falls der sich nicht rasch genug gegen RaptorGen entscheidet."
„Tja, das ist der Plan, Freunde." Morti machte einen Schritt zurück. „Was sagt ihr?"
Richard meldete sich: „Also ich weiß nicht, wie ihr dazu steht, aber für mich hört sich das nach einer guten Sache an. Außerdem weiß ich sowieso nie, womit ich an einem Montag die Titelseite vollkriegen soll."
„Was den Montag betrifft, gebe ich dir recht", meldete sich ein anderer Mann. „Aber vierundzwanzig Stunden sind nicht annähernd genug, um eine so große Story gründlich zu prüfen. Ich frage mich, wie hoch das Risiko ist, wenn wir Bill praktisch blind vertrauen müssen. Nichts für ungut, Bill!"
„Das ist wahr", erklärte Morti. „Ich setze voraus, dass ihr mir, und damit auch dem Jungen bei der Sache vertraut. Und ich

gebe zu bedenken, dass auch Bill eine Menge riskiert. Er muss einen Großteil seiner Geschichte an euch abtreten, und ob der Rest dann noch für den Pulitzer-Preis reicht, wissen wir alle erst hinterher.“

„Überzeugt!“ Einer der Männer begann zu klatschen, und die anderen stimmten ein.

Wenige Minuten später waren alle Mappen verteilt und die Gäste gegangen. Auch Morti hatte sich verabschiedet.

Nur Bill war noch damit beschäftigt, die Sessel ins Lager zurückzubringen. Er war allein, und trotzdem war es das erste Mal seit Wochen, dass er sich nicht so fühlte. Zehn Männer von Mortis Format standen bereit, ihm den Rücken freizuhalten. Die Chancen waren keineswegs fair verteilt, doch Bill war Realist. Besser würden sie nicht werden.

***

Mexiko, sehr früh am Montagmorgen:

Rocky hatte sich kurz vor Sonnenaufgang mit Miguel auf dem Flughafen getroffen. Gemeinsam fuhren sie mit dem Mietwagen zu ihrem großen Treffen mit Mr. Li.

Miguel kramte unaufhörlich in allen möglichen Ablagefächern. „Ich fasse es nicht, dass es in dieser Kiste nichts zu saufen gibt. Nicht eine verdammte Flasche.“

Rocky schüttelte genervt den Kopf. „Was erwartest du von einem Mietwagen? Eine aufgefüllte Minibar?“ Er dachte an Wenker und die Version der Wahrheit, die er Victor Shark nach der Rückkehr wie einen Knochen hingeworfen hatte. Bis jetzt konnte Rocky sich nicht völlig sicher sein, dass Shark ihm alles abgekauft hatte. Auch wenn sein Boss keine Zweifel an dem Bericht hatte durchblitzen lassen, mochte das nicht viel bedeuten. Wenker war schließlich auch beschattet worden, ohne es zu ahnen - zumindest musste Rocky das annehmen.

„Ja, verdammt!“, fluchte Miguel mit unter den Sitz gebeugtem Kopf. „Von so einer Luxuskarosse darf man sich das doch wohl erwarten. Ich bin sicher, dieser Schlitten kostet am Tag mehr, als meine Karre jemals wert war.“

„Das könnte hinkommen.“

„Ich brauch was zu saufen!“

Rocky zuckte mit den Schultern. „Blöd für dich, dass du vergessen hast, deine Vorräte umzuladen. Hier in der Wüste werden wir wohl kaum auf einen Supermarkt stoßen, der dir eine Kiste Tequila verkauft.“

„O Mann! Ich sehe einen verdammt miesen Tag auf uns zukommen.“

„Wollen wir hoffen, dass du nicht recht behältst. Ich bin nur hier, um das Geschäft mit Li persönlich zum Abschluss zu bringen. Auf keinen Fall lege ich es auf Ärger an. Nur damit das klar ist!“

„Kein Ärger“, brummte Miguel und stellte seine Suche nach Alkoholverstecken ein. So langsam begann er sich zu fragen, wozu er Rocky überhaupt noch brauchen würde, wenn die Zahlung der ersten Lieferung erst über die Bühne gegangen war. Schließlich war es Miguel, der wusste, wie man den Stoff gewann und veredelte. Und Miguels Idee war es auch gewesen, die grüne Lebensmittelfarbe unterzumischen. Er hatte Green quasi erfunden und den Namen gleich mit. Schließlich brauchte jedes neue Zeug einen klingenden Namen. Marketing war alles, wenn es darum ging, Schulhöfe und Szenetreffs als Absatzmärkte zu gewinnen. Kinder und Jugendliche, das hatte Miguel schon immer gewusst, waren die besten Kunden. Sie hatten Zukunft, und wenn sie einmal von einem Produkt überzeugt waren, blieben sie einem ein Leben lang. Getreu dem Motto für Miguels langfristiges Denken: Einmal Cola, immer Cola! In Geschäftsbeziehungen mit Kindern zu

investieren war genau so, als würde man sein Geld direkt in einen Pensionsfond einzahlen.
Rocky gähnte. „So früh würde ich nicht einmal für eine Vorstandssitzung aufstehen.“ So weit das Auge reichte, sah er nur stachelige Gewächse, Sand und Steine. „Beim nächsten Treffen bestimme ich Uhrzeit und Treffpunkt.“
„Ist mir recht“, brummelte Miguel. Die eigenartige Trockenheit in seiner Kehle machte ihn stumm, zugleich aber auch immer nervöser.

***

RaptorGen-Tower, Houston, Texas, 7:34 Uhr:
„Guten Morgen, Mr. Shark“, grüßte die Sekretärin mit freundlicher Stimme.
„Ich wüsste nicht, was an diesem Morgen gut sein soll“, erwiderte Victor Shark im Vorbeigehen und verschwand in seinem Büro.
Die Sekretärin reagierte mit einem Kopfschütteln und war froh, sich ihre zweite Frage gespart zu haben. *Ja, er hat heute schon die Zeitung gelesen.*
44,39 Dollar. Victor nahm den Aktienkurs der RaptorGen Corporation nur aus dem Augenwinkel wahr. Zumindest waren die Aktien nicht so tief gesunken wie seine Laune. Am liebsten hätte er seine Infowall gleich für den Rest des Tages abgedreht, um sich der Diskussion zu entziehen, die es ganz sicher noch geben würde.
An seinem Schreibtisch angekommen, rief Shark zuerst Patricia Heart an. Er hatte schon auf der Fahrt zum Büro mehrfach versucht, seine Anwältin zu erreichen.
Es läutete am anderen Ende.
„Ja?“ Patricia Heart klang verschlafen und leicht bis mittelgradig gereizt.

„Wieso heben Sie nicht ab? Ich versuche schon seit über einer Stunde, Sie zu erreichen!"
„Mr. Shark!" Die Begeisterung der Anwältin klang nicht im Mindesten überzeugend. „Was für ein Zufall. Ich frage mich vermutlich schon ebenso lang, wer mich so hartnäckig um meinen freien Tag bringen will."
„Sie haben Ihren freien Tag?"
„Den ersten in diesem Monat."
„Die Kanzlei Heart, Shark & Blackpepper ist derzeit nicht besetzt!", schnaubte Shark den Text des Anrufbeantworters nach.
„Erst ab 08:00 Uhr. Aber für dringende Fälle kann man auch direkt durchwählen. Ich glaube, heute hat Ihr Bruder Notdienst... Oder ist es doch Blackpepper?"
„Die helfen mir beide nicht weiter. Ich brauche Sie in meinem Büro und zwar spätestens in einer Stunde!"
„Aber ich..."
„Das war keine Bitte, Ms. Heart!"
Das Gespräch war beendet.
Shark nahm die Fernbedienung und erhöhte die Lautstärke von einem der Bildschirme der Infowall. Im Ticker des lokalen Nachrichtensenders flimmerte zum wiederholten Mal der Name RaptorGen vorbei.
Die Nachrichtensprecherin im Studio befand sich im Gespräch mit einem via Satellit zugeschalteten Experten der amerikanischen Behörde für Lebensmittelüberwachung und Arzneimittelzulassung. Im Hintergrund waren der Schriftzug von RaptorGen sowie das zweifarbige, grinsende Maiskorn eingeblendet.
„Nur damit unsere Zuschauer Sie richtig verstehen, Mr. Leech. Es ist also korrekt, dass die FDA keine Tests bei genetischer Manipulation von Lebensmitteln verlangt, so wie sie bei der Zulassung von neuen Lebensmittelfarbstoffen zwingend

vorgeschrieben sind. Ein Konzern wie RaptorGen hat also keine Kontrollen zu befürchten, wenn er ein paar Gene in unserem Popcornmais gegen Gene von irgendwelchen Giftpflanzen tauscht?“
Leech schüttelte den Kopf. „Ich bitte Sie, diese Art von Populismus führt doch zu nichts. Natürlich denkt kein Unternehmen daran, Gene von Giftpflanzen in unsere Nahrungsmittel einzuschleusen. Wir sind überzeugt, dass die Kontrollen dort am besten aufgehoben sind, wo auch die Spezialisten sitzen, die tagtäglich mit der Erforschung neuer Sorten beschäftigt sind. Es liegt doch im ureigensten Interesse unserer verantwortungsbewussten Betriebe, jedes noch so kleine Risiko auszuschließen, um den Konsumenten wohlschmeckende und gesunde Nahrungsmittel zu günstigen Preisen anbieten zu können. Nebenbei bemerkt, spart die Auslagerung dieser sehr kostspieligen und zeitintensiven Tests auch das Steuergeld Ihrer Zuseher.“
Einen Bildschirm weiter auf der Infowall blitzte der Schriftzug *Breaking News* auf. Die Schlagzeile darunter lautete: RaptorGen forciert die Abholzung des Regenwalds in Brasilien.

***

Mexikanische Wüste, zur selben Zeit:
„Hör endlich auf mit dem Schwachsinn!“, schimpfte Rocky.
Miguel ignorierte ihn und rutschte weiter auf dem Sitz und her. Aus seiner Sicht dauerte die Fahrt schon viel zu lange und mit jeder weiteren Minute fühlte sich sein Hals noch trockener an. Er konnte spüren, dass seine Schleimhäute austrockneten und zusammenschrumpelten wie ein zurückgelassener Apfel im Wüstensand. „Wenn ich nicht bald etwas zu trinken bekomme, kann ich für nichts garantieren.“

„Du hörst dich an wie meine kleine Nichte! So schnell verdurstet man nicht. Außerdem hast du dieses Treffen mitten im Nirgendwo eingefädelt! Und jetzt reiß dich gefälligst zusammen!“
„Was glaubst du, was ich tue?“, fauchte Miguel.

***

RaptorGen-Tower, Houston, Texas, 8:45 Uhr:
„Es ist mir völlig egal, wie Sie das anstellen, Ms. Heart. Sorgen Sie einfach dafür, dass unser Name aus den Schlagzeilen kommt. In weniger als einer Stunde beginnt in New York der Börsenhandel, und ich brauche Ihnen doch hoffentlich nicht zu erklären, wie sich die schlechte Presse auf unseren Aktienkurs auswirken wird?“
„Nein, das müssen Sie ganz sicher nicht!“, erwiderte Patricia Heart patzig. „Genauso wenig wie ich Ihnen hoffentlich erklären muss, dass meine Kanzlei alles daran setzt, dem Spuk ein Ende zu bereiten.“
„Dieser Spuk, wie Sie ihn nennen, hat heute Früh um 4:00 Uhr unserer Zeit an der Ostküste begonnen. Es war also mehr als genug Zeit, wie ich finde, um den nächstbesten Richter davon zu überzeugen, eine einstweilige Verfügung gegen diese Verbrecher auszusprechen.“
„Was für eine geniale Idee!“ Ms. Heart sprang genervt von ihrem Stuhl auf und begann, im Büro von Victor Shark auf- und abzulaufen. „Dummerweise ist es im vorliegenden Fall aber nicht mit einer einstweiligen Verfügung getan.“
„Warum nicht?“
„Weil sie immer nur für eine bestimmte Person oder Unternehmen gilt. Wir haben es aber mit einer Vielzahl von Zeitungen zu tun, die noch dazu völlig unterschiedliche Anschuldigungen gegen RaptorGen erheben. Zum jetzigen

Zeitpunkt können wir noch nicht einmal sagen, wie viele Herausgeber an dieser Aktion beteiligt sind."
Das Gesicht von Shark hatte seit dem Aufstehen merklich an Farbe zugelegt. „Darf ich Sie daran erinnern, dass Sie erst vor wenigen Wochen von einer Zeitung zur nächsten getingelt sind, um sicherzustellen, dass es keine negative Presse gegen uns geben wird? Sie haben dem Vorstand damals vollmundig erklärt, dass Sie die Herausgeber dieser - ich zitiere wörtlich: Käseblätter schon einschüchtern werden."
„Das habe ich auch getan!"
„Na und wie!" Shark schlug mit der Faust auf den Tisch. „Die lachen vermutlich heute noch über Ihren Besuch!"
„Das reicht!" Sie funkelte ihn mit bösen Augen an.
Er nahm sich einen Moment Auszeit, um seine Gedanken zu sortieren, dann entschuldigte er sich.
„Entschuldigung angenommen", erwiderte sie kühl.
Shark stand ebenfalls auf. Vermutlich, um seiner inneren Unruhe mehr Ausdruck zu verleihen. „Ich kann einfach nicht glauben, dass diese miesen kleinen Drecksblätter sich plötzlich organisiert haben sollen, um unseren Ruf zu schädigen. Es muss doch irgendetwas geben, mit dem wir sie aufhalten können. Wir leben schließlich in Amerika! Niemand kann sich einfach hinstellen und die landesweiten Medien mit so dreisten Lügen zuschütten!"
„Ich fürchte, jede PR-Abteilung kann und tut das auf die eine oder andere Art", bemerkte Patricia Heart nüchtern. „Die viel wichtigere Frage, die wir uns stellen müssen, ist, ob wir den Anschuldigungen auch dauerhaft etwas entgegenzusetzen haben."
„Wie meinen Sie das?"
„Ich gehe davon aus, dass wir auf juristischem Weg im Lauf des Vormittags für Ruhe sorgen werden. Aber falls sich herausstellt, dass diese Journalisten etwas von ihrem Job

verstehen und ihre Anschuldigungen beweisbar sind, werden wir sie nicht lange mundtot machen können."
„Sie wissen aber hoffentlich noch, wer Ihnen Ihr neues Auto bezahlt hat, Ms. Heart?"
„Das tut jetzt nichts zur Sache. Ich kann das Recht für Sie nur biegen, nicht brechen! Ich schlage vor, dass Sie Ihrer PR-Abteilung Dampf unter dem Hintern machen, damit Sie die passenden Antworten parat haben, wenn Sie vor die Presse müssen."
Shark zischte abfällig. „Ich werde mich hüten, unter solchen Umständen eine Pressekonferenz zu geben. Das ist eine reine Hexenjagd, die diese Leute mit uns veranstalten. Ganz sicher werde ich diese Farce nicht auch noch dadurch unterstützen, dass ich mich öffentlich mit ihren haltlosen Anschuldigungen auseinandersetze."
„Wenn sie haltlos sind, dann dürfte das auch nicht notwendig sein, weil wir uns darum kümmern können. Aber wie gesagt, ich würde mir an Ihrer Stelle schon einmal Gedanken um die zweite Verteidigungslinie machen."

***

Treffpunkt in der mexikanischen Wüste:
Rocky hatte den Motor laufen und die Klimaanlage aufgedreht, während er auf das Eintreffen von Mr. Li wartete. Nicht im Traum wäre ihm eingefallen auszusteigen und durch die Wüste zu irren, wie Miguel das gerade tat. Jedenfalls war es besser für beide, wenn er seinem abartigen Bewegungsdrang draußen nachkam. Offensichtlich, so glaubte Rocky, war Miguel doch deutlich stärker vom Alkohol abhängig, als er es sich und ihm eingestehen wollte.
Gleichzeitig kamen Rocky auch erste Zweifel, ob Miguel so lange durchhalten würde, wie er ihn noch brauchte. Bisher

hatte der Mexikaner gute Arbeit geleistet, aber - und da machte Rocky sich nichts vor - er war ein primitiver Idiot.
Miguel ging es zunehmend schlechter. Obwohl er sich so trocken fühlte wie eine Mumie, gab er dem Drang seiner Blase nach und pinkelte gegen einen Kaktus. Noch war ihm die Wechselwirkung zwischen Green und Alkohol nicht annähernd bewusst. Richtig dosiert, unterdrückte der Alkohol die Nebenwirkungen von Green. Unglücklicherweise führte aber das Absetzen von Alkohol zu extremen Entzugserscheinungen, die von Aggressivität und stark verändertem Schmerzempfinden geprägt waren.
Bisher kannte Miguel Green nur in Kombination mit Tequila und war von der Wirkung begeistert. Green steigerte das Selbstwertgefühl ins Unermessliche und nahm die Angst. Die kleinste Menge reichte, und jeder Kretin fühlte sich zum Herrscher der Welt berufen. Zugleich sorgte Green für eine tiefe innere Befriedigung, die dem Zustand der Selbstfindung bei tiefer Meditation sehr ähnlich war.
Miguel schüttelte ab, zog den Reißverschluss zu und wollte weitergehen. Plötzlich drehte er noch einmal um und trat mit dem Stiefel gegen den Kaktus - völlig unmotiviert, wie er sich gleich darauf eingestehen musste.

***

RaptorGen-Tower, Houston, Texas, 11:33 Uhr:
41,80 Dollar. Die New Yorker Börse hatte gerade einmal zwei Stunden geöffnet, und die Aktien von RaptorGen befanden sich massiv unter Druck.
Victor Shark wusste, dass die Spekulanten vor ihren Tastaturen und Bildschirmen nur darauf warteten, bis die magische Grenze von 40 Dollar unterschritten war. Eine psychologisch wichtige Marke nannten die Analysten das und meinten damit

den Startschuss zur Abwärtsrallye. Wenn dieser imaginäre Schuss erst einmal fallen würde, verwandelte sich die bis dahin unbegründete Angst der Investoren in eine selbsterfüllende Prophezeiung.
Victor Shark schauderte bei dem Gedanken, dass es mit RaptorGen so weit kommen könnte. Schon den ganzen Vormittag musste er am Telefon die unruhig gewordenen Großaktionäre vertrösten. Parallel dazu war ein Heer von Mitarbeitern mit Interviewanfragen diverser Medienvertreter beschäftigt. Das Interesse an RaptorGen war schon lange nicht mehr so groß gewesen.
Das Telefon auf Sharks Schreibtisch läutete.
„Ja?“, meldete er sich mit wenig freundlichem Tonfall.
Die Anruferin war die Vorstandsvorsitzende jener Bank, bei der RaptorGen den Großteil seiner Firmenkonten hatte.
„Tut mir leid, Lisa. Ich bin im Moment etwas durch den Wind, wie du dir sicher vorstellen kannst... Nein, wir wissen noch nicht, wer oder was hinter dieser Verleumdungskampagne steckt, aber unsere Anwälte verklagen in diesen Minuten alles und jeden, der es wagt, den Firmennamen in den Mund zu nehmen... Ja, mir ist auch klar, dass das allein nicht helfen wird, aber was soll ich denn deiner Meinung nach tun?“
Die Antwort schien ihm wenig Freude zu bereiten.
„Wenker! Wenker! Immer nur Wenker! Du bist schon die vierte heute, die mir erklärt, wie hilfreich er jetzt wäre. Ich kann ihn nur leider nicht wieder zum Leben erwecken. Viel schlimmer finde ich, dass zwei meiner wichtigsten PR-Leute derzeit gemeinsam Urlaub in Asien machen - beide natürlich nicht erreichbar. Als ob die ihren beschissenen Selbstfindungstrip nicht ein paar Wochen später hätten planen können.“

„Hast du schon daran gedacht, die Aktien zu stützen?“ Die Frage der Bankmanagerin traf ihn wie ein gegen den Kopf geworfener Goldbarren.
„Du meinst, ich soll unsere eigenen Aktien kaufen?“, fragte er, nachdem er seine Stimme wiedergefunden hatte.
„Wenn du genug Geld auf der Seite hast, wäre das mein Rat an dich und deine Aktionäre. Es ist sehr wichtig, dass die 40-Dollar-Marke nicht unterschritten wird. Wir verzeichnen im Moment einen gewaltigen Zuwachs bei den Leerverkäufen.“
Was sie Victor Shark damit sagen wollte, war, dass Spekulanten Aktien von RaptorGen verkauften, die sie noch gar nicht hatten. Da der Verkaufstermin dieser Geschäfte in der Zukunft lag, konnten die Spekulanten darauf hoffen, dass der Kurs vor dem Stichtag fallen würde. Bis dahin blieb ihnen Zeit, die Aktien billiger einzukaufen, als sie diese verkauft hatten. Erfahrungsgemäß begnügten sich Spekulanten aber nicht mit der Hoffnung auf fallende Kurse, sondern versuchten, diese aktiv herbeizuführen.

***

Treffpunkt in der mexikanischen Wüste:
„Na endlich!“, murmelte Rocky.
Die Umrisse eines silberfarbenen Geländewagens tauchten zwischen Staub und Kakteen in der flirrenden Wüstenluft auf. Miguel hatte zweifellos nicht übertrieben, was die Unpünktlichkeit von Li betraf.
Rocky blieb im klimatisierten Auto sitzen und wartete, bis Li seinen Wagen in einigen Metern Entfernung abstellte.
Zwei bewaffnete Soldaten stiegen aus und sondierten die Lage. Kurz darauf folgten Li und Maylin.
Auch Rocky verließ seinen Wagen und ging betont langsam auf das Quartett zu.

„Rocky!“, rief Li freundlich und schloss aus Rockys Nicken, dass er richtig lag. „Es wurde aber auch Zeit, dass wir uns endlich einmal treffen. Miguel hat nicht übertrieben, was Ihre breiten Schultern betrifft. Wo steckt er überhaupt?“
Rocky sah sich um. „Das wüsste ich auch gern.“

***

RaptorGen-Tower, Houston, Texas, 11:49 Uhr:
40,02 Dollar. Die Hiobsbotschaften für Victor Shark kamen im Sekundentakt herein. Alle Nachrichtensender auf der Infowall berichteten mittlerweile über RaptorGen und dessen Verstrickungen in eine Vielzahl illegaler Geschäfte. Wo immer es Patricia Heart mit ihrer Kanzlei gelang, Sendern bei einem Thema Einhalt zu gebieten, griffen diese sofort das nächste auf. Längst war die Informationswelle von den Printmedien auf das Internet übergeschwappt. Blogs, Foren und soziale Netzwerke wirkten wie gewaltige Multiplikatoren, deren Inhalte sich unmöglich noch filtern oder gar kontrollieren ließen.
Victor Shark musste sich eingestehen, dass seine Anwältin recht gehabt hatte. Die juristische Verteidigungslinie war nicht länger zu halten. RaptorGen musste sich den Anschuldigungen auf medialer Ebene stellen. Shark hatte deshalb seine besten Leute darauf angesetzt, Gegendarstellungen zu verfassen und an alle Medienvertreter zu übermitteln. Unangenehmerweise tauchten aber ständig neue Vorwürfe auf.
So sehr Shark den Gedanken an eine Pressekonferenz hasste, so unvermeidlich war sie geworden. Er hatte sich entschieden, den Termin für den Nachmittag anzusetzen.
Bevor er sich aber von seinen PR-Spezialisten auf den Auftritt vorbereiten ließ, tätigte er noch einen wichtigen Anruf: „Shark hier! Kaufen Sie noch einmal 200.000 Stück für mich!“

Er wusste, dass der Aktienkauf ein Spiel mit dem Feuer war, doch es war ihm unmöglich, seine Firma den Spekulanten zu überlassen.

***

Treffpunkt in der mexikanischen Wüste:
Li hatte einen seiner Männer losgeschickt, um nach Miguel zu suchen. Der Blick des anderen verfolgte aufmerksam jeden von Rockys Schritten.
„Keine Ahnung, wo er hingelaufen ist“, knurrte Rocky und öffnete die Heckklappe seines Wagens. „Wenn man dem Kerl nichts zu saufen gibt, funktioniert er nicht richtig. Für den ist Alkohol so wichtig wie Öl für meinen Motor.“
„Das klingt nicht so, als würden Sie sich ernsthaft Sorgen um Ihren Partner machen.“ Li blickte auf die zwei Holzkisten im Kofferraum, in denen er die erste Greenlieferung vermutete.
„Ich mache mir nur Sorgen um unser Geschäft“, entgegnete Rocky emotionslos. „Für alles andere fehlt mir die Zeit.“
„Eine sehr gute Einstellung“, lobte Li. „Ich hoffe sehr, dass sich das Verhalten Ihres Partners nicht nachteilig auf unser Geschäft auswirkt.“
Rocky zog eine der Kisten an die Ladekante und lächelte Li mit eiskalten Augen an. „Sollte das der Fall sein, lege ich ihn eigenhändig um.“

***

Pressekonferenz, RaptorGen-Tower, 14:19 Uhr:
37,23 Dollar. Seit sieben Minuten stellte Victor Shark sich den Fragen der Pressevertreter. Der Andrang an Journalisten war schier erdrückend. Aus Platzgründen hatte die Konferenz

kurzfristig auf den Platz vor dem RaptorGen-Tower verlegt werden müssen.
Flankiert von zwei PR-Spezialisten stand Shark der Meute von Presseleuten gegenüber. Unter anderen Umständen hätte er dieses unwürdige Schauspiel längst abgebrochen, doch der Aktienkurs ließ ihm keine andere Wahl. Der Ankauf eigener Aktien war nur ein Tropfen auf das überhitzte Börsenparkett gewesen. Die Wirkung der von Shark und seinen Geschäftspartnern investierten Privatmillionen war binnen weniger Minuten verpufft gewesen. RaptorGen selbst hatte seit dem Morgen Milliarden an Börsenwert verloren, was den Spekulanten weiter Auftrieb gab.
Kaum hatte Shark die letzte Frage abgeschmettert, meldete sich schon die nächste Journalistin: „Ivette Shannon vom Washington Daily Mirror. Ist es wahr, dass Ihre Leute verbotene Freilandexperimente in Afrika durchgeführt haben?"
„Natürlich nicht!", erwiderte Shark. „RaptorGen hält sich streng an die Gesetze jener Länder, in denen wir tätig sind."
„Auch in Afrika?"
„ Ganz besonders in Afrika!"
„Mr. Shark, wie erklären Sie sich diese Lawine von Anschuldigungen, die seit heute Morgen über Ihr Unternehmen hereinbricht?"
„Das kann ich nicht. Aber seien Sie versichert, dass unsere Juristen nicht eher ruhen werden, bis die Urheber dieser Verleumdungskampagne hinter Gittern sitzen!"
Shark blieb keine Zeit, sich lange mit einer Frage aufzuhalten. Von überall waren Mikrofone, Kameras und Scheinwerfer auf ihn gerichtet. Anfangs hatten seine Medienberater sich noch um die Schweißperlen auf seiner Stirn gesorgt, doch dafür blieb längst keine Zeit mehr. Nun galt es nur noch, durchzuhalten und dabei überzeugend zu sein. Auch um die eigenen Mitarbeiter zu beruhigen, deren betriebliche

Pensionsvorsorge gut zwanzig Prozent an Wert verloren hatte. Sollten sie in Panik geraten und ihre Aktien ebenfalls verkaufen wollen, war der freie Fall nicht mehr zu verhindern.
„Thomas Burlington von EYP-Media. Die Kartellbehörde überlegt eine Untersuchung wegen Missbrauchs einer marktbeherrschenden Stellung. Wie stehen Sie dazu?“
„Dazu werden wir uns umgehend äußern, sobald uns das Schreiben der Kartellbehörde vorliegt.“
„Sind Sie deshalb besorgt?“
„Nein!“ Der Schweiß auf seiner Stirn strafte Shark Lügen.
„Mr. Shark!“, rief eine Journalistin von ganz hinten. „Halten Sie es für ungefährlich, wenn Sojamilch aus Ihrem Saatgut weiterhin in den Schulen verteilt wird?“
„Selbstverständlich ist das ungefährlich! RaptorGen garantiert die Einhaltung der höchsten Qualitätsstandards.“
„Geben Sie diese Milch auch Ihren Kindern?“
Victor Shark musste an die Biomilch denken, die seine Frau schon seit Jahren kaufte. „Aber natürlich!“ Er zog an seinem Krawattenknopf, um sich das Reden zu erleichtern.
„Claudia Tonnan vom Federal Explorer. Sehen Sie einen Zusammenhang zwischen dem Rückgang der Artenvielfalt und Ihren Produkten?“
„Nein!“
„Bitte noch zwei Sätze zu der Beteiligung von RaptorGen an dem Saatguttresor in Spitzbergen!“
Shark zögerte bei der Antwort und blickte hilfesuchend zu dem PR-Spezialisten an seiner linken Seite.
Der Spezialist nickte und ergriff das Wort: „Spitzbergen ist ein Beweis dafür, wie ernst wir den Artenschutz nehmen! Wir konservieren die Vielfalt unserer Erde für künftige Generationen.“
„Paul Grissworld von der Wirtschaftsredaktion des Chicago Messenger. Die Aktien von RaptorGen befinden sich im freien

Fall. Aktuell steht der Kurs bei..." Er blickte hinauf zu der großen Kursanzeige auf dem RaptorGen-Tower. „35,49 Dollar. Was sagen Sie Ihren Aktionären?"
Shark schnappte nach Luft. Wieder hatten sich ein paar Millionen von seinem Konto verflüchtigt. Mittlerweile war ihm so heiß, dass er sich der Meute am liebsten ohne Anzug präsentiert hätte. „Ich sage unseren Aktionären, dass sie nicht auf unseriöse Journalisten hören sollen, die den Spekulanten nur nach dem Mund reden." Shark drehte sich flüsternd zur Seite: „Lassen Sie die Kursanzeige deaktivieren, bevor diese Weltuntergangsstimmung noch weiter angeheizt wird!"
„Gloria Gyver von Los Angeles News. Stimmt es, dass Ihr Unternehmen massiven Druck auf die WHO ausübt?"
„Das ist doch lächerlich." Shark versuchte zu lachen, brachte aber nur noch ein heiseres Krächzen hervor. „Warum sollten wir das tun? Wir arbeiten hervorragend mit den Leuten der WHO zusammen."
Die unangenehmen Fragen kamen in immer kürzeren Abständen und brachten Victor Shark zunehmend in Erklärungsnot. Von Zeit zu Zeit flüsterte ihm einer seiner Leute den Aktienkurs ins Ohr. Shark betrachtete den Kurs als Rückmeldung, ob die Menschen vor den Bildschirmen seinen Worten Glauben schenkten. Sie taten es nicht.
Der Aktienkurs sackte in sich zusammen, und Sharks Blutdruck folgte ihm. Die Kombination aus Hitze und Anspannung zwang den Kreislauf in die Knie. Shark spürte die ersten Aussetzer, und kurz flimmerte es sogar vor seinen Augen. Trotzdem gab er sich keine Blöße und hielt weiter durch. Frage um Frage stellte er sich den Journalisten, auch wenn er ihre Stimmen zeitweise nur noch als Wortfetzen wahrnahm.
„...Behauptung, dass es kein Killergen gibt?"
„...dass sich einer Ihrer Mitarbeiter vom Balkon gestürzt...?"

„...Tod einer Genetikerin in Wien in Verbindung?"
Shark überließ ein paar Fragen seinen Begleitern und nutzte die wenig ergiebige Pause für ein paar Atemübungen. Seine Knie fühlten sich an wie Gummi und er musste sich mit beiden Händen am Rednerpult festhalten, um das Schwindelgefühl noch kontrollieren zu können.
„Mr. Shark, wie stehen Sie zu den Vorwürfen, dass Ihr Konzern vergiftetes Soja für militärische Zwecke entwickelt hat?"
„Wer behauptet so einen Unsinn?"
„Mortimer Markowitz von Mortimer News."
„Meine Anwältin wird Ihnen die Antwort zukommen lassen!"
„Danke, sehr freundlich." Mortimer hatte einen Platz ganz weit vorn ergattern können. Es war schwer zu übersehen, wie es um das Wohlbefinden von Victor Shark stand. „Vielleicht könnten Sie zumindest meine zweite Frage gleich beantworten. Wäre das möglich, Mr. Shark?"
Sharks Pupillen zeigten keine Bewegung mehr, als er versuchte, seinen Blick auf den Mann zu fokussieren, der mit ihm redete.
„Welche Frage?", hauchte er kaum noch laut genug für die erste Reihe.
„Stimmt es, dass der Präsident Sie und Ihren Konzern vor exakt..." Morti blickte auf die Uhr und kostete den Moment der Spannung aus. „...sechzig Sekunden fallengelassen hat?"
Shark wollte noch etwas antworten, doch sein Kreislauf spielte nicht mehr mit. Er verdrehte die Augen und kippte zur Seite. Weil der Berater neben ihm nicht schnell genug reagierte, schlug Sharks Kopf gegen mehrere Mikrofone, was seinem Abgang auch noch akustische Dramatik verlieh.

***

Mexikanische Wüste, spät in der Nacht:

Die Sicht auf den Sternenhimmel wäre perfekt gewesen, hätte der Westwind nicht trübe Sandschleier mitgebracht.
Nur ein sanftes Pfeifen war zu hören, wenn eine Windbö über Felsformationen oder Kakteen strich. Kein Vergleich zu dem Schreien und Kreischen, das hier um die Mittagszeit zu hören gewesen war.
Die Vogelspinne, die gerade aus ihrem Sandloch gekrochen kam, hatte sich an dem Lärm nicht gestört. Ihre feinen Tasthärchen waren an ganz anderen Schallwellen interessiert. Auf der Suche nach Futter stolzierte sie an einem Geländewagen mit zerschossenen Reifen vorbei, der sie aber nicht mehr beeindruckte als jeder andere Steinbrocken in der Wüste.
Weit interessanter aus ihrer Sicht waren die herumliegenden Kadaver. Nicht etwa, weil sie als Futter in Frage kamen, sondern weil sie durch ihren Gestank andere Tiere anlockten. Kleine Tiere, die auf dem Speiseplan der Vogelspinne standen und große, auf deren Speisekarte sie selbst zu finden war. Vor allem die Geier, die sich kurz vor Anbruch der Dämmerung auf das Festmahl gestürzt hatten, waren keine Kostverächter.
Von ihnen hatte die Vogelspinne um diese Zeit aber nichts mehr zu befürchten und konnte sich unbeschwert auf die dicken schwarzen Käfer stürzen, die überall aus dem Sand gekrabbelt kamen, um ihren Teil der Aufräumarbeiten zu erledigen.
Das Leben in der Wüste konnte ebenso schön wie kurz sein. In jedem Fall aber war es hart - gleichgültig, welche Farbe die Augen hatten. Das wurde einem spätestens dann klar, wenn es darum ging, die erste Nacht durchzuhalten. Möglicherweise nur, um einen allerletzten Sonnenaufgang sehen zu dürfen.

***

Epilog:

Bill Fowler musste sich noch zwei Jahre gedulden, bevor er mit einem Sensationsbericht über genetische Resistenz bei Nutzpflanzen den verdienten Pulitzer-Preis abräumte.

Von *Ms. Heart* hat man, ebenso wie von *Miguel*, *Rocky* und *Familie Li* nichts mehr gehört. Es ist aber nicht auszuschließen, dass sie eines Tages wieder auftauchen.

Dmitrij entwickelte seine Rübenraketen kontinuierlich weiter und nahm später an der ersten bemannten Marsmission teil. Seine Karriere als Weltraumbastler ist hier nachzulesen: *SACER SANGUIS EVOLUTION - Rote Elemente*.

Victor Shark erlitt in Folge der Pressekonferenz einen schweren Schlaganfall und vegetiert seither in einem Sanatorium vor sich hin. *Schwester Ingrid* glaubt nicht, dass er sich jemals wieder erholen wird.

Gerhard Ginko ist immer noch Direktor im Botanischen Garten in Wien und freut sich über Besuch!

Wie sich die Zukunft von Konzernen wie *RaptorGen* entwickelt, ist derzeit noch völlig offen. Sie hängt vor allem von den Kaufentscheidungen ab, die jeder Einzelne von uns tagtäglich trifft.

Nachwort:

Wenn dir dieses Buch gefallen hat, dann stell es jetzt nicht in ein Regal, sondern gib es bitte an befreundete Leseratten und Bücherwürmer weiter. Empfehlen oder schenken geht natürlich auch. *mitdemZaunpfahlwinkewinkemach*

Eine Rückmeldung über dein Leseerlebnis würde mich sehr freuen: *buch@albert-knorr.com*

Albert
PS: Wenn du dich als Testleseratte für mein aktuelles Buch melden willst, besuch mich bitte unter: *www.albert-knorr.com*

Sacer Sanguis II - Die Rückkehr

Autor & Verlag: Albert Knorr, ISBN: 978-3-200-00969-1

David ist verheiratet und hat einen ruhigen Job als Computerfachmann in London. Die abendlichen Spaziergänge mit seinem vierbeinigen Freund sind ihm Aufregung genug. Wer David Wilder kennt, beschreibt ihn als warmherzigen, ehrlichen und humorvollen Menschen. Keine Eigenschaften, hinter denen man einen ehemaligen Kryptologen des israelischen Geheimdienstes vermuten würde.

Doch ausgerechnet der ist plötzlich wieder gefragt, als der Mossad eine Verräterin in den eigenen Reihen entdeckt. David soll die verschlüsselte Nachricht der vermeintlichen Spionin knacken. Was sich wie ein Gefallen unter alten Kollegen anhört, wird schnell zu einem lebensgefährlichen Abenteuer.

Sacer Sanguis III - Thors Hammer

Autor & Verlag: Albert Knorr, ISBN: 978-3-200-01309-4

Wenn Alon seinen Job als einschläfernd bezeichnet, verstehen ihn die meisten völlig falsch. Der israelische Geheimagent erledigt seine Aufträge lautlos und endgültig.

Über die Archäologin Chess weiß er, dass sie im wahrsten Sinn des Wortes Leichen im Keller hat. Als sie ihn in ihr einsames Haus am Rande der jordanischen Wüste bittet, schätzt Alon die drohende Gefahr dennoch falsch ein. Chess ist nicht nur eine miserable Köchin, sie versteckt auch Reliquien vor einem eiskalten Psychopathen, dessen Name völlig zu Recht die Todesliste des Mossad anführt.

Als plötzlich Jäger und Gejagte ihre Rollen tauschen, wird nicht nur das Abendessen kalt. Ein lebensgefährliches Abenteuer an historischen Schauplätzen von Jordanien bis Schweden beginnt.

Sacer Sanguis I - Wien Nautilus

Autor & Verlag: Albert Knorr, ISBN: 978-3-950-26810-2

Naturhistorisches Museum Wien: Ein Expertenteam soll einen archäologischen Fund untersuchen. Nur einer weiß, worauf sie sich einlassen. Seine Regierung hat Objekt L2471 bisher unter Verschluss gehalten - aus gutem Grund.

Während sich in Wien die ersten Nebel lichten, verdichten sie sich über den Bergfriedhöfen in den Südkarpaten immer mehr. Sylvia Jones wird von einem Biotechlabor zum Vorstellungsgespräch nach Transsilvanien eingeladen - beworben hat sie sich dort allerdings nie.

Sacer Sanguis IV - Snowdown in England
Autor & Verlag: Albert Knorr, ISBN: 978-3-950-26811-9

David Wilder stellt sich auf einsame Weihnachten in seinem englischen Herrenhaus ein, da steht überraschend eine alte Freundin vor der Tür. Die Feiertage scheinen gerettet, wären da nicht diese unheilvollen Erdhügel, die im Keller heranwachsen.

Auch für eine Handvoll Piraten im Golf von Aden hält das Jahresende eine böse Überraschung bereit: Als sie erfahren, welches Schiff sie geentert haben, schlägt ihre Freude in blankes Entsetzen um. Es kommt zum heißesten Snowdown aller Zeiten, und das ist erst der Anfang...

Sacer Sanguis Evolution - Rote Elemente
Autor & Verlag: Albert Knorr, Co-Autoren: Marlen Raab, Thorsten Michel, ISBN: 978-3-950-26817-1

1977 schickte die NASA zwei Voyager-Raumsonden los, um ferne Zivilisationen auf uns aufmerksam zu machen. Diese Einladung zur Erde blieb allerdings unbeantwortet, und so geriet das Projekt immer mehr in Vergessenheit.

Jahre später startet ein Team rund um den russischen Weltraumbastler Dmitrij zu einer völlig anderen Mission. Sein Improvisationstalent stellt Technik und Kollegen auf eine harte Probe. Gerade als einer der Astrophysiker das NASA-Maskottchen füttert, geht ein Signal von außerhalb des Sonnensystems ein: Voyager 2 wurde reaktiviert...

Sacer Sanguis Genetics - Giftgrüne Gentechnik
Autor & Verlag: Albert Knorr, ISBN: 978-3-950-26818-8

«Wir hätten die Insel niemals betreten dürfen. Nicht, nachdem wir dieses Brüllen gehört haben. Alles, was man uns über das Experiment erzählt hat, war gelogen. Die Evolution macht keine Fehler. Und sie verzeiht auch keine.»

Botanischer Garten Wien: Überraschend bekommt der Direktor eine neue Mitarbeiterin. Er weiß, dass sie in ihrem letzten Job Ärger hatte, ahnt aber nicht, wie viel sie davon mitbringt. Als ein mächtiger Konzern plötzlich Wien ins Visier nimmt, ist nur noch eines sicher: Das Experiment hätte die Insel niemals verlassen dürfen.

Sacer Sanguis II - Die Rückkehr - Hörbuch
Autor & Verlag: Albert Knorr, ISBN: 978-3-950-26812-6

Sprecher: Achim Zien
Umfang: 2 CD MP3 mit Booklet
Ungekürzte Version
Laufzeit: über 14 Stunden

Sacer Sanguis Junior - Mein erster kleiner Hasenthriller
Autoren & Verlag: Albert Knorr, Christina Stauber, Illustrator: Holger Herrmann, ISBN: 978-3-950-26813-3

Knuffi ist ein kleiner grauer Hase. Flauschi, seine Freundin, lebt im Nachbardorf bei den braunen Hasen. Eines Tages tauchen Füchse in den beiden Dörfern auf und stellen den Hasen eine ganz gemeine Falle. Nur Knuffi und Flauschi durchschauen den Plan. Aber was können zwei so kleine Hasen schon tun? Eine Menge! Denn wahre Freundschaft kann auch Kleine ganz groß machen, egal welche Farbe das Fell hat.